LA NOUVELLE *vie* DE *Kate Reddy*

Traduit de l'anglais
par Julie Sibony

cherche
midi

Vous pouvez consulter notre catalogue général et l'annonce de nos prochaines parutions sur notre site :
www.cherche-midi.com

Directeurs de collection : Marie Misandeau et Arnaud Hofmarcher

Titre original : *How Hard Can It Be?*
Éditeur original : HarperCollins

30, place d'Italie
75013 Paris

Mis en pages par Soft Office (38)
Dépôt légal : mai 2018

ISBN 978-2-7491-4961-5

Pour Awen et Evie,
ma mère et ma fille

Cache ce que je suis, et m'aide à revêtir
Le déguisement qui conviendra le mieux
À la forme de mon projet.

William Shakespeare, *La Nuit des rois*

Personne ne vous prévient que vous allez
vous déplumer du pubis.

Whoopi Goldberg

Prologue

Compte à rebours avant invisibilité : J moins six mois et deux jours

Le plus drôle, c'est que vieillir ne m'avait jamais inquiétée. La jeunesse n'avait pas été si tendre avec moi que sa disparition me dérange outre mesure. Je pensais que les femmes qui mentaient sur leur âge étaient superficielles et se berçaient d'illusions, pourtant j'avais aussi ma part de vanité. Tout en sachant que les dermatologues avaient raison quand ils disaient que n'importe quelle crème hydratante premier prix valait autant que tous ces élixirs de jeunesse dans leur conditionnement de luxe, j'achetais quand même les plus chères. Simple précaution. J'étais une femme riche et compétente qui voulait juste avoir l'air bien pour son âge, point. L'âge en question n'avait que peu d'importance. Du moins c'était ce que je me disais. Jusqu'à ce que je sois vraiment vieille.

Écoutez, j'ai passé la moitié de ma vie à étudier les marchés financiers. C'est mon boulot. Alors je connais la musique : ma valeur de cotation sexuelle était en baisse et risquait l'effondrement total si je ne faisais rien pour la consolider. La SARL Kate Reddy, jadis florissante et non sans attraits, était confrontée à une OPA hostile sur son sex-appeal. Et pour ne rien arranger, cette triste vérité m'était durement rappelée jour après jour par la présence d'un marché émergent sous mon propre toit. La cote de féminité de ma fille adolescente était en plein boom alors que la mienne déclinait. C'était parfaitement dans l'ordre des choses et j'étais très fière de ma magnifique progéniture, vraiment. Mais cette prise de conscience pouvait parfois être douloureuse... et même *atrocement* douloureuse. Comme le matin où, dans le métro, j'avais croisé le regard d'un type qui avait la même coiffure luxuriante et folâtre que Roger Federer (a-t-on jamais fait mieux ?), et je jure qu'il y a eu une étincelle de quelque chose entre nous, un frisson d'électricité statique, un frémissement de drague... juste avant qu'il ne se lève pour me laisser sa place. Pas son numéro de portable, sa *place*.

« Trop de la loose », comme dirait Emily. Le fait qu'il ne me juge même pas digne d'intérêt m'avait fait l'effet d'un coup de poignard. Hélas, la jeune femme exaltée qui continue à vivre à l'intérieur de moi, et qui avait bel et bien cru que Roger flirtait avec elle, n'a toujours pas compris. Dans sa tête, elle se voit encore telle qu'avant, et elle présume que c'est aussi comme ça que la voit le reste du monde. Elle a l'espoir fou et irrationnel que Roger (âge estimé : trente et un ans) puisse la trouver séduisante parce qu'elle ne se rend pas compte qu'elle (et moi avec) a désormais la taille épaisse, un début d'atrophie vaginale (qui l'eût cru ?) et qu'elle commence à penser à ses plants de tulipes et au confort de ses chaussures avec beaucoup plus d'enthousiasme que, disons, au dernier string qui gratte de chez Agent Provocateur. Le radar érotique de Roger avait sans doute détecté sous mon pantalon la présence d'une confortable culotte chair.

Mais dans l'ensemble, franchement, je ne m'en sortais pas si mal. J'avais négocié sans trop de dégâts la flaque d'huile sur la route qu'est le cap des quarante ans. Malgré une légère perte de contrôle, je n'avais surtout pas freiné pendant le dérapage, comme les moniteurs d'auto-école vous le conseillent, et après ça les choses s'étaient plutôt bien passées ; non, mieux que plutôt bien. J'avais à mon actif la sainte trinité de la quarantaine : un bon mari, une jolie maison, des enfants super.

Sauf qu'ensuite, sans ordre particulier, mon mari avait perdu son emploi et s'était entièrement focalisé sur son dalaï-lama intérieur. Il n'allait plus gagner d'argent pendant deux ans, le temps de suivre une formation pour se reconvertir en psy (oh, joie !). Les enfants entraient dans le tourbillon de l'adolescence au moment même où leurs grands-parents s'offraient ce qu'on pourrait appeler charitablement un revival de leur propre enfance. Ma belle-mère s'achetait une tronçonneuse avec une carte de crédit volée (beaucoup moins marrant que ça en a l'air). Juste après s'être remise d'une crise cardiaque, ma mère glissait et se cassait la hanche. J'avais l'impression moi-même de perdre la tête ; mais sans doute se cachait-elle au même endroit que les clés de la voiture, mes lunettes de lecture et ma boucle d'oreille égarée. Sans oublier ces foutues places de concert.

En mars, je vais avoir cinquante ans. Non, je ne ferai pas de fête et, oui, j'ai probablement peur de m'avouer que j'ai peur, ou que j'appréhende (je ne sais pas très bien comment appeler ça, mais ce qui est sûr est que ça ne me plaît pas). Pour être totalement honnête, j'aimerais mieux ne pas penser du tout à mon âge, mais les anniversaires ronds – du genre de ceux qu'on vous indique gentiment en gros chiffres dorés sur les cartes de vœux pour bien vous rappeler à quelle étape vous en êtes sur la Route de la Mort – ont le mauvais goût de ne pas vous laisser le choix. Il paraît que cinquante est le nouveau quarante, mais dans le monde du travail, mon type de travail en tout cas, cinquante pourrait aussi bien être soixante, soixante-dix ou même quatre-vingts. Ma priorité, ce serait plutôt de rajeunir, pas de vieillir. C'est une question de survie : pour trouver du boulot, garder ma place dans le monde, rester sur le marché sans dépasser ma date de péremption. Pour maintenir le bateau à flot, continuer à faire tourner la baraque. Pour satisfaire les besoins de ceux qui semblent avoir plus que jamais besoin de moi, je dois inverser le cours du temps, ou au moins me débrouiller pour que ce salopard fasse du sur-place.

Avec cet objectif en tête, l'avènement de mon demi-siècle se fera dans le calme et sans encombre. Je ne montrerai aucun signe extérieur de la panique que je ressens. Je glisserai sereinement vers cette échéance, sans embardées brutales ni secousses sur la route.

Du moins c'était le plan. Jusqu'à ce qu'Emily me réveille.

1
La plus belfie du monde

Septembre

Lundi, 1 h 37 – Quel rêve étrange ! Emily pleure, elle a l'air toute chamboulée. Une histoire de belle-fille. Il y a un garçon qui veut venir chez nous parce qu'il a vu sa belle-fille. Elle n'arrête pas de répéter qu'elle est désolée, que c'était une erreur, qu'elle ne l'a pas fait exprès. Bizarre. Récemment, presque tous mes cauchemars me mettent en scène moi, le jour de mon inavouable anniversaire, devenue totalement invisible et parlant à des gens qui ne peuvent ni me voir ni m'entendre.

« Mais tu n'as pas de belle-fille », dis-je, et à la seconde où les mots sortent de ma bouche, je comprends que je ne rêve pas.

Emily se tient de mon côté du lit, pliée en deux comme pour prier ou pour protéger une blessure.

« Je t'en supplie, n'en parle pas à papa, m'implore-t-elle. Tu ne lui diras rien, d'accord ?

— Hein ? Lui dire quoi ? »

Je tâtonne à l'aveuglette sur ma table de chevet, et ma main perplexe tombe sur des lunettes pour voir de près, des lunettes pour voir de loin, un pot de crème hydratante et trois plaquettes de médicaments avant de localiser mon téléphone. Son petit rectangle de lumière métallique laiteuse révèle que ma fille est vêtue de l'ensemble shorty-caraco Victoria's Secret rose bonbon que j'ai bêtement accepté de lui acheter après une de nos terribles disputes.

« Qu'est-ce qu'il y a, Emi ? Qu'est-ce que je ne dois pas dire à papa ? »

Inutile de me retourner pour savoir que Richard dort encore. *J'entends* qu'il dort. Année après année depuis que nous sommes mariés, les ronflements de mon époux n'ont fait que s'amplifier. Ce qui a commencé il y a vingt ans comme de légers reniflements de porcelet est désormais une véritable symphonie pour cochons et pourceaux, avec tout l'éventail des instruments à vent. Parfois, au pic du crescendo, les ronflements deviennent si forts que Richard se réveille lui-même en sursaut, change de position et reprend la symphonie au début du premier mouvement. À part ça, il est plus dur à tirer du sommeil qu'un gisant sur une tombe.

Richard avait le même don pour la Surdité Nocturne Sélective quand Emily était bébé, si bien que c'était moi qui me levais deux à trois fois par nuit pour accourir à ses pleurs, retrouver son doudou, changer sa couche, la calmer et la rendormir… jusqu'à ce que ce rituel de pénitence se répète. Le radar maternel n'est pas fourni avec un bouton marche-arrêt, hélas.

« Maman… » me supplie Emily en m'agrippant le poignet.

J'ai l'impression d'avoir été droguée. Je *suis* droguée. J'ai pris un antihistaminique avant de me coucher parce que ces derniers temps je me réveille systématiquement entre deux et trois heures du matin, en nage, et que ça m'aide à dormir. Le comprimé n'a que trop bien fait son effet, et maintenant la moindre pensée doit lutter pour percer la surface de cet épais sommeil grumeleux. Je ne parviens à bouger aucune partie de mon corps. Je sens mes bras et mes jambes comme plaqués par des poids contre le matelas.

« Maaa-maaaaan, s'il te plaît. »

La vache, je suis trop vieille pour ça.

« Désolée, chérie, donne-moi juste une minute. J'arrive. »

Je sors du lit en posant par terre mes pieds raides et récalcitrants. D'une main, j'enlace les frêles épaules de ma fille, de l'autre je lui tâte le front. Pas de fièvre, mais son visage est baigné de larmes. Tellement de larmes qu'elles ont dégouliné sur son caraco, dont je sens la moiteur humide – un mélange de peau tiède et de tristesse – à travers ma chemise de nuit en coton. Je tressaille à ce contact. Dans le noir, je veux déposer un baiser sur le front d'Emi et atterris sur son nez. Emily est désormais plus grande que moi. Chaque fois que je la vois, il me faut quelques secondes pour m'accoutumer à cette invraisemblable vérité. J'ai *envie* qu'elle me dépasse, parce que dans le monde des femmes, être grande et toute en jambes est un avantage, mais j'ai aussi envie qu'elle ait quatre ans et qu'elle soit toute petite pour pouvoir la prendre dans mes bras et lui offrir un refuge à l'abri du monde.

« C'est tes règles, ma puce ? »

Elle secoue la tête et je sens l'odeur de mon démêlant dans ses cheveux, celui, hors de prix, que je lui ai spécifiquement interdit d'utiliser.

« Non, répond-elle, j'ai fait un truc vraiment atro-o-o-ce. Il a dit qu'il venait. »

Et elle se remet à pleurer.

« Ne t'inquiète pas, ma grande, ce n'est rien, dis-je en manœuvrant tant bien que mal pour nous diriger vers la porte, guidée par le rai de lumière sur le palier. Tu vas tout me raconter et on va régler ça, je te le promets. Ça va aller. »

Et, entre nous, je pensais sincèrement que ça irait, car que peut-il y avoir de si triste dans la vie d'une adolescente que sa mère ne puisse arranger ?

2 h 11 – « Tu as envoyé... une photo... de tes fesses nues... à un garçon... ou *des* garçons... que tu ne connais ni d'Ève ni d'Adam ? »

Emily hoche la tête d'un air piteux. Elle est assise à la table de la cuisine, son téléphone dans une main et un mug Homer Simpson de lait chaud dans l'autre, tandis que je renifle un thé vert en regrettant que ce ne soit pas du scotch. Ou du cyanure. *Réfléchis, Kate, RÉFLÉCHIS.*

Le problème, c'est que je ne comprends même pas ce que je ne comprends pas. Emily pourrait aussi bien me parler une langue étrangère. Certes, je suis sur Facebook, dans un groupe WhatsApp que les enfants ont créé pour nous, et j'ai même envoyé un total de huit tweets (dont un, à ma grande honte, au sujet d'un participant de « Danse avec les stars » après deux ou trois verres de vin), mais le reste des réseaux sociaux me passe au-dessus de la tête. Jusqu'à présent, mon ignorance avait plutôt de quoi faire rire : une blague familiale, un sujet de moquerie pour les enfants. « Tu débarques de quel siècle ? » C'était la réplique culte qu'Emily et Ben adoraient me décocher, en imitant l'accent irlandais d'un des informaticiens geeks de la série *The IT Crowd* à qui ils l'avaient empruntée. « Tu débarques de quel siècle, maman ? »

Il leur paraissait inconcevable que j'aie pu rester obstinément fidèle, des années durant, à mon tout premier téléphone portable : un petit objet gris-vert qui frissonnait dans ma poche tel un bébé gerbille. Il pouvait à peine envoyer un texto – et jamais je n'aurais imaginé que j'allais finir par en envoyer toutes les heures –, et il fallait maintenir le doigt appuyé sur un chiffre pour obtenir une lettre, avec trois lettres attribuées à chaque touche. On mettait vingt minutes à taper « Bonjour ». L'écran faisait la taille d'un timbre-poste et il n'y avait besoin de le recharger qu'une fois par semaine. « Le téléphone de Maman Pierrafeu », l'avaient baptisé les gamins. Je me prêtais volontiers à leurs railleries : ça me conférait un semblant de légèreté, comme la mère cool et détendue que je savais que je ne serais jamais vraiment. Sans doute étais-je fière que ces êtres auxquels j'avais donné la vie, encore récemment si frêles et vulnérables, soient devenus des experts aussi compétents dans cette nouvelle langue qui restait pour moi du chinois. Je m'imaginais que c'était pour eux une manière inoffensive de se sentir supérieurs à leur mère légèrement control-freak, laquelle était toujours aux commandes dans tous les domaines importants comme la sécurité et la bienséance, pas vrai ?

Pas vrai. Mais alors pas vrai du tout. Pendant la demi-heure qui s'est écoulée depuis que nous sommes installées à la table de la cuisine, Emily, entre deux hoquets d'effroi, a réussi à m'expliquer qu'elle a envoyé une photo de son postérieur dénudé à sa copine Lizzy Knowles sur Snapchat parce que Lizzy lui a dit que toutes les filles de leur groupe allaient comparer leurs marques de bronzage après les vacances d'été.

« C'est quoi, Snapchat ?

— C'est comme une photo qui disparaît genre après dix secondes.

— Super, donc elle n'existe plus. Quel est le problème ?

— Lizzy a fait une capture d'écran de Snapchat. Elle dit qu'elle voulait la poster dans notre groupe de discussion Facebook mais que par erreur elle l'a mise sur son mur, du coup maintenant ça va rester là pour toujours. Pour toujours », répète-t-elle et, à l'idée de cette postérité non désirée, sa bouche se ramollit en un « O » d'angoisse pure.

Il me faut quelques instants pour traduire en anglais ce qu'elle vient de me dire. Je peux me tromper (et je l'espère de tout mon cœur), mais je crois comprendre que ma fille adorée a pris ses fesses en photo et que, par la magie des réseaux sociaux et la cruauté d'une autre fille, cette image s'est maintenant propagée – si c'est là le bon terme, ce dont j'ai bien peur – à tout le lycée, toute la rue, tout l'univers. À tout le monde, en fait, sauf son propre père, qui continue de ronfler consciencieusement à l'étage comme si le sort de l'Angleterre en dépendait.

« Tout le monde trouve ça trop drôle, poursuit Emi, parce que j'ai encore mon coup de soleil dans le dos depuis la Grèce, ce qui fait que j'ai le dos méga rouge, et comme j'ai les fesses méga blanches on dirait que ça dessine un drapeau. Lizzy dit qu'elle a voulu l'effacer de son mur mais que des tas de gens l'avaient déjà partagée.

— Du calme, du calme, ma puce. Ça date de quand, tout ça ?

— Il devait être genre sept heures et demie, mais j'ai mis des plombes à m'en rendre compte. Tu m'as demandé de poser mon téléphone pendant qu'on dînait, tu te souviens ? Y avait mon nom affiché en haut de la capture d'écran, et du coup tout le monde sait que c'est moi. Lizzy dit qu'elle a essayé de supprimer son post mais qu'il est devenu viral. Elle m'a fait genre "Emi, je trouvais ça marrant, je suis vraiment désolée". Et moi je veux pas montrer que ça m'énerve, parce que tout le monde a l'air de trouver ça hilarant. Sauf que maintenant tous ces gens ont mon Facebook et je reçois des messages dégueus. »

Toute cette tirade sort dans un flot entrecoupé de sanglots.

Je me lève pour attraper du Sopalin et qu'Emi puisse se moucher, car j'ai arrêté d'acheter des Kleenex dans le cadre d'un récent plan de restrictions budgétaires familiales. Le vent d'austérité qui souffle sur le pays, et plus particulièrement sur notre foyer, fait que les jolies boîtes en carton pastel de mouchoirs adoucis à l'aloe vera sont désormais bannies de ma liste de courses. Je maudis intérieurement Richard et sa décision de considérer son licenciement par son cabinet d'architectes comme « une chance de se reconvertir dans un domaine plus riche de sens »... ou « un domaine plus gratos et pépère » si on est moins tendre, ce qui, pardon, mais a tendance à être mon cas à cet instant précis vu que je n'ai pas de Kleenex pour éponger les larmes de notre fille. C'est seulement après avoir déchiqueté le papier absorbant en essayant de le découper le long des pointillés que je m'aperçois que j'ai la main qui tremble, et pas qu'un peu. J'entrelace mes doigts en serrant les paumes l'une contre l'autre pour tenter de stopper les tremblements, et ça me rappelle cette comptine que je mimais à Emi quand elle était petite. « Hop ! J'attrape le papillon ! » Elle me la faisait recommencer en boucle parce qu'elle adorait la fin, quand j'écartais les deux mains en agitant les doigts en l'air pour imiter l'envol du papillon.

« 'Core, maman. 'Core pah'illon. »

Quel âge avait-elle à l'époque ? Trois ans ? Quatre ? Ça me paraît à la fois tout proche et incroyablement loin. Mon bébé. J'essaie tant bien que mal de trouver des repères dans ce nouveau territoire étrange où mon enfant m'a entraînée, mais je suis tiraillée entre plusieurs sentiments : l'incrédulité, le dégoût et peut-être une pointe de peur.

« Partager une photo de ses fesses par téléphone ? Mais enfin, Emily, comment peut-on être aussi débile ? » (Là, c'est la peur qui se mue en colère sous vos yeux.)

Elle s'essuie le nez sur la feuille de Sopalin, la froisse et me la rend.

« Ça s'appelle un belfie, maman.

— Mais c'est quoi, un belfie, nom d'un chien ?

— C'est un selfie de ton boule, me répond Emily. De tes fesses, si tu préfères. »

Elle dit ça comme si c'était la chose la plus banale du monde, comme elle me demanderait de lui passer le sel.

« Tu sais bien, un BELFIE », répète-t-elle en levant la voix, à l'instar de ces Anglais qui lorsqu'ils sont à l'étranger se mettent à beugler pour que ces imbéciles d'autochtones les comprennent.

Ah, *belfie*, pas *belle-fille* ! Dans mon rêve, je croyais qu'elle disait *belle-fille*. Un selfie, je connais. Un jour, mon téléphone a pivoté tout seul en mode selfie et je me suis retrouvée nez à nez avec moi-même. J'ai eu un mouvement de recul tellement ça m'a paru étrange. Je comprends très bien ces tribus qui refusent d'être photographiées de peur que l'appareil ne leur vole leur âme. Je sais que les filles comme Emi passent leur temps à faire des selfies. Mais des *belfies*, franchement ?

« Rihanna en fait. Kim Kardashian. Tout le monde », m'annonce Emily d'un ton inexorable, avec cette petite note blasée que je lui connais trop bien.

C'est sa réponse standard, ces derniers temps. Entrer en boîte avec des faux papiers ? « Ne sois pas choquée, m'man, tout le monde le fait. » Rester dormir chez une « meilleure copine » que je n'ai jamais rencontrée et dont les parents semblent se soucier étonnamment peu des allées et venues nocturnes de leur fille ? Rien de plus normal, à ce qu'il paraît. Quelle que soit la chose à laquelle je m'oppose de façon apparemment ridicule, en gros il faut juste que je me calme, parce que TOUT LE MONDE LE FAIT. Serais-je ringarde au point d'ignorer que faire circuler des photos de son popotin dans le plus simple appareil est devenu socialement acceptable ?

« Emily, s'il te plaît, arrête d'envoyer des textos. Donne-moi ce téléphone. Tu as déjà assez d'ennuis comme ça. »

Je lui arrache des mains ce foutu appareil et elle plonge en travers de la table pour me le reprendre, mais pas avant que j'aie pu voir le message d'un certain Tyler : « Ta un beau Q, ça me fait bander lol !!! 😂 »

Voilà que l'idiot du village écrit des petits mots salaces à mon bébé. Et « Ta » à la place de « T'as » ? Ce garçon est non seulement lubrique, mais analphabète. La grammairienne en moi s'agrippe à son collier de perles en frissonnant. *Arrête un peu, Kate ! Qu'est-ce que c'est que cette stratégie d'évitement à la noix ? Un obsédé libidineux envoie des messages pornographiques à ta gamine de seize ans et tu t'inquiètes de son* orthographe ?

« Écoute, chérie, je crois que je ferais mieux d'appeler la mère de Lizzy pour discuter de...

— Nooooooon ! »

Le cri d'Emily est si déchirant que Lenny bondit de son panier et se met à aboyer pour chasser le malotru qui a bien pu lui faire du mal.

« Tu ne peux pas faire ça, gémit-elle. Lizzy est ma meilleure amie. Tu ne peux pas la dénoncer. »

J'observe son visage bouffi, sa lèvre inférieure à vif à force d'avoir été mordillée jusqu'au sang. Elle pense réellement que Lizzy est sa meilleure amie ? Plutôt une petite sorcière manipulatrice, je dirais. J'ai perdu toute confiance en Lizzy Knowles depuis le jour où elle a annoncé à Emily qu'elle avait le droit d'emmener deux copines au concert de Justin Bieber pour son anniversaire. Emily était surexcitée... jusqu'à ce que Lizzy lui apprenne qu'elle était première sur la liste d'attente. J'ai dû acheter moi-même une place à Emi, à un prix exorbitant, afin de la protéger contre cette lente hémorragie de l'exclusion, cet épanchement interne de la confiance en soi que seules les filles peuvent se causer entre elles. Les garçons sont vraiment des amateurs en matière de méchanceté.

Mais je garde tout ça pour moi. Car je ne peux pas demander à Emily d'encaisser une humiliation publique et une trahison personnelle dans la même nuit.

« Lenny, retourne dans ton panier, voilà, ça c'est un gentil toutou. On n'est pas encore le matin. Couché. Voilà. Gentil toutou. »

Je calme et rassure le chien – ce qui me paraît plus facile que de calmer et de rassurer ma propre fille –, et Emily vient s'allonger à côté de lui, enfouissant la tête contre son cou. Sans la moindre inhibition, elle pointe sa croupe en l'air et, le minishorty rose Victoria's Secret n'étant guère plus couvrant qu'un string, je me retrouve face à deux lunes blanches : ce même petit fessier rebondi qui, juste ciel ! est désormais préservé pour la postérité sous la forme d'un milliard de pixels. Emily a peut-être le corps d'une jeune femme, mais elle a gardé la candeur totale de l'enfant qu'elle était encore il n'y a pas si longtemps. Et qu'elle est toujours à bien des égards. Nous sommes là toutes les deux, à l'abri dans notre cuisine, réchauffées par un vieux fourneau Aga capricieux, blotties contre notre chien adoré, pourtant derrière ces murs ont été déchaînées des forces qui échappent à notre contrôle.

Comment suis-je censée la protéger de choses que je ne peux ni voir ni entendre ? J'aimerais qu'on me le dise. Lenny, lui, est absolument ravi que les deux femmes de sa vie soient debout à cette heure avancée ; il tourne la tête et se met à lécher l'oreille d'Emi de sa grande langue étonnamment rose.

Ce chien, dont l'acquisition m'avait été strictement prohibée par Richard, me tient lieu de troisième enfant, lui aussi strictement prohibé par Richard (les deux, je dois l'admettre, n'étant pas sans rapport). Je suis revenue un jour avec cette boule de douceur et ses grands yeux marron peu après que nous avions emménagé dans cette vieille maison décrépite. Ce n'était pas une petite incontinence de rien du tout qui allait aggraver les choses, songeais-je. La moquette que nous avaient léguée les propriétaires précédents était crasseuse et envoyait des nuages de poussière façon signaux de fumée chaque fois que quelqu'un traversait une pièce. Il faudrait de toute manière la changer, mais pas avant la cuisine, la salle de bains et toutes les autres choses qui avaient besoin d'être changées d'abord. Je savais que Rich serait furax pour les raisons susdites, mais ça m'était égal. Ce déménagement avait été un grand bouleversement pour nous tous, et Ben réclamait un chien depuis une éternité ; chaque année, il m'offrait une carte d'anniversaire avec une ribambelle d'adorables chiots suppliants. Et maintenant qu'il était trop grand pour se laisser câliner par sa mère, je me disais qu'il câlinerait le chien, que je câlinerais le chien et que, je ne sais par quelle équation, quelque part au milieu, je garderais le contact avec mon fils.

C'était une stratégie un peu vaporeuse et pas entièrement aboutie, comme le nouveau venu lui-même, mais elle a magnifiquement bien marché. Je ne sais pas comment on appelle l'inverse d'un punching-ball, mais c'est le rôle que joue Lenny dans notre famille. Il absorbe tous les soucis des enfants. Pour un adolescent, dont le lot quotidien est de découvrir combien il se sent mal-aimé et difforme, le miracle de ce chien est une adoration totale et sans complications. Et moi aussi j'aime Lenny ; je l'aime vraiment, avec un dévouement si tendre que j'ai presque honte de l'avouer. Sans doute comble-t-il un vide dans ma vie auquel je n'ai surtout pas envie de réfléchir.

« Lizzy m'a dit que c'était un accident, reprend Emi en me tendant une main pour que je l'aide à se relever. Le belfie ne devait être destiné qu'aux filles de notre groupe, mais ensuite elle l'a genre posté par erreur à un endroit où tous ses autres amis pouvaient le voir. Elle l'a supprimé dès qu'elle s'en est rendu compte, mais c'était trop tard parce que plein de gens l'avaient déjà sauvegardé et reposté.

— Et ce garçon qui a dit qu'il arrivait ? Ce, euh… Tyler ? »

Je ferme et rouvre les yeux rapidement pour effacer l'image de son texto obscène.

« Il l'a vu sur Facebook. Lizzy a tagué la photo avec le hashtag #MonBouleEstUnDrapeau, et maintenant tout le monde peut la voir sur Facebook et sait que c'est moi, du coup tout le monde pense que je suis le genre de fille qui se déshabille pour un oui, pour un non.

— Mais non, ma puce. »

J'attire Emi entre mes bras. Elle pose la tête sur mon épaule et nous restons un moment au milieu de la cuisine, entre câlin et slow.

« Les gens vont en parler pendant un jour ou deux et puis ça leur passera, tu verras. »

J'aimerais tellement y croire. Mais c'est comme une maladie contagieuse, non ? Les immunologistes se régaleraient à étudier la diffusion virale des photos compromettantes sur les réseaux sociaux. Je suis prête à parier que la grippe espagnole et le virus Ebola combinés n'atteindraient pas la vitesse de propagation de l'humiliation photographique sur le net.

Par le biais du virus qu'est la cyberpornographie, et en moins de temps qu'il n'en faut pour le dire, les fesses nues de ma poupée chérie avaient franchi les soixante-quinze kilomètres entre notre petit village résidentiel et le quartier londonien d'Elephant and Castle, où Tyler, qui est ce que la police appellerait « une personne connue comme ayant des liens » avec le frère d'une copine de la cousine de Lizzy, avait été en mesure de les voir. Tout ça parce que, d'après Emi, cette chère Lizzy avait paramétré son compte de sorte que ses « amis d'amis » pouvaient voir ce qu'elle postait. Génial. Et pourquoi ne pas envoyer ça direct au quartier des pédophiles de la prison de Wormwood Scrubs ?

4 h 19 – Emily dort enfin. Dehors, il fait noir et froid, les premiers frimas de ce début d'automne. Je ne me suis pas encore complètement habituée à la nuit dans un village... si différente de la nuit dans une ville, où l'obscurité n'est jamais vraiment totale. Pas comme ce manteau de fourrure charbon qui recouvre tout. Non loin d'ici, quelque part vers le fond du jardin, surgit le cri perçant d'un animal en train de tuer ou de se faire tuer. Quand nous avons emménagé, je prenais ces bruits pour ceux d'un être humain en souffrance et je voulais appeler la police. Maintenant je me dis juste que ça doit être encore le renard.

J'ai promis à Emi que je resterais à son chevet au cas où Tyler ou n'importe quel autre chasseur de belfies essaierait de s'introduire chez nous. Voilà pourquoi je suis présentement assise dans son petit fauteuil à motifs nounours, mon propre postérieur quasi quinquagénaire comprimé entre les deux étroits accoudoirs en bois éraflés. Je songe à toutes les fois où je l'ai veillée dans ce fauteuil. En priant pour qu'elle s'endorme (à peu près toutes les nuits, 1998-2000). En priant pour qu'elle se réveille (suspicion de traumatisme crânien après chute d'un château gonflable, 2004). Et me voilà maintenant à penser à son « boule », comme elle dit, celui que j'enveloppais habilement dans des Pampers et qui se trimballe désormais en toute liberté sur la toile, enflammant sans aucun doute le bas-ventre de hordes de Tyler vicelards. *Purée.*

J'ai honte que ma fille n'ait aucun sens de la pudeur, parce que de qui ça pourrait bien lui venir ? De sa mère, évidemment. La mienne – Jane, la grand-mère d'Emily – m'a inculqué une terreur presque victorienne de la nudité, qu'elle avait héritée d'une éducation baptiste ultra-rigoureuse. À la plage, notre famille était la seule qui enfilait ses maillots à l'intérieur d'une sorte de burqa en tissu éponge équipée d'un col à cordon coulissant que ma mère avait fabriqué avec de la ruflette pour rideaux. Encore aujourd'hui, je regarde à peine mon propre derrière, et il me viendrait encore moins à l'idée de l'offrir à la vue de tous. Comment diable notre famille a-t-elle pu, en seulement deux générations, passer de la pudibonderie au porno ?

J'ai désespérément besoin de parler à quelqu'un, mais qui ? Je ne peux pas le dire à Richard, que l'idée qu'on ait déshonoré sa princesse tuerait sur-le-champ. Je parcours le répertoire mental de mes amies, m'arrêtant sur certains noms en essayant d'évaluer lesquelles me jugeraient durement, lesquelles compatiraient avec effusion avant de quand même colporter le ragot... dans un esprit de profonde sollicitude, naturellement (« Pauvre Kate, tu ne vas *pas croire* ce que sa fille a fait »). Ce n'est pas la même chose que quand on riait avec d'autres mamans sur un truc embarrassant qu'avait pu faire Emily quand elle était petite, comme ce spectacle de Noël où elle avait cassé le halo d'Arabella parce qu'elle était furieuse de jouer la femme de l'aubergiste (un rôle muet avec un costume minable, sans la moindre paillette : je la comprenais). Je ne peux pas exposer Emi au prêchi-prêcha moralisateur de la Mamafia, ce gang organisé de Mères supérieures. Alors, à qui sur terre puis-je confier cette histoire si éprouvante et surréaliste que j'en ai physiquement la nausée ? J'ouvre ma boîte mail, trouve un nom qui est synonyme d'« inchoquabilité » et commence à taper.

De : Kate Reddy
À : Candy Stratton
Objet : SOS !
Salut ma biche, tu es encore debout ? Je ne me souviens jamais du décalage horaire. Ici la nuit a été rude. Emily s'est laissé convaincre par une « amie » de poster une photo de son popotin nu sur Snapchat, qui depuis a fait le tour complet du web. Ça s'appelle un « belfie », ce qu'à mon âge j'aurais plutôt pris pour le diminutif de Harry Belafonte, mais non. J'ai peur qu'une meute de pervers la bave aux lèvres prennent d'assaut la baraque. Blague à part, je me sens préhistorique quand elle me parle. Même si je ne comprends rien à tous ces trucs techniques, je sais que cette fois c'est vraiment grave. J'ai envie d'assassiner cette petite sotte et en même temps de la protéger de toutes mes forces.
Je croyais que cette plaisanterie de l'éducation des enfants était censée se simplifier avec le temps. Je fais quoi ? Je lui interdis tous les réseaux sociaux ? Je la mets au couvent ?
Éplorément,
K.

Brusquement jaillit dans ma tête une image en Technicolor de Candy chez Edwin Morgan Forster, la société d'investissement internationale où on travaillait toutes les deux il y a de cela huit ou neuf ans. Elle portait une robe rouge si moulante qu'on pouvait voir descendre le long de son œsophage le sashimi qu'elle avait mangé en guise de déjeuner. « Qu'est-ce que tu r'luques, mon grand ? » lançait-elle d'un ton railleur au premier collègue masculin qui s'avisait de commenter sa silhouette à la Jessica Rabbit. Candace Marlene Stratton : fière transfuge du New Jersey au langage fleuri, génie de l'internet, et ma fidèle alliée dans un bureau où le sexisme était l'air que nous respirions au quotidien. J'ai lu un article sur une affaire de discrimination l'autre jour, une jeune comptable qui se plaignait que son patron lui avait parlé de façon irrespectueuse. J'ai pensé : *Sérieux ? Tu ne connais pas ta chance, cocotte.* Chez EMF, il suffisait qu'une femme élève la voix pour que les traders se mettent à gueuler depuis l'autre bout de l'étage : « T'as tes ragnagnas, c'est ça, chérie ? » Ils se permettaient tout, même ce genre de remarque. Ils adoraient charrier les femmes de l'équipe sur leurs menstruations. Et se plaindre n'aurait fait que les conforter dans l'idée que nous ne tenions pas le choc, si bien qu'on ne s'en donnait jamais la peine. Candy, dont à l'époque le régime alimentaire se composait essentiellement de coca – celui qu'elle buvait en canette *et* celle qu'elle se mettait dans le nez – a eu son bureau à environ quatre mètres du mien pendant trois ans, pourtant nous ne nous parlions presque jamais. Au travail, deux femmes qui discutaient ensemble, c'était « du bavardage » ; deux hommes qui faisaient exactement la même chose, c'était « un briefing ». Nous connaissions les règles. Mais Candy et moi passions nos journées à nous envoyer des e-mails à tout bout de champ, histoire de vider notre sac et de rigoler un peu : deux résistantes clandestines dans un univers d'hommes.

Jamais je n'aurais cru que je me remémorerais ce temps-là avec tendresse, encore moins avec nostalgie, mais tout à coup je repense à combien c'était excitant. Ça représentait pour moi un défi que rien n'a jamais égalé, ni houspiller les gosses pour qu'ils fassent leurs devoirs, ni cuisiner neuf repas par semaine, ni même faire venir quelqu'un pour nettoyer les gouttières, toute cette petite routine fastidieuse. Peut-on être reconnue pour ses talents de mère ? Les gens ne remarquent que ce que vous faites mal.

Alors qu'à l'époque, j'avais des objectifs à atteindre et je pouvais savoir que j'étais bonne, vraiment très bonne dans mon travail. La solidarité sous la pression : on se rend compte du plaisir intense que c'est seulement quand on ne l'a plus. Et Candy m'avait toujours soutenue. Peu de temps après la naissance de Seymour, elle était rentrée aux États-Unis pour se rapprocher de sa mère, qui mourait d'envie de baby-sitter son premier petit-fils. Ce qui avait permis à Candy de monter un business de sex-toys de luxe : *Orgazma, sexe express pour femme pressée*. Je n'ai revu Candy qu'une seule fois depuis que nous avons toutes les deux quitté EMF, même si, forgés dans le feu de l'adversité, nos liens sont de ceux qui ne s'oublient pas. J'aimerais tellement l'avoir à mes côtés à cet instant. Parce que je ne suis pas sûre de pouvoir gérer ça toute seule.

De : Candy Stratton
À : Kate Reddy
Objet : Re : SOS !

Salut belle éplorée, ici le service d'assistance personnalisée du Westchester County, à votre écoute 24 h/24. Du calme, OK ? Ce qu'a fait Emily est un comportement d'ado on ne peut plus normal. C'est simplement la version 21e siècle des lettres d'amour parfumées et nouées d'un

ruban rouge qu'on s'échangeait jadis sous le manteau... sauf que maintenant c'est sous la culotte.
Estime-toi heureuse que ce soit juste une photo de ses fesses. Une fille dans la classe de Seymour a partagé une photo de sa foufoune parce que le capitaine de l'équipe de football voulait la voir. Ces gamins n'ont AUCUNE notion d'intimité. Ils pensent que du moment qu'ils sont à la maison sur leur téléphone ou leur ordinateur, ils sont à l'abri.
Emily ne se rend pas compte qu'en fait elle se balade cul nu sur l'autoroute de l'information en donnant l'impression d'avoir le pouce en l'air pour se faire prendre en stop. Ton boulot, c'est de lui rentrer ça dans le crâne. Par la force si nécessaire. Je te suggère d'embaucher un gentil geek pour débusquer et détruire tout ce qui traîne sur elle sur la toile. Je suis à peu près sûre que tu peux aussi demander à Facebook d'effacer les trucs obscènes. Et tu la prives temporairement de certains droits : plus d'accès internet pendant quelques semaines, le temps qu'elle ait retenu la leçon.
Mais tu devrais essayer de dormir, ma poule, il doit être super tard chez toi, non ?
Tu sais que tu peux compter sur moi.
T'embrasse.
C.

5 h 35 – Il est maintenant si tard qu'en fait il est tôt. Je décide de vider le lave-vaisselle plutôt que de me recoucher pour une petite heure dérisoire à fixer le plafond. Cette histoire de périménopause fout en l'air mon sommeil. Vous ne le croirez pas, mais quand la gynéco a prononcé ce mot il y a quelques mois, la première chose qui m'est venue à l'esprit, c'est un groupe des années 1960 avec des coupes au bol : Perry and the Ménopauses. *Dooby-dooby-doo.* Perry était souriant, l'air bon enfant, et il portait très certainement un pull de Noël tricoté main. Je sais, je sais... mais je n'en avais jamais entendu parler et j'étais soulagée de pouvoir enfin mettre un nom sur ce syndrome qui fractionnait mes nuits puis me plongeait dans des abîmes de fatigue juste après le déjeuner (je m'étais vaguement demandé si j'étais atteinte de quelque maladie mortelle et j'en étais déjà à imaginer d'émouvantes scènes sur le bord de ma tombe où mes deux enfants pleuraient en disant qu'ils regrettaient de ne pas m'avoir davantage appréciée de mon vivant). Quand on connaît le nom de ce qui nous terrifie, on peut essayer de l'apprivoiser, non ? Perry et moi allions donc devoir faire copain-copain.

« Je n'ai pas le temps de m'offrir une sieste dans l'après-midi, avais-je expliqué à ma gynéco. Je voudrais juste redevenir comme avant.

— Vous n'êtes pas la seule dans ce cas-là, m'avait-elle répondu en prenant activement des notes sur son ordinateur. Ce sont des symptômes classiques pour votre âge. »

J'étais soulagée d'avoir des symptômes classiques ; l'union faisait la force. Autour de moi se trouvaient des milliers, que dis-je ? des millions de femmes qui avaient elles aussi la sensation de se promener avec un animal à l'agonie agrippé à elles. Tout ce qu'on voulait, c'était redevenir comme avant, et avec un peu de patience ça finirait par arriver. En attendant, il ne nous restait qu'à faire des listes pour combattre un autre des délicieux symptômes de Perry : les trous de mémoire.

Qu'est-ce que m'a conseillé Candy dans son mail ? De trouver un as de l'informatique capable de traquer le belfie d'Emily et de l'effacer ? « Un comportement d'ado on ne peut plus normal. » Peut-être que ce n'est pas si grave, finalement. Je m'assieds dans le fauteuil près de l'Aga, celui que j'ai acheté sur eBay pour quatre-vingt-quinze livres (l'affaire du siècle : il faut juste changer les ressorts, remplacer les pieds et refaire la tapisserie), et je me mets à dresser la liste de toutes les choses que je ne dois pas oublier. La dernière image dont je me souvienne, c'est celle d'un chien totalement inconscient de sa propre masse qui me saute sur les genoux, sa queue qui me fouette le bras et sa tête duveteuse qui se blottit sur mon épaule.

7h01 – Dès la seconde où j'ouvre l'œil, je consulte mon téléphone. Deux appels en absence de Julie. Ma sœur cadette adore me tenir au courant des dernières aventures de notre mère, juste histoire de me rappeler que, vu qu'elle habite à trois rues de chez elle dans notre petite ville natale du nord de l'Angleterre, c'est elle qui doit garder un œil sur maman, qui a jusqu'à présent refusé d'adopter un quelconque comportement qu'on pourrait juger adapté à son âge. Tous les mercredis matin, maman prépare des légumes pour le déjeuner du Club des seniors, où certains des convives qu'elle appelle « les vieux » ont quinze ans de moins qu'elle. Ce qui me procure un mélange de fierté (*Quelle énergie !*) et d'exaspération (*Tu ne voudrais pas être un peu moins indépendante, nom d'un chien ?*). Quand ma mère va-t-elle enfin admettre qu'elle aussi est vieille ?

Depuis que j'ai décidé de « disparaître dans la nature », comme dit ma sœur – c'est-à-dire que j'ai pris la décision difficile de retourner vivre dans le Sud pour me rapprocher de Londres, l'endroit le plus susceptible de m'offrir un boulot bien payé –, Julie est devenue une de nos grandes martyres nationales, dégageant des relents nocifs de bûcher et d'eau bénite. Elle ne rate pas une occasion de souligner que je ne fais pas ma part. Même si, chaque fois que je parle à maman, à savoir presque tous les jours, elle se plaint qu'elle n'a pas vu ma sœur depuis une éternité. Je trouve ça terrible que Julie ne passe pas prendre de ses nouvelles étant donné qu'elle habite à deux pas, mais je ne peux pas le dire car, dans la distribution des rôles familiaux, je suis « la mauvaise fille qui s'est tirée », et Julie « la gentille fille qui est restée et qu'on ne remercie jamais ». Je fais de mon mieux pour changer le scénario ; j'ai offert un ordinateur à maman pour son anniversaire en lui disant que c'était de la part de Julie et moi. Pourtant, me faire culpabiliser est une des rares miettes de pouvoir qui restent à ma sœur dans sa dure et triste existence de femme deux fois divorcée et carburant à la vodka. Je le comprends, rationnellement en tout cas, et j'essaie d'être indulgente, mais depuis quand la raison peut-elle démêler les nœuds de la rivalité fraternelle ? Il faudrait que je rappelle Julie, et je vais le faire, mais je dois d'abord m'occuper d'Emily. Emily en premier, puis maman, puis me préparer pour mon rendez-vous avec le chasseur de têtes cet après-midi. Quoi qu'il en soit, je n'ai pas besoin de l'aide de Julie pour culpabiliser de ne pas savoir choisir mes priorités. La culpabilité, c'est ma seconde nature.

7 h 11 – Au petit déjeuner, j'informe Richard qu'Emily est autorisée à faire la grasse matinée car elle a passé une mauvaise nuit. Ce qui a le mérite d'être un mensonge parfaitement véridique. Et Dieu sait que la nuit a été mauvaise : tout en haut du classement des pires nuits de tous les temps. Complètement lessivée, j'enchaîne ma routine matinale tel un androïde en ferraille rouillée. Le simple fait de me pencher pour ramasser la coupelle à eau de Lenny est un effort, au point que je dois m'encourager à voix haute pour réussir à me redresser (« Allez, *ouille*, tu peux y arriver ! »). Je suis en train de préparer du porridge lorsque Ben descend de sa tanière : on dirait un gnou branché à trois engins électroniques différents. Le jour de ses quatorze ans, les épaules de mon adorable garçon se sont affaissées d'un coup et il a perdu l'usage de la parole, communiquant désormais ses besoins par d'occasionnels grognements ou petites piques narquoises. Ce matin, pourtant, il a l'air étonnamment animé... loquace, presque.

« Mam', tu sais quoi ? J'ai vu une photo d'Emily sur Facebook. Trop marrante.

— Ben.

— Sérieux, elle a reçu genre des milliers de likes pour une photo de son...

— BENJAMIN !

— Ça alors, jeune homme, intervient Richard en relevant brièvement les yeux de son yaourt au frai de grenouille, ou je ne sais quoi d'autre dont il se nourrit ces jours-ci. C'est agréable de t'entendre dire quelque chose de positif sur ta sœur, pour une fois. Pas vrai, Kate ? »

Je décoche à Ben un regard façon rayon de la mort de la Méduse et j'articule en silence : « *Un mot à papa et t'es mort.* »

Richard ne remarque pas ce petit jeu de sémaphore frénétique entre mère et fils car il est absorbé dans un article sur un site de cyclisme, dont j'aperçois le titre par-dessus son épaule : « QUINZE GADGETS INDISPENSABLES À DÉCOUVRIR D'URGENCE ».

Le nombre de gadgets indispensables que les cyclistes découvrent périodiquement est prodigieux, comme en témoigne notre buanderie. Accéder au lave-linge ces jours-ci est devenu une course de haies tant l'attirail de Rich occupe le moindre centimètre carré. Il y a plusieurs sortes de casques : un casque qui joue de la musique, un casque équipé d'une lampe de mineur sur le front, et même un autre avec clignotant intégré. À mon étendoir sont pendus deux gros antivols en métal qui ressemblent davantage à des instruments de torture de l'ère des Tudors qu'à quelque chose servant à attacher un vélo. Hier, en allant vider le sèche-linge, je suis tombée sur le dernier achat en date de Richard. Un objet à la forme singulièrement phallique, encore dans sa boîte, qui le décrit comme un « lubrificateur automatique ». Cela est-il destiné au vélo ou bien aux irritations du derrière de mon mari, qui a perdu son coussinet de graisse depuis qu'il s'est transformé en chèvre de montagne ? En tout cas ce n'est clairement pas destiné à notre vie sexuelle.

« Je vais rentrer tard ce soir. Avec Andy, on va pédaler jusqu'en Mongolie du Nord (du moins je crois que c'est ce qu'il a dit). Ça ne t'embête pas ? »

C'est une affirmation, pas une question. Richard ne lève pas les yeux de son ordinateur, même quand je dépose un bol de porridge devant lui.

« Chérie, tu sais bien que je ne mange pas de gluten, marmonne-t-il.

— Je croyais que l'avoine, ça allait. Sucres lents, faible index glycémique. Non ? »

Il ne me répond pas. Même chose pour Ben, dont je devine à son sourire en coin qu'il est en pleine communion avec Facebook, ce monde invisible dans lequel il passe le plus clair de son temps. Sans doute est-il en train de suivre en direct les aventures planétaires des fesses de sa sœur. Avec un pincement au cœur, je songe à Emily qui dort à l'étage. Je lui ai assuré que tout irait mieux au matin, et maintenant que c'est le matin il faut que je trouve le moyen que ça aille mieux. Pour commencer, je dois faire en sorte que son père quitte la maison.

Devant la porte de service, Richard est en train d'enfiler son équipement de cyclisme, un processus ponctué de moult velcros, zips et pressions. Imaginez, si vous préférez, un chevalier se préparant pour la bataille d'Azincourt avec un vélo en fibre de carbone à deux mille trois cents livres en lieu et place du cheval. Quand mon mari s'est mis au cyclisme, il y a trois ans, j'étais à fond pour. L'exercice, le grand air, n'importe quoi pourvu d'avoir plus de temps pour chiner en paix sur eBay « encore des trucs dont on n'a pas besoin et qui vont venir encombrer ce tas de ruines », comme dit Rich. Ou plutôt « d'incroyables bonnes affaires qui trouveront parfaitement leur place dans notre vieille maison féerique », selon moi.

C'était avant de réaliser que Richard ne pédalait pas juste pour le plaisir. Sérieusement, le plaisir n'avait rien à voir là-dedans. Sous mes yeux innocents, il s'est métamorphosé en un de ces « quinquas en lycra » dont on parle à la rubrique « Lifestyle » des journaux : ces hommes qui passent au minimum dix heures par semaine en selle. À ce régime-là, Rich a vite perdu une bonne dizaine de kilos. J'avais du mal à m'en réjouir vu que mes propres kilos en trop se cramponnaient à moi avec de plus en plus de ténacité chaque année. Contrairement aux shorts de cyclisme, la culotte de cheval n'est pas amovible et lavable en machine (quel dommage !). Jusqu'à mes quarante ans, je jure qu'il me suffisait de me nourrir de Wasa et de fromage blanc allégé pendant quatre jours pour sentir mes côtes à travers ma peau. Ce stratagème ne marche plus.

Rich n'a jamais été enrobé, mais il a toujours eu un côté gros ours mal léché à la Jeff Bridges, et l'amplitude moelleuse de son corps collait bien avec son tempérament bon enfant. Il ressemblait à ce qu'il était : un homme avenant et généreux. Cet inconnu anguleux qu'il observe à présent dans la glace avec un intense intérêt a un corps nerveux et tonique et un visage profondément ridé (nous avons tous les deux atteint cet âge où une maigreur excessive ne vous donne plus l'air jeune mais décharné). Le nouveau Richard suscite les commentaires admiratifs de nos amis et je sais que je devrais le trouver séduisant, mais toute idée lubrique est instantanément désamorcée par sa tenue de cyclisme. Ce à quoi Rich me fait le plus penser quand il porte sa combi moulante du cou aux genoux, c'est une capote turquoise géante. Atrocement visibles, son pénis et ses testicules pendouillent comme un fruit trop mûr.

L'ancien Rich aurait été conscient d'avoir l'air ridicule et se serait volontiers moqué de lui-même. Le nouveau ne sourit guère, ou peut-être est-ce moi qui ne lui donne guère d'occasions de sourire. Il est toujours en train de râler au sujet de la maison – ou « ta pompe à fric », comme il l'appelle –, et d'ironiser sur le gentil maçon qui m'aide fort intelligemment à remettre sur pied tant bien que mal cette vieille bicoque branlante.

Alors qu'il attache son casque, il me lance :

« Kate, tu pourras demander à Piotr de jeter un œil au robinet de la salle de bains ? Je crois que le joint qu'il a utilisé était encore un de ses vestiges polonais d'après-guerre. »

Vous voyez ce que je veux dire ? Une nouvelle insinuation vacharde envers ce brave Piotr. Je lui aurais bien répondu par un sarcasme, en m'étonnant par exemple que Richard ait même remarqué quoi que ce soit dans la maison alors que son esprit est occupé par des choses tellement supérieures, mais soudain je m'en veux terriblement de ne pas lui avoir parlé d'Emily et du belfie. Alors, au lieu de le rembarrer, je m'avance pour le serrer dans mes bras dans une étreinte coupable, sur quoi ma robe de chambre s'accroche au velcro d'une de ses poches. L'espace de quelques secondes gênées, nous sommes collés l'un à l'autre. Ça fait longtemps que nous n'avons pas été si proches. Peut-être que je devrais lui dire ce qui s'est passé cette nuit ? La tentation de tout lui déballer, de partager ce poids, est presque irrésistible, mais j'ai promis à Emily que je n'en parlerais pas à papa, alors je me tais.

7h54 – Maintenant que la voie est libre puisque Richard et Ben sont sortis, je monte voir comment va Emily, avec un mug de thé rouge brique dans lequel j'ai discrètement dissous un morceau de sucre. Depuis qu'elle a commencé sa diète de fruits et légumes pressés, elle n'autorise pas le moindre glucide à franchir ses lèvres, mais j'imagine qu'en situation de crise un thé sucré peut être considéré comme un médicament, non ? J'arrive à peine à entrouvrir sa porte avant qu'elle ne bute contre un tas de vêtements et de chaussures. Je me glisse dans l'entrebâillement et me retrouve dans ce qui ressemble à une pièce évacuée en catastrophe après un raid aérien. Le sol est jonché de décombres, et sur la table de nuit vacille une installation artistique en canettes de Coca Zero.

L'état d'une chambre d'adolescente est une source de conflits mère-fille si éculée que j'aurais sans doute pu m'y préparer, mais nos disputes autour de ce territoire litigieux sont pourtant toujours aussi éprouvantes. La dernière en date, quand Emily est rentrée du lycée vendredi et que j'ai insisté pour qu'elle range sa chambre *immédiatement*, s'est soldée par une impasse :

Emily : « Mais c'est *ma chambre*. »

Moi : « Mais c'est *ma maison*. »

Aucune des deux n'était prête à céder.

« Elle est tellement têtue, me suis-je plainte après coup à Richard.

— Ça ne te rappelle personne ? »

Emily est allongée en travers du lit, entortillée dans sa couette comme dans une chrysalide. Elle a toujours eu un sommeil très agité, faisant le tour de son matelas telles les aiguilles d'une horloge. Quand elle dort, comme c'est le cas maintenant, elle a exactement la même tête que petite dans son lit à barreaux : le menton fièrement en avant, ses fins cheveux blonds collés sur l'oreiller en boucles moites lorsqu'elle a chaud. Elle est née avec des yeux immenses dont la couleur est restée indécise pendant des années, comme s'ils hésitaient encore. Tous les matins, quand elle se réveillait, je lui chantonnais : « De quelle couleur sont tes yeux aujourd'hui ? Verts, gris ou vert-de-gris ? »

Ils ont fini noisette comme les miens et j'étais secrètement déçue qu'elle n'ait pas hérité du bleu Paul Newman parfait de Richard, même si, puisqu'elle est forcément porteuse du gène, il pourra encore resurgir chez ses enfants. Aussi incroyable que ça puisse paraître, mon cerveau s'est déjà mis à penser à la prochaine génération (je savais qu'on pouvait être en mal d'enfant, mais en mal d'enfant de ses propres enfants, ça existe ?).

Je devine qu'Emily est en train de rêver : il y a un film qui se joue derrière ces paupières papillotantes ; j'espère que ce n'est pas un film d'horreur. Abandonnés sur l'oreiller près de sa tête se trouvent Frizouille-le-Mouton, son premier doudou, et ce satané téléphone, l'écran illuminé par l'activité de la nuit. « 37 messages non lus », annonce-t-il. Je frémis en songeant à ce qu'ils doivent contenir. Candy m'a conseillé de confisquer le téléphone d'Emily, mais dès que je tends le bras pour le prendre elle a les jambes qui tressaillent en signe de protestation, telle une grenouille de laboratoire. La Belle au bois dormant n'a pas l'intention de renoncer à sa cybervie sans résistance.

« Emily, ma puce, il faut te réveiller. C'est l'heure de te préparer pour aller à l'école. »

Alors qu'elle se retourne en grommelant et qu'elle s'enfonce un peu plus dans sa chrysalide, le portable émet un petit bruit de clochette, puis un autre, puis encore un autre. On dirait une porte d'ascenseur qui s'ouvre toutes les dix secondes.

« Emi, ma grande, réveille-toi s'il te plaît. Je t'ai apporté du thé. »

Ding. Ding. Ding. Quel bruit détestable. Tout a commencé par une erreur innocente d'Emily, et qui sait où ça va finir ? J'attrape le téléphone et le fourre dans ma poche sans qu'elle me voie. *Ding. Ding.*

Avant de redescendre, je m'arrête sur le palier. *Ding.* Tandis que, de l'antique fenêtre à meneaux, je contemple le jardin encore enveloppé de brume, me revient à l'esprit un adage énigmatique : « La plus belfie du monde ne peut donner que ce qu'elle a. »

8h19 – Dans la cuisine, ou ce qui nous tient lieu de cuisine en attendant que Piotr ait fini d'en construire une en bonne et due forme, je me dépêche de débarrasser le petit déjeuner et d'ouvrir une boîte pour Lenny avant de consulter mes mails. Le premier sur lequel je tombe vient de quelqu'un qui ne s'était jusque-là jamais immiscé dans ma boîte de réception. Eh merde !

De : Jane Reddy
À : Kate Reddy
Objet : Surprise !
Chère Kath,
Ici maman. Le premier courriel de ma vie ! Merci infiniment de vous être cotisées toi et Julie pour m'acheter un ordinateur portable. Vous me gâtez toujours. J'ai commencé un cours d'informatique à la bibliothèque. L'internet m'a l'air drôlement intéressant à ce que j'en ai vu pour l'instant. Plein de photos de chats rigolos. J'ai vraiment hâte de pouvoir communiquer avec mes petits-enfants. Emily m'a dit qu'elle était sur un site qui s'appelle Facebook. Tu pourrais me donner son adresse s'il te plaît ?
Bisous
Maman

Hier, j'ai donc tapé « périménopause » dans Google. Si vous comptiez le faire aussi, mon conseil en deux mots : surtout pas.

Symptômes de la périménopause :

- Bouffées de chaleur, sueurs nocturnes et/ou mains moites
- Peau sèche et démangeaisons
- Palpitations Croyez-moi, je suis le dragon
- Irritabilité !!! de Komodo de l'irritabilité !!
- Maux de tête, pouvant dégénérer en migraines
- Sautes d'humeur, crises de larmes
- Perte de confiance en soi, manque de self-estime
- Troubles du sommeil
- Règles irrégulières ; règles plus courtes, plus abondantes, ménorragie
- Baisse de libido
- Sécheresse vaginale + calvitie pubienne
- Fatigue extrême
- Sentiments de peur, d'appréhension, d'abattement
- Difficultés de concentration, désorientation, confusion mentale
- Trous de mémoire inquiétants ✓✓
- Incontinence, surtout quand on éternue ou qu'on rit
- Courbatures, douleurs articulaires, musculaires, tendineuses
- Douleurs gastro-intestinales, troubles de la digestion, flatulences, nausées
- Prise de poids
- Chute des cheveux et/ou des poils (pubiens ou reste du corps) ; pilosité faciale accrue
- Dépression sans blague ?!!

Qu'est-ce qu'il manque ? Ah oui : la mort. Je crois qu'ils ont oublié la mort.

2

Le haut de la fourchette

J'ai forcé Emily à aller au lycée le lendemain du soir où ses fesses sont devenues virales. Vous pourriez penser que j'ai eu tort, et je pourrais être d'accord avec vous. Elle ne voulait pas y aller, elle m'a suppliée, en invoquant toutes les raisons possibles et imaginables en vertu desquelles elle ferait mieux de rester à la maison avec Lenny et de rattraper des « devoirs » en retard (comprendre : toute la dernière saison de *Girls*, je ne suis pas débile à ce point). Elle m'a même proposé de ranger sa chambre – un signe patent de désespoir –, mais je sentais que c'était un de ces moments clés dans lesquels on doit tenir bon et insister pour que l'enfant fasse ce qui paraît le plus dur. « Remonter en selle », n'est-ce pas l'expression que la génération de nos parents employait avant qu'obliger ses enfants à faire ce dont ils n'ont pas envie ne devienne socialement inacceptable ?

Je me disais qu'il valait mieux pour Emi qu'elle encaisse les blagues salaces et les murmures narquois dans les couloirs plutôt que de se faire porter pâle et d'étouffer sa peur sous la couette. Exactement comme, à sept ans, quand elle était tombée à bicyclette dans le parc, des graviers incrustés dans son genou écorché et sanguinolent, et que je m'étais accroupie pour les lui aspirer avec la bouche avant de la forcer à remonter sur son vélo, de crainte que la répugnance instinctive à recommencer ce qui vient de vous faire mal ne se mue en phobie insurmontable.

« NON. Papa, NON ! » s'était-elle mise à hurler, appelant à la rescousse Richard, qui à l'époque s'était déjà arrogé le rôle du parent moins sévère, plus empathique, me laissant le soin d'imposer les bonnes manières, les heures de coucher et les légumes verts, toutes choses rasantes auxquelles les gentils papas rigolos n'ont aucune envie de se mêler. J'en voulais terriblement à Rich de m'obliger à devenir le genre de personne que je n'avais jamais voulu être et que, dans d'autres circonstances, j'aurais été prête à payer une fortune pour éviter. Mais les moules des rôles parentaux, coulés quand les enfants sont tout petits, prennent et durcissent sans que l'on s'en rende compte jusqu'à ce qu'un beau jour, au réveil, on s'aperçoive qu'on ne porte plus simplement le masque d'une harpie autoritaire multitâche, mais que ce masque nous a rongé le visage.

À bien y réfléchir, on peut sans doute dater tout ce qui s'est mis à dérailler dans la civilisation contemporaine de l'invention du mot « parentalité » : être parent est désormais un boulot à temps plein, en plus de votre autre boulot, celui qui paie le loyer et les factures. Certains jours, je me dis que j'aurais adoré être mère à l'époque où les parents étaient encore des adultes qui continuaient égoïstement à mener leur vie et à boire des cocktails le soir pendant que les enfants faisaient comme ils pouvaient pour suivre et trouver leur place. Le temps que ce soit mon tour, c'était devenu l'inverse. Et cette innombrable armée d'hommes et de femmes dédiés heure par heure au bien-être et à la stimulation de leur progéniture a-t-elle suscité un bonheur sans précédent parmi la jeune génération ? Eh bien, lisez la presse et faites-vous votre propre idée. Mais c'était en tout cas notre histoire, à Emily et moi, à Richard et à Ben, et je ne peux que vous raconter ce que c'était que de la vivre de l'intérieur. Quant à savoir si la « parentalité » moderne aura été une science ou une névrose inquiète destinée à combler le vide autrefois occupé par la religion, l'histoire en jugera.

Alors oui, j'ai forcé Emily à aller au lycée ce jour-là, et j'ai failli arriver en retard à mon entretien parce que je l'ai déposée en voiture au lieu de la laisser prendre son vélo. Je la revois encore franchir la grille, la tête rentrée dans les épaules comme pour résister aux bourrasques alors qu'il n'y avait pas un souffle de vent. Elle s'est retournée une seconde le temps de me saluer d'un courageux petit signe de la main, que je lui ai rendu en levant le pouce en l'air, même si j'avais l'impression d'avoir une canette écrabouillée dans la poitrine à la place du cœur. J'étais à deux doigts de baisser la vitre pour lui crier de revenir, mais j'ai pensé qu'en tant qu'adulte c'était mon devoir de donner confiance à ma fille, et non de lui montrer que, moi aussi, j'étais terrorisée et paniquée.

Est-ce là que ça a commencé ? Cet instant a-t-il été le tournant fatidique qui a déterminé la suite des événements ? Si je l'avais jouée autrement, si j'avais autorisé Emi à rester à la maison, que j'avais annulé mon rendez-vous et que nous avions passé la matinée toutes les deux blotties sous la couette à regarder quatre épisodes de *Girls* à la chaîne histoire de laisser l'humour caustique et jubilatoire de Lena Dunham laver la honte d'une adolescente de seize ans… Tous ces « si » que j'aurais pu écouter !

Mais je ne l'ai pas fait, désolée. Il fallait absolument que je retrouve du travail d'urgence. J'avais calculé qu'il nous restait assez d'argent sur le compte commun pour tenir trois mois, maximum quatre. Les économies que nous avions pu mettre de côté après avoir vendu à bon prix notre maison londonienne et déménagé dans le Nord avaient fondu de façon alarmante depuis que Richard avait perdu son job, et encore plus depuis que nous étions revenus dans le Sud, où nous avions été locataires un moment avant de trouver une maison à acheter. Un dimanche, au déjeuner, Richard m'avait annoncé au détour d'une conversation que non seulement il n'allait presque rien gagner pendant les deux années à venir, mais aussi que, dans le cadre de sa formation de psy, il était désormais lui-même en thérapie deux fois par semaine, moyennant finance. Le coût était exorbitant ; j'avais envie d'appeler la thérapeute et de lui proposer l'histoire de mon mari sur un plateau en échange d'un rabais de cinquante pour cent. Qui mieux que moi connaissait les moindres travers et recoins de sa personnalité ? Et le fait que Rich dilapide les deniers du ménage pour des séances dans lesquelles il avait tout loisir de se plaindre de moi ne faisait qu'attiser mon sentiment d'injustice. Si je voulais pouvoir compenser le manque à gagner, il allait me falloir un boulot sérieux, un boulot de soutien de famille, et il allait me le falloir vite, sans quoi nous allions finir sous un pont à nous nourrir chez KFC. Alors j'ai obligé ma fille à remonter en selle, de la même manière que je m'étais obligée à reprendre le travail quand elle avait quatre mois et un rhume carabiné qui faisait gargouiller ses minuscules poumons. Parce que c'est comme ça, c'est ce qu'il faut faire. Même quand tous les atomes de votre corps vous crient que vous avez tort ? Oui. Même.

10 h 12 – Dans le train pour Londres, je serais censée revoir mon CV et lire les pages éco en préparation de mon rendez-vous avec le chasseur de têtes, mais je ne pense qu'à Emily et au texto immonde que lui a envoyé Tyler. Quel effet ça doit faire d'être l'objet d'une convoitise aussi libidineuse avant même d'avoir perdu sa virginité (du moins je présume qu'Emi est encore vierge : je serais au courant si ce n'était pas le cas, non ?). Combien de messages du même genre a-t-elle reçus ? Est-ce que je devrais prévenir l'école ? J'imagine d'ici la conversation avec le proviseur : « Euh, ma fille a accidentellement partagé une photo de son derrière avec l'ensemble de vos élèves... » Quels problèmes supplémentaires cela risquerait-il de lui attirer ? Ne vaut-il pas mieux la jouer profil bas, essayer de continuer comme si de rien n'était ? Si je m'écoutais, je pourrais tuer cette Lizzy Knowles. Je pourrais même suspendre ses entrailles au-dessus de l'entrée du lycée pour dissuader tout futur abus de réseaux sociaux susceptible d'humilier une gentille fille naïve. Mais Emily a dit qu'elle ne voulait pas causer d'ennuis à sa copine. Autant les laisser régler ça entre elles.

Je pourrais maintenant appeler Richard et lui raconter l'histoire du belfie, mais ça va le stresser, et l'idée de devoir le rassurer et gérer son angoisse, comme je l'ai fait pendant toute notre vie commune, m'épuise d'avance. Non, ce sera plus simple de résoudre le problème moi-même, comme d'habitude (qu'il s'agisse d'une nouvelle maison, d'une nouvelle école ou d'une nouvelle moquette). Et puis, une fois que tout sera rentré dans l'ordre, je le lui dirai.

Voilà comment je suis devenue une menteuse au travail et une menteuse à la maison. Si les services secrets avaient un jour besoin d'une agent double périménopausée capable de tout faire sauf de se souvenir du mot de passe (« Non, attendez, laissez-moi une minute, ça va me revenir »), j'étais la candidate idéale. Pourtant, croyez-moi, ça n'était pas facile.

Vous aurez peut-être noté que je fais beaucoup de blagues sur les trous de mémoire, mais en réalité ce n'est pas drôle, c'est humiliant. Pendant un moment, je me suis dit que c'était juste une phase, comme cette sensation d'avoir de la purée de pois à la place du cerveau pendant que j'allaitais Emily. J'étais tellement à l'ouest qu'un jour, alors que j'avais donné rendez-vous à ma vieille copine de fac Debra au grand magasin Selfridges (elle était en congé mat après la naissance de Felix, je crois), j'ai carrément fourré une boule de papier hygiénique mouillé dans mon sac à main et jeté mes clés de voiture dans les toilettes. Je veux dire, si vous mettiez ça dans un livre, personne ne vous croirait, si ?

Mais là c'est différent, c'est une nouvelle forme d'amnésie : moins comme un brouillard qui va finir par se dissiper que comme un composant vital du circuit qui aurait grillé pour de bon. Dix-huit mois de périménopause et j'ai le regret de vous dire que la grande bibliothèque de mon cerveau s'est réduite à l'équivalent d'un seul roman de Danielle Steel.

Chaque mois, chaque semaine, chaque jour, ça devient un peu plus difficile de retrouver au fond de ma mémoire les choses que je sais. Rectification : les choses que je sais que je savais. À quarante-neuf ans, le bout de la langue est un endroit menacé de surpopulation.

Rétrospectivement, je me rends compte de toutes les fois où mes capacités de mémorisation m'ont sauvé la vie. Combien d'examens j'aurais ratés si je n'avais pas eu la chance de posséder une aptitude quasi photographique à parcourir en diagonale plusieurs chapitres d'un manuel, à transporter prudemment ces informations jusqu'à la salle d'examen – comme un œuf d'autruche en équilibre sur une soucoupe –, à les régurgiter sur le papier, et bingo ! Ce fabuleux système d'archivage numérique ultra-perfectionné, que j'ai considéré comme allant de soi pendant quatre décennies, est désormais une bibliothèque poussiéreuse de province gérée par un seul employé, que j'ai baptisé Roy.

Certains demandent à Dieu d'entendre leurs prières. Moi, je supplie Roy de fouiller dans mon bloc mémoire pour y dégotter un objet / mot / bidule égaré. Le pauvre Roy n'est plus dans sa première jeunesse. Comme moi, en fait. Il a du pain sur la planche à devoir retrouver où j'ai bien pu laisser mon téléphone ou mon sac, quand il ne s'agit pas de se souvenir d'une obscure citation ou du nom de ce film auquel j'ai repensé l'autre jour, de Neil Machin-Chose, avec Demi Moore jeune.

Vous vous rappelez comme on s'était moqués de Donald Rumsfeld, quand il était secrétaire à la Défense et qu'il avait parlé des « choses qu'on sait ne pas savoir » à propos de l'Irak ? Ah ça, il nous avait bien fait rire, le pauvre vieux ! Eh bien figurez-vous que je commence à comprendre ce qu'il voulait dire. Car la périménopause est un combat quotidien contre les choses qu'on sait avoir sues.

Vous voyez cette grande brune qui s'avance vers moi au rayon yaourts du supermarché avec un sourire plein d'espoir ? Oh oh... Qui est-ce et d'où me connaît-elle ?

Roy, s'il te plaît, tu peux me retrouver le nom de cette femme ? Je suis sûre qu'on l'a quelque part. Peut-être dans le dossier « Mamans d'élèves flippantes » ou « Nanas sur qui je soupçonne Richard de se faire des films ».

Et voilà Roy qui s'éloigne en traînant ses pantoufles pendant que la grande-brunette-inconnue-mais-très-sympa – Gemma ? Jasmina ? Julia ? – me donne des nouvelles d'autres femmes que nous avons en commun. Elle laisse échapper que sa fille n'a eu que des A au brevet. Malheureusement, ce n'est pas un indice très concluant, la perfection scolaire étant l'attribut indispensable de tout enfant de la classe moyenne et de ses ambitieux parents.

Parfois, quand mes problèmes de mémoire prennent des proportions vraiment alarmantes – un peu comme ce poisson dans ce film, là, vous savez (*Roy, allô* ?*) –, j'ai l'impression d'essayer de rattraper une idée qui a juste fait un petit plongeon dans ma tête avant de repartir une milliseconde plus tard d'un simple battement de nageoires. Je me sens alors comme un prisonnier qui a aperçu les clés de sa cellule sur une étagère en hauteur mais qui n'arrive pas tout à fait à les atteindre du bout des doigts. J'essaie de les attraper, je me hisse sur la pointe des pieds, j'écarte les toiles d'araignée, j'implore Roy de me rappeler ce que je suis venue faire dans le bureau / la cuisine / le garage. Mais dans mon esprit, c'est le trou noir.

Est-ce pour cela que j'ai commencé à mentir sur mon âge ? Croyez-moi, ce n'était pas par vanité, mais par instinct de survie. Une vieille copine de l'époque où je travaillais à la City m'avait dit qu'elle connaissait un chasseur de têtes qui avait besoin de compléter son quota de femmes, en vertu des règles imposées par le Consortium des sociétés d'investissement. C'était le genre de type qui avait le bras suffisamment long pour glisser un mot dans la bonne oreille aux poils blanchis sous le harnais et vous décrocher une place au conseil d'administration d'une entreprise, fonction hautement rémunérée mais qui ne vous occupe que quelques jours par an. Je me disais que si j'arrivais à cumuler deux ou trois postes de ce genre en plus de mon boulot en free-lance de conseillère en patrimoine financier, je pourrais peut-être gagner juste de quoi nous maintenir à flot le temps que Richard finisse sa formation, tout en continuant à m'occuper des enfants, à garder un œil sur maman et aussi sur les parents de Rich. Sur le papier, c'était un super plan. Deux jobs d'administratrice indépendante, j'aurais pu faire ça pendant mon sommeil. C'est donc remplie d'espoir que je suis allée voir Gerald Kerslaw.

11 h 45 – Le bureau de Kerslaw se trouve dans un de ces hôtels particuliers du quartier de Holland Park qui ressemblent à des meringues géantes. L'ascension des marches du perron, qui doivent bien être au nombre de quinze, vous donne l'impression d'escalader les falaises blanches de Douvres. À l'exception d'une soirée de temps en temps et de mes rendez-vous avec mes clients, ça fait une éternité que je n'ai pas porté de chaussures présentables : incroyable, la vitesse à laquelle on perd l'habitude de marcher avec des talons. Sur le court trajet depuis le métro, je me sens comme un bébé gnou ; chancelante sur mes jambes écartées en dehors, je dois même m'arrêter pour m'appuyer d'une main contre le stand d'un marchand de journaux le temps de retrouver l'équilibre.

« Ça va, mademoiselle ? Faites attention où vous mettez les pieds », glousse le type, et j'ai honte de l'élan de gratitude absurde que j'éprouve à son égard à l'idée qu'il me juge encore assez jeune pour m'appeler mademoiselle (c'est drôle comme un vieux macho de base peut se muer en galant gentleman quand vous avez besoin d'un petit coup de boost, pas vrai ?).

Il est difficile de comprendre comment toute l'assurance que vous avez bâtie au fil d'une carrière peut s'effondrer d'un coup. Des années de connaissances balayées en quelques minutes.

« Donc, madame Reddy, vous avez quitté la City depuis combien de temps… Sept ans ? »

Kerslaw possède une de ces voix de stentor destinées à porter jusqu'au troufion qui fait l'imbécile en queue du défilé. Il m'aboie dessus derrière un bureau de la taille de la Suisse.

« Kate, je vous prie, appelez-moi Kate. Six ans et demi, pour être exacte. Mais j'ai accepté beaucoup de nouvelles responsabilités depuis. J'ai entretenu mes compétences, j'ai fourni des conseils financiers réguliers à plusieurs personnes autour de moi, j'ai lu les pages éco tous les jours et…

— Je vois. »

Kerslaw tient mon CV à bout de bras, comme s'il dégageait une légère odeur nauséabonde. Casque de cheveux argent façon Playmobil, c'est un petit homme dont le visage luisant a les traits étirés de quelqu'un qui a toujours voulu faire dix centimètres de plus. Les rayures de sa veste sont beaucoup trop larges, comme les lignes à la craie d'un court de tennis. C'est le genre de costume que seuls portent les politiciens champions des valeurs familiales après que leur nuit de débauche avec deux prostituées et cocaïne à gogo a été révélée dans un tabloïd du dimanche.

« Trésorière du CEP ? lit-il en haussant un sourcil.

— Oui, c'est le Conseil de l'église de la paroisse, dans mon village. Les comptes étaient tenus n'importe comment, mais j'ai eu un mal fou à convaincre le pasteur de me confier la gestion de leurs mille neuf cents livres. C'était assez cocasse, vu que par le passé j'ai eu l'occasion de gérer un fonds de quatre cents millions, et…

— Je vois. Et sinon, en ce qui concerne votre fonction de présidente du conseil de gouvernance de l'institut d'enseignement… *Beckles*, c'est ça ? Quel est le rapport avec le reste, madame Reddy ?

— Kate, s'il vous plaît. Eh bien, cet institut était en grande difficulté, en passe d'être fermé par les pouvoirs publics, même, et il a fallu énormément d'efforts pour inverser la vapeur. J'ai dû changer toute la structure d'encadrement, ce qui s'est révélé un cauchemar diplomatique. Vous n'imaginez pas ce que peut être la politique d'un établissement scolaire, sérieusement, c'est bien pire qu'une banque, et il y avait aussi toute la législation à respecter, les rapports d'inspection. Une paperasse pas possible. Quelqu'un de non qualifié n'a pas la moindre chance d'y comprendre quelque chose. J'ai engagé une fusion avec une autre école pour qu'on ait les moyens d'investir dans du personnel de pointe et de réduire la taille des classes. À côté de ça, franchement, les fusions-acquisitions, c'est *Les Télétubbies*.

— Je vois, répète Kerslaw sans l'ombre d'un sourire (il n'a jamais regardé *Les Télétubbies* avec ses gosses, à l'évidence). Et vous ne travailliez pas à plein temps pendant toute cette période parce que votre mère était souffrante, c'est cela ?

— Oui. Maman - ma mère - a fait une crise cardiaque, mais maintenant elle va beaucoup mieux, elle est complètement remise, Dieu merci. Je voudrais juste préciser, monsieur Kerslaw, que l'institut Beckles est l'une des écoles avec la meilleure progression de tout le pays, et il a maintenant une nouvelle directrice formidable qui...

— Fort bien. À part ça, je dois vous demander : si l'un de vos enfants devait tomber malade le jour d'une réunion du conseil d'administration, que feriez-vous ? En tant qu'administratrice, il est vital que vous soyez disponible pour préparer les réunions en amont et, bien sûr, la présence est obligatoire. »

Je ne sais pas combien de temps je reste à le dévisager sans rien dire. Plusieurs secondes ? Plusieurs minutes ? Je ne peux pas promettre que ma mâchoire inférieure ne touche pas le sous-main en cuir vert de son bureau. Dois-je réellement m'abaisser à répondre à cette question ? Même si les questions de ce genre sont censées être illégales de nos jours ? Eh bien, apparemment oui. J'explique donc à ce crétin qui se la pète dans la doublure en soie rouge de sa veste que, en effet, quand j'étais gestionnaire de fonds, il arrivait que mes enfants soient malades de temps en temps, que dans ce cas je m'arrangeais toujours pour les faire garder en bonne professionnelle consciencieuse que j'étais, et que n'importe quel conseil d'administration peut avoir la plus grande confiance dans mon sérieux ainsi que dans ma discrétion.

Mon laïus aurait pu faire encore meilleur effet si un téléphone n'avait pas choisi cet instant précis pour se mettre à jouer le thème de *La Panthère rose*. Je regarde Kerslaw, qui me regarde. Drôle de sonnerie pour un vieux chasseur de têtes coincé, je me dis. Il me faut un moment avant de me rendre compte que cette mélodie guillerette provient en fait du sac à main sous ma chaise. Eh merde. Ben a encore dû changer ma sonnerie. Ça l'amuse.

« Je vous prie de m'excuser », je bredouille, une main plongée dans le sac à la recherche frénétique de mon portable tandis que le reste de ma personne s'efforce de garder autant de dignité que possible.

Pourquoi est-ce qu'un sac se transforme toujours en pochette-surprise quand on a besoin d'y trouver quelque chose rapidement ? Porte-monnaie. Mouchoirs. Poudrier. Un truc gluant, *berk*. Lunettes. Allez ! Il doit bien être quelque part là-dedans. Le voilà ! Tout en mettant le téléphone baladeur sur silencieux, je jette un coup d'œil à l'écran le temps d'apercevoir un appel en absence et un texto de ma mère. Maman n'envoie jamais de textos. C'est aussi inquiétant que de recevoir une lettre manuscrite d'un ado. « URGENT ! Besoin d'aide. Maman. »

J'espère que mon visage reste à la fois souriant et calme, et que Kerslaw ne voit en face de lui qu'une administratrice on ne peut plus recommandable, mais mon imagination démarre au quart de tour. *Mon Dieu, mon Dieu, mon Dieu*. Les hypothèses se bousculent dans ma tête :

1. Maman a fait une nouvelle crise cardiaque et a réussi à ramper jusqu'à son portable, qui n'a plus que soixante secondes de batterie.

2. Maman déambule dans les rayons d'un supermarché, hagarde, les cheveux en bataille, vêtue d'une simple nuisette.

3. En fait, ce que maman veut dire, c'est : « Ne t'en fais pas, ils sont très gentils avec moi en soins intensifs. »

« Voyez-vous, madame Reddy, poursuit Kerslaw en plaçant ses doigts en triangle tel un archidiacre dans un roman d'Anthony Trollope, le problème que nous avons est que, bien que vous ayez des antécédents tout à fait remarquables à la City, et les références qui l'attestent, il n'y a strictement rien que vous ayez fait dans les sept années ayant suivi votre départ d'Edwin Morgan Forster qui puisse être d'aucun intérêt pour mes clients. Et puis, je suis désolé de vous le dire, mais il y a la question de votre âge. Vous approchez à grands pas du haut de la fourchette au-delà de laquelle… »

J'ai la bouche sèche. Je ne suis pas certaine, au moment où je l'ouvre, qu'un son en sortira.

« Cinquante est le nouveau trente-cinq », je tente, d'une voix rauque.

Ne craque pas, Kate, quoi qu'il arrive. Débrouille-toi juste pour te tirer de là sans faire d'histoires. Les hommes détestent les histoires, surtout celui-là, il n'en vaut pas la peine.

Je me lève brusquement, comme si la décision de mettre un terme à cet entretien venait de moi.

« Merci du temps que vous m'avez accordé, monsieur Kerslaw. Je vous en sais gré. Si une occasion se présente, je n'ai pas d'orgueil mal placé, je suis prête à reprendre à un niveau beaucoup moins élevé. »

La porte me paraît infiniment loin. Et la moquette du bureau de Kerslaw est si épaisse que j'ai l'impression que mes talons s'enfoncent dans une pelouse irlandaise.

12 h 41 – Une fois dans la rue, j'appelle ma mère et pleure presque de soulagement en entendant sa voix. Elle est vivante.

« Maman, tu es où ?

— Ah, bonjour Kath, je suis chez Maxi Moquette.

— Chez qui ?

— Maxi Moquette. Bien meilleur choix qu'à la Moquetterie.

— Maman, tu m'as dit que c'était urgent.

— Mais *c'est* urgent, chérie. À ton avis, qu'est-ce que je prends ? Pour mon salon. Sauge ou lin ? Sinon ils ont aussi paille. En revanche, ce n'est pas donné : dix-sept livres quatre-vingt-dix-neuf le mètre carré ! »

Un des entretiens les plus cruciaux de toute ma vie vient de capoter parce que ma mère n'arrive pas à choisir la couleur de sa moquette.

« Le lin ira avec tout », je réponds machinalement.

Je sais à peine ce que je dis. Le brouhaha de la circulation, mes pieds qui me hurlent de les sortir de ces stilettos, le contrecoup de l'humiliation que je viens d'essuyer. Je suis trop vieille. Au-delà de la fourchette. Vieille.

« Ça va, chérie ? »

Non, ça ne va pas. Pas du tout, même, je frôle la dépression nerveuse. J'avais placé tous mes espoirs dans cet entretien, mais je ne peux pas le lui dire. Elle ne comprendrait pas, ça ne servirait qu'à l'inquiéter. Les années pendant lesquelles ma mère pouvait m'aider à résoudre mes problèmes sont derrière moi. À un moment imperceptible, un jour comme n'importe quel autre, l'équilibre bascule et c'est au tour de l'enfant de rassurer ses parents (un de ces quatre, aussi inimaginable que ça puisse paraître, je serai réconfortée par Emily). C'est la mort de mon père il y a cinq ans qui a été le point charnière. Même si mes parents étaient divorcés depuis belle lurette, je crois que maman pensait secrètement que papa reviendrait la queue entre les jambes quand il serait trop vieux, ou plus vraisemblablement trop fauché, pour continuer à collectionner les conquêtes plus jeunes que ses propres filles. Et, cette fois, ce serait elle qui le mènerait à la baguette. À peine dix mois après qu'on l'avait retrouvé mort dans le lit de Jade, une top-modèle qui vivait dans un appartement au-dessus de son PMU préféré, ma mère a elle-même fait un infarctus. Avoir le cœur brisé n'est pas qu'une métaphore, il faut croire. Et donc, voyez-vous, je ne peux plus me confier à ma mère, me reposer sur elle ni lui causer du tourment ; je dois faire attention à ce que je dis.

« Je sors d'un entretien d'embauche, maman.

— Ah oui ? Je suis sûre que ça s'est bien passé. Ils ne trouveront jamais personne d'aussi consciencieux que toi, je dirais que c'est ton point fort.

— Oui, oui, ça s'est très bien passé. Tout m'est revenu d'un coup, comme si c'était hier.

— Je te fais confiance pour ça, chérie. Alors, je prends lin ? Quoique le lin risque d'être un peu fade. Je crois que je préfère le sauge. »

Une fois que ma mère a raccroché, finalement très contente de repartir sans acheter aucune moquette, je prends d'abord une grande inspiration, puis une décision. J'ai dit à Kerslaw que je n'avais pas d'orgueil, mais j'avais tort : j'ai de l'orgueil, et il l'a même ravivé. L'ambition était là telle une veilleuse à l'intérieur de moi, n'attendant que d'être rallumée. Si je suis trop vieille, je n'ai qu'à rajeunir et puis c'est tout, pas vrai ? Si c'est la seule condition pour décrocher un job que je serais capable de faire en dormant, qu'à cela ne tienne. Dorénavant, Kate Reddy ne sera plus une femme de quarante-neuf ans et demi, pathétique has been et parasite inemployable. Elle ne sera pas « au-delà de la fourchette » qui ne s'applique pas aux connards surcotés dans le genre de Kerslaw ni aux hommes en général, mais uniquement aux femmes, curieusement. Elle aura... Elle aura quarante-deux ans !

Oui, ça me paraît bien. Quarante-deux. La réponse à la vie, à l'univers à et tout le reste. Si Joan Collins est cap de tricher de vingt ans pour décrocher un rôle dans *Dynastie*, je peux bien tricher de sept pour trouver un boulot dans la finance et perpétuer la mienne, de dynastie. À partir de maintenant, à mon corps défendant et en m'efforçant de ne pas imaginer ce qu'en dirait ma mère, je vais devoir mentir.

* Le Monde de Nemo. *Roy a enfin retrouvé le nom du film avec ce poisson amnésique.*

3

Le fondement

Jeudi, 5 h 57 – J'ai mal dans toutes les articulations. On dirait une grippe qui ne s'arrêterait jamais. Ça doit encore être Perry et ses charmants symptômes (comme quand je me suis réveillée à 3 heures du mat avec une flaque de sueur entre les seins alors qu'il faisait un froid de canard dans la chambre). J'adorerais me lover sous la couette et passer une heure de plus au lit, mais il n'en est pas question. Après mon supplice aux mains de l'affreux chasseur de têtes à rayures, le projet « Reprise du boulot » démarre dès maintenant.

Conor, du club de gym, a accepté de faire une exception et de me proposer son programme « spécial prénuptial », destiné aux femmes qui veulent être au top pour le grand jour. Je lui ai expliqué que j'avais grosso modo les mêmes objectifs que n'importe quelle jeune promise : il fallait que j'arrive à convaincre un homme, ou *des* hommes, de s'engager à me donner assez d'argent pour pouvoir élever mes enfants et rénover une vieille maison délabrée. Il y aurait une période de lune de miel pendant laquelle j'allais devoir leur faire croire que je serais toujours aussi enthousiaste, furieusement désirable et partante au quart de tour.

« En gros, j'ai besoin de perdre quatre kilos – six serait encore mieux – et d'avoir l'air d'une nana de quarante-deux ans qui fait jeune pour son âge, ai-je résumé.

— No problemo », m'a répondu Conor (il est néo-zélandais).

Et voilà comment je prépare mon retour à un vrai travail. Par « vrai », j'entends un emploi décemment rémunéré, contrairement à ma pseudo « carrière mosaïque » des dernières années. Dans les magazines féminins, on a toujours l'impression que la « carrière mosaïque » est un truc idyllique : l'héroïne, vêtue d'un long cardigan en cachemire clair porté sur un tee-shirt blanc immaculé, virevolte entre plusieurs projets free-lance passionnants tout en passant du temps à la maison où elle prépare de délicieux gâteaux pour d'adorables bambins dans une cuisine qui est toujours peinte d'un reposant gris tourterelle.

En pratique, comme je l'ai vite compris, ça veut dire travailler à temps partiel pour des boîtes qui ne tiennent pas du tout à vous faire un contrat histoire d'éviter de payer la TVA, et même d'éviter de vous payer tout court. Tellement de temps perdu à courir après les paiements. Pour quelqu'un qui travaille dans la finance, j'ai une étrange phobie de réclamer de l'argent aux gens… en tout cas le mien. J'ai fini avec une poignée de projets surenvahissants et sous-payés, que je devais caser dans les interstices de mes fonctions principales de chauffeur / ravitailleuse / blanchisseuse / aide-soignante / cuisinière / organisatrice événementielle / infirmière / promeneuse de chien / surveillante de devoirs / empêcheuse d'internet. Mon bureau, j'ai nommé la table de la cuisine, était couvert d'un fatras de paperasse, et non d'appétissantes pâtisseries maison. Mes revenus annuels ne me permettaient pas de m'offrir du cachemire, et les tee-shirts blancs devenaient tous grisâtres au fil des lessives familiales.

Tout projet réussi commence par une évaluation rigoureuse de son fondement même, suivie par la mise en place d'objectifs atteignables. Pendant que tout le monde dort encore, je m'enferme prudemment dans la salle de bains, enlève ma chemise de nuit par le haut dans un mouvement fluide (« Un geste d'un érotisme inouï », ainsi que l'avait qualifié jadis un de mes amants) et examine ce que je vois dans la glace. Voilà à quoi on ressemble à quarante-neuf ans et demi. J'ai les seins clairement plus bas et plus lourds qu'avant. Pour peu qu'on soit sévère (et je le suis assurément), ils font davantage penser à des mamelles que mes joyeux petits tétons pointus d'antan. À vrai dire, je m'en suis plutôt bien tirée. Certaines de mes amies ont perdu toute leur poitrine après leur accouchement ; leurs seins ont d'abord gonflé, mais une fois qu'elles ont cessé d'allaiter ils se sont ratatinés comme des vieux ballons de baudruche. Judith, de mon groupe de préparation à la naissance, s'est fait poser des implants après que ses jumeaux l'avaient complètement asséchée, son mari ne supportant pas ce qu'il appelait de façon fort aimable ses « nichons de sorcière ». Il a quand même fini par se tirer avec sa secrétaire et Judith s'est retrouvée avec ses deux valises de silicone, si lourdes qu'elles lui ont causé des problèmes de dos. Mes seins à moi ont gardé aussi bien leur taille que leur forme, mais au fil des années il y a eu une nette baisse de densité ; c'est la différence entre un avocat parfaitement à point et un autre qui s'est transformé en guacamole à l'intérieur de sa peau. Voilà ce que signifie la jeunesse, au fond : tout est une question de maturité.

Je frissonne malgré moi. On se gèle, dans cette maison ; encore plus que dehors, car Piotr n'a toujours pas trouvé le temps de s'attaquer à la plomberie. Pour ne rien vous cacher, j'ai peur de ce qu'il va découvrir en soulevant les lattes du parquet. Le vieux radiateur sous la fenêtre produit une piètre quantité de chaleur, et ses borborygmes suggèrent de sérieux problèmes digestifs.

Je drape une serviette autour de mes épaules et me concentre à nouveau sur le reflet dans le miroir. Les jambes sont encore pas si mal : juste un léger effet de froncé autour des genoux, comme si on avait pris une aiguille et tiré un fil au milieu. La taille s'est épaissie, ce qui me donne moins de courbes que cette petite jeunette bien roulée qui n'a jamais eu de mal à capter les regards et qui jamais, à aucun moment, n'a réfléchi aux sortilèges sournois que son corps employait pour attirer les hommes à lui.

J'ai toujours eu des hanches étroites, plutôt masculines. Désormais elles sont enrobées d'un coussinet de chair, que je pince entre le pouce et l'index jusqu'à me faire mal. Voilà une première chose dont il va falloir se débarrasser. La peau de mon cou et de mon sternum paraît hachurée, comme si un peintre l'avait griffée au cutter. Les méfaits du soleil. On ne peut rien y faire... du moins pas à ma connaissance (*Roy, rappelle-moi de poser la question à Candy ; elle a testé toutes les opérations répertoriées à ce jour*). Je ne pourrai pas non plus effacer la cicatrice de ma césarienne. Bien qu'elle se soit estompée avec le temps, l'incision hâtive de la chirurgienne – elle était pressée de sortir Emily – a créé un petit bourrelet de chair que tous les exercices de Pilates du monde n'ont jamais réussi à résorber. Et, croyez-moi, ce n'est pas faute d'avoir essayé. Autrefois, je regardais avec mépris ces célébrités qui choisissaient l'option césarienne sur commande doublée d'une liposuccion dans la foulée. Pourquoi ne pas arborer fièrement les traces de la maternité ? Maintenant je suis moins sûre de moi, moins donneuse de leçons. À part ça, j'ai plutôt le ventre plat, même si ma peau est çà et là plissée comme du coton gaufré.

Et ce fondement, alors ? Je me retourne en me tordant le cou pour essayer d'apercevoir quelque chose dans le miroir par-dessus mon épaule. Bon, disons qu'il est toujours à peu près au bon endroit et sans cellulite, mais je le confesse (c'est le cas de le dire), je n'irais pas non plus jusqu'à le prendre en photo pour le mettre sur Facebook.

Tout ça n'a rien de surprenant ni de honteux : ce ne sont que les effets normaux du temps sur le corps. Les changements sont si minuscules, si miséricordieusement progressifs qu'on les remarque à peine, jusqu'au jour où on se voit sur une photo de vacances, ou bien dans le reflet furtif d'un vieux miroir piqué derrière un bar, et où, l'espace d'une seconde, on se demande « Qui c'est celle-là ? ».

Certains aspects du vieillissement ont quand même encore le pouvoir de choquer. Mon amie Debra m'assure qu'elle s'est découvert l'autre jour un premier poil blanc sur le minou. Grisonner du pubis, *sérieux* ? De ce côté-là, j'ai encore ma couleur d'origine, quoiqu'une pilosité nettement plus clairsemée – faut-il véritablement ajouter la pelade de la touffe à la longue liste des humiliations ménopausiques ? –, et les poils repoussent beaucoup moins vite sur mes jambes depuis quelque temps. C'est toujours ça d'économisé en esthéticienne. Désormais, toute mon activité folliculaire s'est déplacée vers le menton et le cou, où six ou sept ignobles petits crins se sont avisés de percer, aussi acharnés que des mauvaises herbes. Seules une bonne pince à épiler et une vigilance sans faille de ma part les empêchent de former une barbe à la Raspoutine.

Le visage, maintenant. J'ai gardé ça pour la fin. La lumière de la salle de bains est clémente. Douce, tamisée, c'est celle qui provient du jardin encore nimbé de sommeil. Trop clémente à mon goût. Je tire d'un coup sec sur le cordon de l'affreux néon au-dessus du miroir. L'unique avantage d'avoir la vue qui baisse avec l'âge est qu'on ne se voit plus très bien ; voilà au moins une chose que cette vieille garce de Dame Nature n'a pas trop mal calculée. En général, je me console en me disant, comme tout le monde aime à me le répéter, que je fais jeune pour mon âge. Rassurant à entendre quand on a trente-neuf ans, beaucoup moins maintenant que je me rapproche du chiffre que l'on ne peut prononcer.

Dans l'impitoyable éclat jaune fluo du néon, mon reflet m'informe que j'ai un début de double menton. La ligne de ma mâchoire s'est légèrement avachie, avec une consistance un peu grumeleuse, comme une pâte à gâteau avant que la farine soit bien mélangée. Mais au moins ce ne sont pas les redoutés fanons. Pour je ne sais quelle raison purement masochiste, j'ai tapé « fanon » dans Google l'autre jour : « Repli cutané qui pend sous le cou de certains animaux (bœuf, iguane, dindon). » Je n'ai aucune envie de ressembler à un iguane. Je presse les deux pouces sous la peau de mon cou pour la tirer vers l'arrière. Momentanément, je me retrouve face à moi jeune : surprise, pensive, jolie.

Le contour des yeux est plutôt bien conservé – merci à la crème Intégral Anti-Âge de Sisley (et je n'ai jamais fumé, ce qui aide) –, en revanche j'ai deux sillons de clown triste autour de la bouche et un plissement permanent entre les deux sourcils, comme un point d'exclamation, petit mais déterminé, qui me donne l'air d'être constamment en colère. Je caresse du bout du doigt ces rides verticales. On peut les faire disparaître avec des injections de Botox ou de Restylane, non ? Je n'ai jamais osé. Non pas que j'y voie aucune objection éthique, pas du tout, c'est juste de la superstition. Quand on n'est pas trop mal, pourquoi passer sous le bistouri et prendre le risque de ressortir avec la tête de Frankenstein ?

Je préfère voir dans le miroir un visage familier et légèrement ridé que finir comme cette actrice que j'ai croisée récemment dans un café. On la voyait beaucoup à la télé dans les années 1970, elle jouait dans toutes les adaptations de Dickens et de Jane Austen : ce genre de beautés naturelles et ingénues auxquelles les poètes dédient des sonnets. Je ne sais pas ce qu'elle avait fabriqué, mais on aurait dit que quelqu'un avait tenté de lui recréer les jolies pommettes rebondies de sa jeunesse, sauf qu'au final elle avait l'air d'un hamster en pleine mastication. Elle avait les joues gonflées, mais de façon asymétrique, et un coin de sa bouche en cerise plongeait vers le bas comme s'il avait envie de pleurer mais que le reste du visage l'en empêchait. Même si je m'efforçais de ne pas la regarder avec trop d'insistance, mes yeux n'arrêtaient pas de revenir vers elle pour prendre la mesure du désastre, comme un tic devant ce visage en toc. Conclusion : mieux vaut s'accommoder de la tête qu'on a plutôt que de s'en faire faire une nouvelle au petit bonheur la chance.

J'éteins cette lumière féroce et enfile ma tenue de sport. J'entends Lenny qui gémit en bas ; il sait que je suis levée. Il faut que je le laisse sortir faire un petit pipi. Avant de descendre, je jauge une dernière fois sans détour la femme dans le miroir. *Pas si mal, Kate, il n'y a pas de quoi désespérer*. Certes, il y a encore du boulot, mais on va s'accrocher, allez ! Toi qui jadis fus canon, canon redeviendras (enfin, disons qu'on va d'abord viser la catapulte, et on verra après). En attendant, je vais devoir m'en remettre à mon anticerne et à mon fond de teint en espérant que mon prof de gym pourra m'aider à retrouver une silhouette de quarante-deux ans.

6 h 14 – Et on commence comme j'ai bien l'intention de poursuivre, avec deux cuillerées de vinaigre de cidre dans de l'eau chaude (ce qui est censé faire baisser la glycémie et vous couper l'appétit, sans doute pour la bonne raison que ça vous donne instantanément envie de vomir). Aujourd'hui est aussi un jour maigre, où j'ai droit à un maximum de cinq cents calories. Me voilà donc en train de me préparer un somptueux petit déjeuner à base d'un seul biscuit d'avoine, auquel j'hésite, dans un instant de folie, à ajouter une cuillère à café de houmous. L'apport calorique du biscuit est écrit sur le côté du paquet en lettres si minuscules qu'elles ne sont lisibles que pour des lutins équipés d'un microscope électronique. Comment voulez-vous que je suive ce foutu régime si je ne peux même pas lire les calories ? Je m'en vais donc chercher mes lunettes à l'endroit-où-on-range-toujours-les-lunettes-pour-que-Kate-n'oublie-pas-où-elles-sont-rangées. Pas là. (*Roy, tu dors ? Roy ?? Où j'ai mis mes lunettes ? J'ai besoin de mes lunettes. Tu peux me trouver mes lunettes, s'il te plaît ?*)

Pas de réponse. Bon sang ! Je grignote mon biscuit le plus lentement possible en me demandant si je pourrais compter parmi les aliments autorisés la mixture verte d'Emily, dont la confection a engendré une pile de vaisselle qui encombre à présent mon évier. J'ouvre le frigo et y attrape tour à tour divers produits tentants que je repose aussitôt. Je m'arrête devant la huche à pain dans laquelle Richard a glissé hier une appétissante ciabatta artisanale. Une tartine, une tartine, mon royaume pour une tartine !

Self-control, Kate. Ne nous soumets pas à la tentation, et délivre-nous du gluten. Adieu les leggings extensibles de quinqua sur le retour, à moi les jupes crayon et les nouveaux horizons de carrière ! Amen.

De : Candy Stratton
À : Kate Reddy
Objet : Re : Le supplice du chasseur de têtes
Tu fais UN entretien où un trouduc de première t'explique que parce que tu as quarante-neuf ans tu devrais te faire euthanasier, ET TU LE CROIS ? SANS DÉC ?! Où est passée la fabuleuse nana pour qui j'ai bossé ? Tu vas devoir me remanier illico ton CV et te mettre à mentir dans les grandes largeurs. Tout ce dont tu te sais capable, dis-leur que tu l'as fait au cours des dix-huit derniers mois, d'accord ? Je te fournis toutes les références que tu veux.
Et fais-moi le plaisir d'aller te faire faire des mèches chez un vrai coiffeur. Pas juste un petit coup de Clairol sur le bord de la baignoire, promis ?
La bise
C.

6 h 21 – Je suis sur le point de partir à la gym quand soudain, quelque part, retentit une sonnerie de téléphone non identifiée. Il me faut deux bonnes minutes pour comprendre que c'est le téléphone fixe, et quatre autres pour le localiser, qui pépie désespérément tout seul dans son coin derrière des plaques de placo que Piotr a stockées contre le mur de la cuisine. Qui peut bien nous appeler à cette heure-ci ? Il n'y a que les démarcheurs et ceux que Richard s'entête à nommer nos « vioques » qui continuent à se servir de la ligne fixe maintenant que tout le monde a un portable. Oui, même Ben. C'est devenu impossible de résister plus longtemps une fois qu'il a eu douze ans. Il prétendait que c'était de la « maltraitance » de refuser un portable à un enfant, et qu'il allait « en informer les autorités ». Sans compter que je pouvais toujours courir pour qu'il me montre comment transférer mes dossiers sur mon nouvel ordinateur s'il n'avait pas de portable. Difficile de trouver encore des arguments après ça.

Le téléphone est enseveli sous une épaisse couche de poussière de plâtre. Et, sans surprise, c'est bien un de nos vioques qui s'adresse à présent de façon on ne peut plus affable à un répondeur parfaitement indifférent. Donald. Je reconnais son accent du Yorkshire, autrefois si puissant et sonore qu'il aurait fallu non pas un couteau mais une scie sauteuse pour le couper, aujourd'hui fluet dans sa quatre-vingt-neuvième année. Quand le père de Richard laisse un message, il s'exprime avec lenteur et prudence, marquant une pause à la fin de chaque phrase pour permettre à son interlocuteur muet de lui répondre. Les messages de Donald durent des heures. « Vas-y, papa, accouche ! » braille toujours Richard depuis l'autre bout de la cuisine. Mais j'adore mon beau-père et son air de mélancolie songeuse à la Alec Guinness ; il parle à la machine avec une exquise courtoisie qui m'évoque l'époque révolue où l'on communiquait d'humain à humain.

J'écoute Donald d'une oreille tout en cherchant dans la coupe à fruits un kiwi pour compléter mon petit déjeuner. C'est sans doute mieux qu'une banane. Quarante calories à tout casser, non ? Zut, pourquoi est-ce que ça fait toujours ça ? Durs comme des savonnettes quand je les ai rapportés du supermarché il y a deux jours, les kiwis sont maintenant complètement écrabouillés ; ça me fait un effet un peu obscène, comme si je palpais un testicule de babouin.

« Je suis vraiment désolé de vous déranger de si bonne heure, Richard et Kate. C'est Donald, indique inutilement mon beau-père. Je vous appelle au sujet de Barbara. Je crois qu'elle a eu une petite dispute avec notre nouvelle aide à domicile. Mais pas de quoi s'inquiéter. »

Non, pitié, non. Après deux mois de négociations avec les services sociaux de Worthly, qui auraient épuisé les talents diplomatiques combinés de Kofi Annan et d'Amal Clooney, j'ai réussi à obtenir une assistance minimale pour Donald et Barbara ; à savoir quelqu'un pour assurer le ménage, aider à la toilette de Barbara et changer le pansement de sa brûlure à la jambe. Le temps de présence qu'on leur a octroyé est tellement ridicule que parfois la dame ne se donne même pas la peine d'enlever son manteau, mais au moins il y a quelqu'un qui passe les voir tous les jours. Les parents de Richard refusent catégoriquement de quitter leur maison de famille – une vieille ferme sur le flanc d'une colline – pour quelque chose de plus petit, car cela supposerait d'abandonner le jardin qu'ils entretiennent avec amour depuis quarante ans ; ils en connaissent certains arbres et arbustes aussi bien que leurs propres petits-enfants. Barbara a toujours dit qu'ils déménageraient « quand le moment serait venu », mais j'ai bien peur qu'ils aient loupé cette fenêtre de tir, sans doute il y a sept ans, et désormais ils sont coincés dans cette grande maison tarabiscotée qu'ils s'interdisent de chauffer (« On ne peut tout de même pas jeter l'argent par les fenêtres »), dotée d'un escalier vertigineux (celui où Ben est tombé pendant le week-end de Pâques l'année de ses trois ans).

« On ne voudrait surtout pas être un fardeau... » continue la voix tandis que je lace mes baskets.

Coup d'œil à la pendule. Je vais être en retard à ma première séance de coaching avec Conor. Pardon : je sais que si j'étais une bonne personne pleine d'abnégation je décrocherais le téléphone, mais là franchement je n'ai pas le courage d'affronter une nouvelle conversation de type *Un jour sans fin* avec Donald.

« ... Apparemment Barbara a vexé Erna la semaine dernière quand elle lui a fait une remarque sur son niveau d'anglais. Barbara lui avait préparé une tasse de thé, Erna lui a dit merci et Barbara a répondu "Ce n'est pas grand-chose". Mais Erna a mal compris, elle a cru que Barbara lui reprochait de ne pas assez la remercier et elle a pris la mouche. Elle est partie comme une furie, et depuis on ne l'a pas revue. Ça ne me dérange pas de changer moi-même le pansement de Barbara dans la mesure où, Dieu merci, je me souviens de mes cours de secourisme, en revanche elle m'interdit d'entrer dans la salle de bains quand elle y est, et vous savez bien que c'est comme ça qu'elle s'est brûlé la jambe la dernière fois. Elle fait couler l'eau chaude et ensuite elle oublie d'ouvrir aussi l'eau froide. »

Cet homme qui, il y a près de soixante-dix ans, pilotait un bombardier Lancaster dans les cieux périlleux de l'Europe occupée – il avait alors trois ans de plus qu'Emily aujourd'hui, idée qui me donne toujours envie de pleurer –, semble résigné à son sort : posé, placide, stoïque et totalement désespéré.

« Si ce n'est pas trop vous demander, je... »

Bon allez, d'accord, d'accord. J'arrive.

« Allô, Donald ? Oui, c'est Kate. Non non, pas du tout, vous ne me dérangez pas. Non, désolée, nous n'avons pas eu vos messages. On ne consulte pas toujours le... Oui, c'est mieux d'appeler sur le portable si vous pouvez. Je vous ai noté nos numéros sur le calendrier. Ah bon, Barbara a surpris Erna en train de fumer dans le jardin devant la princesse de Galles ? (*Attendez, que faisait Son Altesse Royale sur les plates-bandes de ma belle-mère ?*) Ah, la "Princesse de Galles" est un type de... D'accord, je vois. Et Barbara n'aime pas qu'on fume près de ses rosiers. Bien sûr, tout à fait. Oui, oui. Naturellement. Et elle préférerait quelqu'un qui soit de la région. Pas de problème, je vais rappeler les services sociaux. »

Ils doivent bien avoir sous le coude une aide à domicile anglophone, non fumeuse et amatrice de botanique, non ?

Je finis par réussir à raccrocher, non sans avoir promis à Donald que nous viendrions les voir dès que la rentrée serait passée, qu'Emily aurait terminé ses examens, que j'aurais un nouveau boulot et une cuisine opérationnelle, et que Richard trouverait un moment entre ses séances bihebdomadaires de thérapie et d'entraînement cycliste. Ce qui nous amène à vue de nez à la Saint-Glinglin.

J'envoie un texto à Conor pour m'excuser en lui expliquant que j'ai eu un problème familial mais que je serai là sans faute vendredi prochain. Enfin, si j'arrive un jour à prendre un peu de temps pour moi. *Est-ce que c'est vraiment trop demander ?*

7 h 17 – « La vache, écoute-moi ça, Kate. » Rich est assis à la table de la cuisine. Il lève les yeux de son journal, plissant les paupières pour se protéger de la vive lumière qui entre à flots par les fenêtres. Deux magnifiques fenêtres anciennes à guillotine, mais le mécanisme de l'une est cassé si bien qu'on ne peut pas l'ouvrir, et les rebords sont couverts de moisissure.

« Tu te rends compte ? soupire Rich. Ils disent : "Des hackers détournent cent mille photos Snapchat et s'apprêtent à les publier, y compris certaines de mineurs dénudés." Chérie, est-ce que les enfants ont ce truc, là, Snapchat ?

— Euh, *chépa*.

— Heureusement qu'Emily n'est pas du genre à poster des photos de ses organes génitaux à l'attention du grand public, mais il y a des tas de parents qui n'ont aucune idée de ce que trafiquent leurs gosses sur les réseaux sociaux.

— *Gnrfffm.*

— Je veux dire, c'est totalement irresponsable.

— Hmmm. »

Depuis qu'il fait sa crise existentielle, mon mari a commencé à s'abonner à des magazines progressistes de gauche et à employer à tout bout de champ des mots comme « irresponsable » ou « les questions liées à ». Au lieu de parler de pauvreté, il parle des « questions liées aux classes défavorisées ». Je ne sais pas pourquoi plus personne ne dit « problème », si ce n'est peut-être que les problèmes attendent une solution et qu'il n'y en a pas, alors que les « questions » ont l'air importantes mais n'exigent pas de solutions.

« Il faut que je file chez le psy, m'annonce Rich, ensuite j'ai cours toute la journée. Joely, du centre de formation, veut que je l'aide à monter une salle de méditation. On pensait à un financement participatif. »

Le mâle typique à l'approche de la cinquantaine est généralement connu pour s'offrir une veste en cuir et les services de blondes russes d'un mètre quatre-vingts. Le mien s'achète un livre intitulé *Pleine conscience : guide pratique pour accéder au calme et à la bonté intérieurs*. Après s'être fait licencier par son cabinet d'architecture éthique, il décide d'en profiter pour se reconvertir en thérapeute et se ronge les sangs pour les risques sanitaires et sécuritaires dans les mines d'étain boliviennes alors qu'on n'arrive même pas à endiguer la puanteur de la colonne de descente des eaux usées dans les toilettes du bas de notre taudis pseudo-élisabéthain (comme j'aimerais ne jamais avoir entendu le terme « colonne de descente des eaux usées », qui est grosso modo l'équivalent victorien de « tuyau à merde »). Honnêtement, c'est terrible. J'aurais préféré qu'il s'offre une Harley-Davidson et qu'il prenne une maîtresse prénommée Olga Ludmilla.

Richard est tellement remonté face à l'épidémie mondiale d'irresponsabilité qu'il ne se doute pas une seconde de ce qui se passe sous son propre toit.

« On a mis ces trucs de contrôle parental sur les téléphones et les iPad des enfants, n'est-ce pas ? » me demande-t-il.

(Notez l'emploi stratégique du « on » conjugal. Richard ne se demande pas si « on » a mis le contrôle parental sur les appareils électroniques des enfants. Il ne sait même pas programmer un enregistrement sur la télé. Ce qu'il veut dire par « on », c'est moi, l'épouse, qui récolte sa part du mérite tant que tout va bien. Dès que ça ira mal, vous pouvez être sûr que la question sera : « Est-ce que *tu* as mis le contrôle parental ? »)

« Évidemment qu'on a le contrôle parental, chéri. Tu ne veux pas un petit sandwich au bacon ? »

Richard jette un coup d'œil à ses abdos gainés de lycra avant de capituler :

« Allez, d'accord, si tu m'en fais un je ne dis pas non. »

En l'espace de vingt ans, la tactique du sandwich au bacon n'a jamais échoué en tant que diversion, pot-de-vin ou piqûre sédative pour mon mari. S'il avait à choisir entre une fellation et un sandwich au bacon, disons juste que Rich hésiterait assurément. Le jour où il devient végétarien, voire vegan – comme ça paraît de plus en plus probable à en juger par le tragique bracelet en coton tressé à son poignet gauche –, notre mariage est foutu. De toute façon, pour une fois, je dis la vérité : les enfants ont bel et bien le contrôle parental sur leurs appareils. Ce que je ne dis pas à Richard, c'est qu'après que les fesses d'Emily sont devenues virales, j'ai appelé Joshua Reynolds, le génie informatique du village qui, à bientôt trente ans, termine une thèse de physique à l'Imperial College de

Londres (sa mère, Elaine, a raconté lors d'une réunion de notre groupe de retour à l'emploi que, bébé déjà, le petit Josh était capable de pirater les communications de la marine américaine depuis sa poussette, ou quelque chose comme ça). Elaine, une de ces femmes effacées et désabusées qui ne s'éclairent que dans le rayonnement glorieux de l'aura de leur progéniture, était ravie que je l'appelle pour lui demander le numéro de Josh en prétextant que j'avais besoin de conseils sur un problème internet. Je me disais que Josh était suffisamment jeune et, avouons-le, suffisamment autiste pour ne pas trouver bizarre que je veuille espionner ma propre fille ni que je lui demande son aide pour traquer et détruire toutes les traces de son fessier nu partout où il avait bien pu aller se fourrer.

En fait, au téléphone, Josh n'a pas manifesté la moindre surprise, ce qui m'a instantanément soulagée. Il m'a promis de voir ce qu'il pourrait faire concernant les réseaux sociaux et, en attendant, il m'a expliqué comment accéder à l'historique de l'ordinateur d'Emily. En parcourant ses derniers achats, j'ai découvert que Madame avait emprunté *ma carte de crédit* afin de télécharger un tutoriel intitulé « Comment utiliser un proxy pour contourner les filtres de contrôle parental ». Non mais sérieux, qu'est-ce que vous voulez faire ? C'est comme si j'étais une femme du néolithique en coloc avec Bill Gates.

7 h 23 – Emily est contrariée. J'ai commis l'erreur de lui faire remarquer qu'afin de produire un demi-litre de son jus vert elle avait généré un mètre cube de vaisselle sale, toujours en train de moisir dans l'évier. Il y a aussi une montagne de déchets végétaux – trognons de pommes, tiges de céleris emplumées, carcasses de betteraves sanguinolentes – qui pourrait nourrir un élevage de cochons pendant une semaine.

« Chérie, tu as vu le bazar que tu as laissé ? Tu pourrais déjà mettre le bol de la centrifugeuse dans la machine, non ?

— Je *sais*, aboie-t-elle. Je *sais*. Je vais le faire, OK ?

— Et tu ne peux pas te nourrir exclusivement de ce jus vert, ma grande. Il faut que tu ingurgites quelque chose de solide. Mange au moins des œufs. Je te les prépare.

— Quel mot tu ne comprends pas dans "diète de fruits et légumes", maman ? C'est une détox d'une semaine.

— Mais tu ne vas jamais tenir toute une matinée au lycée avec juste un verre de slime dans le ventre, ma puce.

— Alors toi, tu es genre au régime trois cent soixante-cinq jours par an, mais quand *moi* j'en fais un c'est mauvais pour la santé. J'en ai ras-le-bol de ces conneries... »

Elle a les larmes aux yeux alors qu'elle esquive la main que je lui tends et pivote en consultant son téléphone.

Après le drame du belfie, je lui ai en effet confisqué son portable comme Candy me l'avait suggéré, mais on aurait dit qu'Emi venait de perdre quelqu'un. La privation d'accès internet semblait la plonger dans un désarroi encore plus grand que la soudaine cybernotoriété de son arrière-train. Elle ne cessait de sangloter en me suppliant de le lui rendre. J'ai tenu vingt-quatre heures. Je sais que j'aurais dû rester ferme, je sais, mais je ne pouvais pas supporter de lui faire davantage de peine. En privant les ados de leur téléphone, vous supprimez la menace de tous ces dangers invisibles à l'œil maternel, plus la pression constante pour une fille de devoir faire la belle devant ses pairs et l'humiliation qui s'ensuit quand elle n'obtient pas assez de likes. Malheureusement, vous les privez aussi de leur vie, ou en tout cas de la seule partie de leur vie qui les intéresse. Je ne pouvais pas lui faire ça, pas dans un moment où elle était déjà si ébranlée.

Emily sort de la cuisine en claquant la porte avec une telle rage que la vieille serrure en cuivre jaillit de son orbite et pendouille accrochée à ses deux clous. J'essaie de la remettre en place, mais le bois est tellement fendillé que les clous ne tiennent plus à rien (*Roy, tu peux ajouter un serrurier à ma to-do list, s'il te plaît ?*).

Voilà à quoi ressemble notre relation depuis un an et demi. La petite fille qui voulait tellement plaire, qui avait une bouille si angélique qu'on l'aurait crue tout droit sortie d'une publicité d'antan pour les savons Cadum, l'adorable bambine qui m'invitait à prendre le thé dans sa cabane : cette petite fille n'est plus. Elle a été remplacée par cette jeune femme exaspérée et exaspérante qui paraît agacée par chacune de mes suggestions – et parfois, semble-t-il, par mon existence même. Elle me dit que je suis « trooooop soûlante », qu'il faut que je « déstresse ». « C'est bon, détends-toi » ou encore « Arrête de t'inquiéter, mam', je ne suis plus un bébé ».

Arrêter de m'inquiéter ? Désolée ma grande, mais je suis ta mère : c'est le point principal de ma fiche de poste.

En même temps que mes propres hormones s'amenuisent, celles de ma fille explosent. Ça la secoue sérieusement, et nous sommes tous embarqués dans la tempête avec elle. Depuis cette histoire de belfie, c'est dix fois pire. Emily m'a à peine adressé la parole ces trois derniers jours ; chaque fois que j'essaie d'aborder le sujet, elle court se réfugier à l'étage, comme elle vient de le faire à l'instant, et s'enferme dans la salle de bains. Quand je tape à la porte, elle prétend que c'est le premier jour de ses règles et qu'elle ne se sent pas bien, ou qu'elle a mal au ventre, mais un examen attentif des réserves de Tampax m'apprend au contraire que ses règles sont terminées. Je n'ai même pas dit à Emi que j'avais embauché Josh Reynolds pour accomplir ce qu'il appelle une « mission de recherche et d'éradication ». J'aimerais juste savoir quelles ont été pour elle les répercussions à l'école, mais je ne peux pas le deviner si on ne se parle pas. Bien entendu, c'est de ma faute si tout le lycée, la chorale et trois millions de gens sur Facebook ont vu la photo qu'elle a prise de ses fesses nues, accompagnée de son petit hashtag personnalisé : #MonBouleEstUnDrapeau. Je comprends bien qu'elle extériorise sa détresse et sa colère sur moi. Comme dit mon livre *Élever des ados à l'ère du numérique*, ma fille a conscience que mon amour est inconditionnel, ce qui fait de moi une personne sur laquelle elle peut déverser sans danger ce genre de sentiment. Intellectuellement, je le conçois. Mais ça ne m'empêche pas d'être meurtrie par son comportement. Emily a le pouvoir de me blesser comme personne.

7 h 30 – Quand elle redescend prendre son petit déjeuner, Emi arbore un maquillage digne de Cléopâtre, des ailes de corbeau dessinées au khôl sur les yeux. C'est ce qu'on appelle une bombasse ou un appel au viol, selon votre point de vue. *Choisis tes combats, Kate, choisis tes combats.*

« Maman ?

— Oui, chérie.

— Y a Lizzy qui va voir Taylor Swift avec des copines pour son anniversaire.

— Elle est de la famille de Jonathan ? demande Richard, sans prendre la peine de lever les yeux de son iPad.

— C'est qui ?

— Jonathan Swift, explique Rich. Un célèbre satiriste du dix-huitième siècle. Il a écrit *Les Voyages de Gulliver*.

— Maman, s'te plaît, est-ce que je peux aussi avoir une place pour Taylor Swift ? Elle est trop cool, c'est genre la meilleure chanteuse de tous les temps. Y a Izzy et Bea qui y vont. *Tout le monde* y va. Allez, maman, s'il te *plaîîîîît* !

— Ce n'est pas *ton* anniversaire, objecte Ben, sans prendre la peine de lever les yeux de son téléphone.

— On t'a pas sonné, toi, de quoi tu te mêles ? Maman, tu peux dire à Ben de la boucler ?

— Emily, arrête de donner des coups de pied à ton frère.

— Jonathan Swift proposait de faire bouillir et de manger les enfants », marmonne Richard dans sa barbe.

Parfois, en de très rares occasions, il arrive que mon mari me fasse mourir de rire et me rappelle pourquoi je suis tombée amoureuse de lui.

« Je pense que Swift tenait là une piste intéressante », je renchéris en posant des œufs brouillés sur la table.

Richard fait descendre son sandwich au bacon avec je ne sais quelle étrange boisson énergétique qui ressemble à ce sirop pour la toux rose qu'on donnait aux enfants quand ils étaient petits.

« Emily, ma puce, il faut que tu manges quelque chose.

— Tu ne comprends vraiment rien ! dit-elle en repoussant l'assiette d'œufs brouillés avec une telle vigueur qu'elle bascule au bord de la table et s'écrase par terre, répandant une bouillie jaune sur le parquet. *Tout le monde* va au concert de Taylor Swift. C'est pas juste ! Pourquoi est-ce qu'on est pauvres ?

— Nous ne sommes pas pauvres, Emily, commence Richard de cette voix de pasteur lente et grave qu'il a adoptée depuis le début de sa formation. (*Ah non, pitié, pas le sermon sur le Soudan du Sud.*) Il y a des enfants dans la Corne de l'Afrique, Emily...

— OK ! j'interviens avant que Rich ne puisse monter sur ses grands chevaux moralisateurs. Maman va bientôt reprendre un travail à plein temps, donc tu pourras tout à fait aller voir Taylor Swift, chérie.

— Kate !!! s'insurge Richard. Qu'est-ce qu'on avait dit ? Pas de négociations avec les terroristes !

— Et moi alors, j'aurai quoi ? » gémit Ben en relevant les yeux de son téléphone.

Lenny, profitant de ce moment idéal de tension familiale, se boulotte les œufs brouillés et nettoie le sol à grands coups de langue.

Rich a raison d'être en colère. Des places de concert hors de prix ne sont pas prévues au programme de nos coupes budgétaires, mais je sens que l'angoisse d'Emily – la panique, même : n'ai-je pas détecté de la panique dans ses yeux ? – n'est pas seulement due à son amour pour Taylor Swift. Les filles qu'elle a citées font toutes partie du groupe Snapchat avec lequel Lizzy Knowles a partagé le fameux belfie. Emily ne peut absolument pas se permettre de rater leur prochaine sortie. Puisque Rich s'autorise à claquer cent cinquante livres par semaine pour parler de lui et qu'on va devoir contracter un deuxième emprunt pour le nouvel appareil dentaire de Ben, je ne vois pas pourquoi on n'arriverait pas à trouver de quoi faire le bonheur d'Emi.

7 h 54 – Quand les enfants sont remontés se brosser les dents et préparer leurs affaires, Richard lève brièvement les yeux de son site de cyclisme et remarque

— Tu plaisantes ? »

Enfin, du moins c'est ce que je m'apprête à dire, mais quelque chose dans le visage de Rich me retient. L'espace d'un instant, il a la même expression que Ben la fois où, au milieu de la nuit, à genoux sur le carrelage de la salle de bains près de la cuvette des toilettes, il m'a avoué qu'il avait peur de vomir.

Rich a toujours été terrorisé par tout ce qui touche à la maladie et aux médecins. Comme la plupart des hommes, il se croit immortel, et j'imagine que rien n'ébranle autant ce mythe précieux que de voir ses propres parents sombrer dans la démence. Malgré sa phobie, quand je suis malade, Rich s'efforce toujours d'être un bon infirmier. La fois où j'ai attrapé la salmonellose à cause d'un poulet avarié, peu de temps après notre rencontre, il a refusé de me laisser seule dans mon appartement miteux en colocation même si les cloisons en papier à cigarette combinées à mes allers-retours tonitruants aux toilettes auraient dû porter un coup fatal à notre amourette naissante. Je me souviens d'avoir pensé, entre deux crises de vomissement, à quel point ce nouveau boyfriend était tendrement dévoué. À mille lieues de l'étudiant mal à l'aise et coincé pour lequel je l'avais pris au début. Si la passion de Rich pouvait survivre à des heures d'explosions par tous les orifices, c'était que j'avais tiré le bon numéro. J'avais eu de meilleurs amants, des hommes dont mon corps était esclave malgré lui, mais avoir du désir pour quelqu'un qui était par ailleurs gentil avec moi ? Alors ça, c'était une première.

Quand avons-nous cessé d'être gentils l'un envers l'autre, Rich et moi ? Toute la pression et tous les bouleversements des derniers mois nous ont rendus hargneux et négligents. Il faut que je me rattrape.

« D'accord, dis-je, je vais voir si je peux monter à Wrothly faire un tour chez Donald et Barbara avant de décrocher un entretien pour le poste de gouverneur de la Banque d'Angleterre. »

Richard sourit (ça fait bien longtemps que je n'ai pas vu ça) et se penche pour m'embrasser.

« Génial. Je suis sûr que tu vas trouver du boulot, chérie. Dès que ce chasseur de têtes aura fait circuler ton CV, tu vas crouler sous les propositions. »

Je ne lui ai pas raconté le fiasco avec Kerslaw. Je ne veux pas l'inquiéter.

De Josh Reynolds à Kate

Bonjour Kate, ici Josh. J'ai signalé à Facebook que la photo d'Emily enfreignait leurs règles d'utilisation et je pense qu'ils ont dû la supprimer depuis. Dans la mesure où elle a seize ans, elle n'est plus considérée comme une enfant, donc elle ne sera pas prioritaire. Même si on ne la reconnaît pas sur l'image – on voit seulement son dos et ses fesses, ce qui ne permet pas de l'identifier –, j'ai supprimé tout ce que j'ai pu trouver et j'ai mis en place des notifications qui me préviendront dès qu'une photo des fesses d'Emily sera de nouveau partagée. Je la dégommerai illico, bien sûr. J'ai des moyens pour rendre la cybervie de Lizzy Knowles très désagréable 😈 mais vous ne m'avez jamais entendu dire ça, OK ? Si vous voulez que je fasse ce que je ne peux pas exposer ici, dites-le-moi. En tout cas, si c'est une porno-vengeance, sachez que vous pouvez alerter la police. Vous pensez le faire ? Merci de m'avoir contacté pour ça, c'était rigolo !

De Kate à Josh Reynolds
Merci mille fois, Josh. Beau boulot ! Je t'en suis très reconnaissante. Non, pas de porno-vengeance, juste des bêtises d'adolescentes. Rien de grave. Pas la peine d'alerter la police ! Dis-moi combien je te dois.

9 h 47, chez Starbucks – Une fois le petit déjeuner débarrassé, le site du Massacre du Jus Vert nettoyé et le lave-vaisselle lancé, je me suis souvenue des conseils solennels de Candy et je suis partie en ville m'installer dans un café pour bosser sur mon CV. Je peux faire semblant d'être en plein « télétravail » au lieu de rester assise à la table de la cuisine en attendant d'être prise au piège par mon mari et mes enfants.

Ma mission du jour est de me créer un nouveau CV attractif, en omettant ma date de naissance et tout autre détail incriminant. Plutôt que d'admettre un « temps mort », comme mes employeurs potentiels le verraient, je dois trouver une façon de reformuler ce que j'ai appris et accompli depuis que j'ai quitté Edwin Morgan Forster en tant que mère, épouse, fille, belle-fille, amie fidèle, présidente d'un conseil d'établissement scolaire, membre de l'association des parents d'élèves, restauratrice de maison sans le sou mais pleine d'imagination, pro d'eBay et investisseuse inspirée (et presque pas malhonnête) des mille neuf cents livres de la paroisse (vous pouvez m'appeler Bernie Madoff !). L'enfance de l'art : il suffit d'appliquer le modèle de la Harvard Business School aux fonctions de Domestique en chef et Larbin général. Voilà ce que ça donne :

- **Au cours des six dernières années, j'ai acquis un savoir-faire exceptionnel en matière de résolution de conflits.** (Traduction : ai arraché la Xbox des mains de Ben après trois heures non-stop sur *Grand Theft Auto IV* ; ai réussi à lui faire accepter de consommer au moins un légume vert par jour plus une gélule d'huile de poisson Max Synapse en échange de plus de temps sur *GTA IV*.)

- **Gestion financière et projets d'investissement : je possède une expertise considérable dans ce domaine après avoir mené à bien plusieurs montages délicats.** (Et c'est toujours d'actualité. La « pompe à fric », également connue sous le nom de « la perle rare », engloutit à vitesse grand V nos maigres économies et je marchande pied à pied avec les fournisseurs pour pouvoir finir les travaux.)
- **Talents de négociatrice internationale affinés autour de questions de domiciliation au Royaume-Uni.** (Cette foutue jeune fille au pair, Natalia, et son petit copain dealer de cocaïne.)
- **Rationalisation du temps de travail et hiérarchisation des priorités : j'ai dû coordonner les besoins complexes de différents individus et mettre en place un calendrier tout en apprenant à prioriser des tâches multiples et à respecter des délais stricts.** (Ça va sans dire. Ne suis-je pas mère ? Ne dois-je pas gérer la vie de deux ados et d'un mâle en pleine crise existentielle tout en veillant sur des parents âgés, en promenant le chien, en essayant de garder le contact avec les amis, en trouvant le temps de faire du sport, en m'occupant du jardin et en regardant *Homeland* et *Downton Abbey* ? N'hésitez pas à compléter cette liste, elle est sans fin.)
- **Création d'une start-up hautement florissante.** (Comprendre : ai planté un magnifique « Coin jardin pour fleurs coupées », guidée par le livre éponyme de Sarah Raven ; ai également acheté un énorme bac à compost qui pue, et appris à identifier les mauvaises herbes. À ma grande surprise, je me suis mise au jardinage.)
- **Travail d'audit préalable sur de complexes législations britanniques.** (Me suis battue bec et ongles afin d'obtenir

des autorités locales une aide à domicile pour Donald et Barbara, qui déclinent de jour en jour.)

• **Recherche innovante en ressources humaines avec un focus renforcé sur la formation et la motivation des équipes.** (Des jours entiers passés à dégotter et à recruter le meilleur prof particulier du coin, au prix d'une lutte acharnée contre plusieurs mères tigres concurrentes, pour réussir à faire entrer Ben dans le seul collège local qui n'ait pas des antécédents de fusillades entre gangs et un taux d'échec record aux examens ; ai promis à Emily deux places pour le festival de rock de Reading si elle obtenait son brevet avec mention. Et ça marche !)

• **Solides compétences dans le transport.** (Chauffeur personnel de deux adolescents ayant chacun une vie sociale, musicale et sportive bien remplie. Ai régulièrement emmené Ben et sa batterie aux répétitions de son orchestre, groupe de jazz, etc. Ai accompagné Emily à des compétitions aux quatre coins du pays jusqu'à ce qu'elle décrète que la natation lui donnait des épaules à la Popeye. D'ailleurs, si vous voulez un conseil, ne laissez jamais vos enfants choisir la natation : il faut toujours partir à l'aube, en général dans le brouillard, et ensuite vous devez rester assis sur une chaise en plastique orange dans un bâtiment atrocement surchauffé qui sent le chlore et la pisse… C'est limite si vous ne voyez pas les bactéries se multiplier dans l'air poisseux. Sans compter que vous êtes censé afficher un intérêt enthousiaste pendant quarante longueurs de brasse papillon. Croyez-moi, choisissez n'importe quel autre sport.)

« Tiens, Kate, bonjour. C'est drôle de vous croiser ici. »

Je lève les yeux de mon ordinateur pour découvrir une blonde à peu près du même âge que moi, qui me regarde avec un sourire plein d'attente.

Oh oh. Roy, tu es là ? Nous avons présentement une femme entre quarante et cinquante ans, potentiellement mère de l'école, mais beaucoup trop sapée pour un café latte chez Starbucks (manteau Missoni, lunettes de soleil Chanel). Clairement pleine aux as, à en juger par le nombre de sacs qu'elle trimballe. D'où est-ce que je la connais ?

« Ah, bonjour, je réponds en lui retournant son sourire, tout en espérant que Roy se dépêche de me retrouver son nom. Bonjour ! Euh... J'étais juste en train de mettre à jour mon CV.

— Je vois ça. Très impressionnant. Vous cherchez du travail, donc ? »

ROY ?? Active-toi un peu, s'il te plaît ! J'ai besoin que tu me dises qui c'est.

« Euh... Oui, enfin, maintenant que les enfants ont grandi, j'avais envie de tâter le terrain. Voir un peu ce qu'il y a, vous savez comment c'est. »

Elle sourit de nouveau, révélant une trace de rouge à lèvres sur ses dents du haut, qu'elle s'est visiblement fait blanchir à grands frais. Un blanc trop blanc, plus Dulux Valentine que Farrow & Ball.

Ah, voilà Roy qui revient des rayonnages, légèrement essoufflé. Dieu merci. Il m'indique que j'ai rangé mes lunettes dans le tiroir près de la gazinière.

QUOI ? Je n'ai pas besoin de savoir où sont mes lunettes, Roy. Ça, c'était avant. Maintenant je voudrais que tu te concentres sur le nom de cette femme.

« Au fait, enchaîne ladite femme, je suis ravie qu'Emily puisse venir voir Taylor Swift. »

C'est la mère de Lizzy Knowles, me souffle Roy. *Vous savez, la mère de cette petite garce qui a diffusé les fesses d'Emily urbi et orbi. Cynthia Knowles.*

Bien joué, Roy !

Je n'ai croisé Cynthia qu'à deux reprises. La première après un concert de la chorale du lycée auquel nos deux filles participaient. La seconde lors d'un de ces petits déjeuners de bienfaisance où une maman bien élevée distribue des cookies au chocolat maison que personne ne mange parce qu'on est toutes à la diète ou au régime protéiné, et où vous la remerciez en lui achetant des bijoux qui ne vous plaisent pas et que vous n'avez pas vraiment les moyens de vous offrir, mais ce serait malpoli de refuser car la maman, qui est mariée à une huile de la City, essaie de trouver quelque chose à faire de sa vie. Du coup vous donnez votre argent à cette femme immensément riche pour qu'elle le donne ensuite à une association caritative alors qu'elle aurait très bien pu leur faire directement un bon gros chèque. Ah, et neuf jours plus tard, les boucles d'oreilles « en argent » que vous lui avez achetées se mettent à verdir, et du pus à suinter de votre lobe gauche.

« On les accompagnera au concert, bien sûr, dit Cynthia. Christopher pourra les déposer avec la Land Rover. Lizzy voudrait aller dîner dans un barbecue coréen après. Elle tient absolument à ce qu'Emily soit là. Au fait, elle vous a parlé du prix des billets ? »

Vous savez quoi ? En face de cette Cynthia, mère de la gamine qui a fait tant de mal à ma fille, je n'ai aucune envie de rester courtoise. Mon dragon maternel intérieur préférerait lui cracher une gerbe de flammes et réduire en cendres cet irréprochable balayage caramel. Est-elle seulement au courant du belfie que Lizzy a exprès-sans-le-vouloir partagé avec tout le lycée et l'ensemble des pédophiles d'Angleterre ? Ou bien est-ce qu'on joue à « Faisons comme si j'avais des enfants parfaits », qui est le jeu favori des femmes du genre de Cynthia, car admettre le contraire reviendrait à admettre que toute leur vie n'a été qu'une tragique perte de temps ?

« Oui, oui, il n'y a pas de problème », je mens.

Combien ça peut coûter ? Plus de cinquante livres ? Soixante ? Pas étonnant que la pauvre Emi ait été si pressée d'obtenir notre accord ce matin au petit déjeuner. Elle avait déjà accepté l'invitation de Lizzy.

« Et il paraît que vous êtes sur liste d'attente pour notre club de lecture, Kate ? poursuit Cynthia. C'est Serena qui nous a dit que vous étiez intéressée. Nous aimons à penser que nous sommes un cran au-dessus des clubs de lecture lambda. Plus intello. En général, on choisit des classiques. Exceptionnellement, un roman d'un auteur encore en vie. Dans les finalistes du Booker Prize. Jamais de *chick lit*. Quel intérêt, franchement, ces histoires de cruches qui passent leur temps à faire les boutiques ?

— Oui, en effet. »

Pour qui se prend cette Cynthia Knowles, avec ses sacs de shopping – deux Jimmy Choo, un John Lewis et un Artisan du Chocolat ? Anna Karénine, ou quoi ?

« Quelle coïncidence qu'on se soit croisées ! Vous n'avez qu'à dire à Emily de donner un chèque de quatre-vingt-dix livres à Lizzy pour le billet. »

Quatre-vingt-dix livres ! Je lutte de toutes mes forces pour empêcher ma mâchoire de se décrocher et/ou d'émettre un glapissement de stupeur.

« Sinon, je crois que Lizzy veut juste des bons d'achat Topshop pour son anniversaire, ajoute Cynthia. Pas de cadeaux à proprement parler. Bonne chance pour votre recherche d'emploi ! »

Et elle s'éloigne d'un pas raide pour rejoindre à l'autre bout du café un groupe de mamans plus sexy les unes que les autres, emportant avec elle son latte écrémé et le peu de moral qu'il me reste. Pourquoi les femmes comme elle me tapent sur le système ? Sans doute parce qu'elles jouent les fées du logis avec la carte Platinum de leur gentil mari. Pas le genre de vie qui m'a jamais attirée... même si, récemment, je dois admettre que l'idée d'être une femme entretenue a développé un certain attrait.

Un peu tard pour ça, Kate. La plupart des gars qui seraient susceptibles de t'entretenir avec le standing auquel Cynthia est habituée en sont (a) à leur deuxième mariage ou (b) à ramasser des étudiantes endettées sur des sites internet pour *sugar daddies*, histoire de pouvoir frotter leur corps flasque contre de la chair fraîche premier choix. *Berk.* Pour Bobonne numéro un, garder sa place est un boulot à plein temps : gym, Botox, yoga, nutritionniste, et même vaginoplastie afin de retrouver sa chatte prégrossesse pour que la bite ramollie de monsieur ne flotte pas dans un tunnel par lequel sont passés trois crânes de bébé. Non merci.

Pourtant, en observant Cynthia et sa clique de mamans, je sens une pointe de jalousie me nouer le ventre. J'ai toujours regardé avec une légère appréhension le rituel des sorties d'école ; en vérité, je méprisais ces femmes dont la vie tournait autour du goûter et du square. Mais maintenant que Ben n'a plus besoin qu'on aille le chercher, je me surprends à regretter la compagnie facile que procuraient ces moments de retrouvailles, et toutes ces femmes aimables, enthousiastes et inquiètes avec qui je pouvais discuter de mes enfants. Elles étaient un soutien face à la solitude d'être parent, si seulement je m'en étais rendu compte à l'époque. Enfin bref, il faut que je termine ce magnifique CV. Il ne manque plus que quelques points.

- **Supervision des activités d'un important site hydroélectrique.** (Lessives hebdomadaires, lavage à la main de l'infecte tenue de cyclisme de Rich pour qu'elle ne « peluche pas ».)
- **Implémentation d'un programme de support nutritionnel durable pour le personnel, en conformité avec**

les normes du secteur. (Ai toujours prévu de quoi grignoter pour les enfants dans la voiture en revenant de l'école, histoire d'éviter le pétage de plombs total ; plus au moins un repas cuisiné par jour pour quatre personnes, ce qui fait environ dix mille repas chauds au cours des sept dernières années, sans le moindre remerciement ni début de reconnaissance pour l'effort que ça représente.)

- **Sauvetage d'une société privée en péril grâce à un plan agressif de coupes et de dégraissage afin d'endiguer les risques de surcharge de la masse salariale.** (Ai adopté le jeûne intermittent et repris la gym ; espère pouvoir bientôt remettre mes anciens tailleurs.)
- **Vigilance et efforts permanents en vue d'une consolidation jusqu'au fondement.** (Léger rétrécissement des fessiers à force d'exercices de torture.)

Si parmi les points ci-dessus certains vous paraissent vaguement frauduleux ou malhonnêtes, eh bien, je suis désolée, mais quels sont les termes que vous emploieriez pour décrire le fait que les femmes s'occupent des plus jeunes et des plus vieux, année après année, sans que rien de ce travail ne soit reconnu comme compétence ou expérience, ni même travail, d'ailleurs ? Sous prétexte que les femmes le font gratuitement, ça n'a littéralement aucune valeur. Comme l'a dit Kerslaw, nous n'avons rien d'intéressant à offrir, à part tout ce que nous faisons et tout ce que nous sommes. Je ne suis pas quelqu'un de politisé par nature, mais je vous jure que je descendrais bien dans la rue pour dénoncer l'immense travail accompli dans la plus grande indifférence par toutes les femmes de ce monde.

15 h 15 – Je lutte pour résister à la tentation de monter faire un petit somme. Je ne peux quand même pas ajouter « pratique quotidienne de la sieste » à la liste de mes qualifications, bien que ce soit sans doute la chose que je réussis le mieux ces jours-ci. Encore la faute de Perry, à tous les coups. Maintenant que j'ai largement amélioré mon CV (même si je ne suis pas sûre que j'oserais le montrer à mon groupe de retour à l'emploi), je prends mon courage à deux mains pour appeler les services sociaux de Worthly. Hélas, il est trop tôt pour un petit remontant.

« Dans le cadre de notre démarche qualité, votre appel peut être enregistré. »

Et voilà. Vous savez, quand vous avez appuyé sur la touche cinq pour obtenir un service et qu'ensuite vous avez sélectionné la une « parmi les options suivantes » mais qu'en fait vous vous dites que vous avez peut-être mal entendu et que vous auriez plutôt dû choisir la trois ? Et qu'après vous avez appuyé sur sept pour « toute autre demande », et que vous avez bon espoir d'être sur le point d'entrer en contact avec un authentique être humain, quand soudain une voix enregistrée vous dit : « Désolé. En raison d'un grand nombre d'appels, votre demande ne peut aboutir dans l'immédiat. Nous vous prions de rester en ligne » ? Et alors le téléphone se met à sonner sans fin, et vous vous imaginez un bureau plein de toiles d'araignée avec un squelette assis dans un fauteuil devant un téléphone qui n'en finit pas de sonner dans le vide ? Eh bien, c'est exactement l'effet que ça fait quand on appelle les services sociaux de Worthly.

De nos jours, je suppose que tout le monde a bien compris que le but de ces multiples options n'est certainement pas de nous aider : elles sont là pour agir comme moyen de dissuasion tout en entretenant une illusion de progrès et de choix. Même le « votre appel peut être enregistré » n'a rien à voir avec une quelconque « démarche qualité » : en gros c'est une menace, qui vous prévient que vous n'avez qu'à bien vous tenir, sinon... Vingt minutes seulement s'écoulent avant que j'aie quelqu'un au bout du fil dans le bon service, qui me demande alors s'il peut me mettre en attente le temps de parler à une de ses collègues, qui aura peut-être – ou pas – accès au dossier de Barbara. Je pleure presque de gratitude devant tant de courtoisie.

« Allô, bonjour, je vous écoute. »

La collègue n'a pourtant pas l'air d'avoir envie de m'écouter. À vrai dire, on la croirait même tout droit sortie d'une formation diplômante en sourde oreille ; celle que suivent d'office tous les personnels des douanes américaines.

Je sais : je vais la désarçonner par un ton poli et sympa.

« Bonjour, je vous remercie de prendre mon appel. C'est formidable de pouvoir parler à une vraie personne. »

Pas de réponse.

« Donc, je vous téléphone de la part de ma belle-mère, qui a une brûlure à la jambe...

— Barbara Shattock ?

— Oui, c'est ça, exactement. Merci beaucoup. J'ai parlé à mon beau-père ce matin et il me dit que, malheureusement, il y a eu un malentendu entre Barbara et Erna, l'aide à domicile que vous leur avez si gentiment envoyée.

— J'ai bien peur que le nom de votre belle-mère ne nous ait été rapporté dans le cadre d'un incident à connotation raciste, m'informe la collègue.

— Pardon ? Non. C'est impossible.

— Mme Shattock a proféré des commentaires racistes à l'encontre d'une de nos employées.

— Quoi ? Non. Vous devez vous tromper. Vous avez dû mal comprendre. Barbara a quatre-vingt-cinq ans. Elle n'a plus toute sa tête.

— Mme Shattock a accusé son aide à domicile de ne pas savoir parler anglais. À Wrothly, nous prenons le racisme très au sérieux.

— Attendez. Quel racisme ? Erna est lituanienne, non ? Elle est de la même race que Barbara. Est-ce que vous savez au moins ce qu'est le racisme ?

— Je ne suis pas formée pour répondre à cette question, assène sèchement la fonctionnaire au bout du fil.

— Mais vous portez des accusations très graves. »

Silence glacial, que j'interromps en bredouillant d'une voix implorante :

« Je suis vraiment désolée s'il y a eu un quiproquo, mais c'est à l'opposé du caractère de ma belle-mère d'offenser quelqu'un de la sorte. »

Ce qui est un mensonge éhonté. Depuis que je la connais, c'est-à-dire plus de vingt ans, Barbara est la reine des passifs-agressifs, l'impératrice des sous-entendus blessants. À ses yeux, le monde regorge de gens qui ne sont tout simplement « pas à la hauteur ». La liste de ces personnes sous-dimensionnées est longue et en constante expansion. Elle inclut des journalistes télé à la diction relâchée, des femmes qui « se laissent aller », des artisans aux chaussures crottées qui ne montrent pas suffisamment de respect pour les moquettes anglaises, des présentatrices météo enceintes, des hommes politiques qui sont « en gros des communistes », et l'imbécile responsable d'une faute de frappe dans les mots croisés du *Daily Telegraph*. Une coquille dans sa grille préférée et Barbara vous rejoue la scène de la folie dans l'opéra *Lucia di Lammermoor*, réclamant la tête de l'idiot qui a introduit une erreur dans le VIII horizontal.

En tant que benjamine de ses deux brus, il fut établi dès le départ que je n'étais « pas à la hauteur ». Je n'étais clairement pas la femme que Barbara avait espérée pour son fils, et elle ne fit que très peu d'efforts pour cacher sa déconvenue. À chacune de nos visites sans exception, elle me demandait : « Où avez-vous trouvé cette robe / ce chemisier / ce manteau, Kate ? » Et pas sur un ton laissant penser qu'elle voulait pouvoir s'acheter le même.

Une année, à Noël, j'étais dans le cellier pour chercher des marrons en boîte quand j'ai entendu Barbara dire à Cheryl, la belle-fille favorite : « Le problème de Kate, au fond, c'est son milieu. »

Ça m'a touchée au vif. Pas juste à cause du snobisme, mais parce que Barbara avait raison. Comparée à la famille aisée et bien établie des Shattock, la mienne avait un côté hâtif et provisoire. Nous étions les ploucs du coin, la marque entrée de gamme du supermarché, et je sais que Barbara l'a perçu dès la première fois que Richard m'a amenée chez eux. Heureusement, il était tellement amoureux qu'il n'a pas entendu la pique qu'elle m'a lancée en voyant mes mains non manucurées (je venais de rénover une commode que j'avais chinée dans une brocante et les résidus de peinture gris-vert faisaient comme de la terre sous mes ongles). Je peux supporter qu'on prenne de haut ma famille, qu'on critique ma cuisine et qu'on se moque de mes choix vestimentaires, mais la seule chose que je ne pardonnerai jamais à Barbara est de m'avoir toujours fait passer pour une mauvaise mère. Car c'est faux.

Pourtant, me voilà en train de la défendre auprès de la femme des services sociaux, parce que Barbara n'est plus en état de dire elle-même à cette femme qu'elle n'est tout simplement « pas à la hauteur ». Ce qui est manifestement le cas.

« Il ne vous a jamais traversé l'esprit que ça puisse être déstabilisant pour une vieille dame que la personne qui s'occupe de votre toilette soit un peu brusque et qu'elle ne comprenne pas ce que vous lui dites ? Est-ce qu'on a le droit de dire ça ? Ah, je vois, on n'a pas le droit, pardon. »

Pfff... À quel moment sommes-nous devenus cette nation d'automates haineux incapables de dévier du scénario officiel pour répondre à un authentique besoin et à un authentique désarroi ? Abandonnant désormais toute tentative de sympathie, je prends mon ton de businesswoman intraitable et suggère à mon interlocutrice d'envoyer le plus tôt possible une autre aide à domicile chez Donald et Barbara.

« Sans quoi Mme Shattock risquerait de se blesser sérieusement, et là les services sociaux de Wrothly seront bien obligés de se prononcer. Au journal télévisé du soir.

— Je ne suis pas formée pour répondre à cela », entends-je me répliquer la voix au bout du fil, suivie de la tonalité.

Bravo, Kate, rondement mené.

De : Kate Reddy
À : Candy Stratton
Objet : Re : Re : Le supplice du chasseur de têtes

Salut ma biche, merci pour tes encouragements. Me suis concocté un nouveau CV selon tes recommandations. Je pourrais le proposer au prix Pulitzer en tant qu'œuvre expérimentale de fiction avant-gardiste. C'est pas vraiment des mensonges si on sait qu'on est capable de faire tout ce qu'on n'a pas réellement fait, hein ?

Je me suis inscrite aux réunions d'un groupe de femmes qui préparent leur retour à l'emploi. On nous appelle des « revenantes », à ce qu'il paraît. Ne ris pas. En fait c'est plutôt sympa, et ça me fait prendre conscience de la chance que j'ai par rapport à celles qui se sont arrêtées dès leur premier enfant.

J'essaie désespérément de perdre du poids et de me remettre en forme, mais je suis tout le temps claquée, tu n'imagines pas. Pas facile de résister

à l'appel du paquet de biscuits quand tu es crevée ! Je ne dors pas la nuit à cause des sueurs nocturnes. J'ai des poils de sanglier qui me poussent au menton. Je suis tellement bigleuse que je n'arrive même plus à lire les calories sur les produits alimentaires, que de toute façon je ne suis pas censée manger vu que je dois réussir à rentrer dans mes habits de maigre parce que j'ai refilé tous mes habits de grosse à l'Armée du Salut la dernière fois que j'avais maigri en me jurant de ne jamais regrossir. En plus de ça, je suis obligée de faire la sieste tous les après-midi. J'ai l'énergie d'une limace sous sédatif.
J'ai raté mon cours de gym ce matin avec Conan-le-Barbare parce que j'étais au téléphone avec le père de Richard au sujet de la mère de Richard, qui a clairement Alzheimer, mais comme personne n'a le courage d'avoir cette conversation on fait tous semblant qu'il n'y a pas de problème, jusqu'à ce qu'elle foute le feu à la maison. Ah, et la mairie accuse Barbara de RACISME sous prétexte qu'elle ne s'est pas entendue avec l'aide à domicile acariâtre et non anglophone qu'ils lui ont envoyée. Pardon, mais elle a quatre-vingt-cinq ans, bordel ! Si on n'a pas le droit d'être une vieille mégère capricieuse à cet âge, c'est à désespérer.
Je ne sais jamais quand je vais avoir mes règles ces temps-ci, et j'ai peur que le débarquement commence à un moment où je suis dehors. Exactement comme quand j'avais treize ans et que j'ai eu mes premières règles en plein contrôle de chimie. Du coup je préfère rester à la maison et regarder des émissions sur l'immobilier de luxe en imaginant ma vie dans un vieux château délabré quelque part en France, que Gérard Depardieu (période *Green Card*, pas depuis qu'il est devenu lui-même plus massif qu'un château) restaurerait pour moi de ses grosses mains à la fois efficaces et tendres, LE TOUT GRATOS.
Sois honnête : est-ce que tout ça te fait l'effet d'une personne mûre et équilibrée qu'un employeur sensé aurait envie d'embaucher ?
Ta (TRÈS) vieille copine,
K.

4
Zombies

Les « revenantes ». On dirait le titre d'un film de zombies féministe, non ? J'imagine d'ici la bande-annonce, avec une voix hollywoodienne de baryton apocalyptique qui tonnerait : « Les revenantes ! Elles sont de retour ! Ressuscitées d'entre les morts, elles réintègrent le marché du travail ! Du moins... si elles échappent à la malédiction maternelle et peuvent trouver quelqu'un d'autre pour sortir les lasagnes du congèle et donner ses anticholestérol à mamie ! »

Zombies ou pas, ce que je peux dire c'est que certaines femmes de mon groupe de retour à l'emploi ont clairement l'air hantées. Hantées par la carrière qu'elles ont abandonnée ; parfois depuis tant d'années qu'elles n'ont plus rien à voir avec la personne qu'elles étaient alors. Hantées par tous ces « si seulement ». Sally, qui est aujourd'hui assise à ma droite, travaillait à la City pour une grande banque espagnole. Petit bout de femme englouti dans un cardigan à torsades XXL, elle n'a qu'à prononcer les mots *Santander* ou *Banco de España* avec son parfait accent castillan pour vous laisser entrevoir la personne vive et charmeuse qu'elle devait être il y a vingt ans, quand elle dirigeait son propre service avec une escouade de Juan et de Julio sous ses ordres. La nostalgie de Sally pour cette époque est si aiguë que parfois je n'arrive pas à regarder en face les yeux noirs et perçants qui illuminent son visage ridé. Lors de nos premières réunions, Sally était complètement renfermée, d'une timidité presque douloureuse, emmitouflée dans une incongrue polaire alors que nous étions encore toutes en pantalon de lin et robes d'été.

Kaylie, l'animatrice du groupe – une grosse Californienne exubérante dont la garde-robe se décline exclusivement en turquoise et orange (à sa décharge, ça fonctionnait sans doute mieux à San Diego que dans l'est de l'Angleterre) – s'est donné un mal fou pour la faire sortir de sa coquille. La quatrième semaine, Sally a bien voulu nous révéler qu'une fois ses deux fils et sa fille partis du nid (Antonia a fini ses études il y a deux ans, avec un double diplôme en histoire et en espagnol à l'université de Londres), elle s'était dit que ce serait « peut-être bien de s'y remettre ». Elle a alors trouvé un emploi à temps partiel, qu'elle a toujours, au guichet de la banque Lloyds dans la rue la plus miteuse de la jolie petite ville prospère où ont lieu nos réunions.

« Vous savez, la rue des friperies et des kebabs ? » a-t-elle précisé.

On a toutes hoché la tête poliment, mais personne ne voyait, en fait.

Au fil du temps, le directeur de l'agence avait remarqué que Sally possédait des compétences inhabituelles (elle avait minimisé ses années londoniennes dans sa lettre de motivation par crainte que ce soit perçu comme prétentieux ou intimidant et qu'ils ne l'embauchent pas à cause de ça). Le directeur lui avait alors confié plus de responsabilités : faire les comptes à la fin de la journée, manipuler les devises étrangères (ils ont beaucoup de conversions en livres turques, à cause de tous les kebabs).

« Je sais que c'est certainement un peu en dessous de mes capacités réelles, nous a-t-elle dit, avec l'air pas du tout convaincu de quelqu'un qui pense que rien n'est en dessous d'elle, sinon peut-être le sol. Mais j'aime bien mes collègues. On rigole. Ça me fait sortir de chez moi. Et maintenant que Mike est à la retraite...

— Tu souhaiterais passer plus de temps à la maison ? a suggéré Kaylie avec son grand sourire encourageant.

— Oh, non ! s'est empressée de rectifier Sally. Maintenant que Mike est à la retraite, je veux passer *moins* de temps à la maison. Ça me rend dingue de l'avoir dans les pattes à la cuisine.

— Je comprends exactement ce que tu ressens, a commenté Andrea. Parfois j'ai l'impression que je vais devenir folle si je ne sors pas de chez moi. »

Andrea Griffin a suivi le programme de formation professionnelle d'un des quatre plus grands cabinets comptables du Royaume-Uni directement après ses études universitaires. À l'âge de trente-sept ans, elle était devenue une de leurs associés. Peu de temps après, son mari, John, a eu un accident de voiture : un camion lui est rentré dedans sur une autoroute noyée sous la brume. Heureusement, l'hélico des secours était disponible – c'est celui que pilote aujourd'hui le prince William – et il a pu être transporté très vite au service de traumatologie du St George's Hospital de Londres. Il a mis un an pour réapprendre à parler.

« Les premiers mots qui lui sont revenus étaient des jurons d'une grossièreté inimaginable », nous a raconté Andrea.

Sa gorge constellée de taches de rousseur a un peu rougi au souvenir de son époux, un homme respectable qui jusque-là ne s'écriait jamais que « Flûte » ou « Mince alors ! » dans les moments de très grande surprise, réduit à l'état de loque hargneuse capable de dire à sa belle-mère d'aller se faire foutre. La compagnie d'assurances a fini par leur verser ce qu'elle leur devait en janvier dernier, après dix ans de bataille juridique, et maintenant qu'ils ont les moyens de s'offrir la présence d'un garde-malade sept jours sur sept et vingt-quatre heures sur vingt-quatre, Andrea peut enfin déléguer une partie de ses responsabilités.

« J'ai pensé que ce serait chouette de recommencer à utiliser mon cerveau, a-t-elle dit quand Kaylie nous a demandé à chacune d'expliquer ce que nous attendions de ce groupe de parole. Enfin, si j'ai encore un cerveau ! a-t-elle ajouté en riant. La question reste ouverte. Tout ça me fait un peu peur, pour être honnête. »

La salle dans laquelle nous nous réunissons se trouve dans l'annexe moderne de la vieille bibliothèque municipale, où de farouches efforts ont été accomplis pour éradiquer tout livre véritable de ce qu'une affiche appelle tristement « L'Expérience de lecture ». Pourquoi est-ce que tout ici est sur écran ? Je me souviens à quel point Emily et Ben adoraient les histoires avant de se coucher, puis comment ils ont dévoré *Harry Potter*, allant jusqu'à nous faire faire la queue à minuit devant la librairie locale pour acheter le dernier tome paru. À présent ils sont quasiment soudés à leur clavier. Il peut encore arriver qu'Emily attrape un roman de temps en temps et en survole soixante-dix pages avant que quelque chose de plus captivant ne l'interrompe – en général un tutoriel de maquillage sur YouTube par Zooella ou Cruella ou je ne sais qui. Elle est obsédée par le maquillage. Ben rechigne à lire quoi que ce soit qui dépasse la taille d'un écran de téléphone.

La déco de la salle relève de ce style scandinave rustique qui semble avoir conquis tous les espaces publics en Angleterre : parquet en bois clair horriblement bruyant, fauteuils décharnés inconfortables avec assise en tissu à motif floral et accoudoirs dans le même bois clair que le sol. Comme le café au distributeur dans le hall est imbuvable, on en achète au Caffè Nero juste à côté. Sally apporte un thermos, Elaine Reynolds aussi (la maman de Josh, le traqueur de belfies). C'est maintenant la cinquième semaine que nous nous retrouvons ici le mercredi après-midi. Au début nous étions quinze, mais deux femmes ont rapidement décidé que ce n'était pas pour elles et une troisième a dû arrêter il y a deux semaines car sa fille a été hospitalisée pour anorexie après avoir échoué à prendre les cinq cents grammes hebdomadaires que lui avait imposés son médecin.

« Bien sûr, ça n'exclut en rien que Sophia aille quand même à Oxford », avait tenu à préciser Sadie, comme si quelqu'un parmi nous avait eu un besoin urgent d'être rassuré sur ce point.

Sophia était déjà auréolée de livrets scolaires frisant l'excellence, ainsi qu'on nous l'avait signifié à plusieurs reprises, et sa mère considérait visiblement ce séjour à l'hôpital comme un contretemps mineur sur la route de la gloire universitaire plutôt que le signe possible que c'était précisément cette route qui avait conduit sa fille à ce récent tête-à-queue.

« On peut très bien passer son bac en étant à l'hôpital, avait continué Sadie, ça ne pose aucun problème. Je m'arrange pour que Soph rende tous les devoirs du contrôle continu à temps. Comparer *Expiation* de Ian McEwan et *Le Messager* de L. P. Hartley. On est un peu loin de Shakespeare, non ? Je suis en train de lire les deux, évidemment, pour pouvoir aider ma pauvre chérie du mieux que je peux. »

Tout chez Sadie, de sa silhouette à sa coupe au carré brune en passant par son accent sud-africain et son sac à main taupe assorti à ses mocassins, était sec et austère, sans excédent superflu. La personne à qui elle me faisait le plus penser était Wallis Simpson : impeccable sans être aucunement attirante. Ni humaine. Je me suis surprise à me demander ce que ça pouvait faire d'avoir pour mère une créature si contrôlée et contrôlante. En voyant le visage de Sally en face de moi dans le cercle, j'ai compris qu'elle pensait exactement la même chose. Elle faisait rouler ses lèvres l'une contre l'autre comme si elle essuyait un surplus de rouge sur un Kleenex invisible, et ses yeux brillaient de ce qu'on aurait pu prendre pour de l'inquiétude mais qui était en réalité plus proche du mépris.

Pour être tout à fait honnête, je n'étais pas sûre d'avoir envie de m'inscrire dans un groupe de revenantes. Je n'ai jamais aimé ce préjugé paresseux qui prête aux femmes des préoccupations et des opinions communes, comme si nous étions une sorte de minorité en voie d'extinction. Il y a certes des femmes bonnes, honnêtes et sensibles, par millions, mais il y a aussi des Sadie qui seraient capables de laisser votre enfant pour mort sur le bord de la route si ça pouvait représenter un avantage pour les leurs. Pourquoi le nier ? Le simple fait qu'elle ait des ovaires et un vagin (sans doute nettoyé à la vapeur) ne fait pas de Sadie ma « sœur », Dieu merci.

Comme tant d'assemblées exclusivement féminines auxquelles j'ai participé, il y a quelque chose d'un peu repentant dans nos réunions. En l'absence d'hommes dans la pièce, nous sommes libres d'être totalement nous-mêmes, mais peut-être manquons-nous tellement de pratique que nous avons tendance à dépasser les bornes et que nous finissons par glousser telles des gamines de neuf ans ou, inévitablement, à parler de nos enfants. Les femmes se perdent facilement en anecdotes ; romancières instinctives, nous donnons du sens à nos vies à travers des histoires et des personnages. Que ce soit bien clair, je trouve ça fabuleux, mais ça peut aussi nous faire perdre en ténacité, nous empêcher de couper le robinet des tracas quotidiens pour nous concentrer sur nos désirs profonds. Vous imaginez un groupe d'hommes discuter du pontage coronarien de leur belle-mère ? Impossible, n'est-ce pas ?

Aujourd'hui, cependant, ce sera différent, car un homme, un célèbre conseiller en recherche d'emploi du nom de Matthew Exley, est là pour nous parler de la meilleure façon de mettre en valeur nos compétences. Visiblement, ça plaît beaucoup à « Appelez-moi Matt » d'être le seul bélier dans un troupeau de brebis. Il commence par quelques données scientifiques. Les études montrent, explique Matt, que sur dix critères énumérés pour un poste, quand un homme en remplit sept, il se sent prêt à « tenter sa chance ». Par opposition, si une femme en possède huit, elle se dira : « Non, je ne peux pas candidater pour ce job parce qu'il me manque deux des critères demandés. »

« Alors, mesdames, à votre avis, qu'est-ce que cela nous enseigne ? lance Matt avec un grand sourire engageant à l'intention de son troupeau. Oui, Karen ?

— Moi c'est Sharon, dit Sharon. Ça nous enseigne que les femmes ont tendance à se sous-estimer. Nous ne savons pas nous vendre.

— Exactement, Sharon, merci. Et que peut-on en déduire d'autre ? Oui, la dame blonde là-bas ?

— Que les hommes se croient généralement bons dans des domaines où ils sont nuls parce que leur expérience du monde du travail leur a prouvé qu'on confiait toujours des fonctions au-delà de leurs capacités à des hommes médiocres tandis que les femmes hautement compétentes doivent être deux fois meilleures qu'un homme pour avoir la chance de se voir confier un poste de cadre pour lequel elles sont infiniment mieux qualifiées ? »

De temps en temps, dans les groupes de revenantes, j'ai le regret de vous dire qu'une voix cynique, désabusée et, très franchement, agressive vient crever la bulle euphorique de réinvention joyeuse et de solidarité bienveillante.

« Ah, fait Matt en se tournant vers Kaylie pour qu'elle l'aide à se dépatouiller de cette rabat-joie.

— Allez, Katie, intervient Kaylie en souriant vaillamment de ses dents trop blanches (vous aviez deviné que c'était moi, pas vrai ?). J'ai l'impression que tu t'attaches surtout aux côtés négatifs. Nous avons déjà parlé du fait que les femmes étaient dures avec elles-mêmes. Je sais à quel point tu es perfectionniste, Katie. Ce que Matt essaie de dire, c'est qu'on doit s'autoriser à penser que, même quand on n'est pas la candidate idéale pour un job, avoir un sept ou huit sur dix n'est peut-être déjà pas si mal.

— Voilà, renchérit Matt avec un soulagement manifeste. Votre CV n'a pas besoin d'être parfait pour que vous postuliez à un emploi.

— Pardon, mais je crois que ce que Kate essayait de dire... »

C'est Sally qui a pris la parole, à présent. Le groupe se tourne avec surprise vers la plus timide et discrète de ses membres.

« Corrigez-moi si je me trompe, poursuit-elle, mais je crois que Kate voulait dire que si les hommes se sentent beaucoup plus confiants pour répondre à une annonce, c'est parce que les dés étaient, et sont toujours en grande partie, pipés en leur faveur. Ils pensent avoir plus de chances de réussir tout simplement parce que c'est le cas. On ne peut pas vraiment reprocher aux femmes des générations précédentes de manquer d'assurance alors que ça reflète précisément l'opinion que le monde a de nous.

— J'entends bien, Sally, dit Matt. (D'après mon expérience, "J'entends bien" est une expression exclusivement employée par ceux qui sont totalement sourds à tout autre son que celui de leur propre voix.) Mais la situation est bien meilleure qu'il y a seulement cinq ans. Les employeurs sont beaucoup plus conscients des qualités qu'une revenante peut apporter à une équipe. Vous aurez toutes remarqué que la question de l'équilibre entre travail et vie privée s'est imposée dans le débat public, et de nombreuses entreprises commencent à se rendre compte qu'une approche... comment dire ?... plus ouverte par rapport à l'embauche de femmes d'un certain âge, qui ont interrompu un moment leur carrière, ne nuit pas forcément à leurs affaires. Au contraire, même !

— Je suis sûre que vous avez raison, répond Sally, un peu fébrile. J'ai une amie dont la fille travaille dans un fonds d'investissement. Elle s'est arrêtée neuf mois pour la naissance de son deuxième bébé et personne n'a moufté. À l'époque où j'étais dans la banque, c'était inenvisageable. Même quatre mois de congé maternité... Enfin, vous pouviez retrouver le même boulot à votre retour, sauf qu'entre-temps quelqu'un avait récupéré votre titre. À la rigueur, on vous laissait devenir son assistante. Ma banque m'a envoyée au Moyen-Orient quand mes garçons étaient tout petits. Sans doute pour voir si je jetterais l'éponge.

— Quand j'ai annoncé à mon boss que j'attendais mon deuxième enfant, raconte à son tour Sharon, il a pété les plombs. Il m'a dit : "Mais, Sharon, ma douce, vous avez déjà eu un bébé." »

Tout le monde éclate de rire. De ce rire clandestin et subversif qu'ont les domestiques de *Downton Abbey* quand ils commentent les drôles de petites manies de leurs maîtres.

« Écoutez, les filles, tranche Kaylie, je pense que Katie est beaucoup trop pessimiste. Comme dit Matt, les entreprises sont plus ouvertes que jamais à l'idée qu'avoir des activités en dehors du travail peut vous conférer des compétences transférables. Sérieusement, les "CV de mamans" sont devenus super prisés des recruteurs. »

Je parcours le cercle des visages autour de moi. Les femmes hochent la tête avec enthousiasme et sourient à Matt, soulagées de savoir que le monde du travail qu'elles ont délaissé pendant les années où elles ont élevé leurs enfants allait les accueillir de nouveau à bras ouverts, que les « compétences » nécessaires pour nourrir et faire tourner le petit pays qu'on appelle « la maison » étaient transférables. C'est peut-être vrai quand on a été hors circuit trois ans, maximum cinq. Personnellement, je pense que celles qui sont dans la pire situation sont les femmes qui ont complètement arrêté de travailler, qui ont renoncé à la moindre parcelle de leur indépendance. Quand les oisillons quittent le nid, à l'âge de dix-huit ans, ils emportent avec eux la raison d'être de leur mère. Alors les femmes se tournent vers l'homme avec qui elles vivent depuis vingt-quatre ans et s'aperçoivent que la seule chose qu'ils ont encore en commun se résume aux enfants, lesquels viennent justement de partir. Les années d'éducation sont si prenantes, si dévorantes, qu'il est facile de ne pas voir que votre mariage bat de l'aile, car il est enseveli sous une pile de Lego, de salopettes boueuses et de sacs d'EPS. Mais quand les enfants ne sont plus là, votre couple n'a plus nulle part où se cacher. C'est brutal.

Mes petits boulots en free-lance m'ont au moins donné une fine rambarde à laquelle m'accrocher dans un marché de l'emploi en rapide mutation. Sans compter que je fais partie des plus jeunes du groupe, pourtant, même moi, je vais devoir mentir sur mon âge si je veux avoir une chance de retrouver du travail dans mon domaine.

Je me remémore ce que j'ai ressenti avec mon « CV de maman » dans le bureau de Gerald Kerslaw. À le regarder parcourir des yeux la liste de mes activités extra-professionnelles des dernières six années et demie. Mon travail pour l'école, pour le quartier, pour l'église, pilier de la société, en charge de la jeunesse et du troisième âge. Je me suis sentie petite. Diminuée, inutile, ignorée. Pire, je me suis sentie ridicule. Alors peut-être que ce brave « Appelez-moi Matt » a raison et que les mentalités sont en train de changer mais, dans mon secteur d'activité, une femme de quarante-neuf ans qui est sur la touche depuis sept ans a autant de chances de retrouver du boulot à la City que si elle se baladait en agitant une cloche et en criant « Chaude-pisse ! ».

Matt demande s'il y a une dernière question et je lève la main. Courageusement, il me donne la parole.

« Dans la mesure où, qu'on le veuille ou non, le jeunisme est clairement un problème majeur dans le monde du travail, recommanderiez-vous à celles d'entre nous qui ont la quarantaine, la cinquantaine ou la soixantaine de mentir sur leur CV ? »

Il plisse le front, pas parce que ça le laisse réellement songeur, mais avec cette pose que les hommes d'un certain âge adoptent pour signifier qu'ils réfléchissent intensément. S'il avait des lunettes, il les aurait descendues sur le bout de son nez pour regarder par-dessus dans ma direction.

« Mentir ? (Petit hennissement nerveux.) Non. Même si je ne mettrais pas forcément en avant mon âge. On n'est plus obligé d'indiquer sa date de naissance sur un CV. Disons que je n'évoquerais pas la question de l'âge si ça n'a pas lieu d'être. Vous pouvez aussi rester floues sur les années précises d'obtention de vos diplômes. Les gens savent compter, voyez-vous ? Sur ce (sourire de consolation), je vous souhaite sincèrement bonne chance à toutes. »

Je suis en train d'insérer mon ticket dans la machine pour payer le parking quand je sens une main se poser sur mon bras.

« Je voulais juste vous dire bravo pour tout à l'heure. »

C'est Sally la petite souris.

« Ah, merci, vous êtes gentille, mais j'ai été nulle. Beaucoup trop cynique. Kaylie essaie de nous booster et moi je me lance dans un laïus sur le sexisme institutionnel telle une Gloria Steinem mordue par un chien enragé. Exactement ce qu'il nous faut.

— Vous ne faisiez que dire la vérité, répond Sally en penchant la tête sur le côté avec cet air d'oiseau intelligent que je lui ai déjà remarqué.

— Peut-être, mais qui a envie d'entendre la vérité ? C'est totalement surfait, la vérité. Vous savez, je suis allée rencontrer un chasseur de têtes à Londres, l'autre jour, pour voir s'il pourrait me trouver quelque chose. Il m'a traitée comme si j'étais une vieille paysanne hideuse qui tapait à la porte de Buckingham Palace pour leur refourguer ses crottes de chèvre. C'était horrible. Le plus drôle, c'est qu'au début je n'avais aucune envie de venir à ces réunions. Vous connaissez cette phrase de Groucho Marx, qui disait ne pas vouloir faire partie d'un club qui l'accepterait comme membre ? Moi, j'étais pareille, je trouvais ça un peu pathétique. Les "revenantes", franchement ?

— On croirait qu'on est des mortes-vivantes, renchérit Sally.

— C'est drôle, je me faisais exactement cette réflexion tout à l'heure ! »

Puis je lui ai confié que j'avais parfois l'impression de n'être plus que le fantôme de mon ancien moi, que je ne pourrais plus jamais redevenir comme avant, que tout était fini. « Pas pour vous, Kate », m'a-t-elle dit. Et nous avons continué à parler, parler. Au bout d'un moment on aurait voulu aller prendre un thé, mais alors on s'est aperçues qu'on avait toutes les deux un chien qui nous attendait à la maison, puis on s'est aperçues qu'on promenait nos chiens dans le même parc, si bien qu'on est allées les chercher et qu'on s'est donné rendez-vous au parc pour faire notre promenade préférée ensemble et s'asseoir ensemble sur notre banc préféré tout en haut de la colline.

Voilà comment Sally Carter est devenue ma nouvelle amie.

5

Juste cinq minutes

7 *h 44* – « Maman, t'aurais pas vu *La Nuit des rois* ? »

Emily a le visage blême et les cheveux sales.

« Je crois que tu l'avais dans le salon hier soir, quand tu faisais tes devoirs. À moins qu'il ne soit dans cette pile sur le fauteuil, sous les jouets de Lenny. Tu ne vas pas prendre de douche, ma puce ?

— Pas le temps, répond-elle avec un haussement d'épaules. J'ai une répète avec la chorale et ensuite on va nous distribuer notre calendrier de révisions.

— Hein, déjà ? Vous venez de commencer les cours. Ce n'est pas un peu tôt ?

— Ouais, je sais, mais M. Young nous a dit que l'an dernier deux élèves avaient eu des B à l'examen, et il ne veut pas que ça se reproduise.

— Tu devrais au moins te laver la tête avant de partir. Ça te donnera l'air plus frais, chérie. Parce que là tu es un peu...

— Je *sais*.

— Emi, ma grande, j'essaie juste de...

— *Je sais, je sais*, maman. Mais j'ai genre dix mille trucs à faire. »

Alors qu'elle se tourne pour se diriger vers la porte, je remarque que la jupe de son uniforme s'est coincée dans sa culotte, révélant un quadrillage de vilaines coupures sur l'arrière de sa cuisse.

« Emily, qu'est-ce que tu t'es fait à la jambe ?

— Rien.

— Tu t'es blessée, chérie. Viens là. Qu'est-ce qui s'est passé ?

— Rien, je te dis, répète-t-elle en tirant furieusement sur sa jupe.

— Comment ça, *rien* ? Je vois d'ici que tu saignes.

— Je suis tombée de vélo, maman, OK ?

— Je croyais que ton vélo était en réparation.

— Ouais, j'avais pris celui de papa.

— Tu as pris le Bradley Wiggins pour aller au lycée ?

— Non, pas celui-là. Le vieux. Il était dans le garage.

— Et tu es tombée ?

— Mmm.

— Comment ça se fait ?

— Il y avait des graviers sur la route. J'ai glissé.

— Oh, non ! Et tu t'es fait mal à la jambe, ma pauvre. Et tu t'es écorché l'autre. Remonte un peu ta jupe, que je puisse regarder. Pourquoi tu ne m'as rien dit, trésor ? Il faut qu'on te désinfecte ça, ce n'est pas beau à voir.

— C'est bon, maman, d'accord ?

— Laisse-moi juste jeter un coup d'œil. Ne bouge pas une seconde. Remonte ta jupe, je ne vois pas bien.

— LAISSE-MOI TRANQUILLE ! C'EST BON MAINTENANT ! »

Emily me repousse d'un geste brusque et envoie valser mes lunettes. Je me baisse pour les ramasser par terre. Le verre gauche s'est déboîté de la monture.

« J'en ai ras le bol, gémit Emily. Tu dis toujours la chose qu'il ne faut pas, maman. *Toujours*.

— Quoi ? Mais je n'ai rien dit, ma puce. Je veux juste regarder ta jambe. Emi. Emily, s'il te plaît, ne pars pas comme ça. Emily, reviens, Emily, tu ne peux pas partir à l'école le ventre vide. Emily, je te parle. EMILY ? »

Au moment où ma fille sort de la maison en traînant derrière elle de sulfureux nuages de reproches et en me laissant réfléchir, perplexe, au crime que j'ai bien pu commettre, Piotr arrive. Il vient de franchir la porte de service avec sa boîte à outils. Je rougis en imaginant qu'il ait pu entendre notre dispute et voir Emily m'arracher mes lunettes. Je n'arrive pas à croire qu'elle m'ait frappée. Elle n'a pas voulu me frapper. C'était un accident.

« Pardon. C'est mauvais timing, Kate ?

— Non, non, ça va. Vraiment. Entrez, Piotr. Désolée. C'est juste qu'Emily a eu un accident, elle est tombée de vélo, mais elle trouve que je fais des histoires pour rien. »

Sans que je lui aie rien demandé, il me prend les lunettes des mains, récupère le verre manquant à côté du panier de Lenny et se met à essayer de le refixer.

« Emily, c'est adolescent. Maman ça dit toujours la chose mauvais, non ? »

Bien que j'aie plutôt envie de pleurer, je ne peux m'empêcher d'éclater de rire.

« Vous avez raison. Les mères ont toujours tort, Piotr. En ce moment, quoi que je fasse, j'ai tort. Vous voulez une tasse de thé ? J'ai du vrai thé aujourd'hui, si ça peut vous rassurer. »

Dans sa nouvelle incarnation spirituelle, Richard s'est doté d'une vaste gamme de tisanes et d'infusions. Romarin-rhubarbe, pissenlit, échinacée, ortie-miel de manuka, et quelque chose dans une boîte couleur urine intitulé « Grand Calm'Omille ». Sur les conseils de

Joely, du centre de formation, en février, il m'a offert un sachet de Panax Ginseng, paraît-il bon pour les bouffées de chaleur et les sueurs nocturnes. Un cadeau plein d'attention bien que, si on veut pinailler, peut-être pas complètement idéal en guise de message d'amour torride pour la Saint-Valentin (après avoir reçu une batterie de casseroles Jamie Oliver pour Noël, je croyais que nous avions touché le fond dans l'histoire des cadeaux conjugaux de Richard, mais apparemment il reste encore quelques abysses à explorer). Il en faut beaucoup pour ébranler Piotr, qui semble avoir un tempérament aussi généreux et facile que son apparence physique, mais même lui a eu un mouvement de recul quand je lui ai annoncé que nous n'avions plus de thé noir et que je pouvais lui offrir du pissenlit à la place.

« Chez mon pays, pissoli signifie du lit qui mouillé comme des enfants », m'a-t-il dit avec un sourire qui m'a révélé au passage deux rangées pittoresques de dents irrégulières comme on n'en fait quasiment plus dans les classes moyennes britanniques.

Piotr parle un anglais déplorable, pourtant étrangement attachant. Je n'éprouve pas le besoin de le corriger comme je le fais avec Ben et Emi, car (a) ce serait horriblement condescendant et (b) j'adore les fautes qu'il fait parce que je les trouve merveilleusement expressives (ce qui est sans doute horriblement condescendant). C'est pareil avec les enfants, non ? On corrige leurs erreurs et un jour on regrette leurs savoureuses excentricités de langage. Je ne peux plus rembobiner le film et entendre Ben me dire « Maman, la lampe de ma chambre est cassée, elle *grignote* », ou Emily, malade, se plaindre d'avoir « le ventre qui *barbouille* ». Ou encore me jeter un regard noir en me reprochant de lui avoir « loupé la parole ». Parfois je me surprenais à rêver du moment où ils sortiraient enfin de l'enfance et où la vie serait plus facile ; maintenant j'ai toute la vie pour rêver de nouveau à leur enfance.

J'allume l'Aga et mets à chauffer de l'eau dans une casserole sur un feu, du beurre et de l'huile d'olive dans une marmite sur un autre. Une fois de plus, la bouilloire ne marche pas car Piotr a dû couper l'électricité. Méthodiquement, j'entreprends d'émincer les oignons, les carottes et le céleri pour la bolognaise, le bon petit plat familial qui, chez nous, met tout le monde d'accord. C'est la recette du livre de Marcella Hazan ; je l'ai tellement lue et relue que ses élégantes tournures désuètes me reviennent automatiquement en mémoire. L'ajout de lait « apporte une douceur appréciable ». Tout à fait : c'est l'ingrédient magique qu'on ne devinerait jamais. Dans la réserve – un minuscule cagibi tout noir qui donne sur la buanderie –, je cherche à tâtons une boîte de tomates pelées et mes mains s'empêtrent dans une toile d'araignée géante digne d'un manoir hanté. Elle a la taille et la forme d'une raquette de tennis. *Berk*. J'attrape des lingettes et me mets à nettoyer les étagères en bois.

Avoir un piano de cuisson Aga a toujours été mon fantasme. Des visions de pain fait maison, de délicieux ragoûts gazouillant joyeusement sur feu doux, voire d'un agnelet orphelin tendrement ramené à la vie dans le compartiment chauffe-plat. Je ne sais pas vraiment où je comptais trouver un bébé agneau si ce n'est au rayon boucherie du supermarché, où il aurait donc largement dépassé le stade de la réanimation, mais le fantasme persistait. À présent, je me rends compte qu'il était de ceux que nous vendent les magazines sur papier glacé, quasiment livrés avec Julia Child en cadeau bonus. Notre Aga est plutôt une vieille bête maléfique enrobée d'un demi-siècle d'éclaboussures de graisse, et elle n'a que deux températures : tiédasse ou crématorium. En fait, je crois vraiment qu'elle ne m'aime pas. Peu après notre emménagement, j'ai mis un gratin de chou-fleur dans le four du haut ; dix minutes plus tard, j'ai entrouvert la lourde porte en fonte pour jeter un coup d'œil à l'intérieur et j'y ai trouvé une forêt pétrifiée, avec tous ces parfaits petits fleurons calcinés comme autant de chênes miniatures.

Richard, qui était de mauvais poil, affamé et assez porté sur le gratin de chou-fleur, a dit que ça lui faisait penser à une de ces installations artistiques au titre ronflant, du genre *L'Impossibilité physique du dîner dans l'esprit d'un homme qui a faim*. Depuis, c'est devenu une des anecdotes préférées de sa série des « Calamity Kate », et je ne peux m'empêcher de constater qu'il trouve ça beaucoup plus drôle quand il la raconte à d'autres gens que sur le moment.

Non pas que je sois en position de me plaindre. Je suis encore en train d'essayer de convaincre Rich que cette maison était une aubaine formidable. Nous étions d'accord sur le fait que, pour pouvoir nous rapprocher de Londres et me permettre de faire la navette tous les jours, nous allions devoir viser plus petit et diminuer nos frais fixes (nous n'avions certainement pas les moyens d'acheter dans la capitale, pas après notre exil dans le Nord ; j'ai regardé la cote de l'immobilier londonien, et notre ancienne bicoque dans le quartier de Hackney vaut aujourd'hui un million deux cent mille livres). Nous avions fait une offre qui venait d'être acceptée pour un logement neuf de quatre chambres tout près de la gare, quand un autre agent m'a proposé de passer voir, « juste par curiosité », une « perle rare avec encore tout son cachet d'époque et un potentiel considérable moyennant quelques rénovations intelligentes ».

Le sort et la météo ont alors conspiré contre moi. C'était une de ces journées radieuses où un ciel d'un bleu mordant vous enivre de joie de vivre et vous donne la sensation de planer au-dessus de votre propre corps. Si seulement il avait plu ! Peut-être que j'aurais vu que trois murs extérieurs couverts d'un patchwork de lierre et de mousse, un toit en tuiles branlantes et deux cheminées, chacune de la taille d'un 4×4, ne suffisaient pas à faire de ce lieu, comme j'ai pourtant voulu le croire, un château enchanté qui n'attendait que d'être délivré de son sortilège d'abandon cruel.

« Combien ça va coûter, exactement, de débroussailler tout ce feuillage afin de libérer la Belle au bois dormant, et dans quel état seront les murs une fois remis à nu ? » Voilà par exemple le genre de questions que je n'ai pas posées alors que j'admirais la jolie couleur miel de la pierre dans laquelle la bâtisse avait été construite trois siècles plus tôt. La vue sur le jardin depuis la terrasse était comme un tableau impressionniste : une vive tache de pelouse verte bordée par les ombres mouchetées des pins et des hêtres. Je pouvais presque entendre les accents du célèbre concerto de Ralph Vaughan Williams, *The Lark Ascending*, en contemplant cette quintessence de paysage anglais ; et la musique dans ma tête était si puissante qu'elle couvrait le bourdonnement de l'autoroute voisine, lequel se muerait en rugissement après que les arbres auraient perdu leurs feuilles et nous signé la vente. Sans clause suspensive.

Nous sommes quand même retournés voir le logement neuf, Rich et moi. Il nous a paru tellement fade et exigu avec ses minuscules meubles de maison de poupée fabriqués sur mesure (une astuce cynique de promoteur pour donner l'impression que les pièces sont plus grandes, d'après ce que m'a expliqué un de mes amis designer). L'agent nous informa que ledit promoteur était prêt à couper la poire en deux par rapport au montant de notre offre, et à prendre en charge les frais de mutations, une économie si importante que Rich laissa échapper un long sifflement admiratif. Mais mon cœur appartenait déjà à un autre et je ne trouvais plus que des défauts en lieu et place des gains et avantages potentiels. Je voulais la perle rare aux gracieuses proportions, avec son vieil escalier charmant dont la rampe en acajou était à peine visible à travers les couches de peinture écaillée.

L'agent concurrent nous indiqua que, dans la mesure où c'était un projet de rénovation que « très peu de gens [avaient] assez d'imagination pour entreprendre » (traduire : personne à part vous n'est assez cinglé pour se lancer là-dedans), les propriétaires étaient « disposés à baisser drastiquement leur prix » (ils ne savaient plus quoi faire pour vendre cette maison ; elle était sur le marché depuis plus d'un an et il y avait une grave pénurie de pigeons prêts à partager leur salle de bains avec un faucheux et ses dix-neuf enfants). J'ai réussi à arracher l'accord de Richard en lui faisant observer que la propriété était située dans le secteur scolaire d'un excellent collège-lycée. Et voilà le travail ! Bon, il se peut que j'aie également usé de ma force de persuasion sexuelle, mais j'avais ma maison de rêve, et c'était déjà un orgasme suffisant.

Si ce n'est que Richard a plus ou moins détesté cette maison dès le premier jour. Il l'a surnommée « le palais des mille et une fuites ». Tout ce qui ne va pas – et je vous épargne la liste – prouve que j'ai pris la mauvaise décision et lui donne l'occasion de plastronner de façon assez désagréable. La première soirée que nous avons passée ici, il m'a carrément sorti le DVD d'un film avec Tom Hanks intitulé *Une baraque à tout casser*, dans lequel un couple essaie de rénover une maison qui tombe en morceaux. C'était drôle jusqu'à ce que je branche un radiateur électrique pour réchauffer le salon glacial et que toutes les lumières sautent alors que la télé s'éteignait dans un soupir.

J'aimerais pouvoir dire que la suite a donné tort au scepticisme de mon mari. Malgré les efforts héroïques de Piotr, et une noria quasi continue d'ouvriers polonais munis d'échelles, de marteaux et de scies, chaque jour qui passe semble apporter son lot de mauvaises nouvelles supplémentaires. La découverte financièrement dévastatrice d'un plancher de salle de bains affaissé est arrivée en même temps que l'annonce émotionnellement dévastatrice d'un plancher pelvien affaissé par celle qui était autrefois ma gynéco obstétricienne et qui n'est plus désormais que ma gynéco tout court.

« Kate, c'est brûlé casserole.

— Pardon ? »

Piotr me fait sursauter. Il est juste à côté de moi dans la réserve.

« Gazinière il donne du feu. Attention s'il vous plaît. »

Je cours dans la cuisine. La marmite crache une épaisse fumée. Zut, j'avais oublié. Mais où avais-je la tête ?

Roy, enfin, pourquoi tu ne m'as pas rappelé que j'avais mis de l'huile à chauffer pour la bolognaise ? ROY ! On ne peut pas continuer à oublier des choses comme ça. La semaine dernière, c'est la baignoire qui a débordé.

J'aurais bien plongé la marmite dans l'évier, sauf qu'il n'y a plus d'évier car Piotr l'a porté à la benne. Et puis, ne dit-on pas qu'il ne faut jamais verser de l'eau sur de l'huile bouillante… à moins que ce ne soit l'inverse ? J'attrape la marmite et sors en courant dans le jardin, où une légère bruine éteint le grésillement. Avant de rentrer pour recommencer de zéro, je reste une minute à contempler la vue. Les feuilles sont particulièrement belles cette année, des tons d'abricot intenses et de primevère timides dans la collection automne de Dame Nature qui ne cessent de nous étonner (*Roy, tu me feras penser de planter ces bulbes de tulipes et de jonquilles, s'il te plaît ?*). Oui, je suis prête à reconnaître qu'il aurait mieux valu être raisonnables et prendre quelque chose de plus petit. Non seulement nous n'avons pas les moyens, jusqu'à ce que je retrouve du travail, de financer les travaux, mais j'ai aussi épuisé tout le capital qu'il me restait encore dans mon couple. Par certains côtés, une relation est comme un compte épargne : dans les bons moments, les deux parties contribuent, et dans les périodes de vaches maigres vous avez de quoi tenir le coup. À l'heure actuelle, je suis gravement à découvert.

J'aurais dû écouter Richard (*Peut-être que tu devrais lui dire, Kate ; faire machine arrière n'a jamais été facile, hein ? Encore ce stupide orgueil*). Je ne peux pas vraiment expliquer pourquoi j'ai tant voulu acheter cette maison, sinon que quelque chose en moi se rebiffait à l'idée de devoir rétrécir notre vie, voir de plus en plus petit. En moins de temps qu'on ne le pense, on se retrouve dans un bungalow accessible en fauteuil roulant d'une résidence médicalisée où on porte des couches pour incontinence. Je fais déjà quelques gouttes à chaque fois que j'éternue. Pardon mais, comme ce cher Dylan Thomas, je n'avais pas envie d'entrer « sans violence dans cette bonne nuit ». Je voulais relever un nouveau défi, ne serait-ce que pour me prouver que j'étais encore en vie et capable de voir grand.

Dans la cuisine, Piotr me remet solennellement mes lunettes réparées, non sans avoir d'abord soufflé dessus avant de les essuyer à l'aide d'un vrai mouchoir à l'ancienne qu'il extrait de la poche de son jean dans un grand moulinet de prestidigitateur. Je n'ai plus vu de mouchoir blanchi et repassé comme ça depuis que mon grand-père est mort. Comme il se penche pour les placer sur mon visage, je respire une puissante bouffée de cigarette et de sciure de bois. Je suis toujours contente quand Piotr est là, parce que ça veut dire qu'on avance. C'est sûr, j'aurai une cuisine d'ici à Noël. Et aussi parce qu'il apporte… – *Comment c'était, déjà, Roy ?* Ah oui : « une douceur appréciable ».

De Kate à Emily
Coucou chérie. J'espère que ça va. J'ai préparé des spaghettis bolognaise pour dîner. Vraiment désolée pour ton accident et ta jambe. On se fait une soirée cocooning avec *The Big Bang Theory* ? Bisous, Maman

De Emily à Kate
Ça va super !!! Je px inviter Lizzy et d'autres copines ? Tkt pas pr moi 💃 🌈 A+ 😘

13 h 11 – Est-ce une vérité universellement reconnue qu'une femme célibataire de plus de trente-cinq ans en quête d'un partenaire ne doit jamais révéler son âge sur les sites de rencontres ? En tout cas, c'est ce que m'explique Debra au cours du déjeuner.

Je viens de confesser à ma plus vieille amie que je mentais sur mon âge pour essayer de retrouver du boulot. Deb me rétorque qu'elle fait la même chose pour retrouver un mec.

« Sérieux, tu ne donnes jamais ton vrai âge ?

— Jamais, jamais, *jamais* », répond-elle.

Attrapant d'un air misérable la dernière feuille de roquette dans son assiette, elle la met dans sa bouche avant de lécher la vinaigrette sur son doigt. Nous avons toutes les deux commandé une salade et de l'eau gazeuse, sans pain, car la fête des trente ans de notre promo de fac, qui pendant longtemps semblait encore loin, approche désormais à grands pas. Mais Deb se met soudain à faire des gestes impatients en direction du serveur pour lui signaler qu'elle voudrait du vin.

« Même si tu as l'air sublime pour ton âge ? » je lui demande.

Elle laisse échapper un rire amer ; un genre de croassement rauque que je ne me rappelle pas avoir entendu avant.

« C'est encore pire, dit-elle. Si tu as l'air bien pour ton âge, tu auras sans doute la vanité de vouloir le révéler. Donc vous prévoyez un rencard, il t'emmène dîner au restau, vous buvez quelques verres, les bougies, patati, ça devient romantique, il te sort "La vache, ce que t'es belle", et toi tu es détendue, peut-être un peu ivre, il te plaît vraiment et tu te dis "Lui, c'est un sensible, pas superficiel comme les autres", alors tu te laisses aller et tu lui réponds "Pas mal pour cinquante balais, hein ?".

— Ben oui, c'est vrai que tu es magnifique. (Elle a terriblement changé depuis la dernière fois qu'on s'est vues, à mon anniversaire. Elle a le visage rouge et bouffi ; un visage d'alcoolique, ça me frappe tout d'un coup. Oh, Deb...)

— Peu importe, réplique Debra en agitant le doigt. Le gars fait son petit numéro, il ouvre de grands yeux et émet un sifflement admiratif, il te dit qu'en effet, tu es incroyablement bien conservée pour une femme de cinquante ans. On ne s'en douterait pas une seconde. Je veux dire, vraiment *hallucinant*. Et là, tu vois son regard changer. La panique qui monte. Et dans sa tête, il se dit "Oh mon Dieu, comment j'ai fait pour ne pas m'en rendre compte ? Les rides autour de sa bouche, le cou décharné. Elle fait *largement* cinquante ans ! Et moi je n'en ai que quarante-six, donc c'est une vieille. En plus, elle a menti sur son profil." Ah, garçon, garçon, pardon, vous pouvez m'apporter un verre de vin ? Un sauvignon blanc. Kate, tu m'accompagnes ?

— Je ne peux pas, j'ai mon groupe de retour à l'emploi juste après.

— Dans ce cas il te faut absolument de l'alcool. Deux verres de blanc, s'il vous plaît. Merci.

— Et ensuite, qu'est-ce qui se passe ?

— Ensuite il te rejette à l'eau et il retourne en pêcher une plus jeune.

— Ben, comme ça tu sais que ce n'est pas un homme pour toi s'il t'élimine juste à cause de ton âge.

— Oh, Kate, Kate, ma tendre innocente, ils sont *tous* comme ça. »

Nouveau ricanement forcé. Deb tend le bras en travers de la table et me tapote affectueusement le bout du nez. Ça me fait un peu mal. C'est l'endroit où Ben m'a mordue quand il faisait ses premiers pas. Je m'étais agenouillée pour le rattraper au cas où il tomberait et il a titubé jusqu'à moi comme un mini-ivrogne, il a voulu m'embrasser sur la bouche mais à la place c'est tombé sur le nez. J'ai encore une minuscule cicatrice en forme de dent.

« Ce que tu ne comprends pas, darling, du haut de ta béatitude conjugale avec Ricardo, c'est qu'à notre âge ce sont les hommes qui ont toutes les cartes en main. »

(Ce serait l'occasion parfaite de lui dire à quel point ça va mal entre Richard et moi, mais je n'ose pas, pas encore. J'ose à peine me le dire à moi-même.)

Deb finit son vin cul sec en se plaignant de la pingrerie des portions, puis attrape mon verre, auquel je n'ai quasiment pas touché, et en vide les trois quarts dans le sien.

« Un homme de quarante-huit ans n'est pas intéressé par une femme de son âge. Pourquoi le serait-il quand il peut s'en trouver une dans la catégorie vingt-neuf/trente-six ans ? Un homme de cinquante balais peut encore cocher la case "Voudra peut-être des enfants un jour". Moi, qu'est-ce que je peux cocher ? "Aura peut-être besoin d'une hystérectomie si elle continue à saigner comme un cochon qu'on égorge" ? Enfin bref, santé, ma belle ! » lance-t-elle en faisant tinter les deux verres l'un contre l'autre avant de me rendre le mien presque vide et de boire goulûment dans le sien.

Je connais Debra depuis notre troisième semaine de fac, quand on a commencé à bavarder à la cafèt et qu'on s'est rendu compte qu'on partageait le même petit copain. On aurait dû devenir ennemies jurées, mais on a décidé qu'on se plaisait davantage que ne nous plaisait respectivement ce garçon, qui s'est retrouvé doublement largué et rebaptisé à jamais Ted-le-Traître.

J'étais sa témoin quand Deb a épousé Jim. J'ai été marraine de leur premier enfant et consolatrice en chef au moment de leur divorce, quand Jim s'est tiré avec une tradeuse hongkongaise de vingt-sept ans alors que Felix en avait six et Ruby trois. Deb culpabilise parce que Felix fait des crises d'angoisse et se croit responsable de la séparation de ses parents. Il a beaucoup de mal à s'intégrer à l'école et Deb n'arrête pas de le changer d'établissement (trois fois au cours des cinq dernières années), sans doute parce qu'il est plus facile de penser que le problème vient de l'école plutôt que de son enfant. Deb évoque souvent le trouble du déficit de l'attention qu'on lui a diagnostiqué, comme si ça expliquait tout. Je crois (même si je ne le lui dirai jamais) que, sans la présence de Jim, elle ne savait pas bien comment gérer le comportement de Felix, du coup elle a dépensé des fortunes en PlayStation et autres gadgets en tout genre pour essayer de l'occuper pendant qu'elle travaillait. J'étais horrifiée, à Noël dernier, par la taille de la télé qu'elle lui a offerte, dix fois plus grosse que celle de leur salon. Elle ne s'achète presque jamais rien pour elle. Felix, qui a maintenant dix-sept ans, ressemble comme deux gouttes d'eau à son père, ce qui ne doit pas aider. Deb aime son fils comme une mère mais, de plus en plus, je me lance si elle l'apprécie en tant qu'individu.

« Alors vas-y, raconte-moi ce truc de "revenantes" », me lance-t-elle.

Je peux quasiment entendre les guillemets ironiques que Deb place autour du mot.

« Je sais que tu penses que je n'en ai pas besoin.

— Tu n'en as pas besoin, Kate. Tu as juste besoin de te secouer un peu et d'arrêter de sublimer toute ton ambition dans la rénovation d'une vieille baraque déglinguée.

— Je croyais que je redonnais vie à une perle rare avec encore tout son cachet d'époque et un potentiel considérable.

— Tu parles de toi ou de la maison, darling ?

— Les deux, mon capitaine. »

Elle rit pour de bon, cette fois, de son rire chaud et généreux qui résonne avec incongruité dans ce temple branché de verre et d'acier. J'adore le rire de Deb ; il me rappelle tant de moments que nous avons partagés.

« Comme tu veux, finit-elle par dire. Mais moi, il faudrait me payer pour me faire asseoir dans une pièce remplie de nanas qui gémissent parce qu'elles sont trop vieilles et que personne ne veut les embaucher. Tu prends un café ? Combien de calories dans un double cappuccino, à ton avis ? »

(Attendez, je l'ai lu quelque part l'autre jour. J'appelle Roy. *Roy, tu peux me trouver le nombre de calories dans un double cappuccino ? Lait entier et demi-écrémé*. Roy,* *allô ? Tu n'as pas droit à la pause déjeuner, au fait. Être le valet de ma mémoire est un job à temps plein.*)

La dernière fois que j'ai parlé à Richard de trouver du travail dans une bonne entreprise à Londres, il m'a répondu : « Ça va te tuer de faire ce trajet deux fois par jour. Tu n'es plus toute jeune. Pourquoi tu ne cherches pas un boulot dans le coin, comme Debra ? »

Est-ce vraiment ce qu'il me souhaite ? Deb a démissionné d'un des plus grands cabinets d'avocats londoniens deux ans après que Jim s'était installé avec sa nymphette asiatique (qui est sympa, pleine de tact, douce avec les enfants et super intelligente... le cauchemar total, en gros). Felix était devenu obsessionnel et ne supportait pas que ses petits pois touchent le maïs ou le ketchup dans son assiette, et il mordait toutes les nounous qui avaient le malheur d'oublier ce diktat. En trouver une qui accepte de se faire mordre à intervalles réguliers s'était révélé mission impossible. « Je n'ai pas *choisi* de m'arrêter, Kate, merde, j'ai simplement capitulé face à l'inévitable », tempête Debra quand elle a un coup dans le nez, ce qui arrive assez souvent ces derniers temps. À partir d'un certain âge, toutes les femmes que je connais, à part les grandes prêtresses du « Mon Corps est un Temple », sont des intimes du Comte de Chardonnay et de son pote Pinot Grigio. Chaque jour autour de dix-huit heures trente-cinq, quand, par habitude, je sors une bouteille de vin du frigo, je me dis « Attention, bombe calorique ! ». Parfois je suis sage et j'écoute cette saine mise en garde, mais d'autres fois c'est plus facile, et d'une certaine façon plus gentil, de m'autoriser ce picotement de chaleur et ce sentiment de bien-être instantané. « Putain, ça me fout en rogne quand ils disent qu'on *choisit* d'arrêter de bosser », peste toujours Debra quand elle en est à son troisième verre.

Moi aussi, ça me fout en rogne. Et donc, cette rousse à la beauté légendaire (imaginez le visage de Julianne Moore et les courbes de Jennifer Lopez), diplômée de Cambridge, en passe de devenir associée dans un cabinet londonien qui brasse des millions, croupit désormais dans un office notarial au-dessus d'un restaurant indien dans la rue principale d'une petite ville de province, où elle arbitre des querelles de voisinage sur la hauteur des haies de cyprès entre dangereux octogénaires et enfle à vue d'œil à force de noyer son chagrin. Tous les mails récents de Deb commencent par « Je vais me tirer une balle ! ».

Je peux quand même viser un peu mieux que ça, non ?

Debra est en train de s'exciter et de parler de plus en plus fort, alors je décide de changer de sujet et de lui raconter l'épisode du belfie. Nos désastres personnels sont de petits cadeaux qu'on peut offrir à nos amis qui souffrent parce qu'ils s'imaginent qu'on a une vie plus facile que la leur.

« Oh, ils font tous ça, me rétorque-t-elle en ricanant. Des sextos. Il y a un gamin dans la classe de Ruby qui s'est fait arrêter. Il avait envoyé une photo de sa quéquette à une môme de quatorze ans. Ils en ont fait tout un foin au collège, en disant que c'était un abus sexuel sur mineur ou je ne sais plus trop quoi. Il a écopé d'une exclusion temporaire, le pauvre. La fille ne s'était même pas plainte. C'est un prof qui l'a vue rigoler et montrer la photo à ses copines. Et maintenant ça fait tout un bordel sous prétexte qu'elle est mineure.

— Je me considère comme plutôt ouverte d'esprit, je réponds. Mais franchement, tu imagines ?

— Très facilement, darling. Si on donne aux gosses des téléphones capables de faire tous ces trucs cochons, pourquoi ils s'en priveraient ? C'est beaucoup trop tentant. Je l'ai bien fait, moi aussi.

— Qu'est-ce que tu as fait ? Deb ? Non. Je ne te crois pas. Dis-moi que ce n'est pas vrai.

— Juste les nichons. »

Elle sourit et attrape ses seins entre ses mains en les poussant vers le haut dans son chemisier moulant jusqu'à ce qu'ils ressemblent à deux panna cottas tremblotantes.

« Montrer ses roberts, c'est la base sur les sites de rencontres, darling. Estime-toi heureuse de ne plus être sur le marché et de ne pas avoir à étaler tes marchandises à tes soupirants.

— Ça me fait de la peine pour elles, dis-je en prenant soudain la mesure de la colère et de l'impuissance que m'inspire cette histoire de belfie. Emily et Ruby, elles sont censées appartenir à la génération de filles la plus libre et émancipée qui ait jamais existé. Et là, juste au moment où l'égalité est à portée de main, elles décident de passer leurs journées à se tartiner de maquillage et à poser pour des selfies et des belfies comme des courtisanes dans un bordel fin de siècle. Comment en est-on arrivés là, bon sang ?

— J'en sais rien, ça me dépasse. »

Deb essaie en vain de réprimer un rot bruyant.

« On demande l'addition ? suggère-t-elle avant de se tourner pour héler un serveur débordé. Je sais que Ruby se trimbale tout le temps à moitié à poil mais que, si un type la siffle dans la rue, elle hurle au harcèlement sexuel. J'ai essayé de lui expliquer que le cerveau masculin était programmé pour réagir à certaines parties de l'anatomie féminine. La plupart des garçons comme Felix et Ben sont capables de se comporter de manière civilisée s'ils sont correctement éduqués par des femmes comme toi et moi, mais il en reste un paquet qui ne seront jamais civilisés, et après tu te retrouves dans la merde parce que, oh ! surprise, Rob-le-Violeur n'a pas lu ton guide étudiant des gestes déplacés. »

Nous restons silencieuses un moment.

« Les enfants disent que je suis d'un autre siècle, je finis par dire.

— On *est* d'un autre siècle, Dieu merci ! s'exclame Deb. Je suis bien contente d'avoir grandi avant les réseaux sociaux, darling. Au moins, quand on rentrait de l'école, on était toutes seules, ou avec nos parents qui nous considéraient comme faisant partie des meubles. Personne ne venait nous emmerder toutes les dix secondes pour qu'on s'extasie devant leur vie parfaite à la con. Tu imagines si chaque petite conne qui te martyrisait à l'école avait pu te rejoindre dans ta chambre via ton téléphone ? Je me sentais déjà assez nulle comme ça. Je n'avais pas besoin d'un public, merci beaucoup.

— Je suis sûre que toutes les générations de parents doivent se dire la même chose… » je réponds prudemment.

J'ai beaucoup cogité sur tout ça dernièrement, mais c'est la première fois que j'essaie de mettre des mots dessus.

« C'est juste que ce… ce… ce *gouffre* entre nous et nos enfants, leur monde et celui dans lequel on a grandi, est… je ne sais pas, Deb, tout ça est arrivé si vite. Tout a changé, et je crois qu'on n'a pas encore mesuré l'ampleur de ce qui est en train de se passer. Ni de ce que ça va produire sur eux. Comment Ben est-il censé apprendre à avoir de l'empathie pour autrui quand il passe la moitié de sa vie à dégommer des gens à la mitraillette dans je ne sais quel univers de réalité virtuelle ? Je t'ai dit que je m'étais rendu compte qu'Emily avait carrément téléchargé un truc pour l'aider à contourner le contrôle parental sur ses appareils ? »

Évidemment, Deb trouve ça réjouissant, pas effarant.

« Génial ! Ça m'a l'air d'être une gamine pleine de ressources, comme sa maman. »

Il est temps de partir. Deb a fini mon verre de vin et nous nous sommes battues pour l'addition (je ne me souviens pas de qui avait payé la dernière fois ; je pose la question à Roy, mais il est encore occupé à me chercher le nombre de calories dans un cappuccino).

Alors que le type à la porte nous tend nos manteaux, je demande à Deb de me répondre en toute honnêteté :

« Tu crois que je peux me faire passer pour quelqu'un de quarante-deux ans ? »

Elle me regarde avec un grand sourire.

« Carrément. Sans aucun problème. J'en ai trente-six, darling. Si un jour je te présente un mec, il va falloir qu'on accorde nos violons, hein ? Sinon il va se dire : "Comment est-ce qu'elles pouvaient être ensemble à la fac alors qu'elles ont six ans d'écart ?" Maintenant, à toi d'être honnête avec moi, Kate : tu trouves ça crédible, trente-six ans ? »

(Non. Désolée. Je ne sais plus à quoi on ressemblait quand on avait trente-six ans, mais Deb fait clairement plus, et moi aussi.)

« Mais bien sûr ! j'affirme sans hésiter. Tu n'as jamais été aussi resplendissante. J'adore ce que tu as fait à tes cheveux. »

Debra est déjà trente mètres plus loin dans la rue quand elle se retourne pour me crier :

« La fête de la promo ! N'oublie pas. D'ici là j'aurai perdu dix kilos.

— Et quinze ans ! » je lui réponds, mais le bruit de la circulation couvre ma voix, et elle disparaît au loin.

17 h 21 – Je viens de faire une chouette promenade avec Lenny pour m'aérer la tête après la réunion de mon groupe de revenantes. Il mourait d'envie de sortir quand je suis rentrée ; maintenant il dort profondément, étalé sur le dos dans son panier près de l'Aga, les quatre pattes écartées, offrant à tous les regards la fourrure blanche de son ventre. Il y a quelque chose de bouleversant dans la confiance absolue d'un animal. Aucune trace de Richard. Ben est au foot, mais je crois me souvenir qu'Emily m'a dit vouloir inviter des amies.

Là-haut, je trouve trois filles assises sur le lit d'Emi dans un silence total, le nez plongé dans leur portable comme si elles essayaient de déchiffrer le sens du *Yi Jing*. L'une est Lizzy Knowles, fille de Cynthia et haineuse propagatrice du belfie ; l'autre – pâle, jolie, cheveux auburn – doit être Izzy.

« Bonjour, les filles. Vous ne croyez pas que vous feriez mieux de discuter ensemble ? De vive voix, les yeux dans les yeux ? » je leur lance en découvrant par la porte entrebâillée cet étrange théâtre de mime.

Mon ton est à peine sarcastique. Emily relève la tête et me décoche son regard spécial « Veuillez excuser ma mère, elle est retardée mentale ».

« On discute, justement, me rétorque-t-elle d'une voix cinglante. On tchatte. »

J'ai l'impression d'être Charles Darwin en train d'observer des pinsons sur les îles Galápagos. Où va nous mener toute cette communication non verbale ? Mes arrière-arrière-petits-enfants naîtront avec des pouces à texto préhenseurs, mais sans cordes vocales ni aucune capacité à lire les expressions du visage humain. J'ai du mal à voir en quoi tout ça pourrait être une évolution pour notre espèce, si tant est qu'évolution soit synonyme de progrès, mais au moins Emi n'est pas toute seule. Les tensions que le belfie avait pu créer au sein de leur groupe semblent avoir été réparées. En tout cas, je l'espère. J'informe les filles qu'il y a des spaghettis bolognaise en bas si elles en veulent. Seule Lizzy réagit. « Merci, Kate, on descendra tout à l'heure », dit-elle du même ton froidement condescendant que lady Mary Crawley quand elle s'adresse à Mrs Patmore, la cuisinière de *Downton Abbey*. Je réponds à Lizzy par mon plus beau sourire mielleux ; le fragile bonheur de ma fille est entre les mains de cette peste.

17 h 42 – Juste avant que Ben rentre, j'ai posé à son intention sur la table de la cuisine des bâtonnets de carotte et du houmous. Piotr a retiré tous les anciens plans de travail ; ça donne un peu l'impression qu'on vit dans un hangar, mais a priori ce sera bientôt fini. Ben grommelle, ignore mon apéro diététique, attrape des chips dans le placard (qui a acheté ça ?) et disparaît dans le salon. Quelques minutes plus tard, j'entends la voix d'un autre garçon avec lui. D'où il sort ?

17 h 53 – « Benjamin, à table ! »

« Ben ? Tout de suite, s'il te plaît. Les spaghettis sont prêts.

— Juste cinq minutes. On est presque à la mi-temps.

— Qui ça ?

— Nous.

— Qui, nous ?

— Eddie et moi.

— Quand est-ce qu'il est arrivé ? Je n'ai entendu personne entrer. »

Je déboule dans le salon et déclare avec la plus grande fermeté maternelle :

« Tu connais la règle, Ben. Si tu veux inviter des am... »

Ben est seul, assis sur le canapé, une manette de jeux entre les mains, les pouces en effervescence. Sur la télé, un joueur en rouge tire un corner. Les autres se pressent en désordre autour du but, le joueur marque, la foule exulte et Ben s'écroule sur le côté comme touché par une balle, explosant de rire contre un coussin. D'autres gloussements lui répondent, sortant de nulle part. Je reconnais la voix d'Eddie qui s'exclame « C'est du *délire* », mais je n'arrive pas à comprendre d'où elle vient.

« C'est pour de vrai ? » je demande, ne sachant réellement pas s'il y a un match de foot à la télé, avec d'authentiques fans enragés qui traitent l'arbitre d'enculé, ou si ce sont juste des millions de pixels.

La plupart du temps, je ne suis même pas sûre d'être totalement vraie moi-même. Peut-être que je devrais me faire faire un clone numérique, qui s'occupera de préparer le dîner, de commander le carrelage de la salle de bains et de toutes les autres corvées dont je me charge sans que personne ne s'en aperçoive, pendant que la vraie Kate pourra se consacrer à la vie dont elle rêve, avec du temps libre à la pelle, des ongles manucurés, des abdos en béton, un plancher pelvien raffermi et nettement moins de raisons de râler.

« Plus ou moins, me répond Ben.

— Où est Eddie ?

— Chez lui, maman, ne sois pas débile.

— Ne me traite pas de débile, Benjamin, s'il te plaît. Ton vrai dîner est sur la table en train de refroidir.

— OK. Juste cinq minutes.

— C'était déjà dans cinq minutes il y a dix minutes.

— Prolongations. Peut-être des pénos. Je ne peux pas mettre sur pause, sinon on perd toute la partie. »

Je renonce. Emily est en haut avec des amies et elles ne se parlent pas. Ben est en bas et il parle avec des amis qui ne sont pas là mais à des dizaines de kilomètres, à l'autre bout de la ville. Les enfants ont raison : je suis d'un autre siècle. Mais eux sont d'un futur postapocalyptique à la *Mad Max* dans lequel l'humanité a décidé de se passer de toutes les civilités et interactions physiques des siècles précédents. Bien que ça m'effraie sincèrement, il semble vain d'essayer de les sevrer de leur addiction aux écrans. Comme de vouloir éteindre le vent ou la pluie. Si le paradis existe, et que mes enfants y arrivent un jour, leur première question à saint Pierre sera : « C'est quoi le mot de passe ? »

La faim finit par traîner Ben jusqu'à la table, où il s'empiffre avec un enthousiasme qui fait plaisir à voir. J'adore observer mon fils quand il mange son plat préféré ; ça doit être un truc atavique. Entre deux bouchées de spaghettis, qu'il enfourne par pelletées entières sans vraiment prendre la peine de les enrouler autour d'une fourchette – la bataille des bonnes manières est à classer au rang des défaites –, il m'explique qu'à l'étage Emily et ses copines parcourent Facebook et Instagram et s'échangent les photos ou les vidéos qui leur plaisent. La parole est tout à fait optionnelle dans ce processus, apparemment. Ça revient à se montrer mutuellement des choses que quelqu'un d'autre a dites, écrites ou photographiées, sans jamais créer ses propres pensées ou histoires originales. Je ne peux m'empêcher de me remémorer les fois où, avec Julie, on inventait tout un univers dans notre chambre simplement avec des Lego et une poupée Sindy.

« On croise quand même des gens IRL, ajoute Ben. Il reste du parmesan ?

— Je vais t'en chercher. C'est quoi, IRL ?

— Mam'... Tu sais très bien ce que c'est.

— Non, désolée.

— *In Real Life*. Dans la vraie vie, quoi.

— D'accord, donc ça vous arrive de vous parler dans la vraie vie ?

— Ouais, mais bon la plupart du temps c'est pas IRL parce qu'en gros t'es toujours online.

— Et l'école, alors ? C'est IRL ?

— On n'est pas censés avoir nos téléphones en classe, admet Ben prudemment, mais il y en a qui l'ont. En gros, maintenant c'est ça la vie sociale pour les gens de ma génération. »

(C'est la première fois que je l'entends dire quelque chose d'aussi philosophique ou d'aussi mature. Je ne savais même pas qu'il connaissait le mot « génération ». Hourra ! Il faut que j'arrête de le prendre pour un gosse de sept ans.)

Au moment de se lever de table, Ben me demande si je suis au courant que les garçons de l'école ont décerné à Emily le Prix du Boule de l'année à cause de la photo de ses fesses qui est devenue virale, et qu'elle a dû aller à l'infirmerie parce qu'elle a vomi dans la cour.

Non, je n'étais pas au courant.

21 h 37 – La chambre est plongée dans le noir, mais le visage de ma fille est illuminé par l'écran de son téléphone. Elle regarde des photos. Il y en a énormément, ça ne s'arrête jamais, des pages et des pages. De plus près, je constate que ce sont presque toutes des selfies ; sur aucun elle ne sourit. Elle a cette bizarre tête de canard, celle que prennent maintenant toutes les filles. À mi-chemin entre une moue boudeuse et un baiser, ça lui fait des lèvres énormes, disproportionnées par rapport au reste. Et elle rentre les joues ; une pose aguicheuse de top-modèle glamour. Emily passe son temps à regarder des tutoriels de maquillage sur internet ; elle est devenue vraiment douée, bien meilleure que moi, d'ailleurs. Mais ça donne quand même l'impression qu'elle se dessine le visage d'une femme plus âgée, plus sophistiquée, par-dessus sa jolie frimousse en cœur.

Je déteste les selfies, cet étalage de narcissisme, et l'avidité avec laquelle Emi les dévore du regard, comme une junkie qui serait accro à sa propre image. Dans l'album de famille chez ma mère, il n'y a que trois ou quatre photos de moi à l'âge d'Emily : une avec Julie en vacances à Colwyn Bay ; une en demoiselle d'honneur dans une robe en satin fuchsia trop serrée (il m'était poussé des seins entre l'essayage et la noce) ; une de mon père et moi près du potager dans le jardin, lui torse nu et regardant l'objectif avec un grand sourire, aussi diablement beau qu'Errol Flynn, moi toute timide et guindée à côté de lui dans un pull tricoté sans manches et une jupe en étamine, avec une horrible frange droite et des lunettes fournies par la Sécu (vous ne croiriez jamais qu'on est apparentés). Emily prend plus de photos d'elle en une semaine qu'il n'en existe de moi depuis un demi-siècle. Ça me met profondément mal à l'aise, mais je sais qu'elle m'enverra promener si je lui dis quoi que ce soit.

« Ooooh, tu es trop jolie là-dessus. Quelle pin-up ! »

Emi ignore mon compliment et se tourne sur le côté en remontant la couette sur son épaule.

« Tout va bien au lycée, ma grande ? Tu sais que j'ai demandé au fils d'une gentille dame de mon groupe de retour à l'emploi d'effacer ton belfie d'internet. Josh Reynolds. C'est un petit génie de l'informatique ; il était dans la même école que toi il y a dix ans. Il m'a dit qu'il avait éliminé tout ce qu'il avait pu trouver.

— S'te plaît, maman.

— Je sais que tu n'as pas envie d'en parler, chérie. Je comprends. Je veux juste que tu saches que Josh va bloquer le belfie dès que quelqu'un essaiera de le partager à nouveau.

— T'as rien dit à papa ?

— Non, bien sûr que non. »

Je vois les épaules d'Emi qui commencent à tressauter sous la couette.

« Oh, ma puce, ne pleure pas. Ça va aller. »

Je m'allonge sur le lit à côté d'elle et caresse son visage baigné de larmes.

« Qu'est-ce qu'il y a ? C'est à cause du belfie ? Les gens ont été méchants avec toi ?

— Non. C'est juste que je suis super, super stressée, maman. C'est trop dur, au lycée. Je ne suis ni la plus intelligente, ni la plus jolie, ni la plus sportive. Je ne suis la plus rien.

— Oh, mon cœur. Tu *es* bonne dans certaines choses, tu sais bien. Tu es très forte en musique et en anglais. C'est normal de ressentir ça. Et puis tes copines sont venues, aujourd'hui, non ? Et vous allez toutes voir Taylor Swift ensemble, ça va être génial. Tu as donné le chèque à Lizzy ? »

Elle acquiesce de la tête.

« C'est trop cher pour nous, dit-elle.

— Mais non, voyons. On essaie seulement de faire un peu attention jusqu'à ce que je trouve du travail, c'est tout. »

Elle roule sur elle-même pour venir enfouir son visage dans mon cou.

« Je suis désolée d'avoir fait tomber tes lunettes, maman.

— Ce n'est pas grave, chérie. J'ai juste eu peur que tu sois blessée. Je sais que je t'embêtais. Ça va mieux, ta jambe ?

— Ça va.

— Je peux voir ?

— *Non !* »

Son corps se raidit et elle se recule brusquement.

« D'accord, d'accord. Mais dis-moi si tu veux une crème pour que ça cicatrise plus vite. Oh, mais regarde qui est là ! Frizouille-leMouton ! »

Le doudou chéri d'Emily – elle l'a traîné partout par la patte droite pendant les trois premières années de sa vie – montre clairement des signes de vieillissement. Sa toison blanche est désormais grisâtre. Mais son pouvoir de réconfort, lui, est heureusement intact. Je pose la peluche contre son visage ; elle l'embrasse, et j'en profite pour embrasser Emi. Oh, mon Dieu. Tous les problèmes qu'elle avait quand elle était petite me paraissent un jeu d'enfant, à présent.

« Bonne nuit, ma puce. Fais de beaux rêves.

— À demain », murmure Emily.

23 h 01 – Je suis claquée, mais j'ai encore une tonne de choses à faire avant de pouvoir me coucher. Je sors de la machine la tenue de foot de Ben et la mets dans le sèche-linge pour qu'elle soit prête demain matin. Au moins il a réussi à revenir à la maison avec une paire de chaussettes, cette fois-ci ; c'est déjà quelque chose, même si le nom sur l'étiquette me révèle qu'une des deux appartient à un autre garçon – un géant, manifestement. J'ai une pensée pour la mère de ce Joe Barnes, quelque part en train de laver la chaussette dépareillée de mon fils avec la même ironie résignée.

J'ouvre la porte du jardin pour que Lenny puisse sortir faire un dernier pipi. Ça prend un moment, parce qu'il adore être dehors la nuit ; peut-être que son odorat est davantage en éveil quand il fait noir ? Il faudrait que je pose la question à Sally, elle sait ce genre de chose.

(*Roy, est-ce que tu peux s'il te plaît me rappeler de planter ces bulbes ?*) Le chien se met à suivre une piste olfactive urgente qui contourne les poubelles sur la terrasse, puis s'élance en courant alors qu'il atteint la pelouse. Je le perds de vue ; les seules formes que j'arrive à distinguer sont les lointaines silhouettes de trois pins sylvestres et d'un bouleau blanc qui brille comme les ramifications d'un éclair sur le fond anthracite du ciel.

« Lenny ! LENNY ! je crie encore et encore, à l'affût du moindre mouvement sur la pelouse sombre. Lenny, je t'en supplie, ne me fais pas ça. J'ai déjà assez de problèmes avec ta sœur. » (Est-ce que je considère vraiment Lenny comme le petit frère polisson d'Emily ? J'en ai bien peur...)

Oh, par pitié, faites qu'il revienne ! Si Lenny se perd, je ne suis pas sûre de pouvoir le supporter. Pas en plus de tout le reste.

J'inspire une grande bouffée d'air froid et tente d'émettre un sifflement. Pas aussi simple que le « Vous n'avez qu'à siffler » de Lauren Bacall dans *Le Port de l'angoisse* ; on est loin du « y a qu'à » en matière de sifflement, en ce qui me concerne. Sans compter que Lenny est beaucoup moins docile que Humphrey Bogart, et qu'il a une fascination pour la rivière au fond du bois qui longe notre jardin. La bouche en cul-de-poule, je parviens à produire un faible pépiement. Au même instant, Lenny bondit à mes pieds, avec entre les dents une vieille balle de tennis enrobée de brins d'herbe et de bave. Il a l'air tellement content de lui qu'on croirait qu'il bat de la queue pour s'autoapplaudir.

« Te voilà, mon bébé ! Gentil bébé, bravo ! On va s'occuper d'Emily, pas vrai ? Tu vas voir, tout va s'arranger. »

Minuit – Rich dort à poings fermés ; il prétend qu'il a fait vingt kilomètres à vélo ce soir. Les cuivres de l'Orchestre philharmonique de Ronfleur-sur-Oreiller sont en plein échauffement, ce qui n'est pas la musique d'ambiance idéale pour mon propre endormissement. Je mets mon téléphone à charger et je suis sur le point de le passer en mode silencieux quand un tintement mélodieux m'annonce qu'un nouveau mail vient d'arriver. Je reconnais le nom de l'expéditrice, une vague connaissance de l'époque où je travaillais à la City. C'est bizarre. Pourquoi est-ce qu'elle me recontacte maintenant ?

De : Miranda Cullen
À : Kate Reddy
Objet : Ça fait un bail
Bonjour Kate,
Comment ça va depuis le temps ? J'étais à New York la semaine dernière et je suis tombée sur Candy Stratton dans un truc de networking entre femmes. Elle m'a dit que tu cherchais du boulot, et elle m'a donné ton mail. Eh bien figure-toi qu'aujourd'hui j'ai déjeuné avec quelqu'un qui m'a raconté qu'une amie à elle partait justement en congé maternité… de chez Edwin Morgan Forster ! Même nom, même adresse, nouvelle équipe, mais à part ça toujours la même routine, en gros. C'est du marketing, de la prospection, un peu d'administratif. Trop junior pour toi, mais peut-être comme porte d'entrée ? Je crois que Maggie m'a dit que la personne à contacter aux RH était une certaine Claire Ashley. Tente le coup, on sait jamais !
Bonne chance,
Miranda

** Il y a 153 calories dans un double cappuccino à base de lait demi-écrémé (214 avec du lait entier). Il faut marcher quarante minutes pour brûler 153 calories. Roy me donne cette information environ dix heures après que j'ai bu mon café. Il va devoir accélérer.*

6

Perry en la demeure

Aujourd'hui, c'est ma septième séance de gym de la semaine. Même Dieu s'est reposé le septième jour, mais Dieu essayait seulement de créer le monde, pas de remettre en état le corps d'une femme presque quinquagénaire. Ça, j'aimerais bien savoir combien de temps ça Lui prendrait.

Que vous dire ? J'ai mal partout, même à des endroits dont j'ignorais l'existence. Mais c'est une bonne chose. Retrouver l'ancienne Kate, la Kate plus mince, plus motivée, plus pugnace, à l'intérieur de cette triste enveloppe de chair flasque est précisément l'objet de l'exercice. Et de l'exercice, j'en fais ! Quand Conor, mon coach sportif, m'a annoncé que nous allions tester la méthode Tibeta, je me suis dit « Ah, cool, un truc tibétain, ça doit être de la gym douce ». Il s'avère que ce n'était pas Tibeta mais *Tabata*, un nouveau genre de torture japonaise où vous êtes censé enchaîner huit cycles d'exercices de vingt secondes chacun, espacés de dix secondes de repos.

Le pire, ce sont les fentes, quand vous devez plier un genou vers l'avant tout en étirant l'autre jambe en arrière dans une sorte de révérence masochiste. L'instruction de Conor de « m'allonger au sol » m'a d'abord paru relaxante, mais je comprends maintenant que c'est le nom de code des abdos, encore plus cauchemardesques que les fentes, si tant est que ce soit possible.

« On plaque le nombril contre la colonne, Kate ! »

J'essaie, j'essaie. Ça fait un bout de temps que mon nombril n'a pas eu de contact avec ma colonne. À vrai dire, le monticule que j'aperçois en observant mon ventre depuis la position couchée laisse à penser que ces deux parties de mon corps n'habitent peut-être même plus la même circonscription.

Conor est super, cela dit. De nature peu loquace, il est très doué pour ignorer mes supplications essoufflées et mes glapissements d'angoisse. Matin après matin, il se contente d'alterner les trois commentaires suivants : « Bravo, c'est top », « Allez, cette fois on donne tout » et « Fixez-vous vos propres objectifs, je vous aiderai à les atteindre ». Mon objectif est de réussir à m'extirper de ma voiture quand tous mes muscles sans exception me crient « Nan mais tu déconnes ou quoi ? ». Le côté positif, c'est que je ne devrais pas tarder à pouvoir demander une carte de stationnement handicapé.

Tout ça en préparation de mon entretien de jeudi. Claire Ashley, directrice des ressources humaines chez EM Royal, comme s'est rebaptisé Edwin Morgan Forster, m'a répondu qu'elle était « très intéressée » par ma candidature et qu'elle me remerciait de mon e-mail. (Combien de fois ai-je lu et relu les trois lignes de son message pour y traquer quelque nuance qui aurait pu m'échapper ?) Tantôt je me dis de ne pas trop m'emballer (ce n'est pas un boulot génial), tantôt je m'emballe (c'est un boulot !). Un poste de marketing assez modeste dans la recherche de nouveaux clients, fidèle à ce que Miranda m'avait décrit, qui plus est dans mon ancienne société d'investissement, mais c'était ma première ouverture.

Quelque part, une lourde porte en verre coulissante s'écarte dans un chuintement et une femme approchant la cinquantaine court pour glisser les doigts dans l'interstice avant qu'elle se referme.

7 h 48 – De retour de la gym. Je souffre le martyre et, grâce aux fentes, je marche désormais les cuisses écartées tel John Wayne avant un duel. Rien que de me baisser pour m'asseoir sur la cuvette des toilettes est un supplice ; je vais bientôt devoir faire pipi debout. Je prends une douche aussi brûlante que ma peau peut le supporter, histoire d'apaiser mes muscles offusqués. Je décide que je n'aurai pas le temps d'aller me faire faire une couleur chez le coiffeur *et* de caser une séance d'épilation avant l'entretien. Il va donc falloir que je me rase les jambes moi-même, pour la première fois depuis une éternité, encourant ainsi la colère de mon esthéticienne Michelle, qui estime que le rasage est l'œuvre du diable et génère une repousse effrénée. Je localise mon vieux Ladyshave sous le lavabo et laisse échapper un cri. Un pirate a-t-il squatté ma salle de bains ? La tête est encrassée par une touffe de gros poils noirs. L'équivalent d'une barbe entière. Croyez-moi, il y a peu de choses aussi perturbantes que des poils inconnus dans votre rasoir électrique.

Richard apparaît dans l'encadrement de la porte vêtu d'un nouveau peignoir en éponge et me demande pourquoi je fais tout ce raffut. Je lui réponds que mon rasoir a été kidnappé par des loups-garous.

Rich rigole un peu avant de m'avouer que le coupable n'est nul autre que lui-même.

« Tu t'es servi de *mon* rasoir ? Pourquoi tu n'utilises pas *ton* rasoir ?

— Pas pour le visage, chérie », précise-t-il en pointant le pouce vers le bas.

Doux Jésus. Les jambes de mon mari ressemblent à des pilons de poulet ; d'une pâleur cadavérique, presque bleutée, criblées de petits points noirs à la racine de chaque poil.

« Tu t'es rasé les *jambes* ? »

L'espace d'un instant, je me demande si c'est le coup d'envoi de la métamorphose de Rich en femme. Très franchement, au point où on en est, plus rien ne me surprendrait.

« Gains marginaux », déclare mon mari.

Apparemment, une étude a montré que des jambes rasées apportaient une amélioration aérodynamique pouvant faire gagner cinq secondes sur une course de quarante kilomètres à la vitesse moyenne de trente-sept kilomètres heure, ou quelque chose comme ça. Et en plus, s'il tombe, c'est plus facile de soigner ses blessures.

Pour une raison que j'ignore, Rich a l'air de penser que cette explication sera à même de me rassurer. Son enthousiasme pour le vélo semble avoir basculé de l'obsession préoccupante au délire pathologique. C'est seulement lorsque mon époux aux jambes glabres a quitté la salle de bains que je m'aperçois d'autre chose : j'étais nue pendant toute la durée de notre conversation sans que cela produise aucun effet visible sur lui ni le devant de son nouveau peignoir. Rien, zéro. Quoi, pas même un tressaillement de la part de mon vieux copain qui autrefois sautillait d'espoir ne serait-ce que quand un soupçon d'aréole dépassait de ma propre robe de chambre ?

De : Candy Stratton
À : Kate Reddy
Objet : Sexe
Salut ma poule, je voulais juste vérifier que tu avais reçu les patchs de testostérone. Crois-moi, c'est ce qu'il y a de mieux. Toutes ces conneries de périméno-chose vont disparaître illico. Et puis ça te filera un shoot de virilité au moment de remettre les pieds au bureau. Ça marche bien pour les mecs, je ne vois pas pourquoi ça ne marcherait pas pour nous.
En plus ça t'évitera de faire la queue chez le médecin avec toutes ces nanas de cinquante balais qui veulent se faire prescrire des anaux vaginaux d'œstrogènes parce qu'elles sont sèches comme du papier de verre.
La bise
C.
PS : Je voulais taper « anneaux », pas « anaux », mais que veux-tu, on ne peut pas lutter contre son inconscient !

Oui, j'ai reçu les patchs de testostérone de Candy. Elle me les a envoyés par FedEx dès qu'elle a su que j'avais décroché un entretien d'embauche. Un geste à la fois généreux et dingue : Candy, quoi. La boîte jaune sur laquelle figurent le slogan « Boostez votre mojo » et la photo d'un genre de Cindy Crawford extatique debout sur une plage américaine d'une blancheur immaculée, arborant un non moins immaculé sweat-shirt et un clavier complet de dents Steinway, est rangée, intacte, dans un tiroir près de la vieille Aga impétueuse. Chaque fois que j'ouvre tant bien que mal ce tiroir (cassé) pour y prendre une spatule en bois, je vois « Cindy » qui me regarde avec son grand sourire. « Retrouvez le feu sacré ! explique la notice en tout petit sur la boîte. Portés sur la peau, ces discrets patchs transparents peuvent aider à résoudre un grand nombre de problèmes, dont la dépression, l'angoisse, la fatigue chronique, la baisse de libido, les sentiments de mal-être ou de perte de confiance en soi. »

C'est tout ? Et pour tirer un ado du lit le matin, dresser un chien à ne pas grignoter votre canapé retapissé à neuf, marcher sur des œufs en présence de votre fille à fleur de peau, payer un maçon et continuer à découvrir de nouveaux problèmes insolubles dans votre vieille maison délabrée… oh, et capter l'attention d'un mari plus imberbe qu'un travesti thaïlandais et qui ne bande plus à la vue des seins nus de sa femme ; tu peux aider pour ça aussi, Mojo Cindy ?

À vrai dire, j'ai frémi en ouvrant le colis de Candy et en découvrant la liste de mes symptômes ainsi énumérés. Suis-je un cliché à ce point ? Le cliché de la mammifère entre deux âges qui avait autrefois un tigre dans son moteur et a désormais un campagnol quelque peu hésitant ?

L'idée de toutes ces hormones qui refluent telle la marée en laissant mon corps aride et stérile… comme une terre qui ne peut donner de fruits. On ne pense jamais à sa fertilité quand on est fertile, n'est-ce pas ? Pas une fois au cours des trente-cinq dernières années je ne me suis réveillée en me disant « Youpi, je suis fertile ! ». Les règles étaient un moment pénible à traverser tous les mois, un truc qui me cassait la tête dans tous les sens du terme – souvent des migraines épouvantables, dans mon cas, héritées de ma mère – et l'occasion de fréquents accès de colère. J'étais un monstre prémenstruel, il suffisait que quelqu'un fasse tomber une petite cuillère sur le carrelage pour que j'explose. Je trouvais particulièrement insupportables les soudains éclats de bruit. Quel bonheur d'être enfin libérée de toute cette biologie absurde… Et pourtant, et pourtant… Sentiment de mal-être ? En effet. Prise de poids ? Hélas. Dépression ? Non. Non, juste un peu de fatigue, c'est tout. Baisse de libido ?

Quelle libido ? Les signaux en provenance d'en dessous de la ceinture sont désormais si intermittents qu'on dirait une de ces boîtes noires échouées sur le fond de l'océan Pacifique après un crash d'avion. On pourrait envoyer des bataillons entiers d'hommes équipés de systèmes radar avancés à la recherche de ma libido et ne jamais les revoir. D'ailleurs, maintenant que j'y pense, à quand remonte la dernière fois que Richard et moi avons fait l'amour ?

Non, par pitié, dites-moi que je me trompe. Ça ne peut pas être ça. Eh si. Au Nouvel An. Encore un cliché. Histoire de commencer l'année comme nous comptions la poursuivre… sauf que ça s'est arrêté là. Rich n'a jamais cessé d'en avoir envie, mais il a fini par jeter l'éponge et ne même plus essayer car, chaque fois qu'il se rapprochait de mon côté du lit, je le recevais assez fraîchement. Je n'éprouvais pas le moindre nanovolt de désir. Qu'est-il advenu de cette connexion électrique magique entre les lèvres et les reins ?

« Tant que ça se passe bien dans “ce rayon-là”, n'importe quel mariage tient », m'avait lancé un jour Barbara, ma belle-mère, à l'étage des sous-vêtements pour femmes chez Marks & Spencer. Je me rappelle avoir pouffé de rire, tant me paraissait grotesque l'idée que Rich et moi puissions un jour avoir des problèmes dans « ce rayon-là ». Jamais je n'aurais pu croire que mon jeune corps avide allait finir par fermer non seulement ce rayon, mais toute la boutique.

Alors, en juin dernier, six mois après mon dernier rapport sexuel, je suis allée chez le médecin comme toutes les vieilles mégères desséchées dont parlait Candy dans son mail d'aujourd'hui. C'était la première fois que j'étais reçue par cette doctoresse-là. Elle portait une de ces marinières à rayures qui ne vont à personne, sauf peut-être aux pêcheurs bretons. Elle a gardé les yeux rivés sur son écran un long moment avant de me dire :

« Quarante-neuf ans. Vous avez toujours vos règles ?

— Oui. Enfin, par intermittence. Rien pendant deux mois, puis un ou deux cycles, puis rien à nouveau.

— Parfaitement normal à votre âge. Quand votre mère a-t-elle fait sa ménopause ?

— Je ne sais pas très bien.

— Elle est toujours vivante ?

— Oui. Très vivante, même.

— Alors posez-lui la question. Des douleurs pendant les rapports ?

— Euh, c'est-à-dire, on n'a pas essayé depuis un moment (petit rire gêné). Mais je ne crois pas, non.

— Tss, tss, tss… »

Elle a émis un claquement de langue et il me semble même qu'elle a dû agiter un doigt sous mon nez comme une institutrice dont l'élève n'a pas fait ses devoirs. Après quoi elle s'est tournée vers son ordinateur et s'est mise à taper.

« Vous savez ce qu'on dit, madame Reddy ? Ne s'use que si l'on ne s'en sert pas. »

Mercredi, 15 h 15 – Parfois, pendant nos réunions de revenantes, quand Kaylie est lancée dans une de ses homélies mielleuses à vous coller des caries, je m'amuse à faire le tour du cercle et à imaginer un relooking pour chacune des participantes. Elaine Reynolds, par exemple. Joli visage, mais il faudrait lui enlever ces informes cheveux poivre et sel qui pendouillent dans son dos et lui offrir une coupe digne de ce nom. Elle doit penser que les cheveux longs, qu'elle n'a probablement pas touchés depuis ses années d'étudiante, lui donnent l'air jeune mais, hélas, au-delà d'un certain stade c'est précisément l'effet inverse. Je peux comprendre qu'elle n'ait pas envie de demander à son coiffeur de les lui couper... quoique nous soyons désormais à un âge où il suffit de passer la main dedans pour en retirer des poignées. À moins que ce soit juste moi. J'ai renoncé à mon brossage rituel avant de me coucher dans l'espoir peu scientifique que les cheveux qui me restent ne bougeront pas si je ne les dérange pas.

Je me souviens de ma merveilleuse amie Jill Cooper-Clark me confiant qu'elle arrivait à supporter le cancer et la mastectomie ; c'était la perte de sa flamboyante crinière auburn qu'elle trouvait réellement dévastatrice. Cela fera huit ans au printemps prochain que Jill est morte. Je pense souvent à elle, et peut-être encore plus ces temps-ci car elle avait abandonné sa carrière pour s'occuper de ses garçons et de son mari Robin – qui était mon patron, à l'époque – et songeait à reprendre le boulot à plein temps lorsqu'elle a découvert sa tumeur. Ce cher Robin est à la retraite à présent, mais il est resté au conseil d'administration et continue à travailler un peu depuis les îles Anglo-Normandes. Maintenant que j'y repense, Jill devait avoir quarante-neuf ans au moment du diagnostic : une condamnation à mort, au sens propre. Son cancer s'est propagé comme un feu de forêt, il n'y avait rien à faire pour l'arrêter. S'il suffisait d'avoir de la force de caractère pour survivre à un cancer, elle serait en vie aujourd'hui. Jill fait partie de ces personnes qu'on porte dans son cœur sans que ni le temps ni la mort n'y changent rien ; c'est juste que ce compartiment du cœur se remplit de plus en plus avec l'âge.

« Et maintenant, peut-être que Kate voudrait nous faire partager ses espoirs et sa stratégie pour son entretien de demain ? On est toutes à fond derrière toi, Katie. »

Kaylie me regarde avec cette même attente lumineuse que je vois dans les yeux de Lenny quand il sait que je suis en train de manger un toast et qu'un coin croustillant va bientôt lui échoir (parce que sa maîtresse pense que si elle en donne un bout au chien, techniquement c'est comme si elle n'avait pas mangé de toast). D'habitude je suis hautement allergique au positivisme californien gnangnan de notre animatrice, mais cet après-midi je me sens étrangement touchée, au bord des larmes, même, tandis que Kaylie et toutes les autres femmes présentes me sourient et me murmurent des encouragements.

Jusqu'ici, les seules réussites de notre groupe ont été Janice, qui, avant même que nos réunions aient vraiment commencé, a été prise dans un cabinet comptable dans le cadre d'un programme de retour à l'emploi, et Diane, qui, au bout de dix-sept entretiens, s'est vu offrir un poste administratif parce que la candidate qui à l'origine était leur premier choix l'avait refusé. En apprenant quel était le salaire (dix-huit mille livres par an), elle l'a refusé à son tour, mais maintenant elle n'est plus si sûre d'avoir eu raison. « Nécessité fait loi », se contente-t-elle de commenter pragmatiquement. À proprement parler, je suis la première de notre petit club de naufragées à avoir une chance de postuler pour un vrai travail.

« Eh bien, Kaylie, je réponds avec à mon tour un sourire plein d'espoir, ma stratégie, à l'heure qu'il est, est d'avoir suffisamment maigri d'ici à demain matin six heures pour rentrer dans ma robe Paule Ka bleu marine, que j'ai mise pour la dernière fois lors d'une présentation en 2007. Donc, malheureusement, je ne vais pas pouvoir goûter aux délicieux brownies que Sharon a apportés aujourd'hui. Tu m'en mets un de côté pour après, Sharon, s'il te plaît ? Je garderai à l'esprit les choses dont on a parlé ensemble : ne pas s'excuser pour les expériences et les compétences que j'ai acquises en dehors du cadre professionnel et croire sincèrement que cette interruption de carrière m'a donné de nouvelles perspectives qui seront extrêmement précieuses à l'entreprise, en particulier à tous ces collègues masculins qui n'ont jamais eu à fabriquer un costume de Mary Poppins en dix minutes pour la Journée mondiale du livre. Ah, et aussi, au cas où ça ne suffirait pas à décrocher le poste, j'ai l'intention de me rajeunir de sept ans. »

Il y a une explosion de rires, suivie par des applaudissements et des hourras.

« Bravo, Katie ! jubile Kaylie. C'est parfait. »

Elles ne m'ont pas crue. Pour le mensonge sur mon âge. Elles ont cru que je plaisantais.

Sally et moi sommes assises sur notre banc tout en haut de notre colline. Étant donné que c'est quasiment la seule colline de l'est de l'Angleterre, vous ne pouvez pas la rater. La vue est magnifique, d'ici. On y vient presque tous les jours pour promener nos chiens, le panorama étalé sous nos yeux tel un patchwork géant, avec ses broderies d'arbres, de maisons, et un clocher d'église au loin. On regarde Lenny et Coco, la Border Terrier de Sally, batifoler ensemble. Lenny est plein d'un enthousiasme pataud et viril ; Coco est plus délicate, et c'est clairement elle qui mène la danse. Elle fait mine d'être agacée quand Lenny est un peu trop brusque, mais ensuite elle jappe et lui jette des regards enamourés s'il bat en retraite. Les deux chiens apprennent à se connaître, à construire une confiance mutuelle, et leurs propriétaires aussi. Progressivement, pas à pas, Sally et moi retraçons les contours de notre vie.

Il y a longtemps que je ne me suis pas fait de nouvelle amie, de vraie nouvelle amie en tout cas, et j'ai hâte que Sally sache tout de moi, de ma famille, de ma vie, du coup je parle non-stop. Sally est plus réservée, une qualité que j'avais remarquée dès la première fois que je l'ai vue dans notre groupe de revenantes ; elle se dévoile lentement à travers de fines observations, un humour empreint d'ironie et de discrètes suggestions.

« Tu es sûre, Kate ? De vouloir mentir sur ton âge, je veux dire. Ça ne risque pas de t'attirer des ennuis sur le long terme ?

— Si, ça risque. Mais j'ai bien réfléchi et je ne crois pas avoir tellement le choix. Il faut être réaliste : dans mon domaine, quarante-deux ans est la limite supérieure qu'on puisse mettre sur une candidature après une longue interruption, surtout que je vais être obligée de reprendre à un niveau plus bas, où je serai entourée de trentenaires. Si je dis que j'ai quarante-deux ans, ils me verront juste comme une vieille, mais j'ai peur que "presque cinquante" soit carrément synonyme de "morte et enterrée". »

Sally acquiesce d'un hochement de tête.

« J'adorais *Le Grand National* quand j'étais petite, dit-elle. Tu te souviens de ce film avec Elizabeth Taylor qui se faisait passer pour un garçon jockey et qui remportait le Grand National ? Et Barbra Streisand aussi s'est déguisée en homme, non ? C'était dans quel film, déjà ? »

S'ensuit un moment de silence pendant lequel Sally et moi demandons à nos vieux archivistes respectifs d'aller nous chercher la réponse. (*Roy ? Un film où Streisand se déguise en homme* ? Allô ?*)

« En revanche je ne vois aucun film où quelqu'un ment sur son âge, reprend Sally. Et toi ?

— Non, mais dans *Tootsie* Dustin Hoffman était un jeune comédien qui se déguisait en femme ménopausée parce qu'il avait besoin de travailler, alors tu n'as qu'à te dire que je fais pareil à l'envers. Je ne suis pas sûre que j'arriverais à me faire passer pour un homme. Mais si je n'obtiens pas ce poste chez EM Royal je vais peut-être devoir essayer. Je pourrais me laisser pousser les poils du menton au lieu de les épiler. Il ne me faudrait pas beaucoup de temps pour avoir une jolie petite barbe, non, qu'est-ce que tu en dis ? »

Sally et moi rions tellement que Lenny et Coco reviennent en courant jusqu'à nous et se mettent à aboyer, prenant nos gloussements pour des appels de détresse.

« Tu ferais un super beau mec, Kate, commente Sally.

— Écoute, il ne faut jamais dire jamais. »

La semaine dernière, j'ai appelé le service des anciens élèves de l'Institut CFA pour m'assurer que mon certificat en gestion d'actifs était encore valable. Il me faut cette qualification pour avoir le droit de travailler dans la finance. La femme que j'ai eue au téléphone m'a demandé mon année de naissance. Quand je lui ai répondu 1965, elle a émis un petit bruit qui n'était peut-être pas un ricanement mais n'en était pas loin.

« Je suis un peu vieille pour faire ça ? » lui ai-je demandé en espérant qu'elle dirait quelque chose de gentil pour me rassurer.

Mais elle m'a simplement dit « On a déjà eu quelques personnes plus âgées que vous », comme si j'étais une de ces sexagénaires qui vont se faire inséminer en Espagne.

Ce n'était pas de sa faute. Elle se contentait d'être honnête. Selon leurs critères, je suis quasiment un monument historique. Si j'obtiens ce boulot – avec un grand « si » –, je pourrai commencer tout de suite, parce qu'il s'avère que mon certificat *est* encore bon, bien que sa détentrice soit légèrement rouillée. Et si la boîte me propose un poste à plus long terme, je devrai passer mon GCICP – Gestion et conseil en investissement pour clients privés –, mais je pourrai toujours réviser le soir et les week-ends. Pour l'instant je n'en ai pas besoin, puisque je ne vais pas faire ce que je faisais avant. Si j'étais encore gestionnaire de fonds, ce ne serait pas légal.

Sally et moi nous sommes remises à marcher ; nous redescendons de l'autre côté de la colline, par un sentier qui longe des champs labourés. Les feuilles mortes sous nos pieds sont d'un brun chocolat, elles ont la taille et la forme de nos mains. Les arbres ont encore des couleurs resplendissantes. C'est parce qu'on a eu un automne très sec, dit Sally, mais d'ici à quelques jours les branches seront nues. Tout en marchant devant moi avec Coco, Sally m'explique qu'elle déteste ces menus déroulants sur les sites des compagnies aériennes, où on est obligé de descendre jusqu'à trouver son année de naissance.

« Je vois jusqu'où remontent les années, 1920, et jusqu'où je dois déjà remonter pour arriver à la mienne, 1953. Et j'imagine que notre année de naissance descend de plus en plus bas dans la liste au fur et à mesure que les années précédentes disparaissent, et les gens avec elles. »

Elle se retourne avec un grand sourire.

« Eh ben, c'est joyeux tout ça ! me lance-t-elle. Si on changeait de sujet ? »

Je me rends compte que j'hésite à parler de Perry à Sally. Ce qui est idiot, vraiment. Après tout, elle a dû elle-même traverser ce calvaire. Mais j'ai l'impression que ça reste un tabou. Pourquoi ne peut-on pas être honnêtes à propos de cet énorme changement dans nos corps ? Je veux dire, je comprends qu'on n'ait pas envie d'en parler à des hommes ; ils se liquéfient dès qu'il est question de ces « trucs de filles ». Mais je n'en ai pas touché un mot à une seule de mes copines, sauf par mail à Candy. C'est presque comme si on avait peur d'avouer à d'autres femmes qu'on avait perdu de notre puissance sexuelle, qu'on était désormais hors jeu dans cette compétition à laquelle on participait depuis l'adolescence. Je dois bien pouvoir en parler à Sally, non ?

« Je ne suis pas trop dans mon assiette, ces derniers temps, je tente avec un grand sourire préventif. Je crois que c'est les hormones, si tu vois ce que je veux dire.

— Oh, ma pauvre, rétorque Sally en se tournant vers moi. Ça ne sert à rien de souffrir en silence, Kate. Je vais te donner le numéro de mon gynéco. Je me sentais horriblement mal à ton âge, et il m'a mise sous traitement hormonal substitutif.

— Non, non, je ne veux pas prendre de traitement hormonal, je m'empresse de répondre. Je ne vais pas si mal, ça va, c'est supportable. Franchement.

— Mais avec lui, tu iras beaucoup mieux que ça, insiste Sally en tirant sur la laisse de Coco pour l'éloigner d'un crottin de cheval séché. On le surnomme Dr Libido, je crois.

— Oh, mon Dieu, il faudrait que ce soit un explorateur polaire pour retrouver *ma* libido. Je suis sûre qu'elle est prisonnière des glaces à côté du navire d'Ernest Shackleton. Je te paie un café, Sal ?

— Non, c'est mon tour. Ce n'est pas Shackleton qui a dit "Les difficultés ne sont finalement que des choses à surmonter" ? Allez, viens, on va boire un café et tu m'en diras un peu plus sur ce que tu comptes porter demain. Ça fait tellement longtemps que je n'ai pas mis les pieds dans un bureau que j'ai quasiment oublié comment on faisait. »

Parfois, quand Sally évoque ses années à la Banque d'Espagne, j'entrevois brièvement une autre femme. Visiblement, ce n'était pas facile dans cet environnement ultra-machiste, même à l'aune des standards de la finance. Ils l'ont envoyée régulièrement en mission au Moyen-Orient quand Will et Oscar étaient encore tout petits.

« Je rentrais dans ma chambre d'hôtel et je pleurais, raconte-t-elle. Je crois que mon patron m'envoyait là-bas en espérant que je me casse les dents, histoire de pouvoir se débarrasser de moi après la naissance des enfants. Mais j'étais décidée à réussir et je leur ai en effet rapporté beaucoup de clients, ce qui les a surpris. »

Elle mentionne un collègue espagnol qui l'a accompagnée en Égypte et au Liban.

« Ils s'imaginaient que j'avais besoin d'un homme pour me chaperonner, mais c'étaient des pays beaucoup plus libéraux, à l'époque. On ne voyait jamais de femmes voilées, en tout cas pas dans les villes. Beyrouth était un paradis, tellement raffiné, j'ai adoré. »

Elle sort son téléphone et me montre la photo d'une jeune femme brune, un peu à la Audrey Hepburn, vêtue d'un short et d'un haut blanc en broderie anglaise serré par un double nœud autour de sa taille étroite et bronzée. Elle se tient debout sur un muret au bord de la mer et regarde l'objectif avec une joie malicieuse.

« Je crois que ça devait être à Jiyeh, en 1985 ou 1986. »

Évidemment. Cette femme est Sally. Il m'a fallu quelques secondes pour faire le lien entre la demoiselle mutine de la photo et la personne assise en face de moi dans sa polaire et son bonnet. Sal a soixante et un ans désormais.

« Tu avais l'air follement heureuse, je commente.

— J'adore les pays chauds », confirme-t-elle avec un hochement de tête.

Nous venons à peine de nous installer au café – une petite construction en bois blottie sur le flanc de la colline – quand le téléphone de Sally se met à tintinnabuler dans tous les sens. Des textos et des messages vocaux qui réclament son attention. Plus haut, on ne capte pas, si bien qu'ils arrivent tous en même temps.

« Ça ne t'embête pas si je regarde qui c'est, Kate ? Désolée. Je suis sûre que c'est les enfants. »

Elle m'annonce qu'il y en a un de Will, non, pardon, deux de Will, qui lui demande ce qu'il doit faire pour son passeport perdu et où il peut trouver un caleçon propre. Ah, et il y a aussi un texto d'Oscar : il souffre de stress post-traumatique après s'être fait larguer par sa copine de longue date et il est arrivé en retard au boulot, donc ils l'ont renvoyé. Et puis il y en a un autre d'Antonia, que Sally me lit à haute voix : « Mam', tu peux me retrouver mes bottes marron, stp ? Sans doute au fond de ma penderie. Bisous. »

Elle plaque brièvement une main sur son front, comme pour vérifier sa température.

« Ça me désespère », souffle-t-elle.

À trente et un ans, Will continue à glandouiller en s'imaginant un avenir de reporter de guerre, ou peut-être de joueur de cricket professionnel ; en attendant, il habite chez papa-maman et travaille dans une agence immobilière. Oscar, vingt-neuf ans, a derrière lui deux diplômes et des années de recherche dans les relations internationales et la résolution de conflits ; il vit actuellement dans un appartement sordide de la banlieue est de Londres, où il fume beaucoup trop d'herbe, ce qui lui provoque des crises d'angoisse (bien qu'il le nie), et compte sur ses parents pour compléter ses revenus de livreur à vélo chez Deliveroo.

« Mais visiblement, ajoute Sally, il vient de se faire virer. »

Antonia est la plus brillante des trois. Après un double cursus en espagnol et en histoire, elle en est maintenant à son troisième (ou peut-être quatrième) stage, c'est-à-dire que grosso modo elle paie une agence de com pour lui donner le privilège de l'exploiter.

Suite à une mauvaise passe pendant sa deuxième année de fac – sans doute une série de crises de panique, pense Sally, même si personne ne sait vraiment –, Antonia est sous antidépresseurs (super efficaces une fois qu'ils ont commencé à faire effet). Elle a récemment annoncé sur Facebook qu'elle était bisexuelle, ce qui ne dérange pas particulièrement Sally, si ce n'est que sa fille ne semble en rien avoir une quelconque vie sexuelle, ni avec des hommes ni avec des femmes, et c'est ça qui inquiète sa mère sur le coup de trois heures du matin, l'heure à laquelle les mères se réveillent et se demandent si leurs enfants sont heureux.

« Honnêtement, Kate, j'ai parfois l'impression d'avoir engendré un trio de mollusques, grimace Sally (son visage s'anime davantage maintenant qu'elle me connaît, et je repense à la petite souris que j'avais vue en elle lors de notre première réunion). Ils devraient être indépendants, à leur âge, non ? Et pas m'envoyer des messages tous les jours pour me dire "Maman, j'ai un rhume". »

Elle boit une gorgée de café et fait glisser vers moi son assiette de *carrot cake*.

« J'entends tellement de parents dire la même chose, poursuit-elle. Qu'est-ce qu'on a mal fait ? Une moitié des copains de mes fils sont encore en train de papillonner, incapables de se fixer sur une chose. Aucun n'est marié. On dirait qu'on a été sur leur dos pendant toute leur enfance – comme nos propres parents ne l'ont jamais été avec nous ; ils n'en avaient ni le temps ni l'envie, pour être honnête –, et quand on essaie de leur lâcher les baskets, ils se mettent à paniquer, ils n'y arrivent pas, et on finit par leur en vouloir parce qu'il y a une partie de nous qui se dit "Pardon, jeune homme, mais maintenant c'est *mon* tour". Tu trouves ça atrocement égoïste de ma part ? »

Je repousse le gâteau dans sa direction, non sans avoir d'abord inhalé une délicieuse bouffée de son odeur épicée.

« Bien sûr que non, ça n'est pas égoïste. Tu as déjà tellement fait pour eux, Sal. C'est juste que démarrer dans la vie a l'air plus difficile aujourd'hui qu'à notre époque. Nous, on savait qu'on trouverait toujours du boulot, et un appart ne te coûtait pas vingt fois ton salaire.

— Entendons-nous bien, reprend Sally, c'est des gamins géniaux. »

Elle me tend son téléphone : l'écran d'accueil est une photo prise lors d'un récent mariage de famille.

« Au milieu, c'est Will, m'explique-t-elle. À gauche, forcément, c'est Oscar. Et Antonia, tu as vu, on dirait une naine à côté des garçons ! »

Les deux frères, aussi blonds et costauds qu'une paire de rameurs norvégiens, se ressemblent tellement qu'on croirait des jumeaux.

« Oh, Sal, ouah ! Magnifiques ! Grands, blonds, beaux. Mike a les cheveux blonds, c'est ça ? »

Son mari *avait* les cheveux blonds, me confirme-t-elle, maintenant il les a gris.

« Et Antonia, je renchéris, quelle bombe ! Une brune, comme toi. Et ces sourcils ! Emily passe des heures à se peindre les sourcils pour les avoir aussi noirs. C'est fou, on dirait le sosie de cette actrice, là. Zut, comment elle s'appelle, déjà ? (*Roy, tu peux jeter un œil au rayon Stars de Cinéma, s'il te plaît ? Les actrices sveltes et brunes*** ?) Tu vois de qui je veux parler ? Elle joue dans tous les films de ce réalisateur, là. Je l'adore. Je suis sûre que tu la connais. Ah, zut !

— Il y a des gens qui trouvent qu'Antonia ressemble un peu à Keira Knightley, tente Sally.

— Non, beaucoup plus brune. Attends, ça va me revenir. »

19h19 – Devoirs. Non, pas les devoirs pour l'école, cette guérilla entre parents et enfants à côté de laquelle notre engagement en Irak a l'air d'un thé au Claridge. Si on m'avait donné une livre chaque fois que j'ai dû amadouer, supplier, sermonner, menacer mes enfants pour qu'au moins ils remettent la main sur le *sac* dans lequel leurs devoirs se cachaient peut-être, je n'aurais pas besoin de chercher du travail. Hélas, il n'y a pas de SMIC pour la surveillance des devoirs. Quand je songe à la paye des mamans, je revois ce bocal posé sur le bord de la fenêtre dans la cuisine de mon enfance, où ma mère accumulait les pièces en cuivre de un et deux centimes, avec parfois l'éclat argenté d'une pièce de dix pence : la petite monnaie d'une vie consacrée aux autres. Même quand elle n'avait presque rien, ma mère continuait à remplir ce bocal, pour les bonnes œuvres.

Je n'ai jamais voulu de cette vie-là. J'ai vu où ça l'avait menée, entièrement dépendante de mon père, un ivrogne aux colères imprévisibles. Quoi qu'il arrive, je m'assurerais d'avoir toujours mon propre argent, et pas celui qu'on appelait « l'argent du ménage » et que mon père décomptait sou par sou tous les vendredis soir sur un coin de la table en Formica bleu avant d'aller au pub. L'horrible gratitude de maman, ses minauderies quand elle s'approchait pour ramasser l'argent et le ranger dans son porte-monnaie, recevant au passage une main aux fesses du Tout-Puissant Pourvoyeur.

Alors, pendant plus de vingt ans, j'ai travaillé, j'ai été bien payée pour ce travail et j'étais autonome. Je n'avais jamais réfléchi à ce que ça pouvait faire de devoir compter sur quelqu'un d'autre. Les gens parlent d'arrêter de bosser comme si c'étaient des vacances ou un changement d'air, mais pour moi ce fut davantage comme une petite mort, et pas celle que vous croyez. Quand vous n'avez pas de chèque qui tombe à la fin, les mois vous paraissent très différents : sans contours, vides. Lorsque j'ai fini par quitter Edwin Morgan Forster et qu'on a déménagé dans le Yorkshire pour le boulot de Richard, le pasteur m'a donné un formulaire de candidature à remplir pour devenir trésorière du conseil de la paroisse. Première question : « Quel a été le montant de vos revenus personnels sur l'ensemble de l'année dernière ? » J'ai hésité – des secondes, des jours – avant d'entourer « Zéro ».

J'ai dit au revoir au pasteur et je suis remontée en voiture pour aller chercher Emily et Ben à l'école, mais je pleurais tellement que je n'y voyais rien. J'ai dû m'arrêter sur un parking pour pouvoir sangloter en paix, de vraies bonnes grosses larmes comme je n'en avais pas versé depuis la mort de mon grand-père. Des larmes qui ruisselaient dans mon cou et coulaient dans mon soutien-gorge. *Zéro*. C'était une telle humiliation que d'avoir à l'écrire noir sur blanc. Que de le voir écrit. Zéro. Comment avais-je pu me retrouver dans cette situation étrange et terrifiante où mes revenus personnels étaient réduits à néant ?

Concentre-toi, Kate, tu as des devoirs à faire. Ce soir, c'est moi que je dois harceler pour me mettre à mes révisions, en vue de mon entretien de demain pour un poste subalterne dans le fonds d'investissement que j'ai moi-même créé il y a des siècles. Il ne faudra pas mentionner ce détail, bien sûr, ni le fait que ce fonds vaut aujourd'hui deux cents millions de livres de moins qu'à l'époque où j'en avais la gestion. Je ne suis qu'une humble postulante armée d'un CV impressionnant, quoique en grande partie fictif. Grâce à l'aide de mon groupe de revenantes, mais aussi de Candy, Debra et Sally, j'ai réussi à mettre au point un alibi pour mes six années et demie de « temps mort ».

Et puis, j'ai un nouvel âge… précisément l'âge que j'avais quand j'ai quitté ce même bureau. Surtout ne pas oublier : j'ai quarante-deux ans. (*Roy, j'espère que tu as bien compris ; on ne peut se permettre aucune bourde, OK ?*)

À part ça, je me suis fait une fiche avec tous les nouveaux acronymes qui sont apparus depuis que j'ai quitté EMF. Par exemple :

AMI : Accord multilatéral sur l'investissement.

« Comment ça, *AMI* ? glousse Richard en se penchant par-dessus mon épaule à la table du salon. Il n'y a strictement rien d'amical dans ton milieu professionnel, chérie. Tous ces gens sont prêts à s'entre-tuer. On en voit beaucoup qui craquent et qui cherchent à consulter. À mon avis, c'est dans les capitalistes en burn-out qu'il faudrait investir.

— Je n'ai pas le choix », je réponds avec un sourire, en posant une main sur la sienne.

Je pense préférable d'éviter la conversation sur le thème « Vu que tu es en train de te reconvertir en psy qui risque de bosser pour des prunes, certes bio et équitables, il faut bien que quelqu'un gagne de quoi payer notre emprunt ». Pas ce soir.

« Emily, reprend Rich, tu veux bien s'il te plaît mettre la table sans déranger ta mère ? Elle prépare son entretien. »

Richard, qui a revêtu le tablier de boucher à rayures que je lui ai offert pour son anniversaire, a promis qu'il s'occuperait du dîner pour me laisser réviser. Un geste typiquement gentil et attentionné qui au bout du compte me créera plus de travail que s'il n'avait rien fait du tout.

Voyez-vous, quand Richard cuisine, il ne peut pas se contenter de faire des pâtes ou une omelette ; il se prend pour Jamie Oliver : du bouillon élaboré avec des os achetés chez le boucher, des sauces compliquées qui demandent trois étapes de préparation. Même les petits pois surgelés doivent cuire avec de l'oignon et de la pancetta. Le résultat est toujours un repas délicieux qui prend dix minutes à manger et trois jours à nettoyer. Je fais de gros efforts pour ne pas lui en tenir rigueur, croyez-moi.

21 h 35 – Ben est en pyjama et me fait réciter ma leçon. Il ferait n'importe quoi pour ne pas aller se coucher... enfin, sauf ses devoirs, bien sûr.

« OK, mam', que désigne le sigle PIGS ?

— Euh... le Portugal, l'Irlande, la Grèce et l'Espagne.

— Bingo ! s'exclame mon fils, admiratif. Mais on les appelle "pigs", comme des cochons ? Ça se fait trop pas !

— C'est parce qu'au moment où on a eu cette grave crise financière, il y a quelques années, c'étaient les quatre pays les plus faibles et les plus endettés de la zone euro. C'est très compliqué de faire fonctionner une monnaie du type de l'euro quand elle est utilisée à la fois par des pays forts comme l'Allemagne et d'autres beaucoup plus pauvres comme les PIGS.

— Et nous aussi, on est des PIGS ? me demande-t-il avec inquiétude.

— Non, mon grand, on est plutôt des CLEBS. CLairement Endettés mais Bonne Solvabilité. *Ouaf ouaf !* »

Ben aboie à son tour et se penche pour réclamer un câlin. Une rare concession, de nos jours. Je me souviens encore du petit garçon qui avait laissé échapper un cri de joie stupéfait quand je lui avais annoncé que je quittais mon travail chez EMF. « Tu vas devenir une vraie maman, maintenant ? » m'avait-il demandé. Pourquoi, je n'étais pas une vraie maman pendant que je travaillais ?

Je lui dépose un baiser sur le front.

« Allez hop, au lit, monsieur ! Tu sais qu'il y a très peu de chances pour que j'obtienne ce poste, hein ?

— Tu vas l'avoir, dit-il en se détournant pour que je ne puisse pas voir son visage. Tu es super intelligente, maman. »

22 h 10 – J'ai soigneusement préparé mes vêtements pour demain sur le panier à linge de la salle de bains. Collants non filés ? OK. Chaussures, par deux, assorties ? OK. Nouvelle veste en velours indigo de chez Marks & Spencer ? (Je me suis autorisé un achat vestimentaire, pour un petit coup de boost au moral.) OK.

Le miroir m'informe que le projet « Reprise du boulot » a déjà quelque peu élagué ma culotte de cheval, et j'arrive même à discerner une taille, même si, hélas, ce n'est pas celle que j'avais en 2002. Il y a du progrès, c'est clair, mais je vais quand même avoir besoin d'une aide extérieure. Après avoir ouvert l'emballage avec des ciseaux à ongles, j'en sors une gaine amincissante toute neuve. On dirait un costume macabre en peau humaine confectionné par un serial killer dans un film de Hannibal Lecter. Ça m'a coûté la peau des fesses, justement, mais il y avait l'option « compression ciblée ». Je ne sais pas bien ce que c'est, mais j'en voulais une.

Je commence par passer la tête dans ce tube élastique couleur bubble-gum, mais c'est tellement serré que je n'arrive pas à le faire descendre sur mes hanches. J'ai l'impression d'essayer de fourrer trop de chair à saucisse dans un boyau trop petit. Je ne peux plus bouger. Ni même trouver le trou pour le bras. Début de panique.

Non, Kate, ne panique pas ! Tu es chez toi, dans ta salle de bains, il n'y a aucun danger. J'ai besoin de mes deux mains pour tirer la gaine sur mes fesses. Malheureusement, j'ai un bras plaqué le long du corps car je ne parviens pas à trouver la seconde emmanchure. Où est-ce qu'elle est, bon sang ? Elle doit bien être quelque part. Je sens la sueur qui commence à couler à l'intérieur de la gaine et à s'accumuler sur mon ventre là où le vêtement est resté bloqué, juste au-dessus de ma césarienne. Peut-être l'option compression ciblée est-elle trop comprimée ? Je décide de tout enlever et de recommencer, sauf que je n'y arrive pas. Je suis coincée. Je ne peux littéralement plus bouger. Je suis en train de me demander si je devrais appeler à l'aide quand j'entends la voix d'Emily toute proche. Dans la salle de bains. Elle doit être juste à côté de moi.

« Mam' ? *Eeeerk*. Qu'est-ce que tu fais ? C'est trop zarb. Je ne vois que ton boule. T'es où ?

— *Hernneuf*.

— P'pa ! Viens voir maman, elle est coincée dans un genre de camisole de force trop bizarre, c'est hilarant. C'est ton costume pour Halloween ? Attends, où j'ai mis mon téléphone, il faut absolument que je fasse une photo. »

Après une opération de sauvetage conjointe de mon mari et de ma fille, je réussis à m'extraire de la gaine maléfique. Il n'est pas facile d'expliquer à votre ado mince comme une ficelle pourquoi maman veut s'écrabouiller à l'intérieur d'un corset datant d'avant l'émancipation des femmes. Pourtant, m'écrabouiller il faut.

Je réussis à enfiler correctement la gaine lors de ma deuxième tentative, et la robe Paule Ka bleu marine me va comme un gant. À part que je suis si serrée que la respiration est en option. Je songe aux dégâts à long terme infligés à mes organes vitaux par ma vanité et/ou ma peur. Et aussi : comment diable vais-je pouvoir aller aux toilettes ?

Tout ça n'a aucune importance. La seule chose qui m'importe, pile à cet instant décisif de mon histoire personnelle, est que j'ai le look de l'emploi. Kate Reddy a renfilé son uniforme, et la voilà de nouveau prête pour des missions clandestines.

7

Retour vers le futur

Jeudi, 7 h 25 – Je suis partie très en avance. Mon entretien n'est qu'à onze heures trente. Le trajet en train semi-express jusqu'à la gare de Liverpool Street dure quarante-huit minutes. Plus environ six minutes à pied entre la gare et les locaux d'EM Royal. Laps de temps prévu pour une arrivée confortable au bureau, prenant en compte une panne globale du réseau ferroviaire, un accident météorologique majeur, une attaque terroriste, des chutes de neige, un filage de collants intempestif nécessitant un arrêt d'urgence chez Marks & Spencer, et tout autre désastre éventuel : quatre heures et cinq minutes. Ça devrait aller.

Dès la seconde où je descends du train, je suis assaillie par deux sensations indissociables : l'odeur – cet élixir typiquement londonien, mélange d'ambition et de crasse, avec quelques notes de sueur acidulée – et la vitesse – même si le train s'est arrêté, la ville autour défile à cent à l'heure, vous obligeant à sauter à bord ou à vous faire piétiner par les hordes. Je suis submergée. C'est comme si, après avoir été enfermée dans une cave où j'ai mûri tel un champignon pendant des années en m'habituant à l'obscurité, on m'avait soudain relâchée au milieu de toute cette lumière, ce bruit, cette énergie. À la campagne, je maudis les autres conducteurs qui lambinent, qui hésitent tragiquement à un carrefour ; ici, c'est moi qui suis la traînarde indécise. L'espace d'un instant suspendu, je songe à faire demi-tour et à rentrer chez moi, mais je suis aussitôt emportée par l'immense flot des passagers du train, incapable d'avancer ailleurs que tout droit, en direction de la sortie. Je plisse les yeux, aveuglée par la luminosité violente de ce monde à l'extérieur de la cave. L'adrénaline de la City battait dans mes veines quand j'étais jeune et avide, mais est-ce que ça pourra jamais redevenir mon moteur ?

Ayant plus de deux heures à tuer avant mon rendez-vous chez EM Royal, je me dirige vers le café de Michael près du marché de Petticoat Lane. C'est là que Candy et moi avions l'habitude de nous éclipser afin de réveiller nos cerveaux fatigués à coups de cafés turcs bien corsés et de flirter avec les trois fils chypriotes de Michael, qui possédaient une combinaison gagnante de biceps XXL et de longs cils efféminés. Le lieu est suffisamment loin du bureau et suffisamment miteux pour ne pas être fréquenté par quiconque serait susceptible de me faire passer un entretien. J'arpente la rue en long et en large pour le retrouver. J'aurais juré être capable de m'y rendre les yeux fermés, mais j'ai du mal à me repérer. Le marchand de journaux et le primeur d'à côté ont été remplacés par un Starbucks et une de ces boutiques « pop-up » éphémères qui vend de la « nourriture vegan artisanale », bien que je ne voie pas trop ce que ça peut être. Des navets recouverts de boue séchée bio, sans doute.

Roy, est-ce que j'ai la bonne adresse ? Je suis sûre que c'était ici. Comment ai-je pu oublier ça ? Tu peux vérifier, s'il te plaît ?

Secrètement, j'espère tomber sur ce bon vieux Michael et ses fils, qu'ils me reconnaissent, qu'ils me disent que je n'ai pas changé, et un expresso pour la jolie dame, offert par la maison ! Avec Candy, ils nous traitaient toujours comme des reines ; flatterie universelle du serveur de base, je sais, ça ne voulait rien dire, mais ce matin je reprendrais bien un petit shot de ce rien revigorant. Roy ressort tranquillement de la salle des cartes et m'annonce que le café se trouve à six numéros du pub Queen Victoria, à l'angle du marché. C'est bien ce que je pensais. Je ne suis pas en train de devenir gaga. Je rebrousse chemin et finis par arriver devant la vitrine de ce qui ressemble à un décor de théâtre de marché aux puces français miniature, rempli d'un bric-à-brac pittoresque : vieilles statues mouchetées par le temps, cages à oiseaux. L'enseigne au-dessus de la porte indique « Pierrot le Food ». En approchant mon visage de la vitre, j'aperçois dans le fond un comptoir en marbre et une machine à expresso.

Une fois à l'intérieur, je comprends instantanément quel genre d'endroit c'est : un croisement entre une épicerie gourmande et une galerie. Richard adorerait. Il y a une petite sélection de salades branchées – chou kale, brocolis, grenade, pois chiches –, toutes faites à partir d'ingrédients dont on nourrissait autrefois exclusivement le bétail mais qui ont depuis été élevés au rang d'aliments « healthy », appréciés des riches comme des pauvres. Pour le petit déjeuner, vous pouvez avoir du porridge sans lactose ni gluten, avec des graines de chia à la place de l'avoine – ils ne vont sûrement pas tarder à mettre au point le premier porridge sans porridge –, et un verre d'eau de coco qui vous coûtera six livres. Pas donné, pour une gorgée de sperme frappé.

Dans ma jeunesse, l'équivalent de l'eau de coco et des graines de chia était l'aloe vera et les haricots rouges

deux paires de patins à glace en insistant pour que je le suive ; moi qui ai protesté que je ne savais pas patiner, lui répliquant qu'il savait assez bien pour deux et que je n'aurais qu'à m'appuyer sur lui. « Tu ne vas pas tomber, Kate, je te tiens. Laisse-toi aller. »

Jack. Six ans et neuf mois depuis cette fameuse dernière fois. Les gens disent toujours que le temps guérit tout, non ? Je suis sûre que ça part d'un bon sentiment, mais j'ai bien peur qu'ils mentent comme des arracheurs de dents.

Le serveur dépose un pot de café devant moi et je lui demande s'il peut m'apporter du lait froid plutôt que chaud. Puis je me tourne vers la vitre pour contempler la patinoire, où un jeune couple virevolte en riant, exactement comme nous à l'époque.

J'étais bien décidée à détester Jack Abelhammer au premier coup d'œil. N'est-ce pas comme ça que commencent souvent les plus belles histoires d'amour ? Ce client américain m'avait été refourgué par mon boss, Rod Task, en guise de lot de consolation. Tous les autres chefs d'équipe chez EMF avaient reçu des primes cette année-là – primes financées, me permettrai-je d'ajouter, par les profits exceptionnels générés par le fonds dont j'avais la gestion –, mais moi j'ai reçu Abelhammer à la place. J'étais furax. Comme tant de femmes, j'abordais toujours les négociations salariales annuelles avec la ferme intention d'obtenir ce coup-ci une juste récompense pour mes bons résultats et, je ne sais comment, vingt minutes plus tard, j'en ressortais avec le double de travail et pas un centime de plus. Il doit bien y avoir un terme scientifique pour décrire ça, non ? Je veux dire, à part « Non mais putain ! ».

Bref, mon premier contact avec Jack fut tellement catastrophique qu'on aurait presque pu en rire. Il avait commencé par me hurler dessus au téléphone le lendemain de Noël parce que des actions japonaises qu'on avait achetées pour son portefeuille s'étaient effondrées (*Et un très joyeux Noël à vous également, espèce de Yankee mal élevé !*).

Après ce fiasco initial, je l'avais rebaptisé « l'Abominable Abelhammer ». Quand les actions japonaises étaient remontées, au bout de quelques semaines, il m'avait bien envoyé un e-mail de remerciement poli mais, hélas, pile au même moment, Candy m'en envoyait un autre pour me proposer d'aller boire un verre en sortant du bureau. « Ce n'est pas moi qui vais refuser un petit coup après le boulot », lui avais-je alors répondu. Sauf que ce n'était pas au mail de Candy que je répondais… Trop tard, j'avais déjà cliqué sur « envoi ». LCT. La Cata Totale. À l'époque, les enfants étaient encore petits et me réveillaient deux à trois fois par nuit, après quoi j'enchaînais sur de longues journées stressantes au travail. J'étais un vrai zombie. Faire des erreurs idiotes, comme par exemple proposer par inadvertance un cinq à sept à un très gros client, n'avait rien d'exceptionnel.

Ma vie n'était qu'une succession d'absurdités. Il ne fut donc guère surprenant, lorsque je finis par rencontrer l'Abominable Abelhammer dans son gigantesque bureau de New York, que notre nounou m'envoie un texto en plein milieu de l'entrevue pour m'avertir qu'Emily et Ben avaient des poux. Bien sûr, qu'ils avaient des poux ! Je m'étais mise à me gratter immédiatement, sans plus pouvoir m'arrêter. Nous avions dîné ensemble ce jour-là, Jack et moi, dans un restaurant de fruits de mer de l'East Village, et j'avais des visions de ces petites bébêtes en train de descendre en rappel le long de mes cheveux pour atterrir dans sa soupe aux palourdes. Vous vous dites que je ne peux quand même pas me souvenir de ce qu'il mangeait ?

Eh si, je me souviens de tout. Même quand je serai bien vieille, au soir à la chandelle, assise auprès d'une télé assourdissante dans la salle commune d'une maison de retraite qui sentira l'urine, je sais que tous les moments que j'ai passés à respirer le même air que Jack Abelhammer seront encore parfaitement nets dans ma mémoire, stockés dans une sorte de capsule témoin que le passage des années n'aura pas érodée. Le temps ne saurait flétrir ce que j'ai ressenti pour lui.

Ce premier soir, nous avions parlé de tout et de rien : à quel point Tom Hanks était génial dans *Apollo 13* ; un endroit précis en Provence que Jack adorait et qui jouissait de son propre microclimat, de sorte qu'on pouvait se balader en tee-shirt même l'hiver ; son amour inébranlable pour les horribles fromages américains en plastique, malgré un palais de gourmet ; la délicatesse inimitable du chant de Chet Baker ; le charme mystérieux d'Alan Greenspan. Avec son costume à deux mille dollars et ses cheveux poivre et sel coupés ras, Jack était le profil type de l'homme d'affaires sorti du moule de la Harvard Business School. J'en avais rencontré plein des comme lui, et ils parlaient tous le même langage rabougri de l'argent. Leur conversation était comme les sections préfabriquées d'une cage à poules : un cliché boulonné au suivant. Jack était différent. D'origine irlandaise par sa mère (comme moi par mon père), il avait un bagout héréditaire et une culture générale aussi éclectique qu'inépuisable, citant des flopées de films et de poèmes aussi bien intellos que populaires en supposant toujours de façon très flatteuse que je saisirais la référence, ce qui était le plus souvent le cas. C'était euphorisant d'essayer de le suivre ; je sentais des parties de moi qui sommeillaient depuis la fac commencer à se réveiller, comme les bulbes des fleurs se mettent à murmurer et à s'étirer quand le soleil frappe la terre gelée. Son humour noir et son ironie pince-sans-rire faisaient feu de tout bois : les anecdotes et les grands événements, les tragédies et désillusions personnelles, tout pourvu qu'il réussisse à arracher un rire à la fin de son histoire. Sa mère, m'avait-il confié, était l'incarnation de la femme au foyer américaine, mais avec une intelligence hors norme. Intelligence qui l'avait d'abord conduite à s'ennuyer copieusement, puis à boire non moins copieusement ; des hectolitres de bourbon chaque après-midi, si bien qu'elle était souvent ivre morte quand Jack rentrait du lycée. Une fois, elle avait réchauffé pour le dîner une tourte à la viande, qui s'était révélée être aux pommes.

Même de ça, il arrivait à faire une comédie, mais j'ai une théorie sur les hommes qui, enfants, ont été témoins de la détresse de leur mère sans pouvoir y remédier : ils restent à jamais terrorisés par l'émotion féminine, ou à l'idée de trop s'en approcher, de sorte qu'ils érigent un rempart autour d'eux et qu'ils hissent le pont-levis. Peut-être cela expliquait-il pourquoi il ne semblait pas y avoir de Mrs Abelhammer dans les parages, ni d'enfants. Je n'avais pas trop insisté sur le sujet ce soir-là, grisée que j'étais par la compagnie de Jack. Et je m'étais également gardée de mentionner ma propre famille. C'est minable, je sais, mais il y avait des lustres que je ne m'étais pas sentie aussi vivante, aussi profondément moi-même. Au moment du café, Jack s'était exclamé qu'il avait enfin retrouvé à qui je lui faisais penser.

« À qui ?

— Samantha dans *Ma sorcière bien-aimée.* »

De toutes les héroïnes du monde, il fallait qu'il choisisse la mienne ! *Ma sorcière bien-aimée* est la première série télé, avec *Scoubidou*, que j'ai regardée quand j'étais petite. Samantha était une ménagère américaine lambda, sauf qu'elle avait des pouvoirs surnaturels, beaucoup de bon sens, une maison parfaite, de magnifiques cheveux blonds, une certaine insouciance optimiste, un sourire à toute épreuve et la faculté de toujours parvenir à ses fins. Même si son mari, le malheureux Jean-Pierre, avait l'impression d'être aux commandes, en vérité c'est Samantha qui, en remuant le bout de son nez, manipulait les événements. Mais seulement quand elle en avait besoin en dernier recours si pour une fois sa sagacité, sa diplomatie et ses ruses avaient fait chou blanc. Rétrospectivement, je comprends pourquoi j'étais fascinée par une femme qui utilisait ses pouvoirs secrets subversifs pour prendre le contrôle de sa vie quand ma propre mère se laissait marcher dessus. L'influence de *Ma sorcière bien-aimée* avait été si forte et si tenace que j'avais même songé à appeler ma fille Tabatha, comme celle de Samantha, mais Richard y avait aussitôt mis son veto en disant que c'était un nom de chat errant.

« Mais *j'adorais* Samantha ! lui avais-je rétorqué alors que Jack demandait l'addition au serveur.

— Comment ne pas adorer Samantha ? »

Il avait un sourire à retardement, comme George Clooney, qui atteignait ses yeux avant que sa bouche soit totalement engagée. Des yeux qui pétillaient d'amusement pendant que nous parlions. Sous son regard, je m'étais sentie plus drôle et plus belle que je ne l'aurais jamais cru. Ensorcelée ?

J'en ai bien peur.

Pourtant, je ne cherchais personne. Vous plaisantez ? J'étais une femme active et une mère de famille qui aurait eu besoin d'au moins vingt-sept heures par journée pour venir à bout de toutes ses tâches, en lieu et place des pitoyables et franchement inhumaines vingt-quatre petites heures qui nous sont allouées. Richard et moi faisions encore l'amour à l'époque, et quand on le faisait c'était bien, mais pas dingue au point que je n'aurais pas préféré dormir une heure de plus. J'avais un boulot incroyablement exigeant et deux enfants que j'adorais mais que je voyais trop peu. Quand j'étais au travail, je culpabilisais pour mes enfants, et quand j'étais à la maison, je culpabilisais pour le travail. Les rares fois où je prenais du temps pour moi, j'avais la sensation d'être une voleuse, si bien que ça n'arrivait presque jamais. À l'image de toutes les mamans de la planète, je résolvais le casse-tête quotidien de la vie familiale en silence pendant que mon mari avait l'air de penser qu'aller chercher ses affaires au pressing *et* emmener sa progéniture au parc le dimanche méritait la Légion d'honneur et la Croix de guerre. Comme le disait avec humour mon amie Debra, le seul point positif de notre situation était que nous étions « mille fois trop claquées pour aller voir ailleurs ». Je le répète, la dernière chose dont j'avais besoin était un amant.

Mais la petite étincelle qui était née ce soir-là à New York ne voulait pas s'éteindre. Après mon retour à Londres, Jack s'était mis à m'envoyer des mails quasiment toutes les heures. Jamais de ma vie je n'avais développé la moindre addiction – c'est l'intérêt d'avoir un père alcoolique –, mais là j'étais soudain accro au nom d'Abelhammer dans ma boîte de réception. J'avais carrément des symptômes de manque, une sorte d'irascibilité, si je restais sans nouvelles de lui plus d'une demi-journée (il paraît que le cerveau produit de la dopamine quand on reçoit un mail très attendu de la même manière qu'après un shoot d'héroïne, ce qui ne m'étonne pas). Curieusement, l'éloignement physique nous a rapprochés beaucoup plus rapidement que si nous avions pu nous voir et nous toucher. Nous apprenions à nous connaître à travers une cour épistolaire à l'ancienne, même si nos lettres étaient électroniques. Je crois que nous étions parmi les premiers humains de l'histoire à établir une intimité aussi immédiate alors que des milliers de kilomètres nous séparaient, et il y avait quelque chose de séduisant – de vertigineux, même, soyons honnête – dans la façon dont, simplement en tapant sur un clavier, il arrivait à me faire éprouver du désir. Et le fait qu'il ait l'air de m'admirer et de me désirer en retour m'insufflait une confiance en moi que je n'avais jamais connue jusque-là, ni réellement depuis.

Un matin, dans notre maison de Hackney, je me suis levée aux aurores et j'ai allumé l'ordinateur. Il y avait un très court message de Jack. Objet : « Nous ». Ça disait : « Houston, nous avons un problème. »

Il n'avait pas besoin de m'expliquer quel était le problème. On était tombés amoureux, et c'était atrocement compliqué ; aussi impensable et impossible que de ramener sur la Terre un vaisseau spatial endommagé, même avec Tom Hanks pour commandant de bord.

Tout marchait bien, entre Jack et moi, tant que nous évoluions dans cette bulle d'apesanteur qui est celle des amants, où le reste du monde n'existe plus. Mais j'étais mère de deux jeunes enfants, responsable de leur bonheur, mariée à un homme formidable que je n'avais aucune envie de faire souffrir. Ma relation avec Jack allait forcément se consumer lors de la réentrée atmosphérique dans la vraie vie, j'en étais convaincue ; même notre amour, aussi invincible qu'il puisse nous paraître, ne nous protégerait pas de toute la douleur et de toute la colère qui se déclencheraient si nous décidions d'être ensemble. Je mesurais soudain que je n'étais ni suffisamment égoïste ni suffisamment courageuse pour obéir aux injonctions tourmentées de mon cœur.

J'ai donc quitté mon boulot chez Edwin Morgan Forster, fait un énorme effort pour arranger les choses avec Richard, déménagé dans le Nord, loin de la ville à laquelle j'avais donné ma jeunesse, et j'ai aussi changé d'adresse e-mail, car je savais que je n'aurais pas la volonté de résister si un jour je revoyais son nom dans ma boîte de réception. Vous savez, j'ai gardé le dernier message de Jack, je n'ai pas eu la force de l'effacer... celui qu'il m'a envoyé quand il a compris que c'était vraiment fini, que je ne reviendrais pas. Je m'attendais à ce qu'il soit plein d'amertume et de reproches ; en fait il m'encourageait, figurez-vous ! Il disait qu'il était sûr qu'un jour je reprendrais le travail, triomphante. Il s'autorisait juste un trait d'esprit aigre-doux : « Ce qu'il y a de formidable dans l'amour non réciproque, Kate, c'est que c'est la seule sorte d'amour qui dure. »

Il avait raison, en un sens. La rupture met un terme à la relation, mais pas à l'amour dans la tête de celui qui continue à aimer tout seul, et à se demander « Et si ? ».

« Tu ne vas pas tomber, Kate, je te tiens. Laisse-toi aller. » Est-ce que j'aurais dû ? Est-ce que j'aurais pu ? J'éprouvais une telle loyauté envers Richard, envers son amour pour moi et les enfants, envers cette famille que nous nous étions créée ensemble. Je ne pouvais pas partir, même pour cette bouffée de printemps chargée de testostérone qu'était le bien nommé Abelhammer[1]. Je n'ai finalement jamais vu son « marteau », même si, bon sang, qu'est-ce que j'en mourais d'envie ! À la place, j'ai pris ma truelle pour consolider les murs de cette forteresse qu'était ma famille.

Trop souvent, ces temps-ci, j'ai l'impression d'avoir été la seule à faire ce travail de maçonnerie. Pour

1. *Hammer* signifie « marteau » en anglais. [NdT]

quelqu'un qui se targue avec des grands airs suffisants d'être « présent au monde », Richard a été particulièrement absent. Où va-t-il ? Quand il est là, il paraît distant, comme s'il s'éloignait de moi en pédalant sur son vélo invisible. J'ai joué la carte de la sagesse, pour toutes les bonnes raisons, mais peut-être que j'ai perdu. *Et si ?* Et si Jack déboulait pile à cet instant sur ses patins à glace et venait toquer à la vitre pour me faire signe de le suivre…

« Vous pouvez m'apporter un marteau ? je demande au serveur. Euh, pardon, l'addition ! »

Tandis que je marche dans la rue en direction de mon ancien et – je croise les doigts – nouveau bureau, une petite voix intérieure me répète en boucle : *quarante-deux, quarante-deux, quarante-deux*. Il faut que je me souvienne d'avoir exactement le même âge qu'il y a six ans et neuf mois quand je suis sortie de cette tour de verre pour ce que je croyais être la dernière fois. *Oublie les années, Kate. Gomme-les. Sois qui tu étais alors*.

Facile à dire. Alors même que je m'échine à remonter le temps, une autre petite voix vole à ma rescousse sans que je lui aie rien demandé. Je la reconnais instantanément, comme un doux murmure à mon oreille. Jack. « Allez, Katharine, tu vas y arriver. »

8
Le pompon

12 h 41 – Comment s'est passé l'entretien ? Très bien, merci. Mieux que j'aurais pu l'espérer, à vrai dire, même si j'étais tellement nerveuse que j'ai failli vomir dans un des bonsaïs qu'ils ont disposés un peu partout dans des pots en granit noir. En général je ne suis pas trop du genre à vomir (j'ai réussi à traverser deux grossesses quasiment sans nausées), mais là je jouais très gros. À bien y réfléchir, peut-être que mes haut-le-cœur venaient plutôt de la gaine amincissante qui me ratatinait l'estomac à la taille d'une amande, ou du patch de testostérone de Candy qui m'envoyait des shoots d'énergie virile. Je m'en suis collé un hier soir, pour me porter chance.

Ils étaient quatre à m'interroger : trois hommes et une femme. Quelqu'un me posait une question, puis les trois hommes baissaient la tête pour prendre des tartines de notes pendant que je leur répondais. Si bien qu'au bout du compte mes interlocuteurs étaient trois tonsures et Claire, la directrice des ressources humaines, qui avait l'air intéressée... gentille, même.

« Pourquoi pensez-vous être la bonne personne pour ce poste, Kate ? »

(Parce que j'ai tellement besoin de retrouver du boulot dans mon domaine, ou n'importe quel boulot d'ailleurs, que je serai votre esclave pathétiquement reconnaissante et abattrai plus de travail que trois jeunes gars combinés.)

« Pouvez-vous nous parler de votre parcours professionnel jusqu'ici ? »

(Oui, enfin jusqu'à un certain point, je peux. Pour le reste, prière de vous référer à mon très imaginatif CV.)

« Parlez-nous de vos points faibles. »

(Ah ah, question piège. Attention à bien choisir un « point faible » qui sera un point fort à leurs yeux : « un peu trop perfectionniste », « légèrement *workaholic* sur les bords », « ne quitte jamais le bureau tant que le travail n'est pas fini », « ne s'avoue pas facilement vaincue », etc.)

« Ça ne vous dérange pas qu'on vous fixe des cibles à atteindre ? »

(Vous plaisantez ? Donnez-moi une cible et je suis la tante psychopathe de Jason Bourne.)

« Êtes-vous en pourparlers avec d'autres entreprises ? »

(Non, je suis à vous et à vous seuls ! Certes, peut-être pas pour des raisons qui les rassureraient.)

« Quelle est votre analyse des marchés ce matin ?

— Eh bien, je m'intéresse particulièrement au pétrole. Nous avons vu les cours du pétrole chuter de presque cinquante pour cent au second semestre de cette année, avec l'exploitation du gaz de schiste américain qui est venue chambouler le marché global. Et cette baisse des cours du brut intervient après plusieurs années de calme relatif, tant que la hausse de la production américaine était absorbée par une croissance générale de la consommation mondiale. La question cruciale pour nous est maintenant de savoir où en est le marché du pétrole. Et quel impact son déclin est susceptible d'avoir sur les marchés actions mondiaux. »

(Voilà qui devrait leur clouer le bec. Je ne me suis même pas arrêtée pour reprendre mon souffle. Notez l'emploi sournois du « nous », comme si je faisais déjà partie de l'écurie. Tiens, d'ailleurs les analogies sportives sont toujours aussi du meilleur effet.)

« Kate, quelle serait votre journée type ?

— Euh, arrivée au bureau à huit heures au plus tard, sauf si j'ai un petit déjeuner de travail à l'extérieur. Ensuite, recherche offensive de nouveaux clients, en sollicitant mes contacts dans divers cabinets juridiques et comptables. Coups de fil personnalisés à nos clients existants pour les assurer que leur fortune est plus en sécurité chez nous que n'importe où ailleurs. (Je me garde d'ajouter : malgré les performances inexplicablement minables de ce fonds.) Déjeuner au bureau ou avec des clients. Nouveaux démarchages dans l'après-midi. Dîner et soirée à l'opéra / au théâtre / dans un gala de charité afin de développer mes réseaux, d'encourager les investissements, de montrer à nos clients qu'on les chouchoute. Retour tardif à la maison pour m'apercevoir que personne n'a sorti le chien, rempli le lave-vaisselle, acheté du lait, ramassé les crottes de Lenny devant la porte de service ni même remarqué que maman avait un travail. »

(Bien entendu, j'ai également censuré cette dernière partie.)

Au bout d'un moment, j'en ai eu marre de ces trois visages masculins qui disparaissaient chaque fois que j'ouvrais la bouche. Quand l'un d'entre eux m'a demandé « Selon vous, quelles sont les implications du dernier rapport américain sur les emplois non agricoles ? », j'ai regardé leurs trois têtes se baisser une fois de plus, stylos suspendus en l'air, attendant avidement ma réponse, et j'ai dit : « Aucune idée. »

Les trois crânes d'œuf se sont redressés d'un coup, comme dans ce jeu pour enfants où les taupes surgissent de leur trou, avec une expression d'inquiétude et d'incrédulité. (La candidate vient-elle vraiment de dire « Aucune idée » ?)

Nettement moins sûre de moi, j'ai alors ajouté, avec un sourire que j'espérais le plus engageant possible : « Je plaisante. » Et j'ai docilement débité ce qu'il y avait à dire sur les emplois américains non agricoles. Comme il se doit.

« Dites-nous, Kate, quelles perspectives vous entrevoyez pour les PIGS et le marché des obligations d'État de la zone euro après la crise de la dette grecque. »

C'est une question de l'homme du milieu, celui qui a des yeux de requin mort. Hourra, Ben m'a interrogée sur les PIGS hier !

« Alors, il est probable qu'il y ait un certain degré de contagion qui fasse monter les rendements des obligations européennes et baisser l'euro. L'ironie, c'est qu'un euro plus faible bénéficiera aux actions européennes à plus long terme, à l'exception du secteur bancaire européen. »

Heureusement que j'ai fait mes devoirs !

« Moi, ce dont j'aimerais que vous nous parliez, Kate, est alors intervenue Claire en s'adressant directement à moi pour la première fois, ce sont vos centres d'intérêt en dehors du travail. Il est essentiel que vous puissiez alimenter la conversation avec les clients, leur donner envie de passer du temps avec vous.

— Naturellement. Eh bien, j'ai évidemment une large palette de, euh... de centres d'intérêt... »

(Au secours, vite, trouver n'importe quoi qui ne soit pas en rapport avec les enfants, le chien, le maçon polonais, les tenues de cyclisme pleines de sueur...)

À cet instant précis, pour des raisons qui m'échappent encore, Roy est arrivé à pic et m'a fourni des réponses sur un plateau.

« Oui, donc je suis passionnée de théâtre, en particulier de Shakespeare. Je relisais justement *La Nuit des rois* hier soir (enfin, je l'ai vu sur le lit d'Emily) parce que je sais que le théâtre du Globe présente une nouvelle mise en scène, et nous avons un abonnement là-bas. C'est tellement important de soutenir la création artistique, non ? J'ai déjà orienté plusieurs clients vers le mécénat par le passé. J'aime aussi beaucoup l'architecture, notamment la restauration de bâtiments historiques à l'aide de matériaux authentiques. J'aime me tenir au courant des nouvelles tendances dans le jeu vidéo ; je suis fascinée par l'interactivité. Et enfin je suis une grande lectrice : Hilary Mantel, Julian Barnes et le gagnant du Booker Prize de cette année (eh oh, c'est bon, je l'ai sur ma table de nuit, OK ?). Ces derniers temps, j'ai même commencé à, euh, à m'essayer à la fiction moi-même. »

De : Debra Richardson
À : Kate Reddy
Objet : Nouveau boulot ?
Alors ? De retour dans le monde impitoyable de l'entreprise ? Ou dois-je continuer à souffrir seule ? Envoie des news stp.
D.

De : Candy Stratton
À : Kate Reddy
Objet : Entretien
Ce suspense est insoutenable, ma poule. Se pourrait-il que tu aies décroché le pompon sans que je le susse ? Au fait, peut-on encore faire des blagues de cul quand on est la dernière nana à New York qui « se revendique hétérosexuelle » ? Je t'avoue que ça me laisse perplexe.

Si tu n'obtiens pas ce boulot, tu auras le PROCHAIN. Croix de bois, croix de fer, si je mens j'arrête la bière.
Burp
C.

De Sally à Kate
J'ai pensé à toi toute la journée. J'espère que les nouvelles sont bonnes et que le patch de testostérone que ton amie t'a envoyé a fonctionné. Coco se languit de Lenny. On dit samedi après-midi ?

De Richard à Kate
À quelle heure tu rentres ? Piotr a déplacé mes affaires de vélo pour atteindre la boîte à fusibles et je ne retrouve plus mon antivol Kryptonite. Emily t'a dit qu'il lui fallait un carton à dessin ? J'espère que l'entretien s'est bien passé.

Mardi, 6 h 28 – C'est le jour de mon évaluation à la gym et je ne suis vraiment pas d'humeur, mais Conor veut pouvoir mesurer mes progrès. Il faut absolument que je sois rentrée à temps pour déposer Ben et sa batterie à l'école, car ils ont la répétition du concert de Noël (déjà Noël ? Je n'ai même pas commencé à y penser). Alors que je m'extrais péniblement du lit, je sens sous mes pieds la pente du parquet en chêne tricentenaire. Piotr a dit qu'il pouvait le remettre à niveau si on déposait les lattes, qu'on remplaçait les solives et qu'on les reposait ensuite, mais il nous a fait un devis exorbitant, vertigineux. On n'a pas les moyens, en tout cas pas tant que Richard est en formation et que je ne sais pas quand – ni si – je trouverai du boulot (toujours aucune nouvelle d'EM Royal). Aller du lit à la salle de bains tous les matins est un peu comme se tenir sur le pont du *Cutty Sark* par grand vent.

Richard pense qu'un revêtement moderne serait beaucoup moins cher et qu'au moins les meubles de la chambre ne tituberaient pas comme des ivrognes, et qu'on n'aurait plus besoin de rehausser les pieds du lit sur des briques pour pouvoir dormir sur une surface à peu près plane. Mais moi, j'adore ce parquet. Je me sens un devoir de protection envers lui. Ses larges lattes généreuses, leur opulence noueuse, les blessures infligées par le temps, la vie qui s'est déroulée dessus, les histoires qu'il pourrait raconter. Certes, il est vieux, affaissé, difficile à entretenir, mais mon plancher pelvien aussi. Et je ne me vois pas le remplacer par un fac-similé moderne.

6 h 43 – Il fait encore nuit noire et je suis en route pour la gym dans un legging trois quarts tout neuf qui me paraissait avoir un look jeune et sportif dans la boutique. Dans l'esprit optimiste de mon nouveau moi, je l'ai acheté exprès une taille trop petit, si bien qu'il *est* trop petit et qu'il m'arrive juste au genou. J'ai l'air ridicule, genre Toccata dans *1, rue Sésame*, l'insouciance en moins. Pour compenser, j'ai mis mon tee-shirt le plus long et la polaire avec laquelle je promène le chien. Conor m'attend dans la salle de cardio suréclairée. Une énorme télé sur le mur diffuse aimablement des images d'Ariana Grande (taille XXS et jambes en fil de fer) sur un vélo d'appartement.

« No problemo », dit Conor. L'évaluation sert juste à déterminer mon degré de motivation et ma capacité à suivre un programme sportif et nutritionnel. Il va utiliser un adipomètre pour mesurer ma masse graisseuse. No problemo. L'adipomètre est comme une pince de crabe qui s'agrippe à ma taille, mais je ne ressens aucune douleur car ma couche de lard sous-cutanée fait tampon (comme chez les baleines, youpi !). Conor me demande combien je pèse. Je fais une rapide estimation mentale en tapant prudemment dans la fourchette haute. Hélas, je suis encore bien en dessous de la réalité. Conor ajuste la balance, cran par cran, emportant mes dernières illusions Ariana-Grandesques. Voyant ma déception, il me demande gentiment si je souhaite enlever une partie de mes vêtements, car ça peut faire une différence. Je décline la proposition et resserre autour de moi la polaire tapissée des poils de Lenny. Je préfère que ma honte reste couverte.

Je n'ai vraiment pas envie de mettre ce sympathique géant mal à l'aise, mais je pourrais pleurer de rage. Pendant des années, j'explique à Conor, mon poids tournait plus ou moins autour de cinquante-sept kilos. Et puis il y a eu deux gros bébés et beaucoup de repas pour enfants à préparer (OK, à manger). J'ai pris quelques kilos, mais ça allait encore tant que je me démenais quatorze heures par jour. Après avoir arrêté le travail, et n'ayant plus besoin de rentrer dans mes tenues de bureau, j'ai cessé de surveiller mon alimentation. Depuis la périmée-morose – disons, depuis environ un an –, j'ai l'impression d'avoir gonflé sans raison particulière. Maintenant, après des semaines d'abnégation et d'exercice physique acharné, sans avoir quasiment avalé un seul gramme de sucre pendant tout ce temps, je pèse toujours plus que dans mes pires cauchemars.

Conor me répond qu'à mon âge, le corps met plus longtemps à réagir. Ce n'est pas réaliste de me comparer à quand j'avais trente ans.

« Votre corps est en train de changer, Kate, il n'y a aucun doute là-dessus. C'est juste que ça ne se voit pas encore sur la balance. Le muscle pèse plus lourd que la graisse, n'oubliez pas. Soyez patiente. »

Il m'installe sur le vélo elliptique et me voilà lancée, hypnotisée par Ariana Grande qui pédale, maquillée comme un camion volé, en faisant valser ses extensions capillaires.

S'il y a un point positif à avoir presque cinquante ans (*note pour Roy : « Tu me rappelleras qu'il y avait un point positif à avoir cinquante ans, s'il te plaît »*), c'est que je sais que, pour moi, un tel look est inaccessible. Et je m'en fous. Quel bonheur, enfin, de s'en foutre. Je ne peux pas m'empêcher de me demander si cette perfection anorexique et trafiquée est l'objectif que les filles comme Emily se sentent tenues d'atteindre, et si oui, quelle image d'elles-mêmes ça doit leur renvoyer. Emi va voir Taylor Swift en concert avec Lizzy et ses copines ce week-end. Je pensais qu'elle s'en réjouirait, mais ces derniers temps elle s'isole de plus en plus dans sa chambre et elle me hurle dessus si j'essaie d'entrer. Quand j'ai voulu aller lui dire bonne nuit hier soir, il y avait un panneau « PRIVÉ » sur sa porte.

7 h 56 – Quand je rentre, Ben est en train de retourner la cuisine, se plaignant qu'il n'y a pas de céréales. *Il y a* des céréales. Mais pas les Pactole fourrées au chocolat, ou je ne sais plus comment ça s'appelle, que j'ai strictement prohibées après avoir vu un documentaire récent sur l'obésité infantile. Ben a hérité de la morphologie sèche et nerveuse de son père, mais apparemment il existe une sorte de graisse très nocive qui peut s'accumuler autour des organes vitaux. « La graisse viscérale ». Et toc ! Je n'ai pas eu besoin de Roy sur ce coup-là. D'ailleurs je suis sûre que j'en ai.

« Hors de question que je mange ce granola dégueu, mugit-il tel un bison blessé.

— Ben, s'il te plaît…

— Comment tu veux qu'on retrouve quoi que ce soit dans ce bordel ?

— D'ici Noël, ce sera parfait. Le génial Piotr aura terminé notre nouvelle cuisine, n'est-ce pas, Piotr ? »

Je hausse la voix pour atteindre l'oreille de notre maçon allongé par terre sur le dos. La seule partie visible de lui sont les deux jambes de son jean qui dépassent de sous l'évier, ou plutôt de là où l'évier serait si on en avait un. Le dernier bouton de son pantalon est défait et son tee-shirt noir est remonté sur son ventre musclé, révélant une bande de peau claire et de poils bruns bouclés sous laquelle...

Non, Kate, arrête-toi tout de suite. À quoi tu joues ?

La tête de Piotr émerge du placard et il nous salue tous les deux d'un joyeux petit geste de la main.

« Tu peux avoir confiance chez maman, Ben, dit-il, le Noël la maman fait toujours parfait. »

8 h 10 – Je conduis pour amener Ben à l'école tout en faisant des exercices de respiration. Expirer sur dix temps. On était en avance, mais maintenant on est en retard parce que Ringo Starr avait oublié ses baguettes et qu'on a dû retourner les chercher alors qu'il y a une circulation de dingue. Il est à côté de moi, sur le siège passager, en train de griffonner sur un bloc-notes posé sur ses genoux.

« Mets ta ceinture, s'il te plaît, mon grand. C'est quoi, c'est tes devoirs ?

— *Gnnnn*.

— Il va vraiment falloir que tu te prennes en main, maintenant, tu sais. Tu ne peux pas continuer à toujours attendre la dernière minute pour faire tes devoirs. »

Ben soupire avec la lassitude extrême d'un ado de quatorze ans devant l'insondable stupidité de ses aînés.

« Sérieux, mam', personne ne se foule trop à mon âge. À part les élèves asiatiques. »

Je tressaille.

« Qu'est-ce que c'est que cette attitude ? Si les Asiatiques sont capables de se fouler, pourquoi pas toi ? »

J'ai soudain la vision d'un avenir dans lequel les Indiens et les Chinois dirigeront toutes les multinationales, et le Royaume-Uni sera devenu un call center géant qui emploiera des Blancs tire-au-flanc – comme mon fils – avec un niveau d'anglais déplorable et des chaussettes dépareillées. Pas impossible, loin de là.

« Personne ne se met à bosser avant la seconde, maman.

— Moi, à ton âge, je travaillais déjà dur. Je n'avais pas le choix. Personne n'était là pour me mâcher le boulot et me faire la belle vie. On avait une interro sur les verbes français tous les lundis matin, et gare à celui qui n'avait pas… »

En tournant brièvement la tête, je m'aperçois que Ben joue d'un petit violon imaginaire, la BO larmoyante de l'enfance pauvre et misérable de leur mère, dont mes enfants adorent se moquer.

« Tu peux arrêter, s'il te plaît ? Je parle sérieusement.

— Pas la peine de te défouler sur moi parce que tu es stressée de ne pas avoir eu ce boulot, OK ? Ce n'est pas de ma faute.

— On ne sait pas si je n'ai pas eu ce boulot », je proteste, mais Ben a déjà bondi de la voiture, sorti ses caisses de batterie du coffre et s'est mis à les tirer vers l'entrée du collège.

Il ne se retourne même pas pour me dire au revoir. Je déteste quand on se quitte comme ça, vous ne pouvez pas imaginer. Je déteste ça.

De : Kate Reddy
À : Candy Stratton
Objet : Re : Entretien

Toujours aucune nouvelle d'EM Royal. Ça commence à me peser, entre nous. J'abandonne officiellement tout espoir à partir de demain, je brûle le manuel des Revenantes et je me jette dans le bûcher funéraire de ma défunte carrière.

À part ça, depuis que je mets tes patchs de testostérone, j'ai ressenti mon premier frisson de désir sexuel depuis un an. Pour mon maçon polonais. Je pourrais me débarrasser de lui, mais il me faut une cuisine avant Noël. Je fais QUOI ???
K.

De : Candy Stratton
À : Kate Reddy
Objet : Hip hip hip !
Pour ton maçon, je sais pas, demande-lui s'il fait aussi le ramonage. En tout cas ne perds PAS espoir. Ça fait seulement trois jours, sans compter le week-end.
Mille bises
C.

S'ensuit une période de flottement anxieux pendant laquelle j'attends de savoir si oui ou non j'ai été retenue pour le poste. J'ai hâte d'avoir un bon prétexte pour soustraire mon nouveau moi apparemment chaud comme la braise à la tentation que représente Piotr, allongé par terre en train de tripoter ma tuyauterie. Enfin, façon de parler, hélas.

Je décide que c'est le moment rêvé pour aller rendre visite à Barbara et Donald, afin de voir comment ils vont et d'amadouer mon exécrable belle-sœur. Quand Ben a personnalisé les sonneries sur mon téléphone, il a attribué à tata Cheryl la musique de la scène de la douche dans *Psychose* (vilain garçon, et en même temps génial). Richard continue à dire qu'il ne peut pas s'absenter. Une urgence en rapport avec je ne sais quelle retraite de méditation (n'y a-t-il pas quelque chose d'antinomique dans une retraite de méditation urgente ?). Ça me met en rage que Rich, l'apprenti psy, se montre si attentionné avec le monde entier mais capable d'abandonner allègrement ses propres parents. J'ai envie de lui dire que je me moque de ses urgences mais, comme les messages de Donald sur le répondeur se confondent de plus en plus en excuses, j'ai commencé à redouter le pire. Je peux grouper un voyage à Wrothly et une visite à ma mère, à quatre-vingts kilomètres de là.

Donald m'a avoué que la couverture chauffante qu'on leur a offerte il y a quelques années avait rendu l'âme, alors je fais un saut en ville pour leur en acheter une nouvelle. La maison de mes beaux-parents est si froide qu'une couverture chauffante y est une nécessité vitale, pas un luxe.

« Vous voulez la carte du magasin ? me propose le vendeur. Nous venons de mettre en place un système de fidélité. »

Un peu, que je la veux. D'autres femmes de mon âge se tournent vers l'alcool, les gigolos ou les livres de coloriage ; moi, ma drogue, ce sont les grands magasins John Lewis. Il paraît que l'héroïne fait s'envoler tous les soucis du monde. Eh bien c'est ce qui m'arrive au rayon tissus d'ameublement de chez John Lewis. Je remplis le formulaire d'adhésion et suis à la fois stupéfaite et gênée quand l'homme revient quelques minutes plus tard en me disant que ma demande a été rejetée. Il me dit qu'il n'est pas autorisé à m'en donner la raison, mais lorsque j'exige de voir le directeur, il marmonne à voix basse que c'est lié à mon taux de solvabilité.

Je me connecte à mon compte en ligne pour consulter mon taux de solvabilité et constate qu'il est au plus bas niveau possible, sauf peut-être si j'étais déclarée morte. À vrai dire, une personne défunte aurait sans doute un meilleur taux de solvabilité.

Roy, tu sais si j'ai des impayés en cours ? Hein, quoi ? Ben ? Que vient faire Ben dans mon taux de solvabilité ?

14 heures – Gare de Leeds. En approchant de la sortie, j'aperçois Donald qui m'attend. Difficile de le rater : pour un homme de presque quatre-vingt-dix ans, il se tient remarquablement droit, avec ce port qu'on appelait autrefois un maintien militaire (qu'est-ce qu'on a à la place, aujourd'hui : un avachissement informatique ?). Il n'est pas aussi grand que lorsque je l'ai connu, mais on devine encore quel bel homme il a été. Il porte son manteau en tweed, celui avec le col en daim marron ; le genre de manteau qu'on ne voit plus beaucoup en circulation. Donald insiste pour me prendre ma valise et, l'espace d'un instant, un de ces instants délicats qu'il peut y avoir avec les personnes âgées, j'hésite à refuser, puisqu'il est évident que je suis plus à même de le faire que lui. Mais ce serait le priver de son rôle naturel, celui du gentleman. Et comme je n'ai pas envie de faire ça, je le remercie et abandonne ma valise à sa main tremblante.

Sur la route sinueuse jusqu'à Wrothly, les souvenirs m'assaillent à chaque virage. Par exemple, la première fois que Richard m'a emmenée rencontrer ses parents. À l'époque, on faisait l'amour à peu près trois fois par jour. On ne se levait que pour manger et aller travailler. Barbara savait parfaitement qu'on habitait ensemble, dans un minuscule appartement au-dessus d'un Lavomatic à Hackney, mais elle m'avait conduite jusqu'à une petite chambre meublée d'un chaste lit une place et d'une affreuse tête de lit en bois marron (c'était la pièce de la maison où atterrissaient tous les bibelots moches et les lampes merdiques que personne n'avait eu le cœur de jeter). Rich s'était faufilé dans le couloir une fois qu'il pensait tout le monde endormi, et on avait beaucoup ri en essayant de copuler sans trop secouer le lit, dont les ressorts grinçants étaient les informateurs zélés de Barbara. Je peux me tromper, mais il me semble qu'on se bidonnait tellement qu'au bout du compte on avait fini par laisser tomber et se contenter de discuter.

Ensuite, il y a eu le mois de décembre où on est venus leur présenter Emily. Je sais exactement quand c'était : en 1997, Emi venait de naître. Les collines étaient enveloppées de neige, et c'était magique de savoir que ce nourrisson allait rencontrer ses grands-parents pour la première fois. Dès qu'elle a aperçu sa petite bouille parfaite dans son bonnet rose et sa brassière assortie, Barbara a eu les larmes aux yeux. Elle-même n'avait eu que des garçons, ce qui était difficile, j'imagine, pour une femme aussi profondément féminine. Bien qu'elle ne se soit jamais adoucie avec moi, elle a toujours pris le parti d'Emily en toutes circonstances et ne tolère aucun mot de travers à son sujet.

« On y est presque, déclare Donald. Pas la peine de vous agripper à votre siège, Kate. »

J'essaie de me détendre et de ne pas m'affoler que mon beau-père conduise, non pas avec une seule main, mais avec un seul doigt posé sur le volant. Je suppose qu'il connaît cette route par cœur.

J'ai un choc lorsqu'il ouvre la porte de derrière, qui donne directement sur la cuisine de la ferme. Le royaume de Barbara, depuis lequel elle a régné sur sa famille en despote bienveillante, a l'air d'un studio d'étudiant. La moindre surface est couverte de vaisselle, casseroles, ustensiles, boîtes de conserve. Une puissante odeur d'urine me saisit à la gorge. Je me tourne vers le panier du chien pour repérer le coupable. Le panier est bien là, à côté de la gazinière, mais je me rappelle soudain qu'ils ont dû faire piquer Jem au printemps : il avait perdu l'usage de ses pattes arrière.

« Regarde qui je t'ai amené, chérie. Kate est venue nous voir, est-ce que ce n'est pas merveilleux ? »

Barbara est assise dans un gros fauteuil à carreaux qui se trouvait autrefois dans le salon. Je reconnais çà et là d'autres meubles provenant de différentes pièces de la maison. On dirait une brocante.

« Elle est plutôt en forme, aujourd'hui, hein, Barbara ? »

Donald parle fort, en partie pour moi, peut-être en partie pour lui, et en partie pour arracher une réaction à la vieille dame. Barbara est méconnaissable par rapport à cet été, quand nous avons tous passé une semaine ensemble en Cornouailles. La vitesse à laquelle elle s'est dégradée est terrifiante. Ses cheveux, d'ordinaire toujours impeccablement frisés grâce à ses visites hebdomadaires chez le coiffeur, sont tout ternes et raplapla.

« Dis bonjour, Barbara. La pauvre Kate va croire que tu ne la reconnais pas ! Elle est venue de loin pour nous voir. »

Ne sachant que faire d'autre, je m'assieds sur un tabouret près d'elle et lui prends la main, qu'elle garde recroquevillée comme une griffe d'animal. Barbara me dévisage avec une expression de curiosité enfantine, ses yeux pareils à ces billes laiteuses que je convoitais à l'école.

« Je vais nous préparer une bonne tasse de thé, d'accord ? Barbara, je suis en train de dire à Kate que je vais nous préparer du thé. À moins que vous préfériez du café, Kate ? Je sais que Richard buvait plutôt du café avant de se mettre à collectionner toutes ces infusions bizarres assorties à ses nouvelles idées.

— Du thé, ce sera parfait, Donald. Du thé normal. Richard est vraiment désolé de ne pas avoir pu venir, mais il est en formation. »

Je suis tellement contente qu'il ne soit pas là : je frémis à l'idée de ce qu'il éprouverait devant le spectacle de ses parents au milieu des ruines de leur vie.

« Je vois que vous regardez le panier de Jem, Kate, reprend Donald. Je devrais le bazarder, mais c'est… Enfin, Barbara s'imagine parfois que Jem est encore avec nous, pas vrai, chérie ? On l'a eu pendant seize ans. Je n'aurais pas pu rêver d'un meilleur compagnon. Nos balades me manquent. Un chien, ça vous oblige à sortir de chez vous. Mais ce ne serait pas raisonnable de prendre un autre animal domestique, à notre âge. »

Donald me tend un mug de thé et je cherche un endroit dégagé où le poser, mais il n'y en a pas. Autre souvenir : Barbara armée d'un torchon, aussi impitoyable qu'une paire d'essuie-glace, toujours en train d'astiquer le plan de travail, et malheur à vous si vous y posiez quelques secondes ne serait-ce qu'une coupelle ou un verre de vin sans sous-verre. Elle ne voulait rien sur son plan de travail. Ce qui ne nous facilitait pas la tâche quand on venait avec les enfants, petits ; il fallait tout nettoyer dans la seconde, car la moindre salissure mettait mamie en colère.

Donald remarque que je cherche quoi faire de mon mug.

« On s'est dit, Kate, que comme Barbara ne se rappelle plus toujours dans quel placard sont les choses, ce serait plus simple de tout sortir en évidence. S'il lui faut une casserole pour la soupe, elle n'a pas besoin de réfléchir pour savoir où elle est rangée, elle l'a sous les yeux.

— Ah, quelle bonne idée, je réponds. Quelle bonne idée, Barbara, de tout laisser dehors pour savoir où sont les choses. Est-ce que ça vous aide à trouver ce que vous cherchez ? Pour être honnête, je ferais bien pareil à la maison.

— Margaret, la nouvelle aide à domicile, devrait arriver d'une minute à l'autre, annonce Donald. Je dis que Margaret va arriver, Barbara, tu aimes bien Margaret, non ? »

Barbara sourit. Donald me prend à part. Je ne sais pas bien pourquoi vu que Barbara ne nous entend pas et que, même si elle nous entendait, elle ne comprendrait sans doute pas. Margaret, me dit-il, est une femme très gentille. Mieux qu'Edna, l'étrangère, avec qui Barbara ne s'entendait pas du tout.

« Erna ?

— Oui, celle-là. Très agressive. Et puis elle fumait. »

Barbara a l'air de bien aimer Margaret, si tant est qu'on puisse encore savoir ce que Barbara aime ou pas, et je repense à l'échange animé que j'ai eu avec la femme des services sociaux de Worthly pour qu'ils leur envoient quelqu'un d'autre. Au moins mes efforts ont-ils eu un minimum d'effets positifs dans une situation dont je mesure seulement maintenant la gravité : c'est bien pire que ce que Donald avait osé me dire par téléphone.

L'arrivée de Margaret procure un bref soulagement et crée un joyeux remue-ménage le temps qu'elle emmène Barbara à la douche et envoie Donald chercher des médicaments à la pharmacie. J'aimerais appeler Richard pour lui dire ce qui se passe, mais il n'y a pas de réseau. Et je ne trouve pas non plus le téléphone fixe. À la place, j'attrape l'aspirateur et une serpillière, remplis un seau d'eau chaude et d'Ajax, et me mets à nettoyer frénétiquement, comme Barbara le ferait si elle était encore là.

« Ils ne vont pas pouvoir continuer comme ça très longtemps, me dit Margaret alors qu'elle enfile son manteau et s'apprête à partir. Donald est formidable avec elle, mais c'est trop lourd pour lui. S'ils vendent cette maison, ils auront de quoi se payer un chouette endroit où on s'occupera bien d'eux. Il faudrait la mettre en vente, mais elle a d'abord besoin d'un grand rangement. Vous en parlerez à votre mari ? »

Le lendemain matin, Donald insiste pour m'emmener à la gare malgré mes protestations je préférerais qu'il ne laisse pas Barbara seule, même dix minutes. Il porte ma valise jusqu'au quai et me dépose un baiser humide et piquant sur la joue.

« Il n'y a pas grand-chose de bon à vieillir, me dit-il, d'une voix normale maintenant qu'il n'a plus besoin de crier pour Barbara. Je crois qu'on a eu notre compte, Barbara et moi. Profitez d'être encore jeune, Kate, mon petit.

— Je ne suis plus jeune », je rétorque, mais il a déjà fait demi-tour pour retourner vers le parking, le col de son manteau en tweed relevé afin de se protéger du vent glacé.

Dans le train qui m'emmène chez ma mère, avec la traînée verte des collines qui défilent par la fenêtre, je me surprends à penser que je n'aurais jamais imaginé regretter un jour la condescendance et les reproches de Barbara à mon égard. Pourtant, aujourd'hui, ça me manque. Voir ce qu'elle est devenue, portée disparue de son vivant et au beau milieu de son propre domaine, c'est comme avoir entrevu la Faucheuse, et c'est terrifiant. Je prends la résolution d'apprécier le plus possible le temps que je passe avec ma mère, même si elle m'exaspère avec ses histoires de moquette.

C'est toujours comme ça avec les parents, non ? Ils vous tapent sur les nerfs pendant des années en vous ressassant les mêmes anecdotes assommantes sur Joy, la dame du bureau de poste dont le teckel, Dookie, perd ses poils. Et est-ce que je t'ai déjà raconté la blague sur Michael Fish, le présentateur météo ? Oui, environ sept cents fois.

Alors vous vous dites : je ne connais cette Joy ni d'Ève ni d'Adam, et peut-être que Dookie le teckel chauve nous a assez amusés comme ça et pourrait traverser la rue par inadvertance à une heure de grande circulation. Et puis, un jour, quelque chose arrive, quelque chose qui change tout. Une chute, une attaque, un minuscule rouage dans le cerveau qui se détraque et, brusquement, vous avez une infinie nostalgie pour ces pénibles anecdotes rébarbatives ; ces années où les choses se passaient comme elles s'étaient toujours passées et se passeraient toujours. Les années avant de connaître la prochaine étape.

Un des privilèges de la jeunesse est de ne pas savoir tout ça. Et tant mieux, si vous voulez mon avis, parce que c'est vraiment trop triste.

Je n'ai pas pu consulter mes mails depuis que Donald est venu me chercher à la gare hier. Là, j'ai à nouveau du réseau. Je jette un œil à ma boîte de réception. Un message de Candy. Deux de Debra (« Objet : Je vais me tirer une balle ! »). Un d'Emily qui exige de savoir où j'ai mis ses bottines en daim noir (*mes* bottines en daim noir, madame !). Un de Ben qui demande si je peux venir le chercher au foot (a-t-il seulement remarqué que j'étais partie ?). Un de Richard m'annonçant qu'avec son exaspérante collègue ils organisent une retraite de méditation sur l'île d'Anglesey en décembre (hein ? Mais ils vont se geler les miches !). Un d'un fournisseur de nourriture hypoallergénique pour chiens : « Vous nous avez manqué ! » Un à propos de mon désastreux taux de solvabilité. Un de mon opérateur télécom qui me signale « des niveaux de consommation inhabituels ». Quelle consommation inhabituelle ? (*Roy, je ne t'avais pas demandé de te pencher là-dessus ?*) Un autre message me promet une méthode imparable pour m'aider à réduire « l'effet chauve-souris sous vos bras à l'approche des fêtes ». Merci pour ça. Ah, et enfin, enfin, il y a un mail de Claire Ashley. Celui que j'attendais. *Allez, Kate, ouvre-le, qu'on en finisse.*

De : Claire Ashley
À : Kate Reddy
Objet : Candidature chez EM Royal
Chère Kate, j'ai le bonheur de vous informer…

Elle a le bonheur ? Alors imaginez pour moi ! Oh, merci, merci, merci. Je parcours rapidement le reste de son message : le salaire est tout à fait honorable, mieux que ce à quoi je m'attendais. C'est un remplacement de congé maternité, avec un premier contrat de six mois et la possibilité de prolonger si mes résultats donnent satisfaction. Date d'entrée en fonction : immédiate, si ça me convient.

Oh que oui, ça me convient parfaitement.

De : Kate Reddy
À : Candy Stratton
Cc : Debra Richardson, Sally Carter
Objet : Femme usagée reprend du service
Hourraaaaaaaaaaaaaaaaaaaaaaaaaaaaa !

* Yentl. *Roy est à peu près sûr que c'est dans ce film que Barbra Streisand se déguise en homme.*

** *Roy dit que l'actrice à laquelle la fille de Sally me fait penser est Penélope Cruz.*

9

Le retour de la mummy

Lundi, 7 h 44 – Telle une voyageuse dans le temps, je sors de l'ascenseur et pénètre sur mon ancien lieu de travail. C'est extrêmement étrange, à la fois familier et déroutant. Alors que je m'efforce de suivre Claire Ashley entre les rangées serrées de bureaux, je suis à peu près sûre que tout le monde doit me dévisager et entendre le tohu-bohu inquiet des pensées qui se bousculent dans ma tête ; me toiser de pied en cap et se dire : « Ouah, elle a changé, et pas en mieux. Elle a dû avoir quelques années difficiles. »

Heureusement, je sais que ce n'est pas vrai. Je ne reconnais aucun visage. Ils sont partis, tous. Après avoir changé de mains à deux reprises depuis mon départ, Edwin Morgan Forster n'existe officiellement plus – nouveaux propriétaires, nouveau positionnement, nouveau nom –, mais le fonds que j'ai créé est toujours là. Ironie du sort, c'est d'ailleurs pour lui que je vais travailler, même si mon futur patron et ses équipes ignorent la connexion et que j'entends bien qu'il en reste ainsi. J'ai décroché ce boulot sur la foi de mensonges : mes employeurs croient que j'ai le même âge que lorsque je suis partie d'ici, il y a presque sept ans (qui a dit qu'on ne pouvait pas arrêter le temps ?). Il y a un risque, infime, que quelqu'un puisse sortir de l'ombre et m'identifier. Tant pis, ça passe ou ça casse. En attendant, garder son calme.

À travers la grande baie vitrée, Claire me désigne l'esplanade, sept étages en contrebas. Beaucoup de choses ont changé, mais je vois encore la patinoire, le bar à champagne et la verrière victorienne de la gare de Liverpool Street, où mon train m'a déposée il y a un peu plus d'une heure. J'ai tué le temps dans un des trente-six cafés qui ont germé dans le quartier, avec l'impression d'être la petite nouvelle de l'école qui attend la rentrée le ventre noué. En m'assurant de bien avoir mis mes stylos, ma trousse et mon rouge à lèvres dans mon sac Mulberry prune ; une contrefaçon que Debra m'a rapportée de ses vacances en Turquie l'été dernier. Elle avait même pris en photo l'enseigne du magasin, qui annonçait fièrement : « Faux authentiques ». On ne croirait jamais que ce sac est une imposture. Comme moi, j'espère.

Tous les gens chez EM Royal ont l'air beaucoup plus jeunes que dans mon souvenir ; ou peut-être est-ce juste que je ne suis plus toute jeune moi-même et que je ne m'en rends pas compte. Après la crise financière de 2008, la plupart des anciens se sont fait virer, et les autres, ayant compris le message, ont préféré sauter tout seuls avant qu'on ne les pousse. Certains ont choisi de travailler pour de plus petites sociétés, à distance prudente des relents persistants du prêt à risque, ou bien ils ont utilisé leur prime de licenciement pour monter des start-up et s'assurer d'avoir un bureau où continuer à aller. Ils ne pouvaient quand même pas rester chez eux (qui sait ce qui se passait chez eux ?).

C'est comme si cet endroit avait traversé une guerre – un très grand désastre, vraiment – et qu'une génération entière avait été rayée de la carte (et, avec elle, des milliards de dollars). Les visages que je vois là sont trop frais pour rien se rappeler de tout ça. Ce qui m'arrange bien. Curieusement, je me sens comme un vétéran de ma propre guerre qui reviendrait sur le champ de bataille, discernant à travers la fumée du temps les fantômes des gens avec qui j'ai combattu à l'époque.

Claire s'est arrêtée près d'un ensemble de bureaux disposés en U et commence à faire les présentations. Une blonde ravissante aux longs cheveux de princesse, sans doute autour de vingt-huit ou trente ans, Alice QuelqueChose, se montre immédiatement accueillante et chaleureuse. On m'attribue une place à côté d'elle. Deux types – Troy ? Jamie ? – en train de scruter un écran me saluent d'un bref hochement de tête avant de retourner à leurs moutons. Une autre chose qui a germé depuis mon dernier passage ici, ce sont les poils sur le visage des garçons. Jamais je n'aurais misé sur ce grand retour en force de la barbe. Tous les jeunes en ont une ou, à défaut, de longs favoris travaillés. Claire alpague un gaillard à lunettes et à l'imposante crinière rousse qui traverse la pièce au pas de course. C'est Gareth, responsable de la prospection, un Gallois qui a la carrure trapue de ses ancêtres mineurs de fond.

« Vous travaillerez en étroite collaboration avec lui, bien sûr. Ah, tenez, et voilà Jay-B, il avait hâte de vous rencontrer, Kate. »

Mon nouveau patron est physiquement à l'opposé de Gareth-le-Gallois. Mince et sec, il a une petite houppette à la Tintin et des cheveux aussi noirs et brillants que sa barbiche de conquistador et ses chaussures Prada pointues. Je cerne tout de suite le spécimen : hipster revendiqué, métrosexuel, qui dépense une fortune en produits exfoliants et soins des yeux antifatigue de Tom Ford. Il habite sans doute un penthouse à Clerkenwell – non, maintenant c'est plutôt Shoreditch, il me semble –, avec un vivarium géant dans lequel il élève de petits reptiles tatillons dans son genre. Je crois me souvenir que Claire m'avait dit que Jay-B avait trente ans, ce qui signifie qu'il est né l'année où je suis entrée à la fac. Non, je dois me tromper. Je veux dire, ce n'est pas normal, si ?

Je me rends compte qu'on m'a vendue à Jay-B comme une blonde qui parle et présente bien malgré ses quarante-deux ans (*mémo pour Roy : NE PAS OUBLIER qu'on a quarante-deux ans !*) et pourrait s'avérer utile dans le marketing et la prospection en démarchant les particuliers à très hauts revenus et les gestionnaires de grandes fortunes. Pas vraiment le beau rôle. Ce sont les jeunes gars malins qui traitent avec les grosses boîtes de courtiers et se font un paquet de pognon. Moi, je devrai viser les vieux stocks-tampons, les fiducies familiales et les fortunes montantes, ces nouveaux riches qu'on regarde encore avec suspicion. Néanmoins, si je me débrouille bien, il y a moyen de gagner pas mal d'argent, et c'est justement d'argent que nous avons besoin en ce moment. Notre famille est en train de vivre sa propre crise de liquidités. Je repense au visage d'Emily quand elle m'a annoncé que Lizzy allait au concert de Taylor Swift avec Bea et Izzy. Après que je lui ai donné un chèque de quatre-vingt-dix livres pour payer son billet à Cynthia Knowles, Emi a ajouté que *tout le monde* offrait à Lizzy des bons d'achat de trente livres chez Topshop.

« Ah bon ? Trente par personne ? En plus de la place de concert ?

— T'as pas grand-chose chez Topshop pour moins que ça », m'a-t-elle répondu les yeux rivés sur ses chaussures, préférant éviter mon regard car elle savait que c'était trop, mais me mettant aussi au défi de marchander le prix d'entrée dans le club de Lizzy.

Je me souviens, quand j'avais son âge, de la souffrance de l'exclusion, du besoin de faire partie du groupe, aussi impérieux que le besoin d'uriner. Julie et moi n'avions jamais les vêtements ni les jouets qu'il fallait. Un jour, j'avais été invitée à une partie de tennis avec trois filles des beaux quartiers, et la seule raquette que je possédais était celle que maman avait eue avec ses coupons de fidélité : un manche avec un bout de filet en plastique, en gros. Les raquettes des autres filles produisaient un *ploc* satisfaisant quand elles frappaient la balle ; la mienne renvoyait un son nasillard déprimé, comme une guitare acoustique déglinguée. Jamais, jamais je ne veux que ma fille ait le sentiment de valoir moins que les autres.

« Voilà, Kate, asseyez-vous. »

Jay-B me fait entrer dans son bureau en angle, avec deux immenses baies vitrées donnant sur le ciel. Est-ce que mon imagination me joue des tours ? Non, c'était bien autrefois le repaire du puissant Rod Task. Mon ancien patron. Je l'entends encore me hurler avec son accent australien : « Sortez d'ici et démerdez-moi ce bordel, Katie ! » Un vrai cauchemar : sexiste, raciste, tous les pires « -istes » qui vous viennent à l'esprit, c'était lui. La dernière fois que j'ai eu de ses nouvelles par Candy, il était reparti pour Sydney, où il avait été impliqué dans une attaque de requin bouledogue sur la Grande Barrière de corail. Perte de sang abondante et grosses morsures, mais le pauvre requin abasourdi allait apparemment s'en sortir.

Jay-B me voit jeter un œil dehors.

« Sacrée vue, pas vrai ? Le Shard est le quatrième plus haut gratte-ciel d'Europe, maintenant. Tout ce quartier autour du London Bridge, vous ne le reconnaîtriez pas. Deux des plus gros cabinets comptables ont déménagé là-bas. Près du Borough Market. Super endroit pour les gourmets. »

Je me rappelle soudain qu'un renard vivait au sommet du Shard pendant sa construction. Vous imaginez sa terreur à mesure que sa maison s'élevait dans les airs ? J'espère qu'il n'avait pas de bébés avec lui. Mon nouveau patron baisse les yeux vers ce que je suppose être les notes de mon entretien d'embauche.

« Bien, bien, bien, je vois que vous avez bâti de solides relations clients par le passé. C'est pour ça qu'on vous a fait venir, Kate. Parmi nos équipes, nous avons d'excellents vendeurs, mais ils n'ont pas toujours l'expérience qui leur permettrait de traiter avec certains de nos investisseurs les plus, euh... matures. Nous avons par exemple quelques veuves joyeuses à qui il faut tenir la main.

— Oh, je suis très douée avec les vieilles dames, je réponds en pensant à Barbara agrippée à mes doigts dans son fauteuil, ou à ma mère qui hésite encore entre la moquette sauge ou lin.

— Fantastique. Fantastique. Et il est écrit ici que vous avez deux enfants ? demande Jay-B en haussant un de ses sourcils impeccablement épilés, comme si les enfants étaient une sorte de perversion exotique. Quel âge ont-ils ?

— Eh bien ils ont seiz... »

NON ! Où as-tu la tête ? N'oublie pas que tu as quarante-deux *ans, bon sang de bonsoir. Emily ne peut pas avoir seize ans, bientôt dix-sept. Ça voudrait dire que tu l'as eue quand tu en avais vingt-cinq. C'est quasiment comme si je m'étais mariée avant la puberté, pour ces gens-là.*

J'aurais dû y penser avant. Je tente un rapide calcul mental, mais j'ai de la compote dans le cerveau (*À l'aide, Roy, s'il te plaît : quel âge ont mes enfants ?*).

« Oui, donc, Emily. Emily est ma fille, et elle a onze ans. C'est ça, onze ans. Et Benjamin, mon fils, il va avoir, il va avoir huit ans à son prochain anniversaire. »

J'annonce tout ça avec, je l'espère, un sourire plein de fierté maternelle plutôt qu'une expression de panique effarée.

« Il était grand temps que je reprenne le boulot, j'ajoute. J'ai vraiment hâte de m'y mettre pour de bon. »

Ouf ! Le mensonge me vient plus facilement que je ne l'aurais imaginé, presque aussi facilement que quand je travaillais dans ce même bureau il y a des années et que j'étais une maman clandestine essayant de faire comme si je n'avais pas d'enfants.

Souviens-toi de ce que t'a dit la gynéco : ne s'use que si l'on ne s'en sert pas.

14 h 30 – Première réunion avec l'équipe au complet. L'occasion de faire impression. Onze hommes autour de la table, lançant tous des idées à tour de rôle, et deux femmes (Alice et moi). La houppette et la tête penchées sur le côté, Jay-B a l'air d'un croisement entre Tobey Maguire et un perroquet interloqué.

« OK, merci Troy. Kate, vous vouliez ajouter quelque chose ? Au cas où certains ne seraient pas au courant, je vous présente Kate Reddy, notre nouvelle recrue. Elle remplace Arabella pendant son congé maternité. Pardon, Kate, allez-y. »

Le truc, c'est que je suis arrivée avec une géniale idée dont j'étais sûre qu'elle pourrait plaire à Jay-B, mais aussitôt qu'on s'est assis mon esprit a zappé sur Radio Collège et je me suis souvenue que je n'avais pas rempli ce foutu questionnaire pour le correspondant allemand de Ben. Friedrich ? (*Roy, s'il te plaît, tu peux me retrouver le nom du petit Allemand qui va venir séjourner chez nous en janvier ?*) Et quand je me suis remise sur Radio Boulot trois secondes après, l'idée n'était plus là. *Pfuit !* Envolée.

Me voilà donc avec douze paires d'yeux braquées sur moi, réduite à implorer Roy en silence.

Je t'en supplie, Roy, c'est notre premier jour de travail depuis presque sept ans, va me chercher cette brillante idée que j'avais eue pour impressionner le Môme. Elle doit bien être là quelque part. Oublie Friedrich. La vache, cette Perry-mnémo-pause me plombe complètement alors que je devrais tourner à pleins tubes. *ROY ?*

Je reste plantée là à ouvrir et fermer la bouche comme une carpe hors de l'eau. À penser à Barbara qui croit que Jem-le-chien est toujours en vie. Au correspondant de Ben que j'avais oublié (Cedric ? Oui, Cedric, j'en suis presque sûre). À Conor qui m'explique que mon corps met plus longtemps à réagir parce que je suis vieille. No problemo. Au nombre de calories dans un cappuccino.

« Écrémé ! je m'exclame tout à coup.

— Pardon ? »

Jay-B me dévisage sans la moindre commisération. Je prends une grande inspiration pour réprimer la bouffée de panique qui monte en moi. Et puis, brusquement, Roy – béni soit-il – réapparaît avec l'idée qui m'avait échappé, et je m'empresse de me raccrocher aux branches :

« C'est un conseil que donne Warren Buffett pour faire le tri dans ses priorités. Vous notez la liste de vos vingt-cinq objectifs principaux, ensuite vous la relisez et vous *écrémez* jusqu'à ce qu'il ne vous en reste que cinq. Ce sont les cinq investissements dans lesquels vous croyez vraiment et sur lesquels il faut concentrer toute votre énergie.

— J'adore, Kate, déclare le Môme en tapotant son téléphone. Le top cinq. Joe, tu nous feras une note là-dessus ? Il est top, ce Warren Buffett, j'adore. »

19h05 – Personne ne veut demander à maman comment s'est passé son premier jour de reprise du travail ?

Non ? Très bien. Je comprends que les gens aient mieux à faire que de rendre hommage à celle qui fait bouillir la marmite. Richard s'est contenté d'un petit coucou en traversant la cuisine comme une flèche pour se jeter sous la douche après avoir balancé son haut en lycra puant par terre dans la buanderie. Emily m'a aboyé dessus quand j'ai osé passer la tête dans sa chambre. Apparemment, je l'ai interrompue au milieu d'un tutoriel vital pour réussir son eye-liner et elle s'est fait une traînée noire en travers de la joue. Ben est dans le salon en train de jouer à un nouveau jeu vidéo atroce que je ne reconnais pas et que je suis à peu près sûre de n'avoir jamais acheté (*Roy, est-ce que c'est nous qui lui avons acheté ce jeu ?*). Le seul qui soit content de me voir est Lenny, qui m'a pratiquement sauté dans les bras quand j'ai franchi la porte et ne m'a plus lâchée depuis. Sally l'a surnommé « Velcro ». Je me réjouis d'inspirer une telle adoration sans réserve chez au moins un des membres de ce foyer. Plus tard, je vais devoir bosser un peu, étudier des profils de clients histoire d'être au point si le Môme me pose une question demain. Mais il faut d'abord que je prépare à dîner, et puis ce sera l'heure de mon tranquillisant préféré.

20h39 – Ma mère téléphone pile à la seconde où je m'assieds pour regarder *Downton Abbey*, que j'ai enregistré spécialement dans le but de me détendre après le travail. Vous savez, parfois je me demande s'il n'y a pas un vaste complot mondial pour m'empêcher de prendre un moment pour moi. Peut-être que mes parents, mes beaux-parents et mes enfants sont tous équipés d'oreillettes, comme Carrie dans *Homeland* : « Hé, on dirait qu'elle s'est servi un verre de vin et qu'elle s'apprête à s'installer dans le canapé pour regarder la télé. Oh oh. C'est toi qui l'interromps ou je m'en charge ? *Over!* »

« Le problème, Kath, c'est que je n'arrive pas à me décider pour les rideaux. À ton avis, je devrais prendre beige ou sauge ? »

Ah non, pitié, pas ça.

« Je ne sais pas, maman. Qu'est-ce que tu préfères ?

— C'est-à-dire que j'aime bien les deux, mais le beige est un peu fadasse. En même temps, ça va avec tout, non, le beige ?

— Oui, mais le vert aussi c'est très frais et...

— Ah, je DÉTESTE le vert ! »

Ma mère se met brusquement à crier comme si un intrus lui avait fait peur.

« D'accord, mais tu viens de dire que le sauge était une des options possibles.

— J'ai dit ça ? Non, je n'aime pas le vert. C'est très bilieux, le vert. Julie a mis des rideaux paille dans son salon.

— Ah, super.

— C'est horrible. On croirait qu'elle les a fabriqués dans une motte de foin. Et le beige, alors, tu en penses quoi ?

— Euh... Très joli. Très, euh... neutre. »

Gorgée de vin. Bien que je sois au régime sec en prévision de la fête de la promo, je m'autorise un verre ce soir pour célébrer mon premier jour de travail. Je baisse les paupières comme l'obturateur sur un appareil photo ; les rouvre pour découvrir la comtesse douairière de Grantham avec la bouche en cul-de-poule, comme chaque fois qu'elle s'apprête à lancer un de ses traits d'esprit à la Oscar Wilde. Cette lady Grantham est censée être une harpie snobinarde. Mais je la préfère mille fois à lady Mary, une créature d'une « malignité sans motif ». Qui a dit ça, déjà ? (*Roy ? Roy ? J'ai besoin de toi pour vérifier une citation. « Malignité sans motif. » Macbeth peut-être* ?)

Où en étais-je ? Ah, oui, j'adore lady Grantham. Elle me laisse croire que la vieillesse pourrait être un plaisir pervers, et pas juste un naufrage. Comme la pauvre Barbara, avec toute sa vaisselle étalée sur son plan de travail. Et puis, contrairement à ma mère, lady G. ne débite pas d'interminables monologues exténuants sur la moquette et les rideaux.

Un vagissement surgit soudain du téléphone.

« Je ne veux pas que ce Gordon Brown me pique tout mon argent, dit ma mère.

— Gordon Brown n'est plus Premier ministre, maman.

— Ah bon ?

— Non. Ça fait un bail qu'il est parti. Tu as pris tes comprimés aujourd'hui, maman ?

— Évidemment. Je ne suis pas encore sénile, tu sais.

— Je sais, bien sûr, dis-je avec un serrement de cœur en songeant à Barbara qui pour le coup est vraiment sénile, sans qu'aucun comprimé ne puisse y remédier. Je te trouve même très en forme. Je n'arrive pas à croire que tu aies aussi bien rebondi après ton pontage. Tu sais que j'ai un nouveau travail, maman ? Celui dont je t'ai parlé. Ça fait un peu peur de remonter en selle après toutes ces années. Je me sens vieille et flagada, pour être honnête.

— Ne te surmène pas, Kath », rétorque ma mère.

C'est sa réponse réflexe. Depuis toujours. Je ne suis pas sûre qu'elle ait vraiment entendu ce que j'ai dit. Ni qu'elle soit encore capable d'encaisser mes inquiétudes. Je n'ose même pas imaginer ce qui se passerait si elle apprenait l'épisode du belfie. Sa tête exploserait. Déjà que *ma* tête explose !

« Tu as toujours eu tendance à trop en faire, poursuit-elle. Tu crois que des murs sauge iraient mieux avec la nouvelle moquette ? »

Je tiens le téléphone légèrement à distance de mon oreille, juste assez près pour l'entendre me décrire tous les différents verts du nuancier. Vert Empire. Vert mousse. Vert olive. Vert absinthe. À quoi bon ? Je sais qu'elle finira par choisir rose poudré, la couleur par défaut de l'imagination anglaise.

Je bois une nouvelle gorgée de vin et me replonge dans *Downton Abbey*. Ce qu'il me faudrait vraiment, c'est une gouvernante comme Mrs Hughes pour tenir la maison, et Anna, cette adorable femme de chambre. Un majordome à la Carson pour sonner le dîner et inviter des enfants récalcitrants à passer à table serait aussi formidable. La merveilleuse et efficace Mrs Hughes pourrait superviser cet asile de fous, et ça ne la dérangerait pas le moins du monde que Piotr ait enlevé l'évier de la cuisine, de sorte que nous sommes obligés d'aller chercher l'eau au tout petit lave-mains des toilettes, et comme la bouilloire ne passe pas sous le robinet il faut la remplir avec un verre. Anna, pendant ce temps, se chargerait de réactualiser ma garde-robe de boulot, recousant les boutons manquants, ajustant les coutures, etc.

« Souhaiterez-vous mettre votre robe bleue, Madame, qui peut éventuellement vous donner l'air d'avoir quarante-deux ans bien que votre demi-siècle approche à vitesse grand V ? Ou préférez-vous la veste Joseph noire d'il y a neuf ans que vous ne pouvez plus boutonner sur votre poitrine jadis fabuleuse et désormais franchement avachie ?

— Oh, Anna, soyez un ange et resserrez mon corset d'un cran.

— Bien, Madame. »

21 h 31 – Entre Richard, avec une nouvelle tisane régénérante. Au lieu de me rejoindre sur le canapé, il reste debout à contempler la télé avec une expression d'intense douleur.

« Je ne sais pas pourquoi tu regardes ces âneries, Kate, dit-il. C'est une parodie grotesque de ce qu'était la société dans les années 1920. Tu penses vraiment qu'un comte perdrait son temps à conseiller sa cuisinière sur la façon d'honorer la mémoire de son neveu déserteur ?

— Je ne veux pas d'un documentaire sur *Das Kapital*, merci, Rich. Je veux me relaxer. Tu peux me resservir du vin, s'il te plaît ? »

Il saisit mon verre vide avec un dégoût manifeste et me tend à la place son mug « Je suis féministe ».

« Joely dit que l'alcool peut exacerber les symptômes de la ménopause.

— Comme quoi ?

— Les sautes d'humeur, par exemple.

— Oh, s'il te plaît. Épargne-moi ton sermon sur la vie saine. »

Je suppose que, pour Joely, l'idée du stress consiste à décider quelle saveur de Whiskas donner à ses neuf chats.

« J'essaie simplement de me détendre après mon premier jour de reprise du boulot, dont personne n'a l'air d'avoir rien à cirer.

— Mam' ?

— Oui, chérie, qu'est-ce qu'il y a ? »

Emily vient s'asseoir tout contre moi et commence à me tripoter les cheveux, enroulant une mèche autour de son index, comme quand elle était petite et que je lui donnais le biberon.

« Mam', y a Lizzy qui pourrait me prêter une fausse carte d'identité, celle de sa sœur Victoria qui a genre exactement la même coiffure que moi, on se ressemble trop, comme ça je pourrais sortir avec elles vendredi soir. S'te plaît, m'man ! »

C'est reparti. Douzième round du combat « Pourquoi je ne peux pas avoir de faux papiers ? ». Emi veut désespérément faire partie du groupe des filles cool à l'école, mais je refuse qu'elle utilise de faux papiers, du coup elle n'entrera jamais en boîte ni dans le groupe des cools. Du coup je suis une horrible sorcière. CQFD.

« Chérie, combien de fois ? Je t'ai dit non, c'est non. »

Elle s'écarte brusquement, emportant une mèche de mes cheveux avec elle. *Aïe !*

« Mais *pourquoiiiii* ?

— Parce que ce n'est pas bien, voilà pourquoi.

— Avec toi, *rien* n'est jamais bien !

— Peut-être simplement illégal ? intervient Richard sur un ton apaisant. Maman a raison, ma puce, je crains que boire de l'alcool quand on est mineur ne soit illégal. »

Richard endosse à présent son rôle traditionnel de Casque bleu sur la frontière Mère-Fille. Voilà comment ça se passe : ma fille me fait la tête, mon mari lui tient tête, mais surtout ils me *prennent la tête* à rester plantés tous les deux devant la télé.

« Est-ce que tout le monde veut bien dégager de là, que je puisse voir Mr Carson ? Je ne demande qu'une chose dans la vie, c'est de passer une heure à regarder fonctionner tranquillement une maisonnée de 1924. »

22 h 33 – Je monte dans la chambre d'Emily pour m'excuser de rester fidèle à mes principes et de ne pas l'autoriser à se servir de faux papiers afin d'entrer en boîte de nuit. Vous vous dites sans doute que ça devrait être l'inverse, que c'est Emily qui devrait s'excuser auprès de moi, mais c'est là que vous vous trompez.

Manque de pot, il a fallu que je sois mère à une époque où les adolescents ont le droit de parler à leurs parents comme aucune génération avant eux dans l'histoire de l'humanité. Je me souviens de mon père m'accusant d'être une sale petite ingrate, ce en quoi il avait probablement raison. Mais, par rapport à nous, mes enfants devraient s'estimer dix fois plus heureux. Rich et moi avons observé et nourri leurs émotions naissantes, pris la peine d'apprendre à les connaître en tant qu'individus, veillé à ce qu'ils aient une alimentation équilibrée, fréquemment explosé le budget afin de satisfaire la plupart des demandes inscrites sur leurs lettres au Père Noël. Jamais nous n'avons levé la main sur eux – d'accord, peut-être juste la fois à l'aéroport de Luton où Emily était montée sur le tapis à bagages. Nous leur avons lu des centaines de livres soigneusement choisis, nous les avons emmenés dans le Suffolk, à Rome et à Disneyland Paris, ne les avons jamais laissés à l'arrière de la voiture avec un paquet de chips au bacon… ce qui était notre cas à Julie et à moi pendant que nos parents allaient au pub (le plafond en plastique écru de l'habitacle avait viré safran à cause des cigarettes que papa fumait à la chaîne en conduisant). Eh ben vous savez quoi ? Emi et Ben sont devenus des adolescents exactement comme nous, mais en beaucoup moins bien élevés et beaucoup plus ingrats. Franchement, vous trouvez ça juste ?

Allongée sur son lit, Emily fait défiler ses selfies sur son téléphone. Elle ne tourne même pas les yeux vers moi.

« Chérie, je suis désolée pour cette histoire de carte d'identité, mais on ne peut pas te laisser enfreindre la loi, c'est trop risqué.

— C'EST PAS ÇA, sanglote-t-elle. J'ai trop de boulot. Je me suis plantée en français. J'y arrive plus.

— Emi, regarde-moi. Regarde-moi, s'il te plaît. Tu commences une nouvelle année, c'est stressant pour n'importe qui, OK ? Je viens de commencer un nouveau boulot et moi aussi j'ai peur de ne pas y arriver.

— Ça m'étonnerait. »

Elle s'est arrêtée de pleurer et je vois maintenant qu'elle m'écoute.

« Bien sûr que si. Bien sûr que j'ai peur, chérie. Je dois faire mes preuves devant tous ces gens que je ne connais pas, et ça fait très longtemps que je n'ai pas eu un boulot aussi angoissant, depuis que Ben et toi étiez petits. Tu te rends compte qu'au bureau, je suis la vieille du service ?

— Tu n'es pas vieille, s'insurge Emily en se redressant pour me poser une main sur le bras. Tu fais vraiment jeune pour une femme de ton âge, maman.

— Merci, ma puce, j'espère que c'est vrai. Tu es en retard dans tes devoirs, trésor ? »

Emily hoche la tête. C'est bien ce que je pensais. La porte entre nous qu'elle m'avait claquée au nez s'est brièvement entrouverte, et je ne dois pas perdre de temps pour m'y faufiler avant qu'elle ne la referme.

« On va arranger ça, tu vas voir.

— C'est trop *dur*, maman.

— Mais non. Qu'est-ce que c'est ? Une dissert ?

— Sur *La Nuit des rois*. M. Young m'a accordé un délai, mais je ne vais jamais y arriver. Je dois la rendre avant mercredi, sinon j'aurai une colle. C'est trop long, franchement, j'y arrive pas. J'y arrive *paaaaaaas*.

— D'accord, et si tu m'envoyais ce que tu as déjà fait, que j'essaie d'y jeter un œil et d'en tirer une synthèse, hein ? Je suis sûre que c'est excellent. Comme ça tu pourras la rendre à temps et te remettre sur les rails. Tu te sentiras beaucoup mieux une fois que tu seras à jour, je te promets, chérie. Maintenant, arrête avec ce téléphone, d'accord ? Ça va t'empêcher de dormir, ma grande, c'est mauvais pour ton cerveau. Tu ne veux pas que je le garde avec moi ? Non ? OK, alors je le pose là. Tu peux le voir. Il est juste là. Il se charge. Non, je ne vais pas le prendre. Dors, maintenant. Dors, mon ange. »

Minuit – Je passe en revue quelques dossiers clients pour essayer de me mettre au parfum. Brian, le baron de la bière, a l'air intéressant. Les notes d'Arabella indiquent qu'il peut être « un peu dur à gérer » : c'est le mot de passe dans le milieu pour « prédateur sexuel ». Je tombe de sommeil, mais avant de dormir je dois encore jeter un coup d'œil à *La Nuit des rois*. J'avais étudié cette pièce au lycée, donc avec un peu de chance ça devrait me revenir (*Roy, tu peux me sortir tout ce que tu as sur les comédies shakespeariennes, s'il te plaît ?*).

Je n'ai jamais voulu devenir une de ces mères dévorées d'ambition, à la Sadie, le genre de mère qui font les dissertations de leurs gamines pendant qu'elles sont hospitalisées pour anorexie.

Regarde-toi, Kate.

Richard dit toujours que nos parents n'auraient jamais eu la moindre idée de ce qu'on étudiait à l'école. C'est vrai. Maintenant, on dirait presque qu'on passe les examens à la place de nos enfants. Est-ce pour ça que tout le monde est aussi stressé ? Les parents stressent les enfants parce qu'il est possible d'obtenir les meilleures notes s'ils se comportent comme des rats de laboratoire, qu'ils trouvent la sortie du labyrinthe et ouvrent les bonnes boîtes. Les enfants stressent les parents parce qu'ils se comportent en effet comme des rats de laboratoire, ouvrent les bonnes boîtes et ensuite finissent par devenir dingues et s'automutiler. Et personne n'ose être le premier à demander si l'expérience vaut la peine.

Je sais que je ne devrais pas faire ça, mais Emily a l'air tellement angoissée. Si je lui termine cette dissert, elle pourra se reprendre en main. C'est juste pour cette fois, non ?

Minuit vingt-cinq – « Alors, superwoman de la City, finalement tu ne m'as pas dit : comment s'est passée ta première journée ? »

Richard est venu se mettre au lit dans un ample pantalon de jogging gris. J'imagine que c'est sa tenue de yoga. Je planque l'exemplaire de *La Nuit des rois* sous la couette. Rich est d'avis que les enfants doivent « apprendre la résilience » ; je ne crois pas qu'il approuverait que je fasse la dissert d'Emily. Et je n'ai pas envie de risquer une nouvelle dispute. Il n'a pas mis de haut de pyjama, révélant un torse tout sec, quasiment imberbe. Il a les cheveux gris et de plus en plus clairsemés. Voilà à quoi ressemble un homme en superforme physique qui a pédalé des milliers de kilomètres et fuit le sucre raffiné sous toutes ses formes : à un émeu qui aurait mal réagi à sa chimio. Naturellement, j'enfouis cette mauvaise pensée sitôt qu'elle a germé (Richard se dit-il en me regardant : « Où est passée cette blonde sublime que j'avais épousée ? » Je ne lui en voudrais pas si c'était le cas).

Je lui réponds que, contre toute attente, ma journée s'est plutôt bien passée.

« La plupart des mecs de l'équipe me snobent tant que je n'ai pas prouvé que je ne vais pas être un poids mort, ce qui ne me gêne pas. Sinon il y a une fille sympa, Alice. Mon supérieur direct est un petit hipster prétentieux. Jay-B. Plus ou moins du même âge que Ben et avec à peu près le même niveau d'intelligence sociale, sauf que, contrairement à Ben, il a sans doute sa pédicure privée. Je devrais m'en sortir côté clients, par contre il y a certaines nouveautés technologiques qui me dépassent totalement. C'est quoi, par exemple, un *proxy* ?

— C'est pas un copain de Rox et Rouky ? »

Nous éclatons de rire en chœur. Encouragée par sa réaction, et songeant que, pour profiter pleinement des patchs de testostérone de Candy, je devrais au moins faire un effort, je me décale subrepticement vers son côté du lit. Mais, dans un même mouvement, il s'est retourné et a éteint sa lampe de chevet. Je pose une main sur son épaule. Glacée.

« Bonne nuit.

— N'nuit. »

Une fois certaine qu'il dort, je repêche *La Nuit des rois* et recommence à lire.

Pendant toute notre relation jusqu'à maintenant, j'ai toujours su communiquer avec Richard, restaurer cette intimité dont je me disais qu'elle était notre réglage par défaut. Nous pouvions être exaspérés l'un par l'autre, avoir des engueulades monstres, il suffisait d'un regard, d'une allusion à une anecdote commune, polie à force d'avoir été racontée et reracontée. Que Rich ait commandé des pâtes à l'encre de seiche lors de notre premier dîner en amoureux et se soit retrouvé avec les dents toutes noires, comme un clochard, ne laissait jamais de nous faire rire. Avec le temps, le cruel manque de romantisme de ce rendez-vous galant était lui-même devenu romantique, partie intégrante de notre mythologie de couple. Dans les moments difficiles, nous pouvions toujours compter sur cette réserve de souvenirs, de sexe, de famille, de vie que nous avions constituée ensemble. Un seul baiser dans son cou, sa main posée sur ma taille, et nous nous retrouvions : Richard et Kate, Kate et Richard. Tout ce que nous avions construit pendant vingt ans était à portée de main, facilement mobilisable comme preuve que nous étions faits pour durer.

Je n'avais pas mesuré à quel point je me reposais sur le pouvoir de ce stratagème, jusqu'à ce qu'il n'en ait plus. Nous étions allongés côte à côte dans le lit, comme toujours, mais il y avait désormais un océan de distance entre nous. Incapable de trouver le sommeil, les yeux grands ouverts dans le noir et souvent trempée de sueurs nocturnes pendant que Richard ronflait près de moi, je me suis mise à nous voir de plus en plus non pas comme un couple, mais comme deux solitudes siamoises. Ensemble et pourtant séparés. Comme dans deux tombes voisines. Une solitude bien plus aiguë que je ne me rappelais en avoir jamais ressenti lorsque j'étais seule. C'était pourtant simple : il me suffisait de tendre le bras et de lui toucher le dos, mais je n'arrivais pas à franchir ce gouffre de vingt centimètres. La volonté était là, en tout cas parfois, mais mon bras refusait d'obtempérer. Je ne savais plus vraiment qui était cette personne que je m'apprêtais à toucher. Voilà, c'était ça.

Nous n'avions pas fait l'amour depuis le Nouvel An, après la fête chez les Campbell. Et ça avait été épouvantable. On aurait dit un atelier de menuiserie. Quand, enfin, son pénis flétrissant s'était suffisamment durci, il me l'avait rentré avec la main et j'avais poussé un cri parce que c'était tout sec là-dedans et que ça faisait mal. Il était soûl, il n'avait pas attendu que je sois mouillée, et d'ailleurs pourquoi l'aurait-il fait quand nous n'avions jamais utilisé de lubrifiant jusque-là ? Il ne m'avait même pas embrassée. Des baisers auraient pu aider à mettre de l'huile dans les rouages, mais les baisers s'arrêtent après un certain temps de mariage, bien que le sexe puisse continuer encore longtemps.

À chacune de ses poussées, je sentais les parois de mon vagin s'irriter, comme frottées au papier de verre, et mes pensées avaient dérivé jusqu'à l'armoire à pharmacie dans la salle de bains, pour essayer de savoir quelle crème je pourrais utiliser le lendemain afin d'apaiser la brûlure. Il me restait encore un vieux sachet de Cystocalm, de l'époque où nous faisions l'amour fréquemment et où je m'empressais de courir faire pipi pour évacuer les bactéries. Alors que mon mari s'affairait sur moi, j'avais en tête la vision de ce sachet froissé, fourré dans une des poches de ma trousse de toilette. J'aurais pu dire « stop », j'aurais pu le repousser, me plaindre de l'absence de préliminaires, mais il était plus facile de faire comme si mon cri de douleur était en fait un gémissement de plaisir, et de continuer à gémir pour qu'il jouisse plus vite et qu'on en finisse.

* *Roy dit que « malignité sans motif » est en réalité une description de Iago dans* Othello, *pas de Macbeth, qui, lui, était motivé par sa femme, lady Macbeth, à l'évidence en pleine périménopause, ce qui l'absout de ses violentes sautes d'humeur, de sa tyrannie envers son mari, de ses infanticides, etc.*

10

Kate and the City, saison 2

Les premiers jours de retour au boulot furent étonnamment peu mouvementés. Jay-B m'avait donné un tas de rapports clients à rédiger et je profitais de la monotonie de la tâche pour observer mes nouveaux collègues ; essayer de deviner qui serait susceptible de devenir un allié et, au contraire, de qui me méfier. Pendant ma période en free-lance, j'avais pris l'habitude de travailler seule et j'avais oublié quel écosystème grouillant et complexe un bureau pouvait être. La dernière fois que j'avais exercé ici, c'était en tant que chef ; ça faisait bien longtemps que je ne m'étais pas retrouvée aussi bas dans la chaîne alimentaire. Ma carrière suivait un chemin à la *Benjamin Button* : je reculais en âge et en statut. Ce qui requérait une certaine adaptation.

En quelques heures à peine, je m'étais rendu compte que Jay-B, régnant sur son petit monde tel un dictateur sur une république bananière, était largement surcoté. Il avait dû grimper les échelons en accéléré quand tous les vieux s'étaient fait débarquer après la crise. Il était bon, mais pas autant que ce qu'il avait l'air de penser, ce qui est presque plus dangereux que d'être franchement mauvais. En cas de nouveau krach, la seule chose que Jay-B réussirait à sauver, ce seraient ses propres fesses, et ses produits capillaires : cette houppette devait lui demander un sacré entretien.

Troy était officieusement le numéro deux de l'équipe. Jay-B aurait dû choisir quelqu'un de plus âgé afin de compenser son propre manque d'expérience et de sérieux, mais j'imagine qu'il comptait sur l'effronterie et la servilité de chien battu de Troy pour se faire mousser à côté. Classique erreur de débutant. Honnêtement, en voyant ce que ce gamin avait fait de *mon* fonds, j'aurais pu me taper la tête contre un mur. Mais Perry me donnait bien assez de migraines sans que j'aie besoin d'en rajouter, et de toute façon je n'étais pas là pour prendre le pouvoir, ni pour leur montrer leurs erreurs, mais juste pour encaisser un chèque à la fin du mois. Je me suis donc fait une règle de demander son aide à Troy même quand je n'en avais pas besoin, vu que Troy était le genre de petit con qui adorait traiter les femmes avec condescendance et que ça ne me coûtait rien de lui offrir ce plaisir simple. Sincèrement, il avait l'air aux anges de pouvoir briller auprès de cette nouvelle bécasse.

À part ça, je préférais me faire discrète. Alice, ma voisine de bureau, papotait sans cesse, mais je me contentais de réponses prudentes. Je voulais en dire le moins possible sur moi tant que je ne me serais pas habituée à avoir quarante-deux ans et à n'avoir jamais mis les pieds ici avant. Il faut du temps pour se couler dans la peau d'un personnage, regardez Dustin Hoffman. Après deux jours comme sur des roulettes, je me suis demandé s'il avait été vraiment nécessaire de mentir sur mon âge. C'est alors que j'ai surpris une conversation entre Claire Ashley et

Troy à propos d'un certain Phil, un type du Trésor qu'ils envisageaient de débaucher.

« Oh, je ne sais pas, il est un peu has been, grommelait Troy. Je ne suis pas sûr qu'il ait assez d'énergie et d'appétit, si ?

— Hé, Phil a deux ans de moins que moi ! » s'est exclamée Claire avec une petite tape taquine sur l'épaule de Troy.

Alice m'avait confié que Claire avait quarante et un ans ; Phil était donc décrit comme « has been » à trente-neuf. Je l'avais dit à Sally avant mon entretien : quarante-deux ans, c'est déjà presque le déambulateur, et à cinquante on a ses directives anticipées épinglées sur le front.

Mardi, 13 h 01 – Mes nouvelles fonctions sont tellement peu exigeantes que je n'ai pas de mal à alterner sur le même écran entre un rapport client et la dissertation d'Emily sur *La Nuit des rois*, que j'ai entrepris de corriger et de compléter. Il n'y a eu qu'un seul moment délicat, quand Troy est apparu dans mon dos et a commenté tout haut :

« C'est qui, ce sir Toby Belch ?

— Ah, merci, Troy, ai-je répondu avec un grand sourire de larbin reconnaissant. Vous venez de repérer une coquille. C'est Toby Welch, en fait, nouveau directeur de Viola Capital. Un faiseur de rois dans son domaine. Je me suis dit qu'il faudrait essayer de le contacter si on peut. »

Tout à sa joie d'avoir encore appris quelque chose à la novice, Troy a laissé un sourire illuminer son visage et révéler deux misérables incisives pointues, trop petites pour sa large bouche presque féminine. Quand il s'est trouvé assez loin, je me suis replongée dans mon argumentaire selon lequel *La Nuit des rois* montre que le mensonge est parfois la seule issue possible. La dissertation d'Emily avançait plutôt bien, si vous voulez mon avis.

Sauf qu'ensuite, la loi de l'emmerdement maximum a voulu que Jay-B me commande ma première présentation pour l'après-midi même. Enfin, plus précisément : Troy s'était vu confier la tâche par Jay-B et me la refilait en présentant ça comme une énorme faveur alors que je le soupçonnais très fortement de jouer à la patate chaude. Pourquoi les mots « poison » et « calice » sont-ils les premiers qui me viennent à l'esprit ? Le délai est ridiculement court, par ailleurs, mais je peux difficilement refuser. Voilà une chance de prouver que je ne suis pas qu'un gratte-papier déjà presque hors d'usage, mais quelqu'un que Jay-B pourra envoyer au front si nécessaire.

D'après le peu que Troy m'a dit, je sais seulement que je vais devoir tenter de placer EM Royal auprès des conseillers financiers d'une très riche famille russe du quartier de Mayfair, en emmenant avec moi Gareth, du service prospection, et Alice, ma collègue du marketing, parce qu'aucun gestionnaire d'investissement n'est disponible. Je n'ai pas bien compris si certains des membres de la famille seraient présents, ni qui seront nos concurrents : qui d'autre voudra se battre pour ce douteux privilège ? On nous a demandé à la dernière minute de participer à ce concours de beauté, pour des raisons que nul ne semble en mesure d'expliquer. Peut-être que quelqu'un s'est désisté après avoir flairé le mauvais plan ?

Voilà les termes exacts que Troy a employés : « On a un Russe, là, ce n'est pas idéal, mais son avocat dit qu'il a quarante millions à placer. Ça fait des années qu'ils travaillent ensemble et d'après lui il a l'air clean. »

Bref, inutile de s'appesantir sur les côtés négatifs. C'est l'occasion de voir si la vétéran peut reprendre du service et montrer aux jeunots de quel bois elle se chauffe.

Nous aurons une demi-heure pour notre présentation, dont quinze minutes de questions-réponses. Pas le temps de faire des recherches approfondies sur le client, encore moins de commanditer un audit préalable à une société extérieure et de lever ainsi les lièvres potentiels. Je charge Alice de googliser Vladimir Velikovsky et sa famille pendant que je passe un coup de fil à l'avocat qui nous a rencardés sur cette « occase en or ». Il est sorti déjeuner. Je décroche mon téléphone pour appeler le service Éthique et Conformité, mais je me ravise juste à temps : je suis nouvelle ; c'est toujours mieux d'aller voir les gens en personne, ça leur donne de l'importance, et en plus ils ne me connaissent pas encore et n'ont aucune raison de me faire confiance a priori. Alice m'indique que le service se trouve au quinzième étage.

Comme les ascenseurs sont encombrés de gens qui sortent déjeuner, je décide de prendre l'escalier, en grimpant les marches deux à deux (Conor serait fier de moi !). Une fois sur place, j'affiche ma mine la plus avenante et je me présente à Laura, directrice de l'Éthique et de la Conformité. Puis je lui expose la situation avec les Russes. Laura fronce le nez, comme si elle venait d'ouvrir un tiroir et de tomber sur son sandwich au thon d'hier. Elle me répond que, dans la mesure où le client est « dans une catégorie à hauts risques » (traduction : sans doute un escroc total), son service aimerait pouvoir faire un audit préalable renforcé.

« Combien de temps on a ? me demande-t-elle. D'ici au début du mois, ça ira ?

— On a environ vingt minutes avant que le taxi soit là. »

Laura est effarée. Elle me dit que, dans ces conditions, elle ne me cache pas qu'elle est « moyennement emballée » que j'assiste à cette réunion.

D'accord, mais « moyennement emballée » n'est pas un non catégorique, n'est-ce pas ?

Les présentations ont toujours été mon fort ; il faut absolument que je décroche celle-là, ne serait-ce que pour prouver à Jay-B que je ne suis pas une intérimaire tout juste bonne à garder la place au chaud pendant le congé maternité d'Arabella. Je rétorque à Laura d'un ton guilleret qu'il y a très peu de chances qu'on l'emporte. Et je ne voudrais pas contrarier l'avocat qui nous a mis sur le coup. Il a dit que M. Velikovsky avait l'air « clean », ce qui est un cran au-dessus de « moyennement emballant », non ? Même si, dans ces circonstances, la définition légale de « clean » pourrait bien se révéler être « jusqu'à présent jamais pris en flagrant délit d'avoir donné en pâture aucun de ses associés à son requin de compagnie ».

14 h 03 – Dans le taxi pour Berkeley Square, Alice nous résume, à Gareth et à moi, ce qu'elle a trouvé sur Google. On estime que Vladimir Velikovsky a gagné trois cent cinquante millions de livres ou plus en achetant du gaz à des prix préférentiels auprès d'amis de Vladimir Poutine et en le revendant plus cher. Il existe seulement deux photos de lui en circulation. Sur l'une, il pose dans la neige avec une kalachnikov en bandoulière derrière un énorme ours noir qui a l'air aussi mécontent que mort. Tout ce qu'on voit de lui – le chasseur, pas la proie – est une paire de lunettes de ski à effet miroir et une épaisse parka rembourrée. La seconde image le montre de trois quarts dos aux côtés de Mme Velikovsky, Kristina, ancienne Miss Biélorussie, qui elle-même paraît se réjouir triomphalement de la grosse prise qu'elle vient d'ajouter à son tableau de chasse. Elle a les pommettes tellement acérées qu'on pourrait se couper en les touchant.

« Je me demande ce qu'elle a bien pu lui trouver, commente Alice. Elle est d'une beauté renversante.

— À ton avis ? glousse Gareth. Dis, pour voir.

— Je suis sûre que M. Velikovsky est un homme charmant, j'interviens. Ils ont des enfants ?

— Deux garçons et une fille, d'après ce que j'ai pu voir, répond Alice. Je crois que l'aîné doit avoir dans les onze ans. Ah, et il aime les pizzas et la vodka.

— Qui, le fils ou le père ?

— Sans doute les deux. »

Un homme aux goûts très sûrs, donc, ce Velikovsky. Ça ne fait pas grand-chose à se mettre sous la dent, mais il faudra bien s'en contenter. Alors que nous descendons du taxi et que Gareth règle la course, je ressens une violente crampe d'estomac. Une petite montée d'angoisse, probablement. *Allez, Kate, ne sois pas idiote, ça va te revenir.*

Alice a du Nurofen sous la main. J'en gobe deux comprimés juste au moment où des agents de sécurité en blouson de cuir et lunettes noires nous ouvrent la porte d'entrée. Tom Cruise, lui, serait passé par le toit.

14 h 30 – La réunion a lieu dans une salle de bal au premier étage d'un imposant hôtel particulier de style géorgien. Toute la déco d'origine a été minutieusement arrachée et remplacée par des escaliers industriels en alu, qui font penser aux escaliers de secours new-yorkais, et ces cheminées à gaz à foyer ouvert qui ont été à la mode pendant environ cinq semaines et paraissent maintenant à la fois ridicules et froides : l'exact opposé de ce qu'on attend d'un feu. Cet immeuble doit être inscrit, sinon classé, aux Monuments historiques. Les services du patrimoine auraient une attaque en voyant ce qu'on y a fait, mais j'imagine que les propriétaires n'ont pas eu à s'embarrasser de détails aussi insignifiants qu'un dépôt de permis de construire. À ce niveau de fortune, c'est le reste du monde qui vous demande la permission, pas l'inverse.

Il règne un calme incroyable, ici ; les voitures sur la place en contrebas semblent évoluer dans un film muet. C'est le genre de silence qu'on ne peut s'offrir qu'en allongeant quelques millions, sauf à s'allonger soi-même dans un monastère ou une tombe. Au centre de la pièce se trouve une immense table en marbre blanc de Carrare, derrière laquelle sont assis nos trois clients putatifs : ni souriants, ni causants, ni peut-être même vivants, à en juger par leur expression.

Le trio se compose de la façon suivante : Baraque, Minus et Tsar. Celui de gauche est un cogneur ; il a l'air de quelqu'un qui passe ses soirées et ses week-ends à cogner pour de bon. Si les Russes jouaient au rugby, ça irait, mais demandez à ce type s'il est plutôt pilier ou talonneur et il vous fracasse la tête. Il se tient voûté, ses sourcils formant une seule ligne de broussaille noire sur son front. Au milieu, nous avons un petit gaillard mince et compact à la mise impeccable, qu'on croirait tout juste sorti du carton. Manchettes et col amidonnés, yeux de fouine pétillants derrière des lunettes rondes à monture métallique. Sans doute le monsieur Chiffres. Et pour finir, le Tsar : maintien noble, barbe méticuleusement taillée ; on le verrait bien avec une médaille de l'ordre de la Zibeline d'argent autour du cou. Costume sur mesure qui coûte plus cher que ma voiture. Pourrait bien être un lointain cousin de la famille royale d'Angleterre. Pourrait bien, à vrai dire, être le prince Michael de Kent.

Alors, lequel des trois est le redouté Velikovsky, maître des reines de beauté et tueur d'ours ? J'aurais tendance à miser sur le prince Michael, même si, dans cette pièce, ma modeste mise a autant de poids que mon diplôme d'histoire. Aucun des trois ne s'est levé à notre arrivée, ni n'a esquissé le moindre signe de bienvenue ; aucun ne s'est encore présenté, et aucun ne semble pressé de le faire. Peut-être sont-ils trois en un, comme Dieu.

Respirer profondément. Alors que je m'apprête à prendre la parole, mon œil est attiré par le tableau sur le mur derrière eux : cette odalisque aux yeux en amande allongée dans son pantalon de harem – la plus belle fainéante du monde – pourrait presque être un Matisse, avec ses couleurs éblouissantes. Et puis je me rappelle où je suis. *Tu es bête ou quoi ?* C'est *un Matisse, évidemment.*

« Bonjour messieurs, nous sommes ravis d'être ici et nous vous remercions de nous donner cette occasion de vous parler d'EM Royal. Pour commencer, permettez-moi de vous fournir un peu de contexte. Chez EMR, nous avons une équipe commerciale exceptionnelle. Gareth Bowen, notre directeur de la Prospection, est là aujourd'hui pour vous expliquer nos méthodes de fonctionnement. Ma collègue, Alice Myers, vous présentera notre stratégie d'investissement. Nous sommes extrêmement fiers de nos performances. Nous avons deux cent cinquante millions de livres d'actifs en gestion. Nos frais sont très compétitifs et, croyez-moi, nous offrons un service exceptionnel. »

Je me détends vite et commence à y prendre du plaisir. Tout me revient. *Tu es forte à ça, Kate, vraiment forte.* Comparé aux présentations sans filet que je faisais il y a dix ans (dont une, notamment, perchée sur un bureau au cent cinquième étage du World Trade Center, hélas), c'est de la rigolade. Ma mémoire procédurale se met en route.

« En gros, messieurs, dis-je, vous pouvez considérer notre fonds comme un buteur de haut niveau à côté de vos placements plus conventionnels. Nous serons votre Cristiano Ronaldo. »

Je sens Alice se raidir légèrement à mes côtés. Le trio en face affiche des sourires nerveux, se demandant où je veux en venir avec cette comparaison.

« Enfin, Ronaldo sans les caprices et les shorts rose fluo. »

Ils sont encore en train de rire quand je le sens venir. Non, *pitié*. Pas juste de violentes douleurs de règles, pas juste les quelques gouttes qui annoncent le début d'un cycle. Plutôt comme la fonte d'un glacier dans un de ces films en images accélérées qui résument l'histoire de la Terre en cinq secondes. J'ai l'impression qu'une plaque continentale s'est entièrement effondrée dans mon ventre. Une catastrophe naturelle est en train de se préparer là-dedans. Il faut que j'aille immédiatement aux toilettes.

Dieu merci, je suis arrivée à un point de mon laïus où je peux passer le relais à Gareth, de sorte que je ne me sens pas totalement déloyale quand je dis : « Si vous voulez bien m'excuser un instant, je vais vous laisser entre les mains expertes de Gareth, notre légendaire grand manitou de la prospection. Gareth et Alice pourront répondre à toutes les questions que vous vous posez. Gareth, à vous de jouer. »

Gareth et Alice font à peu près la même tête que si je venais de leur confier la responsabilité d'un petit engin nucléaire, mais là, tout de suite, c'est le cadet de mes soucis. Je me lève et traverse la pièce immense tel un crabe paniqué, en essayant tant bien que mal de garder les cuisses serrées au cas où ça coulerait sur le parquet en bois scandinave plus clair que clair. Heureusement que, croyant que ce serait une journée de boulot comme une autre, j'ai mis des collants noirs opaques, et pas les Dim Up en voile extrafin que je choisis d'habitude pour me donner un look business lors de mes présentations.

Je fonce dans les toilettes pour dames. Ce sont les plus luxueuses que j'aie jamais vues. Les murs sont tapissés de papier chinois argenté peint à la main : des magnolias d'un rose pâle infiniment délicat et des colibris en plein vol si réalistes que j'ai l'impression que l'un d'entre eux pourrait venir se poser sur ma main à tout instant. La vasque du lavabo est une barge en céramique, presque plus grande que toute notre salle de bains à la maison, et sur le rebord de la fenêtre pousse un champ entier d'orchidées blanches. Je m'écroule quasiment sur la cuvette. Une fois assise en toute sécurité, mes collants et ma culotte descendus sur les chevilles, je peux enfin évaluer les dégâts. C'est épouvantable. Qui aurait cru qu'autant de sang pouvait sortir d'une seule personne ? Et ce n'est pas que du sang : il y a des caillots gros comme le foie. Je me sens défaillir rien qu'à les regarder. L'espace de quelques secondes, je me demande si je suis en train de faire une fausse couche. Et puis je me souviens que je n'ai pas eu de rapport sexuel depuis le Nouvel An. Impossible que je sois enceinte. Soulagement. De courte durée. *Oh, Seigneur, s'il vous plaît, à l'aide, faites quelque chose !* Je me sens fiévreuse et malade, mais je ne peux pas rester ici comme ça, je ne peux pas. Cette hémorragie ne fait pas partie de notre plan marketing, ça c'est sûr. *Allez, Kate, ALLEZ !* Il est temps de faire disparaître ce monstre du Loch Ness dans les toilettes et de nettoyer le carnage.

J'enlève d'abord mes collants puis ma culotte avec précaution, les secoue au-dessus de la cuvette pour me débarrasser du plus gros, et me coince une énorme boule de papier hygiénique entre les cuisses. Après m'être relevée prudemment, je dépose mon slip et mes collants dans le lavabo géant, ouvre le robinet d'eau chaude à fond et pompe le maximum de savon possible dans le flacon en argent. Je touille le tout vivement et laisse tremper.

J'attends quelques secondes que le papier ait absorbé la suite de la cataracte entre mes jambes, le jette et tire la chasse. Je répète le processus. Tire la chasse à nouveau. Pareil à cinq autres reprises, jusqu'à ce que j'aie épuisé tout le papier toilette. Je cherche des yeux un rouleau neuf. Aucun rouleau en vue, et je sens que ça continue à couler.

Je vérifie dans mon sac à main, même si je sais pertinemment que je n'ai pas de tampons sur moi. Merde ! Mes règles sont si espacées et peu abondantes depuis des mois que je n'en ai plus besoin. De toute façon, un Tampax serait bien peu de chose face à ce déluge écarlate. En désespoir de cause, j'attrape une magnifique serviette en lin pour oligarque chasseur d'ours, avec les initiales VV brodées à la main dans un coin, et je la plie afin de me fabriquer une serviette hygiénique de secours que je place entre mes jambes un peu comme un hamac. Maintenant, il me faudrait une dernière couche de plastique en guise de sécurité, pour empêcher les fuites : un bonnet de douche, un sachet jetable pour protection périodique, quelque chose comme ça ? Je fouille partout, derrière la cuvette, sous le lavabo : rien. Tout ce qu'il y a, c'est du savon liquide et environ trente orchidées géantes. OK. Aux grands maux les grands remèdes.

Je sors mes collants et mon slip du lavabo, laisse s'écouler l'eau souillée et les rince à nouveau. Je ne dirais pas qu'ils sont propres, mais il va bien falloir s'en contenter. Je les essore du mieux que je peux et renfile en vitesse ma culotte mouillée. À présent je cueille la plus grande feuille d'orchidée que je trouve – sa surface verte brillante est imperméable et, retournée, elle forme un parfait canoë – et je la glisse dans ma culotte de façon qu'elle maintienne bien en place l'essuie-main de M. Velikovsky. Après quoi je remets mes collants qui, étonnamment, ont l'air nickel. Enfin, agenouillée par terre, je nettoie les éclaboussures de sang à l'aide d'une brosse à WC au manche en or monogrammé. Je me sens dans la peau de l'assassin sur la scène de mon propre assassinat.

Combien de temps ai-je passé là-dedans ? J'ai l'impression que ça fait des heures, mais sans doute quelques minutes seulement. *Allez, Kate, du nerf ! Peut-être qu'il y a encore moyen de sauver cette présentation.* Je vérifie mon apparence dans le grand miroir vénitien au-dessus du lavabo. Joues cramoisies. Application rapide d'un peu de poudre. Retouche de rouge à lèvres. J'ai la sensation que la serviette forme un gros paquet entre mes jambes, comme si j'avais une couche pour bébé, mais je ne crois pas que ça se voie à travers ma jupe. Du moins j'espère. Je ressors des toilettes et retourne dans la salle de réunion. En entendant le chaleureux accent gallois de Gareth, je suis instantanément rassurée. Tout va bien. Je m'excuse brièvement d'un ton guilleret en mentionnant une histoire de fruits de mer au déjeuner, et je reprends mon exposé où je l'avais laissé, non sans avoir remercié Alice et Gareth de leur contribution. Je devine une certaine confusion dans les yeux d'Alice, mais son grand sourire radieux est toujours bien accroché. Brave petite. Je vois les Russes se détendre. Sous ma jupe, je sens le contact désagréable de ma culotte humide, et dans ma culotte la feuille d'orchidée dure et cireuse, comme un sex-toy biodégradable. Peu importe, tant que le tsunami sanguinolent est contenu et que rien ne fuit.

« Madame Reddy ? m'interpelle le cogneur d'une voix qui n'est pas sans rappeler le bruit d'une bétonnière. M. Velikovsky, il voudrait vous demander quelque chose.

— Bien sûr, je vous en prie.

— M. Velikovsky, il voudrait savoir si vous pouvez faire entrer son fils au collège d'Eton. Sergei il aime les mathématiques.

— Ah, eh bien, monsieur Velikovsky, dis-je en fixant intensément le Matisse, vu que je ne sais toujours pas à qui je devrais m'adresser, nous pouvons assister nos clients de mille manières différentes. Je crains qu'il ne soit plus possible d'obtenir simplement une place à Eton ; il y a désormais un processus d'inscription très strict, qui est bien sûr un gage de la qualité de cet établissement. »

(Un petit coup de pub au passage ne peut pas faire de mal. Tous les Velikovsky de ce monde, qui sont en train de racheter des quartiers entiers de Londres, raffolent de ces bonnes vieilles traditions anglaises ; l'ennui, c'est qu'elles ne peuvent pas toutes s'acheter, même à coups d'espèces sonnantes et trébuchantes. Ce qui les agace et les leur rend encore plus désirables.)

« Votre fils est peut-être tout à fait en situation de réussir cet examen, mais n'oubliez pas qu'il existe beaucoup d'autres excellents collèges qui, j'en suis sûre, regarderaient d'un très bon œil la candidature d'un enfant Velikovsky. »

(En gros, prenez n'importe quel ancien pensionnat ruiné qui a besoin de rénover son labo de chimie, et c'est parti mon Russki.)

« Inutile de préciser que je me ferais un plaisir de conseiller M. et Mme Velikovsky sur les meilleurs services personnalisés d'accompagnement pédagogique adaptés aux besoins de Sergei. Certains sont accessibles pour à peine cinq cents livres de l'heure. »

Je ponctue ma remarque d'un petit sourire, que me retourne le Tsar. C'est lui. Forcément. En tout cas il a saisi la blague. (Proposez à ce genre d'hommes, ou à leur compagne, quoi que ce soit qui sente la vraie bonne affaire et ils se hérisseront d'horreur. Pourquoi voulez-vous que ces gens-là *songent* même à faire des économies ? Annoncez-leur un prix ridiculement élevé, au contraire, et ils frétillent. Ils ne veulent que le meilleur, qu'il s'agisse d'un yacht, d'une femme ou du jeune diplômé d'Oxford aux manières impeccables qui fera patiemment réviser à Sergei le plus-que-parfait du verbe être en latin. Ce n'est pas difficile d'être plus que parfait, quand on a l'argent.)

Il y a un léger flottement, après quoi l'homme du milieu se lève, aussitôt imité par les deux autres. Il fait le tour de la table, s'approche de moi et me jauge de la tête aux pieds, ses yeux passant des pointes de mes chaussures à mes boucles d'oreilles avec une sorte d'impudeur assumée, comme s'il s'apprêtait à faire une offre pour m'acheter ou à me mettre en vente. Le Tsar et la brute se tiennent respectueusement en retrait derrière lui. Si Napoléon avait laissé tomber la conquête de l'Europe pour se reconvertir dans la comptabilité, il serait devenu Vladimir Velikovsky.

« Mademoiselle Reddy », dit-il.

Il n'a quasiment pas d'accent ; cette voix internationale qui fait fi des frontières et n'a pas d'autre attache que le salon VIP de l'aéroport de Heathrow.

« J'ai l'impression que nous nous comprenons. Vous avez effectivement deviné que j'étais un fervent anglophile. Et quand on admire quelque chose, eh bien... »

Il laisse sa phrase en suspens, écarte les mains et sourit. La calotte glaciaire est peut-être en train de fondre dans l'Arctique, mais la banquise du sourire Velikovsky reste dure comme de la pierre.

Il s'avance encore d'un pas. Bizarrement, au mépris des lois de la perspective, plus il s'approche, plus il a l'air petit. Le haut de son crâne doit m'arriver environ à la hauteur des seins, ce qui lui va très bien, probablement. Cet homme riche à millions est à la limite du nanisme. L'espace d'un instant, les murs autour de nous s'effacent et je ne suis plus dans une réunion d'affaires à Mayfair mais dans un épisode de *Game of Thrones*.

« Je crois, poursuit Minus, que nous pourrions travailler ensemble. Peut-être, mademoiselle Reddy, que vous et vos... »

Il jette un coup d'œil à Gareth et à Alice en ayant l'air de peiner à trouver un autre terme que « serfs », puis se tourne de nouveau vers moi et reprend :

« ... que vous et vos collègues pourriez avoir l'obligeance de récapituler encore une fois le détail des investissements que vous me proposez. Voire encore deux fois. Je vous prie d'excuser ma prudence mais, avec les années, j'ai appris qu'il valait toujours mieux... (légère pause)... ne pas ménager sa peine. »

Je repense à l'ours, et je me dis que ce type n'a pas dû non plus ménager la peine des autres.

Vingt minutes plus tard, nous ressortons sur Berkeley Square. Et, comme dans la chanson, ça ne me surprendrait pas d'entendre un rossignol chanter, car nous avons obtenu un engagement ferme des Russes ! Je m'excuse auprès de mes collègues de les avoir laissés en plan comme ça.

« Kate, vous avez été formidable, rétorque Alice.

— C'est quoi, au juste, des services personnalisés d'accompagnement pédagogique ? demande Gareth en gloussant.

— Alors là, j'en sais fichtre rien ! C'est comme quand j'aide mes enfants à faire leurs devoirs, mais facturé une petite fortune. Tiens, ce n'est pas une mauvaise idée, d'ailleurs. Taxi ! TAXI ! »

Alors que je me glisse sur la banquette arrière, une bouffée de chaleur monte de ma poitrine à mon visage, sans que je sache bien si c'est encore un symptôme de Perry, ou si je rougis tout simplement de honte.

16 h 38 – Nous avons remporté le marché. Ça, c'est la bonne nouvelle. La mauvaise, c'est que, quand nous sommes de retour au bureau, Troy, qui pensait clairement m'avoir envoyée au casse-pipe, ne se donne pas la peine de dissimuler sa rage. La Novice, l'apprentie empotée de Troy, a conclu l'affaire alors que n'importe quel idiot voyait bien qu'elle n'avait aucune chance, raison pour laquelle il lui avait précisément cédé la place. Pour qu'*elle* se ramasse et pas lui.

« Et si Velikovsky est un baron de la drogue ? Et s'il a du sang sur les mains ? s'emporte Troy. Est-ce qu'on veut vraiment être associés à lui ? Vous avez eu le feu vert du service Éthique et Conformité, Kate ? »

Il revient à l'assaut encore et encore, comme une guêpe horripilante à un pique-nique.

Jay-B sort tranquillement de son bureau et, à mon grand désarroi, semble prendre le parti de Troy, disant que si Velikovsky se révèle être le gangster qu'il est unanimement soupçonné d'être, notre société risque d'y laisser sa réputation. Tout le monde sait que l'argent russe est louche, etc. Même si Velikovsky nous confie quarante millions, il peut très bien les reprendre un an plus tard. (Catastrophe pour EM Royal, mon œil. Ce sont juste les mâles alpha qui serrent les rangs pour écrabouiller la femelle bêta.)

Alice me regarde en roulant les yeux et s'ouvre une canette de Coca Light. Gareth déclare qu'il sort s'acheter un sandwich, est-ce que quelqu'un veut quelque chose ? Je remercie Troy d'avoir soulevé ces inquiétudes fort légitimes. Peut-être que les énoncer *avant* qu'on aille à la réunion aurait été encore plus utile, mais bon.

Troy me dévisage fixement. Comme Velikovsky, mais sans le muscle. Ni le pouvoir. Il est faible et blessé, alors *Attention, fragile*.

« D'accord, lui dis-je en souriant, vous avez peut-être raison. Attendons l'audit préalable renforcé sur Velikovsky, et on verra ce qu'en pense la direction de l'Éthique et de la Conformité. Ça vous va ? »

J'ai tout à coup une violente crampe d'estomac, comme une contraction d'accouchement, et je suis obligée de me cramponner au dossier d'une chaise pour me retenir de hurler. Ça ne va quand même pas recommencer ? J'attends une minute, et la douleur reflue. J'annonce à Alice que je descends chez Marks & Spencer me chercher des sushis et je fonce dans la rue. Aussitôt dans la boutique, je cours dans l'escalator pour monter au rayon des sous-vêtements féminins, achète un lot de trois culottes dans une taille confortable, plus des collants noirs opaques, et ne me souviens des sushis qu'une fois dehors. Sur le chemin du bureau, je m'arrête dans un supermarché où j'étudie le choix de protections hygiéniques. Jusqu'à présent, je n'ai jamais utilisé que des tampons, sauf à ma sortie de la maternité. J'attrape un paquet de serviettes post-partum « spécialement conçues pour les flux très abondants » et je me dépêche de rentrer.

Je m'affaire un peu bruyamment à disposer les sushis sur mon bureau et en propose haut et fort à Alice pour prouver que je n'ai pas disparu dans la nature, après quoi je file tout droit aux toilettes. Dans la cabine, j'enlève ma culotte et mes collants mouillés et les fourre dans le sac Marks & Spencer. Aussi incroyable que ça puisse paraître, la feuille d'orchidée rempli sa mission. Je décide de garder en souvenir l'essuie-main monogrammé Velikovsky, alias serviette hygiénique de secours, que je roule sur lui-même, glisse dans le sac en plastique du supermarché, puis dans mon sac à main tel un trophée de guerre. Je me sèche avec du papier toilette et enfile une nouvelle culotte délicieusement propre et spacieuse dans laquelle j'insère une protection post-partum avant de finir par mes collants noirs tout neufs. J'entends la porte s'ouvrir et une voix lancer : « Kate, ça va ? »

C'est Alice.

« Oui, oui, très bien. Je suis à vous dans une minute. Vous n'avez qu'à commencer à étudier les vodkas d'exception sur Google. »

Rire.

« D'accord ! »

Il faut que je retourne à mon bureau et que je rattrape le coup avec Troy. Je ne peux pas me permettre de montrer des signes de faiblesse, pas à ce stade. J'ai la main sur le verrou des toilettes quand je flaire un relent désagréable : l'odeur de rouille du sang séché. Zut. Je trouve mon flacon de parfum au fond de mon sac et me vaporise plusieurs giclées généreuses de *Mitsouko* entre les jambes, au cas où, et deux autres à l'intérieur du sac à main pour faire bonne mesure. Certes, je suis là pour apporter du sang frais, mais personne n'a pensé que je prendrais l'expression au pied de la lettre.

Kate, c'est de la folie, qu'est-ce que tu fabriques ?

Je me rassieds sur la cuvette le temps de rassembler mes esprits. J'ai le cœur qui bat à cent à l'heure. Qu'est-ce qui vient de m'arriver, bordel ? Cette éruption vaginale dans le palais d'un oligarque russe. Je ressens... quoi, au juste ? Un mélange de honte et de peur. J'ai l'impression que mon corps m'a laissée tomber, sacrifiée sur l'autel de la cinquantaine ; que j'ai brusquement été ramenée dans un monde primitif de détresse animale, celui qu'on passe notre vie d'adulte à essayer de mettre derrière nous. Mon corps autrefois si fidèle, si infaillible. De la peur et de l'humiliation. *Je t'en supplie, ne me laisse pas tomber. Pas maintenant. J'ai besoin de toi pour pouvoir travailler.*

Je vais devoir reprendre rendez-vous chez ce gynéco, et surtout y aller, cette fois-ci (*Roy, tu pourras me retrouver le gynéco dont Sally m'a parlé ? Urgent !*).

Je jette un coup d'œil à mon téléphone. Donald m'a laissé un message (ça doit être grave, il ne m'appelle jamais sur mon portable), Debra m'a envoyé un mail (« Objet : Je vais me tirer une balle ! »), et il y a un texto de Ben, auquel je réponds en vitesse depuis les toilettes.

De Ben à Kate
tarrive ?

De Kate à Ben
Je te rappelle que je suis au travail, chéri. Si tu veux que je passe te prendre plus tard chez Sam, demande-moi au moins poliment. Et sans fautes d'orthographe.

De Ben à Kate
K

De Kate à Ben
Qu'est-ce que ça veut dire, K ? Ce n'est même pas un mot.

De Ben à Kate
OK

De Kate à Ben
Maman a eu une journée vraiment difficile et

Non, j'efface. Un mâle adolescent égocentrique n'a pas envie d'entendre parler des problèmes de sa mère. Il a envie qu'elle soit stable, forte, souriante, qu'elle lui prépare des pâtes et lui donne l'illusion de ne jamais partir travailler, mais d'exister uniquement pour lui rendre la vie merveilleuse. Il ne doit en aucun cas être dérangé par l'idée de cet épouvantable carnage dans le palais de l'oligarque. Au moment où je pense à Ben, à ce que je m'impose juste pour leur offrir une belle vie à Emily et à lui, et au fiasco que je suis en train de leur préparer, la digue finit par rompre.

Non. Désolée. Sèche tes larmes. On a déjà eu assez d'écoulements organiques pour aujourd'hui.

De Kate à Ben
Je viendrai te chercher chez Sam. Amusez-vous bien ! Bisous

Avant de quitter les toilettes, je jette à la poubelle le sac contenant mes affaires souillées, en prenant soin de cacher la feuille d'orchidée tout au fond. Je me lave abondamment les mains, remets du rouge à lèvres et retourne à mon bureau.

Bien. Donc, où en étais-je ?

Ah là là, quelle journée !

J'ai commencé par me dire avec désinvolture que j'allais finir la dissertation d'Emily pour demain. Ça, c'était quand je pensais encore que je n'aurais presque rien à faire. Puis il y a eu ce bain de sang dans le palais russe. Et ensuite, une fois confortablement de retour à mon bureau, j'ai eu une conversation téléphonique chuchotée avec Donald, qui m'a expliqué que Barbara s'était mise à faire le ménage de façon frénétique, comme quand elle avait encore toute sa tête, mais en bien pire.

« D'après le médecin, on constate souvent chez les patients atteints de démence une exagération des traits de leur ancienne personnalité. Barbara veut tout ranger. Elle a caché mes dents et elle refuse de me dire où elle les a mises. Vous auriez une idée, Kate, mon petit ?

— Je ne sais pas, Donald. Regardez peut-être dans la poche de sa robe de chambre ou de son manteau.

— Comment ? Je vous entends mal. Vous pourriez parler plus fort, Kate, mon petit ? »

(Non, je ne peux pas, parce que je suis au travail et que tout le monde me croit au téléphone avec un client, pas avec un vieux monsieur du Yorkshire dont la femme a kidnappé le dentier.)

Juste après avoir raccroché en promettant à Donald de le rappeler de chez moi, j'ai écouté un message très sec de Julie. Elle disait que maman avait besoin de plus d'aide à la maison et que ça allait nous coûter de l'argent, alors qu'est-ce que je comptais faire ? La dernière fois que j'ai vu ma mère, il y a quelques semaines à peine, elle m'avait l'air de très bien se porter. C'est presque comme si ma sœur en rajoutait exprès pour me punir d'avoir déménagé loin d'eux et de bien m'en sortir. En fait, c'est très exactement ce qu'elle fait, mais je culpabilise tellement d'être partie que je ne proteste pas et n'essaie même pas de faire remarquer que je ne m'en sors pas si bien. En déménageant dans le Sud, j'ai renoncé à toute possibilité de faire valoir une quelconque position morale, et Julie le sait.

L'un dans l'autre, cela dit, la journée n'a pas été si mauvaise – les Russes ont mordu à l'hameçon, pour commencer –, juste exténuante. J'ai l'impression d'avoir épuisé mes ressources, mes défenses et ma résistance. Sans oublier l'ombre qui plane toujours au-dessus de moi, celle de ce redoutable anniversaire. Savez-vous qu'il est scientifiquement prouvé que les gens ont des comportements plus relâchés et imprudents aux âges qui finissent par neuf ? Vingt-neuf, trente-neuf, quarante-neuf : les années de tous les dangers. Peut-être parce qu'on se dit « C'est maintenant ou jamais ». Du coup, bien sûr, il fallait que ça m'arrive pile à ce moment.

19h21 – Je suis toujours au bureau, sur le point de partir. Je dois passer chercher Ben chez Sam. Je m'envoie sur mon adresse personnelle les notes que j'ai prises pour la dissert d'Emily. Je consulte ma boîte professionnelle une dernière fois histoire de savoir quel parcours d'obstacles Jay-B me réserve pour demain. Et il est là. Un nom que je pensais ne jamais revoir. Que je *voulais* ne jamais revoir. (Mais dès que je l'ai vu, j'ai su que c'était un mensonge.)

De : Jack Abelhammer
À : Kate Reddy
Objet : (re)Bonjour

Oh, mon Dieu, c'est lui. C'est vraiment lui. Qui aurait cru qu'un simple nom puisse déclencher autant d'émotion ? Terrible et merveilleux à la fois. Bonjour, Jack, mon amour.

11

La Nuit des rois (ou ce que vous ne voudrez pas)

Je ne voulais pas penser à lui. Je n'arrivais à penser à rien d'autre. Je suis passée récupérer Ben chez Sam sur le chemin de la maison et pendant que la gentille maman de Sam, Hannah, bavardait avec moi sur le pas de la porte, je faisais toutes les expressions qu'il fallait avec mon visage – du moins je l'espère –, mais je n'entendais pas un mot de ce qu'elle me disait. Son nom résonnait en moi comme un message en morse. *Jack. Jack. Jack.*

C'était presque comme si, en pensant à lui au petit déjeuner devant la patinoire, je l'avais fait réapparaître, tel un génie. Ce chapitre de ma vie était clos depuis très longtemps et, dès que j'avais laissé le livre se rouvrir, Jack m'avait envoyé un mail. Peut-on sentir quand on manque à quelqu'un ? Peut-on deviner qu'une personne qui vous a rejeté est rongée de regrets ? Bien sûr que non, mais la vie a sa propre logique étrange, et ce qui n'est que coïncidence donne l'impression d'être un signe du destin.

Bref, il fallait que je me sorte Abelhammer de la tête et que je termine la dissertation d'Emily pour le lendemain. Richard était sorti (encore un atelier de je-ne-sais-quoi), ce qui était un grand soulagement. Mais, d'abord, j'avais une petite lessive à faire. J'ai mis de l'eau à bouillir, que j'ai emportée dans la buanderie. Après avoir franchi les multiples haies d'accessoires cyclistes en tout genre, j'ai fini par atteindre l'évier, que j'ai rempli d'eau brûlante avant d'y faire couler un peu d'eau froide. J'y ai plongé la serviette Velikovsky, et un écheveau de sang écarlate s'est déployé dans l'eau. Il a grossi, grossi tel un champignon atomique, jusqu'à ce que l'évier soit, littéralement, un bain de sang. J'ai lavé la serviette une deuxième fois, puis une troisième, avant de la mettre à sécher sur l'étendoir. Les initiales VV dans le coin étaient brodées de façon si dense et si riche qu'on aurait dit de la mousse sous les doigts.

J'avais réussi à me sortir de ce cauchemar au palais de l'oligarque ; Dieu sait comment, mais je l'avais fait. Il ne me restait plus qu'à finir la dissert d'Emily. Elle l'avait déjà commencée, ma tâche était donc de combler les trous et de développer quand c'était nécessaire. Curieusement, le sujet s'est avéré tout à fait d'actualité.

De : Emily
À : Kate Reddy
Objet : À l'aide !!
Salut mam', voilà ce que j'ai écrit pour l'instant. Je ne sais pas ce que ça vaut mais en gros c'est plus ou moins ce que je voudrais dire et je regrette de ne pas avoir plus de temps. Je suis juste un peu stressée. N'hésite pas à faire des corrections ou à rajouter des trucs qui te paraissent mieux.
Gros bisous
Emi

« Les personnages les plus perspicaces de *La Nuit des rois* sont ceux qui parviennent le mieux à duper les autres. » Que pensez-vous de cette affirmation ?

La plupart des personnages principaux de la pièce dupent des gens ou sont eux-mêmes dupés par d'autres. À la fin de l'Acte Un, nous avons un triangle amoureux. Le duc Orsino est amoureux d'Olivia ; Viola (déguisée en Césario) est amoureuse d'Orsino ; et Olivia est amoureuse de Césario (qui est en réalité Viola)…

Chapeau, Emi. Je n'arrive jamais à me souvenir de qui veut se taper qui. En général, je finis par me faire un croquis avec des flèches dans tous les sens.

Mais de là à savoir si cela signifie que ces personnages sont perspicasses…

EMILY ! ATTENTION À L'ORTHOGRAPHE ! ET SI TU DOIS FAIRE UNE FAUTE QUELQUE PART, ESSAIE DE NE PAS CHOISIR UN MOT QUI EST ORTHOGRAPHIÉ CORRECTEMENT DANS L'INTITULÉ DE LA DISSERTATION. Franchement. L'idée que mes propres enfants, la chair de ma chair, ne puissent réussir à écrire comme il faut ou, pire, se fichent complètement d'écrire comme il faut… Emily me rétorquerait sans doute que je ne sais pas textoter comme il faut ; que j'écris des romans alors qu'on est censé envoyer cinq mots maximum, dont trois abréviations et une émoticône. Et elle aurait raison.

… sont perspicaces, la question reste ouverte. Même Olivia, qui n'est pas travetsie…

EMILY !!!

… pas travestie, se demande si elle ne se laisse pas duper par ses propres sentiments :
Je ne sais plus ce que je fais ; et je crains de m'apercevoir
Que mes yeux ont ensorcelé mon âme.

Quant à Viola, bien qu'elle soit experte dans l'art des faux-semblants, elle est très critique vis-à-vis d'elle-même et de son genre…

Foutu genre. Depuis quand les gens ont arrêté de dire « sexe » ?

… qu'elle trouve faible et trop vulnérable à la duperie :
Déguisement, je le vois, tu es une perfidie
Et le diable fécond en joue abondamment.
Combien il est facile pour un bel enjôleur
D'imprimer sa marque dans la cire d'un coeur de femme !
Je trouve ça assez sexiste car ça dit que les femmes sont des victimes, alors que les hommes se font pigeonner autant qu'elles…

C'est une dissertation qui compte pour le contrôle continu du bac, chérie, pas un épisode de *Gossip Girl*.

… se laissent berner autant qu'elles. En fait, les hommes se font même davantage avoir que les femmes dans la pièce. Orsino est beaucoup plus haut placé dans la société que Malvolio, mais tous les deux sont aussi dupes l'un que l'autre.
La personne la plus intelligente dans *La Nuit des rois* est sans doute Maria, la servante d'Olivia. Elle n'invente pas l'idée de se foutre de…

Bon sang ! S'il te plaît.

… de se moquer de Malvolio juste pour le plaisir, mais (a) parce qu'il lui a gâché le moment où elle s'amusait avec sir Toby Belch et sir Andrew Aguecheek et (b) parce qu'elle sait exactement comment s'en prendre à Malvolio. Elle est intelligente et elle analyse sa personnalité pour en déduire qu'il est «tout féru de lui-même» et «convaincu qu'on ne saurait le voir sans l'aimer; c'est dans ce travers même que ma vengeance trouvera ample matière à s'exercer». C'est précisément parce qu'elle comprend comment marche Malvolio qu'elle réussit à lui coller la honte.

Pas génial, mais bon, admettons. Je ne peux pas y passer la nuit. J'ai aussi un boulot payé qui m'attend demain matin.

Cela est confirmé par les autres personnages intelligents de la pièce. Viola reconnaît que le bouffon et elle se ressemblent beaucoup car ils ont tous les deux utilisé leur esprit pour rire aux dépens d'autres gens. Ce talent, comme toute intelligence, n'a rien à voir avec le statut social. Le bouffon est surnommé «le fou», mais c'est loin d'être un mongolien…

MONGOLIEN? Je rêve. N'emploie jamais ce mot!

… mais en réalité il est très fin, et d'un autre côté il y a une personne ultra-riche (Viola) qui porte une sorte d'acourtement…

Bien tenté!

… une sorte d'accoutrement avec lequel elle réussit à duper deux autres riches (Orsino et Olivia). En fait, même s'il y a des tas de personnages dans la pièce, Viola est sûrement l'héroïne parce que dès le début, juste après s'être échouée en Illyrrie…

Presque. Ilyrrie ? Illirye ? (*Roy, à l'aide* !*)

… juste après s'être échouée dans un pays inconnu, elle réalise que c'est seulement en devenant quelqu'un d'autre qu'elle pourra avancer dans la vie :
Cache ce que je suis, et m'aide à revêtir
Le déguisement qui conviendra le mieux
À la forme de mon projet.

Et c'est là que la dissertation s'interrompt. Bravo, Emi ! Pas mal du tout, ma grande. Plein de bonnes intuitions pour contrebalancer l'orthographe douteuse. Il faudrait vraiment qu'elle ait davantage confiance en elle, mais les filles comme Emily se mettent la barre tellement haut qu'elles ne se sentent jamais au niveau. Qu'est-ce qu'elle m'a dit, l'autre jour, déjà ? « Je ne suis ni la plus intelligente ni la plus jolie. Je ne suis la plus rien. » C'est la maladie du siècle. J'aimerais pouvoir remuer le bout du nez, comme Samantha dans *Ma sorcière bien-aimée*, et lui faire prendre conscience du peu d'importance qu'auront d'ici à quelques années la plupart des choses qui la préoccupent aujourd'hui. Hélas, s'il y a un cadeau qu'on ne peut offrir à ses enfants, c'est la perspective.

Je relis le dernier paragraphe d'Emily. Ma fille saitelle, ou du moins pressent-elle vaguement, qu'à ce stade elle n'est plus en train d'écrire sur Shakespeare, mais sur ses propres efforts désespérés pour se faire une place ? Sur le fait que tous les adolescents doivent revêtir la livrée bariolée du bouffon s'ils veulent être intégrés par le groupe des cools ? Que les tutoriels de maquillage quotidiens qu'elle suit sur Instagram lui apprennent à se fabriquer des yeux de chat pour pouvoir se déguiser et ainsi dissimuler sa peur panique de ne pas être parfaite ? Et lui font croire qu'être imparfait est une tare, et non le lot de la condition humaine ? Comment les futurs historiens interpréteront-ils le fait qu'au début du vingt et unième siècle, alors que le féminisme semblait avoir gagné la bataille, des filles comme Emily se donnaient le plus grand mal pour ressembler aux courtisanes d'un temps révolu où les femmes n'avaient presque aucun pouvoir sinon leur physique et la faculté d'attirer dans leurs filets un homme de haut rang ? Qu'est-ce que c'est que ce délire, sérieux ?

Sans parler de sa mère préménopausée qui, pour les besoins d'un boulot en territoire hostile, doit déguiser son âge comme si c'était son sexe, dans un effort pour devenir, sinon un homme, au moins un des gars de la bande, et un gars de quarante-deux ans, en plus ! Morbleu !

Il manque une conclusion à cette dissertation. Je vais donc endosser l'*acourtement* de ma fille chérie et – que Dieu (ou le professeur, M. Young) me pardonne – ajouter quelque chose qu'Emily ne sait probablement pas.

Tout ceci doit être replacé dans le contexte d'une époque où les femmes n'avaient même pas le droit de monter sur scène. Si bien que tous les rôles féminins étaient tenus par de jeunes garçons. Ce qui veut dire que le Césario que voyaient les spectateurs de 1602 était en fait un garçon se faisant passer pour une femme qui se faisait passer pour un homme. Et Olivia, qui tombait amoureuse de lui, était un comédien qui tombait amoureux d'un homme joué par une femme jouée par un autre homme. Peut-être que *La Nuit des rois* continue à nous parler quatre siècles après sa création parce que, à bien des égards, nous n'avons pas encore compris ce que les filles ont le droit d'être, l'apparence qu'elles ont le droit d'avoir, et parce que, souvent, la seule façon qu'elles ont d'être prises au sérieux est de se comporter en hommes. Et si ça nous paraît confus, c'est sans doute parce que *c'est* confus et que nous sommes toujours en pleine confusion `en ce début de vingt et unième siècle. Si William Shakespeare était vivant aujourd'hui, je ne crois pas qu'il serait choqué que tant de jeunes déclarent sur leur page Facebook s'identifier comme bisexuels. En conclusion, c'est pourquoi, comme l'a écrit Ben Jonson à la mort de Shakespeare, celui-ci n'était «pas l'homme d'une époque, mais de tous les temps».`

1 h 12 – Fini ! Il est horriblement tard, mais au moins Emily aura quelque chose à rendre demain. Ou aujourd'hui, plutôt. Elle n'a pas voulu me parler quand je suis rentrée du travail – rien de neuf de ce côté-là –, mais peut-être que d'avoir fait cette dissertation pour elle arrangera les choses. Si je ne peux pas lui donner la confiance en elle qui lui manque, je peux au moins lui éviter deux heures de colle.

La tragicomédie menstruelle semble être terminée, Dieu merci ; juste encore quelques traces légères, même s'il faut vraiment que j'aille en parler à quelqu'un (*Roy, on en est où avec le gynécologue ? On l'a déjà appelé ? Tu peux me rafraîchir la mémoire ?*).

Je me fais couler le bain le plus chaud que j'arrive à supporter et sors du placard sous le lavabo mon flacon Jo Malone au basilic poivré et à la mandarine. Il en reste à peine un fond ; je l'ai gardé pour une occasion spéciale. Sa puissante odeur me rappelle des jours meilleurs ; des jours où je prenais un tas de choses pour acquises, comme d'avoir un utérus bien élevé et de pouvoir me payer mon huile de bain préférée. Quand j'entre dans la baignoire, l'eau est si brûlante que mon corps la prend momentanément pour de l'eau froide. Je m'allonge et commence à me savonner. Mes poils pubiens sont agglomérés en touffes coagulées par le sang séché. Je démêle chaque touffe une par une en la débarrassant des résidus solidifiés quand soudain mon index effleure mon clitoris. Je tente un léger mouvement circulaire, et puis j'appuie plus fort, pour voir. Y a quelqu'un ? Je n'ai jamais eu de mal à me faire jouir, en particulier si je pensais à un certain Américain. Jack m'avait mis une chanson de Sinatra sur le juke-box d'un restaurant, à l'époque : « The Very Thought of You ». « La seule pensée de toi ». Comme elle disait juste, cette chanson. La simple idée de lui suffisait à faire durcir mes tétons et vibrer tout mon corps. Comment quelqu'un peut-il vous faire cet effet en n'étant pas sur le même continent ? Je songe au mail de Jack qui m'attend patiemment dans ma boîte de réception. Je ne peux pas l'ouvrir. Je ne dois pas l'ouvrir. Même s'il pense avoir envie de me revoir, cette femme qu'il a aimée n'est plus qu'un fantôme ; sa date d'invisibilité approche à grands pas. Je préfère qu'il se souvienne de moi telle que j'étais.

« Combien il est facile pour un bel enjôleur d'imprimer sa marque dans la cire d'un cœur de femme. » *L'amour est une illusion, Kate, laisse tomber.*

* *Illyrie. Roy me fournit un peu tard la bonne orthographe.*

12

Trente-deux, v'là les flics

6 *h 09* – Black Friday. Ça sonne comme l'anniversaire d'une attaque terroriste, mais non, c'est censé être joyeux, joyeux, joyeux ! « Le jour où Noël commence pour de bon », selon la femme insupportablement enjouée à la radio. Je me suis levée tôt pour faire quelques achats sur internet car, hélas, je ne crois plus au Père Noël. Il n'y a pas de Père Noël. Ni d'équipe de choc de petits lutins emballeurs de cadeaux et de rennes volants qui ne font jamais caca. Il n'y a que moi – une Mère Noël désabusée parmi tant d'autres – et ma MasterCard très anémiée (*Roy, tu as trouvé ce qui s'était passé avec mon taux de solvabilité ? Urgent !*). Le truc, c'est que Noël a toujours l'air d'être encore super loin et puis, un matin, vous vous réveillez et c'est en train de vous foncer dessus à toute allure comme une Nissan Sunny volée en pleine course-poursuite avec la police.

C'est à ça que sert le Black Friday : un appel aux armes à toutes les Mères Noël. Et même si maintenant mes enfants sont grands et ne passent plus l'année entière dans un compte à rebours jusqu'au grand jour,

Noël me ramène systématiquement à la crainte de décevoir ma progéniture. Profitez de nos bonnes affaires tout de suite, madame, clament toutes les pubs de la Terre, ou vous serez condamnée à errer dans le purgatoire des mères sans cadeaux et à faire de la peine à tous vos enfants, qui veulent encore croire au Père Noël, même si l'unique contribution de leur papa sera de demander, à vingt heures vingt-sept le soir du 24 décembre : « Et pour Emily, on a quoi ? »

Dieu merci, j'ai déjà commandé la PlayStation 4 de Ben. Elle a un tel succès qu'apparemment il est désormais impossible de s'en procurer une. Épuisement total des stocks. Pour une fois que j'ai anticipé, comme une maman organisée qui se respecte. Ben m'a dit qu'il voulait cette console et rien d'autre, car elle est équipée d'une manette DualShock sans fil. Vous vous demandez ce que c'est ? Moi aussi.

Je sais, je suis consciente que je ne devrais pas alimenter la dépendance électronique de mon fils, mais je venais de toucher mon premier salaire en sept ans – alléluia ! – et ce nouveau sentiment de pouvoir me donnait envie d'offrir un beau cadeau à Ben et à Emi pour fêter ça. Quand les enfants étaient petits et que je voyageais beaucoup, je leur rapportais toujours quelque chose pour me faire pardonner. Emily a fini par avoir une collection de Barbie en costume national de treize pays différents, essentiellement parce que, n'ayant pas le temps de faire du shopping, c'est ce que je finissais par acheter à la dernière minute à l'aéroport alors que je courais vers ma porte d'embarquement. Il n'y a pas si longtemps, quand on préparait notre déménagement, nous avons fait don de toutes ces Barbie au Secours populaire et Emi m'a dit qu'elles lui donnaient une impression bizarre, sans doute parce qu'elle savait que chacune d'entre elles représentait une absence maternelle. Je lui ai avoué que c'était pareil pour moi : ces poupées symbolisaient la culpabilité dont je n'avais jamais complètement réussi à me défaire tant que j'essayais de mener deux vies en même temps. En y repensant, je ne sais pas comment je faisais : jongler sans arrêt entre des vols internationaux et des enfants en bas âge, en slalomant pour éviter les traces de houmous sur mon tailleur de businesswoman. La personne qui a su accomplir cet exploit me paraît très loin de moi, à présent, comme une actrice dans un film. Je suis partagée entre le sentiment qu'elle me manque terriblement et celui de l'avoir échappé belle.

« Le Royaume-Uni se prépare à sept jours de soldes monstres ! » braille la femme enjouée insupportable. Je la coupe, caresse Lenny qui réclame impatiemment son petit déj (« Une seconde, le chien »), ouvre une boîte de conserve et mets une casserole d'eau à bouillir sur l'Aga quand j'entends un mugissement féroce à l'étage. Quoi encore ?

7 h 12 – « Ce n'est pas en me hurlant dessus qu'on va la trouver plus vite, jeune homme. PARDON, comment tu m'as appelée ? »

Le virus Zika est en train de déferler sur le continent américain, nous allons mourir tués soit par une épidémie aéroportée, soit par des tarés djihadistes barbus, mais ce qui compte, la seule chose qui compte, c'est que Ben ne retrouve plus sa chaussure de foot gauche. Et c'est de ma faute. Car, dans mon rôle attitré de mère-d'adolescents-que-j'étriperais-volontiers, tout est désormais de ma faute, même les choses que je n'ai jamais vues, dont je n'ai jamais entendu parler ou que j'ai simplement oubliées... ce qui, soyons honnête, est de plus en plus plausible (*Roy, tu n'aurais pas vu la chaussure de foot de Ben ?*).

« Je l'avais mise là », dit Ben en désignant le sol d'un geste furieux, ou du moins l'endroit où le sol devrait être s'il n'était pas entièrement recouvert de bazar.

Mon fils et sa sœur se livrent apparemment à une compétition acharnée pour savoir laquelle de leurs chambres aura le moins de surface de moquette visible.

« Ben, je réponds, j'ai rangé et passé l'aspirateur ici dimanche dernier.

— Tu déconnes ? Eh ben voilà pourquoi je ne retrouve plus rien », déclare-t-il en haussant les épaules tout en levant les bras au plafond comme Chandler, son héros de *Friends*.

Mes deux enfants renâclent à apprendre une langue étrangère, en revanche ils sont bilingues en sitcoms américaines, une langue sarcastique et désinvolte face à laquelle la raison seule ne peut rien.

« Tu ne me dis pas "Tu déconnes", Benjamin ! J'essaie juste de t'aider. Si seulement tu étais capable de savoir où tu... »

Mon sermon domestique est interrompu par un autre mugissement féroce. Ça vient du rez-de-chaussée, cette fois.

7 h 17 – « Pourquoi cette imprimante à la CON ne marche jamais, BORDEL ?

— Emily, s'il te plaît, pas de gros mots.

— Je ne dis pas de gros mots. Il faut que j'imprime ce foutu devoir d'histoire. FAIT CHIER !

— Tu m'as entendue ? Je t'ai demandé de ne pas dire de gros mots. »

Emily plisse les yeux d'un air menaçant.

« T'es vraiment rien qu'une hypocrite, maman. *Tu* dis des gros mots. *Papa* dit des gros mots.

— Ça m'étonnerait. »

Ma fille laisse échapper un hennissement de mépris. Si elle avait des sabots, elle serait en train de racler le sol avec.

« Chaque fois que papa se cogne la tête sur la poutre de l'entrée, c'est-à-dire genre, littéralement, sept fois par jour, il lâche "Putain de baraque de merde".

— EMILY !

— Emily a dit "putain" ! Emily a dit "putain" ! scande Ben, qui est descendu de sa chambre pour se repaître des malheurs de sa sœur.

— Benjamin, c'est quoi, ce jeu ?

— *Mortal Kombat*, marmonne-t-il.

— Quoi ? Répète.

— C'est pas violent, m'man, s'empresse-t-il d'ajouter.

— "*Mortal Kombat*" n'est pas violent ? Tu me prends pour une idiote ou quoi ? Arrête ce truc *tout de suite*. Donne-moi ça ! J'ai dit *donne*. Très bien, jeune homme, tu es privé de technologie pendant une semaine.

— Elle a dû relire son bouquin, là, commente Emily en lançant un petit sourire narquois à son frère.

— Ouais, c'est ça. *Élever des ados à l'ère du numérique* », précise Ben avec une justesse horripilante.

Mes deux enfants insupportables, qui passent leur vie à se chamailler, observent un rare moment de trêve, unis dans l'hilarité contre l'ennemi commun : moi.

« J'ai raté quelque chose de drôle ? » demande Richard, qui vient d'apparaître à la porte du salon avec un panier en osier rempli de ce qui ressemble à des orties.

Tiens, voilà la Mère Denis.

« Non, c'est maman qui pète les plombs pour rien, répond Emily.

— Ouais, faut qu'elle se fasse soigner, renchérit Ben.

— Écoutez, votre mère a beaucoup de pression avec son nouveau travail, tempère Richard d'un ton conciliant en déposant un baiser sur la joue de notre odieuse et grossière fille et en ébouriffant les cheveux de Ben. Je vais vous amener à l'école et on va laisser maman prendre son train, d'accord ? »

Et ça recommence : papa qui joue le gentil flic. La plupart du temps, je consens à cette répartition des rôles, mais ce matin je pourrais balancer la cafetière à la figure de Rich de ne pas avoir pris ma défense.

Désormais furieuse, et atterrée par l'injustice d'être désignée par mes propres enfants comme l'ennemi à abattre alors que c'est *moi* qui me suis levée à l'aube pour leur acheter des cadeaux, je riposte.

« Hé, vous deux, vous savez quoi ? Copernic a téléphoné. Il dit que vous n'êtes pas le centre de l'univers. »

Ben se tourne vers sa sœur.

« C'est qui, Cooper Nick ? »

Emily part en courant, traverse le couloir jusqu'à la cuisine et sort en claquant la porte derrière elle. J'entends la serrure en cuivre branlante s'écraser bruyamment par terre. Encore.

« EMILY ? Emily, reviens, s'il te plaît. Tu as laissé une page dans l'imprimante. »

7 h 43 – Après avoir donné à manger à Lenny et m'être souvenue de lui remplir sa gamelle d'eau, je remarque que ma mère m'a laissé des messages. Trois en l'espace de treize minutes. Ça y est, c'est parti. Maman commence déjà à se tracasser pour les préparatifs de Noël. Alors que j'écoute son premier message, mon ventre se noue.

« Est-ce que je réserve une place en chenil pour Dickie, Kath ? Je ne veux pas l'emmener et embêter tout le monde. »

Je sais qu'elle veut venir avec son petit chien, alors, conversation après conversation, au fil des semaines, je vais lui répéter que ça ne pose aucun problème qu'elle amène Dickie, que ce serait un *plaisir* de recevoir son teckel doublement incontinent pour les fêtes (« Oh non, je ne crois pas, chérie, je ne voudrais pas qu'il salisse ta moquette. » « Vraiment, maman, je t'assure, de toute façon on n'a pas encore de moquette »).

Chaque coup de fil durera une éternité, me volant des heures que je n'ai tout simplement pas. Ma mère adore étudier toutes les permutations possibles de l'organisation avant de changer d'avis ; et son indécision est définitive. Quand vous vieillissez, ce qui est son cas, votre monde rétrécit, de sorte qu'un événement encore à des semaines de distance, comme d'aller passer Noël chez votre fille, occupe chacune de vos pensées. Pour moi, c'est juste une haie de plus à franchir dans mon agenda ; pour ma mère, c'est l'ascension du K2. Les personnes âgées requièrent la même patience qu'on accorde aux jeunes enfants – encouragements bienveillants, répétition, paroles rassurantes –, sauf que ce qui paraît attendrissant chez les seconds peut être franchement exaspérant chez les premières. Et quand vous devez vous occuper des deux simultanément, vous êtes la tranche de jambon écrasée au milieu du sandwich. Je crois que c'est pour ça que j'ai tellement sollicité Roy ces derniers temps, à l'envoyer me récupérer des mots que je n'arrive plus à faire remonter à la surface. Entre les batailles rangées avec des enfants orduriers et la boucle monotone des conversations avec les anciens, j'ai du mal à suivre jusqu'au bout une seule de mes propres pensées.

Je décide de rappeler ma mère à un autre moment. Piotr sera là d'une minute à l'autre. Il commence de plus en plus tôt ces jours-ci, part de plus en plus tard, sort promener le chien à ma place tant que je n'ai pas trouvé de dog-sitter. Cet homme est un saint. Je suis toujours impatiente de le voir arriver, car ça signifie que nous aurons bel et bien une cuisine opérationnelle pour Noël, comme je l'ai promis à Richard.

Tiens, à propos. Il faut que je commande une dinde chez ce boucher bio d'exception que m'a conseillé Sally (*Roy, tu pourras me rappeler de commander une dinde fermière Label rouge, s'il te plaît ?*).

Je m'installe devant mon ordinateur et découvre ma boîte mail submergée de relances spéciales Black Friday. « Les occases à ne pas rater ! », « Quatre jours de promos magiques », « Black Friday : jusqu'à 50 % de remise et livraison offerte ! », « Pour un Noël moins ordinaire, achetez vos bougies et décorations maintenant ! ». Bougies chauffe-plat parfumées. Bougies chauffe-plat dix heures. Bougies chauffe-plat à la cire de soja. Bougies chauffe-plat Songe d'une nuit d'hiver. Comment faisait l'humanité avant que la bougie chauffe-plat ne vienne illuminer nos vies et, au passage, foutre le feu à nos maisons ?

Une des autres joies inattendues du Black Friday, c'est que toutes les enseignes chez qui j'ai jamais acheté quelque chose décident de m'écrire en même temps. On dirait un rosaire fantôme, une liste de mes péchés mortellement dépensiers. Soudain, je repère dans la masse un mail du vendeur de la PS4 de Ben.

Bonjour Kate,
Vous avez passé une commande chez nous le 1er novembre pour une PlayStation 4. Malheureusement, nous n'avons pas été en mesure de valider votre paiement car votre mot de passe a été réinitialisé.

Je hurle devant mon écran, comme si quelqu'un pouvait m'entendre à l'intérieur : « NOOOOON ! C'est *vous* qui m'avez dit de réinitialiser mon mot de passe ! »

Il n'est pas permis d'utiliser un mot de passe précédent utilisé.

« *Quoi ???* Mais ça ne veut rien dire. *Précédent utilisé* ? Vous m'avez dit que le système ne reconnaissait pas mon mot de passe, alors comment je pourrais ne pas avoir le droit de l'utiliser ? De quoi vous parlez ? »

La commande est annulée. Merci de contacter notre service clients pour toute autre question.

« Non mais vous plaisantez ? Je vous en supplie, pas ça ! Il me *faut* le cadeau de Ben.

— Pardon, Kate, c'est mauvais timing ? »

Je me retourne en sursaut et découvre Piotr qui se tient à quelques mètres de moi. Je suis morte de honte qu'il ait pu m'entendre vociférer toute seule.

« Non, non, ça va. Entrez. Désolée, Piotr. C'est juste que j'avais acheté le cadeau de Noël de Ben, et maintenant c'est la catastrophe parce qu'ils me disent qu'ils ont annulé ma commande sous prétexte que j'ai utilisé un mot de passe que j'avais déjà utilisé avant, sauf qu'ils m'avaient dit qu'ils ne reconnaissaient pas ce mot de passe, donc j'ai pensé que je pouvais le réutiliser vu que si j'en choisissais un nouveau j'étais sûre que j'allais l'oublier. »

Tout ça n'a aucun sens, même pour moi, mais Piotr hoche la tête en souriant.

« Oui, Kate. Internet ce pas comme le boutique avec vraies personnes. Essayer encore, peut-être ? J'aide à vous. Trop des choses ouvertes sur l'ordinateur. Voilà on peut fermer ça et ça... et ça. Maintenant, on peut commencer encore. »

De près, ses yeux ont le vert des flaques dans les rochers à marée basse.

Il faut que je m'habille pour partir au bureau.

« Merci, Piotr. »

De : Candy Stratton
À : Kate Reddy
Objet : Toi
Hé, c'est quoi ce silence radio ? Je m'inquiète quand tu disparais, ma poule. J'exige un rapport complet sur la façon dont tu supportes de travailler pour ce Môme qui dirige TON fonds, celui que tu as monté quand il était encore en couche-culotte. Et la photo des fesses d'Emily, à propos, c'en est où ?
Scoop : je crois avoir trouvé à New York un individu solvable du sexe opposé qui ne se définit pas comme pansexuel, ne me révulse pas physiquement et ne bénéficie pas du régime de protection des témoins. Hourra !
La bise
C.

8 h 27 – Je vais être en retard au travail. Horriblement en retard. J'ai appelé un taxi et lui ai fait faire un détour par le lycée d'Emily pour y déposer la dernière page de son devoir d'histoire à l'accueil. J'ai gardé le même taxi jusqu'à la gare, mais entre-temps les bouchons avaient triplé. Et tous les feux passaient au rouge sous notre nez. Tous, sans exception. Je sens que c'est mon jour, bon sang.

Je suis enfin dans le train. Je réussis à me frayer un chemin jusqu'à ma place préférée, côté fenêtre, et je sors de mon sac *Élever des ados à l'ère du numérique*, du Dr Rita Orland. Le fameux livre que Ben et Emi trouvent hilarant. Le Dr Orland dit qu'il ne faut pas considérer l'adolescence comme une phase où votre adorable enfant se mue en monstre imprévisible. « Votre enfant n'est pas un bon fils ou une bonne fille seulement quand il ne fait rien de mal. »

Les yeux clos et la tête renversée contre le dossier du siège, je demande pardon à la déesse de la Maternité. Je n'arrête pas de m'énerver sur les enfants, même quand je ne le veux pas. Ben a dit que je devrais me faire soigner.

Il n'a peut-être pas tort. Perry est en train de me transformer en harpie. Comme si je me voyais de l'extérieur, je constate que je me suis mise à pleurer. Les deux passagers assis en face de moi me jettent un coup d'œil avant de détourner aussitôt le regard. Je comprends. Il y a quelque chose de tellement impudique à pleurer en public, non ? Toutes ces crises de larmes qui se déclenchent sans prévenir : c'est moi ou c'est Perry ? À moins que nous ne fassions qu'une seule et même personne, désormais.

Je repense à Emily se démenant pour imprimer son devoir d'histoire. Tellement stressée et angoissée. Elle a raison, cette imprimante *est* merdique. *Toutes* les imprimantes sont merdiques, programmées pour vous afficher des symboles obscurs indiquant une soudaine pénurie d'encre, ou un « bourrage papier » inexpliqué. En imaginant ce qui attend Emi aujourd'hui à l'école, je regrette la dispute idiote que nous venons d'avoir, surtout le rôle que j'y ai joué. Parfois je me comporte, je le sais, comme si mon amour pour elle était conditionné à l'état de sa chambre, à son attitude, à ses notes, alors que ce n'est tout simplement pas le cas. Elle peut bien m'affliger ou m'exaspérer autant qu'elle veut – et Dieu sait qu'Emily a le don de me pousser à bout –, ma contrariété est toujours une marque d'amour.

De Kate à Emily

Salut ma puce, j'espère que tu es bien arrivée à l'école. Tu avais oublié une page de ton devoir à la maison. Je l'ai laissée à Nicky, à l'accueil, elle sait que tu dois passer la récupérer. Je te souhaite une bonne journée. Au fait, dis-moi si tu veux quelque chose de particulier pour Noël ! Gros bisous.

De : Kate Reddy
À : Sally Carter
Objet : Secret honteux

Coucou Sally, désolée d'avoir encore dû annuler notre promenade. Je me sens un peu débordée avec mon nouveau boulot, pour ne rien te cacher. J'avais oublié à quel point ça pouvait être fatigant. Je suis crevée, entourée de gamins qui ont la moitié de mon âge, et ensuite je rentre à la maison et je dois m'occuper de mes vrais gamins !

J'ai besoin de conseils de la part de quelqu'un qui en est un peu plus loin que moi sur la Route de la Maternité. Est-ce que tu serais horrifiée si je te disais que j'ai écrit une partie du devoir de contrôle continu d'anglais d'Emily à sa place ? Je sais que c'est de la triche et que je ne devrais pas faire ça, mais Emi n'est plus dans son assiette depuis cette horrible histoire de belfie dont je t'ai parlé. J'ai peur qu'elle ne se noie un peu, entre la pression du bac et celle des réseaux sociaux. Pour la première fois depuis qu'elle est bébé, j'ai l'impression de ne plus savoir comment jouer mon rôle de mère.

Pourquoi dit-on que seize ans est l'âge tendre, au fait ? *Sweet sixteen*, mon œil ! La plupart du temps, elle est sèche et odieuse avec moi. En plus, j'ai la fête des trente ans de ma promo qui approche et j'avais prévu d'avoir l'air de la fille sublime qui a tout réussi dans la vie, ce qui paraît maintenant très compromis vu que :

(a) Je vais sans doute me faire virer de mon nouveau boulot car j'oublie toujours d'activer (ou de désactiver ?) le « proxy » alors que le gars de l'informatique me l'a déjà expliqué cent fois.

(b) Il s'est mis à me pousser une barbe à la Robinson Crusoé tandis que je perds mes cheveux par poignées. Sérieusement, quel est ce Dieu soi-disant miséricordieux qui rend les femmes barbues ET chauves à cinquante ans ?

J'ai tapé ça sur mon téléphone dans le train en allant au boulot. J'espère que c'est compréhensible. On peut reprogrammer notre promenade canine pour demain ou dimanche après-midi ? Lenny ne me pardonnera jamais !

Bises

Kate

De : Sally Carter
À : Kate Reddy
Objet : Re : Secret honteux
Chère Kate, ne t'accable pas de reproches, je t'en prie. J'imagine à quel point ça doit être épuisant de devoir changer de rythme d'un coup. Tout le monde dans notre groupe de revenantes est impatient de savoir comment ça se passe. Tu sais que tu es maintenant l'ICÔNE du retour à l'emploi ! Est-ce que je peux me permettre d'insister pour que tu prennes rendez-vous avec ce gynéco dont je t'ai parlé ? Moi, il m'a sauvé la vie. J'avais une hypothyroïdie non diagnostiquée, je me sentais épuisée, j'avais tout le temps froid et je perdais mes cheveux depuis trois ans. Maintenant je prends du Levothyrox tous les matins, mais je dois toujours m'habiller en empilant les couches, comme tu as pu remarquer.
Et pour ce qui est de la dissertation d'Emily, rassure-toi, tu n'es pas la seule ! Les parents qui font les devoirs à la place de leurs enfants, c'est le secret honteux de toute la classe moyenne. D'ailleurs, c'est drôlement généreux de ta part de les faire toi-même. Oscar m'a raconté que la mère de son copain Dominic avait payé un étudiant d'anglais de l'University College une petite fortune pour faire tous les devoirs de contrôle continu de son fils, vu qu'il n'est pas très fute-fute, contrairement à Emily. Apparemment, à St Bede, il n'y a aucun élève russe à qui ça viendrait à l'esprit de faire lui-même ses devoirs. Ils ont un prof particulier différent pour chaque matière. C'est une escroquerie totale.
Antonia a commencé à être odieuse avec moi vers l'âge de quatorze ans, et ça ne s'est pas arrêté avant qu'elle en ait vingt-deux. Et elle a encore ses phases ! Emily finira par revenir vers toi, sois patiente. Crois-moi, tu n'as aucun souci à te faire pour ta fête de promo. Tu as bien mieux réussi que la plupart d'entre nous. D'après mon expérience, c'est le genre d'événement qui fait toujours paniquer et douter de soi en amont, mais une fois qu'on y est c'est plutôt sympa.
Kate, je crois vraiment que tu devrais prévoir un truc pour tes cinquante ans. Je sais que tu voudrais faire comme si ça n'existait pas, mais tu risques de le regretter et de déprimer si tu ne fais rien. Dis-moi si je peux t'aider à organiser quelque chose, même petit. J'ai beaucoup plus de temps libre que toi, maintenant, et pour tout dire ça m'amuserait. J'étais plutôt bonne dans la catégorie fêtes, dans une vie antérieure.

Le monde nous donne sans arrêt des raisons de désespérer, alors je trouve qu'il faut profiter de chaque occasion de se réjouir et d'être ensemble.
Coco te dit ouaf ouaf !
Je t'embrasse
Sally

11 h 01 – Bénie soit Alice. Je lui ai envoyé un texto pour la prévenir que je serais en retard et elle a embobiné tout le monde à la réunion du matin en disant que j'avais un petit déjeuner extérieur avec un contact extrêmement prometteur. Elle m'a même fourni par SMS les détails de la personne imaginaire que j'étais censée avoir rencontrée. Cette fille ira loin.

Retard mis à part, tout se déroule comme prévu dans la mission Infiltration-clandestine-d'une-femme-de-presque-cinquante-ans. Si ce n'est la bouffée de chaleur que je viens d'avoir dans le bureau de Jay-B. J'ai fait comme si c'était une réaction allergique aux bâtons d'encens à la citronnelle à côté de son ordinateur. Je me suis aussitôt enfermée dans les toilettes pour me passer une bouteille d'eau glacée sur les joues jusqu'à ce qu'elles refroidissent.

En sortant de la cabine, je tombe sur Alice en train de se remaquiller. Je la prends dans mes bras pour la remercier de m'avoir couverte.

« Pas de problème, Kate. D'habitude, c'est plutôt moi qui suis en retard », me dit-elle.

Alice porte les mêmes robe violette et veste taupe qu'hier, j'en déduis donc qu'elle a passé la nuit chez son copain. Elle est plus ou moins avec Max par intermittence depuis le lycée, d'après ce qu'elle m'a dit. Très beau garçon, famille aisée, il a fait un peu de mannequinat et ne s'est pas encore fixé sur un boulot particulier, vacances aux Maldives et à Val d'Isère avec ses parents. Quand elle m'a montré sa photo sur son téléphone, je sais que c'était pour que je me pâme devant son physique de dieu vivant. Mais je n'y ai vu qu'un enfant gâté de la haute à la plastique vaine qui n'est pas près de s'investir dans quoi que ce soit, à commencer par la fille qui l'idolâtre depuis qu'ils ont quinze ans.

Quel âge a Alice ? Vingt-huit ? Trente ? Avec ses longs cheveux blonds et ses yeux bleus francs et inquisiteurs, c'est le sosie de son homonyme du pays des merveilles. Une des choses les plus dures dans le fait de reprendre le travail, c'est de voir toutes ces jeunes femmes auxquelles je continue à m'identifier. Mais quand j'observe Alice dans le miroir, je m'aperçois avec un pincement au cœur que je ne suis plus comme elle, c'est fini. Son teint de pêche n'est pas terni par les nuits sans sommeil ou les âpres engueulades avec des adolescents ; elle a une silhouette de sylphide – comme moi jadis –, et ce sans le moindre effort, sans séances bihebdomadaires de torture avec Conor, et sans se priver de gâteaux ni de fromage. Jamais.

Que voit Alice quand elle me regarde ? Une femme plus âgée qu'elle (et même beaucoup plus qu'elle ne croit) relativement « bien conservée », j'imagine. Mais elle n'a pas idée de ce que me coûte cette conservation. C'est bien normal, d'ailleurs. Moi-même, je n'y ai jamais accordé la moindre réflexion lorsque j'avais un corps et un visage comme les siens et que j'imaginais que la jeunesse serait éternelle. Pitié, pitié, faites que je ne devienne pas une de ces vieilles peaux jalouses comme Celia Harmsworth, la directrice des ressources humaines qui m'a pourri la vie quand j'avais l'âge d'Alice. Vive la solidarité féminine ! Il y a certaines choses que je n'envie pas à ma jeune collègue, cependant. Comme sa relation intermittente avec Narcisse et son miroir grossissant.

« J'ai passé la nuit chez Max, me confie Alice avec un sourire contrit, comme si elle avait lu dans mes pensées.

— Je m'en suis doutée, je réponds d'un ton dégagé, en sortant moi aussi mon rouge à lèvres. Tu n'as pas d'affaires de rechange chez lui ? »

Haussement d'épaules.

« Max n'aime pas trop que je laisse des trucs chez lui.

— Ah bon ? (Oh oh, voilà qui ne me dit rien qui vaille.)

— Ouais... Normalement c'est lui qui dort chez moi, mais ce matin il avait tennis.

— Vous n'avez jamais pensé à prendre un appart à deux ? Ça fait longtemps que vous êtes ensemble, non ?

— Oh, soupire Alice en roulant les yeux, Max est compliqué avec ça. Il dit qu'il m'aime, qu'il ne peut pas vivre sans moi, patati patata, mais qu'il n'est pas prêt à sauter le pas.

— Tu sais ce que dit Beyoncé ? Si tu lui plais, il devrait *put a ring on it* : te passer la bague au doigt !

— Oh, Kate, grimace Alice, on dirait ma mère. Les mecs d'aujourd'hui ne sont pas comme ça. Ils n'ont pas envie de s'installer.

— Et toi ? Tu dois aussi penser à toi, Alice. »

C'est le problème avec les filles de sa génération. Elles voient une pub dans le métro pour faire congeler leurs ovules et elles s'imaginent que la biologie a été vaincue et la grossesse repoussée à loisir. C'est un leurre, dont les victimes remplissent les cliniques de fécondation in vitro, lâchant des fortunes pour recréer ce que Mère Nature fournissait autrefois gracieusement.

Est-ce mon rôle de faire la leçon à Alice ? Oh, et puis pourquoi pas ? Je lui explique que j'ai vu ce schéma bien trop souvent à mon goût. Une fille qui sort avec le même homme jusqu'à la trentaine en attendant qu'il se décide à passer à la vitesse supérieure. Mais le type n'est pas pressé vu qu'il peut s'envoyer en l'air quand il veut et être nourri gratos, or les hommes ne prennent jamais aucune initiative à moins d'être en manque de sexe ou de nourriture, ou sous la pression insistante d'une femme. Et puis, à trente et un ans, le gars tombe amoureux d'une autre fille plus jeune, plus fraîche et beaucoup plus impressionnée par lui. Sept mois plus tard, ils sont mariés et attendent des jumeaux – c'est toujours des jumeaux –, et il envoie un mail à son ex pour lui dire à quel point il lui est reconnaissant de l'avoir aidé à grandir et à comprendre ce qu'il attendait vraiment d'une relation (ah ben merci, y a pas de quoi !). L'ex doit maintenant se trouver un nouveau mec avec qui faire un bébé. « Sauf que ça n'arrive pas en claquant des doigts, et il faut vraiment qu'elle s'y mette dans les deux prochaines années au cas où elle aurait du mal à tomber enceinte. Le problème étant que les hommes prennent leurs jambes à leur cou dès qu'ils voient arriver une femme avec une alerte bébé qui clignote. En gros, dis-je à Alice, c'est trente-deux, v'là les flics. »

Elle s'immobilise, la brosse de son mascara à la main, la bouche figée dans ce O étiré que font les filles quand elles se concentrent pour se maquiller les yeux.

« Je croyais que c'était *vingt-deux*, v'là les flics, répond-elle.

— Pour les hommes qui se tirent en courant, oui. Mais pour les femmes, le sauve-qui-peut, c'est trente-deux. L'âge auquel tu as vraiment intérêt à avoir ferré le futur père de tes enfants, sans quoi tes chances d'en avoir commencent à diminuer de mois en mois.

— Ouah. Tu essaies de me faire peur, tatie Katie ? »

Il y a de la moquerie dans ses yeux bleus, et peut-être une pointe de peur, en effet.

« Pas de te faire peur, Alice, juste de te donner les informations nécessaires pour prendre les bonnes décisions. Tu te souviens que j'ai dit qu'il fallait toujours procéder à un audit préalable avant de s'engager avec quelqu'un ?

— Je croyais que tu parlais business, pas relations amoureuses.

— Ça vaut pour les deux. Que ce soit un homme ou un client, il faut toujours tester leur moralité, leur probité et leur viabilité à long terme avant de miser sur eux. Bon, allez, fin du sermon. Désolée, ma belle, c'est juste que j'ai vu trop de mes copines se faire planter par des sal... Non, rien, oublie. Je suis sûre que Max n'est pas comme ça. Tu ne veux pas qu'on révise notre présentation pour Brian, le baron de la bière ? »

Alice ne m'entend pas. Elle a les avant-bras plongés dans le nouveau sèche-mains soufflant, si puissant qu'il fait onduler sa peau comme de l'eau. Je jette un coup d'œil à mes propres mains, dont l'épiderme flasque est un des signes de l'âge qu'il n'y a hélas pas moyen de cacher. Ah, mains et cou, traîtres qui toujours vous désavouent !

En ramassant son sac, Alice m'annonce qu'à la réunion de ce matin, Jay-B a parlé de m'envoyer courtiser un certain Grant Hatch, un très gros conseiller financier. Énorme chiffre d'affaires en perspective si on arrive à l'hameçonner.

« Hatch a la réputation d'être un vrai cauchemar. Jay-B doit avoir une sacrée confiance en toi », ajoute Alice avec un grand sourire.

Pour la toute première fois, je m'autorise à penser : *Peut-être que je vais m'en tirer, peut-être que ça va bien se passer.*

De : Kate Reddy
À : Candy Stratton
Objet : Re : Toi

Salut ma biche, tout va bien au boulot. Je crois que je suis en train de gagner la confiance du Môme petit à petit. Ils m'ont laissée faire une présentation à un oligarque russe. Une espèce d'avorton teigneux, tout à fait ton genre. En plein milieu de la réunion, l'Armée rouge a débarqué… dans ma culotte. Un régiment entier. J'ai cru que j'allais mourir sur place, ou du moins que je faisais une fausse couche. Terrifiant. Il faut vraiment que je prenne rendez-vous chez ce gynéco. On le surnomme Dr Libido ! Peut-être qu'il pourra me redonner forme humaine. L'espoir fait vivre.

Super nouvelle, ce boyfriend solvable et non serial killer ! Ça ne fait même pas cinq minutes que tu as divorcé. Tu te souviens de la robe en satin verte que je portais à ton dernier mariage ? Je comptais la mettre pour la fête de ma promo. Beaucoup trop serrée. Je me nourris exclusivement de yaourt à la cerise 0 % et de Coca Light.

C'est tellement dur de se débarrasser de ces foutus kilos ! La ménopause est une vraie saloperie. Tu n'as pas des idées, à part le scalpel ?

Bises

K.

PS : J'ai reçu un mail de Jack A.

De : Candy Stratton
À : Kate Reddy
Objet : JACK IS BACK !!

Katie, tu rigoles ou quoi ? Le grand dieu de l'Amour *Abelhammer*, qui était capable de te provoquer un orgasme en te parlant du prix des matières premières depuis Cleveland ? Et tu ne me dis rien, putain ! Qu'est-ce qu'il raconte ?

Si tu veux rentrer dans ta robe, je te conseille une liposuccion express pour éliminer les poches de graisse. C'est rien du tout. Tu fais ça pendant ta pause déj.

Pas marrant, ton histoire d'hémorragie chez l'oligarque russe. Mais ce sont des choses qui arrivent. Quand j'ai annoncé à Larry que j'avais terminé ma ménopause, il m'a sorti : « Enfin ! Fini la boucherie. »

Inutile de te dire que j'ai divorcé de ce connard égocentrique.
Réponds-moi TOUT DE SUITE. Je veux savoir ce que t'a dit Jack.
La bise
C.

De : Kate Reddy
À : Candy Stratton
Objet : Re : JACK IS BACK !!
Je n'ai pas ouvert le mail de Jack. Trop dangereux.

De : Candy Stratton
À : Kate Reddy
Objet : Re : Re : JACK IS BACK !!
Ouvre la boîte, Pandore ! Qu'est-ce que tu risques, au pire ?

De : Kate Reddy
À : Candy Stratton
Objet : Un certain Américain
Eh bien, je risque de réveiller des sentiments pour un certain Américain que je réussis à refouler depuis sept ans. Et je ne veux pas ressentir ces sentiments car je m'apercevrais alors à quel point ma vie sentimentale est un désert ces temps-ci, ce qui serait atrocement triste, sans compter que je vais bientôt avoir cinquante ans et que je me suis faite à l'idée que plus personne ne me désirerait jamais, ni ne m'embrasserait sur la bouche, et que je ne ferais plus jamais l'amour sauf au Nouvel An et aux anniversaires, ce qui n'est pas si grave au fond. Je ne suis pas malheureuse.
K.

J'ai envoyé le mail. Je sais, c'est sans doute ce qu'Emily appelle une FBI : Fausse Bonne Idée. Mais j'ai quand même cliqué sur « envoyer ». Les vieux amis sont un des rares avantages qu'il y a à vieillir. On ne peut pas avoir de vieux amis quand on est jeune, pas vrai ? À mon âge, seuls ceux qui en valent la peine sont encore là, et on peut quasiment tout leur dire. Candy me connaît presque aussi bien que moi-même. Mais elle se trompe concernant Jack et moi. Cette porte est fermée à triple tour, la rouvrir serait une folie. Comme la femme de Loth, je ne peux pas regarder en arrière.

De : Candy Stratton
À : Kate Reddy
Objet : Re : Un certain Américain
Objection, Votre Honneur. Pas malheureuse n'est pas la même chose qu'heureuse. Ouvre ce mail. Et prends rendez-vous pour une lipo.
La bise
C.

Hors de question. Je dois rester forte. Je vais sur ma boîte de réception et fais défiler tous mes derniers messages jusqu'à trouver celui de Jack, toujours non lu. Je le contemple un long moment, perdue dans mes pensées, la souris rôdant autour du bouton « supprimer ».

20 h 09 – J'ai réussi à tenir toute la journée au bureau avec seulement une pomme et trois paquets de chewing-gums. La faim me met à cran. Et le fait que Richard ait décidé de préparer une grande platée de pâtes au blé complet pour le dîner n'arrange rien.

« Tu es sûre que tu n'en veux pas, Kate ? Il faut quand même que tu prennes des forces, chérie. »

Pourquoi les hommes ne comprennent-ils jamais rien aux régimes ? On dirait que Rich essaie délibérément de saper ma détermination à rentrer dans ma robe verte.

« J'ai du pudding au caramel en dessert, ajoute-t-il perfidement.

— Miam, commente Ben. Pourquoi mam' ne mange rien ?

— Mam' fait un régime pour sa fête de promo, explique Emily en attrapant la salade. Il faut qu'elle soit sexy parce qu'elle va revoir tous les mecs qui fantasmaient sur elle quand elle avait dix-neuf ans.

— Maman *sexy*? Maman *sexy*? répète Ben, abasourdi par cet extravagant concept.

— Votre mère était incontestablement sexy, déclare Richard. *Est* incontestablement sexy, s'empresse-t-il de rectifier. Tu es sûre que tu ne veux pas un petit pain à l'épeautre avec ta salade, Kate ?

— Combien de fois je vais devoir te le dire ? Je ne mange pas de glucides. »

(*Roy, rappelle-moi de caler une liposuccion express à l'heure du déj histoire de rentrer dans cette robe verte. Il est important que je garde le contrôle de mon corps, de mon esprit, de mes sentiments et de ma boîte de réception.*)

Peut-être que je pourrais juste jeter un œil au mail de Jack. Quel mal peut-il y avoir à cela ? NON ! Fragilité, ton nom est femme ! *Ne PAS ouvrir le mail de Jack.*

20 h 38 – Je cherche mon ordinateur pour pouvoir continuer mes courses de Noël quand j'entends une voix familière me parvenir du salon. Ce n'est pas possible. *Maman ?*

Emily et Ben sont assis sur le canapé, Lenny coincé entre eux, en conversation par Skype avec ma mère sur mon ordinateur.

Emily me sourit et me fait signe de les rejoindre.

« Mam', viens dire bonjour à mamie. Le nouveau copain de tata Julie lui a appris à se servir de Skype.

— Ah, coucou maman.

— Bonjour Kath, ma chérie. TU M'ENTENDS ?

— Oui, maman, on t'entend très bien, tu n'as pas besoin de crier. Ça va ?

— Ça va, chérie. Je t'ai laissé des messages sur ton portable, au sujet de Noël. Je crois que je vais réserver un chenil pour Dickie. C'est drôle de vous voir comme ça, comme à la télé.

— T'as vu, mamie, ça dépote ou bien ? »

C'est Ben, évidemment, qui ne cesse de charrier sa grand-mère, à un point que je ne me serais moi-même jamais permis étant enfant. Et le plus agaçant, c'est que, comme elle l'adore, elle lui passe tout. Pire, elle prend *plaisir* à se faire charrier.

« Oui, chéri, je suis beaucoup allée au jardin dernièrement. Pour dépoter, rempoter, planter, couper l'herbe, et je...

— T'as planté de l'herbe, mamie ? Tu sais que tu peux écoper de deux ans pour ça ? Enfin, peut-être qu'ils seront sympas pour cette fois si t'as un casier vierge. »

Ben et Emily se mettent à imiter une vieille personne guindée qui fumerait un joint : sourcils levés, lèvres pincées, pouce et index formant un O délicat. Emily glousse comme une gamine de deux ans. Sautant sur l'occasion, elle s'écrie :

« Alors, mamie, c'est comment, internet ? »

Je la fusille du regard, sans le moindre résultat.

« Oh, c'est merveilleux, répond ma mère. Je pourrais y passer mes journées si je n'y prenais pas garde.

— Truc de malade, dit Ben.

— Qui est malade ? C'est toi, Emily, encore ? Tu sais, chérie, quand tu n'étais pas bien, je t'ai dit d'aller chez le méd...

— On va tous très bien, mamie, la coupe Emily avant que ma mère ne puisse se lancer dans ce qui est, malgré la sévère concurrence de Dickie, son sujet d'inquiétude favori. Quel genre de trucs tu as regardés sur le net ?

— J'ai trouvé des tas de sites où on voit des chats et à qui ils ressemblent. Épatant. Mais puisque j'ai mes petits-enfants sous la main et que vous êtes tous les deux des experts en informatique, expliquez-moi comment on va sur Bookface. »

C'est plus que Ben et Emily ne peuvent en supporter. Ils s'agrippent l'un à l'autre dans un accès d'hilarité irrépressible et tombent au pied du canapé. Lenny se met à aboyer.

Je décide de venir à la rescousse.

« Ça s'appelle Facebook, en fait, maman.

— Ah oui, c'est ça ! Mavis, enfin plutôt son neveu Howard dit que c'est formidable, du coup maintenant elle s'y est mise aussi. »

Je n'ai jamais rencontré cette Mavis, mais depuis deux ans, pour une raison que j'ignore, elle est devenue une sorte d'oracle dont la moindre parole est interprétée par ma mère comme une vérité universelle. Si Mavis mentionnait en passant les voyages dans l'espace la prochaine fois qu'elles se croisent par hasard au supermarché, ma mère enverrait aussitôt une enveloppe timbrée à la NASA en demandant de plus amples renseignements et les dates de départ.

« Euh, je ne sais pas, maman, je n'en suis pas si sûre.

— Mais si, chérie, c'est extrêmement utile. Ça te rappelle les anniversaires, et à mon âge, tu sais, j'ai besoin qu'on me les rappelle. Ce que je n'ai pas compris, c'est si on doit vraiment mettre sa tête en photo sur l'ordinateur.

— Tu peux mettre n'importe quelle partie du corps, mamie », intervient Ben avec malice.

Je lui donne une tape sur le crâne, qu'il essaie d'éviter en s'écartant d'un geste brusque. Emily se raidit et, alors que ses mains forment des poings involontaires, les manches de son tee-shirt remontent sur ses bras, révélant de nouvelles égratignures. Quoi, là aussi ? Encore des séquelles de son accident de vélo ?

Ben affiche une mine triomphale, ayant réussi à énerver tout le monde. Puis, comme d'habitude, il pousse le bouchon trop loin en ajoutant :

« Même tes fe...

— Ce n'est pas le problème, maman, je m'empresse de l'interrompre. C'est juste que si tu es dessus, tu risques, enfin...

— Je risque quoi, chérie ?

— Tu risques de voir ou d'apprendre des choses sur les gens qui ne sont pas forcément très agréables. »

Je tente un sourire timide en direction d'Emily. Elle a les yeux rivés au sol.

« Oh, mais je suis plus solide que j'en ai l'air, tu sais », rétorque ma mère.

Ce qui est parfaitement exact. J'aimerais pouvoir en dire autant.

« D'ailleurs, à ce sujet, poursuit-elle, j'ai regardé quelques sites médicaux, il y a des tas d'endroits où tu peux lister tes symptômes et...

— Ne fais pas ça, maman. Quand les gens commencent avec ça, ils se mettent dans des états pas possibles.

— Je sais ! Figure-toi que la cousine de Mavis, Val, avait des poussées de fièvre, elle a regardé sur internet et ça disait qu'elle avait peut-être attrapé la légionellose.

— Pourquoi ? s'exclame Ben. Elle a couché avec un légionnaire ?

— Ben ! Attention à toi !

— Qu'est-ce que tu as dit, espèce de chenapan ? demande ma mère en riant.

— Juste que j'espère que tu n'es pas malade, mamie chérie, répond-il avec une mièvrerie feinte, à laquelle Emily réagit en se fourrant deux doigts dans la gorge.

— Tout va bien, Emily, ma grande ? s'inquiète soudain ma mère. Tu m'as l'air un peu patraque. Tu ne trouves pas qu'elle est pâle, Kath ? J'espère que tu ne te surmènes pas trop à l'école, chérie.

— Ça va, mamie, ne t'en fais pas.

— Elle va bien, je renchéris. C'est juste que la lumière n'est pas très bonne, ici. On n'a pas encore refait l'électricité.

— C'est toujours ton Peter polonais qui te fait les travaux ?

— Oui, Piotr, c'est ça. Ce sera fini quand tu viendras pour Noël.

— Fantastique. J'hésite à amener Dickie, Kath. J'ai peur qu'il te salisse la moquette. »

Respire, Kate.

« Mais non, maman. Vraiment, ne te fais pas de souci pour ça. L'important, c'est que tu viennes et que tu passes du bon temps.

— Je vais devoir raccrocher, j'ai un gâteau aux noix dans le four. C'est pour notre vente de charité demain matin. La dernière fois, on a récolté soixante-quatre livres au profit de SOS Troisième Âge. (Dixit celle qui approche des soixante-seize ans.)

— C'est génial, maman. À bientôt, porte-toi bien.

— Toi aussi, chérie. C'était merveilleux de vous voir tous, Emily, Ben. La technologie fait des miracles, vraiment. Bonne nuit à vous. »

Pendant un moment, alors que le visage de leur grand-mère disparaît, Emily et Ben restent affalés sur moi, un contre chaque sein, comme quand ils étaient petits. Ils pèsent lourd à présent, trop lourd, mais je ne leur demande pas de bouger. Nous nous serrons tous les trois quelques instants en silence, blottis dans la pénombre.

« Le cœur de mamie va beaucoup mieux, finit par dire Ben.

— Elle est super forte, non, maman ? demande Emily.

— Oui, bien sûr, très forte, je réponds, en priant ardemment pour que ce soit le cas. Elle est incroyable, votre grand-mère. »

Ils ont un tel amour pour elle, comme elle pour eux. L'amour le plus tendre, le moins compliqué qui soit. Je préfère ne pas penser au fait qu'on a failli la perdre, il y a quatre ans, quand elle a eu sa crise cardiaque ; ni à ce qui arrivera quand elle partira pour de bon.

21 h 36 – Après une heure de lutte acharnée en ligne, j'ai enfin réussi à passer une nouvelle commande pour la PlayStation de Ben. Et elle est en stock ! Dieu existe, à défaut du Père Noël. Notre petit Papa Noël à nous est quant à lui en séminaire de rêve éveillé avec Mlle Siphonnée de la Tisane.

22 h 20 – Examen complet dans le miroir de la salle de bains. Après six ou sept semaines de patchs de testostérone, les effets secondaires incluent :

(a) Plaques rêches sur le visage.

(b) Pousse alarmante et renforcement des poils existants sur le menton et le cou ; nouvelle moisson de fins poils noirs autour – horreur ! – des mamelons.

(c) Humeur exécrable et tendance à sortir de mes gonds pour un oui, pour un non.

(d) Jurer comme un charretier.

(e) Prête à copuler avec à peu près n'importe quoi : meuble, appareil électroménager, maçon polonais.

Les hommes sont-ils dans cet état en permanence ? Si oui, est-il bien raisonnable de les laisser mener le monde ?

Minuit – Alors que je m'apprête à éteindre la lumière, un mail arrive du fournisseur de la PlayStation.

Bonsoir Kate,
Toutes nos excuses pour le retard de livraison, votre produit est en rupture de stock. Il sera de nouveau disponible à partir du 29 décembre. Nous procéderons alors à l'expédition dans les meilleurs délais.
Joyeux Noël !

Nooooooooooooooooooooooon.

De Emily à Kate
Mam, dsl de m'être nrv ce matin. Merci davoir rapporté mon devoir d'histoire à l'école. Je px inviter 70 pers à ma fête de Noël au lieu de 50 ? A+

QUELLE FÊTE DE NOËL ? (*Roy, on a dit d'accord pour une fête de Noël ?*)

13

Zones rebelles

Ô rage, ô désespoir, ô vile graisse ennemie ! N'ai-je donc tant sué à la gym que pour avoir encore quatre kilos de trop à une semaine de ma fête de promo ? Je n'arrive pas à me faire à l'idée d'affronter les soupirants de ma jeunesse en vieille rombière mal fagotée. Sous une lumière flatteuse, je pouvais autrefois passer pour Nicole Kidman. Aujourd'hui, ce serait plutôt Mrs Doubtfire. Ne m'étais-je pas juré d'aborder cet anniversaire comme une adulte, en paix avec mon corps et avec la femme que je suis devenue à quarante-neuf ans, presque cinquante ? Une fière survivante, dans la fleur de l'âge, ballottée par le tourbillon de la vie, sûre d'elle, à ne pas confondre avec cette jeune ingénue qui regardait l'objectif avec de grands yeux inquiets sur la photo de première année de fac. Et elle avait toutes les raisons d'être inquiète : elle avait encore cette affreuse coupe au bol dont l'avait gratifiée Denis, le coiffeur de chez Ainsi Soit Tif en bas de chez elle, vaguement inspirée de lady Diana. Très vaguement. Ça me donnait des airs de troubadour médiéval. Ne *jamais* faire confiance à un coiffeur de province qui prononce son prénom *Dini*, comme dans la chanson de Blondie.

Je pensais donc que j'étais prête pour ces retrouvailles. Pour revoir ces gens que je n'avais pas vus depuis un quart de siècle (mon Dieu, c'est plus d'années que nous en avions vécu au moment de nous rencontrer). J'étais, comme le dit cette horrible expression, « bien conservée » (conservée comme quoi ? Des fonds d'artichaut ? Des sardines à l'huile ? La jeunesse peut-elle, à l'image des fruits au sirop, mûrir sans jamais se gâter ?). J'avais un nouveau boulot, une vieille maison pleine de « potentiel », deux adolescents hors de prison, et j'étais heureuse en ménage (enfin, disons simplement que j'étais en ménage ; parce que bon, qui est *heureux* en ménage ?). Tout allait bien pour moi. Jusqu'à ce que j'essaie la robe.

Vous savez comment on a toujours dans sa penderie une robe ou une tenue particulière sur laquelle on compte pour se sortir de n'importe quelle situation qu'on redoute ? Quand j'ai commencé à travailler à la City, j'ai dépensé tout mon premier salaire dans un tailleur haute couture, et ça les valait. Mon armure Armani. Je l'enfilais le matin tel un chevalier se préparant pour une joute. Son étoffe bleu marine, du jersey je crois, était souple mais coupée à la perfection, me marquant la taille tout en me laissant une bonne protection à la fois devant et derrière. Je me sentais invincible dans ce tailleur, ce qui n'était pas plus mal vu les attaques en règle que me faisaient subir mes collègues masculins au début. Je n'ai jamais eu le courage de jeter ce tailleur. Et puis une association caritative, Dress for Success, a demandé à certaines des cadres de chez EMF si elles accepteraient de donner des vêtements au profit de femmes cherchant à réintégrer le marché de l'emploi après une interruption. J'ai donné mon tailleur bleu marine. J'aimais l'idée que sa magie puisse aider une autre fille terrorisée à camoufler sa peur.

Il ne m'était alors jamais venu à l'esprit qu'un jour je serais moi aussi une femme angoissée luttant pour se refaire une place dans le monde du travail. Le cycle de la vie, pas vrai ?

Les vêtements peuvent vous rendre ce genre de service. Voilà pourquoi j'avais choisi avec autant de soin ma tenue pour la fête de la promo. Une robe émeraude que je m'étais payée en cassant ma tirelire à l'occasion du dernier mariage de Candy dans les Hamptons. Richard avait refusé tout net de faire le déplacement. « Je viendrai au prochain », avait-il dit (Rich n'apprécie pas beaucoup l'appétit vorace de Candy pour la vie en général et les maris en particulier).

À mon âge, vous avez besoin d'aide pour galber et rehausser, sans parler de charpenter et profiler. La robe émeraude était le Gustave Eiffel du prêt-à-porter, un miracle d'ingénierie structurelle. Elle remettait ma poitrine et mon ventre à la place qu'ils occupaient vingt-cinq ans plus tôt.

Au moins deux de mes ex qui seraient présents à la soirée m'avaient vue nue entre 1983 et 1986. Je voulais que mes seins soient plus ou moins dans la même zone que là où ils les avaient aperçus pour la dernière fois.

J'avais tout spécialement porté la robe émeraude au pressing 5 Star d'Islington, qui propose un nettoyage vapeur et une finition à la main. Elle scintillait d'un vert chatoyant dans sa chrysalide en polyéthylène au fond de ma penderie. J'étais fin prête pour les grandes retrouvailles. Et puis j'ai passé la robe.

La fermeture Éclair a réussi à monter de deux centimètres en serrant les dents, mais a refusé de franchir le bourrelet de chair sous ma taille ; cette poche marsupiale qui n'avait jamais vraiment disparu depuis ma seconde grossesse. J'ai eu beau rapprocher les deux bords du tissu, tirer, supplier, rien n'y faisait. Et la gaine amincissante n'y changeait rien non plus.

« Tu as des tas d'autres robes, chérie, a tenté de me rassurer Richard, comme si la quantité pouvait être d'un quelconque réconfort.

— C'est *cette* robe que je veux mettre », ai-je rétorqué sèchement avant de claquer la porte de la salle de bains et de fondre en larmes devant le miroir.

Voilà pour l'adulte de quarante-neuf ans et demi en paix avec son corps. J'étais déterminée à rentrer dans cette robe d'ici à samedi, dussé-je y laisser ma peau.

Ce qui a bien failli m'arriver.

Lundi, 11 h 03 – Enfer et damnation. Jay-B me convoque dans son bureau juste au moment où j'espérais m'éclipser discrètement, sauter dans un taxi et traverser la ville pour la petite « intervention » que j'ai soigneusement programmée. Il m'explique que mon rendez-vous cet après-midi avec Grant Hatch est crucial.

« Vous êtes consciente, je n'en doute pas, que Hatch possède un des plus gros cabinets de conseil financier, Kate. C'est un self-made-man multimillionnaire, un casse-pieds, mais il a démarré ici comme trader il y a des années. Si on réussit à se placer dans ses petits papiers, vous voyez, si ses équipes nous recommandent à leurs clients, en gros c'est le jackpot.

— J'ai bien compris, je réponds. Ce serait génial qu'il nous ait à la bonne. Je me demande juste : pourquoi moi ? Je veux dire, c'est flatteur, mais je suis nouvelle et il y a des gens beaucoup plus expérimentés. »

(Par pitié, envoyez quelqu'un d'autre sur ce coup-là, parce qu'au retour du déjeuner je serai encore en train de me remettre de ma lipo express.)

La mâchoire de Jay-B tressaille. Il n'a pas l'intention de me lâcher.

« Eh bien, Kate, il semble que vous ayez su jouer de votre charme avec Velikovsky, or Grant a la réputation d'être un homme à femmes. »

Oh mon Dieu, voilà qui ne présage rien de bon.

« Pour le dire autrement, reprend Jay-B, je pense que vous avez ce qu'il faut pour lui plaire. Mais je ne vais pas vous mentir, il n'est pas très commode. »

OK, un homme à femmes pas très commode. Et serial killer, pour couronner le tout, non ?

Je sors à reculons du bureau de Jay-B tout en le remerciant avec effusion de m'offrir cette fantastique opportunité ; c'est à peine si je ne me prosterne pas comme une des trente-neuf épouses du roi de Siam. Puis, avant qu'il ait le temps de me rappeler pour ajouter autre chose, je descends au rez-de-chaussée en courant et fonce à la station de taxis.

11 h 33 – En route pour Knightsbridge, je reçois un mail de Debra (« Objet : Je vais me tirer une balle ! »). Elle me raconte qu'elle était en week-end à Marrakech avec les enfants quand elle a envoyé à un neurologue hautement prometteur qu'elle avait connu sur un site de rencontres le texto suivant : « Je crois que j'ai trouvé le meilleur tagine du monde. »

Malheureusement, et à son insu, le correcteur d'orthographe de son téléphone a remplacé « tagine » par « vagin ». Elle dit qu'elle a été un peu surprise quand le neurologue s'est montré tout à coup très enthousiaste et lui a répondu plusieurs messages lubriques en disant qu'il était impatient de goûter son tagine. Maintenant, elle est coincée.

Kate, ce type me plaît vraiment. Ça pourrait être le bon. Il a une belle situation, il est sain d'esprit, célibataire – enfin, deux fois divorcé –, sans enfants. Tu sais à quel point il est difficile de dégotter quelqu'un qui ne se trimballe pas des casseroles. Je voudrais lui dire que j'ai trouvé le meilleur tagine, pas vagin, mais voilà qu'il me prend pour une bi ultra-chaude et qu'il est brusquement très intéressé. Je fais quoi ?

Qu'est-ce que j'en sais, bon sang ? Je commence à être agacée par Deb et ses catastrophes en chaîne. Apparemment, je suis devenue son bureau des plaintes officiel depuis qu'elle s'est mise au « dating » : une importation américaine horripilante dont la mode s'est heureusement répandue alors que j'étais déjà mariée. Tout d'un coup, on dirait que les femmes de mon âge revivent leurs quinze ans, se baladent en minishorts et vaporisent de laque leur brushing à la Farrah Fawcett. « Je lui envoie un texto ? » « Combien de temps je dois laisser passer avant de lui répondre ? » Comme si l'amour était un algorithme.

« Est-ce qu'il va me détester si on ne couche pas le premier soir ? » Il y a trente ans, la question était : « Est-ce qu'il va me prendre pour une salope si je couche avec lui trop tôt ? » Honnêtement, j'ai du mal à y voir un progrès.

Cette quête de l'amour est épuisante et bien souvent absurde. Debra vient, une fois de plus, de se couvrir de ridicule. Et pendant ce temps, le mail non lu de Jack attend sagement dans ma boîte de réception. Je ne l'ai pas effacé comme j'en avais l'intention. Mais je m'interdis de l'ouvrir. Même si c'est la dernière chose à laquelle je pense en m'endormant et la première en me réveillant. Et la principale entre les deux. Je ne sais pas combien de temps je vais encore résister.

11 h 59 – J'ai peut-être abdiqué ce qui me restait de principes féministes et fini par faire une chose que je m'étais juré de ne jamais faire, mais au moins je comprends maintenant comment toutes ces actrices et top-modèles « retrouvent la forme » après leur grossesse. Ce n'est pas grâce à une volonté surhumaine, ni à l'allaitement, aux smoothies d'épinards ou au Pilates, ce n'est même pas grâce à un avantage génétique comparé ou à des retouches sur Photoshop. Non, c'est une bête opération chirurgicale. Dans la panique, et sur les conseils de Candy, j'ai donc finalement décidé de prendre rendez-vous dans une clinique coquette du côté de Hyde Park.

Leur brochure, imprimée sur du papier tellement brillant qu'on pourrait s'en servir de miroir pour se remettre du rouge à lèvres, promet de venir à bout sans douleur de ce qu'ils appellent, avec un tact infini, « ces zones rebelles ». Alors que je monte le spectaculaire escalier central, qui ressemble à un empilement de blocs de glace autoportés, je sais pertinemment que je ne devrais pas être là.

Qu'est-ce que tu fais, Kate ? Ta peur de paraître boudinée à la fête de la promo est-elle si grande, et ton estime de soi si fragile que tu es prête à payer le prix d'un piano de cuisson John Lewis pour te faire pomper les bourrelets du ventre par un aspirateur à graisse ?

Hélas, il semblerait que ce soit le cas.

Les deux femmes assises à la réception de la clinique me font penser à des hôtesses de l'air d'un autre âge, à l'époque où voyager en avion vous donnait l'impression d'être un globe-trotter glamour et non un prisonnier condamné aux galères et à se nourrir de Pringles hors de prix. Maquillage impeccable fixé par de la poudre irisée, effluves de parfum enivrants, il ne leur manque que ces joyeux petits calots ornés d'un pin's, ce qui est vraiment dommage. Elles m'invitent à prendre place en salle d'attente et me proposent un choix de boissons vertigineux.

Parce que je suis nerveuse, j'opte pour celle qui me fait le moins envie : un thé à la réglisse. Je songe un instant à changer d'avis et à leur demander plutôt un cappuccino, ce qui me requinquerait davantage, mais non, je suis là pour me faire dompter les zones rebelles, et c'est sans doute à cause du cappuccino qu'elles le sont devenues à la base.

Trois autres personnes sont assises autour de moi, et nous évitons tous soigneusement de nous croiser du regard. Malgré les efforts lénifiants de la déco zen et de la musique d'ascenseur, il y a une certaine honte à être ici. Tout le monde veut rester jeune, mais personne ne veut être pris en flagrant délit d'essayer de rester jeune par artifice. Ça doit demeurer notre petit secret coupable, aussi « indétectable » que les interventions de cette clinique.

Quand l'une des réceptionnistes vient chercher l'homme planqué derrière le journal en face de moi, je lève les yeux de mon article sur le raccourcissement du gros orteil (la dernière mode, apparemment) et m'aperçois qu'il s'agit d'un acteur célèbre. Enfin, célèbre dans les années 1980, moins maintenant. Ses cheveux blond-roux ont été assidûment peignés en arrière, peut-être pour masquer le fait qu'il lui en reste aussi peu. Autrefois bel homme au charisme imposant, il paraît aujourd'hui vulnérable ; le bleu de ses yeux a l'air délavé. Il comprend que je l'ai reconnu – ce que je déplore – et me salue d'un hochement de tête triste avant de disparaître dans un couloir. Quelle opération peut donc se faire faire un homme, la soixantaine bien tassée, qui cherche à sauver les meubles ? Il faudra que je demande à Candy ; elle s'y connaît plus en ravalement de façade qu'une cimenterie Lafarge.

17 h 43 – Il s'avère que la simple « lipo indolore de la pause déj » n'était ni simple, ni exactement un petit truc qu'on cale pendant l'heure du déjeuner. Quant au côté indolore, allez dire ça à une pelote d'épingles.

J'en suis ressortie dans les vapes, emmaillotée de bandages et équipée d'une ceinture de contention post-chirurgicale, c'est-à-dire l'équivalent d'une gaine amincissante de combat.

Je suis en train de tituber sur le trottoir en essayant de héler un taxi quand mon portable sonne.

Je décroche et, sans préambule, reprenant là où elle en était restée, ma mère commence :

« Le problème, Kath, chérie, c'est que si je prends Dickie à Noël, et que ce sont Peter et Cheryl qui m'amènent en voiture, il va devoir faire le voyage avec nous. Tu sais comme Cheryl est compliquée. Imagine si Dickie a une fuite. Non, je ne crois pas que je vais courir le risque. Il vaut mieux que je ne bouge pas cette année. Ça ira très bien, je pourrai toujours aller chez Julie et... »

Je fais semblant d'avoir une panne de réseau et je raccroche.

Dans le taxi, je suis tentée d'avaler un des forts antalgiques qu'on m'a donnés à la clinique, mais je n'ose pas, de peur de piquer du nez pendant la présentation. C'était quoi, déjà, cet ancien instrument de torture en forme de sarcophage avec des pointes métalliques à l'intérieur ? Une vierge de fer ? Eh bien, c'est moi après ma lipo « indolore ».

La circulation est épouvantable. Résultat des courses, je suis en retard à mon rendez-vous au Brown Hotel avec Grant Hatch. *Évidemment*. Pire, c'est ma société qui a sollicité cette entrevue, c'est donc une terrible entrée en matière que d'arriver en retard. Je ne peux pas non plus me répandre en excuses, vu la réputation orageuse de Grant. Sans compter que, après m'être fait perforer de partout, je suis littéralement susceptible de me *répandre* par tous les pores. J'ai des visions de thé Earl Grey giclant par les trous de ma lipo, façon fontaine de Trevi. Je ne crois pas que Grant apprécierait.

À la seconde où j'entre dans le bar de l'hôtel, il jette ostensiblement un coup d'œil agacé à sa montre, qui fait la taille d'une boule à neige à cadrans multiples, avec au moins quatre molettes sur le côté ; elle est sans doute capable de lancer une attaque nucléaire sur Pyongyang, mais de donner l'heure ?

Grant se lève en faisant rouler ses épaules comme pour s'échauffer avant un combat. Il porte un polo noir qui peine à contenir ce qu'il y a dedans, et un jean noir exagérément repassé. Il est massif, le crâne et le visage parfaitement imberbes, comme un bouddha qui aurait troqué la méditation pour le capitalisme sans jamais l'ombre d'un regret. Je distingue tout juste le haut d'un tatouage qui dépasse derrière le médaillon en or dans son cou. Quand il parle, c'est avec un accent du Sud londonien à couper au couteau.

« Kate, enfin, grommelle-t-il.

— Grant. Je suis vraiment désolée. On a eu une urgence au bureau juste au moment où je partais. Les marchés se sont…

— Pas de problème, me coupe-t-il en décochant un sourire comme on dégainerait un cran d'arrêt. Je suis sûr que vous êtes le genre de fille qui a de quoi s'occuper. »

Ah, ça commence. Jay-B m'avait prévenue que Hatch était un coureur. En principe il faut quand même plus de dix secondes pour comprendre à qui on a affaire, mais cette fois le radar à pervers s'est déclenché avant que j'aie eu le temps de m'asseoir. Pour ce type, je suis une « fille », et pas n'importe laquelle : une fille qui aime avoir son agenda – et tout le reste – bien rempli, de préférence par des vicelards dans son genre. Très bien. Je vois. Je vais gérer.

« Ouaip, je réponds, c'est un peu la course en ce moment. »

(Tu n'as même pas idée, mon pote. À quand remonte la dernière fois que tu t'es retrouvé allongé à ressasser la triste dégénérescence mentale de ta belle-mère et les angoisses de ta fille, avec le bide percé de trous de lipo ? À vue de nez, je dirais jamais.)

« Donc, Kate, reprend-il, qu'est-ce que je peux faire pour vous ? Ou vous pour moi ? » ajoute-t-il en plissant légèrement les yeux, deux billes noires qu'il pourrait aussi bien avoir empruntées à un requin.

Il hoche continuellement la tête quand il parle, incapable de tenir en place. Je ne serais pas étonnée de le voir partir en courant sans prévenir. Un de ces hommes que vous ne pouvez vous empêcher d'imaginer enfants, toujours à s'attirer des ennuis ; leur mère, harassée à la fin de chaque journée, épuisée de dévouement, vieille avant l'âge.

Nous nous installons dans deux fauteuils, Dieu merci séparés par une table basse, et non côte à côte.

« Vous buvez, dit-il, sur le ton d'un ordre plutôt que d'une question.

— Un thé, s'il vous plaît.

— Nan, putain, prenez-vous un vrai drink.

— Qu'est-ce que vous buvez, vous ?

— Du single malt. Fabriqué par je ne sais quels connards au fin fond des Highlands. De l'or liquide, mais en plus cher. Pareil pour vous ?

— Avec plaisir, merci. »

Sans doute pas très raisonnable, mais il me faut quelque chose de fort pour anesthésier ma douleur au ventre.

« Nickel, dit Grant. Hé, vous.

— Moi ?

— Non, vous là-bas. »

Il claque des doigts, comme pour démarrer un tango. La vache. *Quoi qu'il arrive, Kate, rappelle-toi de ne jamais danser avec ce type.* Une serveuse derrière moi accourt à son signal.

« Oui, monsieur, vous désirez ? »

Souriante, inquiète, polie, possiblement balte.

« Ouais, remettez-moi la même chose. *Por dos*. Elle et moi. *Comprendo* ?

— Oui, monsieur. »

Grant la regarde s'éloigner.

« Elle, faudrait qu'elle arrête les frites », commente-t-il.

Grant est un ancien conseiller financier. Maintenant il gère un groupe – ou, tel que je me le représente, un commando – de conseillers financiers, ce qui lui donne accès à un large éventail de clients, depuis les simplement riches jusqu'aux tellement riches que même leurs chiens ont un chef à domicile. EM Royal espère devenir un des fonds vers lesquels se tournent ces clients ; et c'est ma mission peu enviable que de le lui expliquer. Comment faire pour informer ce genre d'homme que vous êtes intéressée par ses activités, et que ses activités pourraient vraiment bénéficier de ce que vous avez à offrir, tout en étant très claire sur le fait que l'intérêt s'arrête là ? Ça faisait longtemps que je n'avais pas rencontré quelqu'un qui pense à ce point en dessous de la ceinture.

« Grant, je suis là pour vous dire que chez EM Royal, nous sommes particulièrement bons...

— Bien sûr que vous êtes sacrément bonne, putain ! s'exclame-t-il avec un son à mi-chemin entre un aboiement et un rire. Vous ne seriez pas là si vous n'étiez pas super bonne, pas vrai ? »

Je souris, comme pour savourer son trait d'esprit, avant d'enchaîner.

« Oui, donc, nous sommes conscients, bien entendu, que vous avez tout un panel de fonds d'investissement à votre disposition. Mais le nôtre est extrêmement diversifié en termes de catégories d'actifs : une bonne répartition géographique, une large exposition à d'autres devises, un bon mélange de valeurs défensives et de cycliques, des placements performants pour tout le monde. »

Où ai-je appris à parler ce langage étrange de la City, qui sonne comme de l'anglais sans en être tout à fait ? Jack appelait ça le « désespéranto », ce qui est parfaitement trouvé. Et vous pouviez lui faire confiance pour le parler mieux que quiconque. Je m'impressionne moi-même – mais je m'inquiète aussi un peu – de m'être réapproprié le jargon aussi facilement après toutes ces années. On dirait quelqu'un qui retourne s'installer en France et qui aussitôt, sans entraînement, se met à papoter avec les gens du cru.

« Et ? » demande Grant, visiblement pressé d'en venir au but.

Il jette un nouveau coup d'œil à sa montre. Peut-être lui permet-elle de réchauffer à distance le dîner qui l'attend quelque part dans une villa cossue.

« Et nous serions ravis de voir EM Royal devenir un de vos partenaires. Nous pensons que nous aurions chacun beaucoup à gagner d'un rapprochement mutuel. »

Bon sang, Kate, ne lui tends pas la perche avec des sous-entendus !

« Je n'en doute pas, rétorque-t-il. J'adore l'idée d'un rapprochement entre nous. (Trop tard, donc.) Parce que ?

— Parce que nous avons une équipe de prospection exceptionnelle et parce que, sincèrement, nous pensons pouvoir répondre à tous les besoins de vos clients.

— Bien tenté.

— Nous sommes évidemment plus chers qu'un fonds indiciel, et nous entendons le rester, je poursuis avec un nœud dans la gorge. Dites-vous que la sécurité a un prix.

— Bien sûr, Katie, acquiesce-t-il en passant subrepticement au diminutif (pour être honnête, il fait sans doute ça avec tout le monde ; si Grant avait croisé César, il lui aurait donné du “Julo”). Écoutez, pour tout vous dire, j'ai déjà fait mes petites recherches de mon côté. Voyez, je ne vous cache rien. »

Il marque une légère pause pour me laisser le temps d'apprécier cette chance, puis reprend :

« Et je dois dire que nous pourrions en effet avoir envie de vous mettre...

— De mettre EM Royal.

— Oui. De vous mettre à notre catalogue.

— C'est formidable. Je peux vous assurer...

— Mais... me coupe-t-il en se penchant au-dessus de la table basse, de sorte que j'ai une vue plongeante sur le décolleté de son polo et constate que son tatouage représente une sirène très plantureuse. Je crois qu'il va nous falloir un rendez-vous en privé pour examiner tous les détails, pour être sûrs de ne rien négliger, si vous préférez.

— Mais bien entendu, Grant. Mes collègues se feront un plaisir de...

— Quand je dis “nous”, Katie, je parle de vous et moi. Nous deux. Il faut qu'on se revoie. Au calme, en tête-à-tête. »

Ses yeux de requin m'auscultent de haut en bas. Je sens les bandages de ma liposuccion me comprimer le ventre. Dans *Les Dents de la mer*, quand Richard Dreyfuss descendait à la rencontre du monstre, il avait une cage pour le protéger et un harpon pour se défendre. Moi, je n'ai qu'une table. Et, Dieu merci, deux verres de whisky que la serveuse nous apporte pile à cet instant, créant ainsi une salutaire diversion. Merci à elle.

« C'est tout ? demande-t-elle. Vous désirez autre chose ? »

Grant la chasse d'un revers de main. Elle s'éloigne. De nouveau, il la suit du regard.

« Il suffirait qu'elle perde un peu de poids pour être bien. Le cul, surtout. Elle devrait se payer un vélo. Santé ! Vous faites du sport, Kate ?

— J'essaie, dis-je en hochant la tête. Au moins deux fois par semaine.

— Ouais, je m'en doutais. »

Il fait tinter son verre contre le mien. Je bois une gorgée prudemment, en vérifiant qu'il n'est pas fêlé. *Allez, Kate, courage, restons légers*.

« Et vous, Grant, vous êtes un adepte du vélo ?

— Si je suis un adepte du vélo ? Ça se voit pas, putain ? Quelle question ! Je fais des centaines de bornes tous les week-ends, en lycra de la tête aux pieds.

— Vous devriez rencontrer mon mari, vous auriez des choses à vous dire. »

Grant fronce les sourcils. Ce n'est pas que les types dans son genre se sentent menacés par les autres hommes ; c'est juste qu'ils n'aiment pas la simple idée qu'il puisse *y avoir* d'autres hommes. Comme les taureaux, ils veulent l'arène pour eux tout seuls.

« Qu'est-ce qu'il a ? (Que tu n'as pas, tu veux dire ?)

— Pardon ?

— Quel vélo ?

— Ouh là, je ne sais pas. Mais il lui a coûté une fortune, dans les cinq mille et... »

Grant explose de rire, au point que du whisky lui sort par le nez. Il attrape une serviette en papier pour essuyer sa chemise, riant toujours.

« Cinq mille, c'est de la rigolade. Le mien, c'était déjà dix mille sans les roues. Il doit peser moins qu'une pomme, vous pourriez le soulever avec le petit doigt. »

Il avale son whisky d'un trait et reste un moment comme ça, la tête en arrière (est-ce que je suis censée applaudir ?). Puis il repose son verre et me regarde droit dans les yeux.

« Alors, Katie, vous en dites quoi ? Vous et moi. La semaine prochaine, vous avez des dispos ? Mardi après-midi, ça pourrait le faire. Je vous invite au Claridge, au Dorchester, choisissez. Il faut vraiment qu'on discute de certains points, qu'on apprenne à mieux se connaître avant de passer à la vitesse supérieure, non, poupée ? »

Je finis mon verre moi aussi, me lève et lui tends la main.

« En fait, Grant, je vais devoir y aller. Ce fut un plaisir. Et je me réjouis que notre offre vous intéresse. Je serais bien sûr ravie de vous envoyer une brochure complète d'information avec nos performances annuelles, nos protocoles et nos stratégies d'investissement. Pour mardi, hélas je ne suis pas libre ce jour-là, mais je suis sûre que mon collègue Troy Taylor sera heureux de me remplacer et de poursuivre la discussion avec vous. »

Grant contemple ma proposition avec une mauvaise volonté qui suinte par tous les pores de sa peau. Il est plutôt bel homme, bien habillé et très très riche, mais à cet instant il est la laideur incarnée. Mon rejet l'a pris de court.

« Ouais, finit-il par dire avec une certaine lenteur, distribuant ses mots au compte-gouttes. Ouais, je connais Troy. C'est lui qui m'a parlé de vous. Il m'a dit que vous étiez la petite nouvelle, mais pas une jeunette non plus. Drôlement douée dans ce que vous faites, apparemment. C'est ce que Troy m'a dit. Je suppose que vous avez plus d'expérience que nous tous. Des années derrière vous, sans doute. Il a pensé qu'on pourrait, vous voyez, s'entendre, quoi. »

Ah. Le pervers soutenu en coulisse par le salaud. Ça se corse.

« Mais tout à fait, Grant, et il avait raison ! J'étais enchantée de faire votre connaissance. À bientôt, j'espère. Au revoir. »

Et je m'en vais. Un claquement de doigts résonne dans mon dos. Dernier tango pour Grant, mais, hélas, je n'ai pas fini d'entendre parler de lui. Loin de là.

20 h 39 – Ce soir, au dîner, ce sera une soupe, un hachis parmentier à la patate douce et des haricots verts, le tout acheté en passant au Marks & Spencer de la gare. Richard avait dit qu'il cuisinerait, mais il a eu un rendez-vous de dernière minute avec cette exaspérante bonne femme, au sujet d'une nouvelle retraite bien-être, si j'ai bien compris. Il est penché sur son iPad alors que j'apporte la soupe à table.

« Écoute ça, Kate. Une haute responsable du gouvernement a suggéré que les travailleurs d'un certain âge qui ont eu à l'époque leur O-level devraient faire semblant d'avoir le brevet des collèges[1], histoire que les employeurs ne se rendent pas compte qu'au-delà de quarante-trois ans nous sommes, en fait, des vieux déchets en bout de course. »

Rich fait pivoter la tablette afin que je puisse voir l'article de mes propres yeux. La responsable dit que les personnes qui possèdent ce qu'elle appelle des « diplômes à l'ancienne » – on dirait qu'elle parle de trucs rédigés à l'encre de bison sur des papyrus, non ? – risquent d'être discriminées en raison de leur âge. Tout en précisant qu'elle n'irait pas jusqu'à encourager un mensonge pur

1. Au Royaume-Uni, l'équivalent du brevet des collèges français s'appelle aujourd'hui le « GCSE ». Avant 1988, on parlait du « O-level ». [NdT]

et simple, elle ajoute : « Quand on est confronté à ce genre d'injustice, alors peut-être qu'il faut jouer le jeu. »

« Jouer le jeu ? glapit Richard en laissant sa cuillère retomber bruyamment dans son bol de soupe. Et pourquoi cette dame n'annonce-t-elle pas franchement que, contrairement au brevet des collèges, le O-level était un vrai diplôme difficile et qu'au moins, nous, les vieux, on peut être sûrs qu'on sait lire, écrire et compter de tête, sans l'aide de nos appareils électroniques ? »

Eh merde. Je m'aperçois soudain que sur le CV pour mon nouveau boulot j'ai indiqué les résultats de mon O-level tout en prétendant avoir quarante-deux ans. Ça ne m'a pas traversé l'esprit une seconde que mon faux âge impliquait que j'étais trop jeune pour avoir passé le O-level, et que j'aurais dû mettre le brevet à la place. Les pièges sont partout. Heureusement, personne chez EM Royal ne semble avoir rien remarqué ni ne m'a demandé de fournir mes diplômes. Quoi qu'en dise cette haute responsable, mentir sur son âge n'est pas un petit canular facile. Il vous faut vraiment la mémoire de quelqu'un de beaucoup plus jeune pour vous en sortir.

Un gémissement nous parvient tout à coup du côté d'Emily, qui se tient prostrée sur sa chaise, les genoux remontés sous le menton, toute de noir vêtue et emmaillotée dans une écharpe qui a l'air faite en filet de pêche. On dirait un casier à homards à un enterrement.

« C'est vraiment injuste, papa, s'écrie-t-elle. J'ai passé mon brevet et c'était super dur, OK? Maman et toi, vous êtes toujours en train de dire que genre tout était mieux à votre époque. C'est pas juste. Vous pensez que je suis genre complètement débile et ça devient méga stressant à cause du contrôle continu et tout ça, et j'ai eu seulement douze et demi à mon devoir d'anglais.

— Tu *es* complètement débile, intervient Ben sans lever les yeux de son téléphone.

— Arrête, Ben ! Et pose-moi ce truc, s'il te plaît. Richard, toi aussi, éteins ton iPad. Est-ce qu'on pourrait avoir un seul dîner sans que toute la famille soit sur internet ? Comment ça, chérie, tu as eu douze et demi à ton devoir d'anglais ? Je t'ai aidée pour ta dissertation sur *La Nuit des rois*. Comment c'est possible que tu n'aies eu que douze et demi ? »

Elle rentre la tête, telle une tortue, dans son col en filet.

« M. Young a trouvé que c'était bien écrit et très intelligent et tout, mais qu'il n'y avait pas assez de mots-clés. Il faut mettre des mots-clés pour avoir une bonne note, maman.

— Quels *mots-clés* ?

— Attends une seconde, me coupe Richard, comment se fait-il que tu aies écrit la dissert d'Emily à sa place ?

— Maman ne l'a pas *écrite*, elle l'a corrigée, s'empresse de rectifier Emi pour me protéger. C'est pas de sa faute si j'ai pas eu une bonne note. »

Richard se tourne vers elle, puis vers moi, avant de rétorquer d'un ton caustique :

« Ne dis pas à ta mère qu'elle n'a pas eu une bonne note quelque part, Emily. Ça n'est pas arrivé depuis 1977. »

Je vois le visage de Ben s'éclairer d'un petit sourire suffisant ; exactement la même expression que ce jour où, en CE2, il avait décidé de libérer les gerbilles de sa classe, « parce qu'elles avaient envie d'être dehors ».

« Le niveau ne doit pas être si nul que ça si maman n'a eu que douze et demi à la dissertation d'Emily, souligne notre logicien attitré.

— Je n'ai pas dit que le niveau était nul, Benjamin, répond Rich. C'est juste que ce qu'on attend des élèves me paraît être du bachotage absurde, mécanique, sans aucune créativité. Je n'appelle pas ça de l'éducation. Et maintenant, file faire tes devoirs. Emily, chérie ? »

Trop tard. Emi est partie en courant s'enfermer dans sa chambre. Que faire, à présent ? Je peux difficilement débarquer à l'école et me plaindre auprès de M. Young. Pour lui dire quoi ? « Emily aurait dû avoir une meilleure note à sa dissert vu que c'est moi qui en ai écrit la moitié » ? Top. Vous savez quoi ? Ce serait sympa d'avoir juste *un* aspect de ma vie dans lequel je n'aie pas l'impression d'être une totale imposture.

« Mam' ?

— Oui, Ben.

— Tu peux faire mon devoir d'histoire. C'est pas grave si j'ai une mauvaise note. »

21 h 43 – J'avais tout à fait l'intention de parler de ma lipo à Richard. Honnêtement, c'était mon intention, mais ensuite on a été interrompus par la grande querelle des anciens et des modernes et, après mon rendez-vous avec Grant Hatch, je n'ai pas le courage d'encore affronter des tensions. Ce type m'a littéralement dégoûtée, mais j'ai peut-être fait perdre plusieurs millions à EM Royal en refusant de faire partie des avantages en nature qu'on pouvait lui offrir. En sortant de l'hôtel, je me suis dit : je suis trop vieille pour jouer à ce genre de connerie. Parfaitement exact. Mais je suis aussi trop vieille pour me trouver un autre boulot et, afin de garder celui que j'ai, il va me falloir une certaine tolérance à la connerie, si répugnante soit-elle.

En fait, quand on y pense, le coût d'une liposuccion est une super affaire comparé au nombre de séances de coaching personnalisé qu'il faudrait pour éliminer ces zones rebelles qui reposent désormais en paix dans un sac d'aspirateur quelque part vers Hyde Park. Et puis je n'ai pas besoin d'acheter une nouvelle robe pour la fête de la promo. Vu sous cet angle, c'est une sacrée économie. Sans compter que je gagne désormais mon propre argent, qui permet de maintenir toute la famille à flot, et que je ne dépense presque jamais rien pour moi, donc je ne devrais pas avoir à me justifier auprès de mon époux.

En plus, je suis sûre que j'arriverais à convaincre Rich qu'une liposuccion n'est pas le signe d'une crise de la cinquantaine qui s'aggrave, comme il pourrait le croire, mais l'entretien essentiel et prudent d'un capital en déclin : moi. (En parlant de capital en déclin, j'ai payé par chèque pour éviter d'avoir des problèmes avec cette mystérieuse histoire de carte de crédit bloquée. *Roy, tu as avancé pour savoir pourquoi mon taux de solvabilité était si bas ?*)

Malheureusement, après dîner, quand les enfants se sont tous les deux éclipsés, Rich se lance dans une diatribe sur la morne plaine qu'est devenu notre compte courant. Il dit que c'est à cause de « tes rénovations » dans « ta maison », bien que nous ayons là un homme qui a décidé de renoncer au capitalisme pour se reconvertir en professionnel de la compassion à trois livres de l'heure. Il est tellement convaincu de la noblesse morale de sa nouvelle vocation qu'il n'a pas l'air de voir l'effet qu'elle a sur les enfants et moi. Le fait est qu'il ne va pas commencer à gagner d'argent avant encore deux ans. *Deux ans !* D'ici là, c'est moi qui aurai besoin d'une aide psychiatrique.

Alors que je charge le lave-vaisselle en faisant volontairement le plus de bruit possible, Rich continue à émettre toute sorte d'utiles suggestions sur les économies que nous pourrions réaliser.

« Nos factures de gaz et d'électricité sont exorbitantes, Kate. Je sais que tu aimes prendre des bains, mais est-ce qu'on est obligés d'avoir de l'eau chaude à quatre heures du matin ? Pourquoi on ne l'allume pas seulement quand on en a besoin ? »

Je réorganise les couteaux dans le bac à couverts en m'efforçant de ne pas me tourner vers mon mari, au cas où – comme cette dernière idée le laisse penser – il aurait été remplacé par la tenancière d'une pension de famille de province de 1971. Bientôt il va afficher des petits écriteaux pour indiquer les horaires où chaque membre de la maisonnée peut se servir de la salle de bains. Je me rends compte qu'à ses yeux, je suis en train de devenir à peine plus qu'une colocataire, et pas très fiable, par-dessus le marché. Mais ce n'est pas tout.

« La voiture. Je sais ce que tu vas dire, Kate. (Ça m'étonnerait.) Mais à la fois d'un point de vue micro et macroéconomique, c'est vraiment davantage un luxe qu'une nécessité de nos jours, et un luxe pas très défendable, qui plus est. »

La tenancière s'est muée en porte-parole de Greenpeace. Seigneur, je vous en supplie, empêchez-le de prononcer le mot « planète ».

« Je sais que tu dois me trouver pontifiant, chérie (ouais, bien vu sur ce coup-là), mais nous avons des responsabilités qui dépassent celle de notre famille nucléaire (pas très écolo, la famille nucléaire). Naturellement, on doit se déplacer, mais j'ai fait les calculs, et si on regarde concrètement à quels moments on a *vraiment* besoin de la voiture, par opposition à toutes les fois où on saute sur le premier prétexte pour la prendre, juste parce qu'elle est là... »

Prétexte ? Est-ce que c'était un bon prétexte quand je suis allée voir ma mère à l'hôpital pendant des semaines après sa crise cardiaque ? Ou quand il a fallu accompagner

Ben à son cours de jazz à Norfolk ? Et comment ferait-on pour aller promener Lenny tous les jours au parc sans voiture ? Richard continue son laïus.

« ... donc, ce que j'essaie de dire, c'est que si, euh, si jamais tu te sentais capable de te mettre au vélo, combiné avec les transports publics... (Il a les yeux fixés quelque part au-dessus de ma tête, à présent, comme si un idéal supérieur était collé au plafond.) Tu sais, ça a vraiment boosté ma confiance en moi, et je suis sûr que ça pourrait avoir le même effet sur toi. Sans parler des bénéfices en termes de santé. Et puis, pense à l'exemple qu'on donnerait aux enfants.

— Quel exemple ? Se faire renverser tous les deux par une camionnette le même jour et laisser deux orphelins derrière nous ?

— Ne sois pas aussi dramatique, chérie. Avec un minimum de sens de la route et un casque, tu seras parfaitement protégée. Non, c'est juste que je... je trouve que ce serait bien qu'Emily et Ben commencent à se rendre compte qu'ils ont des devoirs pas seulement envers nous, mais envers la planète...

— Stop. »

Je referme brusquement la porte du lave-vaisselle, comme on relève un pont-levis, et sors de la cuisine.

A-t-il toujours été aussi insupportable ? J'ai l'impression d'avoir épousé Jeff Bridges et de me retrouver avec un mélange entre Al Gore et un néohippie mangeur de tofu. C'est quand même moi qui ai dû reprendre le boulot à un poste humiliant où je me fais traiter de haut par un fœtus et où je dois me prostituer devant des mâles en rut, pendant que Monsieur Planète m'explique comment faire des économies.

« Tu as maigri, mam' », me lance Emily alors que j'arrive au salon.

Elle me passe un bras autour de la taille. Ouille ouille ouille ! L'anesthésie est clairement en train de se dissiper.

« Ah, tu trouves, chérie ? » je réponds.

Nul élixir n'est plus doux que l'approbation de la plus féroce des critiques qu'est votre propre fille adolescente.

« J'avoue, ça a trop bien marché, ton régime, dit-elle. C'est flippant. »

En effet.

1 h 01 – Impossible de fermer l'œil. Derrière la vitre de la salle de bains, une nouvelle lune se prélasse dans son transat au milieu d'un ciel à la fois noir et lumineux. À mesure que l'anesthésie reflue, la douleur est de plus en plus forte, pourtant ce n'est pas elle qui m'empêche de dormir. Je sais exactement ce que c'est. Ou qui.

Debout devant la glace, j'enlève ma chemise de nuit et me prépare à inspecter les dégâts. J'entends Richard et sa symphonie porcine à travers le mur, tel le bruit d'une lointaine fusillade. Un des avantages à ce que mon mari ne me regarde plus, c'est qu'au moins il ne remarquera pas que j'ai fait une liposuccion.

Dans la lumière froide de la nuit, mon corps nu n'a pas l'air si mal que ça, en tout cas pour un vieux machin de presque un demi-siècle. Pauvre corps. J'ai le ventre couvert de bleus, mais la bonne nouvelle, c'est que j'ai retrouvé ma taille. Du moins en théorie. Car pour l'instant, avec l'œdème de l'anesthésie locale, c'est difficile à dire. Et aussi avec le corset de compresses qui protègent les incisions. *Berk*. En gros, je suis une passoire humaine. J'enfile la ceinture de contention, puis j'attrape la robe qui est pendue à la porte de la douche et la tiens en l'air devant moi. Donnez-moi encore deux jours et elle m'ira à la perfection. Cette foutue fermeture Éclair glissera comme sur du velours.

Oh, et puis zut, je décide d'essayer tout de suite.

Dès la seconde où j'ai passé la robe, je comprends pour qui j'ai fait tout ça. La clinique, le secret, la machine qui aspire mes zones rebelles. Pas pour d'anciens camarades de promo que je n'ai pas revus depuis trente ans, ça c'est sûr. C'est un autre fantôme du passé pour qui j'ai envie de me sentir belle.

Un nom que je ne pensais jamais revoir. Que je ne voulais jamais revoir. Du moins c'est ce que je me racontais, mais dès qu'il est apparu dans ma boîte de réception, j'ai su que c'était un mensonge. Pas un jour ne s'est écoulé sans que Jack ne m'ait manqué depuis la dernière fois que je l'ai vu ; il est toujours là quelque part dans mon champ de vision, à me provoquer, m'encourager, me pousser à donner le meilleur de moi-même, rien que pour lui. Quand Grant Hatch me draguait cet après-midi, j'ai été saisie du désir incontrôlable d'avoir Jack avec moi, à mes côtés, pour me défendre et me protéger.

Tu as promis de ne pas ouvrir ce mail, Kate, tu as promis.

Je descends à la cuisine et, avec Lenny couché comme un tapis sur mes pieds nus, j'allume mon ordinateur. Je fais défiler le curseur de ma boîte de réception, mais je le retrouve vite, je sais exactement où il est. Je l'ai regardé tellement souvent sans jamais oser l'ouvrir. D'un autre côté, je ne l'ai pas effacé non plus. Maintenant j'ai hâte de le lire, comme un enfant à qui on a enfin donné la permission de déballer ses cadeaux.

De : Jack Abelhammer
À : Kate Reddy
Objet : (re)Bonjour

Katharine, je crois me souvenir que nous étions convenus de ne pas nous recontacter, mais je suis tombé sur l'ex de Candy Stratton l'autre jour et

il avait entendu dire que tu étais de retour à la City, au marketing chez EM Royal. Ça m'intrigue. Je ne t'aurais jamais imaginée en travailleuse de l'ombre. Ça me semble un peu étriqué pour la Kate Reddy que je connais. Je suis censé être de passage à Londres dans les semaines qui viennent et je me demandais si je pouvais faire appel à tes lumières pour quelque chose. On pourrait peut-être prendre un café, en fonction de tes disponibilités ?
Jack

Dommage pour les frissons d'impatience. Dommage pour la lipo express et la robe émeraude. Dommage pour la « sonate au clair de lune ». Dommage pour mes amours défuntes. Il voudrait *faire appel à mes lumières*. Il voudrait *peut-être prendre un café*. Peut-être. Peut-être ? Quand vous avez tellement aimé un homme et qu'il disparaît de votre vie, vous commencez à vous demander : est-ce que c'était juste moi ? Était-ce simplement une bête illusion de ma part, mais en fait il ne m'a jamais aimée ? Je sais maintenant qu'il n'a jamais eu les mêmes sentiments que moi. Pendant que j'étais en miettes, lui a tranquillement continué son petit bonhomme de chemin.

Mon Dieu, mais quelle idiote je fais ! *Jack Abelhammer est une ancienne relation de boulot, pas ton amant. Tu as presque cinquante ans, ma grande*. Je fonds en larmes tant la déception est insoutenable. Je pleure si fort que je rate presque le post-scriptum. Il est tout en bas, ce qui explique que je ne l'aie pas vu du premier coup.

PS : Il ne m'a fallu que cinq heures pour rédiger ces quelques lignes. Pas mal, hein ? Et elles ne contiennent pas un seul des mots que j'avais envie de te dire. Pas un.

14

Retrouvailles

19h12 – Comment se sent-on à l'approche des trente ans de sa promo ? Je veux dire, vous pouvez vous faire faire des mèches pour cacher vos cheveux blancs. Vous pouvez soigneusement appliquer de l'anticerne sous vos yeux, où il s'agglutinera comme de la craie dans les microsillons de vos rides. Vous pouvez fouiller dans votre boîte à bijoux et y dénicher un collier qui en jette (à défaut de jeter votre vieux cou pour le troquer contre un neuf).

Si vous tenez absolument à rentrer dans une robe en particulier, vous pouvez suivre un régime draconien et/ou paniquer et claquer une petite fortune pour vous faire aspirer les « zones rebelles » pendant la pause déjeuner. Vous pouvez aller chez l'esthéticienne, vous faire épiler et acheter des bas résille sur un coup de tête, mais le jour J, quand vous vous regarderez dans la glace, celle sous la lumière crue du néon que vous évitez depuis un moment, vous prendrez conscience de cette vérité inéluctable : la femme que vous allez emmener ce soir aux retrouvailles de sa promo a trente ans de plus que celle qui passait son diplôme à l'époque.

Comment est-ce possible ? Le temps change tout, sauf un petit quelque chose à l'intérieur qui reste éternellement surpris par le changement. J'ai oublié qui a dit ça, mais c'est très juste, non ? Quand j'étais adolescente et que j'entendais des amies de ma mère dire « J'ai l'impression d'avoir toujours vingt ans », j'étais stupéfaite et un peu gênée pour elles. En voyant ces vieilles épaves dans notre salon, je pensais : comment peuvent-elles croire qu'elles ont le même âge que moi ? Votre esprit et vos émotions doivent forcément évoluer au même rythme que votre corps. Vieillir, c'était devenir adulte, et les adultes étaient des gens mûrs. Mais ça n'a pas l'air de se vérifier. Est-ce qu'en grandissant on se débarrasse de la personne qu'on a été, comme une mue, ou est-ce qu'elle continue à vivre à l'intérieur de nous, rangée dans un coin, attendant sans relâche le moment de revenir ?

Il pleut des cordes et un vent sibérien agite la cime des arbres lorsque je me gare sur le parking temporaire aménagé pour l'occasion juste en face du campus. En tâchant de protéger mon brushing d'une main, je traverse la pelouse bourbeuse, inquiète pour mes bas résille, dont l'un est déjà en train d'essayer de se faire la malle. Il me revient un vague souvenir d'avoir lu dans un magazine un avertissement qui déconseillait d'enfiler des Dim Up juste après un bain moussant. Pourquoi est-ce que je n'ai pas mis de bêtes collants opaques, plus adaptés à la situation et à mon âge ?

Le plus étrange, c'est que je ne sais plus très bien quelle Kate est en train de se rendre à cette réception dans un des salons d'honneur de Cambridge. Est-ce la Kate étudiante de 1985, empêtrée dans un affreux triangle amoureux et qui écoute en boucle « The Greatest Love of All » de Whitney Houston sur son Walkman Sony tout en s'enivrant secrètement de son pouvoir sexuel sur ses différents prétendants ? Ou bien est-ce la Kate d'aujourd'hui, mère de deux adolescents, à la libido portée disparue voire présumée morte, qui aura cinquante ans dans trois mois ?

Si peu les sépare, après tout.

19 h 27 – J'ai donné rendez-vous à Debra devant la loge du gardien pour qu'on puisse arriver ensemble. On a partagé un logement universitaire pendant la troisième année (et un petit copain pendant la première, Ted-le-Traître), et je me suis dit que, si jamais j'ai changé au point d'être méconnaissable, au moins les gens reconnaîtront la flamboyante rousse Debra Richardson et se douteront que la grosse dondon qui l'accompagne est sa copine Kate Reddy. Je n'ai pas peur de vieillir, en revanche je sais maintenant que j'ai peur de la réaction des gens à mon vieillissement.

« La vache, Kate, regarde-moi ces gamins ! s'écrie Debra en me montrant trois avironneurs baraqués qui remontent du club. Quel âge ils ont, à ton avis ? Dix-neuf ? Tu te rends compte qu'on couchait avec des minots comme ça ?

— Oui, mais on avait dix-neuf ans nous aussi, souviens-toi. »

J'entends à peine sa voix tant le vent souffle fort. Il nous pousse presque jusqu'aux majestueuses portes en bois du bâtiment de la salle à manger, qui me sont si familières que je pourrais les dessiner les yeux fermés.

« Mais ce sont des *bébés* », s'esclaffe Deb, le doigt toujours tendu vers les trois athlètes.

C'est vrai, elle a raison, pourtant on se croyait tellement adultes quand on avait leur âge. Les garçons nous jettent un regard, deux femmes mûres sur leur trente et un, et détournent aussitôt la tête. Désormais, nous appartenons à la catégorie « Mamans de quelqu'un ».

19 h 41 – Il y a un cocktail avant le dîner, et la foule s'est répartie en îlots de cinq ou six personnes. Les plus bruyants sont formés de gens qui ne se sont jamais vraiment perdus de vue. Pour eux, c'est juste une petite sauterie de plus, si ce n'est que les robes sont plus chics, les costumes plus sombres et l'alcool de meilleure qualité. Les îlots plus discrets et hésitants se composent d'hommes avachis et de femmes mal à l'aise qui s'échangent des banalités en essayant de comprendre qui sont leurs interlocuteurs aujourd'hui, qui ils étaient à l'époque, et pourquoi les deux versions ne semblent pas se recouper.

Mon îlot n'a que quatre occupants : Deb, moi, Fiona Jaggard et un type que personne ne connaît. Il est tout petit, presque de la taille d'un enfant, mais très bien habillé, muni de lunettes ovales et d'un sourire inébranlable alors qu'il se tourne poliment vers chacune d'entre nous pour nous écouter parler à tour de rôle. Je me demande sincèrement si ce n'est pas un automate créé dans un des labos de recherche du campus et qui serait de sortie pour son tout premier test en situation.

Fiona, elle, est l'exubérance incarnée. Depuis toujours. Je me souviens d'elle un soir qui avait explosé de rire si brutalement au milieu d'un dîner guindé que du porto lui était sorti par le nez. En voyant la nappe, les gens avaient cru qu'elle s'était battue. « Cette fille est un vrai mec », m'avait dit un de mes petits copains à l'époque, sans que j'arrive à savoir s'il était impressionné ou terrorisé. Fiona avait grandi entourée de quatre frères – deux aînés, deux cadets – et elle avait passé toutes ses vacances à jouer au cricket et à construire des cabanes dans les arbres. Alors que nous habitions à plusieurs dans une résidence étudiante, le chauffe-eau avait lâché. Nous étions toutes restées quatre jours sans nous laver, sauf Fiona, debout à sept heures du matin, qui se douchait joyeusement à l'eau froide en chantant des airs d'opérette de sa puissante voix d'alto.

Et je la retrouve à présent, égale à elle-même, avec le même sourire éclatant, vêtue d'une robe en velours grenat. Peut-être a-t-elle prévu d'éternuer du porto cette fois encore.

« Tu habites où, Fio ?

— À Piddletrenthide.

— Non, mais sérieux ?

— À Piddletrenthide. C'est un vrai village. Son nom vient de la rivière Piddle. Eh oui, la rivière "pipi", ça ne s'invente pas. Quand j'ai vu qu'il y avait une maison en vente là-bas, je n'ai pas pu résister », dit-elle en se tournant vers l'Homme-Robot.

Est-ce dans mon imagination, ou il lui a fait une petite courbette pour signifier qu'il avait compris la blague ? À croire que les thésards qui l'ont construit ont prévu une fonction humour.

« Cette foutue robe, grommelle Fiona en se tortillant d'inconfort. Trop petite. Ça fait une paye que je n'avais pas eu l'occasion de sortir le grand jeu. Je l'ai achetée d'occase dans une friperie de Dorchester. Elle me serre de partout, ajoute-t-elle en passant un doigt dans le col qui lui boudine le cou. J'ai l'impression d'être un labrador.

— Tu te souviens de cette robe bleue que tu avais mise pour le bal ? demande Deb. Celui où tu...

— Oh mon DIEU ! » s'exclame Fiona en bousculant le coude d'un homme qui était parti chercher une bouteille de champagne pour resservir son groupe.

Il en renverse un peu sur une blonde fluette de l'îlot voisin, qui sursaute comme si c'était de l'eau bouillante.

« Ma robe s'était littéralement disloquée au milieu de la piste de danse, se remémore Fiona. Ce pauvre Gareth Machin-Chose avait pris un coup de nichon sur le crâne. C'est bien la seule fois qu'il m'a touchée, pour être honnête. Ça ne risque plus d'arriver aujourd'hui. Je me suis fait enlever un sein il y a trois mois. D'où le col montant. »

Deb et moi tendons simultanément un bras vers elle, comme si elle allait tomber, et lui posons chacune la main sur l'épaule.

« Fio, je suis désolée, je ne...

— Oh, rassurez-vous. Il a été pris tôt, bla bla bla. J'ai eu de la chance. Mon toubib a réagi au quart de tour. Un matin, sous la douche, j'ai senti une boule de la taille d'une noisette. Six semaines plus tard, on me posait un implant. Entre nous, il a beaucoup plus de gueule que la version d'origine. Johnny est resté imperturbable. “Tu vas voir, on va te remettre en selle dare-dare”, il m'a dit.

— Ah, les mecs, soupire Deb avant de se reprendre et de s'excuser auprès de l'Homme-Robot, qui incline la tête de précisément trente degrés en signe d'approbation.

— Non, rétorque Fiona, il a été génial. Ça ne sert à rien de s'apitoyer sur son sort. Et puis de toute façon, il faut bien que quelqu'un continue à faire tourner la baraque. Elle ne va pas tourner toute seule.

— Quelle baraque ?

— Cheval et Handicap. Une énorme asso. Au début, je m'occupais juste de l'antenne locale, mais ensuite j'ai été nommée au niveau du comté, et maintenant, croyez-le ou pas, je suis devenue Mme Cheval et Handicap pour tout le pays. J'ai des gosses qui viennent de partout. Y en a qui n'ont jamais vu un cheval de leur vie, les pauvres. C'est à peine s'ils ont déjà mis les pieds dans un champ, et encore moins dans un paddock. Le plus dingue, c'est que ce sont toujours eux qui finissent par devenir les plus mordus. De vrais poissons dans l'eau. »

Elle vide son verre d'un trait, penchant la tête en arrière comme quelqu'un qui chercherait à battre le record mondial de descente de bière.

« Je vois que ton diplôme en théologie t'a finalement servi à quelque chose, dis-je.

— Absolument. Une putain d'auréole géante », plaisante-t-elle, tout en tendant le bras pour kidnapper sans préavis une bouteille des mains du serveur, qui reste planté là, démuni et bouche bée.

Tous nos verres sont aussitôt remplis à ras bord, sauf celui du petit Homme-Robot. Faisant une tête de plus que lui, Fiona vise d'un peu trop haut et inonde de champagne son poignet délicat et sa montre de luxe. « Oups ! » dit-elle. Je m'attends à le voir faire un court-circuit et exploser dans une gerbe d'étincelles.

« C'est incroyable que je me sois retrouvée aux commandes d'une aussi grosse asso, poursuit Fiona, moi qui pendant longtemps n'ai rien su commander d'autre que des pizzas.

— C'est faux, je rétorque, à ma grande surprise (Roy doit faire des heures sup pour l'occasion, il me ressort des souvenirs que je ne me rappelais même plus avoir rangés quelque part). Tu étais partie au Népal pour aider à reconstruire une école, tu te souviens ? Et on avait tous dû courir un minimarathon à travers la ville pour lever des fonds. On était des centaines à s'être mobilisés un dimanche matin. C'est toi qui avais tout organisé. »

Deb se plaque une main sur la bouche. Elle aussi avait oublié.

« Mon Dieu, ce marathon !

— Mini.

— Mini, mon cul. C'était un cauchemar. Déjà, j'avais démarré avec une gueule de bois. J'ai dû m'arrêter deux fois pour boire un thé distribué par les bénévoles de la Croix-Rouge. J'ai vomi à vingt mètres de la ligne d'arrivée. J'ai failli crever, Fio.

— Tant mieux pour toi, Deb. Quand t'as failli crever, c'est que t'es sur la bonne voie. Je sais de quoi je parle. Bon sang, quand est-ce qu'ils vont sonner le gong ou je ne sais pas quoi ? Je meurs de faim. On est dans une fac qui brasse des milliards et ils ne sont même pas foutus de nous offrir trois cacahuètes.

— Mesdames et messieurs, le dîner est servi ! » tonne alors une voix non loin... juste derrière l'Homme-Robot, pour être exact, qui lâche en sursaut le mouchoir avec lequel il était encore en train de se sécher la main.

Je ne suis pas sûre que cette soirée soit forcément bien partie. À cet instant, les chances que quelqu'un se renverse son bol de soupe sur les genoux sont encore, je dirais, de trois contre un.

« C'était qui, ce type ? je chuchote à l'oreille de Deb tandis que nous suivons la ruée policée en direction des tables.

— Quel type ?

— Le gnome.

— Ah. Il doit valoir actuellement quelque chose comme cent soixante millions de livres, à en croire le *Financial Times*. En tout cas c'est la somme pour laquelle il a vendu sa boîte, qu'il avait montée tout seul au départ. Pas mal, quand on y repense.

— Quand on repense à quoi ?

— À comment il était à l'époque.

— Mais c'est *qui* ?

— Hobbit. Tom Hobson. Tu ne te souviens pas ? Tom Pouce, le petit chevelu à l'étage au-dessus du nôtre.

— C'est *Hobbit* ? Mais il était couvert de poils. Je veux dire, littéralement. La plupart du temps, on ne comprenait même pas s'il était de face ou de dos. Je ne savais jamais de quel côté lui parler. Il ne faisait pas des maths ?

— Si. Il est resté à Cambridge, il a fini sa thèse, qui en principe aurait dû intéresser trois personnes et demie. Sauf qu'apparemment elle tombait à pic pour... attends, comment ça s'appelle ?... la cryptographie ! Dont il a fait ensuite sa spécialité. Il a eu une bourse de recherche, il a lancé sa propre boîte de software, et il est devenu le gnome millionnaire que tu vois aujourd'hui. Il vit toujours dans le coin. »

Devant nous, Hobbit secoue sa montre et la colle contre son oreille. Je n'arrive toujours pas à le faire cadrer avec le Tom d'autrefois ; c'est comme de regarder un schéma illustrant l'évolution de l'espèce humaine. À l'époque, je savais vaguement que c'était un gars intelligent, et passionnément marxiste, mais je pensais que c'était le genre d'intelligence et d'idéalisme qui le mènerait à vivre dans une studette, à boire du café premier prix, à aller à des manifs et à attendre son linge au Lavomatic en griffonnant des équations au dos de ses tickets de PMU. Maintenant, les geeks sont les rois du monde. Tom a probablement son propre avion privé.

« Comment tu as trouvé Fio ? demande Deb. Elle n'a pas changé, hein ?

— Plus elle change, moins elle change. C'est Fio, quoi.

— C'est fou ce don qu'elle a de toujours aller de l'avant, quels que soient les obstacles en travers de sa route.

— Je sais.

— Je crois que c'est la seule personne profondément bonne que je connaisse.

— Et la seule profondément heureuse. »

Nous restons silencieuses un instant, malgré le brouhaha autour de nous. Je sais que Deb et moi nous posons la même question : une personne comme Fiona est-elle capable de faire le bien parce qu'elle est heureuse ? Ou est-elle devenue heureuse en faisant le bien ?

C'est le genre de sujets métaphysiques sur lesquels Roger Graham, ce grand type dégingandé avec la moustache à la Omar Sharif, juste là, devait sans doute écrire des disserts du temps où il étudiait ici. Roger était en philo et m'avait un jour invitée au pub « pour confronter nos théories sur l'éthique ». J'ai présumé qu'il voulait juste coucher avec moi, en tout cas c'était vraiment l'impression que ça donnait sur le moment, et j'ai sérieusement envisagé de lui dire oui. Sauf qu'une fois au pub, il a posé sur la table deux demi-pintes de cidre et un exemplaire d'Aristote, et il s'est réellement mis à me parler d'éthique. Pendant une heure trois quarts. J'ai englouti trois paquets de chips juste histoire de tenir le coup, et je suis partie. Je me demande s'il se souvient de cette soirée.

Le troupeau s'est désormais rassemblé autour du plan de table, chacun espérant ne pas se retrouver assis à côté de la personne par laquelle il s'est fait larguer il y a trois décennies. Je constate que j'ai pour voisin un certain Marcus. Marcus ? Est-ce que j'ai connu un Marcus ? Est-ce celui à qui j'avais piqué un trente-trois tours ? *Outlandos d'Amour*, je crois, le premier album de Police. Et s'il veut le récupérer ? Et si cette perte, précisément, a déclenché une vie entière de disparitions en chaîne ? Et si...

« Kate Reddy ! Je me disais bien que c'était toi ! »

Je me retourne, comme quelqu'un sur le point de se faire agresser. Rosamund Pilger. Roy me livre son nom sans la moindre hésitation. Typique de Roz : même dans mes souvenirs, elle grille la file d'attente. Roz, la baronne des conseils de carrière et la reine des métaphores foireuses, à l'époque comme aujourd'hui.

« Roz ! je m'exclame. Quelle bonne surprise. Comment vas-tu ?

— Impec. Comme tu peux voir. Et toi ? J'ai entendu dire que tu avais dû lâcher ton job.

— Oui, enfin, c'était il y a un petit moment déjà. J'ai...

— Entre nous, ce n'était pas une grande perte, si ? »

Roz adore prononcer des mots comme « entre nous » ou « tu gardes ça pour toi » avec la voix d'un coach de hockey qui étrille ses joueurs depuis le banc de touche.

« En fait, je viens juste de reprendre le boulot, et...

— Eh bien bonne chance ! À mon avis, dès que tu lâches le guidon, c'est foutu.

— Oui, mais j'ai quand même un peu d'expérience du...

— Qui va à la chasse... »

D'après ce que je sais, Roz a fait fortune dans le commerce. D'un autre côté, elle ressemble maintenant à un fauteuil en crin de cheval éventré, il y a donc une justice en ce bas monde.

« Tu es à côté de qui ? me demande-t-elle. Moi, je suis à côté de l'aumônier. Ou de *l'aumônière*, d'ailleurs, va savoir. Jocelyn QuelqueChose. Homme ou femme ? Sans doute homo, dans les deux cas. Ils le sont tous. »

Et, me laissant avec cette pensée chrétienne, Rosamund Pilger part se frayer un chemin jusqu'à sa chaise. Je prie en silence pour ce pauvre aumônier (ou cette pauvre aumônière).

20 h 19 – Étant réchappée à peu près indemne de cette Pilger-attaque, je suis désormais attablée en face d'une femme charmante. Elle a clairement l'air de me connaître, tandis que je peine à mettre un nom sur son visage.

La fabuleuse mémoire qui m'avait permis d'entrer dans cette prestigieuse université n'est plus de ce monde. Je ferme les yeux et implore calmement Roy : *S'il te plaît, Roy, est-ce que tu pourrais me retrouver le nom de cette dame assise devant moi ? Je crois qu'elle étudiait les sciences naturelles. Cheveux bouclés châtains. Yeux chaleureux. Un poil trop maquillée.*

« Tu ne me reconnais pas, n'est-ce pas, Kate ? demande-t-elle.

— Bien sûr que si, je réponds avec beaucoup plus d'assurance que je n'en ai réellement. (*Roy, dépêche !*) Tu étais une des rameuses de l'équipe d'aviron.

— J'étais à la barre, plus précisément. Je barrais le bateau numéro un.

— Non. C'est Frances qui barrait le bateau numéro un. »

Roy, je t'en supplie, trouve-moi son nom. Je ne te demanderai plus jamais rien après ça, promis.

« Oui, admet-elle, et moi je barrais le bateau des garçons.

— Mais non, c'est impossible. C'est Colin qui barrait pour les garçons.

— Je *suis* Colin. Ou du moins j'étais, jusqu'à ce que je change de sexe il y a cinq ans. Je m'appelle Carole, maintenant. »

Nom de Dieu. (*C'est bon, Roy, tu peux arrêter les recherches.*)

« Ouah, c'est merveilleux, Colin. Enfin, je veux dire, Carole. Félicitations. Moi, je suis toujours du même sexe, mais c'est à peu près la seule chose que je n'aie pas changée.

— Oui, Kate, ils sont loin, nos vingt ans, hein ? »

À qui le dis-tu.

22 h 35 – Voilà, je suis venue à bout du dîner. Ou plutôt, le dîner est venu à bout de moi. Je n'avais pas pensé aux conséquences de mon jeûne prolongé afin de pouvoir rentrer dans ma robe verte. Le résultat, c'est que les deux coupes de champagne de l'apéritif ont atterri dans un estomac qui n'avait quasiment pas vu un glucide depuis deux mois. Ensuite il y a eu le vin, qui coulait à flots d'une source intarissable, comme dans un conte de fées. J'aurais dû me méfier, mais j'étais étrangement nerveuse et je n'ai cessé de suçoter mon verre tel un nourrisson agrippé à sa tétine. Et pour finir, j'ai découvert que la femme assise en face de moi, celle dont je n'arrivais pas à retrouver le nom, avait changé de sexe.

Franchement, vous trouvez ça fair-play ? Carole était parfaitement adorable, et sans nul doute un net progrès par rapport à Colin, c'est-à-dire la personne qu'elle était la dernière fois que j'avais eu affaire à elle. Enfin, à lui. À eux. Mais, trente ans après, c'était déjà assez difficile comme ça d'essayer d'identifier des gens qui étaient restés du même sexe. Tous les garçons avaient soit triplé de volume pour devenir des messieurs ventripotents, soit plus ou moins gardé la même allure, mais avec des traits du visage avachis et de petites lunettes de commissaire-priseur. J'ai tout de suite eu l'impression que les hommes s'en sortaient beaucoup moins bien que les femmes avec l'âge. Ne me demandez pas pourquoi. Les garçons se lancent dans la vie comme des flèches décochées d'un arc, mais ils retombent au sol avec la même soudaineté, ayant épuisé toute leur force motrice. L'un d'entre eux est venu m'entreprendre à la fin du repas, large comme une barrique, me soufflant des bourrasques de porto à la figure. Il aurait été chauve s'il n'avait soigneusement arrangé ses dernières mèches en un nid de sucre filé sur le dôme rosé de son crâne, tel un dessert dans un trois-étoiles Michelin.

« Kate, quel plaisir de te revoir. Très belle robe. Comment ça va ? »

Il me faut quelques secondes pour comprendre qu'il s'agit d'Adrian Casey. Je lui enlève vingt-cinq kilos et lui remets des cheveux, d'épaisses boucles châtain foncé assorties à ses yeux d'épagneul, et c'est lui.

« Oh, Adrian, ça fait tellement longtemps », je réponds en l'embrassant sur la joue.

Il sort son portefeuille pour me montrer des photos de ses enfants pendant qu'il me brosse un résumé de sa vie en accéléré. Toujours marié à Cathy (rugissement de rire nerveux). Il habite dans le Kent mais travaille à Londres. Trois mômes. Deux filles, brillantes, premières de leur classe. Le garçon a des difficultés scolaires, Cathy lui a organisé une armada de profs particuliers. Ils espèrent réussir à le faire entrer à Chépakoi ou peut-être Chépakoi. Dommage que l'ancien lycée d'Adrian soit devenu aussi affreusement sélectif.

« J'arrive à peine à le croire, Kate, à mon époque ce n'étaient que des braves fils de paysans, hurle-t-il quasiment pour se faire entendre dans la cacophonie ambiante. Il suffisait d'avoir été élève là-bas pour pouvoir y mettre ses enfants. Maintenant tout est trusté par les Russes et les Chinetoques.

— Ah oui ? dis-je en songeant à Vladimir Velikovsky qui rêve de faire entrer son fils à Eton.

— Ouais, ça ne marche qu'avec le fric, tu sais. C'est tous des trafiquants d'armes. Quand le proviseur les voit rappliquer, il a l'impression d'avoir touché le jackpot. Ou le Jackie-Chan-pot, peut-être qu'il faudrait dire maintenant.

— Pardon ?

— Tu sais, à cause des Chinois ? Jackie Chan ? Ha ha ha ! Tu vas voir que bientôt, on va tous devoir se mettre au mandarin. Du moelleux ?

— Pardon ?

— Un vin doux ? Trop sucré pour moi, et je trouve qu'on dirait de la pisse, mais c'est ce que les gonzesses boivent à la place du porto, non ? »

Les *gonzesses* ? Quel est le dernier mâle britannique à avoir employé ce terme ? Sans doute un DJ qui est maintenant en train de purger sept ans de taule pour avoir tripoté des préados sous le gouvernement de Harold Wilson.

Je décide que j'ai besoin de sortir prendre l'air. Je m'excuse et m'éclipse. Un de mes bas résille prétendument autofixants s'affaisse continuellement et je dois sans cesse le remonter et recoller contre ma cuisse la partie collante qui ne colle pas. Pour l'effet femme fatale, on repassera.

Dehors, la pluie s'est arrêtée et les vieux murs en pierre du bâtiment sentent le temps et le thym. Je respire un grand coup, heureuse de m'être débarrassée du gros Adrian. J'étais venue ici pour échapper à tout ça, pour me remémorer l'époque bénie avant que toutes les conversations ne tournent autour des écoles, des notes et du score que votre gamin a eu au concours d'entrée du conservatoire section tuba ; quand la vie s'étirait devant nous, vaste prairie aux possibilités infinies. La dernière fois que je me suis tenue ici même, j'avais vingt et un ans. Ça me paraît vertigineux. Que penserait la Kate d'alors de la Kate d'aujourd'hui, si elle pouvait me voir ? L'espace d'un instant, juste un instant, j'aimerais pouvoir revenir en arrière et recommencer autrement.

Minuit, plus ou moins – Un groupe de femmes s'est rassemblé dans le bar au sous-sol, sur les canapés en cuir spongieux où on s'installait il y a des siècles pour mater en douce les garçons qui jouaient au baby-foot et au billard.

Je me rappelle qu'il y avait dans le coin une borne d'arcade avec le jeu *Space Invaders*, tout nouveau à l'époque, et que toutes nos conversations étaient ponctuées de bips, de blops et de wizz tonitruants.

« Vous vous souvenez de cette machine *Space Invaders* ? demande Deb, comme si elle avait lu dans mes pensées, ou du moins ce qu'il en reste à ce stade de la soirée.

— Ça nous paraissait extraordinaire, réplique Anna en riant. Vous imaginez si on montrait ça à nos gosses aujourd'hui ? Ils se diraient que c'est une blague.

— Ou peut-être un objet de collection, suggère Rachel.

— Est-ce qu'on n'est pas toutes des objets de collection ? répond Deb en agitant une bouteille de vin rouge en direction de mon verre vide.

— Peut-être, mais du super vintage de qualité, alors », je rétorque.

Et, à ma grande surprise, je me rends compte que je le pense sincèrement. Je songe à Emily et à combien il est difficile pour les filles d'aujourd'hui de grandir avec les réseaux sociaux. Toutes leurs erreurs sont amplifiées, le moindre moment de solitude diffusé à la Terre entière. Il y avait beaucoup d'avantages à pouvoir passer inaperçu.

Vous savez ce que ces retrouvailles nous auront surtout permis ? De relativiser les choix qu'on fait dans la vie. Si tant est que ce soient vraiment des choix. Il y a autour de cette table des femmes qui ont démarré avec des qualifications similaires et ont fini aux antipodes l'une de l'autre.

Rachel était sans doute la plus ambitieuse de nous toutes. Elle est arrivée en fac de droit en ayant déjà dévoré tous les bouquins de la bibliographie conseillée, et elle en redemandait. Pendant qu'on lisait des romans, elle se baladait avec un petit livre austère intitulé *Comment vivre avec des règles*. Après être sortie deuxième de sa promo, elle a intégré un cabinet-conseil international, non sans avoir auparavant épousé Simon, une union à la fois romantique (il ressemblait à Robert Redford) et d'un pragmatisme caractéristique (c'était son voisin en troisième année). Tout se passait donc comme prévu, jusqu'à ce que Rachel ait deux filles très rapprochées. Eleanor, la deuxième, avait failli tout faire capoter, étant née sept semaines avant terme, mais Rachel a su parfaitement gérer la situation en embauchant une nounou formidable et en déménageant plus près du bureau de façon à pouvoir sauter dans un taxi pour allaiter le bébé pendant sa pause déjeuner. Et puis, un matin, elle avait oublié des papiers à la maison et elle a fait demi-tour. En arrivant, elle a trouvé ses deux fillettes en larmes, cognant à la fenêtre, le visage collé contre la vitre. La nounou était au téléphone dans la cuisine ; elle avait barricadé les enfants dans le salon. Après ça, Rachel a perdu toute confiance en elle. « Je ne réussissais ni dans ma carrière, ni à être une bonne maman ; c'était un échec sur toute la ligne. »

Elle a démissionné et la famille est partie s'installer dans le Sussex, où ils ont eu deux autres enfants. À eux quatre, les gamins font vingt-trois activités différentes dans la semaine. Eleanor a des difficultés d'apprentissage du fait d'avoir été une grande prématurée, et Rachel l'accompagne tous les matins et va la chercher tous les soirs dans une école spécialisée à soixante kilomètres de chez eux. C'est dur, mais pas impossible, « du moment que tout est bien cadré ». L'emploi du temps familial fonctionne avec un code couleur et chaque chose est réglée comme du papier à musique ; vous pouvez compter sur la fille qui s'était choisi pour livre de chevet à la fac *Comment vivre avec des règles*. Quelque part en route, Simon, lui, a pris la tangente et s'est tiré avec une prof de yoga que Rachel appelle Lady Chakra. « Mais, très franchement, Simon ne servait à rien de toute façon. On est mieux sans lui. » Pour résumer, mon amie Rachel, qui aurait dû être juge à la Haute Cour de justice ou Premier ministre, au minimum, est devenue une de ces mères tigres devant lesquelles je me liquéfie d'incompétence à la sortie de l'école. Était-ce un choix ?

La belle Anna, moitié russe, dont j'ai instantanément prêté le visage au personnage d'Anna Karénine la première fois que j'ai lu le roman, est correspondante à l'étranger, dans un monde presque exclusivement masculin. Assurer les permanences de nuit, boire avec les gars, traquer le scoop. Jamais à court d'amoureux transis ; il suffisait qu'elle en plaque un pour que les autres fassent la queue. Aux alentours de trente-cinq ans, un frottis de routine a révélé une anomalie sur le col de l'utérus. S'est ensuivi un mélange de chimio et de radiothérapie ; on a fini par lui enlever l'utérus. Après ça, les hommes se sont raréfiés. Depuis quelque temps, elle est en couple avec Gianni, un « restaurateur » (un serveur violent qui vit à ses crochets, selon Deb). Elle aimerait beaucoup adopter, mais ses problèmes d'alcoolisme rendent la chose compliquée, bien que pas totalement exclue, dit-elle. Son visage autrefois si délicat est désormais bouffi, et elle porte le genre de grand châle bigarré dont s'enveloppent les femmes enrobées pour protéger leur corps des regards et des pensées malveillants. Qu'est-ce qui là-dedans était un choix ?

Assise à côté de moi, Anna s'extasie devant les photos d'Emily sur mon téléphone.

« Mon Dieu, c'est fou ce qu'elle te ressemble, Kate. Elle est sublime.

— Ce n'est pas ce qu'elle pense. Elle se trouve moche.

— Les filles se trouvent toujours moches.

— Pas toi, quand même, Anna ? Tu étais la plus belle de nous toutes. »

Anna hausse les épaules.

« Oui et non, dit-elle. Je crois que je ne me posais pas la question. Je n'en ai pas profité à temps, et après c'était trop tard. Pas comme toi, Kate. Tu as tout brillamment réussi. Ta carrière, ton mariage, de beaux enfants.

— Ça, c'est ce que tu vois de l'extérieur », je réponds, en pensant à tout ce qui ne va pas à l'intérieur.

En pensant que je suis obligée de mentir sur mon âge au bureau, où j'ai l'impression de servir de larbin à des gamins deux fois plus jeunes que moi. En pensant que je n'ai pas fait l'amour depuis le Nouvel An. En pensant à un homme auquel je ne dois pas penser, parce que je suis trop vieille pour croire aux contes de fées et au prince charmant. En pensant, brusquement, que la seule chose à laquelle je ne changerais rien sur les trente dernières années, ce sont mes merveilleux enfants.

1 h 44 – Serais-je donc en état d'ivresse publique et manifeste ? Manifeste, oui, probablement. Publique, peut-être pas, vu que personne n'est là pour me voir essayer de traverser la pelouse en zigzaguant. Il fut un temps où je n'aurais pas tutibé... *titubé* comme ça sans l'aide d'un chevalier servant, ou au moins d'un garçon, pour me prêter son bras. Mais en l'occurrence je suis seule, sans bras, sans chevalier, sanchelante... *chancel*... enfin bref. Je me sens bizarre, tout à coup. Très seule.

« Coucou ! »

Ah non, pas si seule, apparemment. C'est Ted-le-Traître, allongé dans un parterre de fleurs. On dirait qu'il est tombé d'une fenêtre.

« Salut, Ted. Ça va ?

— Chhhui plèt'ment pété, Kate, chh'te l'dis rranch'ment. Chhu désolé. T'es rh'aiment trop belle, hein, t'sssais ? 'Rquoi on a cassé, nous deux ? Ch'tais dingue de t'quitter.

— Tu me trompais avec Debra, Ted.

— Ah ouais ?

— Ouais.

— Debra Richhhardsssson ?

— Oui. »

Il y a un court instant pendant lequel Ted pourrait s'excuser pour son infidélité d'antan. Au lieu de quoi, avec un sourire rêveur, il dit :

« Eh ben mon sschalaud. Un 'nache à trois ! »

Je trouve ça beaucoup plus drôle que je ne devrais.

« On n'a jamais été un ménage à trois, Ted. Debra est encore au bar. Pourquoi tu ne sors pas de cette plate-bande pour aller lui demander pardon ? »

Il se lève, essaie de frotter la terre sur son pantalon, sans succès. Je le fais pivoter pour l'orienter vers l'entrée du bar. Même dans cet état, Ted-le-Traître est une perspective plus sûre que tous les prétendants en ligne de Debra.

« Hello ! »

Je viens à peine de me débarrasser de Ted quand quelqu'un d'autre m'interpelle.

« Roz. Où tu vas ? »

Rosamund Pilger traîne d'un bon pas une petite valise chic en direction de la loge du gardien. Elle a l'air parfaitement sobre.

« J'ai un chauffeur qui m'attend, dit-elle. J'ai besoin de rentrer à Londres. J'ai un rendez-vous à sept heures du mat demain.

— T'as beaucoup de *j'ai*, dis donc.

— Pardon ? »

Elle s'approche de moi en me dévisageant dans la pénombre comme si j'étais une bête curieuse.

« Tu ne serais pas un peu pompette, par hasard ? T'as un petit coup dans le nez, non ?

— T'être.

— Un conseil, Kate. Si tu veux rester dans la course maintenant que tu es de retour à la City, tu as intérêt à être en forme. Parce qu'une fois que la roue est lancée, c'est comme le hamster, tu ne peux plus l'arrêter.

— Merci, Roz.

— C'est la vérité. La dure vérité. Les gens croient que la picole fait partie du job, mais si tu veux garder le job, il faut arrêter la picole.

— Génial. Super conseil, merci.

— De rien. Offert par la Pilger. »

Elle balaie du regard les murs sombres des différents bâtiments, la pelouse délavée dans le clair de lune, aussi régulière qu'une table de billard. Roz prend une grande inspiration, retient son souffle un court instant et expire. Ce sont les trente secondes de nostalgie qu'elle s'est autorisées.

« Drôle d'endroit, hein. C'est là que tout a commencé. Mais la vie continue, on n'a pas le temps de s'appesantir sur le passé.

— J'étais en train de penser...

— Oui ? »

Je sens qu'elle s'impatiente, à présent, elle doit vouloir retrouver son chauffeur.

« Je pensais qu'à l'époque, quand je rentrais dans ma chambre la nuit, comme ça, avec un garçon... Ce sentiment d'excitation, de, de... »

Pourquoi est-ce que je lui raconte tout ça ?

« Dieu merci, on en a fini avec ça, me coupe-t-elle sèchement.

— Avec quoi ?

— Toutes ces conneries. Les garçons, le sexe et tout le toutim. C'était rigolo un moment, mais quelle perte de temps, quand il y a tellement mieux à faire.

— Comme quoi, Roz ? Qu'est-ce qu'il y a de mieux que faire l'amour ?

— La vache, Kate, tu es *vraiment* bourrée. Les regrets, le bon vieux temps, tout ça, très peu pour moi. Personnellement, je suis bien contente que ce ne soit plus qu'un souvenir.

— Tu veux dire ?

— Tout ce rayon-là. Le lit et le reste. J'ai fermé boutique depuis belle lurette. »

Quiconque surprendrait notre conversation penserait qu'on est en train de parler d'un magasin d'ameublement.

« Un vrai soulagement, en ce qui me concerne, poursuit-elle. Je n'ai jamais été trop portée sur la chose. Pas comme toi, apparemment. Roger Graham me disait au dîner, si tu veux savoir, que tu as été le meilleur coup de sa vie. Un chaud lapin, celui-là. Et indiscret. À son âge, en plus. Enfin bref, soupire-t-elle, il ne faut pas trop que je traîne à papoter. Je dois retrouver ce fichu chauffeur. Bye, Kate, ça m'a fait plaisir de te revoir. »

Et la voilà qui s'éloigne, le raclement des roulettes de sa valise résonnant dans la nuit.

Je reste immobile un moment en m'efforçant de ne pas exploser de rire. Roger qui raconte à tout le monde qu'on a couché ensemble. Pourquoi pas, après tout ? Peut-être qu'au bout d'un certain temps, ce qu'il voulait et ce qu'on a vraiment fait s'est mélangé dans sa tête. Puis je me retourne et traverse la pelouse en ligne droite, jusqu'à la chambre qu'on m'a attribuée pour la nuit.

Je me débarrasse de mes chaussures, enlève ce qu'il reste de mes bas et les fourre à la poubelle. Dans la salle de bains, j'allume la lumière, jette un coup d'œil au miroir, rééteins aussitôt la lumière. Je me brosse les dents dans le noir. Avale trois verres d'eau. Me déshabille. Puis j'attrape ma valise et ouvre la poche sur le dessus. Ordinateur portable. J'ai l'impression d'être en pilotage automatique. Comme l'Homme-Robot. J'ouvre et allume l'ordinateur. Le faux clair de lune de l'écran, de nouveau, qui m'éblouit quelques secondes. Mot de passe. Pas rétamée au point de ne pas m'en souvenir, merci Roy, tout n'est pas perdu.

Boîte mail. *Clic, clic, clic.* Répondre. Je m'arrête et retiens mon souffle un instant. *Allez, Kate, dis-le : je ne fermerai pas boutique. Le bon vieux temps ne sera pas qu'un souvenir. Je ne peux pas juste être un hamster dans sa roue qui ne lâche jamais son guidon. J'ai le droit d'être heureuse, non, même si ça n'est pas raisonnable ? Et puis merde, au diable la raison, si on essayait le bonheur, pour changer ?*

De : Kate Reddy
À : Jack Abelhammer
Objet : Nous
Jack. C'est moi.
PS : Je t'embrasse.

15

Calamity Girl

3 *h 03* – Les yeux grands ouverts, fixés sur les toiles d'araignée au plafond, maintenue en éveil par l'angoisse. Si j'avais un superpouvoir, je serais Calamity Girl, la femme capable de prévoir un désastre à tous les coins de rue. Superpouvoir, ou malédiction ? Tous les matins, quand je monte dans le train, la première chose que je fais est de scruter les passagers du wagon pour y détecter d'éventuels kamikazes, avant de repérer le chemin le plus direct vers la sortie. Quelle est la probabilité qu'un terroriste se trouve à bord du sept heures douze de Royston à King's Cross ? Eh bien, ça ne m'empêche pas de vérifier.

Je sais que c'est irrationnel. Croyez-moi, je le sais. Et ça, c'est juste *une* des cent inquiétudes différentes qui clignotent sur mon écran d'aiguilleuse du ciel alors que je suis seule aux commandes dans la tour de contrôle, aux aguets pour éviter une collision ou remarquer la moindre déviation par rapport au plan de vol maternel.

Les affaires courantes, quoi. La Corée du Nord. Les enfants. Leurs résultats scolaires. La crainte de leur mettre trop de pression pour qu'ils travaillent mieux à l'école. La crainte qu'ils ne travaillent pas assez bien à l'école pour entrer dans une bonne université. La crainte qu'ils ne trouvent jamais de boulot et qu'ils enchaînent les stages non rémunérés jusqu'à quarante et un ans. Qu'ils partent de la maison. Qu'ils reviennent vivre à la maison et n'en repartent plus jamais. Qu'Emily nous ramène un junkie à dreadlocks avec un chien au bout d'une corde. Nos finances. La santé de Richard. Ma santé. Mon travail. Que mon contrat temporaire ne soit pas renouvelé. Le vaccin contre la grippe. La mort. Les ongles de pied de Ben. Noël. La fête d'Emily. M'inquiéter de trop m'inquiéter et que ça finisse par me rendre malade. Les médecins disent bien que le stress peut donner le cancer, non ? Ne pas aller assez souvent à la gym pour combattre le stress et libérer des endorphines. Avoir déjà annulé deux fois mon rendez-vous avec le Dr Libido. Avoir des règles qui virent au bain de sang. Les glucides. La vieillesse. Ne pas être assez présente pour ma mère. Lee Harvey Oswald a-t-il réellement agi seul ? Et le tir en provenance de la butte herbeuse, alors ? Ma sœur qui m'en veut parce que je ne m'occupe pas assez de maman. Ai-je pris un ton blessant lors de ma dernière conversation téléphonique avec Julie ? (Il faut toujours faire tellement attention.) Les parents de Richard. Barbara qui chaparde tout sur son passage, comme une pie voleuse, et qui se met en danger elle-même. Donald, son gardien dévoué et désespéré. Avoir oublié de commander des comprimés de curcuma pour prévenir Alzheimer. Mes kilos en trop. Réussir à tenir mon régime toute la journée, et tout foutre en l'air avec un KitKat à vingt heures trente-trois. Le coût des travaux de la maison. La mort. Jack (*Non, surtout pas Jack, arrête avec ça !*).

On crève de chaud ici, c'est la fournaise, ma chemise de nuit est trempée de sueur. Et les soucis continuent d'affluer. Que voulait dire Jay-B dans cet e-mail où il m'écrivait « Vous avez l'air d'imprimer votre marque à l'ensemble de l'équipe » ? (Est-ce une bonne chose ?) Ne plus voir mes amies parce que le travail et la famille me prennent tout mon temps. Les cartes de Noël qu'on reçoit se comptent presque sur les doigts d'une main, y compris celle d'une entreprise d'entretien de pelouse. Ressortir les cartes des Noëls précédents pour donner l'impression qu'on a davantage d'amis. (Triste.) Décevoir Sally en annulant encore une de nos promenades. Qu'Emily paraisse renfrognée, voire déprimée, quand elle n'est pas en train de me hurler dessus. (Est-elle tombée à nouveau ? J'ai vu une coupure sur son bras.) Que Lenny se languisse de moi maintenant que j'ai repris le travail, et qu'il m'attende tous les jours devant la porte. Que mon taux de solvabilité soit inexplicablement bas. Est-ce qu'une liposuccion du menton me changerait la vie ? Que je n'arrête pas de me rappeler puis d'oublier aussitôt Cedric, le correspondant allemand. Que maman doive aller faire un check-up chez le cardiologue. Qu'elle me dise de ne pas m'inquiéter et que ça m'inquiète. Qu'il faille qu'elle renonce à porter des talons au cas où elle tombe. Acheter l'enlumineur de teint Magic Skin pour une apparence rajeunie, comme indiqué dans le magazine *Stella*. Ben qui me dit que, d'après le Facebook d'Emily, quatre-vingt-dix-neuf personnes ont déjà confirmé leur participation à sa fête de Noël, alors qu'elle m'a juré n'en avoir invité que soixante-dix ! Avoir constamment la pénible impression que la vie d'Emily est comme un décor hollywoodien : juste une façade pour la caméra, sans rien derrière. Que c'est une pandémie chez les filles d'aujourd'hui et qu'on n'y peut strictement rien. Que je dois désormais me souvenir de toujours avoir des serviettes hygiéniques sur moi. Que la porte est en train de se refermer à double tour sur mes années fertiles et que ça m'accable, ça me *dépossède*. Même si je sais que je n'aurai pas d'autre enfant, le fait de perdre la *possibilité* d'un autre enfant. Jack (*Non, j'ai dit PAS JACK*).

Un sentiment latent et permanent de frayeur sans nom. Avoir bientôt cinquante ans. (L'important, c'est de se *sentir* jeune ; mais je ne me sens pas jeune, je me sens anéantie.) Avoir eu trop peur pour descendre l'interminable escalator du métro Bank, l'autre jour. Terrorisée, même. J'ai fait demi-tour, je m'en sentais incapable, pardon. Pardon. Je ne sais pas ce qui m'a pris tout à coup. Le vertige ? *Allez, avance*. No problemo, dirait Conor à la gym. No problemo, Kate. Il faut que je dorme. Je dois absolument dormir, sinon je ne serai bonne à rien au travail demain. Impossible de dormir. Frayeur sans nom. (*Comment elle s'appelle ? ROY ? Donne un nom à ma frayeur, s'il te plaît.*) Il faut que je garde le contrôle. Les enfants, toujours les enfants.

Est-ce une quantité d'angoisse normale, à votre avis ? Toutes les femmes ont-elles l'impression d'être seules de garde dans une tour de contrôle aérien ? Pour tout dire, je suis angoissée depuis la naissance d'Emily. Ça me paraît assez compréhensible, d'ailleurs. Que sont des enfants, sinon des morceaux de votre cœur ? Ce n'est pas franchement idéal d'avoir son cœur qui va à une fête, puis qui reste dormir chez quelqu'un et qui ne vous envoie pas de texto parce que son téléphone n'a plus de batterie. Si vous pouviez choisir la personne à qui confier la garde de votre organe le plus vital, ce ne serait pas un ado décérébré qui oublie de recharger son portable, si ?

Mais, récemment, j'ai remarqué que mon inquiétude était vraiment montée d'un cran. Est-ce le fait d'avoir repris le travail ? Est-ce Perry and the Ménopauses qui siphonne toutes les hormones heureuses de mon organisme ? Est-ce cette insomnie chronique à trois heures du matin ? Ou bien le gros anniversaire qui fonce inexorablement vers moi ? Je suis allée écouter de jolis cantiques de Noël samedi dernier, et en plein milieu de « Douce nuit, sainte nuit » je me suis mise à regarder partout autour de moi pour trouver la sortie la plus proche afin de pouvoir évacuer les enfants en cas d'attaque terroriste. Les enfants n'étaient même pas avec moi. J'étais dans une *église*, bon sang.

Je ne veux pas trop m'appesantir sur tout ça. C'est juste que, certains jours, la peur est presque paralysante. Je me demande parfois si je ne suis pas en train de perdre la tête.

Mercredi, 6 h 26 – « Honnêtement, toi et tes audits canins préalables, Kate ! »

Sally se moque de moi ou, plus précisément, de mon habitude de passer au radar le sentier devant nous pour traquer le moindre chien qui pourrait représenter un danger clair et immédiat pour Lenny et Coco. Je me targue de pouvoir prédire à cent cinquante mètres de distance quels cabots sont susceptibles de mordre ou de provoquer une bagarre. En général, c'est vrai, je me fonde davantage sur une évaluation du propriétaire que de l'animal.

« Écoute, j'avais raison pour ces deux Jack Russell, non ?

— Tout à fait, reconnaît Sally. Ce type était parfaitement odieux, à répéter “Mes chiens veulent seulement s'amuser” alors que le gros tenait la pauvre Coco par la peau du cou jusqu'à ce que tu lui flanques un bon coup de botte. Tu as été drôlement courageuse ! »

Il est très tôt, et nous avons le parc pour nous toutes seules. Le ciel est d'un rose dragée délicat, ce qui annonce de la pluie pour plus tard, mais à l'heure qu'il est on dirait un avant-goût du paradis. Comme les grilles étaient encore fermées, nous nous sommes garées de l'autre côté de la route et avons trouvé une ouverture dans la haie. J'avais dit à Sally que je n'arrêtais pas de me réveiller en sueur sans pouvoir me rendormir. Insomniaque elle aussi, elle m'avait proposé de lui envoyer un texto dans ces cas-là, et m'avait assuré que si elle ne dormait pas non plus elle me répondrait. Ça m'aide beaucoup.

Nous suivons les deux chiens le long du sentier gelé scintillant qui s'élève parallèlement à l'allée principale, où nous avons cueilli des mûres très tardives dans les buissons, que nous engloutissons à présent les unes après les autres ; plus petites et plus acides que celles qu'on trouve en magasin, elles sont saupoudrées d'une légère couche de givre et ont le goût d'un sorbet aigre-doux. Sally propose qu'on revienne avec un Tupperware en cueillir d'autres pour faire un dessert de Noël. Je ne veux même pas penser à toutes les courses et à la nourriture que je dois avoir terminées avant que les deux côtés de la famille ne débarquent à la maison. Ce dont j'ai vraiment envie de parler aujourd'hui, ce ne sont pas des Jack Russell, mais d'un tout autre Jack. Je n'ai eu aucune nouvelle depuis que je lui ai envoyé cet e-mail éméché après la soirée de la promo. Ça fait déjà cinq jours. J'ai pris sur moi pour ne pas me passer en boucle dans la tête toutes les réactions possibles qu'il a pu avoir : bonnes, mauvaises, indifférentes. Ce en quoi je n'ai que partiellement réussi : j'arrive à rester des minutes entières à penser à autre chose. Pourquoi n'a-t-il pas répondu ? Je voudrais pouvoir partager toutes mes hypothèses fébriles avec Sally. A-t-il eu mon e-mail ? S'est-il vexé que je mette si longtemps avant de répondre au sien ? Est-ce qu'il se venge en prenant tout son temps à son tour ? (Non, Jack n'est pas puéril comme ça.) Aurais-je dû dire autre chose ? Quelque chose de plus gentil ou encourageant que juste « C'est moi. PS : Je t'embrasse » ? Oh, mon Dieu, pourquoi avoir répondu tout court et m'être plongée dans ces affres d'attente ?

La vérité, c'est que je ne suis pas sûre de connaître assez bien Sally pour lui parler de cette... cette quoi ? Cette toquade idiote ? Cette crise existentielle ? La dernière tournée au Saloon des Passions ? Nous avons souvent discuté de nos couples respectifs, Sally vantant le bon caractère de Mike et spéculant sur ce qu'il peut bien fabriquer seul dans son atelier pendant des heures, tandis que je lui livrais un compte rendu partial mais franchement jouissif des obsessions cyclistes de Richard et de sa gouroutisation par la Khmère verte Joely et ses affreuses tisanes. Nous avions fini par pleurer de rire. Ce n'est qu'après que je me suis demandé ce qui primait : le rire ou les larmes ?

Lorsque nous atteignons notre banc traditionnel au sommet de la colline et que Sally essuie la couche de givre avec son gant avant qu'on puisse s'asseoir, je n'y tiens plus. Je mentionne un client américain qui m'a recontactée récemment, un homme pour lequel j'ai eu des sentiments il y a des années, à l'époque où je travaillais encore. Je me perds en cafouillages et en circonvolutions. Comme quoi le fait d'avoir des enfants encore jeunes rendait toute perspective avec lui impossiblement égoïste (vrai), et qu'il ne s'est finalement jamais rien passé entre Jack et moi (vrai aussi, hélas) ; et puis que, de toute façon, je sais que l'herbe n'est jamais plus verte ailleurs, elle paraît simplement plus verte quand on est une mère qui travaille et qu'on doit courir un relais vingt-quatre fois cent mètres tous les jours sans personne d'autre à qui passer le témoin.

Sally ne me demande pas de détails. Elle m'écoute en hochant la tête, et il me semble la voir rougir sous sa toque en fourrure. Son silence est-il glacial, ou bien est-ce juste le froid ambiant ? Sal a dix ans de plus que moi, je l'oublie tout le temps, et peut-être voit-elle ça d'un œil plus vieux jeu et désapprobateur que je ne l'aurais cru. Je me sens si bien en sa compagnie, si soutenue et en sécurité, d'une certaine manière, que l'idée qu'elle puisse me blâmer me fait rougir à mon tour. Quand Lenny surgit en bondissant, frétillant de triomphe d'avoir arraché la balle en caoutchouc d'un autre chien, j'ai l'impression que nous sommes toutes les deux soulagées de cette interruption. Je me garderai dorénavant d'évoquer Jack.

En revenant jusqu'aux voitures, nous discutons de la fête d'Emily, qui doit avoir lieu ce week-end. Sally me conseille d'enlever tous les tableaux et les bibelots et de protéger les canapés, par mesure de précaution. Je lui réponds que ce ne sera pas nécessaire : ça va être une petite soirée entre gens civilisés, même si je commence à avoir des doutes. Sally et son mari organisent quant à eux un réveillon pour le Nouvel An, où je ferai enfin la connaissance de Mike, et Sally de Richard. Je lui parle de cette chose que j'ai surnommée « la Frayeur Sans Nom ». Je lui raconte ce qui m'est arrivé l'autre jour en haut des escalators du métro. Je ne veux pas appeler ça une crise de panique, parce que les crises de panique, c'est pour les citadins fragiles, pas les solides chevaux de labour dans mon genre. Pourquoi commencer à avoir le vertige à mon âge ?

« Ma mère a traversé la ménopause sans problème, je dis. Je ne comprends pas pourquoi c'est si dur pour moi.

— Je crois que c'était différent, à leur époque, répond Sally en me donnant le bras tandis que nous atteignons la partie la plus escarpée du sentier. Comme nous avons des carrières, nous attendons plus longtemps avant de fonder une famille, si bien que nous nous retrouvons à affronter ce qu'on appelait autrefois "le retour d'âge" alors que nous avons encore des enfants sous notre toit ; et que nos parents sont vieux et commencent à tomber malades ou à avoir besoin d'aide. Je me souviens que ma mère était en chimio quand Oscar passait son brevet. Moi, j'étais prise entre les deux. Et regarde-toi, à faire un aller-retour express pour rendre visite aux parents de Richard et à ta propre mère quelques jours avant de démarrer un nouveau boulot. Maintenant, tu organises une fête pour remonter le moral d'Emily alors que tu dois supporter ces types épouvantables au bureau. C'est un phénomène reconnu, tu sais.

— Quel phénomène ?

— La génération sandwich, dit Sally. Tous les magazines en parlent. Tu vois, si on avait eu nos enfants quand Mère Nature le prévoyait...

— À dix-huit ans ?

— Ou quinze, même... Eh bien, nous serions déjà grands-mères, voire arrière-grands-mères, au moment de la ménopause. Et pas encore en train de nous occuper de tout le monde en essayant parallèlement de conserver notre boulot, comme tu le fais. Franchement, ça n'a rien d'étonnant que tu sois angoissée, Kate. Il faut que tu réussisses à être un peu plus indulgente avec toi-même. »

Tout en soulevant Lenny pour essuyer ses pattes boueuses avec la serviette que je garde à cet effet dans le coffre de la voiture, je réponds à Sally que j'adorerais me mettre moins de pression sur le dos mais que ça ne va pas être possible, pas tant que Richard ne travaillera pas. Je vois clairement l'avantage qu'il y aurait à être une ancienne révérée par l'ensemble de la tribu plutôt que la garniture dans un absurde club-sandwich générationnel.

« À ton avis, Sal, je suis plutôt quel genre de garniture ? Thon mayo ? Jambon fromage ? »

Sally dit qu'elle ne sait pas trop.

« Mais dans tous les cas, ma grande, je trouve que tu formes une couche trop fine. Promets-moi d'aller voir le Dr Libido. »

Dès qu'elle a démarré, je consulte une fois de plus ma boîte de réception. Plusieurs nouveaux e-mails, dont un de Jay-B, intitulé de façon inquiétante : « Grant Hatch ». Et toujours pas celui que j'attends. *Où es-tu ? Parle-moi, je t'en supplie.*

7h11 – De retour à la maison, je suggère prudemment à Ben qu'il pourrait peut-être survivre sans ce bidule PlayStation tridimensionnel pour Noël. Après le fiasco du mot de passe, mes espoirs diminuent de réussir à en trouver un autre à temps. L'idée d'essayer de sauver la situation tout en gérant les embûches que sème en travers de ma route le féroce hipster Jay-B et, ah oui, en préparant des lits et du linge de toilette pour douze invités, me donne envie de me réfugier dans une cellule capitonnée et de crier à pleins poumons pendant quelques heures. Je demande à Ben l'air de rien s'il n'y aurait pas un autre cadeau qui lui ferait plaisir à part cette PlayStation introuvable et épuisée.

« Pourquoi pas un nouveau vélo, mon chéri ? »

Il laisse sa cuillère retomber dans ses Cheerios, éclaboussant la table de lait, et sa bouche forme le grand O muet du *Cri* de Munch : l'expression qui indiquait toujours qu'il était sur le point de piquer une colère krakatoesque quand il était petit. Contrairement à ma fille, mon fils est encore transparent émotionnellement. Il n'a aucun talent de duplicité. Je le déchiffre aussi facilement que la première ligne du tableau chez l'ophtalmo. C'est un constat qui me fend le cœur.

« Noooooon ! s'écrie Ben. La 3D c'est trop cool, maman. Ça te file des migraines et tout.

— Voilà qui me semble tout à fait sain, intervient Richard en levant les yeux de son téléphone. D'ailleurs, Kate, en parlant de sain, je me disais qu'on pourrait peut-être renouveler un peu le menu de Noël cette année. »

Oh oh. Faites sonner les cloches : l'Homme de la maison s'intéresse à Noël. Je me raidis, avant de répondre le plus gentiment possible :

« À quoi tu pensais, Rich ? Parce que le menu de Noël a tendance à être assez traditionnel, dans l'ensemble.

— Eh bien, Joely, qui a des années d'expérience en la matière, me parlait par exemple du joigra, qui est une option bien plus légère.

— Le joigra ? On dirait le nom d'un médicament aphrodisiaque.

— "Joie gras", en deux mots. C'est à base de noix de cajou et de purée de châtaignes sans OGM, rétorque Richard en remontant ses lunettes sur son nez. Délicieux, et tu évites la chute de glycémie juste après.

— Ça a l'air dégueu, papa », proteste Emily, qui est en train de se mettre du vernis à ongles noir sur les pieds.

Elle me décoche un sourire complice et je songe : *Ah, très bien, nous voilà redevenues amies parce que j'ai accepté qu'elle fasse une fête et pas son père.*

« Emily a raison, Rich. Tu ne crois quand même pas que tes parents vont manger des *noix de cajou* le jour de Noël ? Tu te souviens de la fois où on avait donné des patates douces à Barbara, et où elle avait fait remarquer que c'était avec ça qu'ils nourrissaient les cochons pendant la guerre ? »

Rich hausse les épaules et attache sa ceinture jaune fluo autour de son coupe-vent.

« Noël n'est pas forcément gravé dans le marbre, si ? Il faut savoir s'ouvrir à la possibilité du changement, Kate. À ce propos, Joely dit... »

Ah non, pas elle encore. Cette espèce de vieille zinzin macrobio experte en ménopause me sort par les trous de nez avant même que j'aie eu le plaisir de la rencontrer. L'Évangile selon sainte Joely, ça commence à bien faire. Rich s'est déjà trouvé une mère de substitution, ou quoi ? Je change de sujet et suggère d'une voix guillerette que Richard pourrait peut-être renoncer pour une fois à sa balade à vélo et descendre les décorations de Noël du grenier puis m'accompagner au supermarché histoire de faire des courses pour la fête d'Emily. Ce à quoi il me répond avec mauvaise humeur qu'il se prépare pour une grosse course cycliste en mai et qu'il ne peut pas se permettre de sauter une seule journée.

« Ce n'est pas une balade, Kate, c'est de l'entraînement. »

Une fois qu'il est parti, Ben vient s'asseoir à côté de moi et pose la tête sur mon épaule.

« Maman, on pourra avoir des petites saucisses au bacon et des pommes de terre sautées pour Noël ?

— Mais bien sûr, mon chéri.

— Je veux que tout soit comme d'habitude », lâche-t-il d'une voix trop fluette pour son corps.

Il a dû prendre huit centimètres depuis l'été dernier. Il a des vergetures dans le dos, la peau striée comme l'écorce d'un bouleau.

« Mam', où est-ce qu'on va mettre le sapin dans notre nouvelle maison ? J'aimais bien notre ancienne maison.

— Moi aussi, mon grand, mais tu sais qu'il a fallu qu'on déménage pour que papa puisse suivre sa formation et que maman puisse aller travailler à Londres tous les matins. On va tout faire comme avant, je te promets. La nouvelle maison va être super, tu vas voir. Le génial Piotr aura bientôt terminé notre cuisine, n'est-ce pas, Piotr ?

— *Yrrnrsczr.* »

Du vide sanitaire sous les lattes du plancher nous parvient le bruit étouffé d'une confirmation en polonais.

10h17 – Ce matin, sur le chemin du bureau, des chants de Noël dégoulinaient de toutes les boutiques comme du chocolat chaud pour les oreilles. « *We wish you a merry Christmas, we wish you a merry Christmas...* » Oui enfin, du calme. J'ai du mal à comprendre comment les enfants peuvent déjà être en vacances la semaine prochaine. Les températures sont encore douces et, mentalement, j'ai plutôt l'impression d'être quelque part en octobre. J'avais oublié à quel point c'était compliqué d'organiser un Noël familial tout en travaillant à plein temps. Soyons honnête : Noël *est* un travail à plein temps, et je n'ose pas montrer le moindre signe de relâchement dans un bureau où je suis encore à l'essai.

Le bruit est revenu que je n'avais pas réussi à conclure un accord avec Grant Hatch ; plutôt l'inverse, même. Jay-B m'a envoyé un mail très sec me demandant un rapport exhaustif de notre entrevue et « des solutions possibles pour la suite ». La castration chimique est celle qui me vient d'emblée à l'esprit. Il faut d'urgence que j'appâte des clients si je veux garder ma place ici. Toujours aucune nouvelle du contrat russe. Il est passé par la direction de l'Éthique et de la Conformité, puis par le conseil d'administration, qui doit le valider en dernière instance si toutes les vérifications s'avèrent positives et s'ils décident que M. Velikovsky ne risque pas de se métamorphoser en grand méchant à la *James Bond* cherchant à dominer la planète. En tout cas pas dans les trois prochaines années.

Troy est venu s'asseoir sur mon bureau hier, les jambes grandes écartées tel le babouin décomplexé qu'il est, et m'a dit que la compagnie était toujours nerveuse avec l'argent d'Europe de l'Est.

« C'est un peu fluctuant, le cash russe, m'a-t-il expliqué. Du genre à disparaître aussi vite qu'il est apparu, ce qui n'est pas très bon pour notre résultat net. »

Ce brusque élan d'amabilité de sa part n'a trompé personne. Je sais pertinemment qu'il sabrerait le champagne si mon premier grand succès devait finalement m'être refusé. Car réussir à conquérir Velikovsky, ce serait comme si la grenade dégoupillée que m'a donnée Troy s'était transformée en un bouquet de cent roses rouges.

Je n'ai jamais eu beaucoup de temps à consacrer à ce genre de concours de quéquettes quand j'avais la trentaine et que je me bâtissais une carrière ici. Il faut dire que, n'ayant pas de quéquette, j'aurais eu du mal à concourir. J'ai encore moins de temps maintenant que je suis là simplement pour gagner de quoi payer les travaux de ma cuisine et mettre à manger sur la table ; au moins des Doritos pour la fête d'Emily. Si Troy a envie de me faire la leçon, à moi, la femme qui, dans une vie antérieure, a créé le fonds pour lequel il travaille aujourd'hui, grand bien lui fasse. Ce qui compte pour moi est d'impressionner Jay-B, raison pour laquelle je vais devoir aller copiner avec une certaine Bella Baring, veuve de je ne sais quelle rock star, dont mon chef dit qu'elle est « folle comme trente-six lapins ». Il faudrait vraiment que je potasse un peu sur cette frappadingue avant mon rendez-vous avec elle, mais Noël m'appelle.

Je dois coûte que coûte mettre la main sur une PlayStation pour Ben. Je le lui ai promis. Je décide d'affronter de vive voix le Monstre du service clients. Si la colère indignée échoue, je jouerai la carte de la pitié en décrivant Ben comme l'Oliver Twist du vingt et unième siècle, qui dépérira et mourra sans une offrande de technologie dernier cri pour le sauver.

11 h 28 – Le bureau est relativement désert et il n'y a trace ni de Jay-B ni de Troy, j'en profite donc pour composer en vitesse le numéro du fournisseur de la PlayStation. Je tombe sur un message enregistré : « Si vous souhaitez joindre le service clients, choisissez parmi les options suivantes : tapez un pour les ventes, deux pour un suivi d'expédition, trois pour une dépression nerveuse en direct, quatre si vous désirez égorger un membre de notre équipe commerciale et exposer sa tête au bout d'une pique. Tapez cinq pour entendre à nouveau ces choix. »

« Bon sang, mais pourquoi est-ce qu'on ne peut jamais parler à quelqu'un en chair et en os ?

— Tout va bien, Kate ?

— Ah, pardon Alice, j'ai dit ça tout fort ? C'est juste que je suis en train de devenir folle avec les joies des courses de Noël.

— Ne m'en parle pas, soupire-t-elle. Cette année, je dois faire des cadeaux à ma mère, mon père, mon frère *et* Max. Le cauchemar. »

Je la dévisage en essayant de me souvenir du bon vieux temps où j'étais célibataire et où Noël consistait juste à trouver des cadeaux pour quatre personnes et à mettre les pieds sous la table chez mes parents en attendant que les festivités commencent. Inutile de décrire les impératifs auxquels on est tenu afin de créer le Noël parfait pour des enfants, un mari et la famille dudit mari, en particulier une belle-sœur qui est une militante radicalisée de l'esprit de Noël et inspecte de son œil sévère amuse-gueules, serviettes et décorations de table. Pour le dire autrement, Cheryl a un désodorisant senteur Bûche aux Marrons dans chacune des trois toilettes de sa maison ; j'ai à l'heure actuelle une salle de bains fonctionnelle avec ce que Richard appellerait quelques problèmes sanitaires, et un pack économique de serviettes en papier à motifs sapins.

Je ne raconte rien de tout ça à Alice. Ce serait comme essayer d'expliquer la théorie de la croissance endogène à Lenny. Pas la peine d'effrayer la pauvre petite, elle le découvrira bien assez tôt ; du moins si ce salaud de Max se décide un jour à lui faire sa demande. Alice me dit qu'elle se réjouit à la perspective de la fête du bureau, qui doit avoir lieu dans un club de Shoreditch dont je suis clairement censée avoir entendu parler. Je me compose une expression approximative d'enthousiasme impatient, frémis intérieurement et ajoute cette fête à ma to-do list de Noël, qui est d'ores et déjà plus longue que *Finnegans Wake*. J'imagine que la présence n'est pas obligatoire, si ?

« Il faut absolument que tu viennes ! s'exclame Alice. Tu fais partie de l'équipe, maintenant, et tous les big boss seront là, donc tu dois impérativement montrer ta tête. Oh, et Kate, n'oublie pas ton vaccin contre la grippe. À l'heure du déj. C'est au onzième étage, tu te souviens ?

— Ah oui, merci. »

(*Roy, tu pourras me rappeler cette histoire de vaccin ?*)

Je refais le numéro du fournisseur de PlayStation et cette fois, miracle, je tombe sur quelqu'un. Je suis tellement surprise de parler à un véritable être humain que je lui déballe d'une traite toutes mes mésaventures : que j'ai bel et bien acheté l'article, mais qu'ensuite j'ai réinitialisé mon mot de passe comme demandé et que, à mon grand désespoir, ça a annulé ma commande ; et puis qu'après je l'ai racheté en utilisant le bon mot de passe, ce qui était formidable jusqu'à ce que je reçoive un mail de leur part m'informant que la livraison ne pourrait pas être effectuée avant le 29 décembre.

« En effet, oui, me confirme la voix au bout du fil.

— Sauf que, comme vous vous en doutez, c'est un cadeau de Noël. Un cadeau de *Noël*. Et *Noël* a lieu le 25, donc le 29 ce sera trop tard, et mon fils veut vraiment cette PlayStation que je vous ai déjà payée depuis des semaines.

— Ce n'est pas possible. Rupture de stock.

— Certes, mais comme je ne suis pas responsable de ce problème et que je vais avoir un petit garçon extrêmement déçu le jour de Noël, le moins que vous pourriez faire serait de...

— Madame, je suis en droit de mettre un terme à cette conversation dans la mesure où je vous sens devenir agressive, dit la voix.

— Comment ça, AGRESSIVE ? Je me trouve incroyablement polie, au contraire, compte tenu de la NULLITÉ dont vous faites preuve depuis le début. »

Oh, merde. J'aperçois Jay-B qui sort de l'ascenseur et je raccroche précipitamment.

13 h 10 – Pendant la pause déjeuner, j'appelle tous les fournisseurs de PlayStation possibles dans un rayon de trente kilomètres autour du bureau. Rien. Je tape « joie gras » dans Google à la place. Hélas, il s'avère que ce n'est pas une joyeuse version du Viagra, mais « une alternative au foie gras, vegan, sans gluten et sans produit animal ». « Cette année, pour les fêtes, tandis que d'autres se partageront l'organe malade d'un animal mort, remplissez vos assiettes (et votre estomac !) de ce produit sain et sans cruauté », m'exhorte le site internet « sans foie ni l'oie ».

Désolée, mais malgré ce qu'en dit sainte Joely, ce truc ne franchira pas ma porte – et encore moins mon palais – le jour de Noël. Je sais où Richard peut se le farcir, son joie gras, et avec toutes les noix de cajou qu'il veut.

Pardon, Roy ? Je dois me souvenir de quelque chose ? D'accord, et tu pourrais me donner un indice, s'il te plaît ? Qu'est-ce que je suis censée remarquer ? Je ne vois vraiment pas de quoi tu parles. Je n'ai jamais rencontré cette Joely, non.

Pile à cet instant, Jay-B vient me voir. Il veut me briefer au sujet de Bella, la veuve rockeuse. Il m'explique que les descendants de feu Fozzy Baring ont tous des fonds fiduciaires. Il y a trois enfants légitimes, mais neuf au total ; depuis la mort de Fozzy, des femmes ne cessent de sortir de l'ombre et de réclamer des tests ADN. Bella, qu'il avait épousée avant la gloire, est la mère des trois gamins officiels, mais elle préfère les chevaux. On peut la comprendre. L'aîné est en HP : dépression liée à une consommation excessive de drogues. Le cliché du gosse de star destroy. Bella elle-même n'est pas la dernière à tirer sur le joint. Elle n'a aucune idée de la façon dont est gérée sa fortune.

« Votre boulot, Kate, va être de lui expliquer les choses sans trop lui embrouiller l'esprit, et de la rassurer sur le fait que tout se passe à merveille. Le comptable de Fozzy est toujours en train d'essayer de la convaincre de placer son argent ailleurs histoire de pouvoir s'octroyer une plus grosse part du gâteau. Cupide petit salopard. Ça ne doit évidemment pas arriver. Vous vous sentez de faire ça, Kate ?

— Oui, oui, très bien, sans problème. J'ai lu toute l'autobiographie de Fozzy. »

VACCIN ANTIGRIPPE ! me hurle Roy, me faisant bondir sur ma chaise.

« Hein ?

— Pardon, Jay-B, j'avais oublié, je dois monter faire un saut au onzième. Je reviens tout de suite. »

Roy, tu étais censé me rappeler mon vaccin antigrippe ! Je viens de le faire.

Oui, mais beaucoup trop tard. Regarde l'heure qu'il est.

Une infirmière est assise derrière une table à l'entrée du onzième étage. Il ne reste plus qu'une personne dans la queue. Clairement, ils sont sur le point de plier bagage.

« Désolée d'être en retard, dis-je, vous avez encore le temps de me prendre ? »

L'infirmière me répond par un petit sourire aimable et m'indique une liste sur laquelle je dois remplir mon nom et – horreur – ma date de naissance. Je parcours du regard celles des collègues qui m'ont précédée. Certains sont nés aussi tard que 1989 ! Je pourrais littéralement être leur mère. Malcolm, de la compta, qui est universellement considéré comme « ancien », presque maya, est né en avril 1966, une année entière après moi. Dieu merci, et uniquement parce que j'avais oublié mon rendez-vous, personne du bureau ne pourra voir que je suis bel et bien la plus vieille de l'immeuble. Seule l'infirmière connaîtra mon petit secret honteux. Mon stylo hésite une seconde au-dessus de la case avant que je me décide à écrire l'effrayante vérité : 11/03/65.

18 h 20 – Fini pour aujourd'hui. Je sors furtivement du bureau en tenant mon manteau roulé sous mon bras plutôt qu'en l'ayant déjà enfilé, comme ça les gens penseront peut-être que je vais revenir. Même si, en fait, la plupart ne lèvent jamais les yeux de leur écran. Je pourrais leur passer devant à dos d'âne.

Je réussis à atteindre la porte de la rue, qui s'ouvre en laissant échapper un soupir. Bienvenue au club. Me voilà enfin dehors, dans le froid hivernal, libre de...

« Kate. »

Eh ben, ça n'aura pas duré longtemps.

« Alice. Qu'est-ce que tu fais là ?

— Je t'attendais.

— Mais je viens de quitter le bureau. Et toi aussi. Je t'ai vue là-haut il y a dix minutes.

— Je sais, mais je ne voulais pas, enfin, je ne pouvais pas vraiment te parler là-bas.

— Sujet perso ?

— Sujet de boulot, en fait, mais aussi perso.

— Tu parles par énigmes, ma belle. Vas-y, je t'écoute, ne prends pas un air si inquiet. »

J'observe son jeune visage frais qui, à mes grandes stupeur et consternation, commence à se décomposer.

« Mon Dieu, Alice, qu'est-ce qu'il y a ? Qu'est-ce qu'ils t'ont fait ? je demande en lui posant une main sur le bras.

— À moi, rien, répond-elle en me regardant dans les yeux. Mais à *toi*.

— À moi ? Il ne m'est rien arrivé de spécial. Je veux dire, rien de pire que d'habitude. La journée épouvantable de base, quoi, mais je m'en suis très bien sortie.

— Je sais… c'est juste…

— Juste quoi ?

— Troy. »

Ah, voilà. Ce type est un virus en costard.

« Qu'est-ce qu'il a fait, encore ?

— Eh bien, j'étais dans une des salles de réunion, tu vois, celles qui communiquent entre elles. J'étais allée piquer un stylo chic dans la réserve qu'ils gardent toujours là-bas. La porte était entrouverte, et Troy était au téléphone dans l'autre salle. J'entendais tout ce qu'il disait. Manifestement, il n'avait pas vu que j'étais là, et…

— Et il parlait de moi.

— Au début, je n'en étais pas sûre. Il n'arrêtait pas de dire “elle”. Du genre “Elle se débrouille pas mal”, ou “Elle va apprendre”. Mais ensuite… »

Alice s'interrompt et se mordille la lèvre.

« Vas-y, je suis une grande fille, tu sais, je peux encaisser.

— Ensuite c'est devenu franchement dégueulasse, genre “On pourrait carrément se la faire”, “Elle en crève d'envie, c'est juste qu'elle ne le sait pas encore”, et des tas de trucs horribles comme si, je ne sais pas, comme s'ils faisaient des paris sur toi.

— À quel moment tu as compris qu'ils parlaient de moi ?

— Quand Troy a dit que tu avais l'air de t'en être bien tirée avec Velikovsky. Et après, bien sûr, il faisait des blagues sur “moi aussi je l'aurais bien tirée”, ou je ne sais pas quoi. Non mais sérieux, quel âge ils ont ?

— Dix ans et demi, je dirais. Tu sais qui était au bout du fil ?

— Je ne suis pas sûre, mais à un moment Troy a dit quelque chose comme “Hé, mister Hatchman”, ou un truc du genre.

— Grant Hatch. J'aurais dû m'en douter.

— Le gros lourd de l'autre jour ?

— Lui-même. Et à ton avis, c'étaient simplement des petites blagues pour rigoler, ou alors...

— C'est bien ça le problème. S'ils avaient juste l'air de plaisanter, je ne t'en aurais pas parlé, mais on aurait dit qu'ils mijotaient quelque chose. Du genre “OK, mon pote, je vais voir si j'arrive à finir ce que tu as commencé. Ça lui apprendra à t'avoir dit non. Personne ne dit non au Hatchman.” Et je ne peux pas te répéter les mots qu'employait Troy pour parler de toi, c'était vraiment horrible.

— Alice, dis-je en tentant un sourire, ni très rassurant ni très convaincant. Ça va aller, je t'assure. Crois-moi, j'ai entendu pire. J'ai un peu plus d'ancienneté que toi dans ce milieu, j'en ai vu d'autres, et...

— Ça, c'est l'autre chose. Troy n'arrêtait pas d'insister sur ton âge. Comme quoi ça ne te ferait pas de mal de recevoir, je ne sais pas, ses *faveurs*, qu'il te faudrait un petit jeune pour te…

— Laisse tomber.

— Mais enfin, tu as quel âge ? La quarantaine ? C'est rien ! J'étais tellement contente de te voir arriver dans ce bureau, Kate, parce que j'avais enfin l'impression d'avoir du renfort, tu sais, la solidarité féminine.

— Surtout avec des Troy partout.

— Exactement. Et la différence d'âge ne m'a même pas effleuré l'esprit. »

La différence d'âge. Voilà, c'est moi, résumée en trois mots.

« Honnêtement, poursuit Alice dans une tentative pour me remonter le moral, ce n'est pas comme si tu avais, je ne sais pas… (elle se creuse la tête à la recherche d'un chiffre extrême) cinquante ans. »

Je la prends dans mes bras.

« Non, dis-je, non, faut pas exagérer. »

16

À l'aide !

13 h 07 – Le cabinet du Dr Libido se trouve dans une imposante bâtisse de style géorgien au coin de Harley et de Wigmore Street. Il a une liste d'attente de six mois : toutes les femmes désespérées dans mon genre qui ont entendu dire que, grâce à lui, elles pourraient redevenir comme avant. J'ai réussi à obtenir un rendez-vous grâce à une annulation.

Je me suis dit qu'il ne fallait pas repousser plus longtemps. Le moment est venu de me faire aider. Plus tôt aujourd'hui, j'étais assise dans le vaste vestibule en marbre de l'immeuble d'une cliente potentielle, en larmes, épuisée parce que je m'étais réveillée à trois heures du matin, tellement morte de chaud que je me suis mise en caraco, le visage bouffi, sentant légèrement la transpiration. Vous confieriez votre argent à une femme pareille ? La présentation a été un désastre. La cliente me regardait comme si j'étais folle, ce que je peux comprendre vu que je l'avais appelée David. Pour être honnête, cette histoire avec Grant Hatch a dû m'atteindre plus que je ne le pensais, surtout le fait qu'il ait utilisé mon âge comme arme contre moi. Salopard. Et puis j'étais très affectée par le silence de Jack. Les espoirs de recevoir une réponse diminuaient de jour en jour. Après la soirée de la promo, je m'étais autorisée à saisir la main qu'il me tendait, à mettre mon cynisme de côté et à donner une chance au bonheur. Avec tout ce que je traversais par ailleurs, j'espérais terriblement qu'il pourrait m'arriver au moins une jolie chose, et le fait que je me sois trompée me minait encore plus. En sortant de la présentation, j'ai pensé : *Je vais me jeter sous un bus si je ne commence pas à me sentir mieux très vite.*

C'est alors que Roy, béni soit-il, m'a rappelé le Dr Libido. J'ai téléphoné aussitôt depuis la rue, et sa standardiste m'a dit : « Oh, si vous faites vite, il y a une place qui vient de se libérer tout de suite. » Un miracle. Jay-B m'avait convoquée par texto pour une réunion d'urgence, mais j'ai sauté dans un taxi dans la direction opposée.

De Emily à Kate

Slt mam, on risque d'être un peu + nbx à la fête lol ! Lizzy a invité des amis de Londres. Prévois bcp + à manger et à boire, stp ! A+

De Kate à Emily

Combien EXACTEMENT ? Je n'ai pas envie que ça tourne à l'émeute !

13 h 14 – L'infirmière du Dr Libido ressemble à Meryl Streep jeune. Elle porte une tunique et un pantalon blancs immaculés. Elle me tend un questionnaire qu'elle me demande de remplir. Je commence à lire, et j'hésite entre rire ou pleurer. On dirait le menu d'un petit déjeuner en enfer, sauf qu'à la place des œufs brouillés, c'est de la cervelle grillée.

Avez-vous déjà souffert d'un des troubles suivants :

- Sentiments d'angoisse, ne pas pouvoir s'empêcher de se faire du souci pour des choses qui ne dépendent pas de vous ? > *check*
- Troubles du sommeil et insomnies au milieu de la nuit ? > *check*
- Prise de poids inexpliquée et très difficile à reperdre ? > *check check*
- Idées confuses, difficulté à retrouver les choses ? > *Oui, c'est pour ça que j'ai... comment il s'appelle... Roy.*
- Sécheresse vaginale ? > *Disons que ça fait un bail que mon mont de Vénus n'a pas accueilli d'explorateurs, mais j'ai clairement un inconfort et des démangeaisons de ce côté-là. C'est une des raisons pour lesquelles je ne veux pas me mettre au vélo. J'ai peur que la selle ne me fasse mal.*
- Baisse de moral ? > *Dans les chaussettes, merci.*
- Règles irrégulières et/ou très abondantes ? > *Et comment ! J'ai encore l'essuie-mains Velikovsky pour le prouver.*
- Fragilité émotionnelle, crises de larmes ? > *C'est sans doute parfaitement normal d'éclater en sanglots au moins deux fois par jour, non ?*
- Baisse d'énergie dans l'après-midi, en particulier entre 14 et 17 heures ? > *Ouaip.*
- Irritabilité accrue et/ou agressivité excessive ? > *QUI TRAITEZ-VOUS D'IRRITABLE, MONSIEUR ? Ce fournisseur de PlayStation ne m'a-t-il pas dit que je devenais agressive ? Check et recheck.*
- Difficultés de concentration ? > *Non. Oui. Oui. Non.*
- Baisse de libido sans que vous sachiez très bien pourquoi ? > *Aucune sensation sexuelle d'aucune sorte, jusqu'au mail de Jack.*

Le plus grand bienfait de ce questionnaire, c'est qu'il m'a permis de me rendre compte que je n'étais pas en train de devenir folle. Elles sont toutes là, les horreurs que je subis depuis des mois, décrites noir sur blanc sous mes yeux. De véritables symptômes médicaux, et pas une vague terreur à l'idée que c'est désormais à ça que va ressembler ma vie. Calamity Girl, celle qui anticipe toujours le pire des scénarios, n'est pas la femme que je suis devenue ; c'est juste une foutue question de biologie, ou de chimie, point barre.

Je m'excuse auprès de l'infirmière de fondre en larmes pendant la prise de sang, et elle me décoche son sourire à la Meryl Streep, serein mais inébranlable, en disant : « Ne vous en faites pas. On a beaucoup de femmes qui arrivent ici sur les genoux, dans un état bien pire que le vôtre. »

En matière de décoration intérieure, d'après mon expérience, les cabinets de consultation privés donnent dans l'une ou l'autre de ces deux catégories : l'ambiance bibliothèque feutrée d'une maison de campagne d'avant-guerre, ou le pont d'un vaisseau spatial post-humain en orbite autour de Xarquon 9. Celui du Dr Libido relève clairement de la première. Le principe de base paraît être : plus vous payez cher votre médecin, plus on va déployer d'efforts pour vous faire croire que la personne que vous êtes venu voir n'est absolument pas médecin. Il suffit de regarder ce cabinet. De hautes fenêtres devant lesquelles se tenir pour contempler un monde bruissant de maladies onéreuses. Le lustre prétentieux du mobilier en noyer. Un papier peint que même William Morris aurait sans doute trouvé un poil trop chargé. Tout, sauf des armoiries royales. Aucun équipement médical en vue, pas même un stéthoscope, et encore moins – vade retro ! – quoi que ce soit d'aussi vulgaire qu'une seringue. Il y a bien une table d'examen, mais discrètement cachée derrière un paravent en marqueterie qui a vraisemblablement été conçu non pour dissimuler des quinquagénaires dépressives modernes mais pour permettre à des courtisanes françaises de 1880 de s'effeuiller en toute ostentation. La place de choix revient au bureau, aussi large qu'une table de billard, mais recouvert d'un revêtement en vieux cuir plutôt que de la traditionnelle feutrine verte.

Et, assis derrière, le Dr Libido en personne. Son vrai nom est Farquhar, un patronyme beaucoup trop vieux et empesé pour le bel homme à la mine bronzée et satisfaite que j'ai en face de moi. Le Dr Libido pourrait être à la gynécologie ce que Tony Blair était en son temps à la politique : le brillant espoir d'un mouvement nouveau, par exemple le parti des Mamans mojo-boostées. Je suis sûre que toutes ses patientes voteraient pour lui.

Il m'explique d'emblée qu'il reçoit plusieurs femmes par jour qui se plaignent d'anxiété, de dépression, de sautes d'humeur, de crises de colère et de panique. Souvent, leur généraliste leur a diagnostiqué à tort un problème de santé mentale. Environ soixante-dix pour cent sont sous antidépresseurs. Mais leurs problèmes, me dit le Dr Libido, peuvent aisément être résolus grâce à des hormones de synthèse, qui stabiliseront leur état et dissiperont le nuage sombre sous lequel elles vivent. Il pense aussi que j'ai une hypothyroïdie. (Comme Sally. Encore un point commun entre nous.) Ah, oui, c'est peut-être pour ça que je suis capable de m'endormir debout dans un placard, comme une planche à repasser. Mes analyses de sang le confirmeront.

« Et toutes ces recherches qui établissent des liens entre les hormones de synthèse et un risque accru de cancer ? je demande, pour au moins essayer de donner l'apparence d'être quelqu'un de responsable alors qu'en gros je serais prête à m'injecter de l'héroïne sur-le-champ s'il me disait que c'était la solution.

— Une information inexacte, j'en ai peur, qui se fonde sur des études biaisées. »

Son grand sourire fait apparaître un nombre impressionnant de facettes dentaires, qui m'évoquent brusquement Liberace et son piano.

« Beaucoup de femmes se laissent gâcher la vie, poursuit-il, alors que si elles suivaient le bon traitement hormonal, tous ces symptômes pourraient leur être évités. »

La vérité est que si le Dr Libido m'avait, à cet instant, prescrit n'importe quelle drogue dure et que la police m'attendait en bas, matraques et menottes à la main, je lui aurais quand même arraché l'ordonnance. Je suis désespérée. Pardon, mais je n'y arrive plus toute seule. C'est comme de vouloir faire redémarrer un ordinateur portable qui a passé la nuit sous la pluie. Il faut que j'arrête de hurler sur mes enfants, que j'aie suffisamment d'énergie pour mon travail, la fête d'Emily, la fête du bureau. Il faut que je tienne toutes les vacances de Noël sans étriper Richard, Cheryl, l'incontinent Dickie, voire les trois à la fois. Et ce serait sympa s'il pouvait aussi me rester juste quelques miettes de moi pour moi.

Je parle au Dr Libido des patchs de testostérone de Candy, que j'ai arrêtés par crainte de sauter sur le pauvre Piotr. Il me répond qu'ils sont illégaux au Royaume-Uni, mais que si j'en veux encore plus pour mon argent, il peut me donner de la testostérone dans un petit tube. Il suffira de m'en tamponner quelques gouttes sur l'intérieur de la cuisse. Il me prescrit aussi de la progestérone à prendre le soir, qui – ô, joie ! – m'aidera à dormir.

Honnêtement, c'est dur de quitter son cabinet sans se jeter à son cou. Et je suis à peu près sûre de ne pas être la seule de ses patientes à avoir eu cette pulsion. Je cherche aussitôt la pharmacie la plus proche pour me procurer ce traitement miracle, à savoir la sainte trinité de la sexualité féminine : progestérone, œstrogènes et testostérone. En sortant du magasin, je ne peux pas attendre une seconde de plus ; je déchire la boîte d'œstrogènes avec la même impatience que j'aurais eue, enfant, devant un paquet de bonbons, ou adolescente, le jour où j'ai sorti de sa pochette mon premier quarante-cinq tours du Top 50, peinant à croire que je tenais enfin entre les mains ce précieux trésor tant espéré. Les années passent, et les objets de mon désir ne cessent de changer, mais la puissance de ce désir – le besoin de posséder, d'entendre, de goûter, d'aller mieux – reste la même.

Tout en me massant le bras avec un peu de cet élixir de jouvence, je prononce à haute voix une petite prière, sur le trottoir de Wigmore Street, dans le vrombissement de la circulation. « Faites que j'aie la force d'affronter ce que la vie me réserve. C'est tout ce que je demande. Ah, et si je pouvais trouver un taxi tout de suite, ce serait bien. Taxi ! Amen. »

Donc, cette fête de Noël. Jouez hautbois, résonnez musettes ! Dans un moment de faiblesse – m'arrive-t-il jamais d'avoir un moment de force ? –, j'ai dit à Emily qu'elle pouvait organiser une fête à la fois pour Noël et pour son préanniversaire. Mais où avais-je la tête, nom d'un chien ?

Ça a commencé – comme tout le reste, semble-t-il – avec le belfie. Emi était plus bougonne que jamais depuis que ses fesses étaient devenues virales. Certaines de nos disputes étaient si violentes que pendant des jours ensuite je résonnais encore comme un gong frappé par un marteau. Je frémis en songeant à ce qu'Emily est capable de me faire faire. Elle boude. Invariablement, c'est moi qui dois négocier la trêve, rompre le silence, sauf si elle a besoin d'argent ou de se faire déposer en voiture – généralement les deux.

Récemment, j'ai beaucoup repensé aux paroles sages et mystérieuses de ma regrettée amie Jill Cooper-Clark. « Quand tu auras des enfants, Kate, l'important, ce sera de te souvenir que c'est *toi* l'adulte. »

Lorsque Jill m'a dit ça, il y a maintenant plus de quinze ans, je ne voyais strictement pas de quoi elle parlait. Je veux dire, bien sûr que, quand je deviendrais mère, je serais l'adulte et les enfants seraient les enfants. À présent, avec deux adolescents sous mon toit, je comprends exactement ce qu'elle voulait dire. Emily peut me balancer ce qu'elle veut à la figure, se montrer d'une ingratitude épouvantable ou avoir le sentiment injuste que tout lui est dû, je n'ai pas le droit de riposter de façon puérile. Car c'est moi l'adulte. N'est-ce pas ? (Un aveu : il y a des jours, ou en tout cas de folles minutes, où je me sens déraper dans le temps, régresser vers les tempêtes de ma propre jeunesse, comme pour affronter ma fille sur son terrain. *Ne t'amuse pas à ça, Kate, reviens ici tout de suite.*)

Entre-temps, au lieu de se calmer, les choses ont empiré. Je me suis rendu compte que les malheurs d'Emily s'étaient propagés à tout le lycée. Son prof principal m'a envoyé un mail pour me demander de le rappeler, ce que j'ai fait à voix basse depuis le bureau. (J'ai même chargé Alice de monter la garde non loin au cas où Troy ou Jay-B me prendraient en flagrant délit d'être une maman ; l'espace d'un instant, c'est moi qui me suis sentie dans la peau de l'ado rebelle qui fume une clope en cachette pendant que quelqu'un d'autre surveille que les profs n'arrivent pas.)

M. Baker m'a fait savoir qu'Emily lui avait paru renfermée et un peu isolée ces derniers temps. Est-ce que j'étais au courant de problèmes particuliers ?

« Vous voulez dire, à part le fait d'être une fille de seize ans à l'ère horriblement stressante des réseaux sociaux, qui doit enchaîner des examens stupides et pourtant déterminants pour le reste de sa vie en pensant qu'elle ne sera jamais au niveau ? »

Ça m'est sorti avec une colère incroyable ; je n'avais pas réalisé jusque-là à quel point je me faisais du souci pour Emi.

« Eh bien, euh... » a hésité M. Baker, sans doute renversé en arrière dans son fauteuil, le téléphone le plus éloigné possible de l'oreille, regrettant amèrement de ne pas s'en être tenu au mail.

Il y a eu un silence, après quoi il s'est courageusement ressaisi et a continué. Cet homme mérite une médaille. Il m'a dit qu'Emily n'était pas un cas à part. Loin de là. Il estimait qu'au moins un tiers des élèves de son année étaient sujettes à la dépression ou à l'automutilation. (Comme si ça pouvait me rassurer. L'union fait la force ? Et si l'union faisait la vulnérabilité ?)

« Emily n'est pas déprimée », ai-je objecté.

Ses hormones déferlaient dans son corps, au moment même où les miennes refluaient, et nous étions toutes les deux prises dans ces dangereuses turbulences. Mais une dépression ? Non.

Une des bonnes amies d'Emily, Izzy, qui souffrait d'anorexie, venait d'être hospitalisée dans un service psychiatrique, a poursuivi M. Baker. Est-ce que je le savais ?

Non, je ne le savais pas.

« Vous voudrez bien ouvrir l'œil et me tenir au courant ? »

Oui, je voudrai bien.

Après avoir raccroché, j'ai laissé échapper un gémissement involontaire, comme un lapin pris dans un piège. Alice m'a soufflé « Chhhut » en me faisant signe de me calmer. Mon cri avait attiré l'attention de Troy et d'un autre gars à l'autre bout du bureau. Ils ont interrompu leur conversation, ont pivoté sur leur siège et m'ont regardée fixement. Par réflexe, j'ai fait semblant de m'être cogné la jambe contre une table et je me suis mise à sautiller sur un pied dans une pantomime de douleur. « Aïe, aïe, merde, aïe. » Mieux valait passer pour un clown que pour une femme assaillie d'angoisse maternelle. *Renfermée et un peu isolée*. Ma fille ? Emily ?

Presque aussitôt, j'ai eu honte de ma réaction. Ce n'était pas le moment de me soucier de ce que pouvaient penser de moi ces deux petits cons. Qu'ils aillent se faire voir ! Bien sûr que je gémissais après avoir éprouvé une bouffée de peur mortelle pour mon enfant. Car, oui, je suis mortelle, une simple mortelle, et il n'y a rien de faible là-dedans. *Si vous me piquez, ne saignerai-je point ?* Nous saignons tous quand nous sommes blessés, un détail de notre humanité commune qui a tendance à être oublié dans le monde de l'entreprise. J'ai fusillé du regard mes deux contempteurs, les mettant silencieusement au défi de me faire la moindre remarque. À cet instant, je me savais capable de violence.

Emily était encore en classe à cette heure-ci. En me dépêchant, je pouvais être à la sortie du lycée à temps pour la serrer dans mes bras et lui dire que tout irait bien, que maman était là pour la protéger. Avec autant de calme que j'ai réussi à en rassembler, j'ai alors expliqué à Alice ce qu'il fallait qu'elle surveille en mon absence, après lui avoir annoncé qu'un professeur m'avait appelée pour me prévenir que ma fille avait des problèmes et que je devais venir la chercher.

« La pauvre chérie, m'a répondu Alice, elle n'a que onze ans. »

Je n'ai pas compris tout de suite ce qu'elle voulait dire, jusqu'à ce que je me souvienne, de justesse, que j'avais menti sur l'âge d'Emily comme sur le mien. J'ai attrapé mon manteau et mon téléphone. Si je courais jusqu'à la gare, je pouvais peut-être avoir le prochain train.

À l'entrée de la gare, devant le comptoir de la cordonnerie-clés minute, une femme faisait la manche assise par terre, tendant un bras maigrelet en direction des passants. Elle avait l'air très vieille, que ce soit dû à la faim ou aux coups cruels de la vie, mais elle ne pouvait pas l'être tant que ça puisqu'elle donnait le sein à un bébé, qui gigotait, emmailloté dans un châle. Je l'ai dépassée en quatrième vitesse, et puis je me suis arrêtée, j'ai fait demi-tour et j'ai sorti mon portefeuille. Comme je n'avais pas le temps de fouiller dans le fond pour trouver des pièces, je lui ai glissé un billet de vingt livres dans la main avant de descendre les marches quatre à quatre jusqu'au quai. Je suis montée à bord pile au moment où le sifflet retentissait et me suis écroulée, hors d'haleine, sur un siège dans un wagon vide. Personne d'autre ne rentrait du boulot à cette heure de la journée. Alors que la grisaille de Londres cédait progressivement la place aux marrons et aux verts, j'ai pensé à Emily et au bébé dans les bras de la mendiante, les deux finissant par se confondre dans mon esprit. Ce nourrisson ne pouvait pas savoir que sa mère quémandait de l'argent dans les rues d'une ville étrangère, pauvre silhouette avachie devant laquelle les voyageurs pressés passaient sans s'arrêter. Pour son enfant, cette femme crasseuse et misérable était un havre de sécurité et de réconfort ; jamais il n'aurait voulu d'une autre mère qu'elle, et jamais il n'en voudrait d'autre. Cette idée me crevait le cœur.

Sitôt arrivée à la maison, j'ai embarqué Lenny dans la voiture et j'ai roulé directement jusqu'au lycée. Je me suis garée en face et j'ai attendu la sortie des classes. J'ai vite repéré Emily et sa bande. Était-ce dans mon imagination, ou bien elle se traînait derrière le groupe de Lizzy Knowles comme quelqu'un qui se noie s'agrippe à un radeau de sauvetage ? À moins qu'elle se soit trouvée par hasard à marcher quelques pas en retrait ?

Emily a paru désorientée quand j'ai crié son nom et, l'espace d'un instant, j'ai même cru qu'elle n'allait pas traverser pour rejoindre la voiture. Elle semblait hésiter à m'ignorer et à passer son chemin. C'est alors que Lenny l'a reconnue et s'est mis à aboyer de joie par la vitre arrière. Moi, elle aurait pu m'éviter, mais jamais elle ne décevrait Lenny. Sans réfléchir, dès qu'Emi est montée à bord, j'ai pris la route du parc. Ma fille pense que les balades sont un truc de losers, de vieux ou de psychopathes, mais cet après-midi elle a accepté de me donner son bras et nous avons gravi le sentier que Sally et moi suivons toujours. Je lui ai laissé ma polaire pendant que je grelottais dans mes vêtements de bureau. Nous nous sommes assises sur mon banc habituel au sommet de la colline.

« Pourquoi tu es venue me chercher à l'école, mam' ? J'ai plus sept ans, tu sais.

— Je voulais te voir, chérie. M. Baker m'a appelée pour me dire qu'il s'inquiétait un peu pour toi, il a l'impression que tu n'es pas dans ton assiette.

— Je vais très bien, m'a-t-elle répondu sèchement.

— On n'a jamais vraiment reparlé de cette histoire de belfie, mon cœur.

— Maaam' ! Combien de fois ? Y a pas de quoi en faire un plat. Tu ne comprends rien ou quoi ? C'est des trucs qui arrivent tout le temps.

— Quand même, ça ne doit pas être très agréable de savoir que tout le monde a vu tes...

— De toute façon ça n'a pas fait tellement de likes.

— Quoi ?

— #MonBouleEstUnDrapeau. Ça n'a pas fait tellement de likes. »

J'en suis restée bouche bée. J'ai mis quelques secondes à comprendre. La principale inquiétude d'Emily à propos de ce belfie n'était pas que son popotin ait été vu par des milliers de gens, mais qu'il n'ait pas remporté le succès escompté. Qu'il n'ait pas eu assez de clics, ou de likes, ou de je ne sais pas quoi. Ce n'était pas la première fois que j'avais la sensation de m'être réveillée dans un univers parallèle, où toutes les valeurs qu'on m'avait inculquées enfant, telles que la pudeur et la décence, avaient été interverties, non, perverties, c'est ça, perverties.

« Il fait froid, ma puce, tu as assez chaud ? » ai-je fini par dire, pour avoir un prétexte de la serrer contre moi.

Elle s'est laissé faire, a posé la tête sur mon épaule, et j'ai prié intérieurement pour lui transmettre toute la chaleur et la force de mon corps.

« Tu ne voudrais pas voir un psy, ma grande ? »

Silence.

« Hein ? Qu'est-ce que tu en penses ?

— P't-être, oui.

— Super. On va t'arranger ça. Parfois ça fait du bien de parler à quelqu'un.

— Mais pas un psy comme papa, s'est-elle empressée d'ajouter. Lui, tout ce qui l'intéresse, c'est son vélo.

— Ce n'est pas vrai, Emi, tu sais que papa t'aime énormément. Il est juste un peu... »

Juste un peu quoi ? J'avais du mal à trouver le mot pour décrire ce qu'était Richard en ce moment, sinon absent.

« Bref, donc je vais te chercher quelqu'un de bien avec qui tu pourras discuter de tout ça. »

Quelqu'un qui comprend ces choses-là mieux que moi, parce que je suis complètement paumée pour la première fois depuis ta naissance, ai-je pensé tout bas en me gardant de le dire tout haut.

« Lizzy va faire une fête pour le Nouvel An, m'a annoncé Emi alors qu'on redescendait vers la voiture. Elle est vraiment trop populaire, tu sais. »

Encore Lizzy. Combien de temps allait-il falloir à Emily pour ouvrir les yeux sur sa soi-disant « meilleure amie » ?

Bon allez, j'avoue : c'est pour ça que j'ai accepté le coup de la fête de Noël. Je me suis dit que ce serait l'occasion pour Emi de ne pas être renfermée et isolée, mais entourée de ses amis ou, si elle n'en avait pas, de s'en faire. De consolider sa position dans la classe. D'être autre chose que cette pauvre fille que Lizzy Knowles avait piégée en montrant son cul à la Terre entière. D'entrer dans le cercle sacré des « Populaires », le Saint-Graal de tout adolescent. Je voulais, en fait, ce que je n'ai cessé de vouloir depuis ce jour magique où mon premier bébé est venu au monde : je voulais qu'elle soit heureuse. Qu'est-ce qu'on ne ferait pas pour qu'ils soient heureux ?

Richard était plus réticent.

« Je n'arrive toujours pas à croire que tu as dit à Emily qu'elle pouvait faire une fête, Kate, m'a-t-il lancé en examinant son nouvel antivol (quoi, encore un ?). Je n'ai pas envie d'avoir une maison pleine d'ados bourrés qui prennent de la drogue et essaient de baiser dans les coins. Une fête, pour être honnête, est la chose au monde dont j'ai le moins envie en ce moment. »

C'était curieux. Rich avait toujours été le parent cool, pendant que je devais jouer le flic de service. Quand avions-nous échangé les rôles ?

« Ils ne seront pas bourrés, ai-je rétorqué, pleine d'optimisme. On leur servira du vin chaud sans alcool, et personne ne prendra de drogue ni ne couchera avec personne. Emily a des amis bien élevés. Ils ne sont pas du genre à s'incruster dans une soirée qu'ils ont vue sur Facebook et à démolir la baraque. Sérieusement, tu devrais avoir un tout petit peu plus de foi dans la jeune génération, Rich. »

J'aurais voulu lui donner la véritable raison de cette fête, sincèrement. Mais les mensonges, ou les omissions, étaient devenus trop compliqués entre-temps. La vérité était qu'on ne se disait plus grand-chose depuis un moment. Richard était parti pour un grand périple dans la forêt à la découverte de lui-même, sauf qu'il avait oublié de semer des petits cailloux derrière lui pour que je puisse le suivre. Je n'avais pas la moindre idée de l'endroit où il se trouvait, et j'avais arrêté les recherches, principalement parce qu'il n'avait pas l'air de remarquer que je ne cherchais plus, ni de s'en soucier. Bien trop souvent, j'avais l'impression d'être une mère célibataire qui élevait seule ses enfants.

Encore un aveu : je pensais qu'une fête pourrait me faire du bien aussi, pas qu'à Emily. N'importe quoi qui puisse me distraire des affres dans lesquelles me plongeait l'attente d'une réponse de Jack.

Bref, quoi qu'il en soit, avec la désorganisation d'Emily et les emplois du temps surchargés de tout le monde, rien ne garantissait que cette fête aurait vraiment lieu.

La fête a bien eu lieu.

Samedi, 19 h 17 – La Nuit de l'Apocalypse commence par un coup de sonnette à la porte. J'ouvre, et deux ados baraqués en tee-shirt noir et jean taille basse déboulent dans la maison, les bras chargés de caisses et de câbles.

« Où c'est qu'on met les enceintes ? grommelle le premier.

— Vous êtes la mère à Emily ? » grommelle le second.

Sans attendre la réponse, ils foncent dans la cuisine, où je m'empresse de les suivre, légèrement inquiète.

Un plat de minisaucisses est posé sur la table. Ils l'enlèvent de là et le recasent près du nouvel évier, chacun en profitant pour en attraper une poignée au passage, qu'ils mâchouillent en s'affairant. J'entends la voix de ma mère dans ma tête, qui s'exclame d'un ton ulcéré : « Tu te rends compte qu'ils n'ont même pas demandé la permission ! Non mais où sont passées les bonnes manières ? » Je ne suis hélas pas loin d'être d'accord avec elle, même si ça me donne l'impression d'être une vieille mégère acariâtre, mais bien sûr il n'est pas question de le leur dire. Au lieu de quoi ma réprobation s'exprime sous la forme d'un *tss-tss* sonore. Plus que ça, même, un genre de gloussement. Si, dès dix-neuf heures trente, je me transforme en mère poule qui commence à hérisser ses plumes d'exaspération, qu'est-ce que ce sera à minuit ? Les deux gamins relèvent la tête au son de ce caquètement, s'échangent un regard et pouffent de rire. Charmant.

19 h 49 – Ça sonne. Les premiers invités. Trois lutins. Rectificatif : trois lutines, que j'identifie vaguement comme étant des camarades de classe d'Emily, mais pas, à ma connaissance, ses amies.

« Salut ! » lancent-elles en chœur en me passant devant, chacune vêtue d'un microshort vert, d'un mini-top rouge et d'un bonnet pointu avec des étoiles qui clignotent. Je ne peux pas m'empêcher de penser que l'emballage des cadeaux doit être drôlement ralenti au pôle Nord si tous les lutins insistent, comme ces trois-là, pour porter des talons compensés de dix centimètres. Alors qu'elles se dirigent vers le salon en poussant des cris stridents d'hilarité collective, je remarque que le dos de leurs trois tops, quand elles sont côte à côte, forment un message de circonstance : « C'EST NOUS », « LES PUTAINS », « DU PÈRE NOËL ».

20 h 13 – Je renonce à la sonnette et laisse la porte ouverte. Quelle est cette parabole biblique que j'ai apprise au catéchisme, sur le maître qui invite toute la population chez lui? « Va-t'en par les routes et les jardins, et force les gens à venir, afin que ma maison soit pleine... » Quelque chose comme ça. Une jolie idée, et sans aucun doute aussi chrétienne qu'on peut l'être, mais je me suis toujours dit par-devers moi que c'était chercher les ennuis. Non, parce que, qu'est-ce qui s'est passé quand il s'est retrouvé à court de serviettes? Avait-il prévenu son traiteur à domicile de toutes ces incrustes de dernière minute? Eh bien, me voilà exactement dans sa peau. Mais sans la charité.

21 h 14 – Finbar et Zig, ou peut-être Zag, se sont fait une place dans la cuisine. Ou, plus précisément, la cuisine leur a cédé la place. Sur la table sont installés ce que j'appelle encore, désolée de vous le dire, deux tourne-disques. Un grand type renfrogné est voûté par-dessus, un casque comme deux moitiés de pamplemousse sur les oreilles, hochant la tête assidûment au rythme de la musique. Une espèce d'ampli est juché à l'endroit où se trouve d'ordinaire le micro-ondes, ce qui pose la question de savoir où est passé le micro-ondes. Sans doute a-t-il pris la place de la chasse d'eau, qui elle s'est substituée à l'aquarium, ce qui voudrait dire que l'aquarium est notre nouvelle chaîne hi-fi. Des câbles serpentent jusqu'au salon, où des enceintes de la taille du Cénotaphe de Whitehall sont plantées contre chaque mur. En vérité, c'est toute la maison qui s'est transformée en une seule enceinte géante. Les portes vibrent sur le beat et une épaisse fissure en forme d'éclair est apparue dans la fenêtre de l'escalier. Ça doit être ce carreau ancien du dix-huitième siècle qu'on a fait restaurer par un vieux vitrier ratatiné, qui l'avait emporté pour le passer dans les flammes du mont Destin ou je ne sais où, et nous l'avait rendu miraculeusement réparé pour la modique somme de quatre cents livres. Cette fissure ne lui plaira pas, je le crains.

Tout à coup, Richard est à mes côtés. Il semble écouter la musique avec un certain intérêt, qui pile à cet instant évoque un bataillon de terrassiers démolissant une chaussée en bitume.

« Exactement comme tu avais dit, chérie. Des cantiques de Noël autour du feu. Oh, et regarde ! Ils font honneur à ton vin chaud.

— Dispense-moi de tes sarcasmes, merci. »

À un bout du canapé, un garçon tend un gobelet rempli au tiers de vin chaud. Une fille avec des nattes peroxydées, qui pourrait être la jumelle maléfique de Heidi, a sorti de son sac une demi-bouteille de vodka de supermarché et le sert à ras bord… et même au-delà, puisqu'elle continue jusqu'à faire déborder le gobelet – et le vase par la même occasion – sur mon canapé, lequel était jusqu'à il y a deux heures encore d'un beige subtil qu'il ne retrouvera sans doute jamais.

« Pourquoi est-ce que c'est toujours de la vodka ? je demande. C'est horrible, la vodka. Ça n'a strictement aucun goût. Et pourquoi ce sont toujours les filles qui l'apportent, de nos jours ? Est-ce que les garçons aussi ne devraient pas mettre la main à la poche ? Dire que je trouvais osé de prendre un rhum-Coca quand j'avais dix-sept ans.

— Ce sont les filles qui l'apportent parce qu'elles veulent être de vrais mecs, m'explique Richard, qui a l'air étonnamment bien renseigné. Et la question n'est pas de savoir qui mettra la main à la poche, mais qui mettra la main dans la culotte de qui. Et s'ils aiment la vodka, c'est précisément *parce que* ça n'a aucun goût. Actuellement,

Kate, leur seul but dans la vie, leur unique raison d'être, est de se soûler, et la vodka est le plus sûr moyen d'y parvenir, sans goût ni saveur qui viendrait faire obstruction. Noyer ses chagrins, tout ça, tout ça. »

Je balaie des yeux les invités d'Emily. Ils ont seize ans, pour la plupart. Dix-sept max. Ils ne devraient pas encore avoir amassé suffisamment de chagrins pour avoir besoin de les noyer, pourtant ils semblent être la génération la plus malheureuse que la Terre ait jamais portée. Je m'interroge. En mettant à leur disposition le vocabulaire de la tristesse et de la contrariété, a-t-on soulagé leur souffrance, ou au contraire les a-t-on encouragés à croire que la souffrance était la norme ? Ils sont tellement émotifs, à cet âge.

Richard promène son regard sur cette faune bigarrée, puis il tend un doigt en direction de l'escalier, que plusieurs couples ont pris d'assaut sans pitié, tels des figurants dans un film de zombies.

« Et voilà ! s'exclame-t-il joyeusement. Ils montent faire une gentille partie de *Trivial Pursuit*, exactement comme tu l'avais prévu. »

Mon mari, je le vois, est sincèrement tiraillé. D'un côté, il considère tout ça avec une sorte de mépris désespéré ; à cet instant, notre maison, et son équipage au complet, est sans doute ce qui s'éloigne le plus de son idéal de vie. Pas assez de chakras. D'un autre côté, il savoure avec acharnement la délicieuse satisfaction de voir se confirmer ses prédictions alarmistes. Aucune de ces deux attitudes n'est franchement adaptée. L'idée que ces gamins, aussi stupides et désinvoltes soient-ils, puissent être pour une fois en train de s'amuser – ou juste d'être des gamins, bon sang – lui passe à des kilomètres au-dessus de la tête. Richard est, au sens propre du terme, un rabat-joie. Ces derniers temps, en tout cas, on peut dire qu'il a réussi à rabattre toute ma joie. Je m'empresse d'étouffer cette pensée aussitôt qu'elle jaillit, mais c'est trop tard, elle est là.

21 h 33 – En sortant dans le jardin le pauvre Lenny déboussolé, je tombe, à ma grande surprise, sur mon exemplaire de *Raison et sentiments*. En temps normal, il réside dans la petite bibliothèque des toilettes du rez-de-chaussée. Pendant quelques émouvantes secondes, je me demande si quelqu'un qui serait allé s'y retrancher à la recherche d'un peu de calme et de tranquillité se serait mis à le lire ; je me souviens d'avoir moi-même fait ce genre de chose il y a des décennies, quand je ne me sentais pas à l'aise quelque part. Cela dit, si quelqu'un a lu ce livre dans les toilettes, que fait-il dehors à présent ?

Je le ramasse. Il manque des pages. Il manque des chapitres entiers, arrachés dans la précipitation, on dirait. Marianne est peut-être encore là quelque part, mais Elinor s'est évanouie dans la nature. C'est alors que me parviennent des effluves douceâtres. Je prends une grande inspiration. Une odeur de haschisch. Au bout de cette piste olfactive, je trouve trois garçons et une fille assis dans l'herbe froide en train de rouler des joints avec le plus grand sérieux. Et, oui, ils se servent de Jane Austen comme papier. Devrais-je les féliciter de leur goût littéraire ou les sermonner pour cette destruction gratuite ? « Eh bien, messieurs, de quelle inconvenance faites-vous donc montre en cette occasion ! Vous conduire de la sorte, de surcroît dans la compagnie d'une dame ! » Voilà ce que je devrais leur dire. Mais je ne le fais pas. Je leur demande juste d'arrêter, et ils rient.

22 h 10 – Richard monte désormais la garde devant la porte, déterminé à confisquer tous les alcools et à ne laisser entrer que les personnes munies d'une invitation. Comme personne n'a d'invitation, c'est une expérience assez éprouvante. Sans compter que tout le monde est déguisé sur une thématique Noël, ce qui ne facilite pas le processus d'identification. Rich est bientôt pris à partie dans une violente dispute avec un bonhomme de neige.

22 h 43 – En jetant un coup d'œil par la fenêtre de la cuisine, j'aperçois plusieurs Pères Noël qui galopent le long du côté de la maison et entrent par le jardin de derrière, ardemment poursuivis par une horde de rennes en combinaison de fausse fourrure. Il semblerait que Tonnerre essaie de monter Éclair, dont la fermeture éponyme n'a pas résisté bien longtemps.

22 h 51 – Tiens, voilà ma fille. Avec cette marée de visages inconnus, j'avais presque oublié qu'elle était là.

« Salut m'man, t'aimes bien la musique ?

— Beaucoup. Mais en fait, Emi, je n'avais pas compris que ce serait une boum.

— C'est pas une *boum*, mam', rétorque Emily en roulant les yeux. Personne ne fait plus de boum depuis, je sais pas, genre des siècles. »

Ma fille s'est changée pour enfiler un body diaphane couleur chair avec des paillettes sur les tétons. Plus un minishort en lamé argent avec les mots « Happy New Twerk » brodés en lettres rouges sur les fesses. Elle a aussi des bas résille, mais je distingue encore sur ses cuisses les cicatrices de sa chute de vélo.

« Chérie, comment tu es accoutrée ?

— Relax, mam', je suis déguisée en Miley Cyrus de Noël. »

Elle est bras dessus, bras dessous avec – allez comprendre – sa meilleure ennemie, Lizzy Knowles, Belfiegor en personne. Lizzy porte des mi-bas rouges et un tee-shirt sur lequel on peut lire « JESUS mais j'avale pas ».

Contrôle-toi, Kate. N'oublie pas que tu fais tout ça pour qu'Emily ne se sente pas exclue. Cela dit, maintenant que je vois dans quoi il s'agit d'être incluse, je me pose des questions.

« Salut, Kate, dit Lizzy. C'est vraiment trop stylé, comme fête, trop esprit de Noël. »

Non, espèce d'atroce petite garce. L'esprit de Noël, c'est Andy Williams qui chante à la télé dans un pull avec un sapin qui brille. L'esprit de Noël, c'est dessiner soigneusement des stries à la fourchette sur le glaçage de la bûche en chocolat pour qu'elle ressemble à un tronc d'arbre. L'esprit de Noël, ce sont les anges et les archanges. Voilà ce que je lui réponds intérieurement, même si en fait je garde la bouche close. On ne peut pas en dire autant des invités autour de moi, qui ont tous la bouche grande ouverte, que ce soit pour hurler, suçoter des canettes ou se coller à d'autres bouches, visiblement de façon aléatoire. Ma maison est à peu près aussi paisible qu'un grand prix de formule 1.

Minuit – Richard est tout seul dans la buanderie, où il veille sur son équipement cycliste en grignotant une carotte d'un air pensif. Je le dévisage en haussant un sourcil.

« Le nez du bonhomme de neige, m'explique-t-il. Il commençait à me les briser, alors je lui ai arraché sa carotte, à ce petit con. Maintenant, il ne peut plus respirer. »

Je m'inquiète un peu de savoir comment tout ça va finir.

Minuit vingt – Quelqu'un crie qu'il y a un problème avec les toilettes du rez-de-chaussée. J'accours et découvre des projections de vomi un peu partout, et le bonhomme de neige occupé à inhaler de la poudre blanche avec une paille. Son ablation du nez ne l'a visiblement pas découragé. Il *pourrait* être en train de sniffer le paquet de sucre glace que j'ai acheté pour décorer le gâteau de Noël, mais j'ai bien peur que non. Je lui demande de partir ou j'appelle la police. Il me fixe de ses petits yeux noirs. Je bats en retraite.

1 h 11 – Un Richard assiégé régule l'accès aux toilettes molestées. On dirait le baroud d'honneur du général Custer. Seuls ceux qui en ont un besoin urgent sont autorisés à y pénétrer.

« C'est pour la petite ou la grosse commission ? tonne mon mari dès que quelqu'un s'avise d'approcher. Si c'est la petite, vous faites ça dans le jardin ! »

Emily, hystérique, vient me chercher alors que je ramasse des bouteilles vides de Bacardi Mojito sous la table basse.

« Mam', c'est trop la honte, y a papa qui demande littéralement aux gens s'ils veulent faire pipi ou caca. Si c'est pipi, ils n'ont pas le droit d'utiliser les toilettes et ils doivent aller dans le jardin. S'te plaît, dis-lui d'arrêter. »

1 h 30 – Je monte dans notre chambre, celle avec la minuscule salle de bains attenante – toujours en travaux – et le très gros panneau « DÉFENSE D'ENTRER » sur la porte. À ma grande surprise et mon non moins grand soulagement, il n'y a personne à l'intérieur. Aussi incroyable que ça puisse paraître, les gosses ont respecté cette instruction. Je trouve ça étrangement touchant ; après toute cette débauche et ce chaos, au moins leur reste-t-il un certain respect des limites. Au moins sont-ils conscients que les parents, eux aussi, ont besoin de leur territoire. Au moins…

« Ah. »

Deux ados sont en train de forniquer dans la salle de bains. Ils ont visiblement ignoré la pancarte sur la porte. Ou alors ils ont lu DÉFONCE et pas DÉFENSE. La fille est assise à côté du lavabo. Au vu de sa position actuelle, j'estime que son cul est présentement pile sur mon tube de dentifrice. Elle a les yeux fermés, les jambes enroulées autour de quelqu'un, et je ne la reconnais pas. Je ne reconnais pas le garçon non plus, principalement parce que la seule partie de lui qui soit réellement visible sont ses fesses. Ma présence ne lui fait nullement perdre le rythme ; sans doute qu'il ne m'a pas entendue entrer.

Pendant peut-être quatre secondes, je reste immobile à les regarder. Pas parce que je suis une sinistre voyeuse, ni parce que je suis trop choquée pour parler (même si je le suis), mais parce que ce qu'ils font, et l'entrain avec lequel ils le font, me paraît une vision du siècle passé. C'est comme d'allumer la télé et de tomber sur un western. Ça fait vraiment si longtemps que ça ? À quand remonte mon dernier rodéo ?

La fille ouvre les yeux et me voit. Reconnaît en moi la maîtresse de maison. M'adresse le sourire le plus poli que j'aie vu de toute la soirée, et murmure : « On a presque fini. »

Je fais demi-tour et m'éclipse sur la pointe des pieds, quittant mon espace protégé pour retourner dans la zone de danger. Ayant trouvé refuge dans la chambre de Ben, Dieu merci vide car il dort chez Sam ce soir, j'allume mon ordinateur et scrute le cyberespace en quête du moindre signe de M. Fruit Défendu. Aucune trace de Jack. Toujours rien. Vous savez comme la vue d'autres gens qui respirent le bonheur, s'embrassent et font l'amour peut vous donner terriblement envie de ces mêmes choses ? Eh ben voilà.

2 h 25 – Dans ce qui, à l'aune de ses critères habituels, relève d'une remarquable prise d'initiative, mon mari a trouvé un moyen de se débarrasser des invités. À un moment, j'ai bien cru qu'ils allaient tous – combien ? soixante ? quatre-vingts ? – rester là toute la nuit. Les murs de la maison vibraient encore, jusqu'à ce que Rich aille dans la réserve, passe une main derrière le sac de croquettes pour chien et fasse sauter le fusible étiqueté « prises cuisine ». Les tourne-disques se sont arrêtés dans un grincement. Les enceintes ont rendu leur dernier crachotis avant de mourir. Et Richard est ressorti de la réserve en brandissant ostensiblement un pot de café et en s'exclamant : « J'ai trouvé. »

C'était un bon début, mais il reste encore une meute qui continue d'écluser les fonds de bouteille et de tourner en rond, avide de davantage de grabuge.

« Comment est-ce qu'on pourrait évacuer le reste du troupeau ? » je m'interroge à voix haute.

Richard me dévisage puis, à mon grand étonnement, me dépose un baiser sur la joue.

« Génial, dit-il.

— Génial quoi ?

— Toi. Ta formulation. Tu as raison, on ne les fout pas dehors, on les mène gentiment vers la sortie comme le troupeau qu'ils sont. Regarde, une moitié sont déguisés en rennes, ils ne demandent que ça. »

Et donc, devinez ce que fait Rich : il se contente de se mettre au volant de la voiture et de leur montrer la voie, tout simplement. Parfois il est capable d'utiliser ses pouvoirs de rabat-joie pour la bonne cause. Il reste là, en première, pleins phares allumés, et tandis que je les escorte hors de la maison, il donne des petits coups d'accélérateur en faisant vrombir le moteur et se rapproche tout doucement d'eux, si bien que, bon gré mal gré, ils finissent par s'éloigner dans la rue en bramant et en traînant les sabots, certains se tenant bois dessus, bois dessous. Où vont-ils, ça, Dieu seul le sait, mais pour l'heure ce n'est pas notre problème.

Le dernier à partir est un jeune homme en pantalon de velours côtelé et pull en cachemire, parfaitement sobre, qui me serre la main, puis celle de Richard, avant de dire :

« Merci mille fois pour cette réception absolument délicieuse. Je m'en veux terriblement de vous laisser tout ce bazar. Je serais volontiers revenu vous aider à ranger demain matin, mais hélas je dois être au travail à huit heures. Mais merci encore et, si je ne vous revois pas d'ici là, joyeux Noël à vous et à vos proches. »

Après quoi il enfourche un vélo et disparaît dans la nuit sous nos yeux éberlués.

« Qui est cet extraterrestre ? demande Rich.

— Je ne suis pas sûre, mais je *crois* que c'était le petit Jésus. »

3 h 07 – Enfin. Richard et moi sommes couchés. La fête est finie. Personne n'est mort. À cet égard, et seulement à cet égard, la soirée a été un triomphe. Emily et les neuf Pères Noël comateux qui sont restés échoués sur le parquet du salon n'auront qu'à faire le ménage demain. Emi avait l'air transformée, ce soir ; heureuse et bien dans sa peau. À un moment, elle est même venue me chercher pour me traîner sur la piste de danse, et on a chanté ensemble à pleins poumons une version rock de « Jingle Bells ». Alors que je me tourne sur le côté, prête à m'assoupir, cette pensée me comble de bonheur.

3 h 26 – Je demande à Rich de bien vouloir arrêter de ronfler.

« Je ne ronfle pas », répond-il.

Nous nous asseyons tous les deux en sursaut, l'oreille tendue. Les reniflements porcins proviennent de la penderie. Richard s'extrait péniblement du lit et va ouvrir les portes d'un coup. Un renne, auquel il manque le bas de son costume, est affalé aux côtés d'une fée, à laquelle il manque le haut. Ils sont allongés sur mon manteau Joseph adoré en peau de mouton. Le renne ouvre un œil.

« Ah, salut, dit-il, vous devez être les parents d'Emily. Pure teuf. Au top. »

Bilan de la fête d'Emily :

Nombre d'appels des voisins à la police : 4

Nombre de lettres reçues des voisins disant « Vous êtes une honte absolue pour ce quartier » : 1

Temps de ménage estimé : 13 heures

Nombre de bouteilles vides ramassées : 87

Nombre de bouteilles à moitié vides retrouvées sur des étagères, dans des penderies, sous l'évier de la cuisine, derrière la cuvette des toilettes, etc. : 59

Nombre de canettes de Carlsberg découvertes jusqu'à présent dans les parterres de fleurs : 124

Date à laquelle on peut raisonnablement espérer que le jardin sera redevenu une zone Carlsberg-free : entre 2089 et le début du vingt-deuxième siècle

Nombre d'années pendant lesquelles Richard pourra pavoiser en répétant « Je te l'avais bien dit » : 35, ou jusqu'à ce que la mort nous sépare

Devis des travaux pour refaire la déco de l'entrée et du salon, et remplacer la vitre et la chasse d'eau cassées : 713,97 £

Malgré tout ce qui précède, je persiste à croire que c'était une bonne idée. Je serais prête à redépenser la même somme et à laisser ma maison se faire ravager une nouvelle fois si ça pouvait empêcher ma fille d'être renfermée et isolée.

« Tout le monde dit que c'était la fête la plus cool de tous les temps, mam', m'a fait savoir une Emily radieuse au petit déjeuner quelques jours plus tard. Je sais que papa a trouvé que ça s'était super mal passé, mais d'habitude c'est grave pire. À la fête de Jess, ils ont fait boire du rhum aux poussins et ils sont tous morts. »

17

La veuve rockeuse

Lundi, 13 h 46 – Barbara s'est fait arrêter pour avoir acheté une tronçonneuse avec une carte de crédit volée. Pardon, *quoi* ? Il me faut un moment avant de décrypter ce que Donald m'explique par téléphone. Le train entre à nouveau dans un tunnel et la communication coupe. Mon corps et ma mallette sont en route vers le Sussex de l'Ouest pour aller rencontrer la veuve rockeuse, mais ma tête est dans le Yorkshire auprès de mon pauvre beau-père.

Je le rappelle, et il poursuit son histoire.

« Vous savez que Barbara est prise d'une folie du rangement à cause de sa démence, n'est-ce pas, Kate ?

— Oui, je sais.

— Eh bien, Margaret…

— L'aide à domicile ?

— Oui. Margaret laisse généralement son sac dans l'entrée, eh bien Barbara l'a trouvé et lui a pris son porte-monnaie à l'intérieur. Elle ne l'a pas volé, elle voulait juste le ranger ailleurs. Ce n'était pas mal intentionné. Ensuite, ce matin, je l'ai laissée seule dix minutes le temps d'aller acheter le journal et du lait, et elle s'est sauvée par la porte de la véranda. Elle est montée dans le bus qui passe au bout de la route et elle a atterri au Bricorama, vous savez, celui juste à côté du Spar ?

— Oui, oui, continuez.

— Donc Barbara était au Bricorama, elle avait mis quelques articles dans son Caddie, mais la dame à la caisse a eu des soupçons quand elle a vu la tronçonneuse.

— Je peux comprendre.

— Une grosse tronçonneuse à essence cinquante-huit centimètres cubes, qui ne passe pas inaperçue. Barbara a voulu payer avec la carte de Margaret, mais elle ne connaissait pas le code, bien sûr, alors la caissière a appelé le directeur, qui a appelé la police. Heureusement, ils ont trouvé notre adresse sur la carte de bibliothèque de Barbara, qu'elle avait dans sa poche.

— Oh, Donald, je suis vraiment désolée. Est-ce que Barbara est très perturbée ?

— Pas du tout, mon petit, elle est gaie comme un pinson. L'officier de police qui l'a ramenée à la maison lui a tapé dans l'œil. Le sergent Protheroe, il s'appelle.

— Ah, parfait, tout est bien qui finit bien.

— Pas vraiment, non. Je crains que, comme le sergent Protheroe était en uniforme, Barbara l'ait confondu avec moi. Enfin, avec le moi d'il y a soixante-dix ans, du moins. Et elle a essayé de le bécoter et de le tripoter où je pense, vous voyez. C'était affreusement gênant. »

Je frémis en imaginant ma belle-mère de quatre-vingt-cinq ans mettre la main au paquet d'un flic parce qu'elle croit qu'il s'agit d'un jeune et fringant pilote de la Royal Air Force. C'est une idée à la fois hilarante et terriblement triste. Barbara, de trente-cinq ans mon aînée, dont l'esprit part à vau-l'eau autant que mon corps, est encore capable de se prendre pour la jeune et sublime séductrice qui a sauté sur Donald, à l'époque sosie de Justin Trudeau, alors qu'il revenait d'une mission de bombardement en Allemagne. Songer à l'appétit bestial de Barbara qui se réveille brusquement à l'évocation du temps de ses ébats glorieux me serre le cœur.

J'éprouve momentanément un élan d'empathie. N'ai-je pas été moi aussi humiliée lorsque je faisais des yeux doux au jumeau de Roger Federer dans le métro et qu'il m'a laissé sa place ? Notre corps continue à se jouer de nous quand on vieillit. Le désir ne meurt pas sous prétexte d'épargner la sensibilité des jeunes gens dégoûtés qui préféreraient ne pas penser à des accouplements de chair molle ; au contraire – ce qui est vraiment cruel, les sensations charnelles sont parmi les toutes dernières à péricliter.

« Je ne comprends pas, Donald, finalement la police a arrêté Barbara ou pas ?

— Au début, oui, mais c'était un tout jeune policier. Quand le sergent Protheroe est arrivé sur les lieux, il a bien vu que Barbara n'avait pas toute sa tête, donc ils ne vont pas la poursuivre. Quel psychodrame, je vous jure, mon petit. J'espère que vous ne m'en voulez pas de vous avoir appelée. Cheryl et Peter sont en Italie, vous comprenez. »

J'entends dans sa voix les efforts qu'il fait pour essayer de prendre ça avec légèreté. Il a dû être terrifié en s'apercevant que Barbara avait disparu, et mortifié d'apprendre qu'elle avait fait du gringue au sergent Protheroe.

« Donald, je crois qu'on devrait venir, Richard et moi. Il faut qu'on commence à se renseigner sur les... »

Il me coupe avant que je puisse aller plus loin.

« Barbara ne veut pas quitter son jardin, Kate, mon petit. Et moi non plus, d'ailleurs. Le magnolia, vous comprenez, c'est lui qui nous annonce l'arrivée du printemps, quand on voit les premiers bourgeons sortir.

— Je sais, je sais, mais... Bon, d'accord, écoutez, on en discutera à Noël quand on sera tous ensemble. Ce n'est plus très loin, maintenant. Vous allez pouvoir tenir d'ici là ?

— Oh, ne vous inquiétez pas pour nous, Kate, mon petit. Faites plutôt attention à vous. »

Dans le taxi qui me conduit de la gare à la résidence de la veuve rockeuse, je cherche sur Google les maisons de retraite dans la région de Leeds. Choisissant celle qui me paraît la moins sinistre et institutionnelle, et qui autorise les animaux de compagnie, je téléphone de mon portable.

« Oui, bonjour, j'appelle de la part de mes beaux-parents, Donald et Barbara Shattock. Je me demandais si on pouvait prendre rendez-vous pour venir visiter votre établissement. »

14 h 30 – « Laylah, Belshazzar et Mikk.

— Et, euh, quel âge ont-ils à présent ?

— Bely vient d'avoir vingt et un ans. On a fait une grosse nouba pour fêter ça, et quand les flics ont débarqué sur le coup de quatre heures du mat, je me souviens que l'un d'entre eux lui a souhaité "Joyeux anniversaire pour hier", ce que je n'ai pas trouvé très sympa.

— Non, en effet. Et sinon, excusez-moi, mais j'ai besoin d'avoir tous les éléments : votre défunt mari avait, je crois, d'autres enfants à part ces trois-là, n'est-ce pas ? Il y avait, euh, d'autres...

— Des tombereaux entiers. »

Bella Baring tire une taffe de sa vaporette – j'ai vu plein de gosses fumer ça à la soirée d'Emily – et recrache un panache délicat de ronds bleutés.

« On en connaît neuf avec certitude, y compris les trois miens, reprend-elle. On en était à six avant la mort de Fozzy, mais ensuite il y en a trois autres qui sont sortis de nulle part. Drôle de coïncidence, hein ? Quand ils ont su combien d'argent il laissait derrière lui, ils se sont dit tout d'un coup "Tiens, tiens, et si c'était mon père ?". Petit cœur ? »

Je me retourne, mais personne n'est entré dans la pièce. Est-ce à moi qu'elle s'adresse ?

« Je vous demande pardon ?

— Vous voulez un petit cœur avec votre thé ? dit-elle en me tendant une assiette de biscuits.

— Ah. Non, merci, c'est parfait comme ça. »

Mon thé est loin d'être parfait. Il est pâle et amer, avec ce qui ressemble à des brins d'herbe qui flottent à la surface. Au fond de ma tasse s'est déposé une sorte de limon vaseux, potentiellement obtenu en retournant juste au-dessus une botte en caoutchouc. Mais c'est ce que Bella m'a offert à mon arrivée, et la règle est qu'il faut, comme le stipule notre charte de conduite interne, « accéder chaque fois que possible aux exigences du client ». J'accède donc, âcre gorgée après gorgée, en essayant de ne pas grimacer trop ouvertement.

« Les gens croient toujours que je suis pleine aux as parce que je m'appelle Baring, comme la famille de banquiers. Mais vous imaginez ce pauvre vieux Fozzy dans la finance ! »

Je ne suis là que depuis cinq minutes, et je peux déjà affirmer que ce rendez-vous est l'un des plus étranges que j'aie jamais eus avec un client. Jay-B voulait absolument que je fasse le déplacement jusqu'ici pour « tenir la main » de la célèbre veuve rockeuse. Après le fiasco avec Grant Hatch, je dois me rattraper. Cette fois, il faut que ça se passe bien. Jay-B a entendu des rumeurs disant que Bella envisageait de placer son butin ailleurs, ce qui serait un désastre pour nous. En consultant son dossier dans le train, avant que Donald ne m'appelle pour me raconter l'épisode de la tronçonneuse, voici ce que j'ai appris : Philip Rodney Baring, né à Stockton-on-Tees en 1947 et mort en 2013, était connu de millions de fans enamourés – bien que désormais atteints de surdité permanente – sous le nom de scène de « Fozzy ». Ses cendres ont été dispersées à Glastonbury et promptement piétinées sous les pas de hordes de festivaliers. Bella, sa veuve, règne à la fois sur sa fortune pécuniaire, dont une très grande partie est gérée par EM Royal, et sur son vaste domaine, qui s'étend sur des hectares et des hectares à la ronde.

« En fait, Bella, une des choses que je suis venue vous dire aujourd'hui de la part d'EM Royal, c'est que vous n'avez vraiment aucun souci à vous faire, ni pour vos actifs en numéraire et en titres, ni pour votre capital en nature.

— C'est exactement ce que Fozzy m'a dit en 1983 quand il m'a vue en bikini. »

Et, sur ce, la vieille dame blonde part d'un grand éclat de rire qui se mue aussitôt en quinte de toux, manquant de s'étouffer tout en agitant la main dans ma direction pour m'indiquer qu'elle n'est pas, contrairement aux apparences, sur le point de suivre son mari dans la tombe. Lorsque la crise est passée, je poursuis.

« En tant qu'investisseur de premier ordre, vous êtes probablement soucieuse, avant toute chose, de la répartition globale de vos actifs. Je peux vous assurer que la diversité de votre portefeuille, que nous avons constitué à votre demande et dont nous monitorons les fluctuations au quotidien, a été étudiée pour assurer une minimisation du risque, de sorte que si, par exemple... »

Bella m'interrompt en levant une paume, comme un agent de la circulation.

« Oui, Tereza ? »

Une domestique a surgi ex abrupto, peut-être d'une trappe dans le tapis.

« Miss Bella, lé lama il est encore dans la fosse.

— Oh, c'est pas vrai, encore ? »

Elle se tourne vers moi pour m'éclairer :

« C'est Phil. Ce sont des animaux très fidèles, vous savez. Quand Don est mort, au printemps, ça a été terrible. Phil a perdu l'appétit pendant des semaines. On nous avait dit qu'ils étaient frères quand Fozzy les a eus, mais maintenant on se demande s'ils n'étaient pas gay. Vous avez déjà entendu parler de l'amour homosexuel chez les lamas ?

— Euh, pas récemment en tout cas.

— Son nouveau truc, c'est d'aller se fourrer dans le fossé qui longe la propriété et d'y rester toute la journée. Soit il déprime, soit il cherche à se faire la malle pour partir voir le vaste monde. Désolée, je reviens dans une minute. Allez-y, Tereza, je vous suis. »

Elle s'extirpe de son fauteuil en kilim délavé, s'étire en marmonnant « Vieille carcasse », s'allume un cigarillo et sort derrière la bonne.

Je contemple par la fenêtre le parc détrempé. La pluie n'a pas épargné Dullerton Hall aujourd'hui, ni d'ailleurs, de toute évidence, aucun autre jour de l'année. On se croirait davantage dans une aquarelle que dans un vrai paysage. Une large tache grise, un peu plus loin que la terrasse, trahit l'ancien emplacement de l'héliport. Des mauvaises herbes ont suppuré dans les fissures. Pourquoi Bella reste-t-elle ici ? Pourquoi ne pas vendre, placer l'argent chez nous et aller vivre dans un endroit chaud et sec ?

« Je devrais déménager, je sais », dit-elle, subitement de retour, comme si elle répondait à ma question muette.

Pitié. Ne me dites pas qu'elle est médium en plus du reste. Peut-être que des décennies à fumer du hasch lui ont conféré des dons de télépathie.

« Mais Mikk est encore au lycée, poursuit-elle. Il en est à son quatrième, le pauvre. Même les beatniks Montessori-bidules de Bedales ont fini par le virer, ce qui n'est pas peu dire, avec le fric qu'on leur lâche. Enfin bref, maintenant il est dans un internat du Devon qui lui convient parfaitement, bien qu'il n'apparaisse pas dans les classements. De toute façon ils sont complètement bidon, vous ne trouvez pas ?

— Tout à fait.

— Et ça me fendrait le cœur qu'il n'ait nulle part où aller avec ses amis pendant les vacances. Ce sont des jeunes gens très intéressants. Très fluides.

— Bella, en ce qui concerne les enfants, les vôtres je veux dire, encore une fois, vous pouvez dormir tranquille. Le rendement des fonds fiduciaires que Fozzy leur a créés est largement suffisant pour...

— C'est Raducu qui m'inquiète.

— Je vous demande pardon, Rad... ?

— L'Ukrainienne. Je ne me souviens jamais de son nom complet, ça sonne comme un mauvais tirage au Scrabble, mais je sais que ça commence par Radu quelque chose. Des nibards comme des montgolfières, une tronche comme une lame de rasoir. C'est la pépée dont Fozzy s'est amouraché sur la fin. Ou a cru s'amouracher. Il était tellement shooté dans les derniers mois – shooté aux médocs, je veux dire, ce coup-ci – qu'il aurait pu tomber amoureux de sa table de nuit. Ou de la gamelle du chien.

— D'après ce que je comprends, néanmoins, Mlle Radu n'a, euh... n'a légalement aucun droit sur vos...

— Bien sûr. Mais elle a tous ces textos épouvantables qu'il lui a envoyés, où il lui dit "Oh mon amour, ma Raducu chérie, je t'aime tellement, tout ce que j'ai t'appartient, patati patata". Et les journaux raffolent de ce genre d'histoire, vous n'imaginez pas.

— Honnêtement, Bella, je comprends que ce soit très éprouvant pour vous et vos enfants, mais je ne crois pas que cette, euh, cette jeune dame ukrainienne...

— Jeune, vous avez raison. Vingt-deux piges. Mais une dame, ça non, merde.

— ... puisse représenter une réelle menace pour l'intégrité de votre patrimoine. Bien entendu, dès mon retour à Londres, je demanderai à notre service juridique de revérifier le statut de...

— Deux choses », me coupe Bella en se redressant brusquement dans son fauteuil.

Tout à coup, sans prévenir, elle a l'air de quelqu'un qui ne plaisante pas, et non plus d'une sorcière fatiguée à court de potions. Une lueur déterminée brille dans ses yeux cernés de khôl.

« Je peux vous parler franchement, Kate ?

— Bien sûr.

— La première chose, c'est Bely. C'est un garçon intelligent, charmant quand il veut, mais il manque de motivation. Aucune énergie, pas comme son père. Il passe ses journées à traînasser. Et j'ai l'impression qu'il suffirait de l'aider à poser le pied sur le premier barreau de l'échelle, dans quelque chose d'un peu concret, vous voyez... Pour le moment, je ne suis même pas sûre qu'il sache qu'il *y a* une échelle. »

Ah, nous y voilà. Ce cri qui s'élève des quatre coins du pays, alors que les parents des gamins privilégiés percutent de plein fouet le mur de la vie ordinaire. L'argent a permis à leurs rejetons de traverser sans heurts le lycée et la fac, leur payant des profs particuliers dans toutes les matières et les notes qui vont avec, mais maintenant les heurts commencent. Il s'avère que les gamins en question, après tout ce dorlotage, ne sont pas tellement exceptionnels, ni tellement capables de se lever le matin, d'aller au travail et de faire ce qu'on leur dit, ni tellement doués pour quoi que ce soit d'autre que rester des gamins, au fond. C'est alors que les parents se mettent à paniquer et à solliciter des faveurs à droite, à gauche. Je ne vais évidemment rien dire de tout ça à Bella, même si elle n'est sans doute pas dupe.

« Bella, je vais être honnête avec vous. Les stages sont extrêmement difficiles à décrocher, de nos jours, et même quand ils ne sont pas rémunérés, la concurrence est aussi féroce que pour un vrai boulot. Mais, naturellement, je vais voir ce que je peux faire. Je suis sûre que Belshazzar (*Ne ris pas, Kate*) aurait beaucoup de choses à nous apporter, et si EM Royal peut l'aider à trouver sa voie, eh bien ce serait un honneur que de rendre ce service à une cliente que nous tenons en grande estime. »

C'est un pur mensonge. D'après ce que j'ai entendu dire, Bely n'est même pas foutu de trouver son pantalon tout seul. Il n'y a pas très longtemps, le *Daily Mail* a publié une photo un peu floue de lui et d'un copain en train d'essayer de fourrer un Big Mac dans la gueule d'un des lions de Trafalgar Square, « parce qu'il avait faim ». L'idée d'avoir ce crétin défoncé dans les pattes au bureau… Mais c'est peut-être le prix à payer pour garder Bella à bord.

« Merci, vous êtes adorable », dit-elle d'ailleurs avec un soulagement manifeste.

Je songe à Calamity Girl, aux problèmes que j'ai avec Emily et Ben, à devoir les mettre à l'abri du danger et leur enseigner que dans la vie tout se mérite. Bizarrement, cette leçon semble encore plus difficile à apprendre ici, au royaume de l'abondance. Je songe à Will et à Oscar, les fils de Sally, qui tâtonnent encore au seuil de la trentaine, et à la jolie Antonia, qui passe d'un stage à l'autre dans sa quête du Saint-Graal qu'est un vrai contrat de travail. Les gens ne sont pas si différents, en fait.

« Vous avez des enfants, Kate ? » me demande Bella.

J'hésite une fraction de seconde avant de décider de lui dire la vérité.

« Oui, deux. Emily va bientôt avoir dix-sept ans. Elle a eu une année un peu difficile, pour ne rien vous cacher. La pression des examens, la pression de devoir se prendre en photo toutes les cinq minutes pour montrer à des centaines de soi-disant amis quelle vie géniale vous avez, sans compter une mère rabat-joie qui ne veut pas que vous utilisiez une fausse carte d'identité pour entrer en boîte. Elle a tellement plus que ce que j'avais à son âge, Bella, mais ça n'a pas l'air de la rendre heureuse.

— À qui le dites-vous, soupire-t-elle. J'ai grandi dans un HLM de la banlieue de Londres. Et vous avez aussi un garçon ?

— Ouaip. Ben, un ado dans toute sa splendeur. Il lui arrive exceptionnellement de lever les yeux d'un écran pour me demander de l'argent ou de le déposer quelque part. »

Elle rit, de ce rire crépitant des gros fumeurs.

« Vous me disiez qu'il y avait deux choses, non, Bella ?

— Oui. Vous montez ? »

L'espace d'un instant, je me demande si elle est en train de me proposer la botte. Plus rien ne m'étonnerait, venant d'elle. Peut-être même une partie fine en bonne et due forme, allez savoir. Une vraie orgie rock, dans un château à la campagne, avec des tapis en peau de tigre, des chandeliers dégoulinants de cire et des rails de coke sur le buffet dix-huitième.

« Monter ? je répète.

— À cheval. Je voudrais vous faire essayer Samson. Vous allez l'adorer. Il est tellement doux.

— Euh…

— Ne vous en faites pas, moi aussi j'ai eu un peu peur la première fois. Mais c'est juste sa taille qui impressionne. (*Au secours.*) Venez, je vais vous prêter tout l'équipement. »

Et voici comment, vingt minutes plus tard, je suis en train de faire des tours de paddock sur le cheval le plus gigantesque que j'aie jamais vu de ma vie. Quand je parcours du regard la distance entre la proue de sa noble tête et la lointaine extrémité de sa croupe, j'ai l'impression d'être assise sur le pont d'un porte-avions poilu. Et ses mouvements, de la même façon, sont dignes et majestueux, sans soubresaut ni saccade. Impossible de tomber, même avec la meilleure volonté du monde.

Bella marche à mes côtés en le menant par la bride. Autour de nous, la pluie s'est muée en une bruine légère. Juste au moment où je songe que là, vraiment, ça dépasse les limites de ma fonction, Bella me dit :

« Kate.

— Toujours là, étonnamment.

— Vous avez gagné. »

Je baisse les yeux vers elle, très loin, tout en bas. Samson doit faire plus d'un mètre quatre-vingts, à vue de nez ; c'est comme si j'étais perchée dans un arbre.

« Gagné quoi ? Je ne savais pas qu'il y avait un concours.

— Je ne pensais pas vous le dire, mais j'envisageais de placer l'argent de Fozzy ailleurs. »

Ah, ça y est, nous y sommes. Sans le vouloir, uniquement par réflexe, je tire sur les rênes. Samson s'arrête net.

« Ailleurs où ? je demande.

— Chez Gonzago Pierce.

— Quoi ? Pourquoi eux ? »

Du calme, Kate. Tu es peut-être coincée sur un animal, mais ça reste encore le boulot.

« Excusez-moi, Bella. Je veux dire, nous respectons bien sûr toutes les décisions que nos clients souhaitent prendre, mais dans ce cas précis je me dois de vous mettre en garde, dans votre propre intérêt, sur le risque qu'il y aurait à réinvestir des fonds que nous avons sécurisés pour vous depuis des...

— C'est quoi le problème avec Machin Pierce ?

— C'est des cow-boys.

— Dit-elle, juchée sur un cheval. »

J'éclate de rire, et Samson interprète la légère secousse de mes mains comme le signal pour se remettre en route.

« Enfin bref, reprend Bella, c'est du passé.

— Quoi ?

— Les cow-boys. Il y en a un qui est venu me voir la semaine dernière, exactement comme vous, sauf que c'était un jeune blanc-bec en costard, un beau parleur. Ça se passait bien jusqu'à ce que je lui propose de faire un tour sur Samson, là il s'est mis à me sortir des tas d'excuses. Alors je l'ai traîné de force jusqu'ici, il a jeté un demi-coup d'œil à cette magnifique créature et il a pris ses jambes à son cou. Il est littéralement retourné à sa Mercedes en courant et il est parti. Et je me suis dit, si c'est comme ça qu'il réagit en face d'un cheval, qu'est-ce qu'il ferait en cas de krach ?

— Comment est-ce qu'il a pu paniquer ? je rétorque. Samson est un amour. Ça fait des semaines que je ne me suis pas sentie aussi calme qu'ici sur son dos. Je n'ai pas envie de descendre.

— Voilà. Bonne réponse. Donc, grâce à vous, je reste chez EM Royal. Ça vous va ?

— Ça me va très très bien. Merci, Bella. Nous saurons payer de retour la confiance que vous nous faites.

— Hé, ma grande, n'exagérez pas non plus. Vous êtes une foutue banque, depuis quand vous payez quoi que ce soit ? Allez, hue ! »

Et sur ce seul encouragement de sa maîtresse, Samson se met au trot, et moi à faire des bonds d'un mètre.

« À l'aide !

— Ha ha. Attendez qu'on passe au petit galop. »

Une demi-heure plus tard, dans la cour de l'écurie, j'ai le corps qui picote et fourmille de toutes parts. Peut-être que, quand on n'a plus de vie sexuelle, les gros étalons noirs sont la solution alternative ? Bella est rentrée dans la maison. Samson, bien au chaud dans son box, mastique bruyamment la carotte que je lui ai offerte avec mes sincères remerciements. C'est sans doute le meilleur nouvel ami que je me sois fait depuis des années. Désolée, Sally.

18 h 27 – Je suis revenue au bureau avec une mine triomphale, à la fois à cause de ma balade sur Samson et parce que je venais d'empêcher EMR de perdre un de ses plus gros clients. J'ai consulté mes mails, comme je le fais quasiment toutes les heures depuis que j'ai répondu à Jack. Je n'arrive pas à savoir contre qui je suis le plus furax : ce salaud qui ne daigne même pas accuser réception de mon message, ou moi qui suis tellement idiote de me mettre dans des états pareils. Enhardie par mon succès avec Bella, je ne pouvais plus supporter de continuer à mariner comme ça. J'ai commencé à lui écrire un nouveau mail. « Coucou Jack, je me demandais juste si tu avais reçu mon... » Non, trop faussement détaché. « Bonjour, je sais que le courrier électronique peut être lent, mais... » Trop sarcastique. « Hé, toujours en vie ? » Trop désespéré. J'ai finalement décidé de ne rien envoyer du tout. Et s'il ne répondait pas, cette fois encore ? Ce serait pire. *Un peu d'amour-propre, que diable !*

Rapide coup d'œil autour de moi : aucune trace de Jay-B, donc je lui fais tout de suite un rapport par mail sur mon entrevue avec Bella, en prenant soin de mettre Troy en copie et de souligner l'héroïsme dont j'ai dû faire preuve pour sauver la mise. Je ne peux pas me permettre d'être modeste, pas après avoir envoyé promener Grant Hatch. Pas si je veux réussir à garder un job ici quand Arabella sera de retour après son congé mat. Le temps risque de passer plus vite que je ne le pense.

En balayant du regard les jeunes trentenaires qui m'entourent, tête baissée sur leur ordinateur, je réprime un rire amer. Une femme de mon âge, qui a interrompu sa carrière pendant sept ans, n'est peut-être pas la bienvenue ici, mais c'est pourtant mon expérience de la famille et des enfants qui m'a aidée à gagner Bella Baring à ma cause aujourd'hui. J'en suis convaincue. Certes, je sais gérer une crise financière, mais je comprends aussi ce que c'est pour un client que de se marier, de perdre un parent, de faire une fausse couche, de divorcer, de s'inquiéter pour l'avenir de ses gosses. Même les riches ont peur pour leurs gosses, et ils ont de quoi avoir peur. Les clients comme Bella s'intéressent aux performances de notre fonds, bien sûr, mais une fois qu'ils savent leur argent en sécurité, ce qu'ils veulent vraiment, c'est pouvoir parler des problèmes de leur vie et que quelqu'un les écoute. Il me faudrait mille ans pour apprendre ça à Troy. La London Business School donne-t-elle des cours d'empathie et d'intuition féminine ? Ça m'étonnerait.

Les problèmes de la veuve rockeuse peuvent être amortis, lissés et adoucis par l'argent, mais jamais résolus.

Je repense soudain aux miens, comme devoir trouver une maison de retraite potable à deux cent cinquante kilomètres d'ici, ainsi qu'une PlayStation non existante, me préparer pour la fête du bureau demain soir, où je serais carrément prête à payer pour ne pas aller car la seule personne que j'ai envie de voir n'y sera pas, ah, et aussi assister au concert de Noël de Ben dans l'après-midi, démarcher de nouveaux clients, et... Comment Sally appelait ça, déjà ? Avant de quitter le bureau, je vais dans les préférences système de mon ordinateur pour changer mon mot de passe. Je dois taper une fois l'ancien : Imposture42. Puis deux fois le nouveau : FemmeSandwich50.

18

La fête du bureau

7 *h 08* – C'est drôle, non ? On passe les cinq premières années de la vie de nos enfants à prier pour qu'ils s'endorment et ne se réveillent pas, et quand ils deviennent adolescents, on passe ses matinées à essayer de les tirer du lit. Cette journée commence donc, comme presque toutes les autres, par une lutte acharnée avec Ben pour qu'il se lève.

« Laisse-moi ! Va-t'en !

— Ben, s'il te plaît. C'est pour ton bien. N'oublie pas que tu as ton concert de Noël cet après-midi. »

J'ouvre les rideaux, ce qui ne sert qu'à déclencher de nouveaux grognements.

« Va-t'en !

— Je t'ai accroché une chemise propre à la porte de ta penderie, chéri, et tu as un joli pull propre juste ici. Il faut que tu sois chic, d'accord ? Mets tes chaussures noires, pas tes baskets. Tu vas être sur scène. »

À son corps défendant, il finit par se hisser en position assise.

« T'es pas obligée de venir, m'man.

— Bien sûr que je vais venir, chéri, pour rien au monde je ne raterais ton concert.

— Mais tu seras à Londres. C'est pas un gros truc, tu sais. Pas la peine de faire tout ce trajet exprès.

— Pour moi c'est un gros truc, Ben. Oh mon Dieu, regarde-moi ces ongles de pied ! Où sont mes ciseaux ?

— Laisse-moi ! Maman, laisse-moiiiiiiiii ! »

Après avoir raccourci d'au moins deux centimètres les ignobles sabots de chameau de Ben et jeté les rognures dans la poubelle de la salle de bains, je passe une tête dans la chambre d'Emily. C'est le chaos total. Le store est cassé et pendouille de guingois à mi-hauteur. Le sol est jonché de vêtements, sacs et chaussures naufragés. La lampe de chevet a été renversée par la montagne accumulée de canettes de Coca Light. J'aperçois sous le lit quelques manuels scolaires, couverts de poussière. Si une chambre est le reflet de l'état mental de son occupant, alors ma fille a de gros problèmes. C'est un spectacle qui m'accable, sincèrement, mais toute tentative de rangement de ma part est vue comme une critique et non comme un coup de main.

Au moins, depuis la fête, nos relations se sont-elles améliorées. J'ai toujours l'impression de devoir marcher sur des œufs, de crainte que mon inquiétude suffocante ne me fasse dire ou faire quelque chose qu'il ne fallait pas et qu'Emi se remette à me bouder. Debra m'assure que Ruby est exactement pareille, alors j'essaie de ne pas le prendre personnellement.

Emily remue dans son lit, resserre sa chrysalide autour d'elle, mais ne se réveille pas. Pendant un moment, les traits de son visage s'étaient épaissis et j'avais peur qu'elle ait perdu sa beauté, mais dernièrement elle a grandi et son visage a retrouvé son harmonie et ses proportions. Quand elle se plaint que son nez est trop grand – elle en voudrait un comme Lizzy –, je lui réponds que les filles qui ont de jolis traits délicats à son âge deviennent souvent fades et quelconques en vieillissant. Elle ne me croit pas, mais c'est vrai.

Mon plaisir secret est de venir discrètement regarder ma fille quand elle dort ; je vois encore parfaitement l'enfant de cinq ans dans son visage.

7 h 27 – Piotr a déposé toutes les lattes du parquet de la cuisine. C'est encore pire que ce que je craignais. Les tuyaux en cuivre sont si vieux qu'ils se sont désagrégés en poudre turquoise.

« Ah, génial. Encore des foutues dépenses pour ta merveilleuse perle rare, Kate. Combien ça va nous coûter ? »

Richard s'adresse à la fois à Piotr et à moi, avec une antipathie qui me met extrêmement mal à l'aise.

« Ça possible ne pas cher, répond Piotr avec prudence. J'ai ami plombier...

— Oui, bien sûr, je n'en doute pas, le coupe sèchement Richard. Je vais rentrer tard, ce soir, Kate.

— Chéri, je t'avais prévenu, tu te souviens ? J'ai la fête du bureau ce soir, et il y a le concert de Ben cet après-midi. On se voit là-bas. Est-ce que tu pourrais essayer d'être là pour le dîner des enfants, parce que je ne sais pas à quelle heure je vais finir ? S'il te plaît ?

— Pourquoi est-ce que tu vas à cette fête ? rétorque Rich en attachant son casque. Un ramassis de jeunes loups de la City qui vont se mettre la tête à l'envers au champagne. Je ne vois pas ce qu'on peut faire de pire. »

Et ne pas pouvoir payer notre emprunt et nos factures, ce qui arrivera si je perds mon boulot : ce n'est pas pire, Richard ? Voilà ce que je pense mais que je ne dis pas. À la place, je déploie mon plus beau sourire professionnel.

« Tu sais, je préférerais franchement ne pas y aller, chéri, mais c'est important que je me montre. Le président sera là, et tous les grands chefs. Il faut que je fasse un peu de réseautage. »

En le disant, je me rends compte à quel point c'est vrai. Au fil des années, j'ai vu des tas de femmes abattre un boulot remarquable, surpassant souvent en efficacité et en résultats celui de leurs collègues, mais quand arrive un plan de licenciement elles sont toujours les premières à sauter parce qu'elles n'ont pas pris la peine de tisser des alliances avec des hommes qu'elles n'aimaient pas. C'était aussi mon attitude par le passé, sauf que maintenant je ne peux plus me permettre de faire la difficile.

« Bon, OK, concède Richard, comme s'il m'accordait une énorme faveur, mais Emily et Ben peuvent au moins dîner tout seuls. Je serai là vers neuf heures.

— De toute façon, on se voit cet après-midi au concert, non ?

— Ah oui, oui, bien sûr. »

Piotr et moi le regardons enfourcher son vélo et s'éloigner en pédalant, prenant déjà de la vitesse.

« Richard, c'est comme guêpe, je pense, commente Piotr.

— Non, pas une guêpe, Piotr. Une abeille. En anglais, on dit que quelqu'un s'active comme une abeille.

— Non, Kate, insiste Piotr en plissant les yeux. C'est correct. Richard c'est guêpe, je pense. »

11 h 07 – Si Monica Bellucci peut devenir une James Bond girl à l'âge de cinquante ans, je n'ai aucune raison d'avoir peur d'aller à la fête du bureau ce soir à l'âge de quarante-neuf trois quarts, n'est-ce pas ? Ça fait la une de tous les journaux. Parmi l'étonnement général qu'une femme aussi antique puisse avoir été choisie pour ce rôle, je constate que personne ne remarque qu'elle a l'âge tout à fait approprié pour donner la réplique à Daniel Craig, qui a quarante-sept ans. J'imagine que, selon les théories de Debra sur les sites de rencontres en ligne, un acteur star de quarante-sept ans ne pourrait jamais s'enticher de quelqu'un de plus de trente-cinq ans. Monica Bellucci devrait déjà s'estimer heureuse de pouvoir jouer la belle-mère arthritique de 007.

Je passe la matinée derrière mon ordinateur à faire de la « prospection client » tout en étudiant de façon obsessionnelle des photos sur internet pour comparer la Monica d'aujourd'hui et celle de ses premiers shootings en tant que mannequin. Il y a trente-deux ans, sa beauté renversante peinait à se révéler derrière des tartines de maquillage et une coiffure à mi-chemin entre un caniche et l'héroïne de *Flashdance*. Quelque part, c'est vraiment réconfortant de savoir que même Monica Bellucci a eu une horrible permanente dans les années 1980. La plupart des filles de ma promo à la fac, moi incluse, avons docilement cédé à cette mode, comme les fashion moutons que nous étions. Grossière erreur. La permanente années 1980 nous donnait l'air d'avoir des poils pubiens sous stéroïdes sur la tête.

Ironie cruelle du sort des femmes n° 569 : quand on est jeune et belle – car, soyons honnête, la jeunesse *est* beauté –, on sait rarement se mettre en valeur. (Regardez Emily et sa taille 34 qui se cache dans un sweat baggy pour hommes gris gadoue et qui jamais au grand jamais ne montrerait ses jambes, sauf à travers ses affreux jeans déchirés ; pardon, « délavés vintage ».) Le temps qu'on comprenne ce qui nous va, la jeunesse a déjà mis son manteau et se dirige vers la porte, et on dépense alors tout son temps et son argent à trouver des lotions, des potions et des interventions capables de recréer l'effet que Mère Nature procurait autrefois gratos ; cet effet qu'on tenait pour acquis sans se poser de questions. Par exemple, mon armoire de toilette est un autel à la déesse de l'Anti-Âge. Appelons-la Élastine. Des pots et des fioles de sérums et de crèmes, promettant tous de me faire remonter le temps jusqu'aux années où mon « rituel beauté » consistait en un flacon de lait Nivea que j'utilisais pour éliminer le surplus de sébum sur ma peau. Ce même sébum que j'essaie désormais de conserver jalousement afin de ne pas me transformer en vieux pruneau desséché.

« Sans déconner, putain ! Je n'arrive pas à croire qu'ils aient choisi une mémé pour jouer la prochaine Bond girl. »

Je pivote dans mon fauteuil et me retrouve quasiment le nez sur l'entrejambe en costume rayé de Jay-B. Il se tient tout près derrière moi, penché par-dessus mon épaule pour apprécier d'un regard cru la divine Monica sur mon écran.

« Pas mal pour une vieille, cela dit, admet-il à contrecœur.

— Moi, c'est quand elle veut », ricane Troy.

Au fait, depuis quand les petits Anglais de la City se croient-ils obligés d'avoir des prénoms de basketteurs américains ? On sait bien que ce sont en fait des purs produits de l'école privée britannique, mariés à des Henrietta et à des Clemence, qui prennent le train de six heures quarante-quatre pour venir au bureau depuis leur banlieue résidentielle.

« Quand elle veut quoi ? » je demande innocemment, mettant ce jeune babouin au défi d'aller plus loin.

Le visage de Troy se contorsionne en un sourire lubrique et il se carre dans son fauteuil, mains derrière la tête et chaussures cirées sur son bureau.

« Ben, c'est quand elle veut pour que je lui mette un petit coup, quoi. »

Il y a des moments comme ça – vous en avez peut-être connu –, où plusieurs hommes discutent bruyamment d'une femme comme s'ils évaluaient une pièce de viande, et où une autre femme, qui est présente, doit décider si elle préfère jouer la connivence avec eux ou garder un silence complice et se contenter d'un petit sourire vaguement affligé. D'après mon expérience, dans ces cas-là, faire semblant d'être de la partie est la stratégie la plus sûre. Sinon vous risquez de passer pour une pisse-froid ou une féministe, et vraisemblablement les deux. Mais aujourd'hui, je ne suis pas d'humeur ; pas quand ma to-do list de Noël est plus longue que le traité de Versailles, que j'ai le concert de Ben cet après-midi et qu'il y a dans cette pièce une femme presque exactement du même âge que Monica Bellucci obligée de faire croire à deux crétins qu'elle a quarante-deux ans.

« Quelle galante attention de ta part, Troy, dis-je. Je suis sûre que Monica Bellucci, sans doute la plus belle actrice du monde, serait ravie de savoir que tu es prêt à lui faire une immense faveur et à coucher avec elle. »

Troy ne sait pas bien comment le prendre. Une rougeur éclôt sur son visage blafard, jusqu'à ce que la peau boutonneuse autour de ses favoris roux soit devenue écarlate. Il se tourne vers Jay-B pour voir quelle réaction avoir. L'espace d'un instant suspendu, ça peut basculer dans un sens comme dans l'autre. Je peux très bien me faire virer dans la minute. Et puis Jay-B lance, pour mon plus grand plaisir :

« Vous avez encore quelques années devant vous avant le grand saut de la cinquantaine, hein, Kate ? Content de voir que vous avez le temps de surfer sur des sites people, en tout cas. »

Réfléchis, Kate, réfléchis.

« C'est de la recherche, je m'empresse de répondre. Le marché de l'antiâge. Ça pourrait être un très gros secteur d'investissement pour nous. Saviez-vous que le désir des femmes américaines de masquer les signes du vieillissement avec des crèmes et d'autres produits de beauté pourrait représenter un chiffre d'affaires de cent quatorze milliards de dollars l'an prochain ? Il y a trois ans, on n'en était encore qu'à quatre-vingts milliards. Étonnant, vraiment. Même en temps de crise, les ventes de soins de prestige – c'est-à-dire les produits haut de gamme qu'on trouve en grand magasin – ont augmenté de onze pour cent, d'après le NASDAQ. Donc le pétrole chute, Sony Pictures chute, mais la crème hydratante est l'or du futur.

— Ouah, s'exclame Jay-B en laissant échapper un sifflement admiratif. Cent milliards pour des remèdes de charlatan ? Pourquoi les femmes jettent-elles leur argent par les fenêtres ?

— Parce que des types comme vous pensent que trente-cinq ans est la date de péremption pour une femme. Parce que moi et les femmes de mon âge avons perdu notre sex-appeal, notre aptitude à vous plaire, en conséquence de quoi, par une sorte de calcul cruel, notre place et notre statut dans la société s'en trouvent diminués, si bien que nous simulons la jeunesse le plus longtemps possible. Même si ça suppose de finir par avoir l'air chloroformée ou paralysée du visage. Parce que c'est pour ça que je me frotte de l'œstrogène sur le bras tous les matins et que j'avale un comprimé de progestérone tous les soirs, et aussi que je me tamponne un petit coup de testostérone sur l'intérieur de la cuisse de temps en temps, ce qui s'appelle officiellement un traitement hormonal substitutif mais n'est rien d'autre qu'un traitement de prolongement de la jeunesse. Ah, et il y en a même qui sont folles et désespérées au point de se rajeunir de sept ans sur leur CV pour pouvoir réintégrer un marché de l'emploi qui nous considère comme de vieux déchets usagés. »

Est-ce que j'ai eu le cran de dire ça tout haut ? Hélas, non.

« Bravo pour votre succès avec la veuve de Fozzy, au fait, Kate, reprend Jay-B. C'est ce qu'on appelle miser sur le bon cheval. On se voit à la fête ce soir ? Faites-vous belle. »

Toujours.

De : Candy Stratton
À : Kate Reddy
Objet : Re : C'est la panique !
Katie, ne pas, je répète NE PAS essayer le Botox pour la première fois le jour de la fête du bureau. Trop risqué. Tu pourrais te retrouver avec un œil fermé. Pas génial, comme look, sauf si tu comptes y aller déguisée en pirate. Le truc pour les joues dont je t'ai parlé coûte plus de mille dollars par injection. C'est censé rehausser tes pommettes et leur redonner le bombé qu'on perd quand on devient une vieille sorcière ratatinée. Le but, c'est de faire beauté slave, pas écureuil constipé.
Il y a aussi une nouvelle technique, le coolsculpting, qui atomise tes bourrelets en leur balançant du froid, et ils se caillent tellement qu'ils disparaissent, je ne sais pas trop comment.
Pour la fête, contente-toi d'aller chez le coiffeur, d'investir dans un corset ultra-sexy de chez Agent Provocateur, et de ne jamais rester sous une lumière directe. Tu es canon pour une meuf de quarante-deux ans !
La bise
C.

De : Debra Richardson
À : Kate Reddy
Objet : Je vais me tirer une balle !
Salut darling, comment ça se passe chez toi, cette période pré-Noël ? Dans les fêtes de bureau, on peut soit se comporter avec la dignité qui sied à son statut professionnel, soit finir bourrée à tirer un coup dans les chiottes avec un assistant notarial junior. Qui a de l'acné dans le dos.

Beurk. Pas besoin de te faire un dessin pour que tu devines quelle option ta très vieille et désespérée amie a choisie.

À part ça, Felix s'est fait virer du lycée. Ils l'ont surpris en train de partager des vidéos pornos de « putes allemandes obèses » ! Plus inquiétant, il a accumulé une note de mille huit cents livres de téléphone. Je le sais parce que c'est moi qui suis prélevée pour sa ligne, mais maintenant la compagnie de téléphone prétend qu'elle n'a pas à m'informer des autres paiements faits sur cette carte. Je suis avocate, et même moi je ne sais pas si c'est légal. Je n'ai pas le temps de passer ma journée à leur hurler dessus au bout du fil.

Felix s'est fait niquer. Sa mère s'est fait niquer. Par un jeune Kyle boutonneux. Les enfants vont passer Noël à Hong Kong avec leur père et sa parfaite Épouse n° 2. Vie de merde.

Sinon, au fait, qu'est-ce qu'on fait pour ton demi-siècle ? Je commence à trouver tout ça très flippant vu que je suis moi-même en passe de devenir une vieille rombière moustachue sans l'ombre d'un homme à l'horizon. Tu dis que le divin Abelhammer a réapparu ? Raconte-moi tous tes petits secrets honteux. J'ai besoin de me remonter le moral.

Je t'envoie des vœux de Noël virtuels, en attendant qu'on se fasse un gros débrief très vite.

Bisous bisous

Deb

De : Kate Reddy
À : Debra Richardson
Objet : Re : Je vais me tirer une balle !

Je t'en supplie, chérie, viens passer Noël à la maison. Je peux t'offrir un assortiment unique de vieilles personnes gagas, d'un mari quasiment vegan qui a moins de poils sur le corps que nous deux réunies, de deux ados mutiques et d'une belle-sœur à baffer. Tu me rendrais un immense service si tu venais mettre un peu d'ambiance dans tout ça. Je t'en supplie, dis oui. Kyle-le-Boutonneux est le bienvenu aussi s'il n'a rien de mieux à faire.

Désolée pour Felix. Est-ce que tous les gamins ne regardent pas ces trucs-là ? Après le belfie d'Emily, plus rien ne m'étonne.

Je ne fais RIEN pour mes cinquante ans, c'est clair et net. Aucune envie de célébrer ma sénescence, merci. Et puis, chez EM Royal ils croient que j'ai quarante-deux ans et ils ne doivent pas connaître mon vrai âge, sans quoi je perds mon boulot. Ça doit rester top secret.
Rien à raconter côté Abelhammer. J'ai fait la bêtise de répondre à son mail, et depuis j'ai zéro nouvelle. Sans doute qu'il a décidé de troller toutes les femmes de son passé. Vie de merde !
Pourquoi on ne ferait pas quelque chose pour TES cinquante ans ? Je m'occupe de réserver le pompier strip-teaseur.
Énormes bises
K.
PS : Des putes allemandes obèses ? c'est une catégorie labellisée ?

16 h 23 – Le concert de Ben vient de se terminer, et ce fut un triomphe. Et dire que je pestais contre le temps que j'allais perdre à revenir de Londres dans l'après-midi et à repartir aussitôt pour la fête du bureau. Il reste neuf jours avant Noël, et à vue d'œil je pense qu'il m'en faudrait quinze pour finir tout ce que j'ai à faire. Aurait-ce été vraiment si grave de rater le concert de Noël de Ben, juste cette fois-ci ? Richard serait là pour me représenter, non ?

Allons, à qui j'espérais faire avaler ça ? Emily se souvient encore du seul gala de fin d'année que j'ai raté à l'été 2004, dans lequel elle jouait le rôle d'un légume dansant. C'est inscrit à l'encre indélébile dans le grand Registre de la Négligence maternelle et sera sans nul doute retenu contre moi le jour du Jugement dernier.

D'ailleurs, heureusement que je suis allée au concert car c'est Richard qui n'y était pas. Il m'a envoyé un texto à la dernière minute pour me dire qu'il avait oublié qu'il avait un important séminaire de pleine conscience. Et s'il prenait pleinement conscience de ses propres enfants, bon sang ? Le centre de formation de Rich se trouve littéralement à dix minutes du collège de Ben, contrairement à mon lieu de travail, qui est à une heure vingt au bas mot, mais, curieusement, moi j'ai réussi à venir et pas lui.

Un des acquis notables qui ont été obtenus depuis que j'ai quitté le monde de l'entreprise, c'est que les parents sont autorisés, et presque encouragés, à s'absenter du bureau pour assister aux événements importants de leurs enfants. Les boîtes font maintenant des efforts pour essayer d'avoir l'air souples et à l'écoute des problématiques familiales, parce que si elles sont perçues comme préhistoriques elles n'ont aucune chance d'attirer les meilleurs diplômés. L'économie de marché, ça fonctionne, comme le disait ce bon vieux Milton Friedman, et même parfois en faveur de la générosité et de la compassion. Même si je constate que personne chez EM Royal n'ose prendre un temps partiel.

Lorsque j'ai prévenu Jay-B que je filais au concert de Noël de mon fils, j'ai repensé à toutes les fois où j'ai dû mentir à Rod Task pour aller à une réunion de parents d'élèves ou à un spectacle de fin d'année. Il fallait toujours trouver une « excuse d'homme », sur la circulation ou je ne sais quoi. Travailler en étant mère, à l'époque, c'était être un agent double : une menteuse de métier. Quand un collègue masculin annonçait qu'il allait au match de rugby de son fils, c'était un héros ; une femme qui faisait exactement la même chose « manquait d'implication dans son boulot ». À tout moment, on pouvait la faire bifurquer sur la Route des Mamans, cette voie de garage professionnelle pavée de trombones et de photocopies. J'ai lutté contre cette relégation de toutes mes forces. Je ne voyais pas en quoi le fait d'être mère m'aurait rendue moins bonne dans ce que je faisais. J'étais super bonne dans ce que je faisais, vraiment. À la fin, ce qui m'a décidée à quitter EMF était de penser que mes enfants souffraient de toutes ces heures interminables – inutilement, bêtement, inhumainement interminables – que je passais loin d'eux. Ils avaient besoin de moi, certes, mais il s'est avéré que moi aussi j'avais besoin d'eux. Notre famille était à bout de souffle, et j'étais la seule personne à pouvoir la réanimer.

Un souvenir tellement net, tout à coup (*Bravo, Roy !*) : je me trouvais dans la cour de récréation de St Bede ; c'était le soir des réunions parents-profs, et j'attendais Richard. Ça devait être l'hiver, parce que tous les papas, qui arrivaient directement du travail, se pressaient avec leurs gros manteaux sombres et leurs attachés-cases. Tous sans exception s'arrêtaient pour me demander où était la classe de leur enfant. Ils connaissaient le nom de leur enfant – rendons à César ce qui appartient à César –, mais, en général, ça n'allait pas plus loin. Ils ne savaient pas comment s'appelait l'instituteur ou l'institutrice, parfois même en quelle classe était l'enfant. Ils n'avaient aucune idée de l'endroit où on accrochait les petits manteaux et les petits cartables, ni de ce qu'il y avait à l'intérieur de ces cartables. Et moi, plantée dans le froid et la nuit au milieu de cette cour, je songeais à quel point c'était injuste. Comment les femmes pouvaient-elles rivaliser quand les hommes s'autorisaient à être aussi *oublieux* ? Un parent ne sachant pas comment s'appelait la maîtresse, ce qu'il fallait mettre dans la lunchbox pour la cantine, quel enfant dans la classe était allergique aux fruits à coque, où était le sac avec les affaires de sport ni quelles petites chaussettes crasseuses devaient aller à la machine… OK, un parent pouvait être oublieux. Mais pas deux. L'autre devait avoir en tête tout le puzzle de la vie de famille et, la plupart du temps, soyons honnête, c'était la mère. Professionnellement, à l'époque, j'étais en concurrence avec des hommes dont l'esprit n'était pas encombré par tout ce fatras qu'y apportent des enfants en bas âge. Il fut un temps où je les enviais ; aujourd'hui, je les plains.

Bref, j'ai clairement bien fait d'aller au concert de Ben, et Richard a clairement raté quelque chose. Au milieu de « Jingle Bells », notre fiston s'est livré à un époustouflant solo de batterie dont, fidèle à lui-même, il avait naturellement omis de nous parler. Vous savez, ces moments où vous voyez soudain votre enfant sous un jour totalement nouveau ? Eh bien, c'en était un. Cette créature renfrognée, qui grommelle et se traîne dans la maison cachée sous sa capuche, s'était métamorphosée en un jeune musicien talentueux, passant habilement de la caisse claire aux cymbales en ayant l'air d'y prendre un vrai plaisir. Ses clochettes de Noël syncopées ont fait un tabac dans l'assistance.

À présent, nous buvons un thé en grignotant des gâteaux dans le préau.

« T'es jolie, mam', me dit Ben en quittant ses copains de l'orchestre le temps de venir me saluer.

— J'ai changé de coiffure. »

J'ai même droit à un câlin, enfin, disons un genre de heurtement d'épaule maladroit qui ressemble plus à une collision qu'à un câlin, mais c'est déjà ça.

« Ah, bonjour Kate. »

Je me retourne et me retrouve face à la silhouette oppressivement élégante de Cynthia Knowles, qui tient une boîte de tartelettes industrielles à la main.

« On a le droit d'apporter ce genre de chose, maintenant, figurez-vous, déclare-t-elle en riant. Tout le monde se fiche que ce ne soit pas fait maison. Vous vous souvenez de cette histoire qu'on avait lue sur cette foldingue qui avait acheté des tartelettes au supermarché et les avait volontairement abîmées pour pouvoir les apporter au concert de l'école en prétendant les avoir faites elle-même ? »

Ah oui, tiens, ça me rappelle vaguement quelque chose. (*Roy ?*)

21 h 29 – La fête du bureau a lieu à Shoreditch. Évidemment. Tous les quartiers de Londres que je prenais soin d'éviter quand j'ai débarqué à la capitale à l'âge de vingt-deux ans sont désormais, par définition, *the place to be*. Comment passe-t-on de la zone à la branchitude ? Par les prix de l'immobilier, pour commencer, les gens s'éloignant de plus en plus du centre jusqu'à trouver un secteur à peu près abordable. Ensuite ils se recréent leur propre centre et attendent que les commerces suivent. Plus facile de nos jours, bien entendu, puisqu'il n'est plus question d'acheter un vieil entrepôt en ruine et de le retaper. Vous n'avez presque plus rien à retaper, en fait. Vous vous contentez de passer un coup de balai, de refaire l'électricité et d'évacuer tout le fourbi, mais vous gardez les murs en brique nus et les tuyaux apparents. Les ventilateurs sont très tendance. Vous commencez par installer le WiFi et une machine à café de la taille d'une baraque à frites. Ensuite vous achetez un lot de tables en Formica, de bancs en bois défoncés et de chaises en métal inconfortables provenant d'une école qui vient juste de fermer. Pour finir, vous embauchez deux types dénommés Job et Thaddeus dont la barbe pourrait laisser croire, à tort, à une longue et illustre carrière dans la marine marchande. Et voilà. Vous avez un café.

La soirée se déroule dans un bar qui s'appelle « The Bar ». Ou, plus exactement, « #theb@r ». C'est ce qui était écrit dans le mail. Au départ, ça devait être dans un endroit encore plus brut de décoffrage baptisé « Numéro Quarante7 » qui, inutile de le préciser, se trouve au numéro cent trois de je ne sais plus quelle petite rue cradingue, mais un des directeurs de la boîte a regardé le site internet et y a vu les mots « garage » et « jungle », lesquels, malgré les apparences, n'étaient pas là pour décrire la déco mais des styles de musique qui ont tendance à vous secouer le cerveau dans le crâne comme une bille dans un sifflet, si bien qu'il en a été décidé autrement.

Je pénètre dans #theb@r en m'efforçant de ne pas avoir l'air complètement #nig@ude. L'éclairage reconstitue une sorte de demi-jour crépusculaire, auquel ma mère réagirait en faisant immédiatement le tour de la pièce pour allumer toutes les lampes en marmonnant « On croirait que quelqu'un est mort ». Personnellement, je pense que c'est la faute de tous ces polars scandinaves à la télé. Aucun de leurs détectives ne songerait à utiliser une lumière un poil plus forte qu'une lampe de poche pour inspecter le dernier cadavre en date. Et où voulez-vous que rôde un serial killer qui se respecte sinon dans un antre ténébreux ? J'ai l'impression que j'aurais dû mettre un pull en laine tricoté main, me faire une queue de cheval, et peut-être enfiler une paire de gants en latex pour collecter d'éventuels indices… au lieu de ce que je porte réellement, à savoir ma ravissante robe en satin noir Dolce & Gabbana, qui a dix ans et fait toujours aussi bien son boulot. Elle rehausse ce qu'il y a à rehausser et cache ce qu'il y a à cacher : que demander de plus ? Totalement superflue ici, bien sûr, vu l'obscurité néofinlandaise ambiante. À plus de deux mètres de distance, je pourrais aussi bien être habillée d'un sac-poubelle. Monica Bellucci débarquerait en petite culotte que personne ne la remarquerait. Elle ne serait guère qu'une tache floue agréablement parfumée.

Je n'ai vraiment, vraiment aucune envie d'être ici ; jouer à être quelqu'un que je ne suis pas, juste pour faire plaisir à ces gens. J'ai passé l'âge de rester sur la touche en essayant de trouver le courage de me jeter dans le bain. Il me faut un verre. Un serveur traverse la foule d'un pas raide, sans aucun poil sur le crâne, le menton, la lèvre supérieure, les sourcils, ni, j'ose imaginer, nulle part ailleurs. Il a néanmoins un plateau à la main.

« S'il vous plaît ?

— Oui ? dit-il en pivotant sur lui-même d'un air agacé.

— Pardon, excusez-moi, mais serait-il possible d'avoir un de vos cocktails ? »

Une interaction des plus modernes : la classe moyenne anxieuse et vieux jeu qui s'excuse auprès du new age robotique alors qu'elle n'a rien fait de mal. Il fronce les sourcils, visiblement irrité de cette interruption. Un serveur qui ne veut pas servir. Son plateau est triangulaire.

« Castro ou Gangnam ? » demande-t-il.

Je n'ai rien à répondre. Aucun mot ne saurait convenir. *Allez, Kate, essaie au moins*.

« Ah ! Qu'est-ce qu'il y a dans le Gangnam ?

— Glencarraghieclaghanbrae. Garam masala. Bière brune.

— Je crois que je vais goûter le Castro, merci. »

L'homme-machine me tend un verre et s'éloigne d'un air furieux, à peine capable de contenir son courroux. Mon cocktail se présente dans un pot à confiture, naturellement. Beaucoup moins ringard qu'un bête verre à cocktail, même si les lèvres ont du mal à trouver une prise sur le bord fileté et si le risque d'y laisser une dent est dangereusement élevé. Avec ça en main, j'ai tout à coup très envie de partir ramasser des têtards à l'épuisette. Ou un nuage de frai de grenouille, pour pouvoir les regarder éclore.

« Kate. »

Cette fois, c'est mon tour de pivoter.

« Jay-B ! Bonsoir.

— Kate, je voudrais vous présenter à notre président, Harvey Boothby-Moore. Harvey, voici notre nouvelle recrue, Kate Reddy, du marketing. »

Le président se dresse de toute sa hauteur, s'approche, de plus en plus près. Soit il essaie juste de voir à quoi je ressemble dans la pénombre, soit je l'ai interrompu en pleine partie de chaud ou froid. Je l'entends presque penser « Tu chauffes… Tu chauffes… ».

Il finit par s'arrêter et me jauge de pied en cap, comme si j'étais un cheval dans le paddock à Ascot. Ça faisait longtemps qu'on ne m'avait pas inspecté les jarrets. Au moins, je sais que j'ai des flancs présentables après mes neuf mille abdos avec Conor.

« Ravi de vous avoir dans l'équipe, jeune femme, dit-il. J'ai entendu beaucoup de bien de vous. Continuez comme ça ! »

Jeune femme, hein ? D'accord, il fait complètement noir là-dedans, mais je prends quand même.

« Je vais essayer, merci », je réponds.

Je bois une gorgée de mon Castro. Si on s'amusait à distiller ces blocs désodorisants bleus qu'on accroche à la cuvette des toilettes, le résultat aurait sans doute ce goût-là.

Harvey s'éloigne, prêt à passer à autre chose, puis se ravise.

« Bien joué avec les Ruskofs, reprend-il. Ces enfoirés sont pétés de fric, mais ce n'est pas toujours facile de les faire cracher au bassinet. Le problème, c'est qu'ils ont des millions sur leur compte en banque, mais rien dans le ciboulot, *hrrumf-hrrumf.* »

Je n'en suis pas sûre, mais je pense que c'était un rire, version Boothby-Moore. Un peu comme un crapaud qui tenterait en vain de réprimer un rot.

« À vrai dire, je les ai trouvés étonnamment réceptifs à nos propositions », dis-je en adoptant sans peine un ton pseudo-business de circonstance.

Encore une gorgée de désinfectant pour chiottes, histoire de me donner du courage. *Aïe*. Foutu bocal à confiture.

« Surtout quand on essaie de se placer sur un terrain plus personnel, j'ajoute.

— J'imagine, *hrrumf-hrrumf*, répond Harvey avec un sourire en coin. N'est-ce pas, Roy ?

— Troy, monsieur.

— *Toy* ? Comme dans *Toy Story* ?

— Troy. »

Je n'avais pas remarqué que Troy s'était joint à nous, se faufilant ni vu ni connu dans l'obscurité pour venir se planter juste derrière moi.

« Comme *destroy*, poursuit Harvey. *Hrrumf*. Vous n'êtes pas d'accord, jeune boy ? La magnifique Kate a fait du sacré bon boulot avec nos amis russes ?

— Bien sûr. C'est ce que je me suis empressé de lui dire », réplique Troy.

Il n'a rien dit de la sorte, cette ordure ; au contraire, il a tout fait pour que ça capote. A-t-il toujours en tête de prendre sa revanche ?

« Enfin bref, conclut Harvey avec un claquement de mains sonore, comme les mâles dominants aiment à le faire. Bravo à tous. Joyeux Noël et cætera. Essayez de ne pas trop picoler si vous pouvez éviter. Il faudra être d'attaque pour la nouvelle année, *hrrumf-hrrumf*. »

Et il continue sa tournée, toujours escorté par le fidèle Jay-B, passant d'un groupe à l'autre en créant un moment de flottement gêné dans chaque conversation.

« Champagne ? propose Troy en me tendant une coupe.

— Ah, Dieu merci, une boisson digne de ce nom dans un verre normal ! Tu ne sais pas où je pourrais me débarrasser de ce, euh... »

Il prend mon pot de confiture et le pose sur le couvercle fermé d'un piano à queue. M'est avis que ça va mal finir...

« Et toi, qu'est-ce que tu as là ? je demande en me penchant vers la fiole de chimie qu'il tient à la main, contenant un liquide marron visqueux.

— Un Gangnam. J'en suis à mon quatrième. Ça fait le job.

— Je n'en doute pas. »

Léger temps mort.

« Santé, Kate ! Joyeux Noël.

— Santé. »

Nous buvons en silence, tandis que la musique fredonne autour de nous, noyée sous le brouhaha des rires mondains.

« J'adore cette robe, reprend Troy.

— Ma bonne et loyale Dolce & Gabbana.

— Ah, ces Italiens, ils savent comment mettre en valeur les formes féminines ! Non pas que tu aies besoin d'aide de ce côté-là, Kate. »

Bon sang. Ce salaud vient d'enclencher le mode drague. Attention, attention, l'opération « Baiser la Vieille », celle qu'il a concoctée avec ce pervers de Hatch, est visiblement lancée. Merci, chère Alice, de m'avoir prévenue.

« Pour être tout à fait franc, continue-t-il, je l'avais remarqué dès la première fois que tu as mis les pieds au bureau.

— C'est très aimable à toi, Troy. Il y a toujours une part de stress quand on reprend le travail après une longue interruption. Contente de savoir que tu m'as trouvée présentable. »

Troy se rapproche. Suffisamment pour que je sente son haleine de curry dans mon cou. Il plisse les yeux et se passe la langue sur les lèvres.

Ce qu'il fait ensuite me laisse proprement sidérée. Il pose son verre, penche la tête vers moi, comme pour me glisser un secret à l'oreille, et murmure :

« Tu sais quelle heure il est ?

— Non, désolée.

— Il est l'heure où, il y a dix ans, tu aurais su que tu avais chopé. »

Je mets quelques secondes à comprendre où il veut en venir. Ah, je *vois*. Nous sommes au stade de la soirée où ce petit morveux acnéique m'aurait ramenée chez lui si j'avais dix ans de moins et que j'étais encore désirable. Cette allusion à mon âge est clairement destinée à me blesser et, j'avoue, ça fait mal. C'est d'ailleurs ce qui m'embête le plus : pas tant l'insulte elle-même, mais le constat que, comme le dirait ce jeune con, « ça fait le job ». Un coup de couteau entre les côtes, avec une petite torsion finale. Mais il n'est pas question que je lui donne la satisfaction de s'en rendre compte.

« Dans tes rêves, *Toy*, je susurre en m'efforçant de garder mon calme. À moins que ce ne soit *Boy* ? »

Sur ce, je vide soigneusement la fin de mon champagne dans son Gangnam, jusqu'à la dernière goutte. Troy reste planté là, abasourdi, tandis qu'une riche écume caramel mousse dans sa fiole et déborde sur sa main. Après quoi je place un talon sur le dessus de sa chaussure, suivi du poids de tout mon corps. Troy laisse échapper un glapissement des plus satisfaisants.

« Tu passeras le bonjour à Grant », je dis.

Le glapissement s'interrompt. Alors je me retourne, pas trop vite, et je m'en vais. Il est temps de partir d'ici.

« Kate ? »

Je m'immobilise. Pas moyen de s'en sortir. Il n'y a *jamais* moyen de s'en sortir.

« Ah, coucou Alice. »

Elle porte une robe rouge pétant, d'une longueur qui devait être incroyablement en vogue autour de Noël 1922. Ça lui va à tomber.

« Ouah, tu es... Avec cette... Ouah ! »

Je n'ai pas encore complètement recouvré la parole après le coup bas de Troy.

« J'avais un peu peur d'avoir l'air d'un cadeau au pied du sapin, dit-elle, les pommettes scintillantes dans le peu de lumière qu'il y a.

— Et alors ? Tant mieux ! Qui ne voudrait pas d'un cadeau ?

— Max, par exemple. En tout cas pas ce soir.

— Quoi ?

— Il m'avait dit qu'il viendrait, qu'il m'accompagnerait, pour faire connaissance avec toi et les autres. Et puis il s'est décommandé à la dernière minute. Il m'a envoyé un texto disant qu'il avait un truc de boulot de son côté. Sauf qu'il n'a pas de boulot. Il y a une serveuse qui lui plaît à son club de tennis. Je me sens tellement ridicule. »

Elle penche la tête en arrière. Ses yeux se sont emplis de larmes, et elle ne veut pas les laisser couler, de crainte de ruiner son maquillage. Ne sachant quoi lui dire, je lui prends la main.

« Les hommes, je soupire.

— Je sais. »

Elle rigole et renifle en même temps, et ça lui sort par le nez comme une petite explosion : une *rigofle* ? Je cherche un Kleenex dans mon sac. Mon dernier paquet a été utilisé en une seule boule agglomérée quand Lenny est revenu du fond du jardin après s'être roulé dans un truc innommable. Des crottes de renard, sans doute. Ah, il m'en reste un, miraculeusement intact.

« Merci, dit-elle. Kate, tu pourrais m'attendre une ou deux minutes ? J'ai juste besoin d'aller aux toilettes, je n'en ai pas pour longtemps, promis. Tu ne bouges pas, d'accord ? Je ne veux parler qu'à toi. Pas aux mecs. Et si tu vois passer du champagne, attrape-nous deux coupes, OK ?

— OK. »

Je n'ai qu'une envie, rentrer chez moi, enlever cette stupide robe, dévaliser le frigo, me préparer un bon thé chaud, faire un gros câlin à Lenny et regarder une émission de déco à la télé. Mais je promets à Alice de l'attendre.

Je regarde autour de moi. Harvey-le-Hrrumf est en train de battre des mains dans un coin, avec Jay-B qui fait le pantin à ses côtés. Troy, bien que boitillant, danse avec la seule femme noire de la boîte et se presse contre elle pour lui brailler des mots doux au milieu du vacarme environnant. Que peut-il bien lui dire qui ne soit pas franchement embarrassant ? Il serait capable de la complimenter sur son sens du rythme naturel, auquel cas elle pourrait bien reculer d'un pas et lui balancer sa main à la figure. *Go, girl !*

Je me sens complètement perdue, tout à coup, dans cet endroit sombre, peuplé de gens plus jeunes que moi, dont les corps n'ont pas été érodés par les années, qui ont encore une énergie débordante, une mémoire acérée, des espoirs ridiculement hauts. Allez, Alice, où es-tu ? Combien de temps ça peut prendre de faire pipi et de se sécher les yeux ?

« Kate ? »

Ah non, pitié, stop. Est-ce qu'on pourrait pour une fois me laisser tranquille ?

« Kate ? »

Une main posée sur mon bras. Je me retourne dans un geste las.

Toi ?

Et, sur ce, chers lecteurs, je fais quelque chose d'assez impressionnant. Quelque chose que je ne me souviens pas d'avoir fait depuis la fois où j'attendais mon tour à la vaccination dans le gymnase de l'école, quand j'avais neuf ans, et que Karen Milburn a fait la première, puis ma meilleure amie Susan derrière elle, et puis la fille derrière Susan, et puis moi, et puis Carol Dunster, et ainsi de suite comme une rangée de dominos.

Je m'évanouis. Oui, une authentique pâmoison en torsade vaporeuse façon princesse Disney. Sauf que, ce coup-ci, je ne me réveille pas allongée sur un tatami avec M. Plender, le prof de gym, penché sur moi en survêtement, la mine vaguement agacée. Je me réveille encore debout, ou quasi debout, retenue en douceur par le bras d'un homme que je ne croyais jamais revoir de ma vie ni de la suivante. Et la première chose que je dis, andouille que je suis, c'est :

« Je crois que j'ai eu une absence. Ça a duré longtemps ? »

Jack Abelhammer réfléchit.

« Environ sept ans, je dirais. À une semaine près.

— Mais non, idiot, là tout de suite. J'ai perdu connaissance pendant combien de temps ?

— Quelques secondes. Ne t'en fais pas, idiote, je t'ai rattrapée. Personne n'a rien remarqué. Tout va bien. Tout va bien ?

— On croirait que ça t'arrive tous les quatre matins. Des femmes qui s'évanouissent entre tes bras.

— Absolument. Elles tombent comme des mouches quand je marche dans la rue.

— Je te déteste.

— Oui, moi aussi je suis content de te voir. »

L'espace d'un instant, je reste là, sans aucune envie de bouger.

« Lâche-moi, s'il te plaît, je finis par dire.

— Tu es sûre que tu peux tenir debout ?

— Je crois. »

Lentement, en prenant appui contre lui, je retrouve une position verticale. La pièce tangue encore un peu.

« Bois ça. »

Il me tend un verre. Je renifle. Du vrai alcool pur, pas un cocktail à la noix. Hop, cul sec.

« Aaah.

— Ça va mieux ? »

Je prends deux pas de recul, légèrement titubante, et le dévisage. Merde alors, pourquoi le temps l'a-t-il épargné, lui, alors qu'il nous a tous ravagés ?

« Beaucoup mieux, merci, je réponds, en m'efforçant d'adopter un ton guindé (mais sans y parvenir). Jack, excuse-moi, je ne voudrais pas me mêler de ce qui ne me regarde pas, mais qu'est-ce que tu fous là, exactement ? À ma fête de Noël ?

— Ah, c'est *ta* fête ? Tu veux que je parte ?

— Non, dis-je en baissant les yeux. Je veux que tu restes.

— Eh bien, en fait, je suis venu à ton bureau, et...

— Tu *quoi* ?

— Ton bureau. L'endroit où tu travailles. Quand même, tu dois bien y mettre les pieds de temps en temps, non ?

— Mais personne ne m'a...

— Tu n'étais pas là. Tu étais en rendez-vous avec un client. Alors j'ai fait ma petite enquête, et la très gentille dame à l'accueil...

— Dolores ? En bas ?

— Dolores. Un amour.

— Une vraie porte de prison. Comment as-tu réussi à lui soutirer quoi que ce soit ?

— J'ai mes méthodes, mon cher Watson. Je lui ai expliqué que j'étais ton cavalier pour la fête de Noël, mais que j'avais oublié le...

— Comment tu savais que c'était la fête de Noël ?

— C'est Dolores qui me l'a dit.

— Mon *cavalier* ? Après sept ans, tu débarques sans prévenir et tu es mon *cavalier* ? À propos, pourquoi tu n'as jamais répondu à mon mail, bon sang ?

— Je pensais que ce que j'avais à te dire méritait d'être dit de vive voix.

— Kate. »

Encore quelqu'un d'autre. Seigneur, à l'aide !

« Ah, Alice ! Alors, c'était comment, le, le...

— Les toilettes pour dames ? Très bien, merci. Comme des toilettes. Pour dames. Bonjour, ajoute-t-elle en se tournant vers Jack et en lui tendant une main aux ongles vermillon. Je m'appelle Alice.

— Bonjour Alice, moi c'est Jack. »

Il prend sa main entre les deux siennes. Si je me suis évanouie, Alice, elle, fond littéralement sur place.

« Comment vous vous connaissez, tous les deux ? » demande-t-elle.

Ce qu'elle entend par *comment*, c'est surtout *à quel point* nous nous connaissons. Je tente la désinvolture évasive.

« Oh, eh bien nous nous sommes croisés quelques fois il y a quelques années, je veux dire quelques fois, et... »

Pour l'amour du ciel, Jack, aide-moi un peu, aie pitié d'une damoiselle en détresse.

« J'étais client potentiel d'une banque pour laquelle travaillait Kate, explique-t-il. Elle a su se montrer très persuasive.

— J'imagine, acquiesce Alice. Kate serait capable de vous vendre n'importe quoi.

— Ensuite on est restés en contact par intermittence, poursuit Jack (c'est faux), et comme il se trouve que j'étais de passage à Londres, je me suis dit que j'allais venir lui faire un petit coucou. Voir comment elle se débrouillait avec son nouveau boulot.

— Mouais... rétorque Alice, dont les yeux font la navette entre Jack et moi. Et ils vécurent heureux et eurent beaucoup d'enfants, c'est ça ? »

Je plonge le nez dans mon verre vide et inhale les dernières vapeurs d'alcool comme si c'était une brise marine. À ma gauche, Jack est une mer d'huile. J'ai une envie désespérée de me raccrocher à lui. Ou de me laisser dériver sur lui, au choix.

« Voilà, c'est à peu près ça, finit-il par dire.

— Et ça commence quand ? » demande Alice.

Jack hoche lentement la tête, comme pour réfléchir à la question, me regarde, regarde Alice, et répond :

« Ça commence tout de suite. »

Il lui prend à nouveau la main. Et pourquoi pas la mienne, pour changer ?

« Ravi d'avoir fait votre connaissance, Alice. Magnifique robe. Très belle fête. Mais si vous voulez bien nous excuser... Kate, tu viens ? Kate. »

Je n'arrive pas à quitter des yeux Alice, qui hausse les sourcils.

« Alice, je, je...

— Kate, vas-y. Maintenant. Avant que ce soit trop tard.

— Mais...

— Mais rien. »

Elle lance un coup d'œil par-dessus mon épaule et ajoute :

« Jay-B est en train de revenir avec Hrrumf. Deuxième service. Vas-y *maintenant.* »

Pour finir, c'est moi qui attrape la main de Jack et non l'inverse, et nous déguerpissons, comme des gamins de douze ans surpris en train de fumer derrière le local à vélos. Je me retourne une dernière fois vers Alice.

« On se voit au bureau demain !

— J'espère pas. »

19

Coitus interruptus

23 *h 59 – Le sexe. Ne t'en fais pas, Kate, ça va te revenir. Ce n'est pas si compliqué que ça. C'est comme le vélo.* Non, je n'ai pas envie de penser à des vélos, ni à l'équipement cycliste de Richard dans la buanderie. Alors que l'ascenseur de l'hôtel nous hisse vers le dixième étage, un extrait d'un livre me revient en mémoire : « Il était agréable de penser qu'un homme vous connaissait ; c'était l'effort pour se faire connaître qui lui pesait tant : toutes ces justifications inhibées devant des verres inutiles, puis les corps enfin révélés avec leurs marques et leurs flétrissures cachées pareilles à de décevants petits cadeaux de Noël. » (*Roy, qui a écrit ça ?*)

La seule personne, à part Roy, dont je suis à peu près sûre qu'elle saurait me dire d'où sort cette citation se tient dans l'ascenseur à mes côtés, le visage enfoui dans mon cou, les bras autour de moi. Et je ne peux pas demander à Jack si cette phrase lui dit quelque chose, sans quoi il comprendra que j'appréhende. J'appréhende de lui faire l'effet d'une douche froide en me déshabillant, d'être un cadeau de Noël décevant, de constater qu'après avoir tant attendu ce moment nous ne sommes finalement que deux quinquas ordinaires. La vision de nous que j'avais imaginée à l'époque comme deux amants à la peau lisse et ferme se jetant voracement l'un sur l'autre avec joie et assurance me paraît bien lointaine pendant les quelques secondes anxieuses de cette ascension.

La première fois que j'ai vu Jack, il était assis en face de moi dans un bureau à New York et j'ai songé : *Je me demande ce que ça ferait de sentir toute cette énergie à l'intérieur de moi*. Comme ça, sans que je sache d'où ça sortait. J'ai rougi d'avoir simplement pu penser une chose pareille. Il m'a vue rougir et a éclaté de rire. Il avait compris, j'en suis certaine. Je n'avais encore jamais vécu ça. Je connaissais cet homme depuis à peine quarante minutes et déjà mes sens avaient pris le dessus sur ma conscience, sans le moindre scrupule. Je crois que c'est la seule fois de ma vie que j'ai été renversée de désir ; je veux dire, vraiment mise à terre. Je me considère plutôt comme quelqu'un qui a la tête sur les épaules, mais Jack s'adressait directement à mon corps, lequel avait donné son assentiment sans consulter le centre de commandement rationnel du cerveau, celui qui d'habitude est chargé de diriger le navire. *Ohé, capitaine, y a quelqu'un là-haut ?*

Nous sommes maintenant devant la porte de sa chambre, et Jack insère la carte magnétique dans la fente pour essayer de faire passer au vert la petite lumière rouge et nous permettre d'entrer. Ça ne marche pas. Il réessaie. Frotte la carte sur la manche de son manteau. Rebelote. Pas de lumière verte. Gentiment, sans me lâcher, Jack donne un premier coup de pied dans la porte, puis un second plus féroce.

Il m'embrasse sur le front et me prend le visage entre les mains.

« Mon problème, dit-il, c'est que si je descends à la réception chercher une autre clé, tu ne seras plus là quand je reviendrai, pas vrai ?

— Mais si, voyons. Je t'attends.

— Je suis sûr que non. Je te connais, Katharine, tu te diras que c'était un signe.

— Peut-être que *c'est* un signe, Jack.

— Ce n'est pas un signe, bordel. Je te le dis. Cette carte ne marche pas, point barre. Les Forces de l'Univers ne se sont pas liguées contre nous. C'est juste un foutu morceau de plastique, pas je ne sais quel Dieu de l'Ancien Testament qui essaie de nous empêcher de faire l'amour. »

Après un nouveau baiser, il me laisse là, court jusqu'à l'ascenseur au bout du couloir, se retourne une demi-seconde pour me lancer un clin d'œil espiègle et va chercher une clé de remplacement. Je prends le couloir dans l'autre sens et m'en vais.

C'est un signe.

De Jack à Kate

« Si le monde et le temps ne couraient à l'abîme, madame, votre pruderie alors n'y serait point un crime. » Je me suis retrouvé tout seul comme un imbécile dans une chambre d'hôtel avec deux coupes de champagne. Où es-tu passée ? Laisse-moi deviner… Un rendez-vous urgent avec la partie de toi-même qui pense que tu dois continuer à t'occuper de tout le monde et jamais une seconde de toi ? Descends de ce bûcher, Jeanne, et arrête un peu.

Pour la première fois depuis notre rencontre, Jack avait l'air en colère, ou en tout cas passablement énervé. Et je pouvais le comprendre. Quand je l'ai vu débarquer à la fête du bureau, je n'aurais pas pu être plus extatique.

Une vraie môme. Tandis qu'on marchait vers Old Street à la recherche d'un taxi et que nos respirations mêlées formaient comme des bulles de bande dessinée dans l'air glacé, j'étais ivre de bonheur. Mais dès qu'on est arrivés à l'hôtel, tous mes doutes se sont mis à jouer des coudes pour se frayer un chemin jusqu'aux premières places de la file. J'étais trop vieille, trop encombrée, trop redevable, trop engagée par ailleurs. J'avais des responsabilités, des promesses à tenir, un chien à promener. Sens moral mis à part, je ne me sentais pas non plus capable d'exposer mon corps à cette divine apparition sans aucune préparation préalable. Il me fallait quelques semaines de délai pour une révision globale du ventre, des jambes et une déforestation du maillot ; j'en savais assez sur les dernières tendances en matière de poils pubiens pour deviner que Jack n'avait sans doute pas vu de buisson rétro années 1980 depuis… ben depuis les années 1980. La façade que j'affichais, soutenue par mon corset et ma robe D&G, n'était rien d'autre que ça : une jolie façade. Je n'étais pas prête à laisser entrer Jack dans les coulisses.

De Kate à Jack

Je suis vraiment désolée. S'il te plaît, ne sois pas fâché. Je cours partout, en ce moment. J'ai des milliards de choses à gérer, je ne sais même plus comment je m'appelle. Sache que j'avais terriblement envie de toi tout à l'heure. J'ai eu envie de toi dès la minute où on s'est rencontrés, et je crois que ça ne me passera jamais.

Le réveillon de Noël

10 heures – « Gloire à Dieu au plus haut des cieux, et paix sur la terre aux hommes qu'Il aime », chante l'armée des serviteurs célestes ; qui est une compagnie d'anges, je précise, et non une brigade de majordomes en livrée avec une bouteille de champagne à la main. Dommage, car à l'heure où je vous parle ils remplaceraient avantageusement dans cette cuisine un mari grincheux en lycra. Remarquons qu'il n'est pas fait mention de paix sur la terre pour les femmes. C'est drôle, non ? J'imagine que nous sommes bien trop occupées à guerroyer contre tous les membres de la famille qui viennent un par un taper dans nos réserves de bolduc, si bien qu'il n'en reste plus quand on s'installe pour emballer les cadeaux. Et puis il y a toutes les autres stations de notre chemin de croix, comme trimballer la dinde jusqu'au jardin dans un seau rempli de saumure. D'après la recette de Nigella Lawson, à cette époque de l'année, « il est possible » de laisser la dinde à tremper dans un endroit froid. Fait ! Si vous la mettez dans le jardin, cependant, assurez-vous de la protéger avec un bon couvercle, pour « décourager les renards ». Fait aussi ! Pas question de prendre le moindre risque avec douze personnes à déjeuner.

Plus soigneusement emmaillotée que le petit Jésus lui-même, et recouverte d'une plaque de four surmontée d'une cocotte en fonte pour faire poids, la dinde de Nigella marine dans son seau, posé sur la table du jardin afin que je puisse le surveiller depuis la fenêtre de la cuisine. Cela me procure une immense satisfaction car j'ai non seulement l'impression d'avoir pensé à tout, mais en plus que je vais servir à ma belle-famille une volaille bien supérieure à tout ce que ma belle-sœur a jamais produit jusque-là. Ah, Cheryl, qui combine l'expertise culinaire d'un Escoffier et le savoir-vivre d'un tyrannosaure.

Cheryl est mariée à Peter, le frère de Richard, comptable de son état, et ils ont trois fils parfaits. Quelque part en route, j'ai perdu le fil des divers exploits et récompenses de mes neveux mais, fort heureusement, Cheryl se charge de nous tenir au courant grâce au récapitulatif utile de sa carte de vœux familiale annuelle. Les deux aînés ont eu leur brevet avec mention très bien, plus un premier prix de conservatoire à la harpe, ou à la lyre, ou à je ne sais plus trop quoi – pour Edwin, je crois. Barnaby l'a bien vite rejoint au sein de l'Orchestre national de jeunes, plus jeune enfant non asiatique à y être admis, ce qui est tout simplement incroyable, vraiment, comme Cheryl ne manquera pas de nous le faire remarquer tout en feuilletant avec une condescendance enthousiaste le livret de troisième année de piano de Ben.

« Oh, *regarde*, Barney ! Ben étudie cette adorable petite gigue écossaise que tu jouais quand tu étais à la maternelle. »

Bref, vous voyez l'idée.

Edwin est maintenant à Harvard – car « Oxford n'est plus ce que c'était, n'est-ce pas ? » – et il trouvera sûrement un vaccin contre le cancer à condition que sa sélection dans l'équipe olympique d'aviron lui laisse un peu de temps libre. Il ne sera pas avec nous pour Noël. Sans doute en mission spatiale. Tout ça, je peux à peu près le supporter sans hospitalisation, mais attendez, ce n'est pas fini : les enfants de Cheryl mettent un manteau pour sortir. *Sans qu'on le leur demande*. Je veux dire, comment est-il humainement possible d'entraîner un garçon à faire ça ? Je n'y suis jamais arrivée. L'idée que se fait Ben de se couvrir est, avec une extrême mauvaise grâce et force obscénités marmonnées dans sa barbe, d'enfiler un sweat à capuche par-dessus un autre sweat à capuche. Dans mon for intérieur, je trouve que nos enfants sont plus beaux que ceux de Cheryl ; horriblement mesquin de ma part, je sais, mais il faut bien que je me raccroche à quelque chose.

11 h 15 – « Kate, tu es sûre de ton coup avec ta dinde dans le seau, là ? » demande Richard.

Ma mère et son chien, l'incontinent Dickie, sont déjà arrivés. Debra est devant la télé avec un verre de Baileys et regarde *Love Actually*. Les autres ne vont pas tarder, et je suis en train de vérifier que j'ai assez de couverts et de serviettes propres pour tout le monde.

« Évidemment que j'en suis sûre, Rich », je réponds.

D'accord, je ne *réponds* pas vraiment. J'aboie. À part sa répugnante suggestion de « joie gras », c'est la première marque d'intérêt qu'il témoigne pour le ravitaillement de sa famille au complet (trois repas par jour pendant les quatre prochains jours), et ça sonne comme une critique là où, très franchement, j'attendrais plutôt une reconnaissance servile avec un genou à terre et une rose entre les dents.

« La dinde de Nigella, je poursuis sèchement, marine dans le jardin avec des oranges et des bâtons de cannelle, ce qui aura pour effet de la rendre incroyablement tendre et facile à découper. Emily, tu veux bien poser ce téléphone et venir m'aider, s'il te plaît ? J'ai besoin que tu repasses les serviettes.

— Que je *repasse les serviettes* ? répète Emily, avec la même stupeur incrédule que la Vierge Marie le jour où Gabriel lui a annoncé qu'elle était enceinte. Personne ne repasse les serviettes, mam'. On n'est pas dans *Downton Abbey*. C'est juste un Noël en famille. Relax, OK ?

— C'est très facile de se relaxer quand, comme toi, on n'en fiche strictement pas une. Tu comptes quand même t'habiller à un moment de la journée ?

— Je vais te repasser tes serviettes, ma chérie », intervient ma mère, toujours prompte à détourner ma colère de sa petite-fille adorée.

Elle m'aurait ordonné de me bouger les fesses, et plus vite que ça, si j'avais été aussi fainéante qu'Emily à seize ans, mais elle s'est assouplie au fil des années et n'est plus maintenant qu'indulgence attendrie. Je ne sais pas pourquoi, mais ça me rend dingue ; je pourrais la tuer. Ah, et on n'a plus le droit de dire qu'un gamin est mou ou fainéant, même si c'est le cas ; on doit dire qu'il « manque de motivation ».

« Maman, tu pourrais sortir Dickie dans le jardin, s'il te plaît ? Il vient de faire pipi devant le frigo.

— Oh, je ne crois pas que ce soit Dickie, chérie. Sans doute Lenny. Il ne fait jamais ça à la maison, hein, pas vrai, Dickie ? Viens, on va dans le jardin, voilà, brave chien-chien. »

Alors que sortent ma mère et son pisseur de clébard, Rich, allongé sur le sol de la cuisine où il est en patiente négociation avec notre archaïque Aga, relève la tête.

« Pourquoi on ne met pas des serviettes en papier ? » suggère-t-il.

Aïe. Qu'est-ce qui pousse les hommes à prendre des risques pareils ? Je veux dire, ils savent sûrement qu'ils avancent en terrain miné, et pourtant ils y vont avec leurs gros sabots, ignorant allègrement le panneau « Danger d'explosion » qui clignote sur le front de leur épouse.

Il ne va pas être déçu du voyage.

« On ne met pas des serviettes en papier, chéri, parce que depuis qu'on est mariés, ta mère me considère comme le genre de souillon qui a grandi dans une famille de si bas étage qu'elle s'essuyait probablement les mains à table avec du Sopalin. Et elle a raison, figure-toi. Et aussi parce que Cheryl fait ses propres truffes au chocolat et propose sans doute une petite pipe au Père Noël pour qu'il lui apporte des boucles d'oreilles Dinh Van. Voilà pourquoi on aura des serviettes en lin pour le repas de Noël. Histoire de maintenir le standing. Question suivante. »

Stressée ? Non, non, vraiment, ça va. Beaucoup mieux depuis que je suis le traitement du Dr Libido. C'est comme si j'étais une mer démontée et que les hormones m'avaient apaisée. J'ai même l'impression que ma mémoire s'est un peu améliorée (*Roy, tu ne trouves pas qu'on se souvient mieux ?*).

Puisque les enfants sont tous les deux dans la cuisine en train de boulotter les feuilletés aux saucisses que je comptais garder pour demain, j'en profite pour leur expliquer que nous allons observer une pause technologique (ça sonne mieux qu'une interdiction) pendant les deux jours qui viennent. Ni textos, ni Facebook, ni internet. Je leur aurais annoncé que j'allais leur couper un bras à chacun et le mettre au four avec une farce aux marrons qu'ils n'auraient pas réagi autrement.

« Tu rigoles ? s'exclame Ben en retirant le casque qu'il a sur les oreilles pour le remplacer par un autre qui pend à son cou.

— M'man, t'es vraiment qu'une hypocrite, rétorque une Emily hargneuse. Tu passes ton temps à checker ton téléphone.

— C'est faux ! »

C'est vrai. Elle a raison. Je suis accro aux textos de Jack et je me mets à paniquer dès qu'un trop long intervalle les sépare. J'ai peur, après ce qui s'est passé – ou ne s'est pas passé –, qu'il me laisse tomber pour de bon.

« Écoutez-moi, vous deux, je suis très sérieuse. Je trouve que ce serait vraiment chouette si on pouvait tous se recentrer sur la famille pendant quelques jours. Les gens avec qui vous êtes physiquement méritent d'avoir la priorité sur ceux qui ne sont pas là. Je ne veux pas de téléphones à table. Vous ne voyez pas vos grands-parents si souvent que ça. Et si on pouvait pour une fois regarder la même chose ensemble à la télé plutôt que chacun évolue dans un univers parallèle alors qu'on est dans la même pièce… »

Ding ! Sans réfléchir, je consulte mon portable, et les enfants éclatent de rire. Un texto de Jack. J'enfonce une touche pour faire disparaître de l'écran son nom bien-aimé. Je ne peux pas gérer le télescopage de ces deux mondes. Pas aujourd'hui.

Jack passe Noël avec des amis dans le sud de la France. Bien que je l'aie abandonné à son hôtel, il a débarqué au bureau deux jours plus tard, juste au moment où je partais pour les vacances. Il avait un gros paquet cadeau dans les bras.

« Ce n'est pas pour toi », a-t-il précisé alors que je protestais.

Je l'ai ouvert. C'était une PlayStation 4. Apparemment, dans mon ivresse (due à l'homme, pas à l'alcool), j'avais mentionné que je n'arrivais pas à en trouver une pour Ben, et Jack avait activé ses réseaux.

« Je me suis dit que c'était sans doute ce qui te ferait le plus plaisir pour Noël. »

À croire qu'il essayait de me faire tomber amoureuse de lui, non ?

« Emily, où tu vas, chérie ?

— Je sors.

— Je vois bien que tu sors, mais papi, mamie, oncle Peter et tante Cheryl ne vont pas tarder à arriver. Tu reviens quand ?

— Tard, dit-elle en enfilant mon manteau en peau de mouton.

— Tu ne peux pas rentrer tard, ma puce.

— Tout le monde rentre tard. C'est Noël.

— Les gens doivent bien passer du temps en famille, non ? » je réponds avec la plus grande prudence.

Je continue à marcher sur des œufs avec ma fille. Il s'agit d'éviter la crise. Il faut qu'on puisse présenter un tableau d'harmonie et de bonne humeur festive quand arrivera le contingent du Nord, et surtout pas qu'Emily soit en train de pousser des cris et des jurons.

« J'ai encore quelques bricoles à emballer pour tes cousins. Tu ne veux pas m'aider, ma grande, s'il te plaît ? C'est toi qui sais le mieux faire les paquets.

— J'ai pas envie. »

Elle est plantée devant la porte de service, les bras croisés comme si elle se faisait un câlin à elle-même. Elle paraît étonnamment vulnérable pour quelqu'un qui prétend sortir rejoindre sa bande de copains.

« Tu n'as pas envie ? D'accord, et si je te donne une liste, est-ce que tu pourras me faire deux trois courses au village et acheter quelque chose pour mamie Barbara ? Tu sais qu'elle perd un peu la mémoire en ce moment, alors peut-être un parfum ou une crème qu'elle pourra reconnaître ? Elle adore les odeurs florales. Ou bien des friandises ? Des loukoums, par exemple, quelque chose qui ne soit pas trop dur à mâcher.

— OK, répond Emi, visiblement plus détendue maintenant que je l'ai autorisée à s'enfuir.

— Attends, je te passe de l'argent. »

Alors que je me retourne pour attraper mon sac, Emily ouvre la porte qui donne sur le jardin et se retrouve nez à nez avec une femme que je ne connais pas. Je dis femme, mais c'est plutôt une sorte de grande enfant.

Peut-être un des lutins du Père Noël qui serait tombé du traîneau ? Des cheveux ondulés auburn qui lui arrivent aux épaules, un nez retroussé et des taches de rousseur. Elle porte des bottines, un béret et une robe chasuble en velours côtelé marron sur un tee-shirt à fleurs. Sans doute la lauréate du concours local de sosies de Fifi Brindacier. Pas sûr qu'elle habite sur la Terre.

« Bonjour, je suis vraiment désolée de vous déranger la veille de Noël, mais Richard est là ? » demande l'elfe d'une petite voix aiguë aux intonations écossaises chantantes.

Bien qu'elle se tienne parfaitement immobile, j'ai la nette sensation que son mode de déplacement préféré serait le sautillement.

« Euh, il était là, mais il vient juste de sortir chercher du bois, je crois. Je peux vous aider ?

— Je suis Joely, annonce l'elfe. Je travaille avec Richard. »

Pardon ? La Joely, vaillante fournisseuse de tisanes immondes et de conseils ménopausaux ?

« Ah, oui, bien sûr ! Joely. Joely. Oui, bonjour. Joely du centre de formation. Rich m'a beaucoup parlé de vous. Entrez, je vous en prie, venez l'attendre. »

Joely a l'air aussi réticente à franchir le seuil de la porte qu'Emily est impatiente de sortir. Toutes les deux de la même taille et de la même corpulence, elles restent là, bloquées dans l'encadrement, aucune ne pouvant passer à cause de l'autre.

« Emily, c'est Joely, la collègue de papa à son, euh… à son travail. »

J'ai du mal à faire coïncider ce farfadet avec la femme dont Richard nous a tant rebattu les oreilles. À en juger par l'expression de son visage, Emily ne semble pas très impressionnée non plus. Je renouvelle ma tentative.

« Tu sais, Joely fait du yoga et de la méditation, et des tas d'autres choses très intéressantes. Joely, je vous présente Emily, notre fille, et moi c'est Kate. Mais je vous en prie, entrez. Il fait froid. Rich ne devrait pas tarder.

— Non, non, c'est bon », bredouille-t-elle en s'éloignant à reculons, comme si elle avait brusquement hâte de partir.

Je ne sais pas pourquoi. J'ai été tout à fait cordiale avec elle. J'aperçois son vélo rouge appuyé contre la barrière.

« Ne vous inquiétez pas, reprend-elle. Ça peut attendre. Pardon du dérangement.

— Pas du tout, voyons. Je dirai à Richard que vous êtes passée. C'est très gentil de... »

Mais elle disparaît aussi soudainement qu'elle était apparue. Emily aussi s'est volatilisée.

« C'est qui, cette fille ? demande ma mère d'un air dubitatif. Elle n'est pas assez couverte pour la saison.

— Oh, c'est une collègue de Richard. Maman, tu peux m'attraper une casserole pour la crème anglaise dans le placard à côté du frigo ? »

Combien de temps me faudrait-il encore pour le voir ? Pas pour ouvrir les yeux – tout était sous mes yeux depuis le début –, mais pour *voir*. Pour voir pourquoi la fameuse Joely venait sonner chez nous à l'improviste la veille de Noël ; pour voir ce qui se cachait sous cette ample robe chasuble en velours côtelé. Incroyable, ce qui peut nous échapper quand on ne se donne pas la peine de faire attention ou, soyons honnête, qu'on s'en fiche un peu.

Trop occupée et préoccupée, j'imagine. J'avais beaucoup trop de choses sur le feu en ce moment. À commencer par une crème anglaise à préparer.

Roy, je n'ai pas oublié les gousses de vanille ? Où est-ce que je les ai mises ? D'habitude, je me targue d'être plutôt rapide, mais c'est Noël, et Roy semble avoir pris sa journée. Je réessaie : *Roy, y a-t-il quelque chose que je devrais savoir au sujet de cette Joely, la collègue-lutin de Richard qui dort dans une coquille de noix* ? Roy ? ROY ?* Pas de réponse.

Au bout d'un certain temps, Roy finit par revenir des rayonnages du fond de mon esprit, juste au moment où je suis en train de faire épaissir la crème sur le gaz (si elle bout, c'est foutu, et vous avez perdu six jaunes d'œufs). Je me concentre au maximum.

Je dois faire face actuellement à un grand nombre d'appels, me dit Roy, *merci par avance de votre patience.*

Pardon, Roy, mais tu es ce qui me tient lieu de mémoire depuis que j'ai une passoire à la place du cerveau, tu ne peux pas me faire ça. Roy, reviens ici, s'il te plaît. Tu ne peux pas poser une RTT à Noël juste parce que j'ai bu deux verres de vin chaud et que j'ai la tête en vrac à cause de Jack.

Abelhammer est classé dans le dossier Expériences de Vie Joyeuses/Douloureuses. À ne pas ouvrir avant 2029.

J'en suis bien consciente, Roy, c'est juste qu'il a réapparu et que je ne sais pas quoi faire... Et maintenant quelqu'un d'autre est apparu, pas seulement dans ma vie mais sur le pas de ma porte, bordel, et j'ai du mal à la situer. Qu'est-ce qu'elle fait, au juste, cette petite Joely, à part s'asseoir sur son champignon vénéneux et s'entraîner à toucher son oreille gauche avec son orteil droit ? Oh, et puis tu sais quoi, Roy ? Oublie. Oublie, je te dis. Laisse tomber. Pour l'instant, il faut juste que je réussisse à franchir les prochaines quarante-huit heures sans commettre d'homicide familial. Et que Richard m'aide à rentrer du bois et à accrocher le gui.

« Kath, où est-ce que tu ranges ton épluche-patates ? »

Parfois, le dévouement de ma mère m'insupporte.

« Maman, s'il te plaît, assieds-toi. On n'a pas besoin d'éplucher les patates maintenant. Ça ne presse pas.

— Et les panais ? Autant s'avancer, tu sais. Pourquoi remettre au lendemain ce qu'on peut faire le jour même ? »

Ma mère doit être la dernière personne en Angleterre qui croie farouchement aux dictons populaires et les applique à la lettre. Une chose est sûre, c'est que vous ne la verrez jamais se découvrir d'un fil en avril. Je ne crois pas – hélas – qu'elle envisage de se débarrasser de son satané Dickie, mais si l'envie lui en prenait un jour, je mets ma main au feu qu'elle l'accuserait de la rage. Et si j'avais prévu une soupe au menu, elle m'aurait conseillé de la faire dans un vieux pot. Il faut bien entendu manger pour vivre et non pas vivre pour manger… sauf à Noël où, à titre exceptionnel, on a le droit de faire une entorse à cet adage. Ce qui est touchant chez ma mère, c'est que le fait de cultiver ces traditions anciennes et de s'inscrire dans la lignée des grands-mères et autres bonnes femmes qui l'ont précédée, avec leurs remèdes et contes respectifs, a l'air de la rendre réellement heureuse. En tout cas plus heureuse que nous tous, dont la conception de la sagesse populaire se résume désormais à un ramassis de commentaires grincheux sur TripAdvisor.

Je sais donc exactement comment lui tendre la perche pour continuer la conversation, comme dans un numéro de vaudeville bien rodé.

« Si tu veux vraiment t'occuper, maintenant que tu as fini de repasser les serviettes, tu peux t'attaquer aux torchons.

— Tu sais bien qu'il ne faut pas mélanger les torchons et les serviettes, chérie », me rétorque-t-elle du tac au tac avec un clin d'œil entendu.

Elle a compris mon petit jeu mais ne lâche pas le morceau pour autant.

« Sérieusement, Kath, je ne vais pas rester là à me tourner les pouces. Donne-moi quelque chose à faire.

— Écoute, si tu insistes, tu peux tailler une petite croix à la base des choux de Bruxelles… »

On dirait qu'un coup de pistolet vient de donner le signal du départ. Elle bondit de sa chaise pour se précipiter vers le bac à légumes et se mettre à la tâche. Pauvres choux innocents. Nul ne sera épargné.

Tous les ans, ma mère nous confectionne un gâteau de Noël dans les règles de l'art. Je n'aime aucun gâteau de Noël en dehors du sien. Il a exactement le bon dosage de fruits confits, de pâte et de brandy. Il m'a déjà traversé l'esprit qu'un jour, peut-être dans pas si longtemps que ça, c'est moi qui devrai faire le gâteau parce que ma mère ne sera plus là. J'enfouis cette idée au fond de mon cerveau de même que Lenny enterre son os au fond du jardin, mais elle n'arrête pas de remonter à la surface, comme pour que je m'y prépare. Une fois qu'on a perdu un de ses parents, on sait à quoi s'attendre. Perdre mon père n'était pas la même chose, cela dit ; il avait toujours été davantage une absence de père qu'un père à proprement parler. Alors que ma mère est comme la terre sous mes pieds.

« Noël ne serait pas Noël sans ton gâteau, maman », je déclare tout haut alors qu'elle a commencé à rincer les choux dans l'évier.

Elle secoue légèrement la tête.

« Je ne suis pas sûre qu'il soit aussi réussi que d'habitude, cette année, chérie. »

Je ne crois pas lui avoir suffisamment dit ce que représentait ce gâteau pour moi, ce *qu'elle* représentait pour moi. Elle n'a jamais été du genre à distribuer des « je t'aime » à tort et à travers, comme le font toutes les cinq minutes entre eux ses petits-enfants et leurs amis. D'une autre génération, ma mère laisse son gâteau dire « je t'aime » à sa place.

« Maman, tu pourras apprendre à Emily la recette de ton gâteau ? »

16 h 27 – Comme tous les ans, la BBC retransmet en direct le service de Noël dans la chapelle du King's College de Cambridge, des lectures bibliques et des chants qui véhiculent une atmosphère à la fois de recueillement et d'espoir. Peter et Cheryl sont arrivés en voiture avec Donald et Barbara, si bien que désormais tout le monde est là. Enfin, plus ou moins là. Barbara tourne en rond nerveusement dans la cuisine et je la vois fourrer deux blinis au saumon fumé et un presse-agrumes dans sa poche.

Pour rendre justice à Cheryl, elle attend patiemment huit minutes avant de nous confier que ce pauvre Barnaby a un mal fou à se décider entre Princeton et Cambridge, après avoir été accepté dans les deux. Rich hoche la tête avec empathie face à la terrible épreuve que traverse son neveu. De mon côté, j'éviscère une grenade, à défaut de pouvoir la dégoupiller. Debra, qui m'aide en préparant du coleslaw et qui a déjà, à ma connaissance, descendu une bouteille de Baileys, rétorque :

« Oh, le malheureux. Ça doit être atrocement difficile de devoir choisir entre deux des plus grandes universités du monde. Je crois que mon fils, Felix, va avoir le choix entre le réassort chez Lidl et la prison de Pentonville. »

Ma belle-sœur ne relève pas et continue à inspecter les lieux en roucoulant.

« Oh, Kate, cette maison a *tellement* de potentiel. »

Mais je m'en fiche. Nous avons une merveilleuse cuisine grâce à Piotr. Que son nom soit sanctifié. Je lui ai glissé une prime de Noël à l'intérieur d'une carte de vœux, et il m'a dit qu'il risquait de ne pas nous revoir de sitôt car son père était en train de mourir en Pologne.

« Seulement d'âge cinquante-neuf, Kate. Ça ne pas correct, non, de perdre le père comme ça ? »

Non, ça n'est absolument pas correct. J'ai embrassé Piotr sur la joue et l'ai serré dans mes bras. Il a été d'un tel réconfort pour moi depuis que nous avons emménagé ici que j'en ai eu les larmes aux yeux quand nous nous sommes dit au revoir. Mais c'est vrai que les larmes semblent être devenues mon microclimat personnel ces derniers mois. J'ai un débit plus élevé que la Tamise lors de la grande crue de 1928.

Maman a fini de préparer les choux de Bruxelles. Elle s'est assoupie dans le fauteuil près de l'Aga. Miraculeusement, il n'y a aucun signe d'un cadeau de Dickie sur le parquet fraîchement aspiré. Ben et ses deux cousins jouent au Monopoly : pas d'appareils électroniques en vue, hourra ! Même Emily a daigné retirer l'ignoble legging auquel elle est d'habitude greffée pour enfiler une jolie tenue en l'honneur de ses grands-parents ; certes, ce qu'elle porte ressemble davantage à un ensemble lingerie pour lune de miel qu'à une robe à proprement parler, mais l'effort est là. Donald a emmené Barbara chez le coiffeur avant de prendre la route, et elle est vêtue d'une élégante robe rouge à boutons dorés que je me souviens de lui avoir déjà vue lors de précédentes occasions. Aujourd'hui elle semble flotter sur elle. On devine sa fragile silhouette dessous ; les angles saillants de ses vieux os. Mais nous savons tous que Barbara serait heureuse de savoir qu'elle s'est pomponnée.

Toutes les autres années, à Noël, je tressaillais en entendant Barbara dire à Richard qu'il n'aurait pas dû se donner autant de mal, alors que la seule chose qu'il avait faite était d'aller acheter un unique cadeau (pour moi) à quatre heures de l'après-midi le 24, ainsi qu'un camembert fétide et du vin rouge. Comme cette Barbara me manque, à présent ! Elle ne dit presque rien. Est-ce qu'elle ne pense presque rien également, ou bien son esprit fourmille-t-il de pensées qu'elle n'arrive pas à formuler ?

En ce réveillon de Noël, elle reste assise près du feu avec un demi-sourire aux lèvres, agrippée à la main d'Emily. On dirait une aquarelle d'une scène paisible dans un petit salon victorien, même si peu de jeunes filles victoriennes portaient des pantalons corsaires à paillettes sous leur robe de soirée. Ni, d'ailleurs, ne révélaient à leur mère que des portraits de leur arrière-train circulaient comme des talismans parmi la population. Dieu merci, cette affreuse histoire de belfie est derrière nous.

« Tiens, mamie, je t'ai acheté du savon. C'est au muguet. Je les ai tous essayés dans le magasin et celui-là sentait trop bon. Comme toi. Enfin, je veux dire, comme t'aimes. C'est un genre de cadeau de Noël anticipé, du coup tu pourras t'en servir dès ce soir, si tu veux. »

Et sur cette note élégante, Emily tend un cadeau à Barbara. Une boîte de trois savons, mal emballée, mais bon ; en l'occurrence, c'est vraiment l'intention qui compte. (Je jette un regard à Cheryl, assise sur le canapé à côté de son mari. En voyant la boîte, elle lui donne un petit coup de coude dans les côtes, discret, juste pour signifier sa satisfaction devant la médiocrité du cadeau. Elle n'en attendait pas moins d'Emily. Peau de vache.)

À notre grande surprise, Barbara approche la boîte de son visage et inhale profondément. Apparaît une expression intriguée qui se dissipe très lentement, comme un brouillard se lève. Puis, à notre encore plus grande surprise, elle se met à parler.

« Je m'en suis servie l'autre jour, chérie.

— T'en fais pas, mamie, je suis sûre que je peux l'échanger contre un autre.

— En France.

— En France ?

— Nous étions à la campagne dans un endroit charmant. Tu avais fait la route d'une seule traite, mon amour ! » ajoute-t-elle en se tournant vers Donald.

Il la regarde, puis baisse les yeux vers ses mains.

« Il y avait une salle d'eau au bout du couloir, poursuit-elle. On devait la partager, mais elle était impeccable. Et j'ai pris un bain, avec du muguet. Tu m'as dit que je sentais bon, après. C'était juste la semaine dernière. Quelle coïncidence ! Et maintenant j'ai ce cadeau. Merci, Kate.

— Emily. »

S'ensuit un long silence, pendant lequel Richard va remettre une bûche dans le feu et la positionne du bout de sa chaussure. Les yeux de Barbara se ferment doucement.

« Nos premières vacances à l'étranger, dit Donald, le regard humide, presque dans un murmure. Juin 1959. Barbara a raison, on avait fait la route d'une traite. Dans notre Austin Cambridge. Elle est tombée en panne juste à la sortie de Calais, et Barbara s'est exclamée "Bienvenue en Europe". On riait comme des baleines. Et là, fatigués par le voyage, on a trouvé ce petit hôtel au milieu de nulle part, où ils avaient ces espèces de boudins à la place des oreillers, vous savez ?

— Des traversins ?

— Voilà, des traversins. Et un bidet, comme ils ont en France ! Barbara ne pouvait même pas le regarder sans éclater de rire. Et puis toutes les choses qu'on ne comprenait pas sur le menu. »

Il se tourne vers Emily en souriant.

« Parfois, tu sais, c'est drôle, parfois je l'envie. Ta grand-mère. Penser que tout ça date seulement de la semaine dernière. »

Il serre les poings très fort, comme un petit enfant qui ferait un vœu.

« Si seulement, hein, si seulement », soupire-t-il.

L'esprit de Noël. Raconter des souvenirs aux enfants, leur transmettre des recettes de gâteau, pour qu'à leur tour ils aient des souvenirs à raconter à leurs enfants. Et peut-être qu'un Noël, dans quarante ans, Emily se remémorera le savon au muguet qui, l'espace de quelques précieuses minutes, a ramené parmi nous la grand-mère qui l'aimait tant.

Rien ne vient troubler la paix de cet instant que les crépitements du feu, les mélodieuses harmonies des cantiques et un délicat contre-chant de ronflements. Les choristes du King's College sont en plein milieu des « Anges dans nos campagnes » – un de ces interminables *Glo-o-o-ooo-ria* – quand Cheryl laisse échapper un cri strident.

« Grands dieux, Kate, c'est un chien, là, dans ton jardin, qui se promène avec un énorme poulet dans la gueule ? »

De : Candy Stratton
À : Kate Reddy
Objet : Re : Le chien a mangé ma dinde
Tu plaisantes, darling, rassure-moi ? C'est la MEILLEURE histoire de désastre de Noël que j'aie jamais entendue. Je t'en supplie, dis-moi que tu as fait piquer cet horrible Dickie. Et peut-être que tu devrais aussi faire piquer ta salope de belle-sœur.
Qu'est-ce que tu leur as filé à bouffer, finalement, des flageolets en boîte ? Crois-moi, un jour tu en riras.
Quelles nouvelles sur le front Abelhammer, sinon ?
C.

De : Kate Reddy
À : Candy Stratton
Objet : Re : Re : Le chien a vraiment mangé ma dinde
Quand est-ce que j'en rirai ? Dans une trentaine d'années, avec un peu de chance, c'est ça ? Rich a poursuivi Dickie dans tout le jardin et a réussi

à lui arracher la dinde d'entre les crocs. Apparemment, c'est lui qui serait allé inspecter la marinade à un moment et n'aurait pas bien remis le couvercle. Typique : il veut se mêler, « essayer de se rendre utile », et il sème la pagaille.
J'ai amputé une cuisse de la dinde en pensant pouvoir sauver le reste. Mais ensuite j'ai regardé dans le seau et j'ai reniflé la saumure. Ça puait. J'ai l'impression qu'un cadavre abandonné sur un champ de bataille aurait à peu près cette odeur, tu vois. Cheryl a dit qu'il faisait « exceptionnellement doux » pour un mois de décembre et que c'était entièrement de ma faute, parce qu'on était toujours censé garder la saumure au frais. J'aurais dû la mettre au frigo. Merci, connasse, désolée de ne pas avoir un frigo de la taille d'un terminal d'aéroport, comme Peter et toi. Vraiment, je m'excuse. Et je ne pouvais pas accuser Dickie parce que ma mère l'aime plus que ses propres enfants, alors j'ai dit que pour une fois ce serait chouette de changer et de manger du jambon et des légumes rôtis à Noël.
Tu crois que ça arrive parfois à Nigella ?
(pas la peine de répondre à cette question)
Bises
K.
PS : Abelhammer a débarqué à l'improviste à la fête du bureau, et je suis éperdument désespérément amoureuse de lui, et on a failli sauter le pas et tout le reste avec, mais la clé de sa chambre d'hôtel ne marchait pas. Et puis de toute façon cette histoire est impossible parce que je ne peux pas rajouter une couche à mon sandwich. Et maintenant je pense qu'il me hait. Je ne sais plus où j'en suis.

*23 h 59 – * Six heures après la bataille, Roy réapparaît. Je suis encore en train d'enfiler des cadeaux dans des bas de laine, même si personne ne croit au Père Noël et que tout le monde est parti se coucher. De but en blanc, Roy me souffle :* « C'est pourquoi le Seigneur lui-même vous donnera un signe : la jeune fille est enceinte, elle mettra au monde un fils et l'appellera du nom d'Emmanuel. » *Mais qu'est-ce qu'il raconte, bon sang ? C'est la prophétie d'Isaïe, ça, Roy, rien à voir avec la choucroute. Il va vraiment falloir que tu fasses un effort.*

Le soir du Nouvel An

Réveillon chez Sally et sa famille. Réveillon qui commence à une heure civilisée, Dieu merci, pas une beuverie de deuxième partie de soirée qui démarre après dîner et se termine à quatre heures du mat. Il fut un temps où j'aurais été ravie de beugler en chœur « I Will Survive » et de me faire peloter par de complets inconnus sous prétexte que nous avions tous survécu à une année supplémentaire sur terre mais, très franchement, j'ai passé l'âge. Ça va si vous êtes à Londres au bord de la Tamise et que vous regardez la mairie griller la moitié de son budget annuel – légitimement, selon moi – dans un feu d'artifice éblouissant, mais pas quand vous êtes coincé à la campagne, où toutes les routes se transforment en patinoire après minuit.

Donc, à sept heures et demie pétantes, ou aussi pétantes qu'il se peut quand vous devez mobiliser des adolescents, nous montons tous les quatre dans la voiture, avec divers degrés de mauvaise grâce (premier prix du râleur sans vergogne : mon fils) et arrivons chez Sally. C'est la première fois que je me rends dans ce qu'elle appelle son QG ; jusqu'à présent, Sal et moi nous sommes toujours retrouvées en terrain neutre – le meilleur endroit, curieusement, pour le partage de confidences et le dévoilement progressif de vérités cachées. Chez soi, on tient sa langue.

« Vous devez être Kate. Enfin, on se rencontre ! Entrez !

— Et vous devez être Mike, j'imagine ? »

Mike, en effet, dans toute sa splendeur. Barbu, chaleureux, un peu pataud, vêtu d'un cardigan marron informe sans doute tricoté main par de petits paysans frustes des Hébrides.

« Richard, bonsoir. Mike. Ben, salut. Génial. Emily, ma parole, le portrait de sa mère. »

Les yeux d'Emily se mettent à lancer des flammes, mais Mike poursuit sans se laisser décontenancer.

« Charmante. Ah, voilà, parfait, venez, entrez tous, les manteaux là, les verres ici, Sally ne doit pas être très loin. Formidable. Bienvenue tout le monde. »

Des serrements de main qui vous démettent le poignet avant même que vous ayez franchi la porte. Si on était chez Dickens, il y aurait un saladier de punch chaud comme il les affectionnait. Je pénètre dans le salon, bruissant de conversations. Ah, ben tiens : un saladier de punch chaud.

Est-ce le signe que je vieillis, ou bien ça a juste empiré, ce brusque désir, en entrant dans une pièce remplie de visages inconnus – ou non remémorés –, de faire aussitôt demi-tour et d'aller voir ailleurs ou, à défaut, de rester planquée derrière le canapé jusqu'à ce que quelqu'un sonne la fin des hostilités ? Enfin bref. Ce n'est certainement pas une habitude à transmettre aux enfants, donc je prends mon courage à deux mains et je me lance dans la foule, cherchant avec une angoisse grandissante quelqu'un que je connaisse.

« Kate ! Tu es venue !

— Sally. »

Nous nous embrassons.

« Joyeux Noël en retard, ou bonne année en avance. En tout cas joyeux quelque chose ! Comment ça s'est passé ?

— Un chien a mangé ma dinde. Mais à part ça super, je te raconterai. Sally, je te présente Richard. Et Ben. Et Em… Attends, Emily était là il y a deux minutes. Je ne la vois plus. »

OK, j'avoue : nous avons eu une crise emilienne de dernière minute. Le psychodrame total. Elle n'était pas censée venir avec nous ce soir, étant officiellement trop grande et trop cool pour passer le trente et un avec ses losers de parents. Et puis, cet après-midi, je l'ai trouvée recroquevillée dans son lit. Après moult cajoleries, elle a fini par me confesser que Lizzy Knowles organisait un énorme réveillon chez elle, et que seulement deux filles de leur année n'étaient pas invitées : Emily et Bea. Emi était dévastée. Elle avait prévu de dormir chez Ellie.

« Ellie était invitée à la soirée, alors elle a envoyé un texto à Lizzy pour lui dire "Est-ce qu'Emily peut venir aussi vu qu'elle dort chez moi ?", mais Lizzy a quand même répondu non. »

Je fulminais de rage, sans être étonnée pour deux sous. Emi m'avait raconté que Lizzy avait commencé à être bizarre avec elle après le succès de sa fête de Noël.

« Sérieusement, quel genre de gamine fait un truc aussi pervers ? m'a demandé Richard pendant qu'Emi prenait sa douche.

— Eh bien, la reine des abeilles qui n'apprécie pas qu'un de ses faux bourdons lui vole la vedette », ai-je rétorqué.

Ma fille s'était fait blacklister par sa prétendue meilleure amie. C'était une vengeance en bonne et due forme, servie glacée à point. Comme il était trop tard pour trouver un plan B, à nous deux, Richard et moi avons réussi à convaincre Emi de venir chez les Carter. Je lui ai dit que j'étais sûre qu'il y aurait plein d'autres ados ; je n'en étais pas sûre du tout, mais j'avais un mauvais pressentiment à l'idée de la laisser toute seule à la maison.

Et donc, Dieu merci, maintenant nous sommes là, et il semblerait qu'Emi ait repéré à l'autre bout de la pièce une certaine Jess avec qui elle est amie sur Facebook, qu'elle n'a jamais rencontrée « IRL » mais qui est genre trop géniale et peut-être même sa personne préférée du monde. Ce qui est un grand soulagement pour elle. Un mouillage dans une tempête de mondanités d'adultes. Hurlements de joie incontrôlables alors qu'Emi et la fille se tombent dans les bras telles deux sœurs séparées depuis de longues années. J'espère que ça mettra du baume à son ego après le cruel affront de Lizzy.

Sally, pendant ce temps, a hâte de me présenter sa tribu. Je fais la connaissance de Will, Oscar, Antonia, qui à leur tour sont priés de saluer Richard, puis Ben, puis à un moment Emily, si elle veut bien se déscotcher deux minutes de Jess. C'est l'inconvénient, quand on met deux clans en présence : le temps que toutes les présentations soient faites, il est quasiment l'heure de rentrer. Ben part vivre sa vie, se plante à côté d'une desserte et pioche d'un air lugubre dans un bol de Curly. (Plus tard, il sera vu, beaucoup plus joyeux, en train de jouer à des jeux vidéo avec un groupe de garçons dans une autre pièce. Quand, dans la voiture du retour, on lui demandera qui c'était, il répondra qu'il n'a pas retenu leurs noms. Ils savaient se servir d'une console, ça suffisait. Voilà la carte de visite des jeunes du vingt et unième siècle.)

C'est étrange de rencontrer Will et Oscar pour de vrai après les avoir vus seulement en photo ; et d'autant plus étrange de les rencontrer en hiver. Quelque chose dans leur blondeur athlétique laisse penser qu'on ne devrait jamais les croiser qu'en été, en tenue blanche de cricket, portant la trace de légères taches d'herbe.

« Will, tu n'as pas oublié de sortir les saucisses du four, j'espère ? demande Sally.

— Oh zut, désolé m'man, j'allais justement…

— Je te l'ai demandé trois fois. J'ai même collé un Post-It sur le front d'Oscar il y a une heure.

— Ouaip, d'ac, j'y vais. »

Un puissant sifflement aigu nous parvient tout à coup de la cuisine.

« Le détecteur de fumée, déclare Sally. Trop tard. »

Elle n'a même pas l'air tellement agacée. Ce genre de chose a déjà dû lui arriver si souvent que c'est devenu la routine. Au bout d'un moment, on finit par se décourager de se décourager. Je connais.

« Maman, dit Oscar, qui se matérialise soudain à nos côtés, je pourrais t'emprunter ta carte ?

— Pour quoi faire ?

— Des places de concert. C'est pour février, je sais que c'est loin, mais si on les achète tout de suite en ligne on peut les avoir à...

— Quel concert ?

— Un groupe. Je pense pas que tu connaisses.

— Oscar, les places ne vont pas disparaître dans les deux heures. Demande-moi plus tard.

— Mais si, justement, il risque de...

— Alors, comment ça se passe ? »

C'est Mike, qui tombe à pic, écartant son fils dans son enthousiasme un peu maladroit. Il fronce les sourcils, visiblement troublé par quelque chose.

« Bon sang, Richard, mais c'est un verre vide que je vois là. Ça n'est pas dans les habitudes de la maison. Mea culpa ! Oyez, moussaillons, tout le monde sur la pompe, qu'on donne à boire à cet homme ! Attendez, non, j'ai une meilleure idée. Suivez-moi. »

Et mon mari, malgré ses protestations, se fait traîner à travers la foule, comme un fauteur de troubles qu'on reconduirait à la porte.

« Donc, voilà Richard, résume Sally.

— Donc, voilà Mike », je rétorque.

Sally m'enlace par les épaules et me serre contre elle.

« Heureusement qu'on s'a, si tu veux mon avis.

— Heureusement, oui. »

Antonia passe devant nous juste à cet instant, un garçon enamouré dans son sillage.

« C'est son copain ? je demande.

— Il aimerait bien. Moi aussi, d'ailleurs. Mais elle continue à dire qu'elle pratique la "bicuriosité", ou la bi-je-ne-sais-quoi. Je m'y perds. Juste avant Noël, elle a accepté d'aller au cinéma avec lui, et il s'est un peu trop emballé, je crois.

— Je peux comprendre. Elle est sublime.

— Je préférerais qu'elle soit un peu moins sublime et qu'elle ait un peu plus confiance en elle, la pauvre. Ce vieux cliché sur la beauté physique qui s'avère être un fardeau m'a tout l'air d'être fondé. Qui l'eût cru ?

— C'est parfaitement fondé. La plus belle fille de ma promo à la fac ne s'est jamais mariée et a fini alcoolique, comme si c'était trop lourd à porter. Quel gâchis. La seule chose qu'on désire pour ses enfants, la seule, c'est qu'ils soient heureux. Ne répète jamais ce que je vais te dire, mais ça compte même plus qu'un A en géographie au brevet.

— Kate, voyons ! Comment oses-tu dire ça ? Je suis choquée, vraiment. Sans un A en géographie, qu'est-ce que tu veux qu'on fasse de toi ? Comment peux-tu seulement espérer réussir dans la vie, réussir dans quoi que ce soit ? Que serait devenu Churchill sans son foutu A en géographie ? Ou Gandhi ? »

Nous levons nos verres pour trinquer.

« *Penélope Cruz.* »

Ça fait longtemps que je voulais dire à Sally que Roy avait retrouvé le nom de l'actrice à laquelle sa fille me faisait penser.

« Non, désolée, moi c'est Sally.

— Je parle d'Antonia. Voilà à qui elle ressemble. Je savais que c'était quelqu'un de connu pour sa beauté.

Penélope Cruz. On fait pire ! dis-je en vidant mon verre d'un trait. Il doit y avoir une ancêtre espagnole cachée quelque part dans votre arbre généalogique. Castagnettes et tout le tralala. »

Le sourire de Sally s'efface de son visage comme de la buée sur un miroir. Sans préavis, elle tend le bras pour intercepter un couple qui passe derrière moi.

« Phyllida, Guy, vous connaissez Kate ? Kate, je te présente Phyllida et Guy, qui habitent à trois maisons d'ici. Je voulais *absolument* que tu les rencontres. J'ai connu Kate dans mon groupe de retour à l'emploi, et nos chiens sont devenus meilleurs amis. Vous m'excusez deux secondes, il faut que j'aille voir à la cuisine s'il reste quelque chose de mangeable. »

Et, sur ce, elle disparaît.

Minuit moins quatre – Alors que le silence se fait peu à peu dans la pièce, comme pour que nous prenions une grande respiration collective avant que résonnent les cloches de Big Ben, c'est un rappel criant de ce qu'ont été les douze derniers mois pour Richard et moi. Nous venons donc de boucler une année complète sans sexe. Mon Dieu, mais comment en est-on arrivés là ? Est-ce qu'on est vieux à ce point ? Je sais que, depuis Perry, mon corps me donne l'impression d'être le théâtre d'une bataille rangée, et que je n'ai pas tellement envie qu'il se fasse envahir par des troupes étrangères, mais j'en suis à me demander si Rich traverse lui aussi une forme de *man*opause. Qui sait ? Peut-être qu'il se sent aussi mal que moi. Jamais je n'ai abordé une nouvelle année avec un tel sentiment d'incertitude et de solitude. Tandis que tout le monde remplit son verre ou s'apprête à en lever un à moitié bu, je cherche instinctivement des yeux mon mari.

« Papa est au téléphone dans la cuisine, m'annonce Emily, qui vient de me rejoindre. Il est trop bizarre.

— Sans doute qu'il parle avec papi, je réponds.

— Ça m'étonnerait, vu sa tête de ravi de la crèche. »

Je vais bientôt avoir cinquante ans, disons-le, et jusqu'à ce que Jack déboule à la fête du bureau, la chose la plus excitante et sensuelle dans ma vie était la découverte d'un nouvel essuie-tout ultra-absorbant en promo à la Coop. Deux pour trois livres. Vous croyez que je rigole ? Ça ne peut plus durer. Je ne suis pas sûre de savoir exactement quel est ce « ça », mais il faut faire quelque chose.

Emily me passe un bras autour du cou et je pose la tête sur son épaule. J'oublie toujours qu'elle est plus grande que moi, mon bébé, surtout avec ces talons.

« Ça va, chérie ? »

Elle me sourit, mais elle a le menton qui tremble et je la serre fort contre moi.

« Ça va être une super année pour toi, je te promets. On va tout arranger, d'accord ? Dis "OK, maman, je te crois".

— OK, maman, je te crois.

— Bravo. Tu sais à quel point je suis fière de toi ? Non ? Eh ben tu devrais. Parce que j'ai la meilleure fille du monde. Quelle chance j'ai. Et sinon, où est ton frère ? Tu penses qu'on pourrait réussir à le débrancher de *Mortal Kombat* le temps de venir faire coucou à la nouvelle année ? »

À minuit pile, alors que la pièce explose de hourras et de « bonne année ! », un *ding* annonce un nouveau message sur mon téléphone.

De Jack à Kate
L'autre soir, tu m'as dit que cette année serait pour toi l'année de l'invisibilité. Mais moi, je te verrai toujours. Je ne verrai toujours que toi. Je t'embrasse.

Bonnes résolutions du Nouvel An

1. Se préparer physiquement et émotionnellement au cinquantième anniversaire. Appliquer œstrogènes tous les jours pour éviter décrépitude et anxiété. Prendre glucosamine pour les articulations, vitamine D3 pour l'humeur, curcuma pour prévenir Alzheimer et aider Roy niveau mémoire.
2. Faire des efforts pour passer plus de temps avec maman et que ma sœur me déteste moins.
3. Installer Barbara et Donald dans une maison de retraite.
4. S'inscrire au cours « Parents d'ados : un métier qui s'apprend ». Sevrer les enfants de la technologie et les encourager à passer plus de temps IRL.
5. Trouver le courage d'annoncer au boulot que tu n'as pas réellement quarante-deux ans (peut-être APRÈS la prolongation de mon contrat).
6. JACK ???

20

La seule idée de toi

Janvier

15 h 12 – Me voilà donc au lit avec mon amant. Une phrase que je ne m'attendais pas à prononcer de nouveau. En tout cas pas dans cette vie-là. C'est un après-midi londonien typique pour un début d'année : de la pluie, des gens qui se bousculent sur les trottoirs, des trains de banlieue en retard, des passagers qui râlent, des vies qui ne vont nulle part, la nuit qui va bientôt tomber... et le mieux de tout ça, c'est que je m'en moque comme de l'an cinquante. Je me fais virer pour être partie trop tôt du bureau ? Rien à cirer. Ben et Emily n'ont rien à manger et finissent par échouer au McDo ? Pas mon problème. Le Christ en majesté revient sur terre, entouré de chérubins en flammes et de l'armée céleste au grand complet ? Qu'on les mette en stand-by. Je suis au lit avec mon amant. C'est tout ce qui compte.

On a même eu les à-côtés. Le seau à glace avec la bouteille de vin (désormais vide). Les vêtements négligemment éparpillés dans toute la pièce, comme aucun décorateur de plateau n'aurait su le faire. L'écriteau « Ne pas déranger » accroché à la porte, auquel il a fallu me dissuader par la force d'ajouter au stylo-feutre « jusqu'à Noël prochain, et le Noël d'encore après, merci », comme si j'étais une gamine de vingt ans. Comme si les huit dernières années, depuis ma rencontre avec Jack, avaient juste été soigneusement pliées et rangées dans un placard. Je songe à tout ce temps qu'on a perdu avant de faire ça, toutes les heures, les minutes et les secondes qu'on aurait pu passer à faire ça. C'est encore, comme toujours, une question de temps.

« Tu n'as pas faim ? Tu ne veux pas grignoter quelque chose ? » demande Jack alors que nous nous prélassons langoureusement.

Le jour où le prélassage deviendra une discipline olympique, je serai prête.

« Si, il y a bien quelque chose que j'aurais envie de grignoter, je réponds en me collant à lui.

— Dis donc, dis donc, qui aurait cru qu'une gentille fille comme toi puisse avoir l'esprit aussi mal tourné ? C'est ton côté British ? Je répète : tu n'as pas faim ? Réfléchis avant de répondre.

— Désolée, réflexion interdite aujourd'hui. Je fais la grève du cerveau. Aucune pensée. Aucune liste. Seulement des actes et des émotions.

— D'accord. Est-ce que ça t'émouvrait qu'on commande du room service ?

— Mais ça supposerait de se *lever*, d'aller *jusqu'à* la salle de bains et de faire l'effort *démesuré* d'enfiler un peignoir. Et ensuite, dis-je en me tournant vers lui pour appuyer mon propos en plantant mes yeux dans les siens, il y a encore toute la difficulté de devoir tenir une fourchette et de la lever jusqu'à ma bouche. Je n'ai vraiment pas l'énergie. Ou plutôt, je *l'ai*, mais je préfère la garder pour autre chose. Je peux manger n'importe quand.

— C'est non, donc ?

— C'est comme tu veux. Ou "comme tuv", comme diraient mes enfants. Tu vois, eux non plus n'ont pas l'énergie pour prononcer les mots en entier, ils doivent tenir ça de moi.

— Comment ils vont ?

— Écoute, Jack. C'est sympa de poser la question, et si tu veux absolument une réponse, je te la donnerai. Mais nous sommes maintenant début janvier, et j'ai une réunion que je ne peux vraiment pas louper à la mi-mars. Et il me faudrait au moins jusqu'au mois de juillet pour te parler d'Emily. Et ça, c'est avant que je commence avec Ben... Écoute, ça ne me dérange pas de te parler d'eux, au contraire, mais pas là, maintenant, OK ?

— OK, dit-il, et je sens sa main sur moi, *ses* mains. Et ton couple ? »

Le son que je produis alors ne se trouve dans aucun dictionnaire. Il faudrait un mot qui soit un mélange de ricanement, soupir et grognement, avec une pointe de gloussement désabusé.

« Ah, ça, c'est beaucoup plus simple. On peut commander du room service dès maintenant et j'aurai fini de te relater mes misères conjugales avant que Gianfranco ne toque à la porte avec mon cheeseburger tiédasse et mes frites ramollies.

— Nous sommes dans un hôtel cinq étoiles, je te ferais remarquer.

— Pardon, mais n'importe quelles frites servies dans n'importe quel hôtel du monde, le temps qu'elles arrivent à la chambre, sont tristement froides et molles. Contrairement, j'ajoute en faisant à mon tour usage de mes mains, aux occupants de ladite chambre.

— La non-mollesse, c'est l'effet Kate Reddy. »

Il s'étire de tout son long. Encore mieux pour m'amuser librement. On a tellement besoin de se délasser et de s'enlacer, tous les deux, depuis que la vie nous a séparés malgré nous. Je ne cherche aucunement à m'excuser d'être ici. Jack est venu m'attendre à la sortie du bureau ; il m'a dit qu'il m'emmenait déjeuner, mais, quand on est arrivés au Claridge, il m'a fait directement monter jusqu'à sa chambre et, cette fois, la clé magnétique fonctionnait. « C'est un signe », a-t-il déclaré. Je n'ai pas protesté. J'en avais assez de lutter contre moi-même.

Et voilà qu'à présent, il m'annonce, comme s'il commentait la météo d'hier :

« Je me suis marié. »

Je m'immobilise tout net. Mains, bras, bouche, moi : tout se fige. Je m'assieds dans le lit.

« Je ne savais pas. Merci de me prévenir.

— Si je te l'avais dit plus tôt, est-ce qu'on serait là aujourd'hui ? demande-t-il.

— Je... »

Pause. *Prudence, prudence*.

« Ce n'est pas le problème.

— Alors quel est le problème ?

— Le problème, c'est que tu es marié.

— *J'étais*. J'étais marié. Comme dans : “plus maintenant”.

— Comme dans “divorcé” ou juste “séparé” ? »

J'ai du mal à digérer cette information. Jack s'est marié depuis la dernière fois que je l'ai vu ?

« Divorcé, rassure-toi.

— Depuis quand ?

— Depuis à peu près un an et deux mois après l'avoir épousée. Et ce, il y a environ cinq ans. Je crois qu'on peut sans risque qualifier tout ça d'erreur de parcours.

— Elle en dirait autant ?

— Absolument. Et même plus que moi. Notre histoire était morte. Personne n'avait envie de s'acharner.

— Il y en a toujours un qui a plus envie que l'autre.

— Hmm, ça je te le confirme...

— Non, Jack, arrête. »

Je suis assise dans le lit, les genoux repliés contre moi, le drap tiré jusqu'au menton.

« Qu'est-ce qui s'est passé, en fait ? je demande.

— Ça n'a pas marché.

— C'est tout ?

— C'est tout.

— Croix de bois, croix de fer ?

— Si je mens, je vais en enfer.

— Non, ne meurs pas. Et elle est où, maintenant ?

— Aucune idée.

— Et... (Je ne peux pas m'en empêcher :) Elle était comment ?

— *Est*, pas était. J'espère. Eh bien, c'est une Anglaise, quadragénaire, mariée mais pas heureuse en mariage, deux gamins super, elle bosse dans la finance, intelligente comme pas deux, drôle à mourir, trop dure avec elle-même, très polie et bien élevée à la mode britannique, jusqu'à ce que vous refermiez la porte de la chambre 286, et là vous vous rendez compte que c'est une vraie panthère. Tout à fait mon genre.

— Jack.

— Écoute, ce n'est pas un interrogatoire. Elle me rappelait beaucoup une femme dont j'étais amoureux. Je trouvais que c'était un bon début. Elle avait vingt-neuf ans quand on s'est connus.

— Pourquoi tu me donnes son âge ? Qu'est-ce que ça change ? Pourquoi tout est toujours une question d'âge ? L'âge de pierre, l'âge du bronze, le bon âge, le mauvais âge, vingt-neuf ans, quarante-neuf ans...

— Son âge était un problème.

— Pourquoi ?

— Parce qu'elle n'avait jamais vu *Ma sorcière bien-aimée.* »

Je ne peux réprimer un sourire.

« Ah, d'accord, dans ce cas…

— Voilà. Si tu es trop jeune pour avoir vu Samantha mener Jean-Pierre par le bout du nez, c'est le cas de le dire, et que…

— Quel Jean-Pierre ?

— Voilà, encore une fois. Bonne réponse. Quel Jean-Pierre ? Celui joué par Dick York ou par Dick Sargent ?

— York, évidemment.

— Évidemment. Mais Sargent était un brave type. Gay, figure-toi.

— Intéressant.

— N'est-ce pas ? Il a même défilé comme invité d'honneur à la Gay Pride de Los Angeles. Et devine qui était à ses côtés ? Samantha.

— Non ! Sérieux ?

— En personne. La divine Elizabeth Montgomery.

— Excuse-moi, mais on ne serait pas un peu en train de s'éloigner du sujet ?

— Excuse-moi bis, mais non, rétorque Jack en me fixant du regard. On est au *cœur* du sujet. Ce qui compte, ce n'est pas avec qui tu couches, mais avec qui tu peux parler – je veux dire, réellement parler – quand tu traînes au lit après.

— Comme maintenant.

— Mouais, disons que là, ça va à peu près.

— Eh ben merci !

— Mais l'après doit durer plus longtemps que ça pour qu'on en soit vraiment sûr.

— Combien de temps ? »

Il attrape une mèche de cheveux moite sur mon visage et me la coince derrière l'oreille.

« Oh, je dirais environ à tout jamais, pour les siècles des siècles. Pas plus que ça. N'exagérons pas non plus. »

Je me tais un moment, lui pose une main sur la joue.

« Elle te manque ? Tu l'appelles encore de temps en temps ? Des réponses claires, s'il te plaît.

— Non. Et non. Plus clair que ça, tu meurs.

— Tu l'as aimée ?

— Kate, je l'ai épousée.

— Ce n'est pas la même chose.

— Ce qu'il y avait entre... Ce que je ressentais pour Spencer...

— *Spencer* ? Tu as épousé une femme qui s'appelait *Spencer* ? Attends, tu es sûr que c'était bien une femme ? Est-ce que ça ne pourrait pas être ça, le problème, à la base ? Tu es sûr que ce n'était pas un acteur hollywoodien ? Ou une veste ?

— Ou la moitié d'une chaîne de supermarchés.

— Ça encore, ça irait, mais franchement : Spencer ?

— Je sais. Enfin bref, comment je pourrais résumer ? J'avais autant de sentiments pour elle qu'on peut en avoir pour quelqu'un qui ne sait pas qui était le partenaire de double de John McEnroe. Et qui s'en moque.

— Peter Fleming. Combien de victoires en Grand Chelem ?

— Sept. Épouse-moi.

— Non mais vous RIGOLEZ ? Cette balle était FAUTE !

— Épouse-moi. Kate. S'il te plaît. Je suis sérieux.

— Je ne peux pas. Je suis déjà mariée.

— Les gens se démarient, tu sais.

— Parce que leur conjoint ne connaît pas le nom du partenaire de double de McEnroe ?

— Essentiellement, oui, répond Jack en haussant les épaules. Mais il y a aussi toutes les petites raisons annexes. Comme l'idée d'être heureux jusqu'à la fin de ses jours parce qu'on rend l'autre personne heureuse. D'offrir à cette personne une chance de pouvoir en faire autant en retour. La paix sur terre. La justice pour tous. Des bricoles, quoi.

— Comment tu sais que tu pourrais me rendre heureuse ?

— Je ne le sais pas. Mais autant te le dire tout de suite, j'ai misé beaucoup d'argent sur ce coup-là. Avec des pronostics extrêmement favorables.

— D'accord, donc je suis juste un pari pour toi ?

— Bien sûr. C'est comme jouer en bourse. *Business as usual*. »

Il roule sur lui-même, puis sur moi.

« Ah, je crois que je comprends mieux ta conception du "placement boursier". »

Ça le fait rire, et son rire le fait tressauter, et je lui demande de s'arrêter.

« Ça y est ? Tu as fini ? demande-t-il d'un air surpris.

— Non, désolée, je ne fais que commencer. Tu n'as encore rien vu.

— Non, je veux dire, tu as fini ton interrogatoire ? »

Je lui attrape la tête pour l'attirer contre moi, et je lui murmure à l'oreille :

« Pas d'autres questions, Votre Honneur. »

16 h 44 – Je dois retourner au bureau, mais Jack a insisté pour qu'on prenne d'abord le thé dans les salons de l'hôtel, sous un lustre en cristal si gigantesque qu'on dirait la stalactite la plus ambitieuse du monde. Dans un coin, un pianiste joue des standards américains sur un quart de queue. J'ai dit que je ne voulais rien manger, qu'un Earl Grey me suffirait, mais me voilà en train de dévorer l'un après l'autre tous les minicanapés que le serveur nous a apportés. Jambon serrano, tzatziki, saumon fumé, guacamole, miettes de crabe. Une femme sandwich ne peut pas vivre uniquement d'amour et d'eau chaude.

Jack me regarde d'un air amusé tout en me posant des questions sur mon nouveau boulot. J'ai envie de tout lui raconter, parce qu'il n'y a personne en qui j'ai plus confiance pour me donner un avis honnête, personne dont les conseils me seraient plus précieux. Mais si je lui dis que j'ai menti sur mon âge, il saura que c'est un terrain sur lequel je me sens vulnérable, il saura que j'ai plus de quarante-deux ans, peut-être même plus que ce qu'il croit, et je me sentirai diminuée à ses yeux aussi, ce qui me serait insupportable.

« J'ai menti sur mon âge.

— Tu as *quoi* ?

— Pour trouver du travail. Un chasseur de têtes n'a pas voulu présenter ma candidature pour un poste d'administratrice indépendante parce qu'il disait que j'étais "au-delà de la fourchette". Ce qui, en langage codé, signifie... (*Dis-le, Kate.*) En gros, je vais avoir cinquante ans en mars, et apparemment ça fait de moi quelqu'un d'inemployable. En tout cas à la City. »

Jack me tend les scones.

« Tu plaisantes, j'espère ? Tu ferais du meilleur boulot que cinq types réunis.

— Merci. Mais la vérité, c'est que je me suis arrêtée pour m'occuper de ma mère et de mes gosses tout en continuant à bosser à droite à gauche comme conseillère financière, et sur un CV, ça ne passe pas. Alors je me suis enlevé sept ans et j'ai réussi à décrocher ce poste dans mon ancien fonds.

— Celui que tu étais venue me vendre ?

— Exactement. Ce n'est pas un super job, mais ça paie les factures, et c'est tout ce qui compte en ce moment vu que mon mari est en reconversion professionnelle et que c'est moi qui dois faire bouillir la marmite. Et le type qui dirige aujourd'hui le fonds, Jay-B, est un gamin de trente ans. »

Jack me tend le beurrier.

« Laisse-moi deviner. Un petit con qui ne sait pas qui était le partenaire de double de McEnroe ?

— Tu peux rire, Jack, mais j'ai besoin de ce boulot, vraiment. Et c'est difficile de faire semblant d'avoir des gamins qui ont onze et huit ans, ou dix et sept, je ne sais même plus, parce que je suis sans cesse à deux doigts de me couper, et un jour je vais vraiment finir par me couper et le Môme qui est mon boss va s'en apercevoir et je serai virée et…

— Écoute, dit-il en posant un doigt sur ses lèvres pour me faire signe de me taire.

— Quoi ?

— Écoute, Kate », répète-t-il, la main tendue vers le piano.

Est-ce qu'il avait prévu le coup ? Je reconnais le morceau immédiatement et me mets à le fredonner tout bas : « *The very thought of you and I forget to do… the little ordinary things that everyone ought to do*[1]. »

Le temps d'un après-midi parfait, ils ont joué notre chanson.

Ça ne pouvait pas durer.

---

1. Traduction littérale de ce standard interprété par de nombreux artistes : « La seule idée de toi et j'oublie de faire les petites choses ordinaires que tout le monde devrait faire. » [NdT]

21

Madonna et maman

10 h 35 – Jusqu'au jour où on commence à essayer de tricher sur son âge, on ne se rend pas compte du nombre de détails qui peuvent vous trahir. Les idoles de jeunesse, les pop stars, les restaus à la mode, les matchs de foot célèbres, les jeux Olympiques, les missions sur la Lune, les émissions de télé pour enfants, les connaissances historiques, le fait d'avoir vu n'importe quel film datant d'avant *Pulp Fiction* ou d'écrire sans fautes d'orthographe. Chacune de ces choses est un piège potentiel pour une femme qui prétend avoir sept ans de moins que son âge.

Depuis que j'ai repris le travail, je me suis assez bien débrouillée pour éviter les embûches. Par exemple, j'ai appris à ne pas appeler depuis le bureau pour prendre rendez-vous chez le médecin car on vous demande toujours votre date de naissance, et c'est *la* chose que je ne dois surtout jamais prononcer tout haut. Alors que mes jeunes collègues s'extasiaient au sujet du grand retour sur scène de Kate Bush, je me suis bien gardée de révéler à quel point j'avais adoré son premier 45 tours, *Wuthering*

Heights, lors de sa sortie dans les limbes préhistoriques de 1978. Il y a eu une fois où j'ai eu chaud, en revanche, quand Alice a repéré dans mon sac *Élever des ados à l'ère du numérique*.

« Mais tu as largement le temps avant que tes enfants ne soient adolescents, Kate, m'a-t-elle fait remarquer.

— Mieux vaut prévenir que guérir », ai-je rétorqué en faisant mine de plonger sous mon bureau pour jeter quelque chose à la poubelle, histoire de cacher ma consternation.

Je m'en veux particulièrement de mentir à Alice, qui, je crois, me voit un peu comme un modèle. Si elle savait !

À la réunion de ce matin, cependant, le sujet de l'âge était incontournable. Madonna est tombée à la renverse en plein show hier soir, dévalant plusieurs marches et se cognant la tête et le dos avec un bruit sourd terrifiant. La plupart des gens seraient restés à terre, pleurant de douleur et de honte ; moi, en tout cas, c'est ce que j'aurais fait. Mais Madonna s'est relevée et a repris sa chorégraphie hautement athlétique. Au lieu de l'admiration ébahie et de l'ovation universelle que cela aurait dû lui valoir, des blagues sur les vieilles ont aussitôt inondé les réseaux sociaux. Et, bien sûr, lors de notre première réunion de la journée, Jay-B m'a suggéré de me renseigner sur les fabricants de fauteuils monte-escalier.

« Madonna va devoir s'en payer un, du coup les prix des actions vont flamber, y a un max de cash à se faire à la clé », a-t-il annoncé en se frottant les mains de jubilation.

À l'instar de beaucoup de petits-bourgeois de sa génération, Jay-B parle comme un dealer de Baltimore, et non comme le garçon de bonne famille britannique qu'il est (vrai nom : Jonathan Baxter, s'il vous plaît). Ça me donne envie (a) de coller une tape sur son poignet à Rolex et (b) de lui dire d'arrêter de se croire dans un clip de rap, mais en tant que sa « junior » dans la boîte (en statut sinon en années), ce n'est pas possible.

« Madonna n'est pas une vieillarde sous prétexte qu'elle est tombée, s'est insurgée Alice en me jetant un coup d'œil furtif pour chercher en moi un soutien moral. C'est un de ses danseurs qui l'a entraînée par accident. J'ai trouvé ça minable de la part de Radio 1 d'annoncer qu'ils ne passeraient pas sa nouvelle chanson parce qu'elle est has been. Quel âge a Mick Jagger, bon sang ? Personne ne dit que les Rolling Stones sont des vieilles momies parcheminées, si je ne m'abuse.

— Madonna est *ultra-vieille*, a insisté Jay-B en pivotant vers moi sur une de ses ridicules chaussures pointues. Quel âge elle a, Kate ? Soixante bien tassés, non ? »

Méfiance, Kate.

« Oh, elle doit avoir dans les cinquante-quatre, cinquante-sept, ai-je répondu vaguement, comme si la cinquantaine était pour moi une notion aussi lointaine que le Nouveau-Brunswick ou les îles Malouines. Mais franchement, elle ne les fait pas, me suis-je empressée d'ajouter, regrettant honteusement mon manque de solidarité. Après tout, Madonna est la reine de la réinvention.

— La reine de la réincarnation, plutôt, a gloussé Troy. Une vieille mémé. Par contre, je prends Taylor Swift en échange. Elle, elle est super bonnasse.

— Quelqu'un a des tuyaux sur HSBC ? » a demandé Jay-B, passant à autre chose.

En vérité, je connais très bien son âge. *Évidemment*, que je le connais. Cinquante-six ans. J'ai toujours été reconnaissante à Madonna. Pas juste d'avoir accompagné mes révisions de dernière année de fac avec « Into the Groove » – l'œuvre de Jane Austen restera mêlée à jamais, au moins dans l'esprit d'une personne, à *Recherche lady Susan désespérément* –, mais aussi d'être plus vieille que moi. Peu importe l'âge que j'ai, Madonna aura toujours six ans de plus. J'y trouve un certain réconfort. Si elle peut arpenter le tapis rouge dans une délirante tenue de matador en dentelle noire qui laisse voir son joli fessier rebondi, comme une petite fille qui serait sortie des toilettes avec la robe coincée dans la culotte, alors je ne dois pas être si vieille que ça, si ? Voilà une des raisons pour lesquelles je regrette la princesse de Galles. On ne saura jamais comment Diana aurait négocié la cinquantaine, et combien cela aurait été fascinant à observer. Nous comptons sur nos aînées pour traverser en éclaireuses le champ de mines qui nous attend, de façon à savoir où l'on peut marcher en toute sécurité, et où l'on ne peut pas. J'aime le fait que Madonna refuse de regarder où elle pose le pied. Et si elle trébuche de temps en temps, qu'est-ce que ça peut faire ?

Quand j'étais petite, cinquante ans était considéré comme vieux. À cet âge-là, mamie Nelson, ma grand-mère maternelle, qui avait eu la polio enfant et en avait gardé une claudication à vie, avait déjà revêtu son uniforme de vieille dame. Une robe à fleurs portée sur une combinaison chair, un confortable cardigan couleur pastel, des bas fumés si épais qu'on aurait dit de la pâte à gâteau, des boots zippées en peau de mouton qu'elle utilisait aussi bien comme chaussons d'intérieur que pour sortir chercher le charbon stocké dans une petite remise en brique au fond du jardin. Et elle ne s'est jamais teint les cheveux : les teintures, c'était pour les femmes frivoles et dévergondées, les Jézabel qui volaient les maris des autres et se tripotaient où je pense.

Personne n'attendait d'une femme de cinquante ans qu'elle ait une vie sexuelle débridée, qu'elle s'épile le maillot, qu'elle assure un plein-temps dans un boulot difficile, qu'elle maîtrise Snapchat ni qu'elle se fasse aspirer les bourrelets pendant sa pause déjeuner. On achetait une gaine Playtex pour les grandes occasions, on mettait une crème antiride de supermarché, une touche de rouge à lèvres, une giclée de *Blue Grass* d'Elizabeth Arden, point à la ligne. Mamie Nelson a traversé la ménopause assise dans un fauteuil près d'une fenêtre ouverte, à boire des litres de citronnade en regardant *Columbo* à la télé. Mais ça, c'était il y a une éternité, quand on disait encore « bonne-maman » pour parler d'une grand-mère, pas d'une confiture.

Je ne vais pas vous mentir, il y a des jours où la ménopause me donne envie de me recroqueviller dans un coin pour attendre la mort, mais le traitement hormonal du Dr Libido commence clairement à faire son effet. Articulations moins douloureuses, peau moins sèche, énergie retrouvée, sentiment de pouvoir à nouveau réussir des choses et, par conséquent, cieux beaucoup plus dégagés dans la tour de contrôle. Mon après-midi avec Abelhammer laisse à penser que ma libido est à peu près en état de marche, et j'ai hâte de réessayer pour en avoir le cœur net. Le Dr L. m'a aussi prescrit du Levothyrox, ce qui m'évite de piquer du nez après le déjeuner. Se recroqueviller dans un coin n'est pas une option, mourir non plus. Pas plus que d'avoir cinquante ans ou de garder mes cheveux blancs. Je ne me laisserai pas abattre. Je n'ai pas le choix.

Mais bon, j'étais quand même soulagée d'avoir su gérer l'épisode Madonna sans griller ma couverture. Aux yeux de Jay-B, Kate était toujours une employée parfaitement viable de quarante-deux ans, et non une

« vieille mémé » comme la Queen of Pop. C'est alors que la porte de la salle de réunion s'est ouverte en grand pour laisser entrer un chariot à roulettes poussé par Rosita.

« Oh, bonjour Kate ! »

La dame qui nous apportait notre café affichait un grand sourire, visiblement ravie de me voir.

Mon sang s'est figé. Rosita travaillait à la cantine quand j'étais là en 2008. Nous avions sympathisé le jour où le service de com avait insisté pour la photographier assise derrière un bureau car ils voulaient inclure des employés « issus de minorités » dans la plaquette de présentation de l'entreprise afin de prouver l'engagement d'EMF en faveur de la « diversité » (ce qui était mensonger, insultant et peut-être même illégal, mais ça ne les a pas empêchés de le faire). Il y avait eu une telle rotation des effectifs entre-temps que je n'avais pas retrouvé un seul visage familier depuis mon retour, en octobre. Pas un. J'étais à peu près sûre qu'il ne restait plus personne de l'époque susceptible de me reconnaître et de vendre la mèche.

« Ça fait plaisir de vous voir, Katie, a poursuivi Rosita. Qu'est-ce que vous faites là ?

— Ah, euh, bonjour. Uhmmmhhmm.

— Kate travaille ici, a répondu Jay-B avec un agacement manifeste. Vous vous connaissez ? »

Est-ce que vous croyez aux interventions divines ? Moi, je n'en suis pas certaine, mais à cet instant précis, Claire, des ressources humaines, est apparue à la porte, derrière Rosita.

« Pardon de vous interrompre, Jay-B. Kate, c'est votre maman. Je crains qu'elle n'ait fait une chute. Votre sœur a téléphoné au standard. »

De Kate à Richard
Maman est tombée. Possible fracture de la hanche. Julie est avec elle à l'hôpital. J'ai sauté dans un train. Je préfère que tu ne dises rien aux enfants tant que je n'en sais pas plus. Lasagnes et haricots verts au frigo pour le dîner. Croquettes et boîtes pour Lenny dans la réserve. Donne-lui les deux et remplis sa coupelle à eau. J'attends une livraison de carrelage demain pour la douche. Essaie d'être là. Emily doit avancer dans ses révisions, tu peux le lui rappeler gentiment ?
Bisous

16 h 43, clinique de Beesley – La dernière fois que j'étais ici pour rendre visite à ma mère, je lui ai confisqué ses talons hauts et les ai cachés au fond de la penderie. La plupart des femmes de soixante-quinze ans n'ont pas besoin qu'on leur explique qu'il vaut mieux porter des chaussures plates. Elles adoptent sans protester des mocassins sans lacets et conviennent de bonne grâce qu'il n'est plus raisonnable de tituber sur des stilettos. Pas ma mère. Quand elle est venue à la maison pour Noël, je l'ai emmenée dans un petit magasin de chaussures local, et lorsque la vendeuse est réapparue avec une sélection de modèles seniors pour pieds sensibles, maman en a soulevé une paire et a commenté d'une voix stridente :

« On dirait des strudels en caoutchouc, tu ne trouves pas ?

— Nous avons constaté que les personnes âgées appréciaient leur confort et leur stabilité, a tempéré la vendeuse.

— Je ne suis pas âgée », lui a rétorqué ma mère.

À présent, elle est allongée dans un lit d'hôpital, plus blanche que les draps, après être tombée dans un escalier alors qu'elle portait ce qu'elle appelle ses

« chaussures des bons jours ». Elle a retrouvé la paire que j'avais cachée. Des escarpins en cuir verni avec une boucle dorée. L'un d'entre eux, le talon tordu, gît sur la chaise où sont également posés ses vêtements.

Elle dort. Je l'embrasse sur la joue et lui prends la main, sa vieille main noueuse et fripée, raidie par l'arthrite, sans doute d'avoir épluché tant de légumes et lavé tant de vaisselle. Encore ce Noël, elle s'affairait sans cesse, demandant « Qu'est-ce que je peux faire maintenant ? », ne voulant jamais s'asseoir. Je sens ses os de moineau sous la peau flasque. La première main qui a tenu la mienne.

« Il ne fallait pas te déranger, chérie. »

Elle a les yeux ouverts, maintenant, le gauche embué par un voile laiteux.

« J'ai entendu dire que tu avais encore fait des tiennes. »

Elle sourit.

« On est mardi ?

— Non, maman. Jeudi.

— Ah bon ? »

L'infirmière m'a prévenue qu'elle était encore un peu désorientée après son opération.

« Emily et Ben ? me demande-t-elle.

— Ils vont bien. Impeccable.

— Quels merveilleux enfants. Merveilleux. L'infirmière dit que je suis tombée.

— Oui. Tu t'es fêlé la hanche. Mais tout va bien, maintenant, Dieu merci. Avec Julie, on va s'occuper de toi.

— On est mardi ? »

Agitée, cette fois. Contrariée.

« Oui. Oui, maman, on est mardi. Ne t'inquiète pas.

— Tu vas rester un peu, chérie ?

— Bien sûr. Je ne bouge pas d'ici. Où voudrais-tu que j'aille, voyons ? »

Ça a l'air de la calmer. Elle ferme les yeux et se laisse glisser dans le sommeil. Ma mère paraît tellement petite et rabougrie dans sa blouse d'hôpital. Julie est retournée à la maison lui chercher une chemise de nuit et quelques affaires de toilette. Comme je m'y attendais, ma sœur a déjà commencé à se servir de cet accident pour redoubler sa campagne contre moi, m'accusant de ne pas « faire ma part ». Nous nous sommes disputées. Sur le parking, juste quand j'arrivais. Des vieilles rancœurs sont ressorties. Julie est partie en me jetant un regard qui a continué à planer dans l'air comme une odeur de poudre.

« Si maman rentre chez elle, ce n'est pas toi qui vas t'occuper d'elle, Kate. »

Maintenant je suis assise au chevet de ma mère et je prie de toutes mes forces pour qu'elle se remette, pour qu'elle retrouve sa forme d'avant. Parce que je veux qu'elle aille bien, plus que tout au monde, mais aussi parce que Julie a raison : je ne vais pas pouvoir rester auprès d'elle très longtemps. J'écoute le message que m'a laissé Jay-B. C'est la deuxième fois que je l'écoute. Il me dit qu'il compatit totalement à mes soucis, mais « tenez-nous quand même au courant, Kate ».

Traduction : vous avez encore deux jours d'absence maximum avant qu'on commence à chercher quelqu'un d'autre. Ce serait différent si j'avais un vrai poste, mais je ne fais que remplacer un congé maternité, et EM Royal n'a aucune envie de devoir se mettre à remplacer les remplaçants. Ma situation est aussi instable que ma mère sur ses escarpins à talons.

Je rapproche ma chaise du lit et coupe mon téléphone. Il est grand temps que je m'applique à moi-même les conseils donnés dans *Élever des ados à l'ère du numérique*. Je ne veux aucun message du bureau ni de personne d'autre. Je veux pouvoir consacrer toute mon attention à ma mère. J'écoute sa respiration, je regarde sa blouse se soulever et retomber délicatement à chaque souffle.

Malgré sa chute, son visage porte encore les traces d'un maquillage soigné : fond de teint, poudre, les cheveux fraîchement lavés et mis en plis ce matin avant de sortir. « Faites-vous jolies », nous disait-elle toujours à Julie et à moi. C'était son mantra. Je me souviens encore de sa réaction outrée le jour où j'étais rentrée de la fac pour les vacances dans une salopette verte délavée : « Mais comment diable es-tu attifée, ma pauvre fille ? » Pour la génération de ma mère, le rôle des femmes était domestique, maternel, ornemental. La féminité était vitale, au sens propre du terme : c'était une question de survie car, si vous n'arriviez pas à attirer un mâle dans vos filets et à lui mettre le grappin dessus, la société n'avait pas grand-chose à vous offrir. Pas étonnant qu'elle ait toujours jugé mon apparence avec sévérité. Je le comprends, à présent. Ce n'était pas pour me rabaisser, mais au contraire pour me préparer au combat avec les seules armes qu'elle connaissait. Pas étonnant non plus que ma vie – qui n'était pas vécue pour, par et à travers un homme – lui ait semblé si déroutante.

Ne suis-je pas coupable du même genre de travers avec Emily ? Je prends bien soin de ne jamais faire de commentaire sur son poids, évidemment, mais je déteste à peu près tous ses vêtements, en dehors de ceux que je lui ai achetés ; est-on programmée quelque part pour réprimander sa fille si elle n'a pas l'air assez présentable pour attirer le sexe opposé ? Toutes les mamans sont-elles secrètement des Mrs Bennet dans *Orgueil et préjugés*, obsédées par la mariabilité de leur progéniture ? Les temps changent, mais pas l'impératif absolu de transmettre ses gènes.

« Jooo. »

Ma mère parle dans son sommeil.

« Jooo. »

L'espace d'un instant, je crois qu'elle appelle mon père. Je me penche vers elle et lui pose une main sur la joue.

« Ça va, maman, tout va bien, ne t'inquiète pas. »

Elle l'a toujours aimé, malgré tout ; c'était plus fort qu'elle. Pour Julie et moi, papa était une plaie ouverte, une source d'embarras, qui ne s'intéressait à nous que lorsqu'il avait besoin d'argent (« Tu ne pourrais pas m'avancer un petit quelque chose jusqu'à samedi, chérie ? »). Il s'est même présenté un jour à mon bureau pour me demander d'investir dans un de ses projets abracadabrants. Les agents de la sécurité l'ont pris pour un clochard. Jamais je n'avais senti avec plus d'acuité le fossé entre d'où je viens et où je suis arrivée. Au moins mes enfants ont-ils un père aimant sur lequel ils peuvent compter, même si Rich a été un peu absent ces derniers temps.

Je me souviens du soir où mon premier amoureux, David Kerney, a fait le rapprochement et s'est rendu compte que mon père et lui étaient dans le même club de ping-pong. « Oh mais dis donc, c'est un sacré coureur, ton paternel ! En ce moment il drague à la fois Elaine et Christine. »

Je devais avoir quatorze ans – l'âge de Ben –, et ça a été un choc de réaliser que le monde extérieur pouvait avoir un avis sur mes parents, et pas forcément positif. Ce picotement de honte ne m'a jamais vraiment quittée ; je le ressens encore maintenant.

Pour ma mère, c'était différent : mon père était son premier et, à ma connaissance, son seul amant. On a du mal à se représenter ce que ça peut signifier, aujourd'hui qu'on compte ses partenaires sexuels sur les doigts des deux mains, voire plus, en en ayant peut-être même oublié certains. Quant à la génération d'Emily, chez laquelle le sexe est devenu un commerce virtuel par téléphone interposé entre personnes qui ne se sont jamais rencontrées… qu'est-ce que ça dit de l'intimité et de l'engagement ?

Maman remue dans son lit et je me surprends à songer : que penserait-elle de Jack ? Elle reconnaîtrait son charme irrésistible, ça c'est sûr. Mais… non. Je secoue la tête pour chasser cette idée. Jack n'a pas sa place IRL. Impossible de l'imaginer rencontrer ma mère et Julie, visiter ma petite ville natale. Ce n'est pas que j'en aie honte – ce qui était le cas quand j'étais jeune et pas sûre de moi –, mais quand même, ce serait comme d'amener Cary Grant chez KFC. Avec cette vision saugrenue à l'esprit, je pose la tête sur le lit à côté de la main de ma mère, et m'assoupis.

Quand je rallume mon téléphone deux heures plus tard, je tombe sur un mail de Debra (« Objet : Je vais me tirer une balle ! »). Je ne me donne même pas la peine de l'ouvrir, sans doute encore je ne sais quelle embrouille avec un pervers de Tinder. Il y a aussi un texto d'Emily qui, Dieu merci, n'est pas du tout agressif : elle me dit qu'elle va retrouver des amis IRL plutôt qu'en ligne. Et un autre d'Abelhammer. La simple vue de son nom, comme toujours, me provoque un sentiment de joie profonde et de désir frisant le désespoir, plus fort que jamais depuis notre thé au Claridge. Je me demande ce qui m'a pris d'accrocher mon cœur au cou de cet homme avec un tel abandon. Moi qui n'ai jamais eu le moindre comportement dissolu dans ma vie, et pourtant, maintenant, avec lui…

De Jack à Kate
Quand te reverrai-je ? Quand partagerons-nous de précieux moments ? Au moins pour un thé dans l'après-midi ? Suis à Londres demain. Ton dévoué serviteur à jamais, J.

De Kate à Jack
Tu en es vraiment réduit à me citer des chansons des Three Degrees[1] ? Il fut un temps où c'était Shakespeare. Ma mère a fait une chute et je suis à l'hôpital avec elle. Je vais rester encore quelques jours dans le Nord. Tu me manques.

De Jack à Kate
Vraiment désolé pour ta maman. Je peux aider ? Un mot de toi et je suis prêt à chausser mes bottes de sept lieues. Je pensais que tu connaîtrais la suite de la chanson, c'est tout. (*Roy, s'il te plaît, les paroles des Three Degrees* ?*)

Ma mère paraît requinquée après sa sieste. Elle me demande de lui chercher ses lunettes dans son sac. Je remarque une liasse de billets glissés dans le livret de son compte épargne. C'est curieux. Il doit y avoir au moins deux cents livres, et ce n'est pas son genre de se promener avec autant de liquide sur elle. J'ouvre le livret et constate sur la page de droite de l'endroit où sont rangés les billets une série de retraits récents assez rapprochés. 1 700 £, 2 600 £, 3 300 £, 950 £, 2 100 £. Ça alors !

« Tu as été prise d'une frénésie d'achats, maman ?

1. The Three Degrees est un trio féminin de soul et RnB formé en 1963. Dans leur tube de 1974 « When Will I See You Again », on trouve les paroles « When will I see you again / When will we share precious moments ». [NdT]

— Pardon, chérie ?

— Je sais que tu voulais changer ta moquette, mais je ne pensais pas que tu choisirais un modèle tissé en fils d'or.

— Oh non, chérie, ce n'est pas pour la moquette, me répond-elle en attrapant les lunettes que je lui tends. Julie m'a expliqué qu'il valait mieux léguer son argent à ses enfants avant un certain âge, sinon l'État te prend tout. C'est vrai, n'est-ce pas ? » me demande-t-elle avec une soudaine pointe de doute dans la voix.

Du calme, Kate, du calme.

« Oui, oui, c'est vrai. Tu as le droit de transmettre une certaine somme par an, sous forme de donation. C'est très gentil de ta part.

— Julie dit que je peux aussi en donner à toi et aux enfants.

— On n'en a pas besoin, maman, ne t'en fais pas. Garde tes économies. »

À cet instant, j'aperçois ma sœur qui se tient raide comme un piquet dans l'encadrement de la porte. J'ai déjà vu cette expression sur son visage. Il y a quarante ans. Quand les pièces que j'avais mises à tremper dans du vinaigre pendant la nuit ont disparu et que Julie a juré qu'elle n'y était pour rien.

Nous n'échangeons pas un seul mot sur le trajet jusqu'à chez elle. Ma sœur habite juste derrière l'école où maman travaillait comme dame de service, à dix minutes à pied de son adresse actuelle. Ça fait longtemps que je ne suis pas revenue, et le quartier s'est nettement embelli : nouvelles fenêtres sur certaines façades, nids-de-poule réparés dans la chaussée. Une maison qui avait été murée après l'expulsion d'une famille à problèmes est en cours de rénovation. C'est encore l'hiver, et le vent souffle méchamment, mais le soleil a pointé son nez pour l'occasion.

Julie continue à garder le silence alors qu'elle sort les clés de son sac, nous ouvre la porte, se dirige droit vers la cuisine et met la bouilloire à chauffer. Puis elle se tourne vers moi, les fesses appuyées contre le plan de travail, son manteau encore sur le dos.

« Vas-y, dis-le.

— Dire quoi ? Que tu t'es servie sur le compte épargne de maman en lui racontant qu'il fallait qu'elle te donne son argent, sans quoi on le lui prendrait ?

— C'est toi, l'as de la finance.

— Julie.

— D'accord. D'accord. Ton neveu Steven s'est fourré dans le pétrin à cause d'un truc sur internet. Je voulais t'en parler, mais tu es toujours occupée.

— Quel genre de pétrin ? »

Steven a maintenant une vingtaine d'années, vit toujours chez sa mère, est toujours à la recherche d'un emploi, bien qu'il ne cherche jamais très loin du canapé d'après ce que j'en ai vu. Son père est parti il y a des années, et Julie a eu quelques copains depuis, dont certains ont même emménagé avec eux, mais jamais aucun assez bien pour elle.

« Une histoire de paris en ligne, répond Julie en décrochant un torchon qu'elle serre nerveusement dans son poing. Je sais seulement qu'au début il a cru être dans une bonne passe, et qu'ensuite ça a merdé.

— Combien ?

— Vingt-quatre mille livres.

— La vache.

— Ouais, mais le pire, c'est qu'il a eu la bonne idée de faire un emprunt pour les rembourser. Leur machin revolver, là.

— Crédit revolving.

— Voilà. Eh ben l'autre jour ils sont venus sonner à la porte, il était mort de trouille et…

— Tu as le contrat ?

— Le quoi ?

— Steven a forcément signé quelque chose pour cet emprunt.

— J'en sais rien, il faudrait que je lui demande. Il l'a sans doute paumé. Il paume tout, cet abruti.

— On dirait Ben. Incapable de trouver ses chaussettes quand il les a aux pieds. »

Tentative de main tendue, d'apaisement, de recherche de points communs. Ma sœur me vole aussitôt dans les plumes.

« Si ton mioche est pas foutu de trouver ses chaussettes tout seul, c'est parce que tu l'as pourri gâté, que tu lui sers de boniche, de taxi, de…

— Julie, s'il te plaît…

— S'il te plaît mon cul. Tu leur paies des vacances de luxe. C'était où cette année, déjà ? Ah, et "Maman, je pourrais avoir une nouvelle PlayStation, s'te plaît, l'autre est démodée". Et "Maman, j'ai peur de pas avoir mention très bien à mes exams, est-ce que je pourrais avoir un prof particulier, comme tous les autres gosses de riches ?". Et pendant ce temps, la pauvre tata Julie, *pauvre* au sens propre, qui habite dans le Nord dans une maison de la taille de ta cuisine, oh, c'est bon, elle peut bien s'occuper de mamie, non ? Je veux dire, c'est pas comme si elle avait mieux à foutre.

— Je n'ai jamais…

— Ah, et "Maman adorerait aider tata Julie", mais elle est beaucoup trop occupée à aider des gens pétés de fric à se faire encore plus de fric, tu comprends, juste au cas où ils seraient à court d'hélicos, parce qu'on sait jamais, hein, c'est vrai, si par exemple t'as besoin d'aller à Abi Dabou en urgence. Et l'argent achète tout, non ? Surtout si c'est maman qui s'occupe de tes affaires. Soi-disant que l'argent ne fait pas le bonheur, ouais, c'est ça, et mon cul, c'est du poulet ?

— Non, Julie, l'argent ne fait pas le bonheur, je réplique, les yeux rivés au sol.

— Ah bon ? Eh ben j'aimerais bien pouvoir le vérifier par moi-même, tu vois. Espérons qu'une pluie de pognon nous tombe du ciel avec leur géniale… comment ils appellent ça ? La théorie du ruissellement ? Voilà, espérons qu'une pluie de pognon ruisselle directement dans les poches de Steven, histoire que ces mecs ne reviennent pas sonner chez nous à six heures et demie du mat. Ils ont dit que la prochaine fois, ils amenaient un chien. Parce que, tu vois, ce gosse est peut-être un crétin fini, mais je l'aime, c'est le mien, et il n'a aucune mention très bien nulle part, et aucun prof particulier de mes deux, merci, et même pas de père à proprement parler, en revanche il a des dettes jusqu'au cou et il se chie dessus de trouille, et si je dois emprunter de l'argent à maman pour que ça s'arrête, eh ben je vais pas me gêner. Parce que l'argent fait peut-être pas le bonheur, mais il peut au moins empêcher quelqu'un de venir péter le bras de ton gosse, et ça me suffit. Chez moi, c'est déjà le début du bonheur. Chez moi, qui est aussi chez toi, à l'origine, au cas où t'aurais oublié. »

Ma sœur s'interrompt pour reprendre son souffle, haletante, comme un sprinter après une course. Je ne réponds pas mais sors le café du placard et le lait du frigo. Je nous prépare deux grands mugs, les pose sur la table et m'assieds. Julie ne bouge pas. Puis elle prend une boîte de gâteaux secs qu'elle place entre nous deux.

« C'est pas des petits fours de cocktail, je te préviens.

— Tant mieux, je déteste les petits fours.

— Ouais, tu dis ça.

— Non, c'est la vérité. Comme je déteste les chocolats de luxe.

— J'en ai jamais goûté.

— Tu n'as rien raté. Un client m'en a offert une boîte qu'il avait rapportée de Suisse, il m'a fait tout un cinéma comme quoi ça venait d'un grand chocolatier, et qu'il fallait les conserver au frigo parce qu'il y avait de la crème fraîche dedans.

— Berk, c'est dégueulasse.

— Je ne te le fais pas dire. J'en ai goûté un et c'était tout huileux, on aurait dit de l'après-shampoing. Alors j'ai réarrangé le reste dans la boîte, j'ai remis le ruban et je l'ai refourguée à quelqu'un du bureau pour son anniversaire. Ensuite je me suis acheté un paquet de M&M's et je me le suis enfilé d'une traite. »

Julie se réchauffe les mains autour de son mug de café au lait.

« Alors on ne t'a pas complètement perdue ? demande-t-elle.

— Perdue où ?

— Au milieu de tous ces connards avec qui tu bosses.

— Ça ne risque pas, t'inquiète. »

Je tends la main pour attraper une gaufrette à la vanille. En mordant dedans, j'imagine la tête que ferait Richard. Du sucre blanc ! Il serait du genre à voter une loi pour interdire les biscuits.

« Julie ?

— Ouaip.

— Est-ce que, si on en emprunte une partie à maman et que je t'en donne un peu – désolée, je n'ai pas une telle somme de côté en ce moment, avec Richard qui ne travaille pas –, Steven sera sorti d'affaire ? Ou bien est-ce qu'il y a je ne sais quelle clause qui fait qu'il restera endetté à vie ?

— Je... J'en sais rien. J'ai juste peur que ce soit une spirale sans fond.

— Écoute, il y a quand même une chose au sujet des connards. Les connards avec qui je bosse. Ils s'y connaissent en emprunts. C'est leur boulot.

— Ouais, mais toi tu parles d'emprunts pour des millions et des millions. Steven n'a même pas de boulot.

— Le principe reste le même. Que je te prête cinq livres ou cinq cents millions, peu importe. On s'accorde sur les conditions, et ensuite tu me rembourses. Voilà pourquoi, si on pouvait remettre la main sur le bout de papier que Steven a dû signer pour ce prêt, ou même un mail, n'importe, ça aiderait pas mal. Je pourrais le montrer à un ami au bureau et on trouvera une solution. Je t'assure, ça va s'arranger.

— Tu crois ?

— Oui. La seule chose qui m'inquiète vraiment dans tout ça, c'est maman.

— Je sais. Je suis désolée.

— Tu la connais. Elle nous donnerait les habits qu'elle a sur le dos si on le lui demandait...

— Ou même sans qu'on le lui demande.

— Exactement. Raison de plus pour ne pas profiter d'elle en douce.

— Mais si je lui explique vraiment pourquoi j'ai besoin de cet argent, tu imagines, ça va la tuer ! Steven a eu la grippe l'an dernier et elle appelait toutes les dix minutes, elle disait qu'elle n'en dormait pas tellement elle se faisait du souci. Alors si je lui raconte que des espèces de malfrats sont venus chez nous pour lui casser la gueule, elle en mourra !

— Je sais, tu as raison. Parfois il faut mentir pour la bonne cause. J'en suis la preuve vivante. Le mensonge, c'est devenu mon pain quotidien.

— Je croyais que c'étaient les M&M's.

— Mensonges et chocolats. On dirait un titre de film.

— Sur quoi tu mens, par exemple ?

— Eh bien, pour commencer, au bureau tout le monde pense que j'ai quarante-deux ans. »

À quoi ma sœur éclate de rire ; le premier son joyeux qu'elle a émis de toute la journée. *Continue dans la bonne humeur, Kate, tant que ça dure.*

« Comment ça se fait ?

— Je n'aurais jamais eu ce boulot si je leur avais dit que j'allais sur mes cinquante ans.

— Tu déconnes ! s'insurge Julie, soudain de mon côté. C'est quoi le problème d'avoir cinquante balais ? Ils croient que ton cerveau s'arrête en même temps que ton utérus, ou quoi ?

— C'est à peu près ça, oui.

— N'importe quoi ! Tu as toujours été brillante. Pas comme moi. Tu pigeais les trucs avant même que les autres aient compris qu'il y avait un truc à piger. Steven, il est pareil en arithmétique. Il lui suffit de poser les yeux sur une colonne de chiffres pour avoir la réponse. Sauf que cet idiot a cru qu'il pourrait faire mentir les pronostics, et ça, ça n'arrive jamais, si ?

— Julie, je voudrais participer aux frais pour maman. C'est toi qui fais tout, tu es d'astreinte vingt-quatre heures sur vingt-quatre et sept jours sur sept.

— Je ne veux pas de ton argent. Je n'ai pas besoin d'être payée pour m'occuper de notre mère. »

Voilà le cœur du problème. L'argent n'est peut-être pas la racine de tous les maux, mais en grattant un peu on s'aperçoit qu'il est le germe de la plupart des rancœurs familiales. Je décide d'insister :

« Écoute si tu n'étais pas là, maman serait toute seule et on serait obligées de payer quelqu'un pour aller lui rendre visite. Tu te souviens de mon amie Debra ? Eh ben sa mère a Alzheimer et ils déboursent mille deux cents livres par semaine pour une place en maison de retraite. Du racket au grand jour. Maman aura besoin d'une sérieuse assistance quand elle sortira de la clinique, et tu feras du bien meilleur boulot que n'importe quelle aide-soignante. Grâce au fait que tu habites à côté, on économise un paquet d'argent. C'est extrêmement rentable pour moi sur le plan financier de te verser quelque chose tous les mois. »

La notion de rentabilité financière rend l'idée beaucoup plus acceptable pour l'orgueil de ma sœur. Ça ne doit surtout pas ressembler à de la charité.

« Bon, répond-elle prudemment. Si tu crois que je le mérite. Je ne vais pas te mentir, ça ne fera pas de mal par où ça passe. »

Julie tend la main en travers de la table afin de saisir la mienne.

« Kath, je suis désolée pour ce que je t'ai dit...

— Non, tu as raison. C'est le bordel dans ma vie. Un bordel avec de l'argent et une belle maison, mais un bordel quand même.

— Essaie le bordel sans argent, tu verras.

— Ça me pend au nez, Julie. Je vais peut-être devoir vendre l'hélico. Enfin, au moins celui de secours. Celui qu'on a toujours en stand-by au fond du jardin. Tu imagines ? L'angoisse !

— Comment fera le petit Ben pour être à l'heure à l'école ?

— Pauvre chou.

— Avec une seule chaussette.

— Arrête, tu vas me faire pleurer. »

Pendant une minute, nous avons de nouveau douze et quatorze ans et nous sommes sur nos lits en train de glousser en parlant des garçons. Il y a certaines choses qui ne changent jamais. Pas beaucoup, juste une poignée, mais c'est suffisant.

Vendredi, 7 h 21, parking de la clinique de Beesley – Comme pour donner raison à tata Julie, mon prince héritier pourri gâté s'est levé ce matin, a constaté que sa domestique personnelle n'était pas là et ne s'est pas laissé démonter.

De Ben à Kate
mon short de foot ?

De Kate à Ben
Tu as regardé dans le tiroir du bas de ta commode, où il y a tes tenues d'été ?

De Ben à Kate
pas là

De Kate à Ben
Tu peux faire mieux que ça, chéri. Regarde bien dans tous les tiroirs de ta commode, et sinon demande à papa de t'aider. Ce n'est pas Sam qui te l'a emprunté quand il a dormi à la maison ? Il faut que je parle avec l'infirmière de mamie, j'en ai pour dix minutes.

De Ben à Kate
pas ma responsabilité. Tu rentre quand ?

De Kate à Ben
Tu rentreS, avec un s pour la deuxième personne du singulier. Et si, c'est un peu ta responsabilité. Tu es grand, maintenant. Mamie va beaucoup mieux, je vais rentrer ce soir. Prends un vrai petit déj et deux gélules d'Oméga 3 (flacon orange à côté du grille-pain). N'oublie pas de mettre ton casque de vélo. Et vérifie que ton téléphone soit bien chargé, pas comme l'autre fois ! Bisous

De Kate à Richard
Tu peux arrêter de méditer ou de faire je ne sais quoi et aider Ben à trouver ses affaires de foot ? Ma mère va bien, au cas où tu te poserais la question.

Reprendre Ben sur son orthographe pourrait être considéré comme un « manque d'encouragement » ou de l'« hypercritique », choses expressément interdites par *Élever des ados à l'ère du numérique*. Le livre explique que je devrais « ajuster » mes méthodes éducatives « afin de rester au diapason du jeune adulte en développement ». Apparemment, ça consiste à « augmenter l'acquiescement de l'enfant à travers un renforcement positif ».

Et puis merde, ras le bol. Julie a raison. Il faut que j'arrête de couver Ben et que je l'aide à grandir.

De Richard à Kate
Calme-toi, s'il te plaît. Je reçois beaucoup d'ondes négatives dans ton message, c'est très destructeur. Tout va très bien ici. Embrasse Jane de ma part.

9 h 44 – L'infirmière en chef m'a invitée à prendre place dans son bureau, une pièce agréable avec une porte-fenêtre qui donne sur un espace vert – je n'irais pas jusqu'à appeler ça un jardin – où ont été plantés de jeunes arbrisseaux : des bouleaux, je crois. Maman saurait me le dire ; Sally aussi. Sur le mur derrière Mme Clark est affiché un grand calendrier, constellé de gommettes de couleur et de pense-bêtes pour les médicaments à distribuer.

Elle vient juste de me remettre une liasse de formulaires à remplir concernant la « poursuite des soins à domicile » quand un appel de Jay-B secoue mon téléphone dans un bruit de grelot. Le dernier canular de Ben est d'avoir affecté au portable de sa technophobe de mère une sonnerie vintage à la mode de 1973, quand ma propre mère devait encore se rendre dans le vestibule glacé, décrocher le combiné et dire « Batley 2745 ». Ce monde de centraux téléphoniques et d'opératrices qui parlaient d'une voix sèche et nasillarde me semble à des années-lumière.

Depuis sa chute, le passé et le présent se confondent dans l'esprit de ma mère. À un instant, elle est là, avec nous, ici et maintenant ; l'instant d'après elle nous tient par la main, Julie et moi, dans nos robes-tabliers assorties, pour nous emmener au catéchisme. C'est elle qui nous faisait ces robes, à partir de patrons qu'elle découpait dans des magazines ; je la revois à genoux par terre, des épingles entre les lèvres, alors qu'elle plaçait soigneusement le modèle en papier sur le tissu. Malgré le peu d'argent qu'elle avait, elle tenait à ce que ses filles soient toujours élégantes. J'ai hérité ça d'elle.

« Ils sont d'un compliqué, ces formulaires ! » commente l'infirmière.

Elle ne me revient pas. Je l'ai décidé à la minute où je l'ai vue. Je n'aime pas sa rudesse déguisée en jovialité. Elle est sadique, j'en suis sûre. Je n'aime pas sa façon de parler de ma mère comme si elle n'était pas là, ni son petit ton mièvre infantilisant quand elle s'adresse à elle. Mais je vous prie d'observer les trésors d'amabilité que je déploie auprès d'elle ! J'ai mal aux zygomatiques à force de lui faire des risettes. Je la traite comme la plus importante et capricieuse de mes clientes. J'ai besoin qu'elle m'ait à la bonne car je suis sur le point de laisser ma mère entre ses mains et je crains qu'elle ne se venge sur elle si, pour une raison ou une autre, elle me prenait en grippe ou me voyait comme une affreuse snobinarde.

« Oui, dis-je en jetant un coup d'œil à l'écran de mon portable, mais je veux essayer d'avoir le meilleur suivi possible pour ma mère. »

Deuxième message vocal de Jay-B. Oh, bon sang ! Je croirais presque entendre ses ongles manucurés tambouriner sur son bureau. Il faut que j'y retourne.

« Pas de mauvaises nouvelles, j'espère ? me demande l'infirmière sur un ton guilleret. En tout cas, ne vous en faites pas pour votre maman, Kate. Elle est sous notre responsabilité et nous nous assurerons qu'elle aille bien jusqu'au moment où elle sera en état de rentrer chez elle.

— Merci infiniment, vous êtes adorable. Ma sœur Julie passera cet après-midi. Vous pourrez dire à ma mère que je l'embrasse quand elle se réveillera ?

— Mais bien sûr. Votre taxi est là. »

Avant de partir, je fais encore un saut dans la chambre de ma mère, profondément assoupie. Le tube planté dans sa main gauche a créé une grosse veine bleutée qui a l'air de faire mal. Chaque fois que je la quitte, depuis sa crise cardiaque, chaque fois sans exception, la même pensée tacite : est-ce la dernière fois que je la vois ? J'aimerais pouvoir rester. Mais je ne peux pas. Le devoir m'appelle. Sauf que le devoir me souffle aussi que c'est ici que je devrais être. Après toutes ces années, je suis encore l'esclave de deux maîtres : l'amour et le travail.

** Roy me confirme la suite des paroles dans la chanson des Three Degrees citée par Jack :* « Are we in love or just friends ? / Is this my beginning / Or is this the end ? » *« Sommes-nous amoureux ou simplement amis ? Est-ce un début pour moi, ou est-ce la fin ? » Excellente question. Quelle est la bonne réponse, Roy ? Toute suggestion sera la bienvenue.*

22

Comment te dire adieu

Lundi, 14 h 30 – À travers la flamme de la bougie, de l'autre côté de la nappe en lin blanche immaculée, un verre de bourgogne rouge à la main, Jack Abelhammer me dévore du regard. Les serveurs virevoltent sans bruit autour de nous. Le double rang de perles à mon cou, son dernier cadeau en date, plonge dans le décolleté entre mes seins. Nos doigts s'effleurent.

Voilà, du moins, comment je m'étais imaginé la scène. Ce qui prouve que l'imagination prédictive, à laquelle les femmes consacrent environ la moitié de leur temps (en tout cas moi), est une totale perte d'énergie mentale. Car nous voici – en tête-à-tête, il est vrai – chez Gino, un petit café près du métro Aldgate East. Gino ressemble beaucoup à Chez Michael (notre ancien repaire à Candy et à moi), sauf que les cuillères sont en plastique et pas en métal. À la table d'à côté, trois ouvriers du bâtiment engloutissent un gargantuesque petit déjeuner anglais à deux heures de l'après-midi. (« Pourquoi t'as demandé des haricots blancs à la place des frites ? » « Pour le transit. C'est plein de fibres. Avec ça, mec, t'es réglé comme une pendule. » « Mon cul, ouais. Si t'es réglé comme une pendule, pourquoi tu t'es ramené à huit heures et demie ce matin au lieu de moins le quart comme on est supposés ? ») Je sens que j'ai un rhume qui pointe. On ne voit pas le décolleté entre mes seins, en revanche on voit *très bien* la plaque rouge que j'ai sous le nez à force de me moucher et d'éternuer, donc pour le côté Ingrid Bergman, c'est râpé.

« Je suis désolée pour le déjeuner d'aujourd'hui, Jack. Et le dîner d'avant-hier. Et ce truc dont on avait parlé à la fin de la semaine, je ne crois pas que je pourrai venir non plus. Pas tant que maman sera dans cet état. Il faut que je sois là quand elle sortira de la clinique pour l'aider à se réinstaller chez elle. Et puis j'ai aussi des petits soucis à régler avec ma sœur.

— Ah bon, quel genre de souci ?

— Laisse tomber, ça n'a pas d'intérêt.

— À vrai dire, tout ce qui te concerne m'intéresse énormément.

— C'est juste que c'est une histoire très compliquée.

— Ça ne me fait pas peur, tu sais. J'ai un master en théorie de la complexité et du chaos appliqué.

— Parfait. On dirait une thèse sur ma vie. »

La vérité, c'est que je suis réticente à partager avec Jack l'intimité sordide du clan Reddy. J'ignore à quel point mon prince charmant drôle et glamour peut résister à la réalité. Notre relation n'a jamais été – et ne sera jamais – mise à l'épreuve du monde réel des ados difficiles, des parents souffrants et des neveux accros aux jeux d'argent.

Jack doit avoir lu dans mes pensées, car il dit : « Sérieusement, Kate, tu as peur de me choquer ?

— Non. En fait, voilà, quand j'étais à la clinique, je me suis aperçue que de l'argent avait été retiré sur le compte épargne de ma mère. Des petites sommes au regard de… enfin, je veux dire, pour toi ce serait de l'argent de poche, Jack, mais assez conséquentes pour ma mère. Il s'avère que c'est ma sœur qui les lui a extorquées, parce que mon neveu, Steven, a perdu une fortune dans des paris en ligne. Et cet idiot a cru trouver une idée géniale pour rembourser ses dettes.

— Laisse-moi deviner : un gentil requin du nom de Duane, disposé à lui octroyer un prêt au taux d'intérêt annuel ultra-avantageux de mille deux cent quatre-vingt-onze pour cent ? »

Malgré moi, il me fait rire.

« Ah, je vois que monsieur connaît déjà Duane, le Robin des Bois du Yorkshire.

— Évidemment. Aucun historique de crédit demandé, l'argent sera entre vos mains en dix minutes chrono, pauvre petit pigeon crédule et terrifié.

— Comment tu sais tout ça, toi qui n'as jamais été ni pauvre ni crédule ?

— Disons juste que j'ai eu une formation accélérée après que ma mère s'est mise à fréquenter un casino d'un peu trop près.

— Elle était joueuse ?

— Joyeusement alcoolique, plutôt. Elle pensait que la roulette était sa nouvelle meilleure amie. Et puis elle a vraiment plongé, elle a eu peur que mon père ne le découvre et elle a voulu dissimuler ses pertes. J'étais en quatrième quand nous avons reçu la visite de messieurs très intéressants.

— C'est terrible. Qu'est-ce que tu as fait ?

— J'ai imaginé une stratégie maligne pour amortir le prêt.

— Mais tu n'étais qu'un enfant !

— Techniquement, oui, mais on peut devenir adulte assez vite quand on n'a pas le choix. Explique-moi une chose, Katharine, d'où vous vient cette fascinante tradition de manger des haricots blancs en sauce tomate au petit déjeuner ?

— Jack, excuse-moi, mais on n'a pas beaucoup de temps.

— On a tout notre temps, au contraire.

— Jusqu'à ce que tu repartes à New York la semaine prochaine.

— Oui, mais il paraît qu'on peut faire un truc assez incroyable, de nos jours. C'est un ami qui m'en a parlé. Figure-toi qu'on peut aussi reprendre l'avion en sens inverse. Apparemment, je ne suis pas obligé de passer le reste de ma vie aux États-Unis. Je peux revenir te voir.

— Et après ?

— Et après on reviendra manger ici. Chez Gino. Je ne lâcherai pas l'affaire, tant que je n'aurai pas éclairci le mystère des haricots blancs.

— Et ton travail ?

— Je dirige la boîte, Kate. Je suis mon propre chef. Personne ne me contrôle. Et mon travail est un excellent prétexte pour venir te voir. Jusqu'à ce que...

— Jusqu'à ce que quoi ? Que tu en aies marre ?

— Jusqu'à ce que je passe entièrement sous *ton* contrôle.

— Une OPA hostile.

— Exactement. Une fusion-acquisition. N'oublie pas que je possède des parts de toi. »

Je baisse les yeux vers ma tasse. J'avais commandé un café latte, mais on m'a servi quelque chose qui ressemble davantage à une flaque d'eau de mer polluée après un dégazage au large. Je tourne ma cuillère en plastique dedans tout en tournant mes pensées dans ma tête. Il faut que je lui dise.

« Je ne peux pas être avec toi, Jack. Ne sois pas fâché, je t'en supplie. Je suis vraiment désolée. J'ai déjà essayé, et ça n'a pas marché. Tu te souviens ? Il y a des années, quand on s'est rencontrés, j'ai cru, comme une princesse de conte de fées, que tous mes rêves s'étaient enfin réalisés, que j'avais trouvé mon prince.

— Ma reine...

— S'il te plaît. Écoute-moi. Tu étais bien mon prince. J'ai vérifié. Et tu l'es toujours. Dans un monde idéal, on régnerait sur un magnifique royaume, le plus beau qui soit, et j'adorerais pouvoir y vivre avec toi. Vraiment. Mais...

— Je me doutais qu'il y aurait un mais. Il y a toujours un mais.

— Mais ce monde n'est pas idéal. Il ne l'a jamais été et ne le sera jamais. Les idéaux, c'est pour les personnes qui sont libres comme l'air, qui peuvent se permettre de ne penser qu'à elles. Moi, je ne peux pas, il y a trop de gens qui dépendent de moi. Le problème avec les idéaux, c'est qu'ils ne t'aident pas à vivre. Au contraire, ils te sapent le moral à force de rester dans un coin de ta tête comme un rêve inaccessible.

— Je dois quand même te prévenir, Katharine, que tu t'adresses à un Américain. Les idéaux, chez nous, c'est comme la pluie en Angleterre : c'est ce qui fait qu'on lève les yeux vers le ciel tous les matins.

— Tu le dis toi-même : nous, on a la pluie. J'ai presque cinquante ans, Jack, et j'ai l'impression d'avoir déjà beaucoup pris la saucée. Je me fais du souci tout le temps pour mes enfants, surtout ma fille ; je me fais du souci pour ma mère, ma sœur, mes beaux-parents, ma meilleure amie qui est devenue quasiment alcoolique chronique, mon chien, mon boulot, ma santé, pour laquelle il y a sincèrement du souci à se faire. Et je sais que ça paraît minable, mais c'est trop pour moi. Je ne peux pas tout plaquer, je n'en ai pas la force. Tu es merveilleux, mais tu es, tu es... Être avec toi, c'est comme regarder passer les nuages dans le ciel. Envoûtant, mais où est-ce que ça mène ? Nulle part. »

Au tour de Jack de remuer sa cuillère dans sa tasse.

« Et sinon, pardon d'employer les grands mots, mais qu'est-ce que tu fais de celui qui commence par L ?

— Quel mot ?

— L, etc. Vous n'avez pas ça, chez vous ?

— Si. L comme labrador. La seule garantie de soutien affectif sur laquelle tout le monde puisse compter dans ce pays. Les Beatles en ont même fait une chanson : *All you need is labrador, da-da-da-da-dah*.

— Ah, tu vois. Eh bien quand deux personnes éprouvent du labrador l'une pour l'autre, ce qui semble être notre cas, il est généralement admis que ce sentiment même leur donne la force de passer à l'acte pour vivre pleinement leur histoire de labrador.

— Mais tu ne comprends pas que la *force* est précisément la chose qui me manque en ce...

— S'il te plaît, me coupe-t-il en souriant (ce sourire... toujours autant d'effet). À toi de m'écouter, maintenant, d'accord ? Je comprends très bien que, pour la pluie, ce soit compliqué. On ne peut pas l'arrêter en tournant un robinet. Toutes ces choses, tous ces soucis, ce sont des réalités. Mais nous aussi, Kate. Regarde-nous. On est aussi réels que, je ne sais pas...

— Que le cheveu qui flotte présentement à la surface de ton cappuccino.

— Voilà. Offert par la maison. Tu es *tellement* romantique, chérie, tu sais ça ? »

Première fois qu'il m'appelle comme ça. Et ça ne me déplaît pas. Je crois que je pourrais supporter beaucoup d'autres « chérie » de la part de Jack.

« Moi aussi, je suis romantique, poursuit-il. Peut-être même plus que toi. Ce que je veux dire, c'est que, bon sang, pourquoi ne pas essayer d'avancer sous la pluie ? Ce n'est pas de te faire mouiller qui te tue, Kate, c'est de rester plantée là à te prendre des trombes d'eau sur la tête sans bouger. Dès que tu te seras mise en mouvement, plus rien ne te paraîtra aussi grave et impossible que maintenant. Bouge. »

Je tends un bras pour lui prendre la main de l'autre côté de la nappe blanche, en passant entre les bougies, les verres en cristal et la bouteille de… ketchup.

« Oh, Jack, comment tu fais pour être toujours aussi optimiste ?

— Américain, m'dame. Je plaide coupable.

— C'est juste que… si je suis honnête, je ne vois pas comment les choses pourraient changer à court ou moyen terme. »

Il se penche pour m'embrasser par-dessus la table.

« D'accord, dit-il. Écoute, je vais passer un peu de temps en France avant de repartir aux États-Unis. Tu as mes coordonnées. Tu peux m'appeler, m'envoyer un texto ou un mail à n'importe quelle heure et… troisième album des Jackson 5, Kate ? »

Une seconde, ça va me revenir.

« *I'll Be There* ?

— Voilà. *Je serai là*. Sinon, qu'est-ce que tu veux pour ton anniversaire ?

— Rien, franchement, je ne tiens pas à fêter ça. »

Nous nous levons et nous embrassons à nouveau. Il doit avoir attrapé mon rhume, à force, mais que voulez-vous, c'est ça l'amour. Jack glisse un billet de vingt livres sous sa tasse, histoire de célébrer l'événement.

« Oh, mon Dieu, je soupire, maintenant on va être obligés de revenir. Gino va nous attendre comme le messie.

— Quand tu veux », rétorque Jack.

Il m'embrasse encore une fois, et je songe que c'est peut-être notre tout dernier baiser. Alors que nous franchissons la porte, la voix d'un des ouvriers retentit derrière nous :

« Mets-lui un petit coup de ma part, mec. »

Il nous restera toujours Chez Gino.

Dehors, il pleut et je regarde Jack s'éloigner dans la rue.

Encore. Tu l'as encore repoussé.

15 h 39 – Je me sens totalement vidée en retournant au bureau, mais il y a des bonnes nouvelles qui m'attendent. Alice m'accueille en me prenant dans ses bras. Gareth a remonté des demi-bouteilles de vin blanc et des gobelets en plastique de la cantine. Troy ne semble pas être dans les parages, et je comprends vite pourquoi. Le conseil d'administration a adoubé Vladimir Velikovsky comme un client acceptable.

« Ils ont formulé certaines mises en garde sur de “futures sorties de capitaux potentielles”, bla bla bla, précise Jay-B tandis que Gareth remplit quatre gobelets. Ce serait terrible pour notre bilan comptable s'il claquait la porte dans un an comme les Russes ont tendance à le faire quand ils n'obtiennent pas trente pour cent de retour sur investissement.

— Ça, c'est *mon* boulot, non ? je rétorque. M'assurer que le client soit satisfait. Et je suis sûre qu'on peut y arriver. Pas vrai, Alice ?

— En tout cas, bien joué, Kate. Santé !

— Santé, tout le monde ! Il va falloir qu'on se mette en quête d'un collège privé qui a besoin de rénover son labo de chimie et qui sera heureux d'accueillir le jeune Sergei Velikovsky parmi ses élèves.

— Vous plaisantez, répond Jay-B.

— Pas du tout, intervient Gareth. Kate est notre experte en services personnalisés d'accompagnement pédagogique.

— C'est compris dans le package. Alice, tu voudras bien jeter un œil aux classements des établissements secondaires, pour repérer de vieilles institutions en péril qui ne cracheraient pas sur une petite rallonge d'argent russe ?

— Absolument. »

Je la trouve un peu sombre depuis le retour des vacances. Max a passé les fêtes à la Barbade avec papa-maman. Au bout de cinq jours sans nouvelles, Alice a craqué et lui a demandé par texto « Je te manque ? », et Max a répondu « Clair ».

Elle m'a montré son message. Pas de bisou à la fin, pas de « c'est » avant le « clair », même pas de point après, bon sang. Ce type est un con. Et un con agrammatical.

« C'est pas génial, hein, Kate ? me dit-elle.

— Eh bien, je dois admettre que j'ai vu des déclarations d'amour plus enthousiastes. Écoute, Alice, tu mérites mieux que ça, ma belle. Tu sais ce qu'on dit ? Il ne faut pas mettre tous ses œufs dans le même fumier. »

Elle sourit malgré elle.

« Qui dit ça ?

— Moi, pour commencer. Et toutes les femmes saines d'esprit à l'approche de la trentaine devraient en faire autant. Tu connais mon opinion sur le sujet.

— Je sais. J'ai essayé de me détacher de lui, vraiment. Mais je l'aime. C'est plus fort que moi. D'ailleurs, tiens, à ce propos, il me plaît beaucoup, ton Jack.

— Jack n'est pas à moi », je réponds, en choisissant mes mots avec soin.

Je sais maintenant qu'il est à moi ; c'est moi qui ne peux pas être à lui, plutôt.

« Tu plaisantes ? rétorque Alice avec force. Je n'ai jamais vu personne être plus à quelqu'un de toute ma vie. »

L'équipe – je m'aperçois que je commence à considérer Alice et Gareth comme *mon* équipe – regagne ses bureaux et je reste assise seule un moment pour savourer cet instant doux-amer : le triomphe Velikovsky en regard de la cuisante défaite de mes adieux à Jack. Je n'arrive pas à imaginer ma vie sans lui ; comme un monde sans musique ni soleil. Au moins, mon succès avec Velikovsky signifie qu'EMR prolongera sans doute mon contrat après le retour d'Arabella. Dans ce cas, je pourrai commencer à me projeter dans l'avenir. À moins angoisser. Peut-être que Calamity Girl pourra lever un peu le pied, sortir de sa tour de contrôle de temps en temps, terminer la maison, stabiliser le navire. C'est parfaitement envisageable. J'attrape mon téléphone et constate que j'ai reçu un mail du lycée d'Emily. Oh, non. Pitié, non.

De : Jane Ebert
À : Kate Reddy
Objet : Emily

Chère madame Reddy,

J'ai essayé de vous joindre par téléphone à plusieurs reprises sans succès. Peut-être n'avons-nous pas le bon numéro ? Je dirige l'équipe de protection de l'enfance au sein de l'établissement. Nous avons été avertis récemment qu'une image pornographique de votre fille, Emily, avait circulé parmi les élèves de son année, puis plus largement. À la suite de quoi deux de ses camarades, un garçon et une fille, ont été exclus.

Nous traitons les affaires de ce genre avec le plus grand sérieux. Je souhaiterais vous inviter à venir me rencontrer au lycée pour que nous puissions discuter de cette situation et examiner les problèmes qui pourraient en découler.

Jane Ebert
Déléguée des professeurs

J'attrape aussitôt mon sac et mon manteau et fonce vers l'ascenseur en lançant des instructions à Alice au passage.

« Désolée, je dois filer. Un problème urgent à la maison. Tu peux me couvrir auprès de Jay-B ?

— Bien sûr. Kate ? »

Je me retourne. Elle me regarde avec un visage éclatant.

« Oui ?

— Honnêtement, quelle super journée. Bravo à toi. »

23

Pour qui sonne le glas

Lundi, 19 h 03 – Je viens de rentrer du lycée. Mme Ebert m'a informée de ce qui s'était passé avec le belfie d'Emily. Je croyais que c'était de l'histoire ancienne depuis que Josh Reynolds avait éradiqué toute circulation future des fesses de ma fille sur les réseaux sociaux, mais il s'avère que plusieurs élèves avaient sauvegardé la photo sur leur téléphone. Lizzy Knowles et son petit copain, un certain Joe Clay, se sont grosso modo assurés que tout le lycée la voie, et Joe, piloté par Lizzy Macbeth, a ensuite torturé Emily en la menaçant de l'envoyer aux membres de sa famille via Facebook. Tout cela a éclaté au grand jour, m'a expliqué Mme Ebert, uniquement parce que, la semaine dernière, un professeur a confisqué le téléphone de Joe après l'avoir surpris à regarder du porno en plein cours. Comme le portable était déverrouillé, le prof a non seulement pu voir les images de Joe, dont certaines étaient assez hard-core, mais il a aussi repéré le fameux #MonBouleEstUnDrapeau avec le nom d'Emily à côté et de nombreux commentaires obscènes dessous. Joe et Lizzy ont été immédiatement exclus du lycée même si, lorsque Emily a été convoquée, elle a pris leur défense.

« Elle disait qu'elle ne voulait pas avoir de nouveaux ennuis, a soupiré Mme Ebert. C'est terriblement difficile de savoir comment réagir. Nous sommes conscients que les adolescents s'échangent un grand nombre d'images sexuelles entre eux, madame Reddy, et nous voulons y mettre un frein. Mais c'est pour nous une situation assez nouvelle, et je dois dire hélas que beaucoup de parents sont dans le déni. La mère de Lizzy Knowles est allée jusqu'à affirmer que nous avions enfreint le droit de sa fille à l'intimité en lui demandant de pouvoir regarder dans son téléphone, et elle a menacé d'engager des poursuites contre l'établissement. »

Cynthia ? Ça ne m'étonne pas ! Ne jamais secouer la cage dorée d'une mère tigre. J'ai observé Mme Ebert tandis qu'elle se frottait le front nerveusement. Sans doute à peu près mon âge, mais le visage plus ridé et rongé de soucis. Vous vous imaginez devoir traiter avec des parents dans le genre de Cynthia Knowles, qui prennent toujours le parti de leur abominable progéniture et jamais celui des professeurs ? Encore un gros changement depuis l'époque de mon enfance. Qui soutient encore l'autorité ? Les parents ne se donnent plus la peine de punir leurs gosses – qu'ils soient trop occupés ou trop timorés – et ensuite ils s'énervent quand quelqu'un d'autre est obligé de faire le boulot à leur place. La vie de Mme Ebert doit être un enfer.

« Ce que je ne comprends pas, ai-je dit, c'est la raison pour laquelle cette histoire refait surface maintenant alors que l'incident du belfie date de la rentrée. Emily a commis une erreur naïve en envoyant à Lizzy une photo de ses marques de bronzage après les vacances. De son point de vue, ce n'était nullement une image à caractère sexuel, madame Ebert, je vous le garantis. Je ne pensais pas que ça reviendrait des mois plus tard lui...

— Lui exploser à la figure ?

— Ou aux fesses, malheureusement. »

Nous avons ri ensemble, cette pauvre femme exténuée et moi, du rire âcre et désespéré de deux adultes confrontés à quelque chose qu'aucun être humain avant eux n'avait encore eu à gérer.

« Écoutez, madame Reddy...

— Je vous en prie, appelez-moi Kate.

— Écoutez, Kate, je ne vais pas vous mentir. Nous n'avons pas intercepté à temps le belfie d'Emily parce que nous n'avons pas assez de moyens, c'est tout. Je suis prof, pas inspectrice de la brigade des mineurs. Si je passais autant d'heures en ligne que ce problème en mérite, eh bien je ne serais jamais dans ma classe. Nous avons cependant la possibilité de prévenir la police. »

J'ai répondu à Mme Ebert que, si Emily ne souhaitait pas que Lizzy et Joe soient exclus du lycée, son père et moi irions dans son sens. Nous ne voulions pas non plus porter plainte, aussi tentant que soit la perspective de ruiner par avance toute candidature future de Lizzy Knowles à Oxford ou Cambridge.

« Ce qu'ils ont fait est absolument révoltant, ai-je dit, mais deux gamins ne peuvent pas être tenus responsables de ce qui est une épidémie généralisée. Par ailleurs Emily est majeure sexuellement, donc il me semblerait excessif de prévenir la police. Tous ces jeunes ont la vie devant eux, j'espère que cet épisode leur aura servi de leçon. »

J'ai pensé à Felix, le fils de Debra, ce gamin paumé qui s'était fait renvoyer du lycée pour avoir regardé des images de « putes allemandes obèses ». J'ai pensé à Ben et aux bêtises qu'il pourrait faire un jour sur un de ses nombreux appareils électroniques. Tant que la tentation était là, aucun enfant n'était à l'abri. Imaginer que son fils ou sa fille ne pouvait pas être le prochain, c'était se bercer d'illusions.

Mme Ebert m'a confirmé qu'Emily voyait la psychologue du lycée, comme nous en étions convenues après le coup de fil de son professeur principal. Les détails de ces séances étaient strictement confidentiels, bien sûr, mais ses profs trouvaient qu'elle allait beaucoup mieux ; elle semblait avoir pris ses distances avec Lizzy Macbeth et s'être fait de nouveaux amis.

« C'est vraiment une gamine adorable », a conclu Mme Ebert.

Je n'ai pu que hocher la tête en lui serrant vigoureusement la main. J'étais trop émue pour répondre.

De Kate à Emily
Ma chérie, j'aimerais qu'on se parle. Où es-tu ?

De Emily à Kate
Chez Jess, on révise notre histoire ensemble. Tt va bien, tkt pas pour moi !

De Kate à Emily
Bisous ma puce.

De Emily à Kate
Bizzz 😘

20 h 23 – Personne à la maison. Ben est chez Sam, Emily toujours chez Jess. Je l'ai appelée et elle m'a dit qu'elles s'amusaient bien, est-ce qu'elle pouvait rester encore un peu ? Je lui parlerai plus tard de ma conversation avec Mme Ebert. Je ne peux pas la laisser porter seule tout ce déversement de haine. Je suis en train d'écraser à la fourchette la pâtée gluante et hypoallergénique de Lenny lorsqu'il se met à grogner. Ça veut dire que Richard arrive. C'est nouveau, cette réaction qu'il a face à Rich ; sans doute un réflexe protecteur envers moi. Je me suis préparée mentalement à révéler à Richard l'affaire du belfie, et cette fois le moment est venu. Je n'aurais jamais dû lui cacher ça, même si Emi me l'avait fait promettre. Comme l'a très justement observé Mme Ebert, tôt ou tard ce belfie allait finir par resurgir.

Je me sens donc à la fois coupable et nerveuse quand Rich entre et pose son casque de vélo sur la table. Mais je constate qu'il semble être dans un état pire que le mien, carrément mal à l'aise, à vrai dire. Il a l'air terrorisé, comme si on s'était fait cambrioler ou je ne sais quoi. En voyant les regards apeurés qu'il me jette, je songe : mon Dieu, ma mère est morte. Ou la sienne. Ou il est arrivé quelque chose à Ben.

« Qu'est-ce qu'il y a ? je demande. Tout va bien ?

— J'ai quelque chose à te dire.

— Moi aussi.

— Non, Kate, j'ai *vraiment* quelque chose à te dire. J'ai le sentiment... Enfin, ça fait un moment que je me sens coincé et j'ai besoin de diriger mon énergie là où elle doit être.

— Ton énergie est principalement dirigée sur ton vélo, Rich. Je reconnais que ce serait peut-être mieux si elle était dirigée sur tes enfants, par exemple. Écoute, il faut que je te dise, Emily a eu des problèmes à l'école. Je sors d'un rendez-vous avec la déléguée des profs. Emi a pris ses fesses en photo pour comparer ses marques de bronzage avec d'autres filles après les vacances d'été, et une petite garce, Lizzy Knowles, tu la connais, a posté le belfie d'Emily – c'est-à-dire une photo de son "boule", comme ils disent – sur les réseaux sociaux, où elle est devenue virale. »

Le visage de Richard se froisse. Cette même expression douloureuse qu'il a quand il me surprend à regarder *Downton Abbey*.

« Pourquoi diable Emily a-t-elle fait une chose aussi stupide ?

— Eh bien, parce que c'est une ado qui vit dans une culture à la Big Brother où tout le monde est encouragé à se mettre en scène sur internet. Ils deviennent accros à cette adulation, aux "likes", ils se choisissent entre eux comme sur un catalogue en balayant leur écran vers la droite ou la gauche, plus personne n'a la moindre notion d'intimité et tout ça est un énorme bordel, si tu veux mon avis. Pardon, j'aurais dû te le dire avant.

— Pardon, j'aurais dû te le dire avant, répète Rich.

— Hein ?

— J'attendais le bon moment pour te parler de sa grossesse.

— EMILY EST ENCEINTE ?

— Joely.

— *Quoi ?*

— Joely est enceinte.

— La fille qui est venue sonner chez nous à Noël ? La lutin verte ?

— Oui. Elle croyait qu'elle était en train de perdre les bébés.

— *Les* bébés, au pluriel ? Des jumeaux ? De toi ? »

Il a les yeux rivés au sol. Mon Dieu, il est sérieux.

« Ça fait partie de ton développement spirituel, Richard ? De lutiner Joely pendant que je me casse le cul à bosser comme une dingue pour garder la baraque à flot ?

— Kate, écoute, j'espère et je suis sûr que nous pouvons en discuter d'une manière constructive et civilisée.

— Ah oui ? Civilisée ? Tu crois vraiment, hein ? Et tous tes discours sur le thème “Désolé, on ne peut pas faire de troisième enfant parce qu’on n’en a pas les moyens, Kate ; parce qu’on est passés à une nouvelle étape de notre vie, Kate ; parce qu’on n’a pas envie de revenir au temps des couches et des nuits blanches, Kate” ? Ce troisième enfant que tu as décidé que je ne pourrais pas avoir ?

— Je sais ce que tu dois penser, dit-il, et je suis incroyablement désolé, vraiment. Les choses sont devenues compliquées, et toi et moi... enfin, on ne se parle plus beaucoup, et je suis conscient que j’aurais dû... que je n’ai pas...

— Utilisé de contraception ? À moins que Joely préfère calculer sa fertilité d’après les cycles de la Lune ? »

Richard ne me répond pas. À la place, il examine le bout de ses chaussures de vélo et me demande poliment si je veux qu’il fasse un sac, comme s’il partait pour un long week-end, et non qu’il quittait une relation de plus d’un quart de siècle. Je balaie des yeux la cuisine, cette pièce que j’ai entièrement refaite, comme le reste de la maison, pour nous fabriquer un nid merveilleux, une forteresse familiale contre les épreuves que la vie pourrait nous réserver.

C’est alors que tout sort d’un coup. Toute la rage et la rancune qui se sont accumulées, plus intérêts, à la Banque de l’Indignation. L’égoïsme dont Richard a fait preuve en plaçant ses aspirations spirituelles et son désir de reconversion avant notre sécurité financière.

« Combien d’hommes peuvent s’offrir le luxe de faire ça ? Pas étonnant que tous les autres élèves de ta foutue formation soient des femmes. Des femmes avec des maris riches qui peuvent les entretenir pendant qu’elles prennent un congé sans solde de deux ans pour obtenir une qualification tout en se payant une thérapie à un prix exorbitant. »

Un coup bas, je l'admets, mais j'avais un profond sentiment d'injustice, j'étais encore chamboulée par l'histoire d'Emily et déchirée d'avoir éconduit Jack afin de rester auprès de la famille que Richard abandonnait maintenant pour une elfe enceinte.

« Quel âge a Joely, d'ailleurs ? Douze ans ?

— Vingt-six.

— La moitié du tien, putain. Quel cliché ! »

Et j'embraye : combien de femmes auraient soutenu Richard dans ses choix ? Combien d'épouses accepteraient de commencer un job ultra-stressant alors qu'elles sont en pleine ménopause et qu'elles ont l'impression d'en crever, juste pour que leur mari puisse « apprendre à vivre au présent » et planter son cul sur un tapis de méditation ? Sans compter les absences de plus en plus prolongées de Richard. Rater le concert de Ben parce qu'il faisait soi-disant de la pleine conscience avec Joely. Me laisser m'inquiéter toute seule pour ses parents, ma mère, nos enfants. Dépenser tout notre argent – *mon* argent – en équipements pour ce vélo de mes deux.

« Quelle a été ta contribution, Richard, exactement ?

— Ça n'est pas juste, Kate, dit-il en reculant pour se protéger de mes assauts verbaux au point de se laisser tomber dans le fauteuil près de l'Aga. J'ai vendu mon autre vélo pour financer ma thérapie.

— Ah bon ? Quand ça ?

— Cet été. Je l'ai vendu à Andy, un copain du club. Il m'en a donné quatre mille livres. »

Richard a vendu son vélo ?

Roy, il y a quelque chose qui cloche, là. Qu'est-ce que je suis censée me rappeler à propos du vélo de Richard ? Il s'est passé un truc avec ce vélo. Tu peux me retrouver ça, Roy, s'il te plaît ? Je ne sais plus ce que c'est, mais je sais que c'est super important.

Lenny se met à aboyer furieusement, et même à montrer les crocs à Richard. Je m'agenouille pour lui passer les bras autour du cou.

« On n'aurait jamais dû prendre ce foutu clébard », dit Richard.

Si une chose a scellé la fin de notre mariage, c'est cette remarque. Je ne me donne pas la peine de répondre. Je préfère rester là à caresser mon chien adoré en le laissant me lécher le visage avec fougue.

Vous savez, le plus curieux, c'est à quel point je me suis sentie petite. Face à Joely. Face aux jumeaux (des jumeaux ? J'avais dit à Alice que les hommes qui vous quittent font toujours des jumeaux dans la foulée, mais jamais je n'avais imaginé que ça m'arriverait à moi). J'étais choquée, certes, et triste à l'idée de la relation qu'on avait eue par le passé, Rich et moi, mais même lors de cette première déflagration de douleur et d'humiliation, j'ai su que je n'étais pas détruite. La vérité, c'est que je vivais déjà seule depuis un moment. N'est-ce pas d'ailleurs la raison pour laquelle je n'avais pas vu ce qui se passait depuis le début avec Joely ? Dieu sait que Richard en parlait souvent, peut-être même voulait-il inconsciemment que je remarque quelque chose et que je lui demande des comptes, mais j'avais déjà fait mon deuil de lui. Je ressentais une telle solitude que j'avais même recommencé à penser à Jack, à espérer qu'il me recontacte. Et voilà qu'à présent je l'avais de nouveau repoussé, définitivement.

Oui, Roy, qu'est-ce qu'il y a ? Un souvenir refait surface. Quelque chose d'important, de vital. Quelque chose que j'ai eu du mal à formuler dans ma tête, à reconstituer. Au sujet du vélo de Richard. Mon fidèle archiviste est en train de me l'apporter, j'entends le flip-flop de ses pantoufles tandis qu'il approche peu à peu. Il est presque là. *Allez, Roy, tu peux y arriver. Une histoire avec ce vélo.*

« Oh, mon Dieu, comment j'ai pu être aussi aveugle ?

— Tu n'étais pas censée savoir, pour Joely », me répond Richard.

Alors je fonds en larmes, de gros sanglots dégoulinants, mais ce n'est pas pour nous.

« Je me contrefous de ta Joely, Richard. Tu ne vois pas ? C'est Emily. Emily a dit qu'elle était tombée avec ton vélo.

— Ah bon ?

— C'est ce qu'elle a dit. Mais ce n'est pas possible, puisque ce vélo n'existait plus, n'est-ce pas ? Tu l'avais vendu. Emily m'a menti. Ses jambes. Les coupures sur ses jambes. »

En fermant les yeux, je les revois parfaitement : régulières, presque comme des hachures, une entaille après l'autre, dans une impressionnante démonstration de force et d'acharnement. Idiote, idiote ! *Bien sûr qu'elle n'est pas tombée d'un putain de vélo. Je suis conne, ou quoi ?*

« Kate ?

— Elle ne s'est pas fait ces coupures en tombant de vélo. M. Baker m'a dit qu'un tiers des filles de son année étaient sujettes à la dépression ou à l'automutilation. Il me l'a *dit*, mais je n'ai pas entendu. Jamais je n'aurais pensé qu'Emi pouvait s'automutiler, jamais.

— Je ne comprends pas. »

Richard vient vers moi, le bras tendu, clairement perturbé par ce que je lui apprends, mais il a peur de me toucher, comme si j'étais incandescente.

Les larmes ruissellent sur mes joues. Je ne pleure pas sur mon sort et mes misères ménopausales, ni à cause de la pression au bureau où je dois faire semblant d'avoir quarante-deux ans alors que j'ai l'impression d'en avoir quatre-vingt-seize, ni pour ma mère qui est tombée du haut de ses stilettos, ni pour Barbara qui se souvient de ses déclinaisons latines mais pas des prénoms de ses propres fils, ni pour Julie qui se fait un sang d'encre à cause des dettes de jeu de Steven mais qui a trop honte pour m'en parler, ni parce que j'ai dit à Jack que je ne pouvais pas violer les liens sacrés de mon mariage pour être avec lui quand, depuis le début, il s'avère que Richard me trompait avec une autre. Non, je pleure pour ma fille, si terriblement triste et désespérée qu'elle a pu en arriver là. Pourtant j'ai vu, mais j'étais aveugle, et je l'ai entendue pleurer, mais j'étais sourde.

Et voilà qu'une sonnerie retentit dans le lointain. *N'envoie jamais demander pour qui sonne le glas ; il sonne pour toi.*

« C'est quoi, ce bruit ?

— On sonne à la porte, dit Richard.

— Hein ?

— La sonnette. »

En pilotage automatique, je traverse la cuisine pour aller ouvrir. Un garçon de l'âge de Ben est planté sur le seuil, une petite valise dans une main et une grosse boîte de chocolats Mozart à la pâte d'amandes dans l'autre.

« Bonsoir, dit-il, je suis Cedric, de Hambourg. Très heureux de faire votre connaissance. »

24
La chair de ma chair

11 h 20 – Vous savez, si un sale con misogyne très méchant avait décidé d'inventer un truc pour s'en prendre aux filles, piétiner leur estime de soi, exacerber toutes leurs insécurités et leur donner l'impression de n'avoir aucune prise sur le monde, il n'aurait pas pu trouver mieux que les réseaux sociaux, si ?

Je veux dire, c'est presque diaboliquement étudié pour. Inviter une jeune femme à se photographier et à s'examiner sous toutes les coutures avant d'offrir son image en pâture à la Terre entière. Ah, et bien sûr on peut photoshoper ladite image pour avoir la taille plus fine, les seins plus gros et les lèvres plus en avant, ce qui fait qu'ensuite on n'osera plus jamais se montrer IRL parce que l'image de soi qu'on renvoie sur Facebook et Instagram est si parfaite que la vérité sera forcément décevante. Voilà vraiment de quoi aider toutes ces ados qui se sentent nulles et se détestent.

Et ce n'est qu'une des idées furax et désespérées qui tournent confusément dans ma tête depuis les quelques heures où je suis assise sur ce banc en plastique orange du service de psychopathologie de l'enfant et de l'adolescent de notre hôpital local. Je n'avais encore jamais remarqué ce bâtiment vert d'un seul étage, caché derrière celui de la maternité. De façon assez macabre, cet endroit s'est révélé être le dernier salon où l'on cause. Lors de notre première visite, alors qu'Emily et moi patientions dans la salle d'attente, nous sommes tombées sur trois autres filles de son lycée, également accompagnées de leurs parents en état de choc. Elles se sont vaguement souri avant de détourner aussitôt le regard ; personne ne connaissait trop les usages en vigueur dans ce nouveau club étrange auquel elles appartenaient. Richard devait être là aussi, sauf que ce jour-là il avait dû emmener Joely passer une échographie. J'avais peur qu'Emi voie ça comme une trahison de plus, mais elle a simplement soupiré en disant : « Honnêtement, mam', papa est tellement naze. »

Une des surprises que j'ai eues après avoir annoncé aux enfants que Richard et moi allions nous séparer fut de constater que, bien qu'ils aiment profondément leur père, ils ne le tiennent pas en très haute estime. En apprenant que papa avait une copine et que cette dernière était enceinte, Ben a juste dit « Berk, c'est dégueu ». Emily a exprimé plus d'émotion mais, dès le départ, j'étais déterminée à tirer quelque chose de positif de ce séisme familial. Si j'ai peut-être un peu trop forcé sur le côté Julie Andrews dans *La Mélodie du bonheur*, au moins le fait de devoir sauver la face devant les enfants m'a aidée à tenir. Dès que Richard est parti de la maison, Ben a pris huit centimètres quasiment du jour au lendemain et a déclaré qu'il allait me créer un compte sur Tinder « pour te trouver un nouvel amoureux, mam'. À condition qu'Emi et moi ayons un droit de veto sur les mecs trop chelous, OK ? »

Je ne leur ai pas parlé de Jack. À quoi bon ? Depuis que je l'avais éconduit, il ne m'avait envoyé qu'un seul message, un texto parfaitement détaché sur le fait que la Provence était magnifique à cette époque de l'année. Vu comme je l'avais traité, je ne me sentais pas le droit de revenir en rampant lui réclamer une deuxième chance. Et puis de toute façon, les enfants n'avaient pas besoin d'un nouvel inconnu dans leur vie alors que leur père venait de se mettre à la colle avec Fifi Brindacier à quelques pâtés de maisons de chez nous.

J'ai à peu près réussi à me maintenir à flot au travail pendant toute cette période, au prix d'efforts démesurés. Je redoutais de m'éloigner d'Emily. J'étais hantée par le fait qu'elle ait pu se mutiler sans que je m'en aperçoive. Le jour où M. Baker m'avait appelée au bureau, il m'avait dit qu'un grand nombre d'adolescentes de son âge s'adonnaient à ce genre de pratique, mais pour je ne sais quelle raison, de façon aussi obscène qu'irrationnelle, j'étais persuadée que ça ne pourrait jamais arriver à ma fille. Pas Emily. Comment avais-je pu être aussi négligente ? Quelle noirceur s'était insinuée dans le cœur de mon enfant pour qu'elle en vienne à se taillader la chair avec un objet tranchant, à plusieurs reprises, volontairement ? Les marques sur ses cuisses formaient un quadrillage de griffures, comme si elle s'était éraflée des dizaines de fois contre des ronces. Je ne pouvais pas les voir sans que mon estomac se noue.

Quand Emily était âgée de quelques semaines, j'ai coupé ses minuscules ongles de bébé avec des ciseaux à bout rond et je lui ai accidentellement écorché la peau. Son cri de stupeur, première accusation incrédule de déloyauté, m'est revenu à la puissance mille lorsque j'ai vu les coupures sur ses jambes. Toutes les erreurs qu'on commet en tant que mère s'accumulent – vous croyez qu'il y a un compteur ? –, de sorte que, plus les enfants grandissent, plus ça fait mal de les voir souffrir.

Peut-être parce qu'on est de plus en plus impuissant à les aider.

Le psychologue de l'hôpital m'a dit qu'Emily avait arrêté de se mutiler : la trahison de Lizzy au Nouvel An avait été le déclic pour la faire quitter ce groupe toxique auquel elle s'était désespérément agrippée. C'était aussi un très bon signe, d'après lui, qu'Emily se sente désormais suffisamment à l'aise pour se promener jambes nues à la maison. C'est quand ils continuaient à se cacher qu'il y avait le plus de souci à se faire.

Je m'en voulais, évidemment. N'avais-je pas assez donné confiance en elle à ma fille ? Toutes nos chamailleries absurdes sur la façon de s'habiller, les régimes à base de jus et les chambres mal rangées lui avaient-elles donné l'impression de ne pas pouvoir se confier à moi ? Étais-je trop angoissée par ses résultats scolaires et lui avais-je communiqué cette angoisse ? Bref, est-ce que j'attendais d'elle qu'elle soit le bourreau de travail surstressée et obsessionnel que j'avais été quasiment toute ma vie ? Je plaide coupable.

Quand Emily est rentrée de chez Jess le soir où Richard m'a annoncé la nouvelle pour Joely et où Cedric-le-correspondant-allemand a sonné à la porte, il lui a suffi d'un regard pour comprendre que je savais. Bras dessus, bras dessous, nous sommes montées dans ma chambre, nous nous sommes assises sur mon lit, et nous avons pleuré. « Je suis désolée. Je suis désolée. Je suis désolée », répétions-nous en stéréo.

« Je suis désolée de n'avoir rien vu, chérie.

— Je suis désolée de ne pas t'en avoir parlé, maman. »

Ce fut un supplice pour elle de me montrer, et un supplice pour moi à regarder, mais le pire, c'était l'anxiété d'Emily. J'aurais pu me douter que tout ça était arrivé par Lizzy Knowles. Après que je ne sais quel crétin avait quitté je ne sais quel boys band, Lizzy avait eu l'idée d'entraîner sa clique dans le mouvement #FanCut, destiné à prouver l'intensité de leur chagrin et de leur dévotion. Emily m'a dit que ça faisait fureur sur Twitter ; il y avait carrément des schémas pour montrer comment se taillader, et des filles aux quatre coins du monde partageaient les images de leurs mutilations. L'horreur. Le psy m'a expliqué qu'Emi était particulièrement vulnérable car depuis l'histoire du belfie elle avait honte et craignait que ses amies ne l'aiment plus. Pour quelqu'un de ma génération, tout ça était assez difficile à concevoir, d'autant plus qu'apparemment c'était devenu monnaie courante. Il n'y a qu'à jeter un coup d'œil à cette salle d'attente pour s'en apercevoir : toutes ces jeunes femmes ravissantes qui cherchent à contrôler leur souffrance affective en l'infligeant à leur corps innocent.

« Bonjour, Kate. »

Je tourne la tête. Cynthia Knowles. (*Merci, Roy, je l'avais reconnue. Dans un tailleur Chanel rose, je vois mal qui ça pourrait être d'autre.*)

« Drôle d'endroit pour une rencontre, me dit Cynthia. Quelle époque étrange, non ? (Petit rire nerveux.) Lizzy a eu un léger passage à vide. Et Emily aussi, j'imagine... Ça tombe mal, quand même.

— Pardon ?

— Avec les examens qui arrivent dans quelques semaines. J'espère que, d'ici là, tout ça sera derrière nous. C'est juste que les notes comptent pour le bac, vous comprenez. Je me suis renseignée pour savoir si Lizzy pourrait avoir droit à une rallonge de temps, mais l'automutilation n'est pas encore considérée comme un handicap. J'ai vérifié. Ce serait dommage que cette malheureuse affaire vienne ruiner leurs objectifs », dit

Cynthia en agitant une main pleine de bagues en direction des autres filles.

Il y a comme ça des moments où toute la colère refoulée en vous trouve son exutoire idéal. Cynthia va me servir d'exutoire.

« Mon unique objectif pour Emily, dis-je, est qu'elle se sente heureuse et aimée, et qu'elle réalise qu'au fond c'est la seule chose qui compte vraiment. Et je n'ai pas besoin de mesurer ma valeur personnelle à l'aune des résultats scolaires de ma fille, parce que j'ai un boulot par ailleurs. Ah, tiens, la voilà. »

Emily m'adresse un timide coucou en revenant dans la salle d'attente.

« Salut, m'man.

— Salut ma puce. On y va ? »

Elle me donne la main et, avant de partir, je me retourne pour ajouter :

« Ah, Cynthia, une dernière chose.

— Oui, Kate.

— En gros, vous pouvez aller vous faire foutre.

— Maman, tu as insulté la mère de Lizzy, me chuchote Emily alors que nous marchons vers la voiture.

— Ah oui, chérie ? C'est très mal de ma part. Et maintenant, qui veut partager un milk-shake vanille avec moi ? »

De Julie à Kate

Hello, juste pour te dire que maman est bien rentrée chez elle, en grande forme. T'inquiète pas pour l'histoire de Steven, c'est arrangé. Je me sens beaucoup mieux. Dis-moi si tu as besoin de soutien moral avec ta séparation. Je suis l'experte mondiale ! Bisous

De : Kate Reddy
À : Candy Stratton
Objet : Re : 50 ans

Salut ma biche,

Non, je ne veux absolument rien pour mon horrible anniversaire. Tu sais, je l'avais presque oublié au milieu du chaos actuel, et je n'ai aucune envie de faire la fête. J'ai l'intention de le passer au calme avec les enfants et le chien.

Je ne sais pas comment te dire ça, mais j'ai découvert qu'Emily s'automutilait. Un de ses profs m'a expliqué que c'était complètement banal. Ils le font tous, apparemment, les garçons autant que les filles. J'ai regardé quelques sites sur le sujet, c'est terrifiant.

Ça me paraît tellement loin de moi. Je savais qu'il fallait surveiller des choses comme l'anorexie, mais ÇA ?! Je ne connaissais personne qui se mutilait quand j'avais seize ans, et toi ?

Bref, Emi va beaucoup mieux maintenant, Dieu merci. Elle voit un psy qu'elle aime bien et qui lui a prescrit des médicaments, juste pour endiguer l'angoisse. On a fait quelques séances de thérapie familiale à l'hôpital et je dois dire que Richard a été super, il s'est montré d'un grand soutien. Sa formation lui sert enfin à quelque chose, hourra !

Il y a encore du chemin à faire et ça prendra du temps, mais Emi a arrêté de se mutiler depuis un moment et elle ne cache plus ses cicatrices, ce que tout le monde voit comme un signe très encourageant. Elle s'est mise à dormir dans mon lit, comme quand elle était petite, et je ressens le besoin quasi primitif de la serrer contre moi et de la réconforter. Entre nous, je préfère largement dormir avec elle qu'avec son père !

C'est gentil à toi de dire que Richard mérite de vivre malheureux jusqu'à la fin de ses jours avec la gourou du bien-être. J'ai tendance à être d'accord, mais dans les moments où la colère retombe je me dis qu'il devait vraiment se sentir mal, que la cinquantaine n'est pas un cap facile à passer et que c'est la vie. Surtout quand une elfe de vingt-six balais te propose de t'ouvrir ses chakras et tout ce qui va avec.

J'essaie de garder une ambiance le plus agréable possible et de rester positive avec les enfants, en leur disant, comme sans doute Mme Jekyll à Mme Hyde, que « le changement a du bon ». Il faut qu'on trouve le

journée. Je cours vers la station de métro la plus proche, Bank. Merde. Combien de fois ai-je dit à Jay-B que, lorsque les performances du fonds ne sont pas mirifiques, c'est le moment de se déplacer en personne pour aller tenir la main des clients ? Même quand les performances sont minables pendant des années, souvent ils restent s'ils se sentent une certaine fidélité envers leur conseiller. Qui s'est occupé de Palfreyman jusqu'à présent, hein ? Un petit con avec un diplôme de la London School of Economics et aucune connaissance de la nature humaine.

Je passe le tourniquet du métro quand, soudain, ça me revient. Oh, non. Bank. L'escalator. *Ça va aller, Kate. Si tu t'engouffres derrière ce groupe de gens, tu n'auras qu'à suivre le mouvement. Inutile de regarder vers le bas. Inutile d'observer la terrifiante image à la Escher des dents de métal qui roulent sous tes pieds*. Il est tellement long, cet escalator. Palpitations. Ça va être à moi de m'engager. Non, je ne peux pas. Désolée, je dois faire demi-tour. Désolée. L'homme derrière moi est furieux. « Décidez-vous, bordel ! »

Il me bouscule pour me doubler. Je remarque un type en uniforme qui me regarde.

« Excusez-moi, je demande, il n'y a pas un escalier normal ?

— Cent vingt-huit marches, madame, me répond-il avec un sourire contrit. Venez avec moi, je vais vous aider. »

Il m'attrape par le coude et me tire vers l'escalator.

« Ne regardez surtout pas en bas, regardez-moi, OK ? »

Quel charmant visage il a, plein de bonté.

« Voilà, vous y êtes. »

Il me lâche, et je suis embarquée ! Le mouvement de l'escalator secoue tout mon corps, mais je me tiens à la rampe. Mon rythme cardiaque ralentit. *No problemo.* Penser à Conor : « Bravo, c'est top, Kate. » Penser aux enfants, à garder mon boulot pour eux à présent que je suis mère célibataire. Bizarre que Palfreyman veuille se retirer maintenant. En général les gens s'en vont après trois années de mauvaises performances, pas une, ce qui laisse supposer qu'il s'est engueulé avec le type qui s'occupait de lui. Il y a des années, Rod Task me confiait tous les clients qui se plaignaient ou menaçaient de partir. Je me donnais pour mission non seulement de les faire changer d'avis, mais d'en tirer encore plus de profits et de prolonger leur engagement auprès de nous. La plupart du temps, il suffisait de les écouter, de compatir et de nous trouver des centres d'intérêt communs. Une fois que j'avais regagné leur confiance, je pouvais leur recommander un nouveau conseiller pour prendre le relais. Presque toujours, je recommandais une femme.

13 h 01 – Toute l'équipe est réunie dans le bureau de Jay-B. Il règne un silence embarrassé alors que j'arrive et prends place à côté d'Alice. Notre chef est blanc comme un linge, sa houppette à la Tintin lui pendouille sur le front. Pas le temps de mettre de gel ce matin ? C'est que la situation doit être grave.

« Bien, commence-t-il, maintenant que Kate nous a rejoints, il faut qu'on comprenne ce qui s'est passé avec Palfreyman.

— Ça a merdé dans les grandes largeurs, marmonne Gareth à ma gauche, occupé à dessiner une potence sur la feuille devant lui.

— Ce qu'on doit réussir à identifier, reprend Jay-B, c'est s'il s'agit d'une erreur de procédure ou d'une erreur humaine. Troy, c'est toi qui t'occupais de ce client. Comment tu expliques ce bordel ? »

Oh, joie. Troy est dans le collimateur. Alice me donne un petit coup de coude et nous nous tournons vers le play-boy de service, dont le visage est écarlate jusqu'à la pointe de ses favoris roux.

« Tout allait bien la dernière fois que je lui ai parlé, dit-il. Je n'ai pas senti de problème particulier.

— Tu t'es déplacé dans le Yorkshire pour lui expliquer les résultats trimestriels quand ils sont sortis ? »

Ça, c'était moi. Troy remue nerveusement sur sa chaise.

« Je n'en ai pas vu la nécessité. Je lui ai dit au téléphone que les choses se présentaient bien.

— *Bien* ? répète Gareth, incrédule (je constate qu'il a ajouté une corde à sa potence). En quoi un retour de seulement deux pour cent peut être considéré comme "bien" dans le marché actuel ?

— Il, euh... Palfreyman était un peu fâché qu'on ait vendu Rolls-Royce, il disait qu'il n'aurait jamais fait un truc aussi stupide ou antipatriotique...

— C'est tout ce qu'il a dit ? je demande.

— OK, c'est vrai qu'il s'est plaint par mail de nos performances comparées à celles de trois de nos concurrents », admet Troy, penaud.

Ah, voilà, on entre dans le vif du sujet.

« Et est-ce que tu l'as rappelé pour lui dire que nos performances étaient aussi bonnes que les autres, mais qu'elles avaient l'air inférieures simplement à cause des frais prélevés par l'entreprise dominante ? Et puis il faut qu'il compare sur des échelles de temps équivalentes ; même un décalage d'un trimestre ou d'un mois peut faire une grosse différence. Nos performances ne sont pas géniales en ce moment, mais en vérité elles sont meilleures que celles de la concurrence. Tout ce qui compte, c'est qu'il nous fasse confiance et qu'il ait l'impression qu'on sait ce qu'on fait. Ce n'est pas la première fois qu'on traverse une mauvaise passe – en 1998 c'était bien pire, et 2002 a été terrible –, mais le fonds s'en est toujours relevé brillamment. Je n'invente rien, ce sont des données historiques. »

Bon sang, j'ai envie de me cogner la tête contre la table devant la bêtise de ces… de ces *gamins*.

« Kate, comment savez-vous ce qui s'est passé ici en 1998 ? »

Jay-B est debout près de la fenêtre, mains croisées sur le devant de son pantalon, comme pour se protéger les parties. Dans la lumière éclatante du soleil, on dirait que la pointe du Shard sort directement de la tête de notre baby boss.

« Je… »

Réfléchis deux secondes, Kate. Réfléchis à ton anniversaire qui arrive. À ce que ça signifierait pour toi de perdre ce boulot, de devoir retourner aux réunions des revenantes et tout recommencer. Réfléchis à Richard qui t'a quittée. À combien tu as besoin de cet argent. Et au fait que leur dire la vérité maintenant revient à leur dévoiler ton vrai âge.

« En fait, Jay-B, il se trouve qu'en 1998 c'est moi qui dirigeais ce fonds, et je dois dire que je faisais du bien meilleur boulot que vous, jeune homme. »

Alice m'agrippe le poignet comme si on arrivait au sommet d'une montagne russe géante et qu'elle s'apprêtait à hurler. Gareth referme brusquement la bouche pour réprimer un éclat de rire et laisse finalement échapper un genre de pet grinçant, comme le bruit d'un coussin de farces et attrapes.

« Vous dirigiez ce fonds ? répète Jay-B machinalement.

— Tout à fait. Je devrais d'ailleurs ajouter que c'est moi qui l'ai créé, et qu'il avait d'étonnamment bons résultats dans ce qui était une période plutôt hostile. Et, oui, tout le monde, ça veut dire que je suis horriblement vieille. Quarante-neuf ans, presque cinquante. »

Je repense à la fois où j'étais partie à New York pitcher le fonds à Jack (dire que j'avais des poux !). Il avait adoré ma présentation. Non, il m'avait adorée moi. Et réciproquement. On sait dès les premières minutes où on rencontre quelqu'un si on a besoin d'ajuster la fréquence. Avec lui, j'ai su instantanément qu'on était sur la même longueur d'onde sans toucher à aucun réglage, et je me souviens de cet intense sentiment de bonheur. C'est quelque chose qui arrive très rarement dans une vie, peut-être une ou deux fois, quand on a de la chance. Nous avons eu de la chance, Jack et moi. Des milliards de gens sur cette planète, et nous nous sommes trouvés. Magique, non ?

C'était un cadeau, et je l'ai refusé. Et maintenant j'en suis là, à mi-parcours. Cinquante ans, au mieux, c'est la mi-temps, non ? Le besoin de me sentir vivante, de me rappeler que je suis vivante, et pas seulement pour servir de chauffeur à mes enfants, me paraît brusquement inexorable.

« Putain, c'est incroyable, murmure Jay-B. Je ne sais pas quoi dire.

— Tant mieux, parce qu'on n'a pas le temps de papoter. Il faut qu'on envoie quelqu'un voir Palfreyman de toute urgence. Alice, regarde s'il y a moyen de louer un hélicoptère. Le plus vite possible, s'il te plaît. Et trouve-moi le maximum d'infos sur Palfreyman : épouses, enfants, passé, hobbies. Gareth, j'ai besoin que tu me sortes tout ce qu'on a sur ses placements, ses retours sur investissement et nos performances relatives par rapport à la concurrence sur les vingt dernières années.

— Un hélicoptère ? »

Troy est bouche bée, on dirait une carpe hors de l'eau.

« Oui, il faut qu'on donne à sir Geoffrey le sentiment qu'il est quelqu'un d'important. Il faut qu'on lui montre à quel point il compte pour EM Royal. Et si on atterrit en hélico sur sa pelouse et qu'on la traverse pliés en deux avant qu'il ait le temps de retirer une montagne de fric de notre fonds, peut-être qu'il comprendra le message. Ah, et Troy ?

— Oui.

— Rentre ta chemise dans ton pantalon, jeune boy. »

15 h 10 – C'est la première fois que je monte dans un hélicoptère. Ça n'a jamais été un de mes fantasmes, pour être honnête, et maintenant que je l'ai fait, je me dis que j'avais raison. Certes, il y a un shoot d'euphorie passagère au moment où vous décollez – non pas à l'horizontale, comme dans un avion, mais tout droit à la verticale, comme dans un ascenseur – et où vous vous élevez dans les airs en regardant Londres rétrécir en contrebas. Mais après, ce n'est plus que du bruit. Raffut et tremblements, avec une touche de frayeur pour couronner le tout. Il y a peut-être des gens qui rêvent de sauter dans la jungle depuis un hélico comme dans une opération secrète à la *Tomb Raider*, mais, croyez-moi, pas une seconde je ne me suis sentie dans la peau de Lara Croft. Plutôt dans celle d'une tasse au lave-vaisselle. Et puis je ne me rendais pas dans une zone de combat : j'atterrissais dans le Yorkshire, au grand agacement de quelques moutons renfrognés.

On a quand même dû se baisser en sortant de l'appareil, comme le veut la coutume (a-t-on jamais vu quelqu'un d'assez grand pour se faire décapiter par une pale de rotor, à part un joueur de basket ?). Et ça a marché. Pas pour nous – Alice, Gareth et moi, l'équipe de choc dépêchée par EM Royal, ou en tout cas le seul trio partant pour cette mission impossible –, mais pour notre cible. Geoffrey Palfreyman. Je le voyais, debout derrière sa double porte-fenêtre, jambes écartées, mains sur les hanches ; l'évaluation avait commencé avant même qu'on touche le sol.

« Je vois que vous avez rejoint le Rotory Club, dit-il alors que nous nous installons dans son salon, dont j'arrive à peine à distinguer le mur du fond sans jumelles. C'était comment ?

— Fabuleux, répond Alice.

— Tout en douceur », je renchéris.

Gareth, lui, ne dit rien, vu qu'il n'est pas là. Il est encore dans les toilettes de sir Geoffrey, en train de vomir tripes et boyaux.

« Merci d'être venus, mais c'est con d'avoir fait le voyage pour rien.

— Eh bien, justement, nous sommes là pour...

— Vous perdez votre temps. J'ai vu les chiffres, j'ai fait ma petite enquête, et franchement je peux trouver mieux ailleurs. Alors je reprends mon pognon fissa et je me barre chez la concurrence. Avec qui vous n'êtes absolument pas concurrentiels, pas la peine d'essayer de m'embobiner. Vous auriez dû laisser l'hélico tourner, c'est ballot. »

Voilà qui explique le manque d'hospitalité : pas de thé, café, biscuits, eau, ni, dans le cas de Gareth, de saint-bernard avec un tonnelet de schnaps accroché au cou. Sir Geoffrey n'est pas du genre à s'embarrasser de mondanités, et même les banalités d'usage ne serviraient qu'à lui faire perdre son temps. Cet homme n'a pas de temps à perdre.

« En fait, monsieur Palf... tente Alice.

— Sir Geoffrey », je la coupe en la fusillant du regard.

S'il y a bien quelqu'un en Angleterre qui doit tenir à ce qu'on utilise son titre en toutes circonstances, à n'importe quelle heure du jour ou de la nuit, c'est le brave citoyen qui est planté devant nous, dos à la cheminée, se faisant rôtir les fesses par des flammes d'un mètre cinquante. Lui et deux ou trois acteurs qui veulent se donner l'impression d'être des amis personnels de Falstaff. Il est *possible* que lady Palfreyman lui murmure des « Geoff » à l'oreille pendant la saison du rut, mais je n'en mettrais pas ma main à couper.

« Je vous ai sorti les chiffres, sir Geoffrey, dis-je en extirpant une liasse de documents de ma mallette, et j'espère que vous pourrez constater par vous-même qu'ils ne correspondent pas forcément à ceux qui vous ont été fournis par votre équipe. Je ne vais pas vous enquiquiner maintenant avec tous les détails, mais vous trouverez un récapitulatif sur la première page. Quand on tient compte des frais, vous verrez que nos performances, contrairement à ce que vous semblez...

— Vous êtes en train de dire que je me trompe, c'est ça ? » demande-t-il, le menton pointé vers moi à s'en démantibuler la mâchoire.

Je pense que Sigourney Weaver devait ressentir à peu près la même chose dans les moments de tension de la saga des *Alien*.

« Non, je dis juste que vos conseillers n'ont pas pris en compte tous les aspects du problème. »

Hop, renvoyer la balle de l'autre côté du filet, comme nous apprenaient à le faire nos professeurs dans les exercices de joutes oratoires. Plus le coup qui vous arrive est violent, plus vous aurez de puissance dans votre retour.

« Mes conseillers, je vous ferais remarquer...

— Nous avons clairement commis une erreur, chez EM Royal, je poursuis à la volée, mais ce n'est pas une erreur statistique. »

Voilà qui l'arrête net. Il ne peut cacher une certaine curiosité.

« Ah bon, et c'est quoi, alors ? Où est-ce que vous avez merdé ?

— En ne faisant pas bien comprendre à tout le monde au sein de la compagnie que vous êtes, de loin, le plus gros investisseur privé qui ait jamais fait appel à nos services (pas tout à fait vrai, mais il n'a pas besoin de le savoir). Et que c'est à la fois une immense responsabilité, et un privilège.

— Ah ouais ? Pour qui ?

— Pour nous.

— Et qu'est-ce que vous voulez que ça me foute ?

— Bonne question.

— Alors répondez-y.

— Le fait est que nous sommes en mesure de vous garantir des retours sur investissement, année après année, à même de rivaliser avec n'importe quelle offre de la concurrence. Nous sommes aussi les gardiens les plus fiables de votre fortune, pas juste actuellement, mais pour les générations futures. Pour vos enfants, pour les enfants de vos clients, et leurs propres enfants. Comme le montrent ces documents. Enfin… (il ouvre la bouche pour m'interrompre, mais je ne lui en laisse pas le loisir) nous sommes totalement à l'écoute de vos inquiétudes et besoins particuliers.

— Quels besoins, bordel ? Regardez autour de vous, ma grande. Vous avez l'impression que j'ai besoin de quelque chose ? »

Je regarde autour de moi. À part une immense toile de Gainsborough, le seul objet digne d'intérêt dans la pièce est Gareth, qui chancelle en périphérie de l'action.

Il a le visage céladon. Peut-être qu'il est mort aux toilettes et que son fantôme est revenu nous hanter.

« Eh bien, ce qui m'a frappée, en étudiant votre dossier ces derniers jours (ou plutôt en le feuilletant dans le taxi pour l'héliport), est qu'en comparaison de certains de nos autres plus gros clients, votre engagement dans le secteur philanthropique n'a pas reçu l'attention qu'il mérite.

— Vous me traitez de salaud égoïste ?

— Au contraire. Il est indiqué que vous avez financé un nouvel appareil IRM pour le groupement hospitalier du North Yorkshire, après que votre plus jeune fille, Katherine...

— Kate. Comme vous. »

Ah, il s'est quand même donné la peine de retenir mon prénom. Très bien.

« Après que Kate a dû, si j'ai bien compris, être hospitalisée dans un état très grave quand elle était adolescente. Elle s'en est tirée, Dieu merci, et vous avez été admirablement généreux en retour, mais vous avez choisi de ne pas rendre publique cette donation.

— C'est mes affaires.

— Justement. Ce sont vos affaires. Et nous sommes là pour vous aider à les gérer du mieux possible. Votre dossier montre en outre que vous avez fait des dons très importants à plusieurs institutions musicales du comté et au-delà, ainsi qu'à l'opéra de...

— Ça, c'est Jeannie. Elle adore le chant. Depuis toujours.

— Merveilleux. Mais votre nom et celui de lady Palfreyman n'apparaissent qu'en tout petit au dos du programme, dans le cas par exemple de la récente mise en scène de *La Flûte enchantée*. (C'est Alice qui a dégotté ça en un coup de fil de cinq minutes.)

— Et alors ?

— Alors, si vous étiez aux États-Unis, mettons, votre engagement caritatif ne serait pas juste un à-côté de vos activités d'investissement. Il en ferait partie intégrante. Votre générosité ne serait pas un secret. Elle serait une façon de signaler, pas seulement au monde de la finance mais bien au-delà, que vous êtes un acteur essentiel. La Grande-Bretagne joue dans la cour des grands dans bien des domaines, mais en termes de philanthropie elle est encore dans le petit bain. Nous pouvons nous targuer d'une vie associative et d'un tissu de bénévolat très riches au niveau local, comme je suis sûre que vous pouvez le constater dans tous les villages autour d'ici, mais nous n'avons jamais été bons à grande échelle. C'est une tradition qui existe, mais de façon très sporadique. Il faut remonter aux grands industriels des dix-huitième et dix-neuvième siècles pour la voir véritablement à l'œuvre. Les bibliothèques, les musées, les salles de concert. Et beaucoup de philanthropes visionnaires venaient de la région, d'ailleurs, pas comme ces connards du Sud. *Eux*, ce sont des salauds égoïstes. »

Petite toux gênée d'Alice, grand sourire de Palfreyman.

« Donc, vous êtes en train de dire que…

— Je suis en train de dire : réhabilitez-nous ça ! La tradition. Faites du bruit. Lancez une mode. Que d'autres familles riches se disent : "Merde alors, ces Palfreyman se débrouillent drôlement bien, une toute nouvelle salle de concert – baptisée en hommage à Kathleen Ferrier, peut-être – vient de voir le jour à Leeds, avec leur nom sur la première pierre. Pourquoi est-ce qu'on ne ferait pas pareil ?"

— Kathleen Ferrier ? La chanteuse préférée de ma mère ! s'exclame sir Geoffrey.

— De la mienne aussi. J'ai grandi en écoutant “Blow the Wind Southerly”. Ma mère l'a vue en concert à Leeds.

— Ma mère aussi ! Le même jour, si ça se trouve. Votre maman vit toujours dans le coin ?

— Absolument. À trente kilomètres dans cette direction, dis-je en tendant la main vers le lac. Voilà, donc réinvestir dans la vie culturelle de la région qui vous a tant donné. Et pendant ce temps vous pouvez être sûr, complètement sûr, que vos investissements, les fonds qui serviront à financer ce genre d'initiative, fructifient en toute sécurité et au meilleur taux possible entre nos mains.

— Chez les connards du Sud, quoi.

— J'en ai bien peur.

— Pourquoi ne pas revenir vous installer dans le coin, si vous vous y plaisez tellement ? »

Je le regarde. *Dis la vérité, pour une fois.*

« Je dois d'abord gagner de quoi payer les études de mes gosses. Mon mari vient de me quitter, alors ce n'est pas le moment de lâcher mon boulot. C'est vrai que les maisons sont beaucoup moins chères par ici. Cela dit, la prochaine fois, je prendrai le train. L'hélico, ce n'est pas trop ma tasse de thé, pour être honnête.

— Ça secoue, hein ? Première fois ?

— Ouaip.

— Alors pourquoi vous l'avez pris ?

— Cas de force majeure. Il fallait que je vous voie de toute urgence.

— Faites gaffe que Jeannie ne vous entende pas dire ça ! »

Il marque une pause, puis se dirige vers une armoire.

« Allez, on boit un coup ? Ça va vous remettre le bide à l'endroit. Un peu tard pour notre jeune ami, là, je crois que c'est une cause perdue, mais vous, les filles, ça vous fera du bien. »

Et, deux minutes après, nous voici tous les quatre avec un verre de whisky à la main. C'était whisky ou rien. À ma droite, Gareth tangue comme un roseau dans la brise.

« Santé.

— Santé. Trinquons, propose sir Geoffrey. À EM Royal, et pour rester dans le thème, à Sa Majesté la reine !

— À la reine ! je clame avec ferveur, avant de vider mon verre cul sec. Et, euh... pardonnez-moi, sir Geoffrey, mais est-ce que ça signifie que...

— Ça signifie que vous avez réussi à me faire changer d'avis, ma jolie, chose qui ne m'était pas arrivée depuis une course hippique il y a vingt-cinq piges. Un copain m'a conseillé de miser sur un autre canasson que celui que j'avais choisi au départ.

— Et il a gagné ?

— Je veux ! Black Star, onze contre quatre. Je me suis fait deux cents balles ce jour-là.

— J'aime à croire que nous pourrons vous offrir de meilleurs rendements que ça.

— J'espère bien. Enfin, maintenant que je vous ai dit que je restais, je reste. Je suis un homme de parole. Mais c'est avec vous que je veux dealer, pas cette espèce de rouquin à la mords-moi-le-nœud.

— Bien sûr. »

Alice et moi restons là tandis que Gareth s'éclipse discrètement, sans doute pour appeler Londres et leur communiquer la bonne nouvelle. Ou pour régurgiter son scotch.

Sir Geoffrey est retourné se planter devant la cheminée. Il me regarde droit dans les yeux, impassible, et déclare :

« Je suis un vieux gaga fleur bleue, vous savez. Je ne sais pas dire non à une Kate. »

18 h 01 – Je suis de nouveau à bord de l'hélico avec une Alice surexcitée – Gareth a décidé de passer la nuit à York et de rentrer en train demain matin – quand je reçois un texto d'Emily : « Mam', ça va si Luke vient dîner ce soir ? T'excite pas, c'est pas vraiment mon amoureux, juste un copain de passage. Tu me fais pas honte, OK ? Bizzz. »

De Kate à Emily
Voyons, chérie, comment est-ce que je pourrais te faire honte ? Bisous.

Je me suis assoupie quelques minutes. J'étais littéralement vidée après avoir tout donné pour me mettre sir Geoffrey dans la poche. Quand je me réveille, je constate qu'Alice m'a calé la tête avec son pashmina.

« Pas étonnant que tu sois fatiguée, dit-elle.

— Mais c'est de la bonne fatigue, je réponds. La meilleure sorte de fatigue. »

Nous sommes sur le point d'atterrir lorsque mon téléphone sonne. Un numéro que je ne connais pas.

« Alice, tu peux nous commander un chauffeur ? Il faut que je réponde.

— Allô, madame Reddy ?

— Elle-même.

— Bonjour, c'est juste un appel pour vous avertir d'un niveau de dépenses inhabituel sur votre MasterCard et de cinq paiements en souffrance. Vous êtes sans doute au courant, mais nous voulions le rappeler à votre attention.

— Pardon ?

— Nous ne plaisantons pas avec ce genre de chose.

— Je n'ai aucun paiement en souffrance.

— Ce sont des achats sur la plate-forme Play Again.

— Quoi ?

— Nous vous avons déjà prévenue par courrier.

— Je n'ai pas ouvert mon courrier. »

Qui a le temps d'ouvrir son courrier ?

« Le total des impayés s'élève à six cent quatre-vingt-dix-huit livres. Nous vous demandons de bien vouloir les régler au plus vite, car vous n'avez pas de débit automatique sur cette carte. »

Quand on se creuse trop la cervelle, est-ce qu'elle peut finir par se trouer pour de bon ? J'essaie de réfléchir, mais j'ai l'impression que ma tête est comme un hangar abandonné. (*Roy ? Roy, à l'aide !*)

« Madame Reddy ?

— Oui, pardon, je suis là. Bien sûr, c'est inacceptable, je comprends, ça ne devrait pas se produire, et je vais prendre toutes les misères, pardon, mesures, pour m'assurer que ça, que ça... ne se reproduise pas. »

Heureusement que je ne suis plus en rendez-vous avec sir Geoffrey. On dirait une traduction simultanée du martien.

« Nous voulions vous avertir dans l'hypothèse où il y aurait des soupçons de fraude, auquel cas nous vous conseillerions de mettre immédiatement un terme à ces paiements.

— Ben. Roy pense que c'est sûrement Ben.

— Pardon ? Quel Roy ?

— Excusez-moi, Roy est mon... mon assistant. »

Coup d'œil en biais d'Alice.

« Je suis désolée, je crois avoir identifié le problème. Je m'en occupe tout de suite. Au revoir. »

Benjamin ! Bon sang de bonsoir ! Pas étonnant que mon taux de solvabilité soit si bas. J'ai l'impression que

Ben a utilisé ma carte pour s'enregistrer sur sa foutue plate-forme de jeux. Roy avait pourtant essayé de me prévenir. Qu'est-ce qui est plus grand, le choc de cette pénible révélation ou mon ébahissement devant le montant de la somme ? Le second, je crois. L'équation, d'après mes calculs, est la suivante : si X passe Y heures à jouer à *Zombie Road Rage* ou je ne sais quoi sur son téléphone, alors le nombre de morts-vivants écrasés sur le bitume, multiplié par pi, sera égal au nombre d'heures supplémentaires que la mère de X – appelons-la K – devra effectuer, en plus de ses horaires habituels, pour payer le divertissement de X.

Le pire étant que Ben trouverait ça parfaitement normal. Je devrais l'appeler illico pour régler cette affaire et lui passer le savon de sa vie, sauf que 1) je n'en ai pas la force après la journée que je viens de vivre, 2) en comparaison du belfie, cela n'est qu'un modeste abus technologique et 3) Ben ne répond jamais au téléphone. Parce que, naturellement, parler de vive voix à un autre être humain est la chose entre toutes que les ados refusent de faire, bien qu'ils aient un portable quasiment greffé dans la paume. Et aussi parce qu'il est beaucoup trop occupé à jouer à *Zombie Road Rage* ou *FIFA* ou *Bubonic Babies*.

De Kate à Ben
Coucou chéri, il va falloir qu'on parle de la facture de tous ces bonus que tu achètes pour tes jeux vidéo. Je n'ai pas de débit automatique sur cette carte, et tu as failli m'envoyer en prison.

De Ben à Kate
Dsl lol

26

Secrets et mensonges

3 *heures* – À quel moment ai-je décidé ? Ce qu'il fallait que je fasse. Ça m'a pris un certain temps, mais je crois que ce n'est pas un hasard si c'est une amie – une femme – qui m'a montré la voie. Emily dormait profondément dans le lit à côté de moi, à la place que je considérais encore comme celle de Richard, même si je cédais bien volontiers à cette chère Joely le plaisir de la symphonie porcine. Emi avait pris toute la couette, naturellement, quand j'ai rouvert les yeux à trois heures du matin. Pour une fois, ce n'était pas Perry et sa foutue méno-chose. Grâce au Dr Libido et à mon traitement hormonal, les sueurs nocturnes s'étaient arrêtées et l'immense lassitude dissipée. Si je n'étais pas tout à fait la Kate d'autrefois, au moins la nouvelle n'avait plus peur de l'avenir. Mon téléphone s'est éclairé dans le noir et j'ai vu que j'avais reçu un mail, alors je l'ai lu.

De : Sally Carter
À : Kate Reddy
Objet : Secrets et mensonges

Chère Kate, ça fait un moment que je voulais t'écrire, depuis qu'on a eu cette conversation avant Noël, en fait, quand tu as essayé de me parler de tes sentiments pour cet Américain. Je sais que tu attendais une réaction de ma part, voire un soutien, et je sais que je t'ai déçue, peinée, même, en ne disant rien. J'aurais voulu faire autrement, crois-moi, mais ça m'était impossible, pour des raisons que je n'ai pas eu le courage de t'expliquer sur le moment. Mais aujourd'hui j'aimerais essayer car, après ta séparation avec Richard, tu te retrouves maintenant confrontée à des choix majeurs pour ton avenir. Tu dis que ce sont tes enfants qui comptent, que c'est ta priorité, mais ça compte aussi que leur mère soit heureuse.

Tu te souviens de la fois où je t'ai montré ces photos de moi au Liban ? Tu trouvais que j'avais l'air d'une Audrey Hepburn follement heureuse. Eh bien, tu avais raison. J'ÉTAIS follement heureuse. L'homme derrière l'objectif s'appelait Antonio Fernandez ; c'était mon collègue mais, surtout, mon amant. La banque me l'avait assigné comme une sorte de chaperon quand elle m'envoyait au Moyen-Orient, et au début ça nous énervait tous les deux ; moi parce que je n'avais pas envie d'être surveillée par un Espagnol hautain, lui parce qu'il estimait avoir mieux à faire que de baby-sitter une petite Anglaise. En y repensant, je me dis qu'on était comme ces couples qui se retrouvent appariés de force dans les comédies romantiques et qui finissent par tomber amoureux contre toute attente. C'était nous.

On était tous les deux mariés. J'avais Mike et les deux garçons, qui avaient alors trois et un an. Antonio avait une femme depuis assez peu de temps, et pas d'enfants. Ni lui ni moi ne cherchions quelqu'un d'autre, et j'ai été horrifiée de me sentir irrépressiblement attirée par cet homme merveilleux et magnétique. Que ce soit sur le plan personnel ou professionnel, c'était une histoire impossible. J'adorais ma famille et je n'aurais jamais voulu leur faire de mal. Mais Antonio a fait voler cette certitude en éclats. La morale, la fidélité, rien de tout ça n'avait plus d'importance comparé au désir incontrôlable que j'éprouvais pour lui.

Encore aujourd'hui, quand je pense à lui – ses yeux, son corps, sa joie de vivre, sa façon de prononcer mon nom –, j'ai des frissons.
Notre relation a duré presque cinq ans, une période enchantée de bonheur absolu, avant qu'il nous faille rentrer chacun chez soi de façon permanente. En 1991, la banque a offert à Antonio un poste très haut placé à Madrid, et m'a rappelée à Londres définitivement. Nous avons envisagé de faire notre vie ensemble. Il disait qu'il était prêt à tout quitter et à venir vivre en Angleterre pour que je puisse rester auprès de Will et d'Oscar et que nous formions une famille. À l'entendre, ça paraissait faisable, mais chaque fois que je passais du temps loin de lui, je perdais de l'assurance. Je n'arrivais plus à penser qu'aux dégâts que je causerais en me séparant de Mike. Ma mère ne m'aurait jamais pardonné. Je ne pouvais pas être aussi égoïste. J'ai été élevée dans la religion catholique, et le divorce était considéré comme une honte, une abomination.
Je savais ce que ça me coûterait de renoncer à Antonio – du moins je le croyais –, mais je pensais qu'il valait mieux supporter ce chagrin seule plutôt que de l'infliger à mes enfants et au brave homme que j'avais épousé.
Deux mois après avoir vu Antonio pour la dernière fois à Beyrouth, j'ai constaté que je n'avais plus mes règles, mais j'ai mis ça sur le compte du choc de la rupture. J'étais un vrai zombie, je m'acquittais de mes tâches comme un robot – faire à manger aux garçons, les coucher –, mais à l'intérieur j'étais complètement détruite. Le temps que je comprenne ce qui se passait, j'étais déjà enceinte de cinq mois. Trop tard pour avorter même si j'avais voulu, ce qui n'était pas le cas.
Je me suis dit que le bébé était peut-être de Mike, mais au fond je crois que je savais. Quand elle est née, elle avait une tignasse de cheveux bruns et les yeux noirs comme du charbon. Le doute n'était plus permis. J'ai beaucoup plaisanté sur le fait qu'on avait des gitans dans la famille – ce qui est vrai, du côté de mon père, en remontant assez loin – et puis heureusement, comme c'était une fille, la non-ressemblance avec ses frères était moins flagrante.
Je l'ai appelée Antonia en souvenir de lui. C'est la seule chose que je me suis autorisée. J'ai décidé qu'il n'entendrait jamais parler d'elle, car je trouvais que c'était injuste ; ça risquait d'abîmer la vie qu'il s'était

construite avec sa femme, et avec les enfants qu'ils avaient peut-être, alors il valait mieux qu'il ne sache rien. Mike l'aimerait comme sa fille, elle aurait donc un père fabuleux, ce qui s'est confirmé au-delà de mes espérances.

Est-ce que Mike a des doutes ? Je pense qu'il sait sans savoir. Antonia est tellement différente de ses frères ; douée pour les langues, d'ailleurs elle a été instinctivement attirée par l'espagnol, ce qui est formidable et en même temps m'a rendue très triste. Peut-être qu'on arrive à ne pas savoir ce qu'on préfère ne pas savoir ?

Tu es la première personne à qui je confie mon secret. J'ai eu envie d'en parler à mon père sur son lit de mort, mais je n'ai pas osé.

Je te le raconte maintenant parce que j'aimerais pouvoir te dire que tu as raison si tu décides de ne pas tout chambouler, et si tu choisis d'ignorer l'appel du grand amour et de la passion. Si tu te dis que ce n'est qu'une illusion passagère et qu'il y a des choses plus importantes. Mais ce serait un mensonge. De mon point de vue, en tout cas. J'ai eu une belle vie, Kate, mais ça fait vingt-quatre ans qu'Antonio me manque tous les jours que Dieu fait, et le voir dans le visage et la personnalité de ma merveilleuse fille est à la fois mon plus grand bonheur et le pire des supplices.

Parfois, je me demande si les crises de panique et la dépression d'Antonia sont liées à mon mensonge. Si elle a le sentiment qu'il lui manque un morceau du puzzle. Si je devrais lui dire la vérité. Encore des questions avec lesquelles je me torture !

J'ai bien vu que tu avais remarqué quelque chose le soir du Nouvel An, quand je te l'ai présentée et que tu m'as dit qu'elle ressemblait à Penélope Cruz. Tu es tellement perspicace, Kate. Une des raisons parmi cent autres pour lesquelles je m'estime chanceuse d'être ton amie.

Il est beaucoup trop tard pour moi mais, en tant qu'amie, justement, je voudrais te dire que j'ai fait le mauvais choix il y a vingt-quatre ans. Si c'était à refaire, je sauterais le pas et je choisirais la vie et l'amour, pas le devoir et les conventions. Toi seule peux décider ce qui est bon pour toi, évidemment, mais je veux que tu saches que tu auras mon soutien total si tu choisis de faire ta vie avec Jack. C'est bien Jack, n'est-ce pas ?

J'espère ne pas t'avoir trop choquée ni trop chamboulée. J'ai écrit ce mail en pleurant d'un bout à l'autre, alors il est peut-être un peu confus ! Mais il me paraissait important de te dire ces choses.
Je t'embrasse très affectueusement,
Sally

27
Le 11 mars

Jour de l'Invisibilité

Le temps. Au final, tout est une question de temps. Les jeunes veulent être plus vieux, les vieux veulent être plus jeunes. Quelque part entre les deux, à mi-chemin, me voilà, tel Janus, tournée à la fois vers le passé et l'avenir. Janus, le dieu des passages et des au revoir, des transitions et des nouveaux départs.

Le plus drôle, c'est que vieillir ne m'avait jamais inquiétée. Pas vraiment. La jeunesse n'avait pas été si tendre avec moi que sa disparition me dérange outre mesure. Je pensais que les femmes qui mentaient sur leur âge étaient superficielles et se berçaient d'illusions, mais finalement je me suis empressée de les imiter, pas vrai ? Je n'avais pas le choix si je voulais trouver du travail. Pas d'autre solution. Les femmes de mon âge sont has been, vous ne le saviez pas ? C'est triste, mais figurez-vous qu'on commence à avoir les mêmes maladies que les hommes : infarctus, AVC, cancer de l'estomac. Alors que les hommes, eux, n'ont pas les maladies des femmes. Nous nous sommes transformées en hommes pour pouvoir réussir dans un monde conçu par eux et pour eux, mais eux n'ont jamais appris à être nous, et peut-être ne l'apprendront-ils jamais.

C'est une force, pas une faiblesse. Je le sais, à présent. On en sait beaucoup quand on a vécu aussi longtemps que moi.

Est-ce que j'ai eu droit à des applaudissements quand je suis revenue au bureau après avoir sauvé la mise avec Geoffrey Palfreyman ? Oui. Et c'était bien mérité, franchement. Je n'ai pas réussi cette prouesse *en dépit* de mes quasi-cinquante ans ; j'ai réussi *parce que* j'avais cinq décennies de vie au compteur, cinq décennies d'amères expériences, de labeur acharné, de manœuvres sur les rapides de la vie familiale, pour le meilleur et pour le pire, dans la santé comme dans la maladie. Ce sont des choses qui ne s'inventent pas.

Par un heureux hasard supplémentaire, il se trouve que notre président était dans les locaux ce jour-là et a entendu parler de mes exploits.

« Kate peut bien rester jusqu'à ses cent ans si elle continue à nous démerder des coups comme ça, a hrrumfé Harvey. Regardez-moi : cette foutue boîte m'appartient et pourtant je me lève quatre fois par nuit pour pisser. »

Qu'est-ce qu'il y a eu après ? Ah oui, mon anniversaire. J'allais oublier. Avec Sally, on s'était mises d'accord pour promener nos chiens ensemble le matin du jour J. Partager un moment tranquille. Rien d'extraordinaire. Je voulais que ça passe le plus en douceur possible. La routine habituelle, et puis le soir, un dîner avec les enfants. Emily avait concocté un menu avec tous mes plats préférés et avait fait les courses à l'avance. Ben avait dit qu'il achèterait des After Eight, dans le cadre du plan de remboursement de ses dettes de jeu.

11h35 – La vue depuis notre banc en haut de la colline est particulièrement splendide aujourd'hui. Le printemps s'ébroue et on dirait que toutes les plantes et les bêtes savent qu'elles vont bientôt devoir entrer en scène. L'aubépine est en fleur et, partout, forme des haies qui sont comme les bouquets de mariée de la Nature.

« Non, c'est du prunellier, me corrige Sally en se penchant pour ôter un bourgeon du nez de Coco. Le prunellier fleurit toujours en premier, puis l'aubépine.

— Qu'est-ce que je ferais sans toi, mon Encyclopedia Botanica ?

— Oui, tu vois, je peux servir à quelque chose, de temps en temps. »

Elle me prend par le bras tandis que, pour la première fois, nous choisissons pour redescendre d'emprunter le large chemin herbeux au centre de la colline. Je ne la connais que depuis six mois, mais déjà Sal est devenue une de ces personnes irremplaçables qui reprennent le flambeau quand l'aura protectrice de votre propre mère faiblit, et qui vous recréent une nouvelle sorte de famille. Je la remercie de son mail. Je lui dis que je n'en ai jamais reçu d'aussi beau, mais que je ne peux pas suivre mon cœur comme elle me le suggère.

« Après tout ce qui s'est passé, Sal, je ne peux pas. Et puis Jack a disparu dans la nature, entre-temps.

— On verra, dit-elle. Oh, attends, Kate, ne bouge pas, chut, doucement. »

À environ cinq mètres de nous, un petit oiseau a émergé d'une touffe d'herbe et s'élève à la verticale vers le ciel. C'est impossible, pourtant on croirait qu'il est propulsé par la force de son propre chant, d'une douceur et d'une intensité telles que je n'en ai jamais entendu. Si le plus merveilleux parfum du monde pouvait chanter, il aurait ce son-là.

« Tu sais ce que c'est, Kate ? » me chuchote Sally.

Curieusement, je crois bien que oui.

« Ce ne serait pas une alouette qui s'envole[1], par hasard ? »

Nous regardons, émerveillées, l'oiseau virevolter et tourbillonner, aspiré par son propre courant ascendant dans une extase de notes liquides.

« C'est un signe, déclare Sally. La seule autre fois où j'ai vu une alouette, c'était le jour de la mort de mon père. Elle chante en ton honneur, Kate.

— Ce n'est pas un signe », je rétorque, en sentant mon cœur se gripper.

Ce n'est pas un signe, bordel, je te le dis, me lance soudain Roy au visage.

Hé, qui t'a demandé ton avis, espèce de vieil archiviste aigri ? Mêle-toi de ce qui te regarde, tu seras gentil.

Les Forces de l'Univers ne se sont pas liguées contre nous. C'est juste un foutu morceau de plastique, pas je ne sais quel Dieu de l'Ancien Testament qui essaie de nous empêcher de faire l'amour.

Oui, Roy, je me souviens très bien des paroles de Jack, merci.

Lenny et Coco galopent déjà vers les grilles du parc, en direction du parking, mais brusquement Sally dit qu'elle se sent un peu patraque et qu'elle mangerait bien quelque chose, alors nous tournons sur la droite pour nous arrêter au café. Je pousse la porte et tombe d'abord sur Emily (Emily !). Puis Debra (Deb !). Puis Julie (Julie !).

---

1. Allusion au concerto du compositeur britannique Ralph Vaughan Williams, *The Lark Ascending*, inspiré d'un poème de George Meredith sur le chant de l'alouette et devenu au Royaume-Uni une des œuvres les plus célèbres du répertoire classique, que Kate mentionne déjà au chapitre 5. [NdT]

Puis Ben, qui me filme avec son téléphone, naturellement. Et puis – non, je ne peux pas le croire – Candy Stratton, avec un sourire grand comme le pont de Brooklyn.

Je me retrouve assaillie telle une pop star. Entourée de bras, couverte de baisers.

« Bon anniv, mam' !

— Merci, chérie. Oh, mais regarde qui est là. Regarde qui est là ! Mon Dieu, quelle merveilleuse surprise. Tout le monde qui s'est arrangé pour être là avec moi ! »

Candy se tient quelque peu à l'écart, attendant son tour jusqu'à ce que, finalement, nous soyons nez à nez, aussi heureuses l'une que l'autre.

« Qu'est-ce que tu fiches ici, Stratton ? je lui demande.

— Tu ne croyais pas que j'allais rater l'occase de te voir devenir plus vieille que moi, Reddy. Dis donc, c'est quoi ce truc ultra-sexy que tu portes ?

— Ça s'appelle une polaire.

— Ma poule, tu sais que je t'adore, mais c'est pas en t'habillant avec de la moquette que tu vas augmenter tes chances de t'envoyer en l'air. »

Les patrons du café ont prévu un gâteau, et il y a du champagne rosé, le tout organisé par Sally. Je souffle les bougies – seulement cinq, merci de cette délicate attention –, et tout le monde se met à chanter « Bon anniversaire ». Après quoi Emily et Ben font un discours dans lequel ils soulignent que, bien que leur mère soit d'un autre siècle, elle est quand même plutôt cool.

« Maman, t'es une super maman », conclut Ben, dont la voix se brise.

Je suis sûre qu'à cet instant, il pense aussi à Richard. Pour eux, nous étions une entité depuis si longtemps – « papa et maman » – qu'il va être difficile d'apprendre à nous aimer séparément. On y arrivera, mais ça prendra du temps.

De retour à la maison, pendant que les enfants font faire le tour du propriétaire à Candy et à Julie, Sally me remet une grande enveloppe en papier kraft.

« Qu'est-ce que c'est ? Encore une surprise ?

— Lis le mot sur la carte, tu comprendras. »

Le recto représente un tableau de la montagne Sainte-Victoire, dans des tons bleu vif, mauves et vert pâle : Cézanne, même si ça me rappelle le Matisse que j'ai vu dans le palais de Vladimir Velikovsky. Les mêmes couleurs somptueuses. L'écriture au verso m'est familière.

Quand tu seras bien vieille et grise, dodelinant
Aux portes du sommeil près du feu : prends ce livre,
Et lis sans te hâter, et rêve à la douceur
Qu'eurent tes yeux jadis, dans leurs ombres lourdes.
Combien aimaient alors ta grâce joyeuse,
Qu'ils aimaient ta beauté, de feint ou vrai amour !
Mais un seul homme aima en toi l'âme viatrice
Et aima les chagrins du visage qui change[1].

Sous le poème de Yeats, Jack a écrit : « En attendant que tu sois vieille et grise, voici un billet d'avion. Première classe, entièrement modifiable. C'est Sally qui m'a donné ton numéro de passeport. Une femme adorable, d'ailleurs. Profite du reste de ta journée avec Ben et Emily. Rendez-vous en Provence. Viens quand tu veux. Je t'attends. Dépêche-toi. J. »

« Je ne peux pas aller le rejoindre, dis-je. C'est impossible. Les enfants, le chien...

1. W. B. Yeats, « When You Are Old », traduit par Yves Bonnefoy dans la collection « Poésie », Paris, Gallimard, 1993. [NdT]

— Ça devrait pouvoir s'arranger, me coupe Sally. J'ai rencontré ton Jack. Il m'a l'air d'un homme formidable. Dommage qu'il soit si pauvre.

— Ce n'est pas le moment.

— Ah bon ? Quand, alors ? Allez, dis-moi plutôt où tu ranges tes couverts. »

Après dîner, tandis qu'Emily, Ben et Candy regardent *Game of Thrones*, Julie et moi parlons sur Skype avec notre mère, qui a l'air en très grande forme.

« Je n'arrive pas à croire que ça fait un demi-siècle que je t'ai eue, chérie.

— Pas besoin de me le rappeler, maman.

— Tu resteras toujours mon bébé. »

Et puis, emmitouflées dans nos manteaux, nous sortons dans le jardin, nos verres à la main, pour que Julie puisse fumer.

« Ça me fait tellement plaisir que tu sois là, je dis.

— Un peu que je suis là, bordel ! Où sont passées toutes ces années, Kath ? J'ai l'impression que c'était hier qu'on mettait nos dents sous l'oreiller pour la petite souris. Et dans pas si longtemps, on les mettra dans un verre d'eau sur la table de nuit.

— Quelle vision réjouissante ! Au fait, comment va Steven ? »

Grand sourire de Julie.

« Oh, bah il va impec depuis que ton copain américain l'a sorti d'affaire.

— Quel copain américain ?

— Jack. Il a expliqué à Steven que la City de Londres était pleine de joueurs, qu'il fallait simplement savoir maximiser ses chances. Et qu'il voulait bien lui apprendre. Qu'il pouvait lui ouvrir des portes si Steven avait envie d'affiner un peu son jeu. Et vu que Steven est doué avec les chiffres, comme sa tata Kath, Jack lui a trouvé un poste d'assistant trader. Depuis qu'il est venu, en tout cas, on n'a plus de malabars qui sonnent à la porte pour nous emmerder. »

Je suis sans voix.

« S'il sait que je te l'ai dit, il me tue. Il nous a fait jurer de ne pas t'en parler. Dis donc, il est plutôt beau gosse, hein ? Il a beaucoup plu à maman.

— Maman a rencontré Jack ?

— Ouais. Il a dit qu'il voulait bien solder les dettes de Steven, à condition que Steven le rembourse petit à petit en lui reversant une fraction de son salaire tous les mois. Heureusement qu'il nous a tirés de ce pétrin, je te jure.

— Comment il a fait pour vous trouver ?

— Il a appelé un par un tous les Reddy du coin. Il paraît qu'il a toujours eu envie de visiter le Yorkshire. De "fouler la terre qui t'a vue naître", voilà ce qu'il a dit. Il cause drôlement bien, ma parole. C'est ton nouveau mec ?

— Non ! Sûrement pas.

— Eh ben si j'étais toi, je me grouillerais de lui mettre le grappin dessus, rétorque Julie avec un gloussement gras. N'oublie pas que t'as cinquante balais, maintenant. Y a pas non plus des tonnes de top-modèles millionnaires qui vont se bousculer au portillon, tu sais.

— Merci du conseil, j'essaierai de m'en souvenir. Je te ressers du vin ? »

Une fois que tout le monde est couché, je laisse sortir Lenny dans le jardin pour un dernier pipi. La pleine lune baigne la pelouse d'un étang de lumière sur lequel ricoche l'ombre noire du chien. Je prends une grande inspiration. Voilà, c'était mon cinquantième anniversaire. Rien de si terrifiant, beaucoup de bonheur, pas ce Rubicon infranchissable que Calamity Girl redoutait tant. Je suis encore sous le choc de ce que m'a appris Julie. C'est tellement généreux de la part de Jack de s'être déplacé jusque là-bas pour aider Steven sans même chercher à en récolter les honneurs. Julie m'a dit qu'il leur avait fait jurer de garder le secret, mais quelque chose dans mon cœur me murmure quand même qu'il l'a fait pour moi.

Quelques semaines après mon anniversaire, alors que Ben et Emily devaient dormir chez des copains et que Lenny passait des vacances de rêve chez Coco et Sally, j'ai sorti mon billet d'avion de son enveloppe kraft et j'ai réservé un vol pour Marseille. J'ai prévenu Jack par texto que je venais pour le week-end.

De Jack à Kate
Tu en as mis, du temps.

Dans l'avion, j'ai le luxe d'avoir deux heures devant moi sans rien à faire que réfléchir. Pour une fois, je suis seule avec mes pensées – et Roy, bien sûr, qui m'aide à récapituler les virages et les soubresauts qu'a connus ma vie pendant les quelques mois depuis l'affaire du belfie.

Mon mariage s'est écroulé mais, miraculeusement, pas moi. Je repense à ma fête surprise au café du parc, avec presque toutes mes copines réunies au même endroit, la joie de parler à Candy IRL plutôt qu'en ligne. Du baume à l'âme. Emily et Ben à mon dîner d'anniversaire (lasagnes, frites, salade, glace, After Eight), tellement grands, et tellement contents de *me* faire à manger, pour une fois. En regardant Emily, ravissante dans une robe en soie rouge (*ma* robe, madame !), je me suis dit : « Il va sans doute me falloir des années pour me remettre de ce qu'elle s'est fait. Une mère reste à jamais enchevêtrée aux êtres qu'elle a créés. » Je ressens la douleur d'Emily dans le corps dont elle est issue, et il en sera toujours ainsi jusqu'à ce que ce corps ne soit plus, mais les enfants, eux, sont plus résilients que nous. Emily est déjà en train de passer à autre chose, de se renseigner sur les universités, de songer à son avenir. Luke y est pour beaucoup. Dès qu'il est apparu dans le paysage, les selfies se sont arrêtés. Rien de tel que de se voir dans les yeux d'un amoureux transi pour se souvenir qu'on est désirable et digne d'amour. Quand quelqu'un vous aime, vous aime pour de vrai, l'opinion du reste du monde n'a plus aucune importance.

Emily et Ben voient maintenant Richard régulièrement et commencent à surmonter leur aversion initiale pour Joely. Après tout, elle va bientôt leur donner un petit frère et une petite sœur. J'ai été une bonne épouse pour Rich, je l'espère, mais j'ai traversé les dernières années comme une somnambule, anesthésiée par une sorte de léthargie conjugale qui n'est pas rare chez les couples mariés. Vous continuez à faire ce que vous avez à faire en essayant de prendre le moins de place possible dans votre propre vie pour en laisser aux autres.

Pas malheureuse n'est pas la même chose qu'heureuse. (*Merci du pense-bête, Roy. C'est Sally qui m'a dit ça ?*)

Non, c'est Candy. Évidemment. Typique d'elle, toujours à vous harceler, à l'américaine, pour que vous vous autorisiez à être heureux ou je ne sais quoi. Mais nom d'un chien, je suis anglaise, moi ! Je m'excuse quand quelqu'un me bouscule dans la rue. J'ai vraiment cru qu'à mon âge, « pas malheureuse » suffirait. J'ai repoussé Jack parce que je pensais qu'il représentait une menace pour mon équilibre alors que, depuis le début, il était ma plus grande chance de bonheur. Je nous revois, cet après-midi, à l'hôtel : tout ce que j'ai jamais désiré chez un homme, plus des minisandwichs au saumon fumé sans la croûte.

Et pour terminer, le travail. Où tout va bien, enfin. J'ai eu un entretien avec notre président, l'autre jour, il m'a annoncé que Troy était viré pour avoir merdé dans les grandes largeurs avec Palfreyman, que Jay-B changeait de service, et m'a demandé si j'accepterais d'assumer la direction temporaire du fonds le temps qu'ils fassent un état des lieux de la situation. J'ai répondu que je serais ravie de reprendre mes anciennes fonctions, à condition que ce ne soit pas temporaire (c'est le genre de proposition qu'aurait pu accepter une femme désespérée, le pistolet de l'obsolescence sur la tempe, mais pas ce phénix, cette revenante ressuscitée). Le président a dit qu'il me rappellerait.

Vous savez, je pensais que je ne pourrais jamais redevenir la personne que j'avais été. Je pensais que tout était fini pour moi.

Pas pour toi, Kate, ce n'est pas fini pour toi.

Merci Roy. Ça, c'était Sally, non ?

La première fois qu'on s'est parlé, après une réunion de retour à l'emploi. Vous imaginez, si je ne m'étais pas inscrite à ce groupe et que je n'avais pas rencontré Sal ? Qui m'est devenue tellement indispensable, à présent. Et le mail de Sally à propos d'Antonio, son grand amour perdu : une des raisons, peut-être la principale, qui font que je suis dans l'avion aujourd'hui. Peut-être que mon histoire avec Jack n'est pas si impossible, après tout ? Lui vivant aux États-Unis la plupart du temps, moi continuant à élever mes enfants pendant leurs dernières années de lycée puis d'études, en les habituant peu à peu à l'idée de Jack. Alors que l'avion entame sa descente, le scénario est encore flou, mais je perçois vaguement que, si je dois sauver tout le monde, je ferais bien de commencer par moi-même.

Je pensais que Jack viendrait me chercher à l'aéroport, au lieu de quoi un chauffeur m'attend avec une pancarte à mon nom. Nous prenons la route vers le nord en direction d'Aix, puis bifurquons vers l'est, avec en constante ligne de mire l'imposante crête calcaire de la Sainte-Victoire (je la reconnais grâce à ma carte d'anniversaire). Il fait incroyablement doux ici par rapport à chez moi, pour l'Angleterre ce serait l'été !

Oui, Roy, qu'est-ce qu'il y a ?

Un endroit en Provence qui jouit de son propre microclimat, de sorte qu'on peut s'y balader en tee-shirt même l'hiver : Jack en a parlé le premier soir où vous avez dîné ensemble.

C'est vrai.

La voiture me dépose devant une vieille grille rouillée, derrière laquelle j'aperçois une maison aux tuiles délabrées. Un *mas*, c'est comme ça que ça s'appelle, non ? Toujours aucune trace de Jack. Un jardin clos. Mon Dieu, regardez-moi ça. De quand peut bien dater cette bâtisse ? Et à qui appartient-elle ? Des pierres érodées par le temps, recouvertes de lierre. Les squelettes poussiéreux d'un massif de lavande. Un pêcher (les treize premières années de ma vie, je ne savais pas que les pêches poussaient sur des arbres ; pour moi, elles poussaient en conserve). J'ai juste une légère inquiétude alors qu'un souvenir me traverse l'esprit bien malgré moi : celui d'avoir regardé *La Belle et la Bête* – la version Disney – oh, pas plus de quatorze fois dans la même semaine, quand Emily, âgée de trois ans, avait la rougeole. Du coup, j'ai peur d'être accueillie non pas par un bel Américain aux yeux doux et au portefeuille d'actions bien garni, mais par un monstre poilu en colère avec des crocs qui lui sortent de la bouche. Qu'est-ce que vous voulez, on ne peut pas tout avoir ! Des vitres fêlées, des briques qui s'effritent : cet endroit aurait besoin d'une sacrée rénovation. Il faudrait que quelqu'un le rachète et y mette tout son cœur afin de lui redonner vie. Pas exactement ce que j'imaginais pour un week-end en amoureux...

Une porte, entrouverte, donne sur la fraîcheur d'une cuisine. J'enlève mes chaussures pour sentir la patine des tommettes irrégulières sous mes pieds. Sur la table, une enveloppe est calée contre un pot de confiture qui contient des brins de lavande (respire !). Au nom de Kate Reddy. À l'intérieur, une carte qui dit : « Joyeux anniversaire en retard, ma perle rare au potentiel considérable. » Ah ah, très drôle.

« Bienvenue. »

Je me jette dans ses bras et le dévore de baisers, convaincue, cette fois, de savoir ce que je veux. Jamais je n'ai autant voulu quelqu'un ou quelque chose.

Je me rends compte qu'il est surpris par cette nouvelle assurance de ma part, mais il n'y oppose aucune résistance.

« Hé, bon anniversaire pour il y a six semaines et deux jours.

— Merci. »

Je marque une longue pause, pendant laquelle je balaie la pièce du regard.

« C'est sympa ici. Ça tombe un peu en ruine, mais bon.

— Ouais, c'est ce que je me disais.

— Je m'attendais presque à trouver une théière qui parle.

— Et un maître d'hôtel transformé en chandelier ?

— Ah, donc tu regardes des dessins animés pour enfants ! J'en étais sûre.

— Mon secret honteux.

— Ça va encore. Tu devrais voir les miens !

— Je ne demande que ça.

— Julie m'a raconté ce que tu avais fait pour Steven.

— Je ne l'ai pas fait pour Steven. C'était purement égoïste. Un gros souci en moins sur tes épaules, plus de temps que tu pourrais me consacrer.

— Si tu le dis. Mais c'est quand même formidable d'avoir fait ça, je ne te remercierai jamais assez. »

Je m'avance jusqu'à l'évier sous la fenêtre… enfin, ce qui serait une fenêtre s'il y avait des vitres. Jack me rejoint, m'enlace par-derrière, et je me laisse aller contre lui, savourant le bonheur d'être dans ses bras.

« Cette montagne qu'on voit, c'est celle de ma carte d'anniversaire ?

— Absolument. »

J'ouvre le robinet, qui se met à vibrer et à tressauter. Il finit par crachoter une sorte de liquide rouillé. Je me passe les mains et les poignets sous le jet. J'ai le cœur qui bat. *Du calme, Kate.*

« Ne la bois pas, me prévient Jack. J'ai de l'eau minérale au frigo. Et du vin à la cave. En assez grande quantité. De quoi tenir encore un siècle ou deux, je pense.

— Ça devrait aller. On va rester ici longtemps, ou à un moment tu comptes m'emmener dans un endroit qui a un toit ? Tu sais que j'ai prévu des affaires pour le Four Seasons : talons hauts, robe en soie… Tu aurais pu me prévenir qu'on allait camper, j'aurais pris ma polaire.

— Mais voyons, *madâme*, me rétorque Jack dans une parodie d'accent français, nous avons les quatre saisons ici même ! Le printemps dehors, *voilà* ! L'été dans la serre non climatisée, *ouh là là*. Des feuilles mortes qui se ramassent à la pelle, et dans les chambres glaciales c'est l'hiver toute l'année.

— Le génie français ! À qui appartient cette maison, au fait ?

— Oh, à un couple que je connais vaguement.

— Ils doivent être dingues.

— Oui, assez. Elle est folle de vieilles baraques à retaper. À moins qu'elle soit folle tout court, d'ailleurs. Ouais, ça doit être ça. Complètement siphonnée. J'ai entendu dire qu'elle faisait de l'équitation avec des veuves de rockers morts. Et puis elle ment sur son âge et massacre des tartelettes innocentes. »

Je secoue l'eau de mes mains et me retourne.

« Jack, non.

— Non quoi ?

— Dis-moi que tu n'as pas fait ce que je crois comprendre.

— Je n'ai rien fait. Pour l'instant. J'allais t'offrir un foulard, mais pendant les vacances de Noël je suis passé par hasard en voiture devant cette maison et je me suis dit qu'on pourrait, toi et moi, *nous*, relever le défi. La remettre en état. Une belle structure ancienne, bien charpentée, avec de solides fondations, qui a juste besoin d'un peu d'amour et d'attention pour reprendre vie. Un projet, quelque chose dans quoi on pourrait s'investir ensemble. Je ne suis pas très fort en rénovation, mais je peux suivre les consignes de quelqu'un qui l'est.

— Tu plaisantes. Quand veux-tu que je trouve le temps de vivre dans une ruine française et de la restaurer ?

— Hé, si l'idée ne te plaît pas, je peux rappeler l'agent, lui dire que finalement on n'est pas intéressés, et t'offrir le foulard à la place. »

Je sens mes yeux se promener partout pour essayer d'imaginer ce qui pourrait être fait. Si on ouvrait l'arrière de la maison pour mettre une baie vitrée, la vue sur la montagne serait spectaculaire. Piotr pourrait venir nous donner un coup de main. Peindre les volets dans ce bleu gris parfait dont je raffole. Soudain, Roy émerge du fond des rayonnages avec quelque chose dont il veut que je me souvienne. *Pas maintenant, Roy, tu ne vois pas que je suis occupée ?* Mais il me transmet le souvenir quand même ; un éclat de sagesse de ma chère amie Sally : « Si c'était à refaire, je sauterais le pas et je choisirais la vie et l'amour, pas le devoir et les conventions. Toi seule peux décider ce qui est bon pour toi, évidemment, mais je veux que tu saches que tu auras mon soutien total si tu choisis de faire ta vie avec Jack. »

« Jack ?

— Oui, m'dame ?

— Il est hors de question que ce soit toi qui paies tout. Ce sera cinquante-cinquante, non négociable. Mais seulement si j'obtiens ma promotion. Seulement s'ils me remettent à la tête de mon ancien fonds.

— C'est un oui, donc ?

— Non, ce n'est pas un oui. Ce n'est juste pas un non.

— Pas un non, chez les Anglais, c'est un oui. Ça me va. Kate, chérie, pour ton anniversaire, je voulais nous faire une sorte de cadeau commun, quelque chose dont on puisse profiter tous les deux.

— Très bonne idée, monsieur Abelhammer. Laissez-moi deviner... Un tandem ? Une balançoire à bascule ? Un court de tennis ? Un jeu de dominos ?

— Oui, voilà, avec que des doubles six.

— Alors, c'est quoi, ce cadeau surprise pour nous deux, Jack ? »

Il prend mes mains humides entre les siennes, se penche vers moi, de plus en plus près, et me murmure :

« Du temps. »

28

Après tout

Seize mois plus tard

Barbara nous a quittés vers la fin de l'été. Nous étions en train de fêter les résultats du bac d'Emily dans une pizzeria quand Donald a appelé pour m'annoncer que la grand-mère des enfants était morte. La dernière fois que j'étais allée leur rendre visite dans le Yorkshire, il s'était fâché parce qu'elle participait à un après-midi musical à la maison de retraite.

« C'est sympa qu'ils organisent des activités, non ? avais-je tempéré.

— Mais Barbara n'aurait jamais accepté de jouer du tambourin ! m'avait rétorqué Donald avec un geste désespéré en direction de son épouse, qui agitait son instrument sans donner l'impression de savoir ce qu'elle faisait ni d'y prendre le moindre plaisir. Vous savez bien qu'elle aurait détesté ça, Kate, mon petit. »

Il avait raison. Barbara aurait absolument abhorré ce tambourin débile. Elle aurait vu ça comme une atteinte à sa dignité… cette élégance altière de toujours dont Alzheimer l'avait si cruellement privée.

J'étais affreusement triste en regardant Emily et Ben encaisser la nouvelle – leur premier deuil –, mais j'étais aussi soulagée de savoir désormais ma belle-mère à l'abri de l'humiliation, et de tous ceux qui n'étaient tout simplement « pas à la hauteur » et ne le seraient jamais.

Ce matin, avant les funérailles, les enfants ont escaladé la clôture de l'ancienne maison de leurs grands-parents afin de couper des fleurs pour Barbara dans le jardin. Il y a un panneau « vendu » sur la façade, mais les nouveaux propriétaires n'ont pas encore emménagé. Que pourrait-il y avoir de mieux à poser sur sa tombe que des roses "Princesse de Galles" cueillies par ses petits-enfants adorés ?

On ne fume pas devant les "Princesses de Galles" ! m'a rappelé Roy, et je n'ai pas pu m'empêcher de sourire. Barbara avait des exigences inflexibles, même pour les fleurs.

La pauvre Emi est en larmes, agrippée à ma main gauche alors que résonnent les derniers mots du service funéraire. À ma droite se trouve Ben, qui a tellement grandi que c'en est presque comique, comme si c'était tous les jours le printemps et qu'il poussait en continu ; en cette circonstance, néanmoins, il a l'expression hagarde et perdue d'un petit garçon.

Heureusement que c'est encore les vacances et que nous ne sommes pas obligés de rentrer tout de suite après l'enterrement. J'ai posé deux jours de congé et donné pour consigne stricte à Alice de ne m'adresser aucun texto ni coup de fil aujourd'hui. Je suis prête à parier qu'ils reprendront dès minuit.

De l'autre côté de la tombe se tiennent Richard et Joely, avec Aulne et Charme. (Je sais. J'ai essayé. « Ce sont nos arbres préférés, Kate, et puis ça évoque de telles résonances dans la mythologie. » « Richard, quand les gens entendent “charme”, ils ne pensent pas à un arbre, ils pensent aux attraits physiques d’une fille, ou bien à un sortilège magique. » Rien à faire.) Pour ma plus grande satisfaction, mon ex-mari semble ne pas s’être brossé les cheveux depuis six mois, et ses yeux ont presque disparu au fond de leurs orbites. Il a une petite bedaine naissante. Bref, il est père de jumeaux. Et pan, dans les dents ! Cela dit, après une série de conversations téléphoniques torturées, et en mettant de côté toutes nos rancœurs, il a fini par me demander si je voulais bien venir à l’enterrement de sa mère.

« Écoute, m’a-t-il dit, je sais à quel point j’ai été nul avec toi. Ne crois pas que je ne le sais pas, et j’en suis vraiment désolé. Tu n’imagines pas combien je m’en veux. Depuis la mort de maman, je me rends compte que tu fais encore partie de ma famille, Kate, et puis papa t’adore. Il n’arrête pas de me répéter que j’ai été un sombre idiot de partir avec cette petite dévergondée. »

Nous avons ri en chœur et je lui ai offert le rameau d’olivier que je sentais qu’il attendait.

« Donald changera d’avis sur Joely, tu verras, Rich. Il est gaga des jumeaux. Ils sont tellement mignons. »

Pour être honnête, Joely est remontée dans mon estime (il faut dire qu’elle partait d’assez bas). Mettant à profit ses talents new age, elle s’est révélée d’un précieux soutien pour Barbara, lui apportant des concoctions aux plantes pour aider sa mémoire et lui prodiguant des massages d’aromathérapie, une des rares choses qui semblaient l’apaiser dans les derniers mois de sa vie. (Qui sait, peut-être le parfum de ces huiles parvenait-il à court-circuiter ses neurones desséchés et à s’insinuer jusqu’à quelque endroit où survivait encore un bout de la vraie Barbara ? Je l’espère.) Joely allaite toujours les jumeaux, qui dorment avec elle, et elle a fait connaître son intention de continuer ainsi jusqu'à ce qu'ils entrent à l'école. À vue de nez, je dirais que Rich a encore devant lui quatre années sans sexe.

À côté de la nouvelle famille de Richard se trouve la bande des copines de Barbara. Toutes sont impeccables dans leurs habits de deuil, appartenant à la dernière grande génération formée au catéchisme, qui connaît la liturgie à la lettre. Toutes se tamponnent les yeux avec des mouchoirs en dentelle poliment rangés dans leur manche. Toutes ont reçu la consigne de ne rien apporter pour la réception qui doit avoir lieu après l'enterrement chez Peter et Cheryl et pour laquelle ma belle-sœur a créé un tableau Excel. Toutes, j'en suis quasiment sûre, auront désobéi. Et toutes suivront ma belle-mère dans son dernier voyage d'ici aux dix prochaines années, quinze maximum. Que deviendra le monde lorsque ces braves femmes incroyablement courageuses du temps de la dernière guerre auront disparu ? Eh bien, ce sera à ma génération d'occuper le premier rang, voilà tout, et nos filles seront juste derrière nous, et leurs propres filles arriveront derrière bien plus vite qu'on ne le pense. Des petites-filles et – notion vertigineuse – des arrière-petites-filles. Les femmes sandwiches se perpétuent, tenant les deux bouts à la fois pour les siècles à venir. C'est ce qui compte, au fond, non ? L'amour ne meurt jamais, il prend simplement différentes formes humaines.

Tu es poussière et tu retourneras à la poussière. Nous jetons des poignées de terre dans la tombe. Emily craque et enfouit son visage contre mon épaule. Une dernière bénédiction puis, alors que le ciel s'obscurcit avec mélancolie, nous faisons demi-tour et remontons l'allée de gravier en direction de l'église, entre d'autres sépultures bien plus anciennes. J'ai le cœur trop gros pour prononcer le moindre mot et mes jambes vacillent un peu sur le sol accidenté. Toujours attentif, bien que gardant lui-même un silence respectueux, Jack m'offre son bras, puis toute sa personne afin de me soutenir, avant de se tourner pour tendre son autre main à Emily.

Je crois qu'il n'est pas question de chercher un dénouement à ce récit. On ne dénoue jamais tous les fils d'une histoire sans qu'un nouveau nœud vienne se former immédiatement. Après la mort de Barbara, j'étais sûre que Donald ne lui survivrait pas longtemps. Mais une fois que la maison a été vendue, il a lui-même emménagé dans un établissement pour personnes âgées ; un petit endroit magique qui autorise les résidents à jardiner et à avoir des animaux de compagnie. Donald a adopté dans un refuge un colley baptisé Alf qui est venu combler le vide laissé par Jem et qui, à son contact, a repris goût à la vie. Chaque semaine, les élèves d'une école primaire voisine viennent faire de la lecture et des activités manuelles avec les pensionnaires. Donald leur raconte ses aventures au sein de la Royal Air Force pendant qu'ils assemblent des maquettes de bombardiers Lancaster qu'il leur a achetées spécialement ; sous les instructions de l'ancien pilote, leurs petites mains agiles collent les morceaux. Les avions ainsi construits ont fini exposés à la bibliothèque municipale, avec les souvenirs de guerre de Donald. Il a fait un tabac aux infos de la télé locale quand il a ignoré les questions condescendantes de la journaliste qui voulait le cantonner au rang de vieux machin et en a profité pour critiquer les coupes budgétaires dans l'armée. « Le prix de la paix est une vigilance éternelle, ne l'oublions pas », a-t-il déclaré. Donald a bien l'intention de vivre jusqu'à cent ans, et il m'a promis que pour fêter ça il viendrait à Londres et m'emmènerait au Savoy Grill manger du rosbif et – naturellement – du Yorkshire pudding.

Mon beau-père n'est pas le seul à s'offrir un nouveau départ. Avec sa prothèse de la hanche, ma mère s'est remise non seulement sur pied, mais aussi à danser. Contre mes recommandations, elle s'est acheté une nouvelle paire d'escarpins à talons.

« Tu ne la changeras pas, à son âge, m'a fait remarquer Julie en riant. Je crois même qu'elle a un petit copain. Comment ça se fait qu'elle en a un et pas moi ? »

Ma sœur est tellement plus heureuse depuis que Steven a commencé à travailler comme assistant trader à la City et qu'il a emménagé chez nous en attendant d'avoir les moyens de se payer un appartement. Ce boulot horriblement stressant peut user les nerfs d'un brillant diplômé frais émoulu de l'université, mais pas ceux de mon neveu, qui estime avec un haussement d'épaules que cette ambiance de concurrence acharnée n'est pas pire qu'à l'école.

« Il suffit de parier sur le fait que tel ou tel produit va monter ou descendre, c'est tout, tata Kath.

— Si ça ne t'ennuie pas, Steven, à la City on préfère parler de "prendre une position", pas de "parier".

— Ouais, comme tuv. Cinquante mille balles par an, plus les primes. C'est trop frais, nan ? »

Ouaip, trop frais. À Pâques, quand Steven a emmené sa mère en Floride pour son anniversaire, Emily s'est proposée d'aller habiter chez Julie pendant son absence.

« Je pourrai réviser mes exams tranquille et garder un œil sur mamie, l'aider à faire ses courses, tout ça. »

C'était une première : ma fille qui me soulageait d'un souci ! J'avais du mal à croire qu'elle était assez grande pour faire ça, mais si. Quant à son frère, il nous a récemment ramené à la maison une sublime créature rousse du nom d'Isabella. Benjamin, une copine ?

Comment est-ce possible ? Lorsque je vois Isabella assise à la table de la cuisine, avec ses manières charmantes et sa conversation délicieuse, je songe : est-ce qu'elle est au courant que je continue à couper les ongles des pieds de son petit ami ? Vous devriez voir les yeux de Ben quand il la regarde. Exactement comme il me regardait quand il me tendait les bras dans son petit lit après la sieste (la mère d'un garçon d'un an est une star de cinéma dans un monde exempt de critiques). Je ne suis pas jalouse, du moins je l'espère, mais cette nouvelle présence féminine dans la vie de mon fils apporte avec elle le présage d'une séparation. Et je ne suis pas encore prête à le perdre.

Au travail, tout va pour le mieux. Après avoir fait mon coming out de vieille – en termes d'ancienneté dans la finance, en tout cas –, j'ai pu investir l'énergie que je mettais jusque-là à dissimuler mon âge dans des tâches plus productives. Confirmée à un poste de direction permanent, j'avais beaucoup de choses à prouver. J'ai juré à mon équipe – *mon* équipe ! – que nous ramènerions le fonds au niveau de performances où il était quand j'ai quitté ce même boulot il y a des années. J'ai réussi à convaincre sir Geoffrey Palfreyman de créer une banque de proximité indépendante dans notre comté natal à tous les deux, qui octroie des prêts à des familles en difficulté à des taux très bas. Il est ravi de ce nouveau rôle de philanthrope acclamé, mais pas autant que moi d'avoir scié la branche aux escrocs d'usuriers qui ont failli détruire mon neveu.

Ma chère Alice est restée à mes côtés, gagnant en confiance jusqu'à finir par se lasser du non-engagement chronique de Max et pour le quitter à quelques jours de son anniversaire.

« Trente-deux, v'là les flics, m'a-t-elle annoncé un beau matin.

— Pardon ?

— Tu m'as dit que c'était l'âge auquel on avait intérêt à avoir ferré le futur père de ses enfants. Alors je me suis laissé un an pour le trouver. J'espère que ça suffira. »

Peu de temps après, Belshazzar Baring est arrivé en stage chez EMR et il est tombé raide dingue de la belle Alice, à qui il a offert sur un plateau une vie fastueuse d'épouse de gosse de rock star. Dieu merci, Alice a été assez maligne pour ne pas tomber dans le panneau, et à l'heure où j'écris ces lignes, elle continue à espérer.

Quant à mon Jack chéri, après tous les bouleversements qu'avaient vécus Emily et Ben, je voulais y aller très progressivement avant de leur présenter le nouvel amoureux de maman. Il a continué à faire des allers-retours aux États-Unis et nous nous retrouvions de temps en temps pour un week-end dans la maison de Provence, où nous mangions du pain et du fromage de chèvre dans de vieilles assiettes en fer-blanc et faisions l'amour comme des fous dans un lit à baldaquin festonné de toiles d'araignée. Je me torturais la cervelle pour savoir comment en parler aux enfants quand, un samedi, dans la voiture pour aller au supermarché, Emily m'a dit avec le plus grand naturel du monde :

« Il a l'air top, ton Américain. »

J'ai failli piler au milieu de la route avant de m'arrêter sur une aire de repos.

« Comment tu es au courant ? ai-je répondu, acceptant ainsi de tomber le masque.

— Par Steven. Il nous a raconté comment Jack l'avait tiré d'une embrouille pas possible et lui avait trouvé du boulot. Steven dit qu'il est super cool.

— Oui, euh, je crois qu'on peut dire ça... »

Comment expliquer à cette personne que j'aimais de tout mon cœur ce que cette autre personne que j'aimais représentait pour moi ? J'étais tellement nerveuse que j'ai décidé de m'en tenir aux faits.

« Tu sais, ma puce, j'ai connu Jack par le travail un jour où je lui ai envoyé par erreur un mail avec une blague qui était destinée à Candy.

— Ça aurait pu être pire, mam', m'a rétorqué Emily en posant une main sur la mienne. Tu aurais pu lui envoyer par erreur une photo de tes fesses. »

Nous avons éclaté de rire, puis j'ai redémarré et j'ai repris la route.

Remerciements

Je ne suis jamais très convaincue par les livres qui se présentent comme des « suites ». Dans *Je ne sais pas comment elle fait*, je croyais avoir tout dit sur le fait de devoir jongler entre le travail et la maternité. Et puis j'ai vieilli. Ma famille est entrée dans une nouvelle phase, tout comme mon corps, et je me suis surprise à me demander : « Comment Kate se débrouillerait-elle avec ça ? » J'ai pensé qu'elle pourrait m'aider à rire de toute cette folie, alors je l'ai écrit.

Je n'y serais jamais arrivée sans Sharon Dizenhuz, ma désopilante copine américaine de Scarsdale, modèle d'une Candy drolatique pour ma Kate un peu perdue. Ni sans le soutien moral extraordinaire de Louise Swarbrick. Merci également à mon équipe de choc de conseillères financières, Miranda Richards, Penny Lovell et Sasha Speed, qui se sont assurées que je ne racontais pas de bêtises dans ce domaine, surtout pour l'étalon noir.

J'ai la chance incroyable d'avoir pour agent Caroline Michel, qui possède assez d'optimisme pour nous deux, même si elle continue d'insister pour que j'écrive des romans. Merci à ma formidable éditrice, Hope Dellon, chez St Martin's Press, qui m'a entourée de sa vigilance farouche et bienveillante. Je ne la remercierai jamais assez, ni Kate Elton et Charlotte Cray chez HarperCollins UK, qui m'ont fait de précieuses suggestions. Et Sara Kinsella, correctrice à l'œil de lynx, ainsi que ma fabuleuse attachée de presse, Ann Bissell.

Peu de romans traitent de la ménopause, bien que ce soit un sujet qui concerne la moitié de l'humanité. Avec l'aide du Dr Louise Newson, j'ai essayé d'être au plus près de la vérité. Experte en traitement hormonal substitutif, le Dr Newson estime qu'aucune femme ne devrait avoir à subir les symptômes débilitants de Kate. Je suis d'accord. Brisons ce tabou une bonne fois pour toutes !

Toute ma gratitude à mes premières lectrices, Ysenda Maxtone Graham, Sally Richardson, Amanda Craig, Awen Lobbett, Kathryn Lloyd, Hilary Rosen, Sophie Hannah, Amanda de Lisle, Gillian Stern, Anne Garvey, Claire Vane, Angela Young et Janelle Andrew. Leurs encouragements et leurs bons conseils m'ont aidée à tenir le cap. Merci à Emma Robarts de m'avoir parlé des groupes de « revenantes », et merci de toutes ces années d'écoute attentive et de délicieuses promenades canines (RIP Biggles). Un merci particulier à Michael Maxtone-Smith, premier cobaye masculin à avoir expérimenté ce livre et qui prétend l'avoir aimé. Il devrait être totalement remis d'ici un an ou deux.

Les tout premiers épisodes de cette histoire ont été publiés dans le *Daily Telegraph*, où Fiona Hardcastle s'est révélée la meilleure accoucheuse dont on puisse rêver. Merci à mes merveilleux rédacteurs en chef, Jane Bruton, Victoria Harper et Paul Clements. Votre soutien a énormément compté pour moi.

Un livre qui parle autant des rapports mère-fille doit beaucoup à Ruchi Sinnatamby et à Jane McCann, qui ont perdu leur maman pendant que j'étais en train de l'écrire. Je n'oublierai jamais Selvi Sinnatamby et Janet Marsh, magnifiques mères et grands-mères toutes les deux. Leurs adorables petites-filles, Charlotte Petter et Chloe McCann, sont la prochaine strate du sandwich. Ainsi, l'amour ne s'éteindra jamais.

Par-dessus tout, je voudrais remercier ma famille. Evie Rose Lane et Tom Lane sont d'une patience remarquable avec leur mère et ses questions idiotes pour savoir sur quel bouton il faut appuyer et ce qu'est un « sexto ». Oui, mes amours, je suis d'un autre siècle, mais celui-ci vous appartient. J'ai tellement de chance de vous avoir !

Sans Anthony Lane, il n'y aurait ni livre, ni moi. Qu'il soit remercié pour ses conseils littéraires hors pair, les plateaux-repas et les perfusions de bonbons Jelly Babies en intraveineuse alors que je titubais dans les derniers cent mètres. Quand vous vous couchez tous les soirs à côté d'un homme qui lit P. G. Wodehouse, la rythmique de cet humour délicieux finit par vous rentrer dans la tête. Je ne sais pas pourquoi, mais Anthony aime souvent lire à voix haute le passage sur la romancière : « Cette Mme Adams nous a expliqué pendant une heure comment elle en était venue à écrire son épouvantable bouquin, quand de simples excuses auraient suffi. »

Pardon, chéri.

Allison Pearson
Juin 2017

Table

Prologue
Compte à rebours avant invisibilité :
J moins six mois et deux jours 11

1. La plus belfie du monde 15
2. Le haut de la fourchette 45
3. Le fondement 61
4. Zombies 101
5. Juste cinq minutes 115
6. Perry en la demeure 145
7. Retour vers le futur 171
8. Le pompon 185
9. Le retour de la mummy 207
10. Kate and the City, saison 2 229
11. La Nuit des rois
(ou ce que vous ne voudrez pas) 253
12. Trente-deux, v'là les flics 263
13. Zones rebelles 291
14. Retrouvailles 317

15. Calamity Girl 341
16. À l'aide ! 363
17. La veuve rockeuse 391
18. La fête du bureau 407
19. Coitus interruptus 435
20. La seule idée de toi 467
21. Madonna et maman 477
22. Comment te dire adieu 503
23. Pour qui sonne le glas 515
24. La chair de ma chair 527
25. Performance 535
26. Secrets et mensonges 553
27. Le 11 mars 559
28. Après tout 575

Remerciements 585

Imprimé en Espagne
par Cayfosa
en avril 2018

MIXTE
Papier issu de
sources responsables
FSC® C003309

Les papiers utilisés dans cet ouvrage
sont issus de forêts responsablement gérées.